Eskrinor – Das Reich der Zwerge

Matthias Teut

Jukahbajahn

Eskrinor – Das Reich der Zwerge

Ein Roman aus der Welt von Erellgorh

www.erellgorh.com

www.facebook.com/Erellgorh

1. Auflage, März 2020

© 2020 Matthias Teut – alle Rechte vorbehalten.

Illustrationen und Covergestaltung: Christian Günther

Karte: Sören Meding

Lektorat: Sabrina Uhlirsch

Schlusslektorat und Satz: Frank Friedrichs

Verlag: DichtFest GbR, Seeweg 3, 19243 Wittendörp – www.dichtfest.de

Druck: BooksFactory, PRINT GROUP Sp. z.o.o., Szczecin, Polen

ISBN: 978-3-946937-04-3

Bibliografische Information der Deutschen Nationalbibliothek:

Die Deutsche Nationalbibliothek verzeichnet diese Publikation in der Deutschen Nationalbibliografie; detaillierte bibliografische Daten sind im Internet über http://dnb.d-nb.de abrufbar.

Matthias Teut

ESKRINOR
DAS REICH DER ZWERGE

Für Nick

»Gott ist der Herr der Engel und der Menschen – und der Elfen.
Legende und Geschichte haben sich getroffen und verschmolzen.«
J.R.R. Tolkien

PROLOG

»Die Menschen vermehren sich wie Heuschrecken und ihre Magister gieren nach der Macht der Elemente.« Die Stimme des Elbenfürsten von Innelles dröhnte durch den Ratssaal und fegte die Harmonie beiseite, die der Fürstin Erellgorhs stets wichtig war.

Zhinlohr spürte die ungeheure Anspannung in der Versammlung und war froh, als Zaungast hier zu sein – nicht als Berater der Fürstin.

Vorsichtig trat er zurück und steuerte zwischen den vielen Gesandten der fünf Elbenreiche hindurch auf die Tür zu. Er schloss die Hand fester um den Brief, der ihm zugesteckt worden war, und sah über das Gedränge. Fast alle mit Rang und Namen waren vertreten, nur die Herrscherin der Waldelben fehlte – und ebenso ihre Thronfolgerin. Beide heimgesucht von einer seltenen Krankheit, hieß es. Ausgerechnet, wenn der Elbenrat tagte. Dazu noch die Nachricht seines Freundes ...

»Wir müssen endlich etwas dagegen tun«, polterte der Fürst der Feuerelben weiter. »Wir alle!« Er schlug mit der flachen Hand auf den Tisch.

»Ich sehe das anders«, schaltete die Fürstin aus den Sümpfen sich ein. »Wir kennen diese Probleme nicht, bei uns ist noch kein Mensch über die Grenzen getreten. Es sollte doch reichen, die Verhüllungszauber zu verstärken, um unsere Städte besser vor den Augen der magiebegabten Menschen zu schützen.«

Zhinlohr sah dankbar zu ihr hinüber. Das wäre eine Möglichkeit, zumindest vorübergehend. Doch er wusste, dass die Kenntnisse der Magister in der letzten Dekade spürbar zugenommen und ihr Orden deutlich an Macht gewonnen hatten. Die Frage war nur, warum.

»Besserer Schutz?« Der Fürst lachte auf. »Dann lasst uns hören, was unsere Schwestern und Brüder des Waldes berichten. Auch sie wurden heimgesucht. Und das, obgleich ihr Reich unter dem Schutz der Mütter der Wälder steht.«

»Nun ...« Die Fürstin der Sümpfe zögerte. »Das ist fürwahr besorgniserregend. Aber ich denke, wir sollten trotzdem ...«

»Nein!« Eine Stimme schnitt wie ein Schwert durch die Luft und ließ alle anderen verstummen.

Anastina-Kyriejah! Zhinlohrs Hand ballte sich um den Brief. Seit er erfahren hatte, dass die Elementemagierin für das Waldelbenvolk die Thronwacht übernommen hatte, fürchtete er um den friedlichen Verlauf des Elbenrats.

»Um der Seelen willen, wacht endlich auf!« Die Augen Anastina-Kyriejahs funkelten. »Wir wären nicht hier, wenn die Entwicklungen sich allein durch Verhüllungszauber aufhalten ließen. Magister des Ordens sind durch den magischen Nebel von Erellgorh gelangt – der ältesten unserer Städte, der Wiege unserer Völker. Und inzwischen ist noch mehr geschehen. Sogar der Weltenspiegel im Heiligen Wald wurde durchschritten. Was muss denn noch passieren, ehe Ihr aufwacht?«

»Mäßigt Euch, Freundin Kyriejah!« Die Stimme Fellen-Kehlandas klang ungewöhnlich scharf, Zhinlohr sah zu seiner Fürstin hinüber. »Ich habe den Rat nicht einberufen, um Tatsachen und Gerüchte zu vermischen. Euer Weltenspiegel wurde von Prelken durchquert, Tieren, die zufällig über eine gleichartige Magie verfügen. Soweit mir bekannt ist, wurden weder Magister gestellt noch deren Spuren gefunden.«

»So hatte auch ich es verstanden«, stimmte die Fürstin der Sümpfe zu, selbst der schweigsame Herrscher der Bergelben nickte bedächtig. »Wahre Worte.«

Drei Stimmen von fünf. Zhinlohr schob sich weiter zum Ausgang. Hoffentlich blieben sie seiner Fürstin gewogen, bis es zu einer Abstimmung käme.

»Wahr ist aber auch, dass Prelkböcke im Heiligen Wald nicht heimisch sind.« Anastina-Kyriejah schaute trotzig in die Runde. »Irgendjemand muss sie geführt haben.«

»Das sehe ich genauso.« Der Fürst aus Innelles erntete höhnische Gegenstimmen, bis der Herrscher der Bergelben sich zu Wort meldete.

»Wenn die Prelken geführt wurden, könnten es auch Zwerge gewesen sein. Die Vorliebe der Unterirdischen für diese Tiere ist legendär. Und unser Friedensvertrag mit Eskrinor steht auf tönernen Füßen.«

Für einen Moment sorgte diese Vermutung für Verwirrung; selbst Zhinlohr verstand nicht, warum der Herrscher ausgerechnet das Zwergenvolk aus dem Eskringebirge verdächtigte. Doch nur einen Augenblick später meldeten sich erneut laute Gegenstimmen zu Wort.

»Pah! Kaum glaubhaft.«

»Als wenn sie bei uns Gold und Edelsteine finden könnten.«

»Kurzbeiner haben kein Interesse an uns.«

»Ihr Denken reicht nur von der Stirn bis zum nächsten Stein.«

»Ist ja schon gut.« Der Herrscher der Bergelben hob beschwichtigend die Hände. »Womöglich habt Ihr recht und es waren Magister – obgleich mir ein konkreter Beweis fehlt.« Er wandte sich der Fürstin von Erellgorh zu. »Aber vielleicht ist es dennoch geraten, dem Orden der magiebegabten Menschen Einhalt zu gebieten.«

»Geraten? Nur geraten?« Anastina-Kyriejah sprang auf. »Schon bald können weitere Magister in unsere Reiche eindringen, unsere Städte auskundschaften und Geheimnisse über die Elementemagie stehlen. Ist es das, was Ihr wollt?«

»Nein. Natürlich will das niemand.«

»Das kann niemand wissen.«

»Bei den Seelen, nein!«

»Wir müssen etwas tun.«

Die Thronwächterin reckte ihr Kinn und funkelte die Fürstin von Erellgorh an, die erst in diesem Moment aufstand und gebieterisch die Arme hob. »Bewahrt doch Ruhe, meine Schwestern und Brüder. Lasst uns bedacht bleiben.«

Mit klopfendem Herzen schob Zhinlohr sich weiter zur Tür. Die hitzige Debatte wühlte ihn auf und ließ seinen Puls rasen. Es fiel ihm schwer, sich nicht selbst zu Wort zu melden.

Aber er hatte heute kein Rederecht und sollte sich besser um andere Dinge kümmern.

Er war schon fast am Ausgang, als ihm jemand in den Weg trat. »Ruhe bewahren, mein Lieber.«

Erleichtert umarmte Zhinlohr seinen Zwillingsbruder. »Nannlohr. Es tut gut, dich noch zu treffen.«

Sein Bruder nickte, schaute ihn fragend an. »Gerade rechtzeitig, bevor du gehst?« Er wies zur Tür. »Oder ist es Zufall, dass du auf den Ausgang zusteuerst?«

»Eher nicht.«

»Ausgerechnet jetzt, wo es spannend wird?« Nannlohr warf einen Blick zur Ratstafel.

»Wenn es nach mir ginge, dürfte es gern weniger spannend sein. Aber selbst dann müsste ich gehen.« Zhinlohr hob den Brief und senkte die Stimme. »Ich habe Nachricht aus der Waldelbenstadt erhalten.«

»Von Freund Raiwen? Dem jungen Heiler?«

»Ja.« Zhinlohr reichte seinem Bruder die zerknickte Botschaft. »Lies. Ich finde den Inhalt mehr als beunruhigend.«

Nannlohr überflog das Schreiben, gab es ihm zurück und wandte den Kopf erneut in Richtung Ratstafel.

Gerade sprach ihre Fürstin mahnende Worte: »... müssen wir konzentriert bleiben und mit Bedacht abwägen. Zu viel steht auf dem Spiel!«

Nannlohr packte seinen Bruder beim Arm und zog ihn zur Tür. »Du wolltest nicht nur die Versammlung, sondern auch Erellgorh verlassen«, raunte er. »Ist es nicht so?«

Zhinlohr nickte. »Raiwen braucht meine Hilfe. Das Leben der Waldelbenfürstin und ihrer Thronfolgerin ist in Gefahr.« Er sah sich um – zu Anastina-Kyriejah, wie sie mit gerecktem Kinn dastand, uneinsichtig, zu allem fähig. »Und vielleicht noch viel mehr!«

1
BRYNNBETT

Warum hatte sie sich nur darauf eingelassen?

Brynnbett rann der Schweiß von den Schläfen, ihr Herz raste, während sie durch die Unterstollen von Eskrinor hetzte. Der Vorsprung, den sie ihr gegeben hatten, wäre bald aufgebraucht, und noch immer hatte sie keine Möglichkeit gefunden, sich zu verstecken. Einen Wettlauf konnte sie nicht gewinnen. Ihre Stiefel waren nicht richtig eingelaufen, die Sohlen zu hart. Jeder Schritt hallte durch die Dunkelheit und schien ihren Verfolgern zuzurufen: »Hier, hier, hier!«

Nicht so viel denken – einfach weiterlaufen.

Da! Ein Spalt in der Tunnelwand. Schwer atmend blieb Brynnbett stehen, trat näher und stöhnte. Wieder so ein Weg für Hungerhaken wie Pellza oder Singrid. Obwohl die beiden nicht wirklich dünn waren; keine Zwergin war das. Aber im Vergleich mit Brynnbett wirkten sie alle wie Püppchen. Magere Püppchen.

Sie wischte sich den Schweiß von der Stirn und horchte. Sollte sie die vier Krieger abgeschüttelt haben? War es doch die richtige Entscheidung gewesen, das Sperrschild mit dem Totenkopf zu ignorieren? Von ihren Verfolgern war im Augenblick nichts zu hören. Allerdings konnte Stille trügerisch sein.

Langsam ging sie weiter, dankbar, den Leuchtkristall dabei zu haben. Brynnbett war bisher an keiner einzigen Fackel vorbeigekommen, obgleich die Wände geglättet waren und der Boden mit Marmor gepflastert – ähnlich den Tunneln, die in den höheren Ebenen die bewohnten Viertel von

Eskrinor verbanden. Ob die Stadt erweitert werden sollte? So tief im Berg? Aber warum dann das Warnschild?

Unvermittelt wurde die Luft kühler, sie fröstelte. Feuchter Dunst waberte ihr entgegen, ein sonderbarer Geruch stieg ihr in die Nase. Als der Leuchtkristall flackerte, stutzte Brynnbett. Sie hatte die Magie des Steins heute früh extra aufgeladen, das sollte Licht für mindestens zwei Tage bedeuten.

Geräusche hinter ihr, leise noch, doch ihre Verfolger kamen unerbittlich näher. Sie musste weg, und zwar schnell. Mit dem Lärm ihrer Schritte im Ohr hetzte sie voran. Ignorierte die zunehmende Dunkelheit, die abnehmende Leuchtkraft des Kristalls und den unangenehmen Geruch, der immer beißender wurde.

»Hier, hier, hier!«, klackerten ihre Stiefel viel zu laut.

Das schwächer werdende Licht vor sich haltend, nurmehr ein flackerndes Glimmen, lief sie weiter, den feuchten Dunst nach ranzigem Fett und faulen Eiern in der Nase, auf den Lippen, der Zunge und in den Lungen. Eine drängende Übelkeit ließ sie langsamer werden. Sie hielt sich die Hand vor den Mund und blieb stehen. Hier war der Gestank besonders stark – dampfte ihr ins Gesicht wie der Dunst einer heißen, giftigen Quelle. Brynnbett dachte an ihre Arbeit als Köchin zurück, an übel riechenden Käse, vergorene Suppe und faule Pilze in der Hitze des Sommers. Eine Hitze, die es hier unten im Berg nicht geben sollte, und ein Leben, das sie hinter sich lassen wollte. Ihr wurde schwummrig, sie taumelte gegen die Wand.

Erst in diesem Moment entdeckte sie den Spalt, der ihre Rettung sein könnte. War er breit genug? Sie tastete in die Dunkelheit und zwängte sich hoffnungsvoll in die Nische der Felswand, die lauter werdenden Geräusche ihrer Verfolger im Ohr. Sie musste einfach hindurchpassen – notfalls mit Gewalt. Keuchend presste sie ihren Körper weiter in die Öffnung, ignorierte die harte Felskante und zwängte sich tiefer in den Spalt. Sie wusste, jeden Moment konnte sie stecken bleiben, doch es gab kein Zurück.

Plötzlich gab der Fels nach. Brynnbett verlor das Gleichgewicht, hatte keine Zeit, sich abzufangen, und stürzte durch den Spalt. Die Wucht, mit der sie auf den Felsboden schlug, raubte ihr den Atem. Ihre flackernde Lichtquelle rollte davon, der Schmerz in Armen und Knien trieb ihr Tränen in die Augen.

Benommen horchte sie in die Dunkelheit und hörte hinter sich die Schritte im Tunnel näherkommen. »Keine Zeit, zu leiden«, hatte ihre Mutter stets gesagt, wenn Brynnbett sich an den heißen Töpfen und Pfannen verbrannt hatte oder mit einem der scharfen Messer abgerutscht war. Sie biss die Zähne zusammen, wie sie es immer getan hatte, und rappelte sich stöhnend auf. Wenn nur der übelfaulige Geruch nicht wäre!

In diesem Moment hätte sie ihr neues Leben in Eskrinor gerne wieder gegen die Küche in Crem eingetauscht. Doch das war keine Option, schon gar nicht, wenn sie das hier überstehen würde und allen – vor allem sich selbst – zeigen könnte, dass sie mehr als eine Köchin war.

Brynnbett hielt sich den Arm vors Gesicht. Wo war sie hier nur gelandet? Sie tastete nach den Wänden, spürte grob behauenen Fels unter den Händen und erkannte, dass dies keine natürliche Höhle war, sondern ein künstlicher Verbindungsgang. Fragte sich nur, wohin er führte.

Am liebsten wäre sie sofort umgekehrt, so bestialisch war der Gestank. War das die einzige Möglichkeit, zu entkommen? Sie schaute in die Richtung, aus der die Schritte kamen, hörte Männer rufen und sah schwache Lichtfetzen über die Tunnelwand flackern. Sie könnte sich ergeben, ihnen mit hoch erhobenem Kopf entgegentreten und weitermachen wie bisher. Die Ausbildung zur Waffenfrau würde nicht ewig dauern, auch wenn es ihr so vorkam. Dann aber dachte sie an Prallkor Donnerhals, ihren Kampflehrer, und schüttelte entschieden den Kopf. Sie musste die Prüfung bestehen, wenn sie dem einfallslosen Schreihals entkommen wollte.

Als sie in die stinkende Dunstwolke trat, um den Leuchtkristall aufzuheben, flackerte er erneut – doch diesmal wurde er heller. Brynnbett drehte sich zu dem Spalt, durch den sie gefallen war, streckte die Hand mit dem Kristall aus und erfasste mit einem Blick den Grund ihres Sturzes. Die Felswand, die sich eben wie von Zauberhand aufgetan hatte, war in Wirklichkeit eine steinerne Scheibe, die in einer Rinne im

Boden ruhte und darin zur Seite gerollt war. Ein rundes Tor, das für sie die Rettung bedeuten konnte.

Sofort versuchte sie, die mühlsteingroße Steinplatte zurück vor den Durchgang zu rollen, was anstrengender war als gedacht. Erst als sie sich mit ihrem ganzen Gewicht gegen das Steintor stemmte, setzte es sich folgsam in Bewegung. Schwere Knochen und viel Masse hatten eben auch Vorteile.

Als der Durchgang fast versperrt war, schnappte Brynnbett erschöpft nach Luft, begann zu würgen und erbrach sich. Der faulige Gestank war unerträglich. Angewidert wischte sie sich über den Mund, dachte an Schilaskraut, Pelstarblüten oder andere penetrant riechende Pflanzen und Kräuter. Aber nichts davon wuchs unter der Erde. Und wer sollte sie zum Kochen bringen? Nein, es musste eine seltene Art Fumarole sein – heiße Gase aus dem Inneren der Welt.

Sie hielt die Nase zu, verbarg den Leuchtkristall unter dem Wams und lauschte durch den schmalen Spalt, der noch im Durchgang geblieben war. Leise Schritte, gedämpfte Stimmen. Dann nichts mehr. Für den Moment hatte sie es geschafft; zumindest, wenn sie hier nicht ersticken würde.

Erleichtert holte Brynnbett den Kristall wieder hervor und sah sich um. Ihr rettender Unterschlupf war eine mittelgroße Kammer, die in einen Gang mündete. Entschlossen ging sie weiter und fand schließlich die Quelle des Gestanks – einen ekelhaften Sud, der in einem Kessel vor sich hin brodelte und mit dem aufsteigenden Dampf seinen bestialischen Mief verströmte. Also doch Schilaskraut und andere Widerlichkeiten. Wer, bei den Kennluren, kochte so etwas? Und wozu?

Beherzt trat sie die glühenden Scheite weg, griff sich den Deckel vom Boden und schloss hastig den Topf – forscher als beabsichtigt, das metallene Geräusch hallte viel zu laut durch den Tunnel. Sofort verharrte sie in ihrer Bewegung, hoffte inbrünstig, dass sie niemanden aufgeschreckt hatte, und lauschte. Irgendwo fielen Tropfen, klatschten auf Stein, unterbrachen die angespannte Stille.

Nein, es rührte sich nichts. Oder doch?

Wer mochte den Sud aufgesetzt haben? Die Feuerscheite brannten zwar nicht mehr, aber die Glut war noch immer heiß. »Wenn du hier Wurzeln schlägst, wirst du es nicht herausfinden«, schalt sie sich, machte einen vorsichtigen Schritt und horchte, ehe sie weiterging. Was stellte sie sich so an? Wieder kamen ihr Worte ihrer Mutter ins Ohr: »Willst du Memme oder Meisterin sein?« Wie oft hatte sie sich nicht getraut, aus der Küche zu gehen und den undankbaren Kunden unter die Augen zu treten.

Brynnbett versuchte, den Gedanken abzuschütteln. Hier gab es keine reichen Magister, die ihre Macht auskosteten und an allem etwas auszusetzen hatten. Überdies trug sie jetzt das Wappen der Wachschaft und war eine angehende Waffenmeisterin – gut, sie hatte die Ausbildung erst wenige Tage nach der letzten Sommerwende begonnen, aber das wusste nur, wer sich auskannte.

Kurz kam ihr in den Sinn, dass die Prüfung, auf die sie sich eingelassen hatte – die sie sogar unbedingt gewollt hatte –, eine Falle wäre. Doch den Gedanken verwarf sie. Schließlich war sie nicht die Einzige, die diese Gelegenheit ergriffen hatte.

Ein Stück vor ihr wurde es heller, ihre Anspannung wuchs. Warmes Licht verbreitete eine gleichmäßige und weitreichende Helligkeit. Das konnten nur Leuchtkristalle sein, und zwar viele. Und sie würden nicht leuchten, wenn niemand ihre Magie entfacht hätte ...

Immer noch kein verdächtiges Geräusch. Keine Schritte, kein Stöhnen, Seufzen, Klirren oder Scharren. Nur Tropfen, die ohne erkennbaren Rhythmus auf Steine trafen. Patsch! Mit jedem Atemzug ein Tropfen, mit jedem Tropfen ein weiterer törichter Gedanke, der sich in ihren Kopf fraß. Eine Prüfung in der Prüfung, um – ja, um was eigentlich?

Schluss mit dem Zaudern, ich bin hier nicht im Krieg, sondern in Eskrinor – meiner Heimat. Hier gibt es keine unförmigen Menschen, bei denen Arme, Beine und Körper zu lang sind und nichts zusammenpasst. Hier ist niemand, der über mich und meine Kochkunst herzieht. Hier ist Eskrinor – die Goldene Stadt unter dem Berg, Geburtsort meiner Ahnen. Was kann hier schon passieren?

Entschlossen beschleunigte Brynnbett ihre Schritte, jedes Klacken ihrer Sohlen eine Warnung: »Ich komme, ich komme, ich komme.« Egal! Sie marschierte tapfer voran. Hinter der nächsten Biegung musste die Lichtquelle sein. Sie würde einfach rufen, laut und selbstbewusst, schließlich trug sie das Wappen ihres Stammes auf dem Harnisch. »Hier ist die Wachschaft von Eskrinor.«

Das klang kläglich. »Ruhig bleiben und ... nicht rühren!« Schon lauter, aber zu zögerlich. Brynnbett ging langsamer, horchte, ob jemand reagierte. Nur noch zwei Schritte. Sie räusperte sich. »Dies ist ein Kontrollgang! Verhaltet Euch ...«

Plötzlich stand sie in einer hell erleuchteten Höhle, die ihr schier den Atem raubte. Es war weniger die Größe als vielmehr die Mischung aus natürlicher Schönheit und den Spuren zwergischer Baukunst. Sie sah Reliefs in glatt geschliffenen Wänden, in der Tiefe des Raums führten behauene Stufen zu einem aufwendig gestalteten Durchgang hinauf, der die Neugier weckte auf das, was hinter ihm liegen mochte.

Alles schien in der Zeit stehen geblieben. Eingefroren, bevor es vollendet werden konnte. Die vielen Tropfsteine, die mit ihren glatten Oberflächen das helle Licht hundertfach widerspiegelten, stützten diesen Gedanken. Ein Ort, wie aus der Zeit gefallen. Genau so stellte Brynnbett sich die Siedlungsanfänge Eskrinors vor.

Ihr Blick folgte einer rostigen Kette, die sich bis zur Höhlendecke hinaufzog, über zwei Räder führte und an dem großen Leuchtkorb endete, der die Höhle erhellte. Brynnbett beschirmte blinzelnd die Augen. Dutzende von Kristallen im Inneren des Korbs ließen ihn beinahe wie einen strahlenden Lüster wirken. Doch wenn man genau hinsah, erkannte man die kantige Schlichtheit der genieteten Eisenstreben.

Sie schaute sich weiter um. Von den Gerüsten, die es brauchte, um die Felsen in den höheren Bereichen der Höhle zu bearbeiten, waren nur wenige Holzbalken geblieben, die in ungeordneten Stapeln auf dem Boden lagen. Sonderbar, dass dieser Raum vor der Fertigstellung verlassen worden war – und dass man die Baustoffe nicht abtransportiert hatte.

In diesem Moment kam Brynnbett wieder das Warnschild mit dem Totenkopf in den Sinn, der abschreckende Gestank im Höhlengang. Sie spürte eine wachsende Unruhe. Welche

Gefahr lauerte hier? Oder drohte das Ungemach erst hinter dem nächsten Durchgang? War sie hier überhaupt sicher?

In diesem Moment wurde ihr bewusst, dass sich etwas veränderte. Dass statt des Gestanks ein anderer, süßlicher Duft die Höhle erfüllte. Irgendwie unnatürlich ...

Alarmiert schaute sie sich um und entdeckte nur wenige Schritte weiter einen massiven Amboss, dessen Oberfläche blank poliert war und in scharfem Kontrast zu dem Schmutz und Rost stand, der den gesamten Sockel bedeckte. Dieser Ort war nicht verlassen!

Sie trat näher und erblickte den Kronenhelm. Eine meisterhafte Arbeit, eines Stammesvaters würdig, mindestens aber für einen führenden Krieger der Palastwache gearbeitet.

Ein plötzliches Geräusch ließ sie herumfahren. Ihr Blick fiel auf einen Tisch, der mit Tiegeln, Kolben und Flakons bedeckt war. Flüssigkeiten verschiedener Farbe schwappten in den Gefäßen, ein schmales Glas rollte zur Kante, stürzte herab und zerbrach auf dem steinernen Boden.

»Wer ist da? Zeigt Euch oder ...«

»Bitte, tut mir nichts. Ich kann das erklären.«

Unwillkürlich griff Brynnbett an ihren Waffengurt, fasste jedoch ins Leere. Ihr Kurzschwert und das Messer hatte sie für die Prüfung ablegen müssen. »Einfach ganz vorsichtig, dann passiert nichts«, mahnte sie und wusste nicht genau, ob sie die Männerstimme meinte oder sich selbst.

»Ich weiß, ich sollte vielleicht nicht hier sein.«, tönte es unter dem Tisch hervor. »Also eigentlich nicht, oder vielmehr: ganz bestimmt nicht. Au.« Die Flüssigkeiten in den Gläsern schwappten erneut. »Mist. Moment, ich hab mich in meiner Robe verheddert.«

Ein schmaler Flakon kippte, der Inhalt ergoss sich über die Tischplatte. Sofort war die Luft von einem frischen Duft erfüllt, der Brynnbett an die Sauerfrüchte erinnerte, mit denen sie früher gerne Salatsoßen verfeinert hatte – damals, in der Schänke ihrer Eltern.

»So, jetzt sollte es gehen. Jedenfalls – ich brauchte Ruhe zum Nachdenken, Ausdenken und Überdenken.« Eine graue

Robe schob sich unter dem Tisch hervor. Staubiger Stoff in ungelenken Bewegungen.

»Keine Sorge«, beschwichtigte Brynnbett und beobachtete fasziniert die schmächtige Gestalt, die da zum Vorschein kam. Nicht, dass nicht viele andere auch schmal neben ihr aussahen, aber dieser Zwerg wirkte fast schon zerbrechlich. Etwas zu zierlich und – schief?

»Denken ist bei meiner Arbeit eine durchaus nützliche Beschäftigung.« Der Zwerg klopfte mit seiner Linken den Staub von der Robe.

Brynnbett hätte gern etwas entgegnet, doch das Äußere des kleinen Mannes ließ sie schlucken. »Ich ... äh ... denke auch«, brachte sie hervor. Was für ein Satz.

»Oh, entschuldigt bitte. Ich hätte Euch vorbereiten können. Mein Anblick ist für die meisten etwas ungewohnt. Den schiefen Rücken habe ich durch mein kürzeres Bein, und der rechte Arm fehlt mir schon seit Kindertagen. Ich bin mal einem Grabmäuler zu nahe gekommen. Aber keine Sorge, mit der restlichen Armhälfte komme ich ganz gut zurecht.« Er winkte ihr mit dem Oberarmstumpf zu. »Irgendwo habe ich eine Handstulpe, aber sie hilft eher denen, die mit mir umgehen müssen, als mir selbst.« Er lächelte.

Brynnbett versuchte, ihn nicht anzustarren. Allerdings weniger wegen der körperlichen Behinderungen, sondern weil er ein ausgesprochen schönes Gesicht hatte. Erdbraune Augen, nussbraune Haare, dazu ein dezenter Oberlippen- und Kinnbart, der seine markanten Züge betonte und damit alle anderen Besonderheiten in den Hintergrund treten ließ.

»Gestatten: Gillron. Gillron Wunderling. Aber die meisten nennen mich Gilli. Wahrscheinlich, weil ich für einen Zwerg etwas zierlich geraten bin.« Er machte eine schiefe Verbeugung.

»Brynnbett Herdfeuer«, antwortete sie.

»Oh ...«

»Nein, bitte kein ›Oh‹. Wenn ich erst meine Prüfung bestanden habe, wird dieser Name sicher bald Vergangenheit sein.«

»Ach so. Dann seid Ihr keine ...«

»Doch. Und nein, Kochen gehört definitiv meiner Vergangenheit an.«

»Aber ...«

»Nichts aber.« Brynnbett hatte diese Gespräche schon unzählige Male geführt und war es leid. Einer bekannten Dynastie von Köchinnen, Süßbäckern und Brotmeistern zu entstammen, war wie ein Fluch. »Lasst es mich abkürzen. Ja, ich bin eine von *den* Herdfeuers. Meine Eltern haben ein Gasthaus in Crem, ich bin also in einer Menschenstadt aufgewachsen, habe dort von meiner Mutter alles gelernt, was eine wahrhaft köstliche Küche ausmacht, so wie sie von ihrer Mutter und so weiter. Und nein, ich habe nichts gegen Kochen an sich. Es macht mir Freude, der Umgang mit Gewürzen ist mir ein Genuss und essen sowieso eine Leidenschaft. Der Grund sind die Gäste.«

Sie holte tief Atem, so sehr hatte sie sich in Rage geredet; dabei konnte das schmale Hemd vor ihr gar nichts dafür. Aber in diesem Moment kamen die ganzen schlechten Erfahrungen aus dem Gasthaus ihrer Eltern zurück. »Ja, die Gäste sind der Grund, weshalb ich hier bin. Sie waren mir ein Graus. Insbesondere die Magister aus dem Orden der magiebegabten Menschen. Deren Ansprüche haben mit guter Zwergenküche nichts gemein. Aber in Crem sind sie eben die Kunden mit den meisten Sillingen in der Tasche. Wenn ich schon an sie denke! Entweder ist ihnen das Essen zu mild oder zu würzig, zu heiß oder zu kalt. Dann ist es das Aussehen oder es sind die Portionen. Und wenn sie mal nichts an den Speisen auszusetzen haben, sind die Stühle zu hart. Ich bin ihnen zu fett und sie sind mir zu dumm. Deshalb habe ich Crem verlassen und bin nach Eskrinor gekommen – quasi zu meinen Wurzeln. Irgendwie gehört man als Zwergin ja unter den Berg.« Sie verschränkte die Arme und schnaufte. Das wäre geklärt. Wenn Gillron einigermaßen aufgepasst hatte, würde er keine weiteren Fragen stellen.

»Und die einzige Alternative war die Wachschaft von Eskrinor?« Auf seiner Stirn bildeten sich Falten, die gleichzeitig fragend und skeptisch wirkten.

Brynnbett seufzte. »Ich denke, ich wollte etwas Abwechslung. Eine neue Herausforderung. Und Vater hat immer gesagt, ich sei eine geborene Kämpferin. Deshalb.«

»Aha.«

»Wie ›aha‹?«

»Einfach nur ›aha‹.«

»Niemand sagt einfach nur ›aha‹.«

»Dann eben ha-a.« Gillron wandte sich ab. »Ich denke, ich sollte hier aufräumen. Nicht, dass jemand in die Scherben tritt.«

»Du willst mir also nicht antworten.« Es war nur eine Feststellung, doch womöglich war ihr Ton etwas forscher als beabsichtigt, denn der Einarm drehte sich sofort wieder um.

»Kein Grund, laut zu werden. Ich finde nur, dass Kochen eine wirkliche Kunst ist. Sie erfordert viele Kenntnisse über Zutaten, das Zusammenspiel von Gewürzen, Wissen über Garpunkte und so weiter. Man braucht einen ausgeprägten Geschmacks- und Geruchssinn. Sogar das Sehen ist wichtig. Kochen ist kreativ und förderlich für Körper und Geist.«

Brynnbett schluckte. Der schiefe Zwerg – wie hieß er? Gillron? – hatte vollkommen recht. Eigentlich hätte *er* den Beinamen Herdfeuer verdient.

»Es ist für mich einfach nur unverständlich, dass jemand, der einmal von dieser Erfüllung gekostet hat, ausgerechnet in der Wachschaft von Eskrinor nach Abwechslung sucht.« Er humpelte hinter einen Felsen und holte einen Besen hervor. »Was gibt es da für Herausforderungen? Schlafen und Wache schieben? Oder Wache schieben und schlafen? Oder ...«

»Ist ja schon gut.« Sie winkte ab. Die tägliche Routine der Ausbildung war wirklich mehr als eintönig. Anfangs waren zumindest die Übungskämpfe eine Herausforderung gewesen. Aber nachdem sie den Umgang mit Schwertern und Äxten als eine Art Tanz begriffen hatte, dem gewisse Schrittfolgen eigen waren, gewann sie immer öfter, was bedeutete, dass auch das nicht mehr aufregend war.

Wenn sie ehrlich war, musste sie sich eingestehen, dass sie schnell gemerkt hatte, wie sehr ihr das Kochen und Backen fehlten. Aber so einfach wollte sie sich nicht geschlagen geben. Es musste sich doch irgendetwas finden lassen, das ihr zumindest annähernd so viel Freude machte wie die Arbeit mit wohltuenden Kräutern, frischen Zutaten und duftenden Gewürzen.

Deshalb hatte Brynnbett sich ja auch für diese Prüfung gemeldet. Jäh fuhr sie auf. Beim Laich der Höhlenfische von Eskrin – die Prüfung! »Wie lange stehen wir hier schon tatenlos rum?«, polterte sie.

Gillron zuckte vor Schreck zusammen. Beizeiten musste sie sich angewöhnen, sanfter zu sprechen. Aber nach etlichen Monden inmitten von Kriegern und unter der Knute von Prallkor Donnerhals war ihr die bullerige Art in Fleisch und Blut übergegangen. »Nichts für ungut«, setzte sie behutsamer hinzu. »Aber ich muss noch verschiedene Zutaten suchen und bis zur Abendglocke in der Kaserne sein, sonst war alles umsonst.«

Gillrons Züge entspannten sich. »Was war umsonst?«

»Dass ich meinen Verfolgern entkommen bin.«

»Ihr seid auf der Flucht?«

»Nicht direkt. Es ist eine Prüfung für die Arbeit im Palast.«

»Eine Prüfung? So eine Art Wettbewerb, um den Besten zu finden?« Gillron sah sie mit hellwachen Augen an.

»Wenn man so will.«

»Ihr meint aber nicht die Suche nach Begabten unter den besten Kriegern von Eskrinor, oder?« Sein Blick glitt einmal an ihr hinab und wieder hinauf. »Ihr seid ... nun ja ...«

Wehe, wenn er etwas über ihre Figur sagte.

»... nur Anwärterin«, schloss er, die Augen auf die einsame, graue Krone an ihren Schulterklappen gerichtet. Gerade noch die Kurve gekriegt. »Ich denke nicht, dass Ihr infrage kommt.« Er packte den Besen mit der Linken, stützte den Stiel mit seinem Armstumpf und fegte die Scherben in ein Felsloch neben dem Tisch.

Was wollte er denn damit sagen? »Die Prüfung ist für jeden zugelassen. Da könntest selbst du dran teilnehmen.«

Gillron hob abwehrend seinen Stumpf, eine Geste, die durch die fehlende Hand seltsam unnütz wirkte. »Bewahre mich der Gott der Runen vor solchen Ideen. Wer weiß, was sich unser Stammesvater nun wieder ausgedacht hat.«

»Du meinst, der Aufruf kam von Dronnkahn Silberfaust persönlich?« Brynnbett hatte gedacht, die Idee stammte vom Obersten der Palastwache, weil dort Posten zu besetzen wären.

»Mein Verdacht ist recht naheliegend. Immerhin habe ich im Palast davon gehört.«

»Du warst im Palast? Im Palast des Stammesvaters?«

»Das ist einfach zu erklären.« Gillron hielt inne und stützte sich auf den Besen. »Ich bin der Geselle von Irmhold Kettelgurt.« Er schenkte ihr ein stolzes Lächeln, als wäre der Name Kettelgurt Erklärung genug.

Doch Brynnbett hatte nicht den geringsten Schimmer, wer das sein sollte, und versuchte, ihre Wissenslücke mit einem schlichten »Aha« zu überspielen.

»Ihr kennt sie nicht?«

»Ich habe nur ›aha‹ gesagt.«

»Niemand sagt einfach nur ›aha‹.« Der Zwerg zwinkerte.

Brynnbett spürte, wie ihre Wangen warm wurden. »Bei den Kennluren, nun sag schon, wer sie ist.«

»Sie ist die Runenmeisterin unseres Stammesvaters.«

Brynnbett dachte einen Moment nach und schüttelte den Kopf. »Dronnkahn Silberfaust hat einen Runenmeister namens Trorwenn oder so. Ich habe unlängst meinen Ausbilder über ihn reden hören.«

»Humbug. Meine Meisterin war bereits im Palast, als dieser Düsterling noch keine Isa von einer Jera unterscheiden konnte.« Gillrons Blick wurde ernst. »Bis der Emporkömmling auftauchte, war sie die erste und alleinige Beraterin. Ihre Archive sind unübertroffen und ihre Werkstatt befindet sich in unmittelbarer Nähe des Thronsaals.«

»Aber sie ist nach wie vor Runenmeisterin, wenn ich dich richtig verstehe, oder nicht?«

»Fragt sich nur, wie lange noch. Er will sie um jeden Preis verdrängen.«

Während er den Besen zurückbrachte und sich einen Kasten mit Korken griff, ließ Brynnbett kopfschüttelnd die Worte auf sich wirken. Frieden auf der ganzen Welt, doch im Berg stritten sich die Zwerge. Würde sie irgendwann auch eine andere Seite Eskrinors kennenlernen?

Unterdessen verschloss Gillron in aller Seelenruhe die Flakons und Gläser. Die kleinsten hielt er mit der Hand fest und nahm die Stöpsel zwischen die Zähne, um sie aufzusetzen.

»Ich will dich nicht drängen, aber mir rennt die Zeit weg.«

»Die Zeit rennt nie«, antwortete er, als er den Mund wieder frei hatte. »Aber ich kann Eure Ungeduld verstehen, auch wenn ich Euer Ansinnen nicht nachvollziehen kann.«

»Bitte, sag nicht immer ›Ihr‹ und ›Euch‹. Mein Name ist Brynnbett, und ich bin es nicht gewohnt, hofiert zu werden. Erzähl mir lieber, wie ich an ein Stück Schwarzkohle mit Silbereinschluss, eine gläserne Phiole mit Quarzsand und eine Goldassel komme, ohne dass meine Verfolger mich vorher zu fassen bekommen.«

»Goldasseln?« Gillron sah sie stirnrunzelnd an.

Irgendwie machten die Falten sich sehr gut über den geschwungenen Brauen. Es wirkte recht attraktiv und ...

Und was für ein Blödsinn dachte sie da eigentlich? Sie wischte die Gedanken beiseite und wiederholte ihr Anliegen deutlicher: »Goldassel, Phiole mit Quarzsand und ein Stück Schwarzkohle mit Silbereinschluss. Kann ich das alles bis zur Abendglocke der Kaserne beschafft haben?«

Gillron öffnete eine Schublade unter der Tischplatte und zog ein Bündel Stoff hervor. Brynnbett hielt den Atem an. Könnte darin tatsächlich eine der Zutaten sein?

Leider entpuppte es sich nur als ein leichtes Tuch, mit dem er seinen Arbeitstisch samt gläsernen Utensilien abdeckte. »Nein«, antwortete er lapidar, holte eine weitere Decke heraus und humpelte zum Amboss hinüber.

2
RAIWEN

»Kiri?« Raiwen wartete einen Moment und eilte weiter, als er nichts hörte. Hätte er diesen Baumskrat vor drei Monden nicht leibhaftig kennengelernt, wäre er niemals auf die Idee gekommen, eines dieser magischen Waldgeschöpfe um Hilfe zu bitten. Baumskrate waren irgendwie ... anders. Die besondere Mischung aus Ängstlichkeit und Neugier in Verbindung mit ihrer außergewöhnlichen Magie machte sie zuweilen unberechenbar. Wie hatte Semjon Kiri gleich genannt? Hautwechsler. Ja, das passte.

Der rotbärtige Zwerg war Raiwen noch gut in Erinnerung. Streitlustig und anstrengend war der grummelige Kurzbeiner zwar gewesen, aber in seinen Wortbauten unübertroffen. Valehna hatte öfter erzählt, wie sehr sie ihn mochte, als sie noch reden konnte – vor dieser tückischen Krankheit. Jetzt lag die Thronfolgerin teilnahmslos in ihrem Gemach und war kaum wiederzuerkennen, die Haut fleckig und aufgedunsen.

Der Gedanke daran versetzte Raiwen einen Stich, er versuchte, das Bild abzuschütteln. Lange genug hatte er an ihrem Bett gesessen und hilflos zugesehen, ohne etwas tun zu können. Wäre Julina nicht gewesen, säße er dort immer noch. Aber die Heilerin der Fürstin hatte ihn gebeten, oder vielmehr gedrängt, nach neuen, unbekannten Heilpflanzen zu suchen. Irgendetwas müsse es geben, um diesen Fluch zu bekämpfen. Schließlich sei gegen fast alles ein Kraut gewachsen.

Raiwen war da nicht so sicher, aber es fühlte sich gut an, zu handeln und nicht nur stumpfsinnig dazusitzen, Heilwasser auf den Verband für Valehnas Augen zu tropfen und sie regelmäßig hin- und herzudrehen. Ohne Aussicht auf Heilung war ihm all die Pflege so sinnlos vorgekommen.

Deshalb bist du hier draußen. Damit alle Mühe und alles Ringen einen Sinn bekommen. Konzentriere dich also endlich auf deine Aufgabe und hänge keinen trüben Gedanken nach. Du musst Kiri finden.

Raiwen ging langsamer, versuchte, seine Umgebung ganz zu erfassen, jede Bewegung zu sehen, jeden Duft zu riechen. Plötzlich hörte er ein sonderbares Geräusch. Eines, das sich von allem unterschied, was er kannte. Anders als das Rauschen der Blätter im Wind, anders als das Brechen von Zweigen oder das Knirschen der Baumkronen.

Er blieb stehen und lauschte. Kein Sand unter ledernen Sohlen, auch nicht das knarrende Geräusch von Frulgkäfern, die sich mit ihren stacheligen Panzern auf Partnersuche durch Borkengänge pressten. Nein, das alles war es nicht, aber es klang ähnlich. Wie eine unheimliche Mischung. Vorsichtig setzte Raiwen einen Fuß vor den anderen, folgte dem absonderlichen Geräusch, streckte unwillkürlich die Hände vor, jederzeit bereit, sich mit Magie zu verteidigen.

Das Unterholz wurde dichter, Raiwen musste sich durch ein unübersichtliches Dickicht aus Farnen, Ranken und Klettkräutern kämpfen. Innehalten. Lauschen. Das Geräusch wurde tatsächlich lauter und durchdringender. Was, um der Seelen willen, konnte das sein?

Sein Blick fiel auf eine silbergraue Feder. Er beugte sich vor und hob sie kurz entschlossen auf. Vorsichtig barg er sie in den Händen und schloss die Augen. »Dann verrate mir mal, zu wem du gehört hast, du Schöne. *Mahjyl-jigu, färerh tuhl jys.*« (Magie des Lebens, enthülle dich mir.)

Raiwen spürte den Schwingungen nach, die zwischen seinen Handflächen pulsierten, und versuchte, die Veränderungen zu deuten. Im Geist sah er eine gedrungene Gestalt, die über Dekaden alle Waldelben in ihren Bann gezogen hatte und von deren Tod er erst vor einigen Tagen erfahren hatte. »Treschka.« Er spürte, wie ihm der Hals eng wurde. Bei ihrem letzten Besuch in Gohlannbjahr hatte er ihrer unvergleichlichen Stimme nur aus der Ferne lauschen können. Nun war die alte Faltenfederin gestorben und zu den Seelen gegangen. Der Gedanke, sie nie wieder zu hören, füllte sein Herz mit Wehmut.

Doch das unbekannte Geräusch in der Nähe hielt ihn davon ab, in Trauer zu verfallen. Raiwen drehte sich einmal um sich selbst und horchte, um sicher zu sein, in welche Richtung er weitergehen müsste, wenn er dem Mischlaut aus Knistern, Brummen und Rascheln auf die Spur kommen wollte. Sollte er wirklich Zeit dafür opfern, es zu suchen? Knirschende Frulgkäfersohlen auf brechenden Zweigen aus Sand.

Es war ganz nah, das spürte er. Behutsam bahnte er sich einen Weg durch mannshohe Farnwedel, die ihm jegliche Sicht nahmen. Jetzt war das Geräusch so gegenwärtig und drängend, dass Raiwen glaubte, er müsste jeden Moment davon überwältigt werden. Einen Schritt wagte er noch, schob weitere Zweige beiseite. Dann sah er es plötzlich vor sich.

Eine Art riesiges Nest, darin ein bebender Haufen, dessen vibrierende Regungen dem auf- und abwallenden Rhythmus des vieltönenden Geräuschs entsprachen. Nur, dass es nicht *ein* geheimnisvolles Wesen war, das da vor ihm lag, sondern vielmehr ein vibrierendes Durcheinander verschiedenster Lebewesen. Vögel, Nager, Lurche und Goldjungfern erkannte er. Sie alle saßen oder lagen vereint in einem Nest aus Moos, Gräsern und silbergrauen Federn.

Raiwen hatte Heilkräuter gesucht, dabei aber Treschkas Familie gefunden, ganz allein und sich selbst überlassen. Noch ein Problem, um das er sich kümmern musste? Warum nur nahmen alte Faltenfederinnen so viele verwaiste Tiere in ihre Obhut? Und warum musste ausgerechnet er sie finden? Er brachte es nicht übers Herz, sie zu ignorieren. Nur hatte er auch keine Ahnung, wie er helfen sollte.

Konzentriere dich auf deine Aufgabe, die Suche nach einem Heilmittel, einem Kraut oder was immer die Fürstin und ihre Thronfolgerin heilen kann. »Ja doch«, antwortete Raiwen sich selbst und erschrak darüber. Er schlug die Hand vor den Mund, aber es war zu spät.

Schon im nächsten Moment kam Bewegung in den wabernden Haufen. Die Tiere bewegten sich, krochen, flatterten und fiepten angstvoll auf.

»Bitte bleibt!«, rief er.

Als sich inmitten des ganzen Getiers, umschwirrt von den Vögeln, Schrecken und Nachtfaltern etwas Großes aufrichtete, erschrak er. Größer, als er Treschka in Erinnerung hatte, größer als Menschen oder Elben. Instinktiv regte sich seine Magie, er ließ die ihm eigene Kraft ins Erdreich pulsieren. Sofort keimte Leben auf, züngelten schlangengleiche Ranken aus dem Boden, die ihn vor jedem Gegner schützen würden. Doch die Gestalt stand mit dem Rücken zu ihm und hatte ihn noch gar nicht entdeckt.

Fassungslos starrte Raiwen auf graufedrige Haut, die wie ein schlechtes Abbild der einstigen Mutter anmutete, mit Beinen, die eher an einen Wolf erinnerten. Dann fiel sein Blick auf die langen Arme, die seltsamen Hände – nur drei kräftige Finger an jeder. »Kiri?«

Die Gestalt wirbelte herum, verfärbte sich, nahm die Farben des Waldes an und verschwand.

»Kiri, du musst keine Angst haben. Wir kennen uns doch.«

Raiwen versuchte, ihn auszumachen. Und tatsächlich: Durch die vielen umherschwirrenden Falter, Motten und Vögel schaffte der Baumskrat es nicht, völlig unsichtbar zu erscheinen. Immer wieder wurden flüchtige Konturen deutlich, die zeigten, dass er sich wie erstarrt keinen Zoll bewegte.

»Ich bin Irondurh-Raiwen. Der Heiler von Valehna. Der Elb, der deinem Freund Farim geholfen hat. Die Elbenstifte – du musst dich doch erinnern.«

Als würden Farims magische Stifte noch einmal ihre Wirkung entfalten, kehrte die Farbe des Baumskrats zurück. Seine Haut nahm den gesunden, braunen Ton an, den Raiwen von damals kannte, die großen, grünen Augen sahen ihm offen entgegen. »Raiwen. Frast vrergressen.«

An die seltsame Angewohnheit des Baumskrats, den Buchstaben r in unzählige Wörter zusätzlich einzubauen, hatte der Elb schon gar nicht mehr gedacht.

Kiri sah um sich, streckte die Arme aus und summte eine leise Melodie. Sofort kamen die ersten Vögelchen und Falter, um Platz zu nehmen. Gemächlich hockte er sich hin und fuhr mit dem Singsang fort, den außer ihm und den Tieren wohl niemand verstand. Vorsichtig trat Raiwen näher und setzte sich auf den Rand des Nests. Wie froh er war, den Baumskrat gefunden zu haben.

»Srind jetzt meine Krindrer.« Anscheinend hatte er sie alle wieder beisammen, es gab kaum einen leeren Platz mehr in dem großen Nest, auf seinen Beinen, den Armen und Schultern. Kiri sah den Elb mit stolzglänzenden Augen an. »Ich brin jetzt Prapra.«

»Das freut mich sehr für dich.« Raiwen besah sich die artenreiche Familie des Baumskrats, wie sie alle so einträchtig bei ihm saßen, lagen oder hockten. »Sie fühlen sich wohl und sind bei dir in guter Obhut.« Gute Obhut. Unvermittelt dachte er daran, dass Valehna bei ihm selbst nicht so gut aufgehoben gewesen war. Dass er ihre Krankheit nicht hatte kommen sehen, dass er als Heiler versagt hatte.

»Dru traurig?« Der Baumskrat sah ihn voller Wärme an.

Raiwen nickte. »Sehr sogar. Deshalb habe ich dich gesucht. Ich brauche dringend deine Hilfe.« Er erzählte Kiri von der heimtückischen Krankheit, die die Fürstin der Waldelben und ihre Thronfolgerin heimgesucht hatte und nicht mehr losließ. Er schilderte die Symptome, zählte Namen von Gebrechen auf, an die er anfangs gedacht hatte, und berichtete von den Heilzaubern, Remedien und Kräutern, die er ausprobiert hatte. »All meine Bemühungen waren vergeblich.« Raiwen ließ den Kopf hängen und starrte in seine leeren Hände.

»Abrer srie lebren.«

»Ja. Wenn man es so bezeichnen will.« Er rieb sich die Augen und suchte nach Worten. »Ich mag mir nicht vorstellen, dass sie für immer verloren sein könnte – könnten«, korrigierte er sich. »Die Fürstin und ihre Thronfolgerin.«

»Dru liebst Vralehna. Drachte ich dramals schron.«

Sofort sah Raiwen sich aufgeschreckt um, aus Angst, jemand könnte in der Nähe sein und zuhören.

»Wrir srind allrein. Abrer Liebre ist wras Grutes, oder?«

»Sie ist die Thronfolgerin und ich bin ihr Heiler. Es gibt Grenzen, die ich nicht überschreiten darf.«

»Sronst wras?«

»Sonst riskiere ich, verstoßen zu werden.« Es war das erste Mal seit Langem, dass Raiwen so offen über sein Dilemma sprach. Bislang hatte er sich nur seinem Freund Zhinlohr anvertraut; und das war schon eine ganze Zeit her. Er schüttelte seufzend den Kopf. »Ich muss erdulden, nicht der Ihre zu sein. Aber ich könnte es nicht ertragen, für immer von ihr getrennt zu werden.«

»Vrerstrehe.« Kiri sah sich im Nest um und verteilte zärtliche Streicheleinheiten. »Greht mir ähnrich.« Dann richteten seine großen, runden Augen sich wieder auf Raiwen. »Und wras krann ich für drich trun?«

»Du kennst dich im Heiligen Wald besser aus als jeder Elb. Ich hatte gehofft, du weißt von magischen Kräutern oder Substanzen, die mir unbekannt sind.«

Kiri legte den Kopf auf eigentümliche Art von einer zur anderen Seite, verharrte dann und schloss die Augen. »Srie wrach und doch nicht wrach?«

»Ja.«

»Srie Schmerzen?«

»Nein. Soweit ich das sagen kann, nicht.« Die Frage hatte Raiwen lange umgetrieben, schließlich hatte er zu spitzen Nadeln gegriffen, um Gewissheit zu haben. Er war sich treulos vorgekommen, doch letztlich war es ein schwacher Trost gewesen, dass sie nicht reagiert hatte.

»Srie schrucken?«

Raiwen blickte Kiri verwirrt an. »Sie was?«

»Schrucken.« Der Baumskrat führte eine Hand an den Mund. »Wrasser oder Brei schrucken.«

»Ach so, ja, sie kann schlucken.«

»Drann ihr Krörper krank, weil ihre Sreele gefangen.«

Raiwen nickte nachdenklich. Etwas Ähnliches hatten er und Julina auch schon vermutet. Aber selbst die Heilerin der Fürstin, um einiges älter und erfahrener, kannte solche Fälle nicht. »Meinst du, ihre Krankheit kommt aus dem Kopf?« Zwar wusste niemand, wo die Seele wohnte. Die Zwerge meinten, sie in ihren Knochen zu spüren, und die Menschen fühlten sie angeblich in ihren Herzen. Letzterem maß Raiwens eigenes Volk zwar ebenfalls einen hohen Wert zu, doch wenn es darum ging, wo der Lebensfunke wirklich säße, glaubten die meisten Elben an den Kopf. Dort, wo Gedanken und Ideen, Zu- und Abneigung, ja, sogar Träume entstanden und bewusste wie unbewusste Reaktionen ausgelöst wurden.

»Egral wro – Krankheit schreint Sreele zu lähmen.«

»Also könnte es ein Gift gewesen sein?« Diesen Gedanken hatte er mit Julina eigentlich bereits verworfen, deshalb schlug sein Herz schneller, als neue Hoffnung ihn durchströmte. Wo ein Gift, da ein Gegengift – das hatte er schon vor Dekaden gelernt. »Du kennst sicher irgendwelche Gegenmittel, die ich bisher nicht ausprobiert habe, ist es nicht so? Magische Kräuter, die auf die Seele wirken, nicht wahr?«

Als Kiri den Blick langsam senkte – noch ehe er begann, den Kopf zu schütteln –, wusste Raiwen, dass er einer vergeblichen Hoffnung nachgelaufen war. Dass das Wissen der Baumskrate nicht umfassender war als die Erkenntnisse von Hunderten Elbengenerationen.

»Dann gibt es keine Hoffnung, und ich muss mit leeren Händen zurückkehren.« Es sollte keine Anklage sein, doch als er Kiris Blick sah, erkannte er die Betroffenheit darin. »Dir danke ich sehr«, setzte er hinzu und meinte es auch so. »Unser Treffen hat mich gefreut und mir Trost gespendet. Und überdies spare ich Zeit, die ich für andere Dinge aufwenden kann. Wer weiß, wie lange ich durch die Wälder gestreift wäre, um unbekannten Kräutern, Beeren oder Wurzeln nachzujagen.«

»Zreit für andrere Reisen.« Kiri nickte bedächtig.

»Wieso andere Reisen? Ich hatte nicht vor, Gohlannbjahr zu verlassen.«

»Abrer drie Natur frindet einen Wreg. Wrenn nicht hier, dran wroanders.«

Die Natur findet einen Weg. War es wirklich so einfach? Gab es für alles auf der Welt eine Lösung, wenn man nur lange genug danach suchte? Fast schon wollte sein Herz wieder schneller schlagen, wollte er sich auf den Weg machen, einer neuen Hoffnung folgen. Doch zugleich spürte er, wie die Angst vor einer weiteren Enttäuschung hervorkroch, den Impuls niederrang und im Keim erstickte. »Ich danke dir, dass du mir Mut machen willst. Vielleicht hast du recht. Aber Jukahbajahn ist zu groß für mich. Ich habe keinen Anhaltspunkt für die Suche nach einem Heilmittel.«

»Vrielleicht wroanders sruchen.« Kiri schien von der Idee selbst ganz überrascht, sein Gesicht feuerte einen außergewöhnlichen Wechsel an Mimik ab. Von erstaunt über nachdenklich zu erfreut, neuem Erstaunen, Zweifel und letztlich Zustimmung. »Sremjon.« Er gab ein keckerndes Lachen von sich. »Redete vriel, aber krannte srich aus mit Sreelenmagrie.«

Raiwen nickte, als er erneut an den rotbärtigen Zwerg zurückdachte. Ein wenig hatte Semjon sich wirklich ausgekannt. Aber reichte dieses Wissen, um die Fürstin und ihre Tochter zu heilen? Andererseits musste es bei den Zwergen auch Gelehrte geben, die sich mit Seelenmagie beschäftigten. Immerhin gehörten Seelen in ihr Weltbild, trotz der Vielgötterei, der sie verfallen waren. Und Semjon wüsste, wo man diese Denker antreffen konnte.

Doch schon im nächsten Moment fiel Raiwen ein, wo Semjon lebte, und er sah eine weitere Hoffnung verglimmen. »Vielleicht hast du recht. Aber ich müsste weit in den Westen reisen, über die Kesselberge bis ins westliche Eskringebirge. Und dann wüsste ich nicht einmal, ob ich den Zugang nach Eskrinor finden kann, ob die Zwerge mir überhaupt helfen.« Er schüttelte verzagt den Kopf. »So lange von Valehna getrennt sein? Für eine ungewisse Hoffnung?«

»Vrielleicht srich allres klären. Und vrielleicht Trennung bredeutret Lebren.«

»Vielleicht. Ich danke dir für diesen neuen Gedanken. Womöglich kann mein Freund Zhinlohr mir dadurch helfen.«

»Zhrinlohr? Elb aus Erellgrorh?«

Raiwen nickte. »Er ist ein guter Freund. Ich habe ihm geschrieben und erwarte seinen Besuch.« Vielmehr hoffte er darauf. Doch seit er den Brief geschickt hatte, der ihn eigentlich zum Elbenrat in Erellgorh erreicht haben musste, hatte er nichts von Zhinlohr gehört. »Er ist ein ausgezeichneter Heiler, weißt du? Und ich bin sicher, dass er hilfreiche Gedanken mitbringt, wenn er kommt. Soweit ich weiß, ist er vor Zeiten auch im Zwergenreich unterwegs gewesen.«

»Drann ist alles grut.« Kiri sah auf seine Kinder hinab und summte leise. Es klang wie ein sanfter Abschluss, eine unausgesprochene Aufforderung an Raiwen, jetzt zu gehen.

Also stand er auf. »Ich danke dir, für alles.« Sonderbarerweise fiel ihm der Abschied schwer. Dabei kannte er Kiri weder lange noch gut. Aber irgendetwas rührte ihn an diesem grobgestalteten, doch feinsinnigen Geschöpf.

»Grüße mir drie Freunde.« Die großen, grünen Augen richteten sich noch einmal auf den Elb. »Dreine und meine.«

»Gern.« Raiwen wollte sich schon umdrehen, zögerte jedoch. »Was wirst du – werdet ihr jetzt tun?« Sein Blick fiel auf einen kleinen Vogel, der sein winziges Köpfchen in die ledrige Hand des Baumskrats schmiegte.

»Triefer in den Wrald grehen.« Kiri senkte lächelnd den Blick. »Und zusrammenbreiben.«

Besser konnten letzte Worte nicht ausfallen. Raiwen schlich so leise fort, wie er gekommen war. Hin und wieder blieb er stehen, horchte zurück und lächelte. Diesmal war es kein knirschendes Geräusch wie Frulgkäfersohlen auf brechenden Zweigen aus Sand. Es war der Singsang eines Vaters, dessen Liebe seinen Kindern galt.

Kiris letztes Wort trieb Raiwen auf dem ganzen Rückweg um: zusammenbleiben. Das war es, was er mit Valehna wollte. Aber konnte man das überhaupt, wenn man gar nicht richtig zusammen war? Wäre es ihm wirklich genug, ein ganzes Elbenleben einfach nur in ihrer Nähe zu sein?

In seinen Träumen hatte bislang die stille Hoffnung gelebt, dass es irgendwann anders kommen würde – dass sie sich für ihn entschied. Eine Thronfolgerin durfte das, sie musste sich nicht für einen Fürstensohn oder einen Scheltar entscheiden. In der Vergangenheit hatte es immer wieder Ausnahmen gegeben, es könnte also auch ein Heiler sein. Raiwen seufzte, als er an seine Erfolgsbilanz dachte. Vielleicht sollte der Auserwählte zumindest in der Lage sein, die Thronfolgerin gesund zu machen.

Sein Blick fiel auf zwei junge Bäume, die so dicht nebeneinanderstanden, dass ihre Stämme sich berührten. Rimmpur und Karanda, unterschiedlich in Wuchs und Frucht, aber doch vereint. Er atmete tief durch, sog den Geruch des Waldes ein und spürte der Kraft nach, die das Leben hervorbrachte. Kraft, die Valehna so dringend benötigte – die er ihr geben wollte, um ihre Krankheit zu besiegen.

Entschlossen eilte er weiter, fühlte bei jedem Schritt die Verbundenheit zu den Müttern der Wälder, die wunderbare Aura dieser Ältesten aller Bäume, ihre Verknüpfung mit der Kraft der Seelen und allem Leben der östlichen Haine.

Als er Gohlannbjahr näherkam, begann seine Magie sanft zu pulsieren. Hier, im Zentrum des riesigen Waldelbenreichs, war ihm jeder Pfad vertraut, jede Blüte, an der er vorbeikam, schien ihn willkommen zu heißen. Er genoss die Schritte auf dem weichen Moos und ging das letzte Stück langsamer.

Seine Gedanken kehrten zu Kiris Vorschlag zurück, die Suche nach einem Heilmittel ins Zwergenreich Eskrinor auszudehnen. Doch er konnte nicht nach diesem Strohhalm greifen, egal, wie verlockend es im ersten Moment geklungen hatte. Außerhalb Gohlannbjahrs herrschte Winter. Dort draußen gab es keine Mütter der Wälder, deren warme Magie aus fallendem Schnee einen Sommerregen zauberte. Es dauerte viele Tage, allein schon den Pass zwischen den Kesseln zu erreichen. Wie lange bräuchte er erst, um nach Eskrinor zu gelangen und Semjon zu finden? Monde um Monde wäre er fort, ohne zu wissen, wie es Valehna ginge. Nein, so lange durfte er sie nicht allein lassen. Nicht für eine Reise mit ungewissem Ausgang.

Raiwen verkrampfte sich, seine Zuversicht schwand. Er sollte sich lieber auf den Besuch Zhinlohrs konzentrieren. Vielleicht hätte sein Freund einen ganz anderen Blick auf die Krankheit, würde die Symptome neu deuten und damit eine Heilung finden, die ohne eine zermürbend lange Reise auskam. Dann wäre alles ...

Ein plötzliches Geräusch ließ Raiwens Kopf herumrucken. Etwas Großes flog auf ihn zu, er warf sich Schutz suchend zu Boden. Was, um der Seelen willen, hatte das zu bedeuten? Irgendwo lachte jemand, doch er konnte den Klang nicht zuordnen. Wer war das?

»Fang!«

Erneut kam etwas angeflogen. Raiwen rollte sich gerade noch rechtzeitig zur Seite, als neben ihm eine Makuwa-Frucht ins Moos donnerte. Keine wirkliche Angriffswaffe, wenn auch hart genug, um für gehörige Kopfschmerzen zu sorgen.

»Enttäuschend, das muss ich sagen.« Erilon-Dranuhr.

Raiwen sprang behände wieder auf die Füße, als er den eifrigsten Boten aller Fürstenhäuser hinter einem Baumstamm hervorkommen sah. »Enttäuschend ist höchstens der Wurf, der sein Ziel nicht trifft.«

Dranuhr gab ein lautes, wenig aufrichtiges Lachen von sich. »Ich will doch keine Schönheit beschädigen.« Sein Mund verharrte in einem breiten Grinsen, als wollte er seinen makellos weißen Zähnen einen besonders guten Ausblick schenken.

Mit der rechten Hand auf dem Herzen deutete Raiwen eine Verbeugung an. »Die Macht der Seelen sei mit Euch!«

»Und mit Euch.« Der Elbenbote verbeugte sich tiefer, als nötig gewesen wäre.

Raiwen seufzte innerlich, lächelte aber pflichtschuldig zurück. »Seit wann seid Ihr unter die Obsthändler gegangen, Freund Dranuhr.«

»Hahaha. Ich dachte mir, dass es Euch gefällt. Mir war nach einem Spaß, und ich wusste, dass Ihr ihn versteht, Freund Raiwen. Ihr seid durch nichts aus der Ruhe zu bringen, und ich bin sicher nur einer von vielen, der Euch dafür bewundert.«

Glatt wie ein Pfeilschaft, schmeichelnd wie ein Fellblättchen und abartig wie Schilaskraut. Raiwen versuchte, sich auf irgendetwas Nettes zu konzentrieren. Den Stoff seiner Kleidung vielleicht? Die Winterrobe, die er über dem Arm trug – nein, das galt nicht. Es sollte etwas Persönliches sein. Sein Blick fiel erneut auf die grellweißen Zähne, und er schluckte. Die waren es definitiv nicht.

»Ich wollte Euch nicht vorführen, das müsst Ihr mir glauben. Es wirkte nur, als hätten wir denselben Weg, und das brachte mich darauf, Euch mit diesen schmackhaften Früchten auf mich aufmerksam zu machen, hahaha.«

»Wie unvergleichlich außergewöhnlich.« Raiwen quälte sich ein Lächeln ab. Jeder hatte Fähigkeiten, die man wertschätzen konnte, wenn man nur lange genug suchte. Auch Dranuhr besaß sicher irgendein Talent, für das man zumindest Toleranz aufbringen musste. Nur was? Mühsam hielt Raiwen sein Lächeln aufrecht, bis ihm doch noch eine Eigenschaft einfiel, für die er ihn schätzen könnte: Der Bote war stets zur rechten Zeit genau dort, wo wichtige Dinge passierten. Entscheidungen mit Tragweite, sozusagen. Julina hatte ihm einiges über Dranuhrs Gebaren erzählt. Wie ein Fallandir jagte der Fürstenbote von Reich zu Reich, um Nachrichten, Wünsche oder Geheimnisse zu überbringen. Wobei die Übermittlung von Letzterem wohl eine seiner Spezialitäten war.

»Ich sehe ein, dass Euch nicht der Sinn nach derlei Späßen steht. Ihr habt fürwahr eine verantwortungsvolle Position, Freund Raiwen, o ja. Ich schätze das sehr.«

Das beruhte allerdings nicht auf Gegenseitigkeit. Trotzdem nickte Raiwen freundlich und setzte sich wortlos in Bewegung. Mit etwas Glück trennten ihre Wege sich bald wieder.

Doch Dranuhr schlenderte sofort neben ihm her, als wären sie von vornherein gemeinsam unterwegs gewesen. »Gibt es etwas Neues zu berichten? Als ich fortging, lagen die Fürstin und ihr Kindeskind in bedauernswert trübem Schlummer.«

Raiwen schüttelte den Kopf, antwortete jedoch nicht. *Durchatmen, nicht ärgern. Dranuhr ist gut in dem, was er macht. Und er hat das Talent dort zu sein, wo etwas von Tragweite …* Unvermittelt blieb er stehen und wandte sich dem Boten zu. Richtig: Er trug eine Winterrobe über dem Arm. »Woher kommt Ihr eigentlich, Freund Dranuhr?«

Der Fürstenbote starrte ihn verblüfft an. »Aus Erellgorh natürlich. Was dachtet Ihr denn?«

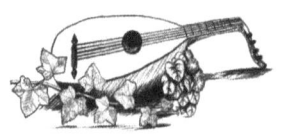

3
JAMON

Die Klinge zischte an ihm vorbei, Jamon taumelte rückwärts. Ruckartig hob er sein Schwert, um den nächsten Hieb abzuwehren. Doch diesmal war der Schlag so gewaltig, dass ihm die Waffe aus der Hand glitt.

»Jetzt bist du tot, mein Freund.« Prandur streckte den Arm, die Spitze des Schwerts kam gefährlich nahe, hing wie ein tödliches Versprechen direkt vor Jamons Gesicht. »Ein Ausfallschritt von mir und deine schöne Nase ist Geschichte.« Der Zwerg lachte sein Hyänenlachen.

Jamon hob hilflos die Arme. »Hab's ja verstanden. Nimm dieses stumpfe Holzschwert weg. Ich möchte keinen Splitter abbekommen.«

»Der wäre dein kleinstes Problem. Auch mit Übungsschwertern kann man töten. Man muss nur stark genug zuschlagen.« Gelassen steckte Prandur das Schwert hinter den Gürtel. »Und dass du es verstanden hast, wage ich zu bezweifeln. In den letzten Wochen habe ich wahrlich einiges probiert, um aus dir einen Kämpfer zu machen.«

»Schwerter sind einfach nichts für mich.«

»Genauso wenig wie Äxte und Streithämmer.«

»Mir liegen solche schweren Waffen eben nicht.«

»Und was war mit den Dolchen und Wurfmessern?«

»Werfen war noch nie meine Stärke.«

»Vor allem ist Treffen nicht deine Stärke. Egal, womit. An die vielen Tage, die wir mit Armbrustschießen verbracht haben, mag ich gar nicht denken. Reines Glück, dass auf dem Kampfplatz nebenan keiner mehr unterwegs war.« Prandurs

Zöpfe flogen über seine Schultern, als er lachend den Kopf schüttelte. »Nein, im Ernst. Du bist eben nur ein Mensch und solltest es vielleicht doch noch mal mit Magie versuchen. Den Abschluss der Ordensschule hast du immerhin geschafft und darfst dich Magister nennen.«

»Weil mein Onkel als Schulleiter ein gutes Wort für mich eingelegt hat. Von allen Magistern bin ich der untalentierteste.« Jamon sah auf den Silberreif, den er wie jeder Magiebegabte seit seinem zwölften Sommer am Handgelenk trug. Wahrscheinlich hatte er den einzigen bekommen, der keine magischen Kräfte wecken konnte. »All die Jahre auf der Ordensschule habe ich nicht den kleinsten Hauch von Magie zutage gefördert.«

»Nun, es zeichnet sich ab, dass es dir hier genauso geht. Viele Übungsstunden und wenig Erfolg.« Prandur zog seufzend die Stirn kraus. »Nicht, dass ich dich nicht leiden kann. Für einen Menschen bist du ganz in Ordnung. Aber manchmal muss man sich eben eingestehen, dass man nicht alles sein kann. Der Wille allein schafft noch keinen Weg. Zumindest nicht ohne einen Hauch von Talent.«

»Gibst du etwa schon auf?« Jamon zog seine gefütterte Jacke an und warf sich den Ordensumhang über. »Ich habe doch Fortschritte gemacht, bin kräftiger und ausdauernder geworden. Das hast du erst vor ein paar Tagen gesagt.«

Sein Zwergenfreund gab einen Laut von sich, der wie eine Mischung aus Stöhnen, Seufzen und Lachen klang. »Ausdauernder, schneller und kräftiger – ja. Für einen der stubenhockenden Magister erstaunlich gut in Form, das gebe ich zu. Aber deine Konzentration gleicht der einer Tölpelkröte und dein Augenmaß dem eines Höhlenfisches von Eskrin.«

»Danke für die Blumen. Aber Höhlenfische sind blind.«

»Eben.«

»Sehr witzig.«

Prandur hieb ihm lachend die Pranke auf den Rücken und schob ihn mit sich vom Übungsplatz. »Dafür kannst du passabel Laute spielen. Und wenn du singst, muss man sich nicht mal die Ohren zuhalten. Vielleicht solltest du daraus mehr machen.«

Das saß. Jamon glaubte zwar, dass sein Zwergenlehrer es gut meinte, doch die Worte kränkten mehr, als sie trösteten. War es ein Fehler gewesen, die Freiheiten, die ihm die Berufung zum Stadtdiplomaten beschert hatten, dafür zu nutzen, bei jeder Gelegenheit in der Taverne des Zwergenviertels aufzuspielen? Konnte der Schwertmeister sich Jamon nicht als Kämpfer vorstellen, weil er ihn zu sehr mit den Liedern der abendlichen Gelage verband? »Die Musik macht mir Spaß, aber es steckt noch etwas anderes in mir, das spüre ich. Ein tief verborgenes Talent vielleicht, das gehoben werden will.«

»Sehr, sehr, sehr tief, wie es mir scheint.«

»Prandur, bitte, ich werde härter an mir arbeiten.« Jamon war es egal, wie wenig Erfolg er während der Übungskämpfe gehabt hatte. Jeder Augenblick davon hatte sich gut angefühlt. Die Kraftproben, das Tempo – sogar der Muskelkater danach hatte ihm das Gefühl vermittelt, sein Leben endlich selbst in die Hand zu nehmen, nicht nur Mitläufer zu sein. »Wenn der Winter erst mal vorbei ist, lege ich noch eine Schippe drauf, versprochen. Du darfst mich nicht aufgeben.«

»Aufgeben? Sehe ich so aus? Bei all deinen Liedern über Eskrinor scheinst du über uns Zwerge wohl doch nicht viel zu wissen, was?« Prandur schüttelte den Kopf, dass die Zöpfe erneut hin- und herflogen. »Nein, bei den Fackeln der ewigen Kerker, noch ist nicht aller Zeiten Dunkelheit. Gib mir ein paar Tage, um mir etwas Neues zu überlegen. Sollen mich die Kennluren holen, wenn ich aus dir nicht einen halbwegs passablen Kämpfer machen kann.«

Auf dem Weg von den Kampfplätzen zur Taverne hatte Jamon die Kritik seines Freundes schon fast wieder vergessen. Mochte das Training erfolgreich sein oder nicht – hier im Zwergenviertel fühlte er sich wohl. Er genoss die Wege durch die schmalen Gassen und bewunderte die felsgrauen Häuser, die sich wie Tafelsteine an die Klippen des Eskringebirges lehnten.

Prandur war nicht mitgekommen, weil er – wie jeden Abend – die Wehrmauer des Viertels abschritt. Es hatte zwar seit Dekaden keinen Angriff oder größeren Zwischenfall mehr gegeben, doch wenn Zwerge außerhalb der Berge lebten, brauchte es zumindest eine vernünftige Befestigung mit gewissenhafter Sicherung, wie der Waffenmeister stets betonte. Das konnte Jamon sogar verstehen, seit die Lieder der Zwerge ihm ihre Kultur nähergebracht hatten.

Damals, als er das erste Mal nach Bergstadt gekommen war, wie seine Freunde ihr Viertel nannten, hatte es fremd auf ihn gewirkt. Doch heute, einen Winter später, fühlte er sich hier besser aufgehoben als im Ordensviertel. Allein die runenverzierten Türen, die ihm gerade bis zum Kinn gingen, hatten ihn von Anfang an begeistert. Hier war alles etwas kleiner als in den restlichen Vierteln Crems, abgestimmt auf die Größe der Zwerge. Vielleicht erschien es deshalb freundlicher.

Jamon zog den Umhang enger um sich. Bisher war der Winter recht mild gewesen, doch der kalte Wind, der durch die Gasse wehte, erinnerte ihn daran, dass es bis zum Frühsommer noch einige Monde dauern würde.

Vor ihm kam das Wasserspiel der Handwerker-Zunft in Sicht. Ein kleines Abbild des goldenen Brunnens von Eskrinor, wie Aula ihm erklärt hatte. Das Wasser solle besonders bekömmlich sein, hatte die Köchin der Taverne gesagt. »Das liegt am Goldgehalt«, hatte sie gemeint und ihm direkt einen Krug davon geholt, damit er sich überzeugen konnte.

Jamon beugte sich zum Wasserstrahl hinunter und trank. Heute kam ihm das Wasser noch eisiger vor als sonst. Er hatte keine Ahnung, ob es irgendeine heilsame Wirkung hatte, aber es schmeckte wirklich besser als das in den Brunnen des Ordensviertels. Inzwischen hatte er sogar seinen einflussreichen Onkel vom Goldwasser überzeugt und brachte ihm immer mal wieder ein Fässchen davon mit.

Guter Onkel Kelenkus. Ohne seinen Einfluss als Leiter der Ordensschule wäre Jamon sicher nicht zum Stadtdiplomaten berufen worden. Der Posten schien wie für ihn gemacht. Denn seine einzige Aufgabe war es, die Bürger der Stadtviertel von Crem im Auge zu behalten und seinem Onkel Kelenkus Bericht zu erstatten.

Natürlich gab es eine feste Tour, damit er keine Straße ausließ. Jede Okte hatte nun einmal nur acht Tage. Aber von den düsteren Ecken im Westviertel und dem stinkenden Gerberviertel im Osten abgesehen, machte es Jamon sogar Spaß, durch die Stadt zu ziehen und Neuigkeiten aufzuschnappen. Keine große Verantwortung und genug Zeit zum Lautespielen und Trainieren. Was wollte man mehr, als Magister ohne Magie?

Jamon sah an den nächsten Häusern vorbei zum Eingang der »Zänkischen Zilpe«. Sein Herz schlug förmlich höher, als er darauf zuging. Diese Mischung aus Aufregung und Angst vor einem neuen Auftritt. Die Vorfreude darüber, dass die Zwerge begeistert zuhören und mitsingen würden, und die quälende Furcht, er könnte sich in den Saiten vergreifen, sich im Text verhaspeln und damit die Gäste vertreiben.

Entschlossen schulterte er seine Laute und schritt lächelnd auf die Tür zu. Das unförmige Schild darüber bewegte sich sacht im Wind und verursachte kläglich quietschende Geräusche – irgendwie passend zum Namen der Taverne. Die tratschende Wirtin, die zuweilen das halbe Zwergenviertel gegen sich aufgebracht hatte, gab es schon lange nicht mehr, aber geklatscht wurde immer noch gern.

Als Jamon an die Tür kam, hörte er bereits das Stimmengewirr von drinnen. Viele Kunden, viele Zuhörer! Mit gewohntem Griff nahm er den gepolsterten Lautensack vom Rücken, damit das Instrument nicht am Türbalken hängen bliebe, wenn er mit gebeugtem Kopf eintrat. Dann bückte er sich und öffnete beherzt die Tür.

Der Krach lärmender Tischgespräche schlug ihm entgegen, getragen vom vertrauten Geruch nach Alkohol, Bratfett und süßlichem Pfeifentabak. Als die Ersten ihn entdeckten, wurde es jedoch still. Ihm fiel ein, dass er vergessen hatte, den Umhang abzulegen. Das Blau des Ordens war hier nicht gern gesehen.

»Nur der Lautenspieler!«, rief jemand.

»Aber ja, unser Meistersänger.« Eine heiser fiepende Stimme schrillte durch den Schankraum. Kestur Kugelblitz kam auf ihn zugewieselt und wedelte ihm mit einem Geschirrtuch entgegen. »Wurde Zeit, dass du dich mal wieder blicken lässt.«

Jamon lachte. »Ich war doch erst vor zwei Tagen hier.«

»Eben drum. Wir haben dich gestern vermisst.«

Der gute Kestur schüttelte ihm die Hand und zog ihn mit sich. Er bahnte ihnen einen Weg zwischen Tischen und Stühlen hindurch, mit dem kugeligen Bauch voran. Am Kamin angekommen, scheuchte er ein Zwergenpärchen weg. »Genug der Liebeleien, ihr müsst euch einen anderen Platz suchen. Das hier ist der Tisch des Musikers.«

Unwillig stand das junge Paar auf.

»Kestur, ich kann auch woanders sitzen.« Jamon warf den beiden einen entschuldigenden Blick zu, aber sein kleiner Freund kannte kein Erbarmen.

»Nichts da. Von woanders höre ich dich nicht.« Er drückte dem Pärchen die Metkrüge in die Hände, scheuchte die beiden weiter und wirbelte dann mit dem Geschirrtuch über den Tisch, dass der Staub nur so flirrte.

Vorsichtig legte Jamon die Laute ab und entledigte sich des Umhangs, ehe er sich auf seinen Stammplatz setzte. Im Stillen hatte er auf diesen Platz gehofft und war Kestur dankbar, dass er ihm erneut dazu verholfen hatte. Von hier aus hatte man die ganze Gaststube im Blick, war nicht weit vom Tresen entfernt und sogar mit wenigen Schritten bei der Hintertür zum Abort. »Du hättest die beiden nicht wegscheuchen müssen.«

»Papperlapapp. Das ist der Musikertisch, sieht man doch.« Grinsend deutete Kestur auf Jamons Lautensack. »Und? Was darf es sein? Ein Humpen Kittla? Was zu essen?«

»Ein Humpen Kittla reicht fürs Erste, danke.« Er packte die Laute aus und stimmte die Saiten nach. »Und? Hast du einen Wunsch?«

»Heimatliche Zwergenstimmung natürlich, und gern was zum Mitmachen. Bring den Laden mal sanft zum Vibrieren.«

Jamon lächelte wissend. Er würde mit der Schmiedehymne beginnen. »Dann hol deinen Hammer und die Klangstange.«

Auf Kesturs backenbärtigem Gesicht breitete sich ein Strahlen aus, wie der Blitz spurtete er davon. Erst vor Kurzem hatte der Zwerg stolz sein selbst gemachtes Instrument vorgestellt, von dem Jamon sofort gewusst hatte, dass der Klang perfekt zu diesem Stück passen würde. Volltönend und tief.

Er sah zum Tresen hinüber und fing ein Lächeln des Schankwirts auf. Mindestens für ein Lied müsste der alte Fredo auf Kestur verzichten. Aber zur Not konnte Aula aus der Küche kommen, um an den Tischen zu bedienen.

Als sein kleiner Freund zurückkam, brauchte es nur einen Schlag auf die Klangstange, sofort senkte sich erwartungs-volle Stille über den Raum. Der Schankhelfer schlug erneut auf sein Instrument, dann begann Jamon zu singen:

Klong – unterm Berge,
Klong – zwischen Steinen,
Klong – tragen Höhlen edle Schätze,
nur für uns bestimmt.

Klong – schlagen Herzen,
Klong – glüht das Leben,
Klong – treibt die Sehnsucht Wort und Taten,
bis die Zeit verrinnt.

Klong – schlägt der Hammer,
Klong – glüht das Eisen,
Klong – formen Kräfte Werk und Klingen,
bis der Kampf beginnt.

Klong – mit den Runen,
Klong – unsrem Zauber,
Klong – wächst die Stärke über alles,
bis der Sieg gelingt.

Es war eine langsame Weise voller Melancholie, von den tiefen Bässen der Zwerge getragen, die jede Zeile mitsummten.

Als der letzte Ton verklungen war, legte sich einen Moment lang unwirkliche Stille über den Raum. Dann aber setzte ein stürmischer Applaus ein, und wenig später riefen die Zwerge Jamon ihre Wunschlieder entgegen, damit er weitermachte. Allesamt Stücke von heldenhaften Begebenheiten und ruhm-reichen Ahnen, wie »Ruf des Nordens« oder »Zwischen Eis und Glut«. Aber auch Wünsche nach schlüpfrigeren Liedern konnte er befriedigen und gab Einiges zum Besten: »Jedem Kuppler einen Schuppler« oder »Lange Körper, kurze Schwänze«. Gerade die Pointen des letzten Stücks gingen eindeutig auf Kosten der Menschen, aber Jamon hatte sich damit abgefunden, dass Zwerge einen zuweilen derben Blick auf die anderen Völker hatten. Er überließ die deftigsten Textzeilen seinen Zuhörern und erfreute sich an deren Lachen.

Für Fredo und Kestur gab es derweil reichlich zu tun, denn Ausgelassenheit machte durstig. Die Gläser und Humpen waren schnell leer, und was nicht im Magen landete, wurde prustend über Tische und Saufkumpane verteilt.

Irgendwann hatte Jamon sich eine Pause redlich verdient, trank sein Kittla aus und verließ den Schankraum in Richtung Abort. In seinem Bauch rumorte es ordentlich; also ging er, statt sich nur an die Pinkelrinne zu stellen, vorsichtshalber hinter die Bretterwand, ließ die Hosen runter und setzte sich auf den Donnerbalken. Die Zwerge hatten wohlweislich ein offenes Kräuterfass daneben platziert, trotzdem stank es so bestialisch, dass Jamon sich schützend den Ärmel vor Mund und Nase halten musste. *Bloß nicht zu lange hierbleiben!*

Die Hoftür wurde lautstark aufgestoßen. Ehrlich jetzt? Vorsorglich rückte er zum Ende des Balkens, in den Schatten des Daches. Eine ganze Taverne mit Liedern zu unterhalten war etwas anderes, als mit feixenden Zwergen zusammen auf dem Donnerbalken zu sitzen. Doch seine Sorge war unbegründet, die Ankömmlinge blieben auf der anderen Seite der Holzwand.

»Jetzt mal unter uns: Glaubst du dem Alten?« Eine raue Stimme, die eher ernst als ausgelassen klang.

»Du etwa nicht? Wenn es um Neuigkeiten geht, gibt es vermutlich keine bessere Quelle in Crem. Jeder Zwerg steht früher oder später an Fredos Theke.«

Neuigkeiten? Interessiert hörte Jamon genauer hin. Kannte er eine der dunklen Stimmen? Wie sie den Namen der Stadt aussprachen – mit gerolltem r und als ob hinter dem e ein h stünde, mussten es Zwerge sein. Ohnehin verirrten sich nur selten Menschen in dieses Viertel. Plötzlich wurden die beiden leiser, das einsetzende Geräusch des Wasserlassens verschluckte zusätzlich Silben und Worte.

»... nicht lange ... Krieg kommen ...«

»Aber ... hier ...«

»Die Elben ... Orden ... Crem ...«

Krieg? Hier in der Ordensstadt? Nein, das musste er falsch verstanden haben. Jamon streckte sich in Richtung Wand, versuchte, das Ohr näher heranzubekommen, und verlor das Gleichgewicht. Hektisch ruderte er mit den Armen, bekam zwar die Bretterwand zu fassen, hing jetzt aber in einem haarsträubenden Winkel auf dem Rand des Balkens, ein schwarzes, stinkendes Loch unter sich. Wie sollte er sich aus dieser Lage befreien, ohne Geräusche zu machen? Sein Herz schlug schneller, er hatte Mühe, sich zu beruhigen. Was für ein Gestank!

Auf der anderen Seite plätscherte es munter weiter. Als hätten die beiden ein ganzes Fass verschluckt. Sie sprachen jetzt von einem der ihren, doch Jamon konnte den Namen nicht verstehen. Erst als das Geräusch des Wasserlassens endlich aufhörte, bekam er wieder mehr mit.

»Weiß der Himmelswagen, von wem er das gehört hat. Jedenfalls soll es im Elbenrat hoch hergegangen sein. Allem Anschein nach rüsten die Waldelben sich für einen Krieg gegen den Orden.«

»Aber dann hängen wir mit drin. Oder glaubst du, die Langohren unterscheiden zwischen Menschen und Zwergen, wenn sie Crem stürmen?«

»Sicher nicht. Spätestens, wenn die Mauern fallen oder das Torhaus genommen wird, ist auch Bergstadt in Gefahr.«

»Mögen die Götter uns schützend zur Seite stehen.«

»Das kannst du laut sagen.«

Gürtelschnallen klapperten, Jamon glaubte, auch das Klirren eines Kettenhemds zu hören.

»Jedenfalls wird sich dann endlich mal zeigen, über wie viel Magie die Magister des Ordens wirklich verfügen.«

»Ihrem überheblichen Auftreten nach müssten sie dem Angriff der Langohren einiges entgegensetzen können.«

»Wer's glaubt!«

Die Stimmen entfernten sich, endlich schaffte es Jamon, unbeschadet vom Donnerbalken herunterzukommen. Fassungslos versuchte er, zu begreifen, was er gehört hatte. Drohte wirklich ein Angriff der Elben? Wenn das stimmte, musste der Orden handeln – und zwar schnell. Es gab kein stehendes Heer in Crem, und die Stadtwehr der Bürgerschaft war alles andere als kampferprobt.

Jamon stürzte aus der Taverne, in seinem Kopf herrschte ein wildes Durcheinander. Es war ihm schwergefallen, ein unbeteiligtes Gesicht aufzusetzen, als er nach Umhang und Laute gegriffen hatte; entsprechend fragend hatte Kestur ihn angeschaut. »Muss los. Hab was Dringendes zu tun«, hatte Jamon ihm nur zugerufen. »Bis morgen.«

Jetzt, während er über das grobe Pflaster des Viertels eilte, überlegte er, ob dieses Morgen noch etwas mit dem Heute zu tun hätte, das er gewohnt war. Wie viel Zeit blieb ihnen, ehe das Elbenheer vor Crem stünde? Käme es überhaupt? Er hatte nur Wortfetzen mitbekommen und nicht die geringste Gewähr, dass tatsächlich ein Krieg bevorstand. Dennoch zweifelte er nicht am Ernst der Situation. Die Zwerge hatten besorgt geklungen; dass sie ihre Stimmen gesenkt hatten, damit sie keiner hörte, sprach für sich. Oder nicht?

Jamon lief auf den Torbogen zu, der in die anderen Viertel führte. Die Sonne war schon untergegangen, der Schein der Laternen warf flackernde Schemen auf das Pflaster. Trotzdem waren die Straßen noch belebt. Er musste einigen Zwergenkindern ausweichen, die lachend ein langes Seil schwangen, um darüberzuspringen. Ein kalter Schauer überlief ihn bei der Vorstellung, dass ihre Unbeschwertheit bald ein jähes Ende finden könnte.

Unwillkürlich lief er schneller, passierte den schmalen Torbogen und warf einen flüchtigen Blick auf das neue Handelshaus, das demnächst eröffnen sollte. Große Fenster mit leeren Auslagen, aus denen warmes Licht strahlte. Ein bärtiger Mann stellte gerade eine Kiste ab. Jamon war vorbei, ehe er näher hinschauen konnte. In seinem Kopf veränderte sich das Bild, verzerrte sich zu einer Ruine inmitten von Scherben, Schutt und Asche. Sein Herz pochte bis in die Schläfen. *Beruhige dich, noch ist nichts geschehen!*

Ein älteres Paar kam ihm entgegen, eingehakt mit schlurfend müden Schritten. Zwei verbundene Leben, deren Körper schon die meiste Kraft verloren hatten. Behandschuhte Hände hoben sich zum Gruß, Jamon wurde langsamer. Als er zurückwinkte, erhellte ein Lächeln die faltigen Gesichter und verlieh ihnen einen Hauch jugendlicher Unbeschwertheit. Vor Elbenkriegern könnten sie nicht davonlaufen.

Mit ausholenden Schritten lief Jamon weiter, warf einen Blick zurück, sah das alte Paar vorm leeren Ladenfenster stehen, sicher gespannt, was es dort demnächst zu kaufen gäbe.

Aus einem Hauseingang stob eine Katze, ein blond gelocktes Mädchen tauchte auf und rief ihr hinterher. »Nicht weglaufen. Du musst doch keine Angst haben.« *Hoffentlich!*

Jamon wandte sich wieder nach vorn und prallte mit der Stirn gegen den Kopf eines Mannes. Die Wucht des Zusammenstoßes ließ Blitze vor seinen Augen tanzen und warf ihn von den Beinen. Dröhnender Schmerz nahm ihm für einen Moment die Orientierung. Benommen schaute er sich um. Unmittelbar vor ihm wälzte sich jemand knurrend auf die Seite. Im Schein der Laterne erkannte er eine blaue Robe und seufzte innerlich. Von allen Menschen dieser Stadt rempelte er ausgerechnet ein Ordensmitglied über den Haufen.

»Bei den Seelen, wo habt Ihr nur Eure Augen? Seht Ihr nicht, wo Ihr hinlauft?« Ungelenk erhob sich der andere und baute sich vor Jamon auf. Hochgewachsen und trotz winterlicher Kleidung beinahe skelettdürr stand er da, wischte sich die Stirn und bemerkte die Platzwunde an der Schläfe. Scharf sog er die Luft ein. »Bei allem, was Euch heilig ist, wolltet Ihr mich umbringen?« Er fingerte ein Tuch hervor und presste es auf die Wunde. »Beherrscht Ihr zumindest einen Heilzauber?«

Jamon schüttelte den Kopf.

Der Hagere verdrehte die Augen. »Hätte ich mir denken können«, zischte er und suchte mit den Fingern seiner Rechten die blutende Stelle. »Untalentiertes Volk überall. Alles muss man selber machen.« Er wandte sich ab, vielleicht um sich zu konzentrieren, und murmelte etwas. Als er sich zurückdrehte, rieselte das Blut wie trockenes Pulver von einer frisch verheilten Narbe. Offenbar zufrieden damit, in ein verblüfftes Gesicht zu schauen, klopfte er sich gewissenhaft den Staub aus der Robe. »Habt Ihr noch nie jemanden einen Heilzauber wirken sehen?«

»Nicht aus dem Stegreif, nein.« Jamon ignorierte den pochenden Schmerz im Kopf. Er stand auf, schüttelte den Dreck der Straße aus dem Umhang und warf ihn sich wieder über die Schultern. »Die meisten von uns benötigen Ruhe und Konzentration.« *Und manche lernen es überhaupt nicht.*

»Sagt, kennen wir uns nicht?« Der Hochgewachsene hielt sich den gestreckten Zeigefinger an die Lippen, als müsste er sich zum Schweigen zwingen, solange er nachdachte.

Jamon musterte das hagere Gesicht und war sich fast sicher, dass er diesen messerschmalen Nasenrücken schon einmal gesehen hatte, auch wenn er ihn nicht gleich zuordnen konnte. »Ihr könntet durchaus recht haben.«

»Ja, die Welt des Ordens ist selbst in Crem recht übersichtlich, nicht wahr?«

Das fand Jamon zwar nicht, aber er nickte höflich. Allein in den Torhäusern lebten und arbeiteten mehrere Hundert Magister und Novizen, die Magister in den Mauerhäusern des Ordensviertels nicht mitgerechnet. Insofern war es sogar überaus unwahrscheinlich, dass sie sich kannten.

»Jedenfalls würde es mich nicht wundern, wenn Ihr von *mir* gehört habt«, fuhr der Hagere fort und schraubte die Stimme in die Höhe. »Mein Name ist Fenkorh Gluhnbar.«

Jamon hoffte, sich verhört zu haben. Er erinnerte sich sofort an Geschichten, die er im Amtszimmer seines Onkels aufgeschnappt hatte. Vor ihm stand der Spross der einflussreichsten Magisterfamilie aus dem Königreich Myzehren. »Gluhnbar? Der Name kommt mir vage bekannt vor.«

Das war natürlich untertrieben, aber er wollte Fenkorh nicht zu viel Oberwasser geben. Die gesamte Lehrerschaft der

Ordensschule sprach von dem begabten Einzelgänger, der sich schon in jungen Jahren den Titel eines Magur verdient hatte. Einige verlangten gar seine vorzeitige Prüfungszulassung zum Magister. Doch Kelenkus blockierte das. Jamon hatte zwar keine Ahnung, warum, vertraute aber darauf, dass sein Onkel gute Gründe hatte.

»Ich bin der Sohn des Ratsmagisters aus Myxa.« Fenkorh reckte das Kinn.

»Es freut mich, Euch persönlich kennenzulernen.« Das war immerhin nicht ganz gelogen, auch wenn Jamon ihn am liebsten einfach stehen gelassen hätte, um weiterzukommen. Die Nachricht, die er überbringen wollte, war zu wichtig, um Zeit zu verplempern. Doch er wusste, dass Kelenkus stets einen höflichen Umgang unter den Ordensbrüdern und -schwestern erwartete. Erst recht mit dem Spross eines Ratsmitglieds. Pflichtschuldig reichte er dem Magur die Hand. »Mein Name ist Jamon Briebens. Ich bedaure, dass ich schuld an unserem Zusammenstoß war und Euch so rüde zu Fall gebracht habe. Bitte verzeiht meine Achtlosigkeit.«

Der Blick des hageren Magur veränderte sich, plötzlich umspielte ein Lächeln seine Lippen. »Ich danke Euch für diese Einsicht, wenngleich ich mir dafür nichts kaufen kann.« Fenkorh fasste sich an die Schläfe und stöhnte gekünstelt. »Die Wunde mag verschlossen sein, doch der Schmerz wird mich sicher noch länger plagen.«

Jamon glaubte ihm kein Wort, unterdrückte aber tapfer eine entsprechende Erwiderung und nickte. »Leider muss ich rasch weiter.« Er mühte sich, verständnisvoll dreinzuschauen. »Wenn ich etwas für Euch tun kann, lasst es mich wissen.« Das Angebot hatte kaum seine Lippen verlassen, als er schon ahnte, dass es vielleicht keine so gute Idee gewesen war.

Die seltsam hellen Augen fixierten ihn, als der Magur Jamons Hand ergriff und festhielt. »Danke. Ihr seid mir etwas schuldig, das stimmt. Seid gewiss, dass ich zu gegebener Zeit darauf zurückkomme. Schließlich möchte ich Euch die Gelegenheit zur Wiedergutmachung nicht vorenthalten.«

Jamon zwang sich zu einem Lächeln. »Beehrt mich gern«, entgegnete er und hoffte inständig, dass es niemals dazu kommen würde. Auch wenn er als untalentiertester Magister aller Zeiten von einem der talentiertesten Anwärter nur lernen konnte. Aber in Kriegszeiten einen Gefallen zu schulden, war vielleicht nicht klug. »Doch jetzt entschuldigt mich. Mein Oheim erwartet mich.« Die Lüge kam ihm so glatt über die Lippen, dass er sich selbst wunderte.

»Wohlan denn.« In Fenkorhs Augen spiegelte sich das feurige Licht der Laterne – sein Blick war so durchdringend, als wollte er sich in Jamons Kopf bohren, um alles zu erfahren, was dort verborgen lag. Endlich ließ der Magur los, wandte sich um und ging davon.

Unschlüssig sah Jamon ihm für einen Moment nach. Was für eine seltsame Begegnung. Und wohin wollte Fenkorh eigentlich? Mittlerweile war es dunkel, alle Läden, ja, sogar die meisten Schänken hatten geschlossen. Um diese Zeit noch jemanden aufzusuchen, war ...

Bei den Seelen! Jamon konnte Kelenkus unmöglich aus dem Schlaf reißen, um ihm von einem Angriff der Elben zu erzählen. Rasch rannte er los.

4
BRYNNBETT

»Nein? Wieso nein?« Brynnbett war wie vor den Kopf gestoßen. »Du meinst doch sicher nur, dass es schwer wird, oder dass die Zeit knapp ist.«

»Eher, dass es unmöglich ist.«

»Was?« Sie riss sich den Lederhelm vom Kopf und fuhr sich durch die Haare. »Warum?«

»Weil es Goldasseln nur in der Elbenstadt Nunahzhar gibt. Ohne Sonne sind diese Tierchen nicht lebensfähig.«

Brynnbetts Mund öffnete sich, doch ihr fehlten die Worte. Ihr Traum von einer neuen Herausforderung, einer Abkürzung der monotonen Ausbildung zerplatzte wie eine Seifenblase.

»Und Silbervorkommen gibt es nur im östlichen Eskringebirge und im Kesselgebirge. Du kannst auf den Kohlenhalden unserer Stadt also keine entsprechenden Stücke finden.«

Brynnbett sank auf einen Felsbrocken hinab.

»Die gute Nachricht ist aber, dass ich dich auf sicheren Wegen zur Kaserne geleiten kann. Und eine Phiole habe ich auch für dich.« Gillron öffnete eine zweite Schublade und zog eine silberne Kette hervor, an der ein graziles Glasfläschchen hing.

Vorsichtig nahm sie es entgegen. Die äußeren Enden waren in Gold gefasst und die Glashälften liefen in der Mitte dünn zusammen. »Das kleinste Stundenglas, das ich je gesehen habe«, seufzte sie. »Und der Sand darin?«

»Ist Quarzsand! Eine der Zutaten, die du brauchst. Ich nenne es Teilchenglas, weil es nur einen sehr kleinen Abschnitt einer Stunde misst. Ich habe noch ein zweites. Du kannst es also haben.«

Sie lächelte ihn dankbar an und band sich die Kette um. »Danke. Ich werde es wiedergutmachen.«

»Dafür fällt mir bestimmt etwas ein.« Er zwinkerte ihr zu. »Aber jetzt sollten wir uns eilen, damit du bis zur Abendglocke in der Kaserne bist.« Er warf sich einen Schulterumhang mit Kapuze über und humpelte voller Elan los. Allerdings nicht zu dem runden Steintor, durch das Brynnbett gekommen war, sondern in den hinteren Teil der Höhle und die Stufen hinauf zu dem aufwendig gestalteten Durchgang, der ihr vorhin schon aufgefallen war. Oben angekommen, legte er die Hand kurz auf eine eiserne Platte, die in die Wand eingelassen war. Wie von Zauberhand verloschen die Kristalle im Korb unter der Höhlendecke.

»Wie funktioniert das?« Sie bemühte sich, Gillron im Dunkeln nicht in die Hacken zu treten.

»Das ist Runenmagie, die durch Metall bis zu den Kristallen geleitet wird und dort die Schwingungen hemmt.«

»Schwingungen?« Brynnbett hatte mit solchen Kräften nichts am Hut, war aber fasziniert von den Möglichkeiten. Ihre Eltern hatten immer Öllampen genutzt.

»Bekanntermaßen pulsiert Magie. Doch was viele nicht wissen, ist, dass sie ein gewisses Schwingungstempo braucht, um wirksam zu sein. Oder sichtbar, wie im Fall der Leuchtkristalle.« Gillron griff nach einer Laterne hinter dem Durchgang. Bei seiner Berührung begann sie sofort zu leuchten.

»Auch Runen, nehme ich an?«

»Halb Eskrinor funktioniert so. Das Licht, die Höhenwechsler, sogar die Wärmeöfen im Palast.«

Öfen, die ohne Feuer auskamen? Brynnbett hätte einiges dafür gegeben, sich das ansehen zu dürfen. In den Kasernen wurde mit Kohle geheizt, in Crem noch mit Holz. Sie seufzte. Mit der verpatzten Prüfung bekäme sie den Palast des Stammesvaters sicher niemals zu Gesicht. Verfluchte Goldasseln.

»Vorsicht jetzt. Wir müssen ein ganzes Stück hinuntersteigen, bevor es wieder aufwärtsgeht, und die Stufen sind glatt.« Gillrons Stimme hallte plötzlich, als ob der Raum sich weit um sie öffnete.

Brynnbett zog ihren Leuchtkristall hervor und erkannte, dass links neben den Stufen kein Boden zu sehen war. Doch ihr Licht reichte nicht weit genug, um Einzelheiten zu erkennen. Vorsichtig folgte sie ihrem humpelnden Führer. Alles war hier ausgesprochen feucht, es roch nach – ja, nach was eigentlich? Sie sog prüfend die Luft durch die Nase.

»Sonderbar, nicht wahr?« Offenbar hatte Gillron ihr Schnüffeln gehört. »Ich kenne diesen Geruch auch nicht. Und dabei habe ich mich die letzten Monde ausführlich mit Duftstoffen beschäftigt.«

Den Kopf in den Nacken gelegt, schnupperte Brynnbett noch einmal. Es war kein unangenehmer Geruch, nicht ranzig oder sauer – aber auch nicht süß oder würzig. Am ehesten roch es nach einer Mischung aus Herbst und Frühling. Ein Duft, der Vergehen und Erblühen irgendwie vereinte. »Es ist sehr besonders. Hast du eine Idee, woher das kommt?«

»Nicht wirklich. Aber warte – für einen Moment kann ich es heller machen.« Gillron blieb stehen und hob die Lampe.

Endlich konnte Brynnbett im gleißendem Licht der Laterne mehr erkennen. Der Anblick raubte ihr fast den Atem, so vollkommen war, was vor und unter ihnen lag. Sie sah in eine tiefe Schlucht aus dunkel schimmernden Steinflächen, die sich wie meisterhaft geschliffene Brillanten aneinanderreihten und irgendwo im Abgrund verloren. Selbst die große Bauleuchte aus der Tropfsteinhöhle hätte nicht ausgereicht, um alles auszuleuchten.

»Wir passieren hier einen einzigartigen Drusenspalt, der tief hinunter reicht.« Gillrons Stimme wurde von den Wänden zurückgeworfen – ein Echo mit äußerst reinem Klang, wie Brynnbett es noch nie gehört hatte. »Seit Kurzem sammelt sich Wasser da unten. Vielleicht kommt der Geruch daher.« Als wäre damit alles gesagt, dimmte er das Licht wieder herunter, richtete die Laterne nach vorn und ging weiter.

»Wasser also.« Brynnbett glaubte nicht, dass das die ganze Wahrheit sein konnte. *Werden und Vergehen. Ein unnachahmlicher Geruch – ein Geheimnis, das nach Entdeckung verlangt.*

Gillron führte sie jenseits des Drusenspalts durch gewundene Gänge und über viele Treppen, die ihm sichtlich Mühe bereiteten. Immer höher ging es hinauf, bis sie endlich eine Tür erreichten, vor der er eine Weile stehen blieb und horchte, während er durch ein winziges Loch nach draußen blickte. »Das ist ein geheimer Zugang«, flüsterte er. »Keiner darf sehen, wenn wir rauskommen.«

Als er die Tür öffnete und Brynnbett hinausführte, fiel ihr Blick auf die Rückseite einer schlichten Statue, der Gilli allerdings keine Beachtung schenkte. Hinter, oder besser gesagt: vor dem Denkmal entriegelte er ein Gittertor und winkte sie hindurch. »Hier beginnen die Wohnviertel von Eskrinor.«

Ohne innezuhalten, humpelte Gillron weiter und führte sie an schlichten Fassaden, rautenförmigen Erkern und spitzen Bogengängen vorbei, die schon bessere Tage gesehen hatten. Offensichtlich eines der älteren Viertel, die Straße war nur mäßig belebt.

Viel Gelegenheit, sich in Eskrinor umzusehen, hatte Brynnbett bisher nicht gehabt. Ihr Weg hatte sie damals direkt durchs Niedertor zur Kaserne geführt. Umso mehr freute sie sich über diesen Weg durch unbekannte Viertel. Die Besonderheiten der Fassadenarbeiten, die kleinen Reliefs, Säulen und aufwendigen Simse ließen sie für einen Moment vergessen, wie dringend sie zur Kaserne musste. Was in Crem die kunstvollen Schilder mit ihren strahlenden Farben, waren hier die meisterhaft gearbeiteten Steinmosaike. Wenn schon die schlichten Wohnviertel so bewundernswert ausgestaltet waren, wie sah es dann erst auf der Palastebene aus? Schließlich wurde Eskrinor »Goldene Stadt unter dem Berg« genannt.

»Hallo, Gilli. Lange nicht gesehen.« Eine rotblonde Zwergin winkte Gillron freudig zu und blieb stehen.

»Keine Zeit, Fillja.« Ohne innezuhalten, humpelte er an ihr vorbei und bog in einen schmalen Gang ein. Brynnbett schenkte der Rotblonden ein Lächeln und eilte hinterher.

Es waren verschlungene Wege, die Gillron einschlug und die sie oft durch niedrige Tunnel und einige Male sogar durch bewohnte Häuser führten. Kopfschüttelnd starrten die

Eskrindarh sie an, ohne etwas zu unternehmen. Als gehörte der schiefe Gilli schon immer zu ihrem Alltag. Was für ein sonderbares Gespann mochten sie beide abgeben? Der schmächtige Krüppel und die schwergewichtige Wächterin.

Als Gillron sie erneut in ein Haus führte, stolperten sie über Spielsachen und unterbrachen im angrenzenden Raum eine Familie mit zwei Kindern beim Essen.

»Lasst euch nicht stören. Wir müssen hier nur mal kurz durch«, flötete Gillron gut gelaunt, als wäre dieses unangemeldete Eindringen das Selbstverständlichste der Welt.

»Das kann nicht dein Ernst sein.« Ein schwarzbärtiger Zwerg mit drahtigem Zopfschmuck schüttelte den Kopf. »Du lässt dich mondelang nicht blicken und kommst dann nur, um den Weg abzukürzen?«

»Lass ihn doch«, entgegnete die Zwergin am Tisch gegenüber, deren Dutzende Zöpfe fast bis zum Boden reichten. »Er muss sich ja die Kräfte einteilen.«

»Geheime Mission«, rief Gillron über die Schulter und wedelte mit seinem Stumpf. »Ich komme gleich noch mal wieder. Versprochen.«

Der Speiseraum war recht eng, Brynnbett konnte sich nicht vorbeizwängen, ohne den Stuhl der Zwergin näher an den Tisch zu schieben. »Oh, tut mir leid, ich wollte nicht ...« Sie versuchte, freundlich dreinzuschauen.

»Gilli, ist das deine Freundin?« Eines der beiden Kinder schaute Brynnbett mit großen Augen an.

»Bestimmt nicht, die ist doch viel zu dick«, sagte das andere, bestimmt, ohne es böse zu meinen. Aber die Worte trafen trotzdem, bohrten sich durch die Haut bis ins Herz und ließen dort alte Wunden aufspringen.

»Friedja. Das sagt man nicht«, zischte die Mutter.

»Stimmt aber doch.« Die Kleine verschränkte die Arme vor der Brust und schob schmollend die Unterlippe vor.

»Sie hat einen Kriegerharnisch an«, schaltete der Junge sich wieder ein. »Das sind bestimmt alles Muskeln.«

Ein Teil schon. Brynnbetts Blick glitt noch einmal zu dem Mädchen. *Ich bin zu dick, um als Freundin durchzugehen. Zu dick für eine Beziehung, zu dick, um geliebt zu werden.*

»Philpert, Friedja – lasst es gut sein und esst euren Teller leer.« Der Schwarzbart lächelte verlegen und zuckte entschuldigend mit den Schultern. »Sie müssen noch lernen, dass Gewicht keine Rolle spielt. Gerade bei uns Zwergen nicht.«

Brynnbett nickte nur und eilte Gillron nach, der einfach weitergehumpelt und am Ende des Ganges hinter einer Tür verschwunden war. *Ich bin nicht zu dick!* Neben Gilli sah jede Zwergin füllig aus. Und überhaupt: Warum hetzte er sie durch wildfremde Wohnräume, so eng, dass jede stattlich gebaute Zwergin an den Stühlen hängen bleiben musste?

Als sie Gillron eingeholt hatte, trat sie mit forschen Schritten neben ihn. »Was sollte das denn?«, polterte es aus ihr heraus. »Man kann doch nicht einfach durch die Häuser fremder Familien laufen und sie beim Essen stören.«

»Die sind doch nicht fremd. Das waren meine Eltern und Geschwister.«

»Deine vielleicht! Aber nicht meine.« Sie verschränkte die Arme und schüttelte den Kopf. »Ist dir nicht der Gedanke gekommen, dass ich mich dabei unwohl fühlen könnte? Ich kenne hier schließlich niemanden.«

»Das stimmt.« Plötzlich sah er seiner schmolllippigen Schwester sehr ähnlich. »Entschuldige, dass ich nicht daran gedacht habe. Ich habe schon immer lieber Abkürzungen genutzt. Dann bin ich schneller.« Die Stirnfalten über den geschwungenen Brauen, die erdbraunen Augen glichen in diesem Moment denen eines aufgeschreckten Erdhörnchens.

Nein, sie konnte ihm nicht böse sein. »Schon gut«, seufzte sie. »Ich weiß nur gerne vorher, wen ich beim Essen störe und wo ich mich vorbeizwängen muss.«

»Ich gelobe Besserung.« Gillis Lächeln kehrte zurück, zauberte zwei Grübchen neben den Bart und ließ Brynnbetts Groll innerhalb eines Lidschlags verrauchen. Er humpelte zu einem zweiflügeligen Tor, schob auf Augenhöhe eine Klappe zur Seite und linste hindurch. »Dafür ist der Weg frei und du schaffst es pünktlich in die Kaserne.« Er winkte sie heran.

Zögernd folgte sie seiner Aufforderung und sah durch die Öffnung. Beim Gedanken, ihrem unsensiblen Ausbilder gegenübertreten zu müssen, wurde ihr flau im Magen. Dann vielleicht doch lieber Zwerge in Esszimmern erschrecken.

Sie erkannte eine schmale Gasse, die sie bislang nur von der anderen Seite gesehen hatte. Ein paar Hundert Fuß und sie wäre da. Nur leider ohne Goldassel und Kohlensilber.

»Lass den Kopf nicht hängen«, tröstete Gillron sie, als hätte er ihre Gedanken gelesen. »An dem Teilchenglas ist zumindest etwas Gold und die Kette ist aus Silber.« Er zwinkerte. »Allerdings denke ich, sie erwarten gar nicht, dass jemand wirklich mit diesen außergewöhnlichen Zutaten zurückkehrt.«

Brynnbett horchte auf. »Wie meinst du das?«

»Nun ja, sie sollten wissen, dass es nahezu unmöglich ist, diese Dinge zu beschaffen.«

»Aber das ist doch gerade die Herausforderung.«

Gillron schüttelte den Kopf. »Ich denke, die Herausforderung besteht darin, seinen Verstand zu benutzen. Denn schließlich suchen sie nach Begabten.«

»Du meinst, es ist ein Rätsel?«

Er nickte. »Ich hab schon den ganzen Weg über diese Möglichkeit nachgedacht. Vielleicht geht es nur um irgendwelche Lösungsworte.«

Brynnbett dachte einen Moment nach. »Du könntest recht haben.« Sofort hellte ihre Laune sich auf. »Lass mich mal überlegen. Die Goldassel steht für Nunahzhar und die Kohle mit dem Silbereinschluss für das östliche Eskringebirge. Oder für das Kesselgebirge?« Sie kratzte sich den Nasenrücken und schüttelte den Kopf. »Nein, das wären zu viele Lösungsworte. Es muss genauer sein.«

»Das denke ich auch.«

Gillron lehnte sich grinsend an die Wand, wodurch er recht lässig und viel weniger schief wirkte. Es stand ihm. »Soll ich dir einen Hinweis geben?«

Brynnbett starrte ihn ungläubig an. »Sag nicht, dass du die Lösung bereits gefunden hast.«

»Zumindest ist mir eine Möglichkeit eingefallen, die nicht von der Hand zu weisen ist.« Er streckte den Armstumpf vor. »Ach nein, da ist ja keine.«

Brynnbett lachte. »Du Scherzbold. Nun sag schon.«

»Die Goldassel könnte für die Sonne stehen, der Silbereinschluss in dem Kohlestück für den Mond am Nachthimmel und die Phiole mit dem Quarzsand für die Zeit an sich.«

»Sonne und Mond für den Lauf der Zeit«, überlegte sie und lachte auf. »Gilli, du bist genial.« Fast hätte sie ihm einen Kuss gegeben, hielt sich aber rechtzeitig zurück.

»Ach was.« Er wischte das Lob mit einer Geste seines Stumpfs beiseite und schob mit der Linken den Holzriegel auf. »Ich denke einfach nur gerne.« Neben dem offenen Torflügel machte er eine schiefe Verbeugung. »Und jetzt ab zur Kaserne. Ich wünsche dir Glück, Brynnbett Herdfeuer.«

»Ich dir auch, Gillron Wunderling. Von ganzem Herzen.« Mit diesen Worten und bevor sie Gefahr lief, ihm doch noch einen dankbaren Kuss auf die Wange zu hauchen, eilte sie hinaus und rannte der Kaserne entgegen.

Das marmorne Pflaster der Gasse flog nur so unter ihren Füßen dahin, und diesmal schien das Klacken ihrer Sohlen etwas anderes zu rufen: »Sieg, Sieg, Sieg!« Mit jedem Schritt zwei Fuß, die Hälfte schon fast geschafft.

Dann sah sie die Umrisse eines Zwergs auftauchen und gleich wieder verschwinden. Prallkor Donnerhals. Sie spürte, wie ihre Zuversicht verblasste. Ihr Ausbilder wartete sicher nur darauf, ihr einen Strich durch die Rechnung zu machen. Aber sie durfte sich nicht unterkriegen lassen.

Dreißig Schritte, höchstens vierzig. Was konnte er schon tun, um ihr den Sieg zu nehmen? Es war noch Tag, die Laternen strahlten hell. Genügend Zeit bis zur Abendglocke. Brynnbett würde es schaffen, sie war sich sicher. Das Tor stand offen, sie konnte es sehen – nur wenige Schritte und sie wäre drin.

In diesem Moment läutete die tiefe Glocke der Kaserne, die mächtigen Torflügel setzten sich in Bewegung.

»Neiiiiin!« Mit einem gewagten Satz sprang Brynnbett, um noch hindurchzukommen, prallte gegen das Holz und stürzte. Die Wucht des Aufpralls trieb ihr Tränen in die Augen, doch der Torflügel ... blieb einen Spalt offenstehen.

Von drinnen drangen verwunderte und verärgerte Rufe zu ihr hinaus. »Was soll das?« »Warum klemmt das Scharnier?« »Etwas wurde vor das Tor geworfen.«

»Macht endlich zu!«, polterte eine tiefe Stimme, Brynnbett wurde flau. »Die Abendglocke hat geschlagen!« Diesen rauchigen Klang hätte sie unter Hunderten erkannt.

»Aber irgendwas ist vor dem Tor«, entgegnete jemand.

Sie wollte ihm antworten, ihm zurufen: »Ich bin es, Brynnbett!« Doch es kam nur ein Husten aus ihrem Mund.

»Schließt das Tor. Sofort!« Der Torflügel setzte sich in Bewegung und schob sie mit sich.

Memme oder Meister. Reiß dich zusammen. »Nein!«, schrie Brynnbett und stemmte sich mit aller Kraft dagegen. Tatsächlich brachte sie ihn zum Stillstand. Und dann – ganz langsam – drückte sie ihn wieder auf.

»Muss man denn alles selber machen?« Der Zorn in Prallkors Stimme machte ihr Angst, der Torflügel drängte sie erneut zurück auf die Gasse.

»Was ist los? Warum hat die Abendglocke zu früh geschlagen?« Diesen Sprecher kannte Brynnbett nicht. Und obgleich die Stimme beunruhigend dunkel war, schöpfte sie Hoffnung.

»Zu früh? Wirklich?« Prallkors Stimme klang mit einem Mal seltsam verändert.

Kurz darauf ließ der Druck des Torflügels nach. Sofort nutzte sie die Gelegenheit, stemmte sich mit aller Kraft dagegen und öffnete endlich das Tor.

»Eine Anwärterin?«

Brynnbett erblickte einen Zwerg in blutroter Robe und spürte im selben Moment eine unbestimmbare Gefahr, die von ihm ausging. Seine Stimme war voller Dunkelheit, transportierte eine angespannte Ruhe, erinnerte an einen Jäger, der kurz vor dem Angriff stand.

»Ihr verschanzt Euch vor einer Anwärterin, Donnerhals?«

»Ich ... nun ... die Abendglocke hatte geläutet. Schließlich muss alles seine Ordnung haben.« Die rauchige Stimme ihres Ausbilders gewann langsam wieder an Fahrt. »Man darf nichts einreißen lassen, wenn man so einen räudigen Haufen Grünohren zu drillen hat.«

Zu ihrer vollen Größe aufgerichtet, ignorierte Brynnbett die Schmerzen und wahrte Haltung, so gut es ging. Ihr Herz raste noch vom Endspurt zur Kaserne, von der Anstrengung mit dem Tor und vom Ärger über Prallkor. Außerdem dachte sie unentwegt an die Prüfung, die sie bestehen wollte, um hier herauszukommen.

»Eine schwere Aufgabe, die Ihr innehabt, Donnerhals. Doch was machte Eure Anwärterin allein vor der Kaserne?«

Der Klang von dunklem Wasser. Wasser, unter dessen Oberfläche unsichtbare Strudel auf ihre Opfer warteten. Sie verdrängte eine Erinnerung, die sie überfiel. Ein Brunnen, ein Sturz in die Tiefe, absolute Hilflosigkeit. *Nein, nicht jetzt!* Das war lange her und hatte nichts mit der Prüfung, Donnerhals oder der Stimme des anderen zu tun. *Konzentrier dich.*

Wer war dieser düstere Zwerg? Brynnbett taxierte ihn unauffällig. Ein gutes Stück kleiner als Prallkor, ohne jegliche Rangabzeichen, aber mächtig genug, ihrem Ausbilder die Stirn zu bieten.

»Ich höre?« Graue Augen, die aus dem Schatten der blutroten Robenhaube starrten, und diese dunkle Stimme, vor der es kein Entrinnen gab.

»Sie ist nur eine Köchin, die sich in den Kopf gesetzt hat, Kriegerin zu spielen«, antwortete Donnerhals.

Nur? Hatte er »nur« gesagt? In Brynnbetts Bauch begann es zu brodeln. Ausbilder hin oder her – damit ging dieser Prollbart entschieden zu weit. Sie konnte sich gerade noch so weit zusammenreißen, ihm nicht vor die Füße zu spucken, brach aber ungefragt ihr Schweigen. »Sie ist, oder vielmehr: ich bin Brynnbett Herdfeuer, die sich ganz offiziell zu der Prüfung angemeldet hat, mit der unser Stammesvater nach begabten Kräften sucht.«

Plötzlich richteten sich die grauen Augen auf sie. »Und Brynnbett Herdfeuer glaubt, die Prüfung bestanden zu haben?«

Die Betonung der Worte ließ sie zögern. Vor Prallkor hatte sie zwar keine Angst – vor dunklem Wasser aber schon.

»Versteckt hat sie sich. Feige verkrochen und abgewartet, bis der Tag um ist.«

Sie durfte sich nicht von Prallkor reizen lassen, dachte sie noch, als es schon aus ihr herauspolterte. »Um mich zu verkriechen, bin ich wohl kaum geschaffen.« Sie stemmte die Hände in die Hüften, holte tief Luft und merkte, wie sich die seitlichen Schnüre ihres Wamses spannten. »Und was ich noch an Kampfkunst zu lernen habe, solltet *Ihr* in Sachen Takt und Benimmregeln lernen. Euer Ton ist weniger als hilfreich. Eigentlich war er das noch nie. Aber um es festzuhalten: Ich wurde heute nicht gefunden, aufgehalten, gefangen oder zurückgebracht. Und das war das Ziel. Oder soll ich Euch die Aufgabe noch einmal erklären?«

»Du wagst es, so mit mir zu reden?« Prallkor trat vor, doch der andere hielt ihn zurück.

»Wer wird sich denn so ereifern?« Die blutrote Robe schob sich vor den Ausbilder und kam näher, graue Augen nahmen Brynnbett ins Visier. »Eine Herdfeuer also. An Feuer mangelt es Eurer Anwärterin jedenfalls nicht, Donnerhals. Und wenn Ihr mich fragt, hat sie den ersten Teil der Prüfung bestanden.«

Schwefelgeruch stieg Brynnbett in die Nase, sie musste durch den Mund atmen.

»Natürlich, Meister Hammerschneid. Ich sehe das so wie Ihr. Manchmal muss man seine Leute kitzeln, damit sie ihren Mut zeigen, wenn Ihr wisst, was ich meine.«

Trorwenn Hammerschneid? Brynnbett schluckte, als sie daran dachte, was Gillron erzählt hatte. Ein Meister der Runen, der Macht gekostet hatte und nach mehr verlangte.

»Nein, ich denke nicht.« Trorwenn ließ sie nicht aus den Augen. »Ich gehe davon aus, dass Ihr Euch auch um den zweiten Teil der Aufgabe gekümmert habt, Brynnbett Herdfeuer?«

Sie nickte, öffnete den Mund und fand doch keine Worte. Sie hatte alles auf eine Karte gesetzt, als sie Crem verlassen und sich in Eskrinor zum Waffendienst verpflichtet hatte. Und sie hatte es erneut getan, als sie sich über den Rat ihres Ausbilders hinweggesetzt und sich zur Prüfung angemeldet hatte. Ihr war nicht klar, ob ihre Entscheidungen richtig gewesen waren, noch nicht einmal, ob sie das alles tatsächlich wollte. Doch sie wusste, dass es keinen Weg zurück gab.

Nicht jetzt. Nicht, solange irgendjemand nur darauf wartete, dass sie klein beigab. Dass sie ein neues Süppchen kochte, weil den anderen das erste nicht geschmeckt hatte. Ihr Puls raste, es fiel ihr schwer, sich zu konzentrieren. Was hatte sie mit Gillron besprochen? Wenn es bei der Lösung wirklich um die richtigen Worte ging, musste jede Silbe stimmen.

»Dann zeigt uns doch mal, was Ihr mitgebracht habt«, mischte Prallkor sich ein, offensichtlich bemüht, das Heft wieder in die Hand zu nehmen. Er erntete einen kühlen Blick des Runenmeisters und sparte sich weitere Worte.

»Die Aufgabe?« Trorwenn sah Brynnbett an, es war, als würden seine Augen sie förmlich durchbohren.

»Eine Goldassel, Quarzsand und ein Stück Kohle mit Silbereinschluss«, stammelte sie.

»Und?« Der Runenmeister trat einen Schritt näher. Zum Schwefeldunst gesellte sich der Geruch sauren Atems.

Am liebsten wäre Brynnbett zurückgewichen, doch sie wagte es nicht. So kurz davor stand sie, Prallkor hinter sich zu lassen und für den Stammvater arbeiten zu dürfen. Von der Küche über die Kaserne in den Palast. Niemand würde sich mehr lustig machen oder sie nicht ernst nehmen. Sie müsste nur diesen letzten Moment der Prüfung überstehen.

»Ich ... ich habe etwas dabei, das den Gedanken an alle drei Zutaten vereint.« Sie zog das Teilchenglas unter ihrem Wams hervor. »Gold gefasst, mit Quarz gefüllt und durch Silber getragen.« Ja, das waren die gewünschten Bestandteile, benannt in einem Satz. Ihre Hand zitterte, als Prallkor näherkam und über die Schulter des Runenmeisters sah.

»Was für ein sonderbares Ding. Woher habt Ihr das?«

Brynnbett ignorierte seine Frage, konzentrierte sich ganz auf das Gesicht im Schatten der Robenhaube und versuchte, die aufsteigende Übelkeit hinunterzuschlucken, die mit jeder Atemwolke des Meisters stärker wurde. Einfach nur standhalten. Es konnte nicht mehr lange dauern, bis sich etwas entschied.

Plötzlich zuckte der schwarze Bart des Runenmeisters, nach einem bangen Moment begriff Brynnbett, dass er lächelte. »Nun denn. Von allen Prüflingen, die nicht bestanden haben, wart Ihr immerhin am nächsten dran. Es sei Euch ein Trost.« Der Runenmeister wandte sich um und Prallkor gestattete sich ein leises Glucksen.

Brynnbett spürte, wie ihre Knie weich wurden, und mühte sich, nicht zu schwanken. Nicht bestanden? Die ganze Mühe war umsonst gewesen?

»Dicht dran«, raunte Prallkor Donnerhals. »Aber dennoch durchgefallen.« Er wandte sich Trorwenn Hammerschneid zu. »Darf ich Euch in den Speiseraum begleiten?«

Nein, das konnte nicht, das durfte nicht sein. Sie hatte ihrem obersten Waffenmeister gegenüber jeglichen Respekt vermissen lassen, hatte Prallkor beschimpft und gemaßregelt – ihm mehr oder weniger sogar den Kampf erklärt. Wie sollte sie weiterhin unter ihm dienen? Als Anwärterin, der er alles befehlen konnte, was ihm in den Sinn kam? Das konnte nicht, das durfte nicht sein.

Prallkor öffnete Trorwenn eine der hinteren Seitentüren. Der Runenmeister war schon im Begriff, die Eingangshalle zu verlassen, als Brynnbett sich aus ihrer Starre löste und ihm das Erstbeste nachrief, was ihr einfiel: »Das Teilchenglas war nicht die Antwort, die ich mitgebracht habe, sondern lediglich ein zusätzlicher Beweis meiner Fähigkeiten.«

Es war spontan, dick aufgetragen, doch sie hoffte, dass sie Trorwenn noch einmal ins Gespräch zurückholen konnte – und dass Gillron ihr diese kleine Notlüge verzeihen würde. Denn ohne *seine* Fähigkeiten wären *ihre* Fähigkeiten heute eher beschränkt gewesen. Mit klopfendem Herzen starrte sie auf den Rücken des Meisters. Er blieb tatsächlich stehen. *Dreh dich um. Dreh dich um oder sag zumindest etwas!*

Prallkors strengen Blick ignorierte sie, schaffte es sogar, das anfängliche Zittern in der Stimme niederzukämpfen, als sie eine weitere Erklärung nachschob: »Was könnte treffender für die Losungsworte sein als dieses Teilchenglas, mit dem Gold der Sonne und dem Silber des Mondes?«

Für einen Moment war es so still, dass Brynnbett ihr eigener Atem laut vorkam. Dann, ganz langsam, drehte Trorwenn Hammerschneid sich doch noch zu ihr um. »Und wie lauten die Losungsworte, von denen Ihr sprecht?«

Das war der Augenblick, der zeigen würde, ob Gillrons genialer Gedanke stimmte. Der Augenblick, von dem ihre Zukunft abhing. »Sonne und Mond für den Lauf der Zeit.«

Stille. Ihre Augen flogen zu Prallkor. An dem Hass in seinem Gesicht sah sie, dass ihre Worte ins Schwarze getroffen hatten. Dieser Blick allein verschaffte ihr Genugtuung für die vielen Hetzreden, die sie in den vergangenen Monden von ihm erduldet hatte.

»Treffliche Worte«, lobte der Runenmeister. »Ihr habt die Prüfung bestanden.« Abermals wendete er sich ab, um Prallkor zu folgen.

Doch Brynnbett konnte ihn so nicht gehen lassen. Sie musste wissen, worauf sie sich eingelassen hatte. »Und was bedeutet das? Was geschieht nun?« Sie hatte auf diesen Moment hingefiebert, seit sie von der Prüfung erfahren hatte. Wenn sie jetzt nicht erführe, was als Nächstes geschah, würde sie platzen. »Gebt mir zumindest einen Hinweis, welche Aufgabe im Palast auf mich wartet. Und wann werde ich dem Stammesvater vorgestellt?«

Wieder blieb der Runenmeister stehen, drehte sich diesmal aber gleich zu ihr um. »Womöglich gibt es zwei Missverständnisse, die ich ausräumen sollte.« Jedes Wort schien ihm wichtig zu sein, so sorgfältig tupfte er die Silben mit seinem dunklen Bass in die Luft. »Zum einen bedeutet das Bestehen der Prüfung vorerst nur, dass Ihr in der engeren Wahl seid. Und zum anderen ging die Ausschreibung nicht von unserem Stammesvater aus, sondern von mir.«

5
RAIWEN

Erilon-Dranuhr kam vom Elbenrat. Warum war Raiwen das nicht gleich eingefallen? »Dann habt Ihr sicher Nachricht von Anastina-Kyriejah für uns?« Er hatte gegen die Thronwächterin anfangs Vorbehalte gehabt, doch als die Fürstin und unmittelbar darauf die Thronfolgerin erkrankt waren, hatte sie sich aufopferungsvoll gekümmert. Die ersten Tage hatte sie beinahe ständig an den Krankenbetten gewacht und war später, wenn er und Julina Schlaf brauchten, eingesprungen.

»Ich kann Euch berichten, dass die Thronwächterin mit ihrem Gefolge bereits in den nächsten Tagen eintreffen wird. Mehr darf ich nicht sagen.«

»Aber Ihr *könntet*, wenn ich das richtig verstehe.«

Da war es wieder, das eingemeißelte Weißzahnlächeln. »Ihr wisst ja, in meiner Position hat man einen Ruf zu verlieren.«

»Natürlich.« Im Weitergehen schlug Raiwen einen verständnisvollen Ton an. »Und es wäre vollkommen unnötig, Euch in derartige Gefahr zu bringen. Kyriejah wird mich persönlich informieren, wenn sie ans Bett der Fürstin kommt. Sie schätzt es, in kleinem Kreis zu sprechen, und ich für meinen Teil bevorzuge Informationen aus erster Hand. Nichts für ungut, Freund Dranuhr.« Er schenkte dem Fürstenboten ein Lächeln.

Dessen Gesicht zuckte kurz. »Auch meine Beobachtungen und Informationen wären aus erster Hand. Das sind sie immer.« Dranuhr reckte sein Kinn. »Ich möchte der Thronwächterin nur nicht vorgreifen.«

»Das kann ich gut verstehen, zumal, wenn es brisant ist. Womöglich gleichen sich Euer beider Erinnerungen nicht vollständig. Nicht auszudenken, wenn einige der Nachrichten nicht vollkommen deckungsgleich daherkämen. Nein, diese Gefahr solltet Ihr nicht eingehen. Euer Ruf steht auf dem Spiel.«

»Aber meine Informationen sind ...«

»... nicht die der Thronwächterin, ich verstehe schon. Ich werde das in Gohlannbjahr gern für Euch klarstellen.« Sie kamen am ersten der uralten Palastbäume vorbei, deren mächtiger Wuchs die prachtvollen Bauten der Waldelben längst mit knorriger Borke umhüllt hatte.

»Was meint Ihr damit?«

Raiwen winkte einigen Elben zu, die von einem der filigranen Balkone zu ihnen hinunterschauten, und senkte verschwörerisch die Stimme. »Ich finde es äußerst achtsam, dass Ihr keine falschen Informationen verbreiten wollt. Selbst wenn das bedeutet, dass Euch nichts bleibt, was Ihr erzählen könnt.«

»Natürlich könnte ich, es ist nur sehr heikel und könnte einen Aufruhr verursachen. Wo schon die Fürsten an der Ratstafel so uneins waren.«

»Ich bin da ganz Eurer Meinung.« Raiwen wusste noch nicht einmal, worum es gegangen war. Aber es war jetzt wichtiger, Dranuhr weiter ins Gespräch zu verwickeln. »Und wie ist es ausgegangen?«

»Beinahe unentschieden.«

»Beinahe?« Hoffentlich würde der eitle Bote noch etwas konkreter. Inzwischen waren sie fast beim Fürstenpalast angekommen. »Kyriejah hat doch nicht etwa ...« Raiwen blieb mit offenem Mund stehen und ließ den Satz unausgesprochen in der Luft hängen.

»Wo denkt Ihr hin?« Dranuhr trat näher und flüsterte, als er weitersprach. »Der Fürst der Bergelben hat das rote Banner gegen Crem gebilligt. Versteht Ihr jetzt, warum ich der Thronwächterin nicht vorgreifen darf?«

O ja, jetzt verstand Raiwen. Und hatte Mühe, die Fassung zu wahren. Schon lange wollten die Elbenfürsten dem Orden Einhalt gebieten. Nur deshalb war der Elbenrat überhaupt einberufen worden. Aber gleich einen Krieg ausrufen? Irgendetwas musste gründlich an ihm vorbeigegangen sein.

»Ihr werdet doch schweigen?« Das weißgemeißelte Lächeln war vom Gesicht des Boten verschwunden, kehrte aber sofort wieder zurück, als Raiwen es versprach.

Diese Neuigkeiten zu verdauen, wäre nicht leicht. Und sein bester Freund – der Einzige, der ihm dabei helfen könnte – hatte noch nichts von sich hören lassen.

Raiwen ergriff Dranuhrs Arm. »Eine letzte Frage, bevor ich an das Krankenbett der Thronfolgerin zurückkehre.«

»Ich versuche immer, zu helfen, wo auch mir geholfen wird.« Das Lächeln des Boten wurde noch einen Hauch breiter und seine Augen flackerten gierig. Eine weitere Antwort des Fürstenboten, und Raiwen wäre ihm etwas schuldig.

Sei es drum, er musste wissen, ob sein Brief Zhinlohr erreicht hatte. »Ich warte auf Nachricht vom Heiler der Fürstin aus Erellgorh. Habt Ihr ihn zufällig gesehen oder etwas über ihn gehört?«

»Meint Ihr Zhinlohr-Bennzhardizh?« Dranuhrs Blick glitt auf seinen Arm.

Rasch ließ Raiwen ihn wieder los. »Genau den meine ich.«

»Nun, ich habe ihn gesehen. Allerdings ist er dem Elbenrat bereits vor dem eigentlichen Ende ferngeblieben. Atharpazh allein weiß, warum er sich hinausschlich und nicht wieder in den Ratssaal zurückkehrte.« Offenbar hatte er alles gesagt, was er wusste, er trat einen Schritt zurück und richtete den Blick auf etwas anderes.

Doch Raiwen war noch nicht zufrieden. »Danach habt Ihr ihn nicht mehr gesehen? Auch außerhalb des Rates nicht?« Fast hätte er erneut nach dem Arm des Boten gegriffen, besann sich aber.

Das Weißmeißellächeln wurde wieder breiter, doch er schüttelte den Kopf. »Nein. Das heißt, nicht in Erellgorh.« Er hob den Arm und wies zum Palastbaum.

Raiwen sah hinüber. Die jähe Erkenntnis, dass sein bester Freund schon da war, erfüllte sein Herz mit purer Freude. Ohne zu überlegen, ließ er Dranuhr stehen und lief zu Zhinlohr, um ihn in die Arme zu schließen. Endlich hatte er einen Seelenverwandten an seiner Seite.

Die Begrüßung war so herzlich und voller Freude, dass Raiwen den Moment am liebsten festgehalten hätte, so viel Kraft schöpfte er aus diesem Wiedersehen. Doch sein Herz verlangte auch danach, Valehna aufzusuchen. Schon zwei Tage war er nicht mehr bei ihr gewesen.

Zhinlohr ging mit ihm, ließ sich auf dem Weg alles erklären und trat gemeinsam mit Raiwen ans Bett der Thronfolgerin, um sie zu untersuchen. Er erklärte der Kranken jeden Handgriff, bevor er ihn durchführte. Nacheinander untersuchte er die Augen, den Atem, das Herz und besah sich die aufgedunsenen Schwellungen an Armen und Beinen.

Dann verließen die beiden Freunde schweigend die Gemächer. Raiwen war Zhinlohr dankbar, dass er nicht im Angesicht der Thronfolgerin über ihren Zustand oder den der Fürstin spekulierte. Valehna schlief mit offenen Augen, stets hatte er das Gefühl, sie bekäme womöglich mehr mit, als man annehmen mochte.

Zhinlohr sah ihn ernst an. »Was habt ihr bisher angewendet?«

Obwohl sie allein im breiten Flur vor den Gemächern standen, legte Raiwen mahnend einen Finger auf die Lippen, winkte den Freund weiter und öffnete eine Tür. »Hier können wir ungestört sprechen.« Er bat ihn in den Gästeraum, den Julina und er abwechselnd nutzten, um sich auszuruhen.

Als Zhinlohr eintrat, direkt vor einem Bett stehen blieb und sich stirnrunzelnd umsah, musste Raiwen lachen. »Nein, nein. Es ist nicht so, wie es aussieht.«

»Ach nein?« Sein Freund grinste. »Und ich dachte schon, du wärst meinem Charme endgültig erlegen.«

»Da muss ich dich enttäuschen.« Raiwen wies auf eine Fensternische mit einem Tisch und zwei gepolsterten Stühlen. »Mein Herz kann nur von Frauen erobert werden.«

»Zumindest von einer.« Lächelnd nahm Zhinlohr Platz.

Sobald Raiwen ihm jedoch erzählte, was geschehen war, wurde er wieder ernst. Er lauschte den Schilderungen über die ersten Tage, an denen die Zuversicht noch groß gewesen war, dass die Krankheit geheilt werden könnte. Raiwen berichtete von den unzähligen Vermutungen, Behandlungen und Misserfolgen, die diesen Tagen gefolgt waren und die Flamme der Hoffnung immer kleiner hatten werden lassen. Zhinlohr hörte aufmerksam zu und unterbrach ihn kein einziges Mal. Bis Raiwen von seinem Treffen mit Kiri erzählte.

»Du meinst Kiri, den Baumskrat? Ich würde ihm zu gern selbst einmal begegnen.«

»Und ich würde es dir wünschen.«, entgegnete Raiwen. »Aber ich fürchte, du müsstest lange suchen.« Er berichtete von Treschka und ihrer Familie, um die Kiri sich kümmerte und mit der er sich tief in den Wald zurückgezogen hatte. »Ich denke, er ist glücklich und genießt das Leben mit Treschkas Kindern.«

»Manchmal wünsche ich mir das auch.« Zhinlohrs Blick glitt ins Leere.

»Wie meinst du das?«

»Ein Leben, das begrenzt ist.« Er sah Raiwen an. »Wo die Sorge einzig um die nächste Mahlzeit und die Liebsten kreist. Ohne das Gefühl, mehr leisten und ständig das große Ganze im Blick haben zu müssen.« Zhinlohr stützte sich auf die Ellenbogen und lehnte sich vor. »Aber das Leben ist komplizierter, nicht wahr? Und wir stecken mittendrin.«

»Worüber sprechen wir genau?« Raiwen wurde mulmig. Er musste an das denken, was Dranuhr erzählt hatte. Als Zhinlohr, statt zu antworten, schwer seufzte, wusste er, dass der Fürstenbote recht gehabt hatte. »Die Elbenreiche wollen also wirklich das rote Banner hissen?«

»Nicht alle. Vornehmlich die Thronwächterin deines Volkes und Rahronn-Fjennjurh.«

Der Fürst der Feuerelben. Wenn Raiwen jemandem einen Krieg zugetraut hätte, dann ihm. Aber warum schloss Anastina-Kyriejah sich an? Es musste ihr doch klar sein, wie schwer es würde, die Waldelben geschlossen hinter sich zu bringen. Sicher, sie war eine der Fünf, eine Scheltar, die über das Element Wasser gebot. Aber reichte das?

»Als dein Brief mich erreichte, habe ich das Ende des Rates nicht mehr abgewartet und bin sofort abgereist«, gestand Zhinlohr. »Doch es schien, als könnte der Fürst der Bergelben auch Nunahzhar in den Krieg führen.«

Raiwen seufzte. »Zumindest hat er das rote Banner gebilligt.«

»Dann stehen drei gegen zwei«, raunte Zhinlohr. »Aber wieso weißt du überhaupt davon?«

»Erilon-Dranuhr hat es mir erzählt. Er ist heute angekommen, um Kyriejahs Ankunft anzukündigen.«

»Dann ist es also beschlossen.« Zhinlohr senkte den Blick. »Die Situation schien so verfahren, dass ich bereits das Schlimmste befürchtet hatte.«

»Ich kann es nicht fassen. Was ist es wert, einen Krieg vom Zaun zu brechen? Und dann noch wider eine Stadt, deren Handelsgeflecht mächtige Verbündete auf den Plan rufen könnte.« Jäh kam ihm ein Gedanke: Bitte nicht die Zwerge! Eine Schlacht gegen das kampferprobte Volk der Berge würde grausam. Nunahzhar hatte das bereits erfahren müssen und sich nur mit Mühe gegen Eskrinor behauptet. Unvermittelt dachte er an Semjon, an Kiris Idee, an Valehna. »Meinst du, die Zwerge halten sich aus einem Krieg heraus?«

»Das bleibt abzuwarten.« Zhinlohr klang seltsam abgeklärt, als hätte er sich schon mit den drohenden Folgen abgefunden und alle Möglichkeiten durchgespielt. »Auch, was die Königreiche der Menschen betrifft.«

»Wie schaffst du es, so gelassen zu bleiben? Man kann das doch nicht hinnehmen. Es muss verhindert werden.«

»Meine Fürstin hat es auf dem Elbenrat versucht. Mit Unterstützung der Fürstin aus den Sümpfen hat sie um jeden guten Gedanken gekämpft. Den Herrscher von Nunahzhar hatte sie anfänglich sogar auf ihrer Seite.«

»Und was ist dann geschehen?«

»Ehrlich gesagt, ich weiß es nicht. Kellderon war hin- und hergerissen. Ich denke, er hat seine ganz eigenen Gründe.«

»Dann können wir gar nichts tun?«

»Doch. Wir müssen deine Fürstin heilen.«

Raiwen wurde heiß und kalt. Hatte er sie schon so weit abgeschrieben, dass ihm diese Möglichkeit nicht in den Sinn gekommen war? Wenn Mijah-Glajurdah gesund würde, könnte sie den Krieg aufhalten. Mochte sie auch alt sein, sie war die legitime Fürstin der Waldelben. Kyriejah müsste den

Thron räumen und sich unterordnen. Vorausgesetzt, sie fanden ein Heilmittel. »Und was, wenn uns das nicht gelingt?«

»Wir müssen alles Mögliche versuchen und derweil abwarten, welche Gründe Kyriejah vorbringt, um dein Volk zu überzeugen. Nur wenn sie das nicht schafft, wenn es ausreichend Zweifler und Kritiker gibt, können wir hoffen.«

»Und wenn es die nicht gibt? Ich kann mir gut vorstellen, dass sie restlos alle, ja, sogar mich überzeugt.« Raiwen dachte an die Anhänger, die Kyriejah gewonnen hatte, als sie sich so aufopferungsvoll um die kranke Fürstin und ihre Thronfolgerin gekümmert hatte. Die Scheltar war streitbar, gewiss, zuweilen äußerst aufbrausend. Aber sie strahlte eine Stärke aus, die die Glajurdah längst verloren hatte.

Zhinlohr schnaubte ungläubig. »Wie soll sie dich vom Krieg überzeugen? Du bist ein Heiler, so wie ich. Wir helfen und bewahren. Kein Zwist der Welt ist es wert, Leben zu opfern.«

Raiwen massierte sich die Schläfen, versuchte, wieder klar zu denken. »So meinte ich das nicht. Ich könnte niemals jemandem etwas zuleide tun, das weißt du. Aber Anastina-Kyriejah ist meine Thronwächterin, nach allem, was sie für die Fürstin und ihre Thronfolgerin getan hat, bin ich ihr zu Dank verpflichtet. Was, wenn mir die Argumente fehlen, mich gegen diesen Krieg auszusprechen?«

Zhinlohr stand auf, trat auf ihn zu und fasste ihn bei der Schulter. »Das sehen wir, wenn es so weit ist. Noch ist Zeit, ein Heilmittel zu finden. Also lass uns keine mehr verschwenden. Ich möchte alle Kräuter und Tinkturen sehen, mit denen ihr die Fürstin und Valehna behandelt habt. Diese heimtückische Krankheit ist es, gegen die unser Kampf sich richten muss.«

Es wurde ein langer Abend. Unentwegt machte Zhinlohr sich Notizen, während Raiwen ihm zeigte, welche Heilmittel und Arzneien Julina und er vorrätig hatten. Mitten in der Nacht wankten sie müde ins Bett, nur um schon vor Sonnenaufgang zurück ins Laboratorium zu gehen und weiterzumachen.

Den ganzen Vormittag erdachten sie neue Möglichkeiten und verwarfen sie wieder. Gegen Mittag arbeitete Zhinlohr mit Julina weiter, damit Raiwen Zeit hatte, nach Valehna zu sehen.

Die Untergebenen der Thronfolgerin gingen ungefragt hinaus, als er ans Bett trat. Unschlüssig sah er auf seine Patientin und setzte sich zu ihr. »Ich bin es, Irondurh-Raiwen, Euer Heiler.« Er strich ihr vorsichtig die maronenbraunen Haare aus dem Gesicht und betrachtete sie. »Julina ist bei Zhinlohr, sie gehen nochmals alles durch. Ich hoffe, dass wir schon bald ein neues Heilmittel herstellen können.«

Selbst jetzt, geschwollen und mit spröden Lippen, schimmerte das vollkommene Gesicht hindurch, in das er sich vom ersten Tag an verliebt hatte. »Ihr müsst nur noch etwas durchhalten.« Wie hohl das in seinen Ohren klang. »Zhinlohr ist der beste Heiler, den ich kenne, und immer für neue Ideen gut.« Das stimmte wirklich, er hatte neue Hoffnung mitgebracht.

Kurz überlegte Raiwen, ob er Valehnas Hand halten durfte – nur einen Augenblick. Doch es kam ihm vermessen vor, also ließ er es sein. Stattdessen nahm er ein Tuch, tränkte es mit der buttergelben Milch des Maclura-Baums und betupfte vorsichtig ihre Stirn. Sie kühlte, linderte Schmerzen und besaß dank der beigemengten Kräuter eine beruhigende Wirkung.

Er strich ein letztes Mal zärtlich mit dem Tuch über Valehnas Stirn und legte es zurück. War ihre Seele wirklich im Kopf gefangen? Gelähmt und nur in der Lage, die wichtigsten Aufgaben des Körpers am Leben zu erhalten? In diesem Moment fiel ihm ein, dass er noch gar nicht mit Zhinlohr über Kiris Gedanken gesprochen hatte; das müsste er unbedingt tun.

Sein Blick glitt zu den Tupfern, die Valehnas offene Augen feucht hielten. »Bitte nicht erschrecken«, warnte er sie. »Ich möchte kurz unter Euren Augenverband schauen.«

Eigentlich ging es nur darum, die kleinen Stoffstreifen mit neuer Feuchtigkeit zu tränken. Und doch war für Raiwen diese Prozedur immer mit der Hoffnung verbunden, Valehna würde reagieren. Dass das Schwarz ihrer nussbraunen Augen sich zusammenzöge, wenn Licht darauf fiel. Aber das geschah auch jetzt nicht, der winzige hoffnungsvolle Moment floss davon und mündete ins Meer seiner Enttäuschungen. Ein unseliger Ozean, der stetig anwuchs und Raiwen mitunter fortzuspülen drohte.

Es fiel ihm schwer, sich nichts anmerken lassen und ganz der Alte zu sein. So, wie Valehna ihn kannte. Ein Heiler, der mit seinem schönen Körper kokettierte und immer einen Scherz auf den Lippen hatte. Wenn er an sein früheres Gebaren ihr gegenüber dachte, musste er den Kopf schütteln. Was für eine unbeholfene Art, mit der unerreichbaren Liebe umzugehen. Trotzdem spielte er die Rolle für sie weiter. Damit sie sich nicht sorgte, falls ihr Geist wach war.

»Ich gehe dann mal wieder. Meine Muskeln brauchen Sonne, damit sie alle um den Verstand bringen können.« Er lachte möglichst unbeschwert und stand auf. »Außerdem möchte ich gut aussehen, wenn Ihr wieder aufwacht. Und zwischendurch werde ich mit Zhinlohr nach einem Heilmittel suchen. Vorausgesetzt, Ihr bleibt mir treu.« Er wollte noch einmal lachen, schaffte es aber nicht. »Ich bin es«, flüsterte er, wandte sich ab und ging hinaus. *Versprochen!*

Als Raiwen zurück ins Laboratorium kam, fand er Zhinlohr allein vor, der über eine Vielzahl von Pergamenten gebeugt saß und sich die Haare raufte.

»Julina ist schon fort?«

»Wie? Ja. Wir waren fertig, und ich brauchte ein wenig Ruhe, um alles zu durchdenken.« Zhinlohr lehnte sich zurück, beide Hände an den Schläfen, die Augen geschlossen. Es war offensichtlich, dass er damit noch nicht fertig war.

Raiwen setzte sich still dazu.

»Sie hatten keinen Unfall und keine Beschwerden, die ihrem Wachschlaf vorausgegangen sind. Eine Vergiftung erscheint am wahrscheinlichsten, wenngleich Übelkeit, Erbrechen oder zumindest Unwohlsein damit einhergegangen sein müsste.« Seine Hände landeten auf der Tischplatte, während er mit zusammengekniffenen Augen weitersprach. »Nehmen wir an, es war ein sanftes Gift – wie Temulum oder Berberis. Dann ist es verwunderlich, dass alle gängigen Mittel nicht geholfen haben. Und auch der anhaltende Schwebezustand spricht dagegen. Der Körper sollte das Gift längst verarbeitet und ausgeschieden haben.« Kopfschüttelnd öffnete er die Augen und starrte Raiwen an. »Das alles passt nicht zusammen.«

»Kiri sprach davon, dass ihre Seelen gefangen oder gelähmt seien. Er meinte, ein Heilmittel müsse genau das beheben.«

»Seelenlähmung?« Zhinlohr hob die Brauen. »Von so etwas habe ich noch nie gehört.«

»Ich auch nicht. Aber als Kiri darüber sprach, ergab es Sinn. Er hatte sogar einen Vorschlag, wo möglicherweise ein Heilmittel zu finden wäre.«

»Nämlich?«

»In Eskrinor, bei den Zwergen. Ich soll Semjon aufsuchen, weil der wohl einiges über Seelenmagie weiß.«

»Seelenmagie?« Zhinlohr spitzte die Lippen. »Nehmen wir an, Kiri hätte recht und die Magie ihrer Seelen wären gelähmt oder gefangen – was wüsste ein Zwerg wie Semjon darüber?«

Raiwen nickte. »Das habe ich mich auch gefragt und überlegt, es wäre besser, einen der Gelehrten aus dem Zwergenreich zu befragen. Sicher wird es jemanden in Eskrinor geben, der sich damit auseinandersetzt.«

»Aber ja!« Zhinlohr stand auf und lief nachdenklich hin und her. »Die Zwerge, natürlich. Ihre Seelen sind weniger frei als bei uns oder den Menschen.«

»Dann stimmt es, dass ihre Seelen in den Knochen wohnen und dort festsitzen?«

»Das weiß der Schöpfer allein.« Zhinlohrs Antwort verwirrte Raiwen, doch ehe er nachhaken konnte, fuhr sein Freund fort. »Soweit mir bekannt ist, können ihre Seelen die sterbliche Hülle nur mithilfe der Kennluren verlassen.« Er blieb stehen und hieb sich mit der Hand gegen die Stirn. »Aber natürlich. Ohne die Berggeister bleiben ihre Seelen gefangen. Deshalb meint Kiri wahrscheinlich, dass die Zwerge einen Schlüssel für Seelengefängnisse haben.«

Raiwen sprang auf. »Wer immer sich in Eskrinor damit beschäftigt, wird wissen, wie das funktioniert. Wunderbar.« Mit drei Schritten war er bei seinem Freund und umarmte ihn.

»Zumindest wird dieser Jemand wissen, ob die Kennluren über bestimmte Substanzen verfügen, die ihnen helfen.«

»Und die wiederum muss es an jener Stelle geben, wo die Berggeister leben – nämlich in der unmittelbaren Umgebung von Semjons Heimat.« Eskrinor, die Goldene Stadt unter dem Berg. Raiwen war nie dort gewesen, hatte aber einiges darüber gehört. Ihre Bauwerke waren der Stolz aller Zwergenvölker. Erfindungsreichtum hatte die Stadt groß gemacht, und vieles davon hatte seinen Weg in die Menschenreiche gefunden.

»Raiwen, du bist dir im Klaren darüber, dass wir nur Anhaltspunkte haben, nicht wahr?« Zhinlohr klang wieder ernst, die anfängliche Euphorie schien verschwunden.

So etwas wollte Raiwen nicht hören, die aufgeflammte Hoffnung, die seine Adern mit heißem Blut durchströmte, nicht wieder löschen. Doch im Grunde wusste er es. »Vielleicht ist es nur ein Gedankenspiel, aber dennoch eine Möglichkeit, die sich aufgetan hat. Ich sehe keinen anderen Weg, der vielversprechender wäre.«

»Es könnte aber auch ein Irrweg sein.« Zhinlohrs Stimme war kaum mehr als ein Raunen. »So hoffnungsvoll er im Moment scheinen mag.«

»Hoffnungsvoll, weil du mir erklärt hast, was ich anfangs nicht verstanden hab. Kiri möge mir verzeihen, dass ich an seiner Idee zweifelte. Dass es mir aberwitzig vorkam, bis ins Zwergenreich zu reisen.« Raiwens kurze Euphorie schwand, zurück blieb eine Erkenntnis, die ihn ernüchterte. »Wenn ich ehrlich bin, habe ich alles andere schon versucht. Es ist meine letzte Hoffnung und damit der einzige Weg.« Und er würde ihn auf sich nehmen, koste es, was es wolle.

Zhinlohr nickte. »Wann willst du gehen?«

»Möglichst bald. Aber es wäre gut, Kyriejahs Pläne zu kennen. Mein Weg führt an Crem vorbei. Ich muss wissen, wie viel Zeit mir bleibt, ehe es dort zu einer Schlacht kommt.«

»Es sei denn, du schaffst es mit dem Heilmittel so schnell wieder hierher, dass der Krieg verhindert werden kann.«

»Wofür ich einen sehr großen Vorsprung bräuchte.«

Plötzlich pochte es heftig an die Tür, gleich darauf stürzte Julina herein. »Verzeiht die Störung.« Die Heilerin war völlig außer Atem. »Anastina-Kyriejah zieht soeben mit ihrem Gefolge in die Stadt ein.«

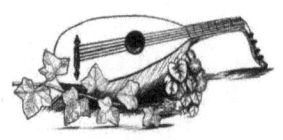

6
JAMON

Das helle Pflaster des Händlerviertels flog nur so unter ihm dahin. Mit jedem Schritt drängten mehr Fragen in seinen Kopf. Hatte Kelenkus bereits vom drohenden Krieg gehört? Wenn die Nachricht bis zu den Zwergen vorgedrungen war, könnte der Orden auch schon etwas wissen, oder nicht?

Jamon versuchte, sich das belauschte Gespräch in Erinnerung zu holen. Sie hatten vom Elbenrat gesprochen. Er selbst wusste nur, dass dieser Rat stattfinden sollte – allerdings nicht, wann. In Erellgorh, fiel ihm ein, der Elbenstadt im Nebelsee. Hatte er nicht jemanden darüber sprechen hören? Eine Magur oder Magistra?

Zwischen zwei Häusern kam kurz der Sitz des Ordens in Sicht. Strahlend weiß im hellen Schein der magischen Kristalle, die der Hohe Rat für viel Gold von den Zwergen erstanden hatte. Wie Bollwerke der Macht hoben sich die beiden Türme vom dunklen Himmel ab.

Eine Macht, die das gemeine Volk der Menschen einschüchterte, aber im Angesicht der Elbenvölker eher begrenzt wirkte. Könnte der Orden überhaupt etwas gegen die einzigartige Elementemagie des alten Volkes ausrichten? Und was, wenn einer der Fünf käme? Die Scheltar schöpften aus ihrem Element wie aus einer unerschöpflichen Quelle, hieß es. Gab es überhaupt etwas, das gegen solch eine Urgewalt bestehen konnte? Was mochte nur beim Elbenrat vorgefallen sein, das den Orden in diese Lage gebracht hatte? Das für ein friedliebendes Volk wie die Elben einen Krieg rechtfertigte?

Jamon hatte das Händlerviertel durchquert und lief unter dem Mauerbogen hindurch, der den Eingang zum Quartier der Handwerker markierte. Das Viertel ähnelte am ehesten dem Bezirk der Zwerge. Nur, dass hier alles viel größer war. Türen und Fenster überragten jeden Besucher und ließen das kleinwüchsige Volk noch kleiner wirken. Kein Wunder, dass die Zwerge lieber unter sich blieben und in den Menschenvierteln nur das Nötigste erledigten. Bald vielleicht gar nichts mehr ...

Nicht so viel denken. Ihm wurde warm vom Laufen, also öffnete er den Umhang und knöpfte die Winterrobe auf. Ohne innezuhalten, wischte er sich den Schweiß von der Stirn, versuchte, das Ziehen in der Seite zu ignorieren. Seine Schritte hallten von den Häuserwänden wider – laut und gehetzt.

Wer wusste schon, ob es überhaupt zum Krieg käme? Vielleicht machte er sich nur selbst verrückt und die Zwerge hatten sich verhört. Womöglich hatte Fredo nur eine der alten Geschichten erzählt, die beim abendlichen Met am Tresen öfter zum Besten gegeben wurden. Hoffentlich! Jamon betete zu Atharpazh, dass es keinen Angriff gebe und Crem verschont bleibe. Dann erst wurde ihm die Ironie bewusst: Die ganze Zeit wollte er ein Kämpfer werden, und jetzt, da ein Krieg drohte, bat er um Frieden.

Prandur hatte ihm von den Bergkriegen der Zwergenvölker erzählt. Über Gräueltaten blutdürstiger Männer, die nach Tagen des Gemetzels in einen Wahn verfielen, der alles Mitleid und allen Anstand zunichtemachte. Eine Gänsehaut hatte er bekommen, so eindringlich hatte Prandur es geschildert. Und doch hatte Jamon sich schaurig wohlgefühlt und gewünscht, er gehörte selbst zu den Helden dieser Geschichten.

Die Idee, etwas davon könnte wirklich passieren – hier und jetzt, zu seinen Lebzeiten – machte ihm Angst. Er dachte an die Waffenübungen, die Prandur ihm auferlegt hatte und an denen er gescheitert war. Wenn das Schicksal des Ordens von ihm abhinge, sollte Crem sich lieber direkt ergeben. Während Jamon an diesem Gedanken hängen blieb, wurden seine Schritte langsamer. Die weiße Stadt am Berg, einzige Ordensstadt der Welt, keinem Königreich unterworfen. Es funktionierte, weil alle von der Handelsmetropole profitierten. Weil bisher niemand Interesse daran gehabt hatte, das »Tor zur Zwergenwelt« zu gefährden. Das war auch der Grund, weshalb die Stadt sich nie hatte verteidigen müssen. Es gab kein Heer, dass der Orden ins Feld führen könnte.

Jamon passierte den nächsten Mauerbogen, der einem schmalen Sims gleich die breite Straße des Ordensviertels überspannte. Torflügel gab es hier schon lange nicht mehr. Wer einmal in der Stadt war, konnte ungehindert von einem Viertel ins nächste gelangen.

Nicht mehr lange und er käme zum Torhaus. Aber was dann? Durfte er seinem Oheim raten, dass der ganze Orden sich ergeben sollte? Warum eigentlich nicht? Er war schließlich Stadtdiplomat. Sicher konnte man mit den Elben sprechen. Kelenkus erzählte immer, wie weise sie seien. Sie liebten die Natur und schützten alles Leben unter der Sonne, hieß es. Das schloss die Magister mit ein, oder nicht?

Unvermittelt tauchte das riesige Torhaus hinter einer Häuserzeile auf, Jamon hielt keuchend an. Sein Hemd war nass vor Schweiß, sein Herz klopfte schneller als ein Zimbelspecht. Er musste sich beruhigen, brauchte den Atem für das Gespräch mit Kelenkus. Gemessenen Schritts ging er auf den Sitz des Ordens zu. Allein die schiere Größe war respekteinflößend. Schon bevor Crem reichsfreie Stadt wurde, hatte es niemand gewagt, die gewaltigen Zwillingstürme anzugreifen. Und jetzt sollte das plötzlich anders werden? Warum nur? Die Magister strebten nicht nach Macht, sondern nach Wissen und Weisheit. Magischem Wissen, das schon, aber das sollten die Zwergen- und Elbenvölker eigentlich verstehen.

Während Jamon weiter aufs Torhaus zuging, kam ihm auf einmal alles völlig unsinnig vor. Warum sollten ausgerechnet die Elben einen Krieg heraufbeschwören? Soweit er wusste, verbargen sie sich hinter irgendwelchen Zaubern, damit sie ja nicht belästigt wurden. »Geheimniskrämerische Langohren« nannten die Zwerge sie.

Plötzlich hallte ihm das Wiehern eines Pferdes entgegen. Er sah zum Unterstand neben dem hohen Tor und entdeckte das Tier. Dann hörte er Stimmen, doch sie kamen nicht von dort, sondern von oben. Jamon legte den Kopf in den Nacken und wusste sofort, wer da so heiser vor sich hin schimpfte.

»Zu nachtschlafender Zeit. Ich hoffe, der Bote hat einen guten Grund, mich aus dem Bett holen zu lassen.«

»Verzeiht, ehrwürdiger Magister Briebens, aber in Anbetracht der ...«, Wrigoran Feldhenn – auch diese Stimme kannte Jamon nur allzu gut. War ja klar, dass der Lehrer für Sternensicht und Weissagung nachts wach war.

»Ja, ja, ja. In Anbetracht und so weiter. Das gehört nicht hierher. Wir werden sehen, wem ich nachher meine Vorwürfe um die Ohren haue. Dem Boten jedenfalls nicht, der folgt nur seinem Auftrag.«

»Aber mein Auftrag ist es ...«

»Schon recht, lieber Feldhenn, schon recht.«

Die klare Nachtluft trug jede Silbe zu Jamon – und wahrscheinlich zu jedem, der in den umliegenden Häusern wach lag. Er ging ein paar Schritte rückwärts, konnte seinen Onkel von hier unten aber nicht sehen. Lediglich die purpurfarbene Robe wallte immer wieder über den Rand der Außentreppe, die die Wohnstatt des Schulleiters direkt mit dem kleinen Ratssaal verband.

»Bei den Seelen, nachts scheinen diese Stufen noch höher zu sein«, hörte er seinen Onkel klagen.

»Gewiss, ehrwürdiger Magister. Nachts ist alles beschwerlicher.« Eine Tür knarrte und schlug kurz darauf wieder zu.

Jamon eilte sich. Wenn er rechtzeitig oben wäre, könnte er noch mitbekommen, wer Kelenkus zu so später Stunde aufsuchte. Er lief zu der unscheinbaren Hintertür, die direkt neben dem Unterstand lag. Das Fell des Pferdes glänzte vor Schweiß. Unvermittelt knickten seine Vorderläufe ein, dann kippte es schnaufend zur Seite. Der Bote musste es förmlich zuschanden geritten haben, wenn es sich nicht mehr auf den Beinen halten konnte. Jamon sprang zur Tür und pochte wild dagegen.

Als sich endlich das Guckfenster öffnete, schob er den Ärmel hoch, um den Ordensreif am Handgelenk zu zeigen. »Aufmachen, rasch.«

Das Schloss knackte, dem Geräusch nach wurden die Riegel aufgeschoben. Ungeduldig sah Jamon zwischen Tür und Pferd hin und her. Der Brustkorb des Tiers hob und senkte sich in schnellem Tempo. Noch ehe die Tür sich ganz öffnete, stieß er sie auf. »Warum, bei den Siegeln des Ordens, kümmert sich keiner um das Pferd. Holt umgehend einen Heiler, der sich des armen Tiers erbarmt.«

»Magister Briebens?« Eine blassgesichtige Frau starrte ihn mit großen Augen an und schaute dann an ihm vorbei. »Bei den Seelen. Eben stand es noch auf seinen vier Beinen. Ich hatte trotzdem schon nach jemandem geschickt, das dürft Ihr mir glauben. Ich bin doch kein Unmensch.« Eine Magistra aus Tyklahr, erinnerte sich Jamon, der Name fiel ihm jedoch nicht ein.

»Vergebt mir meine harschen Worte, aber dem armen Pferd ist gleich nicht mehr zu helfen, und meine Heilkünste sind nur dürftig.« Nicht vorhanden, wäre richtiger, doch mit seinem Unvermögen sollte er nicht hausieren gehen.

Die Magistra drängte an ihm vorbei. »Das arme Tier. Einfach zuschanden geritten. Ich kümmere mich, so gut ich kann. Geht nur hinein, Magister Briebens.« Sie raffte ihre Robe, stieg die Stufen hinab und kniete sich neben den Kopf des Pferdes. »Ruhig mein Guter, ganz ruhig«, hörte er sie noch sagen.

Dann eilte er weiter, durch den schmalen Gang in die Haupthalle. Von dort waren es nur ein paar Schritte zum großen Treppenschacht des Ostturms.

Inzwischen hatte sein Onkel die Begrüßungsfloskeln sicher hinter sich gebracht. Sofern Kelenkus den Boten nicht erst nach seiner Reise, der Familie oder den Freunden befragte, was durchaus vorkommen konnte, stünde der nächtliche Reiter bereits Rede und Antwort. Blieb zu hoffen, dass die Nachricht umfassend war und Jamon zumindest den Rest mitbekam.

Er drängte sich an diversen Gerätschaften und Werkzeugen vorbei, die den Zugang zur Treppe versperrten. Noch etwas, für das der Orden Unmengen Gold an die Zwerge zahlte: Der Ostturm bekam einen Höhenwechsler, damit der Weg hinauf nicht mehr so beschwerlich war. Auf Jamon wirkten die eisernen Verstrebungen und riesigen Zahnräder nicht sehr vertrauenserweckend, er hatte sich vorgenommen, weiterhin die Treppe zu nutzen. Eilig hastete er die Stufen hinauf, immer gleich zwei auf einmal. Die Nachricht für Kelenkus musste extrem wichtig sein, wenn man den Schulleiter dafür extra wecken ließ.

Im dritten Stockwerk wurde Jamon langsamer und nahm nun jede Stufe einzeln. Bestimmt ließe sein Onkel den Boten nicht so einfach wieder weg, sondern löcherte ihn reichlich mit Fragen.

Im fünften Geschoss pumpte Jamons Herz so schnell, dass er mit dem Luftholen kaum nachkam. Er hielt sich für einen Moment an der Brüstung fest und schaute zur Galerie über ihm. Vielleicht war dieser Höhenwechsler doch keine schlechte Idee. Zumindest, wenn man gerade ein Rennen durch die ganze Stadt hinter sich hatte. Gut, dass er nicht in sein eigenes Zimmer musste, das noch höher lag. Er machte sich daran, die letzten Stufen hinaufzusteigen. Immerhin war ihm niemand entgegengekommen. Der Bote musste noch da sein.

Als Jamon die hell beleuchtete Galerie betrat, die sich rund um den Treppenschacht zog, lauschte er. Die Tür zum kleinen Ratssaal lag auf der anderen Seite, aber er konnte sie zwischen den Säulen hindurch sehen. Zumindest den Teil oberhalb der Brüstung. Obgleich sie geschlossen war, hörte er leise Stimmen – nein, eher ein heimliches Flüstern.

Er ließ den Blick über den Rundgang wandern, konnte den Ursprung aber nicht ausmachen. Dunkle Ecken gab es nicht, die Bediensteten hatten sämtliche Öllampen in den Wandhalterungen angezündet. Wer immer hier war, musste sich hinter der hüfthohen Mauer verstecken, die vor dem Abgrund des Treppenschachts schützte. Langsam ging er weiter, bedacht, kein Geräusch zu machen. Sein Onkel käme sicher nicht auf die Idee, sich flüsternd hinter eine Balustrade zu hocken. Vorsichtig setzte Jamon einen Fuß vor den anderen.

Plötzlich verstummte das Flüstern, er hielt inne. Hatten sie ihn gehört? Ein Griff an seinen Gürtel, doch die Übungswaffen hatte er natürlich im Zwergenviertel zurückgelassen. Außer der Laute hatte er nichts dabei, mit dem er zuschlagen konnte. Für einen Moment erwog er tatsächlich, sie vom Rücken zu nehmen, doch dann schüttelte er den Gedanken ab. *Mach dich nicht verrückt.*

Fremde konnten nicht in die Turmhäuser gelangen, zumindest nicht ohne Begleitung. All die Jahre hatte Jamon die Einlasskontrolle für überflüssig gehalten. Doch im Licht der jüngsten Ereignisse ergab sie auf beunruhigende Weise einen Sinn. Bedeutete die Vorsicht des Ordens vielleicht sogar, dass auch für den unwahrscheinlichen Fall eines Krieges Vorkehrungen getroffen waren?

Das Wispern setzte wieder ein. Zu hell für Männerstimmen. Jamon schlich weiter, kam den Stimmen näher und hatte plötzlich die Tür zum kleinen Ratsaal im Blick. Natürlich, es ging um den Boten. Anscheinend wollte jemand wissen, was es mit dem nächtlichen Besuch auf sich hatte.

Als er die andere Seite fast erreicht hatte, konnte er die geflüsterten Worte endlich verstehen. »Lass mich auch mal.«

»Nein, du kannst den Zauber nicht.«

Jamon hielt sich dicht an der Balustrade, erreichte eine der marmornen Säulen, blieb stehen und beugte sich vor. Dann sah er sie. Zwei kleine Gestalten hockten direkt vorm Eingang zum Ratssaal. Eine presste etwas gegen die Tür.

»Als ob du damit besser hören könntest.«

»Kann ich aber.«

»Glaub ich nicht.«

Kinder! Jamon traute seinen Augen nicht. Zwei Novizen, die zur nachtschlafenden Zeit im Turm unterwegs waren. Der Größe nach zu urteilen, konnten sie allerhöchstens Anwärter im zweiten Jahr sein. Er selbst hätte sich das damals nicht getraut. Alle Novizen wussten um die empfindlichen Strafen der Ordensschule.

»Zumindest weiß ich, dass der geheimnisvolle Reiter aus Myxa kommt.«

»Echt? Und was noch?«

»Er hat eine schlimme Nachricht mitgebracht.«

»Das hätte ich mir selbst denken können, so finster, wie der aussah. Aber welche? Weißt du das auch?«

»Verrate ich nicht.«

Ein Lächeln schlich sich auf Jamons Gesicht, während er den beiden zuhörte. Ein Junge und ein Mädchen. Er fühlte sich zurückversetzt in die Zeit, als er selbst Anwärter war und eine beste Freundin hatte. Sabrinja war unglaublich gewesen. Klug, talentiert und voller Tatendrang. Als sie dann das erste Prälonjahr überspringen durfte, hatten sie sich leider aus den Augen verloren. Was wohl aus ihr geworden war? Und was aus ihr werden würde, wenn es Krieg gäbe?

Jamon riss sich aus diesen Gedanken und konzentrierte sich auf die Kinder. Er musste die beiden schleunigst loswerden, damit er noch etwas vom Besuch des Boten mitbekommen und Kelenkus seine eigenen Neuigkeiten berichten könnte. Entschlossen trat er auf die kleinen Lauscher zu und packte sie beim Kragen der grauen Kutten. »Erwischt!«

»Au!«

»Au!«

»Seid still«, zischte er und zerrte sie von der Ratstür weg. »Ihr wisst schon, dass ihr jetzt schlafen solltet, oder?«

»Wollten wir ja«, flüsterte der Junge. »Nur wegen der Sterne haben wir noch mal rausgeschaut.«

»Und dann sahen wir den Reiter mit der Fackel.«

»Und dann hörten wir, wie sich die Torflügel öffneten.«

»Und dann ...«

»... wart ihr neugieriger, als gut für euch ist«, schnitt er dem Mädchen das Wort ab. »Ihr könnt von Glück sagen, dass *ich* euch gefunden habe, nicht Magistra Surowi.«

Die Kinder rissen die Augen auf. »Bitte nicht die Surowi!«

»Nein, bitte nicht.«

Es hatte sich seit seiner eigenen Novizenzeit nichts geändert. Magistra Dominja Surowi, die strenge Lehrmeisterin für Körperertüchtigung, war immer noch der Schrecken aller Kinder. »Nun denn, ich werde sehen, was ich für euch tun kann. Wie heißt ihr überhaupt?«

Wie von einem Zauber erfasst, klappten beide ihre Münder zu und pressten die Lippen aufeinander. Jamon verkniff sich ein Lächeln. »Ihr wollt nicht mit mir sprechen?«

Die Novizen schüttelten die Köpfe.

»Dann habt ihr die Wahl zwischen Magistra Surowi und dem Mauerkäfig. Strafe muss schließlich sein.«

Der Junge wurde blass, aber das Mädchen reckte ihr Kinn. »Dann den Mauerkäfig.«

»Bist du verrückt?« Ihr Freund hatte seine Stimme wiedergefunden. »Der hängt ganz oben am Turm. Wer nicht verdurstet, wird von Vögeln zu Tode gepickt.«

»Das sollen die bloß mal wagen.« *Respekt!* Die Kleine wusste, was sie wollte. Oder vielmehr, was sie *nicht* wollte.

»Ich bin Enderon Klauser«, polterte es aus dem Jungen heraus.

»Sei still, Klausi«, zischte das Mädchen.

»Nein, Dulli, man muss erkennen, wenn man nicht gewinnen kann. Einsicht lindert die Strafe«, dozierte der Kleine.

»Wieder so ein Spruch von deiner Mutter.«

»Und wenn schon.« Der Junge sah ihn unsicher an. »Ist doch so, oder?«

Jamon nickte.

»Meine Freundin heißt Ursine Dullber. Wir sind im ersten Jera.«

»Pah.« Das Mädchen verschränkte ihre Arme.

Jamon seufzte. »Und was soll ich jetzt mit euch machen, Klausi und Dulli?« Er hatte keine Zeit, sich länger mit ihnen auseinanderzusetzen.

»Vielleicht könnt Ihr uns einfach laufen lassen? Wir versprechen auch, nie wieder ...«

»... nie wieder vor *dieser* Tür zu horchen«, schnitt Dulli ihrem Freund das Wort ab.

Erneut verkniff Jamon sich ein Grinsen. Die Kleine war wirklich gewitzt.

Sie neigte schelmisch den Kopf. »Ihr würdet Freunde fürs Leben gewinnen. Ist es nicht so?« Ohne Jamon aus den Augen zu lassen, rammte sie ihrem Freund den Ellenbogen in die Seite.

»Ja«, stöhnte der. »Sicher. Immer zu Euren Diensten, Magister ...« Erst jetzt schien dem Jungen aufzugehen, dass sie ihn überhaupt nicht kannten.

»Magister Briebens. Jamon Briebens.« Er probierte einen mahnenden Blick. »Ich lasse euch gehen, wenn ihr so schnell wie möglich in eure Schlafräume verschwindet. In Ordnung?« Als die Kleinen hastig nickten, schob er sie zum Treppenaufgang. »Nun ab mit euch und gute Nacht.«

»Gute Nacht«, kam es wie aus einem Munde, und schon liefen die beiden los. »Der Neffe des Schulleiters«, hörte er Dulli sagen. Und etwas wie »Glück gehabt« und »Melbonett«.

»Ruhe jetzt!«, rief er leise hinterher und horchte. Sofort war es still, selbst das Tapsen der Schritte auf den Stufen verklang.

Dann hörte er plötzlich das Schaben eines Riegels und das Knarren einer Tür. »Was ist da draußen los?«

Ausgerechnet jetzt! Jamon beeilte sich, zur Ratstür zu gelangen. »Nichts, Magister Feldhenn. Ich war nur ... über etwas gestolpert.« Er hatte immer noch das Bild der hockenden Kinder vor Augen und fand, diese Antwort käme der Tatsache zumindest nahe. Schließlich wollte er den Vertrauten seines Onkels nicht anlügen.

»Magister Jamon. Was, um der Sterne willen, tut Ihr hier?«

»Wohnen, bester Feldhenn. Wohnen.«

Der Lehrmeister für Sternensicht, Überlieferung und Weissagung gab einen seiner typischen Laute von sich. Es klang nach einem lang gezogenen Fff, konnte jedoch, wie Jamon wusste, auch schon mal ein Sss oder schlimmstenfalls ein Rrr sein. Vielleicht lag es an den Gesichtsnarben und der gespaltenen Unterlippe, die Feldhenn sich bei einem schweren Unfall zugezogen hatte, wie es hieß. In jedem Fall brauchte sich niemand zu sorgen, solange er nur sein Fff zischelte und seine heisere Stimme nicht zu kieksen begann.

»Es wird Euren Oheim freuen, dass Ihr hier noch wohnt, wo er Euch zuletzt kaum zu Gesicht bekam.« Der Punkt ging an ihn.

»Da habt Ihr wohl recht. Die Arbeit als Stadtdiplomat verlangt mir einiges ab.« Lautenspiel und Kampftraining? »Am besten, ich übermittele ihm sofort die frohe Botschaft über meine Anwesenheit.« Ohne eine Entgegnung abzuwarten, drängte er sich an Feldhenn vorbei. Die Nachricht, die er übermitteln wollte, war zwar alles andere als eine frohe Botschaft, doch sie duldete keinen weiteren Aufschub.

7
BRYNNBETT

Er ist nur ein Runenmeister. Immer wieder hielt Brynnbett sich das vor Augen, während sie ihre Sachen packte und überlegte, warum Trorwenn Hammerschneid eine Ausschreibung an die Kasernen gegeben haben mochte. Und jetzt, da sie die Prüfung bestanden hatte, behagte es ihr gar nicht, dass sie mit ihrer Teilnahme daran die Katze im Sack gekauft hatte. Geduld. Vielleicht würde ja jemand anderes für den Posten ausgesucht. Doch auch dieser Gedanke gefiel ihr nicht, denn er bedeutete, dass sie ihre Ausbildung fortsetzen müsste und weiterhin Prallkor Donnerhals ausgesetzt wäre.

Für den Moment hatte sie immerhin Ruhe vor ihm. Solange die Entscheidung ausstand, wer vom Runenmeister ausgewählt würde, waren alle Kontrahenten der engeren Wahl vom Dienst freigestellt. Was leider hieß, dass Brynnbett die Kaserne bis auf Weiteres verlassen musste – und zwar sofort. Noch eine dieser unsinnigen Regelungen, die mit Sicherheit auf dem Mist von Protzkor Schreihals gewachsen waren.

Während sie ihre Habseligkeiten in den Wäschesack steckte, drängte sich immer wieder die dunkle Stimme des Runenmeisters in ihren Kopf. Wie hatte Gillron ihn genannt? Emporkömmling? Düsterling? Der zweite Name passte wie die Faust aufs Auge. Allein beim Gedanken an Trorwenn lief ihr ein kalter Schauer über den Rücken. Und an Prallkors Verhalten konnte man ablesen, wie mächtig der Runenmeister war. Obgleich er sich die Gunst des Stammesvaters mit einer weiteren Runenmeisterin teilte. Einer Meisterin, die schon

Dekaden vor ihm da gewesen war. Wieder kamen ihr Gillrons Worte in den Sinn: »Fragt sich nur, wie lange noch.«

Ehe der letzte Kontrollgang anstand, schloss sich bereits das Tor hinter Brynnbett, und sie stand mit ihrem Bündel auf der Straße. Die Prüfung hatte sie bestanden, wenn auch mit Hilfe, doch das Gefühl des Triumphs blieb aus. Letztlich hatte sie nichts gewonnen, wusste nicht, was auf sie zukam, und hatte für die Zeit bis zur Entscheidung nicht einmal ein Dach über dem Kopf. Sie stand hier ohne Ziel.

Ihre Waffen hatte sie abgeben müssen, nur die Lederrüstung der Wachschaft durfte sie behalten. Sie kramte ihren Münzbeutel vor und zählte die Kulinge und Sillinge durch. Für ein paar Nächte in einer Herberge könnte es reichen. Und dann? Unvermittelt fiel ihr Blick auf das hölzerne Tor am Ende der Gasse. Ob sie die Wunderlings fragen sollte?

Brynnbett steckte die Münzen zurück, schulterte ihr Bündel und trat zögerlich auf die Torflügel zu. Sie kannte Gillron gar nicht richtig, womöglich war er schon gar nicht mehr da. Der kleine Bruder war ja ganz nett gewesen, aber die Schwester? Der Stachel ihrer Worte saß immer noch tief. Andererseits war sie einfach nur ehrlich gewesen. Darüber durfte sich niemand grämen, dem selbst oft das Herz auf der Zunge lag. Je näher sie kam, desto langsamer wurde Brynnbett, und kurz, bevor sie das Tor schließlich erreicht hatte, drehte sie um.

»Du willst wieder gehen?« Die Stimme klang dumpf, trotzdem wirbelte Brynnbett sofort herum. Einen Moment später öffnete sich das Tor, Gillron kam zum Vorschein.

»Du hast nicht wirklich die ganze Zeit hinter dem Guckloch gestanden und nach einer gescheiterten Zwergin Ausschau gehalten, oder?«

»Wenn überhaupt, dann nach einer Siegerin.« Gilli lehnte sich gegen die Wand und verschränkte Arm und Stumpf. »Du hast bestanden, oder? Sonst würdest du nicht zu dieser Zeit aus der Kaserne spazieren.«

»Nein.« Sie schüttelte den Kopf. Nachts herumzulaufen war nichts, was sie freiwillig tat.

Gillrons Augen weiteten sich. »Dann bist du durchgefallen und sie haben dich rausgeschmissen?«

»Nein.« Sie grinste ob des Missverständnisses.

Die geschwungenen Brauen hoben sich noch weiter. »Du weißt schon, dass man keine Krüppel veralbern darf?«

»Nicht mal, wenn sie es einem leicht machen?« Sie lachte.

»In dem Fall sind wohl Ausnahmen möglich.« Er stimmte in ihr Lachen ein.

»Dank dir habe ich die Prüfung bestanden«, beruhigte sie ihn. Und sobald sie das Strahlen im Gesicht des schmächtigen Zwergs sah, konnte auch sie sich endlich darüber freuen. »Und ich laufe zu nachtschlafender Zeit durch die Gasse, weil alle Teilnehmer, die bestanden haben, bis zur Entscheidung, wer den Posten bekommt, vom Dienst freigestellt sind.«

»Dann haben sie dich tatsächlich vor die Tür gesetzt? Wofür soll das gut sein?«

Sie zuckte mit den Schultern. »Verstanden habe ich es auch nicht, aber ich bin froh, Prallkor vorerst nicht mehr sehen zu müssen.«

»Hut ab jedenfalls!« Gillron machte eine schiefe Verbeugung, trat zur Seite und winkte sie mit seinem Stumpf herein. »Du kannst natürlich erst mal bei uns bleiben.« Er schloss den Torflügel hinter ihr und schob den Riegel vor.

»Bist du sicher? Ich will dir und deinen Eltern keine Umstände machen.«

»Ein brüllendes Kind mehr oder weniger.« Er kicherte.

Brynnbett hob drohend den Zeigefinger. »Nur nicht übermütig werden, Kleiner.«

»Mit wem sprichst du?« Gillron schaute sich zu allen Seiten um. »Ist doch gar kein Kleiner da.« Er setzte ein unschuldiges Lächeln auf und winkte dann glucksend ab. »Aber im Ernst: Weißt du, wie viele Begabte sie gefunden haben?«

»Nein. Aus unserer Kaserne bin ich jedenfalls die einzige Anwärterin, die ihren Schlafplatz räumen musste.«

»Bleiben noch die alten Hasen deiner Einheit, die Kämpfer der Palastwache und die erfahrenen Krieger der Hochtor-Kaserne. Im Prinzip könnten sich Dutzende von ihnen zur Prüfung gemeldet haben.« Er strich sich nachdenklich über den Kinnbart, warf ihr aber einen aufmunternden Blick zu.

»Das soll dir nicht die Hoffnung rauben. Selbst, wenn es zehn oder zwanzig sind, könntest du immer noch ...«

Brynnbett winkte ab. »Ehrlich gesagt, weiß ich gar nicht, ob ich den Posten will.«

»Nicht?«

»Nicht mehr, seit ich erfahren habe, dass es keine Ausschreibung vom Stammesvater ist.«

»Ach so? Von wem denn dann?«

»Von Trorwenn Hammerschneid.«

»Nein.«

»Doch.«

»Nein.« Gillron wankte ein paar Schritte rückwärts und ließ sich auf eine Bank fallen.

»Und jetzt halt dich fest.« Brynnbett stellte ihr Bündel ab und setzte sich zu ihm. »Ich habe es nämlich nicht nur dir, sondern auch Hammerschneid zu verdanken, dass ich die Prüfung bestanden habe. Prallkor hätte mich durchfallen lassen.«

Gillrons Augen weiteten sich. »Trorwenn war da?«

Sie nickte. »Und ich weiß jetzt, warum du ihn nicht leiden kannst. Er ist ...« Sie suchte nach einem passenden Begriff. »Düster – ja wirklich, das trifft es am besten.«

»Nicht wahr?« Plötzlich starrte Gillron ins Leere, als trügen die Gedanken ihn an einen anderen Ort. Seine Stimme klang verändert – leiser und besorgter. »Meine Meisterin sagt immer, er wandele auf einem gefährlichen Grat zwischen Licht und Dunkelheit.«

»Keine Ahnung. Aber um ihn muss man sich keine Sorgen machen, eher um die in seiner Nähe.« Unvermittelt schauderte sie, hatte erneut das Bild dunklen Wassers vor Augen – abgrundtiefen Wassers, aus dem es kein Entrinnen gab. Sie schluckte, als die quälende Erinnerung aufflackerte. Dabei hatte sie ihre Furcht so lange im Griff gehabt. *Tief durchatmen!* Hier war weit und breit kein Brunnen, in den sie fallen könnte. »Jedenfalls habe ich es noch nie erlebt, dass mein ungeliebter Ausbilder vor irgendjemandem eingeknickt ist«, fuhr sie fort, ohne sich etwas anmerken zu lassen. »Vor Trorwenn hatte er allerdings sehr großen Respekt – wenn nicht sogar Angst.«

»Aber das meint meine Meisterin ja damit. Magie hat immer eine dunkle Seite, und wenn Hammerschneid auf diesem Grat fehlgeht und der schwarzen Runenmagie anheimfällt, ist nicht nur er verloren.«

Schwarze Magie? Brynnbett erstarrte. Allein der Gedanke verursachte ihr eine Gänsehaut, brachte weitere unliebsame Erinnerungen an Kindertage, schauerliche Mären ihrer Muhme – und an die Angst, die ihr nach solchen Erzählungen den Schlaf geraubt hatte. Doch das waren Geschichten aus den Zeiten der Urahnen, Zeiten die längst verstrichen waren. »Glaubst du deiner Meisterin?«, fragte sie mit belegter Stimme. »Ich meine, so was wie dunkle Runenmagie gibt es doch schon ewig nicht mehr.«

Gillron sah sie aufmerksam an – erdbraune Augen voller Aufrichtigkeit. »Meisterin Kettelgurt ist seit mindestens zweihundert Wintern die Runenmeisterin unseres Stammes. Sie hat natürlich ihre Fehler, kommt manchmal ungestüm daher, aber ich kenne niemanden im Palast, dem ich mehr vertraue. Sie weiß nahezu alles über die Magie unseres Volks, und wenn sie das so sagt, stimmt es auch.«

»Dann sollte ich besser nicht für Trorwenn arbeiten.«

»Nein, besser nicht.« Nachdenklich strich Gilli über seinen Kinnbart und wiederholte die letzten Worte, nur dass sie diesmal wie eine Frage klangen. »Besser ... nicht?« Plötzlich erhellte sich seine Miene. »Oder vielleicht doch.«

»Was?«

»Also nur gegebenenfalls.« Er lächelte. »Bis morgen werde ich das genauer durchdenken. Dann sehen wir weiter.«

»Morgen. Natürlich.« Brynnbett schüttelte den Kopf. »Ich glaube nicht, dass ich morgen etwas anderes sehen werde als das, was ich heute gesehen und gehört habe. Und das war eine blutrote Robe und eine Stimme, die klang, als hätte sie den Grat, von dem deine Meisterin spricht, längst verlassen.«

»Meine Rede. Genau deshalb solltest du für ihn arbeiten.«

Brynnbett verstand gar nichts mehr. Doch ehe sie fragen konnte, öffnete sich die Tür zu den Wohnräumen.

»Gilli, bleibst du eigentlich über ... oh.« Gillrons Mutter stand in der Tür, sichtlich überrascht. Ihre vielen Zöpfe waren mit einem Handtuch zusammengebunden, statt des Hauskleids trug sie ein moosgrünes Hemd, bestickt mit irritierend orange- und gelbfarbenen Kristalllampen. »O...oder ihr ... ihr beide?«

»Gar nicht erst auf Gedanken kommen, Mutter.« Gillron erhob sich ungelenk. »Es ist nicht, wonach es aussieht.« Er drehte sich schief zu Brynnbett um und zwinkerte. »Den Satz wollte ich schon immer mal sagen.«

Als Brynnbett am Morgen erwachte, brauchte sie einen Moment, um zu erfassen, wo sie sich befand. Die Felsdecke über ihr war nicht so roh und grau, wie sie es aus der Kaserne kannte, sondern in dunklem Blau getüncht und mit einem Meer aus Sternen übersät. Tatsächlich erinnerte das Bild an den Nachthimmel über Crem, nur dass die Sterne hier deutlicher zu erkennen waren. Gillrons Kammer.

Sie schreckte hoch. Wie lange hatte sie geschlafen?

Neben der Tür stand ein Waschtisch mit einem Krug Wasser und frischen Handtüchern. Brynnbett sprang auf und wusch sich, so gut es in der engen Kammer ging. Jedes Mal, wenn sie mit dem Ellenbogen gegen etwas stieß, unterdrückte sie ein Fluchen. »Jemand wie Gilli braucht offenbar nicht so viel Platz«, knurrte sie, als sie beim Umdrehen den Stuhl vor dem Schreibtisch erneut zum Kippeln brachte.

Während sie ihr Lederwams zuschnürte, sah sie sich aufmerksam in Gillis kleinem Reich um. Weitere Möbel gab es nicht, dafür aber eine ganze Wand voller Regale, die mit Büchern und Pergamentrollen überfrachtet waren.

Neugierig trat sie näher, um zu stöbern, konnte mit den meisten Werken allerdings nicht viel anfangen. Allein fünf dicke Schwarten trugen die Aufschrift »*Krellpinn Spitzmeißel: Runenkunde für Anfänger*«. Daneben stand ein hohes in silbergraues Leder gebundenes Buch mit dem Schriftzug »*Gestein und Runenmacht von Melba Stößelfest*«. »*Abhandlung der Schmiedekunst*« gesellte sich zu kleineren Werken wie »*Die Kunst des Punzierens*«, dazwischen lagen immer wieder Pergamentrollen mit Aufschriften wie *Wandschmuck*, *Waffenzierde* oder *Wappenbilder*, anscheinend Muster und

Vorlagen für entsprechende Werkstücke. Was für ein Wissensdurst! Woher hatte er das nur alles? Er wirkte noch so jung.

Brynnbett seufzte, während sie mit dem Finger an den Regalen entlangfuhr. Sie hatte nie eigene Bücher besessen, sondern in denen ihrer Mutter gestöbert. Faszinierende Werke übers Kochen, Backen und Braten. Gillrons Sammlung war ähnlich umfangreich, am liebsten hätte sie sich sofort mit einem der Werke zurück ins Bett gelegt. Sie liebte Bücher, dicke Folianten und geheimnisvolle Schriftrollen. Was konnte aufregender sein, als in Geschichten einzutauchen, die jemand anderes niedergeschrieben hatte? Welche Gedanken und Erfahrungen steckten darin? Und warum hatte sich die Schreiberin oder der Schreiber gerade für solche Worte, jene Ratschläge und eben diese Rezepte entschieden?

Als sie noch jünger gewesen war, hatte sie davon geträumt, ein eigenes Kochbuch zu verfassen. Aber dafür war nie die Zeit gewesen, und ihre Mutter war ohnehin der Meinung, es gebe genug Herdfeuer-Rezepte auf der Welt.

Gerade wollte Brynnbett sich vom Regal abwenden, als sie auf einige Bände über »*Die Kräuterkunde der Berge*« stieß. Daneben stand ein roter Foliant mit dem Titel »*Geschmäcker und Wirkungen von Höhlenpilzen*«. Unwillkürlich hob sie den Arm, doch dann fiel ihr Blick auf ein anderes Buch, dessen goldene Lettern sie von dem grünen Buchdeckel förmlich anstrahlten: »*Symbole, Schrift und Magie - unser Leben mit Runen, verfasst von I.K.*«.

I.K.? Sie zuckte zusammen, als es laut gegen die Tür pochte.

Gillis Stimme von draußen. »Wenn du noch frühstücken willst, wäre jetzt ein guter Zeitpunkt. Wir müssen gleich los.«

»Wir müssen was?« Brynnbett öffnete die Tür. Ein wenig forsch vielleicht, denn Gilli wich sofort einen Schritt zurück.

»L...los«, wiederholte er kleinlaut und sah zu ihr auf. »Wir müssen gleich los. Zumindest, wenn wir nicht unnötig lange vor dem Höhenwechsler Schlange stehen wollen.«

»Schlange stehen?« Brynnbett trat zu ihm vor die Tür. »Vor welchem Höhenwechsler muss man denn Schlange stehen?«

»Bei den Runen meiner Meisterin. Ich vergesse immer, dass du nicht von hier bist.« Er humpelte in Richtung Speiseraum.

»Natürlich bin ich von hier.« Sie stapfte hinter ihm her. »Auch in meinen Adern fließt das Blut von Eskrinor.«

Gillron blieb vor der Tür stehen und sah sie skeptisch an. »Und wie viele Winter ist das her?«

Sie nahm ihre Finger zu Hilfe, zählte die Dekaden und beschloss, das Thema nicht weiter zu vertiefen. »Das tut nichts zur Sache. Ich bin eine Eskrindarh, nur das ist wichtig.«

»Darauf können wir uns einigen.« Er öffnete die Tür zum Speiseraum, in dem diesmal keine aufgeschreckte Familie, dafür aber eine recht abgegessene Frühstücktafel wartete. »Nimm Platz und stärke dich. Der Tag wird lang.«

Folgsam setzte Brynnbett sich und ließ den Blick über den Tisch schweifen. »Was haben wir überhaupt vor?« Sie griff sich einen Rest Brot, nahm ein Messer und kratzte ein letztes Stückchen Butter vom Teller. Aus Ziegenmilch. Der vertraute Geruch ließ ihr das Wasser im Mund zusammenlaufen.

Gillron reichte ihr derweil einen Becher und schenkte ein. »Ich habe extra frischen Gneistee für dich gekocht – den Guten, mit 'nem Drittel Feldspat. Ich hoffe, du magst ihn.«

Brynnbett sog den steinwässrigen Duft ein und lächelte. »Wie ich das vermisst habe. Kein Würzwein der Welt könnte da mithalten.«

Sichtlich zufrieden nickte Gillron. »Um deine Frage zu beantworten: Der Höhenwechsler, von dem ich gesprochen habe – wir nennen ihn das Wunder von Eskrinor –, verbindet die Niedertor-Ebene mit der Thing-Ebene.«

»Du machst Witze.« Brynnbett wäre fast das Messer aus der Hand gefallen. »Ein Höhenwechsler bis zur sechsten Ebene hinauf? Ohne dass man umsteigen muss?«

»Genau.« Gillron freute sich über ihr Staunen. »Wäre übrigens ohne Meisterin Kettelgurt nicht möglich gewesen. Sie hatte die grandiose Idee, nicht nur das große Zahnradgetriebe, sondern sämtliche Glieder des Kettenzugs mit magischen Runen zu versehen.«

Brynnbett nickte anerkennend und biss von ihrem Brot ab.

»Vielleicht erinnerst du dich, wie viele Zwerge auf der Thingebene und im Palast arbeiten?«

»Hmm.« Sie machte ein zustimmendes Geräusch, während sie kaute, obwohl sie keine Ahnung hatte.

»Dann bestimmt auch, wie verschlungen, lang und beschwerlich der Weg von hier unten bis nach oben ist.«

Brynnbett schluckte hinunter und nickte. »Doch, ja, daran erinnere ich mich.« Stufen über Stufen war sie in ihrer Kindheit gelaufen und hatte es großartig gefunden, wenn ihre Eltern kaum hinterhergekommen waren. Nach all den stufenlosen Sommern und Wintern in Crem hatte sie sich anfänglich nur schwer wieder daran gewöhnen können. Aber Prallkor hatte kein Erbarmen gezeigt, und inzwischen war sie fast so ausdauernd wie damals. Zumindest bildete sie sich das ein.

»Deshalb wollen alle mit dem neuen Höhenwechsler fahren. Sogar die Zwerge aus der ersten und zweiten Ebene kommen herunter, um Zeit und Kraft zu sparen.«

»Das klingt gut.« Brynnbett leerte den Becher, schnappte sich noch ein Stück Käse und stand auf.

»Dass jetzt alle hier herunterkommen, findest du gut?« Gillron setzte überrascht seinen Tee ab. »Du hast ja keine Ahnung, wie viele das sind.«

»Dass wir Zeit und Kraft sparen können, meinte ich.« Sie grinste ihn schelmisch an und ging zur Tür. »Auf geht's. Ich bin schon gespannt darauf, dieses Wunder von Eskrinor zu sehen.«

Der Schacht für den Höhenwechsler lag am westlichen Rand ihrer Heimatstadt, im Außenbereich der Niedertor-Ebene. Diesen Umstand hatte man allerdings gut genutzt und eine repräsentative Allee angelegt, die mit Statuen und Büsten der größten Dichter und Denker Eskrinors geschmückt war. Eine beeindruckende Straße, wohl vor allem dazu gedacht, den Wartenden abwechslungsreiche Betrachtungen zu ermöglichen.

»In ein oder zwei Stumpenlängen wird es hier voll von Zwergen sein.« Gillron humpelte mit erstaunlich schnellen Schritten auf das offene Tor am Ende der Allee zu, hinter dem Brynnbett das Wunderwerk vermutete.

Während sie ihm nacheilte, versuchte sie, alles zu erfassen, was es zu sehen gab. Gerne hätte sie jetzt in einer Warteschlange gestanden, um mehr Zeit zu haben, die Skulpturen zu bewundern und ihre Inschriften zu lesen. Im Vorbeigehen entdeckte sie eine alte Zwergin, die zwischen den Standbildern des Malers Waldo Farbenreich und der Ingenieurin Brunie Räderzahn einen dicken Teppich ausrollte. »Weißt du, was die Frau mit dem Teppich will?« Sie schloss zu Gillron auf.

»Du meinst die alte Burlei? Die verkauft hier Würztabak.«

Brynnbett warf einen Blick über die Schulter. »Lohnt sich das? Es gibt doch viele richtige Läden und Märkte in Eskrinor.«

»Schon. Aber hier stehen nachher die Leute und haben nichts anderes zu tun, als zu warten. Es werden von Okta zu Okta mehr Händler, die sich einen Platz zwischen den Säulen suchen. Nicht mehr lange, und die Zwerge kommen nur noch zum Einkaufen her, ohne den Höhenwechsler zu nutzen.«

Zu ihrer Rechten entdeckte Brynnbett einen Zwerg, der Metflaschen aus Kisten holte »So langsam glaube ich, die Wartezeit ist hier die wahre Attraktion. Könnte mir auch gefallen.«

Gillron lachte. »Aber nicht heute.«

Heute – das war überhaupt das Stichwort. Brynnbett sah zu ihm hinüber. »Wohin verschleppst du mich eigentlich?«

»Ich stelle dich meiner Meisterin vor. Vielleicht ahnt sie schon, was der Düsterling vorhat. Wäre doch gut, zu wissen, worauf es ankommt, bevor du spionieren gehst.«

»Bevor ich was?« Sie griff nach seinem Arm, fasste aber ins Leere und packte ihn an der Schulter. »Kannst du mir bitte sagen, was in deinem Kopf herumspukt? Möglichst, bevor du es deiner Meisterin als abgesprochen unterjubelst.«

Gillron blieb stehen. »Ich jubel hier keinem etwas unter. Und Meisterin Kettelgurt schon gar nicht. Das bräuchte ich nicht mal zu versuchen.« Er schüttelte den Kopf – beinahe so, als hätte er mehr von ihr erwartet. »Dir ist doch wohl klar, dass sich uns eine einmalige Gelegenheit bietet.«

»Uns?« Brynnbett verstand gar nichts. »Wovon sprichst du überhaupt? Ich habe das Gefühl, mir fehlen ein paar wesentliche Informationen, um hinterherzukommen. Worum geht es dir eigentlich? Stehen die beiden Runenmeister im Wettbewerb zueinander? Oder wollt ihr Trorwenn wegen irgendwelcher Vergehen überführen?«

»Pst. Nicht so laut!« Eine Gruppe Zwerge eilte vorbei, Gillron sah ihnen nervös hinterher. »Das ist nicht der richtige Ort. Lass uns erst sehen, dass wir nach oben kommen. Meine Meisterin kann es dir sowieso besser erklären. Ehrlich.«

Seine Augen suchten ihre Zustimmung, also willigte Brynnbett seufzend ein. Er hatte ihr schon zweimal aus der Patsche geholfen, sie hatte das Gefühl, ihm etwas schuldig zu sein.

Der Höhenwechsler, eine halb offene Kammer, deren glänzende Wände mit blauem Alabaster getäfelt waren, erwies sich in seiner Ausgestaltung als wahrer Höhepunkt der prachtvollen Allee. Weichgepolsterte Bänke boten Platz für zwanzig Zwerge, denen auf dem Weg hinauf ein unvergesslicher Ausblick beschert wurde. Denn zwischen der dritten und fünften Ebene glitt der Höhenwechsler aus dem schützenden Schacht und passierte auf dem weiteren Weg nach oben die riesige Grotte des Westviertels.

Der Blick über Häuserschluchten, Lichter und belebte Plätze war atemberaubend. Brynnbett konnte sich gar nicht sattsehen und entdeckte ständig etwas Neues. »Was ist das da für eine Stangenvorrichtung?« Sie zeigte auf eine kurvenreiche Konstruktion, die sich wie eine Murmelbahn zwischen den Häusern in die Tiefe schraubte. »Sind das Schienen?«

»Ach, du meinst die Schwindelbahn. Das ist der schnellste Transportweg für die Fässer der Brauereien. Schau, da rollt gerade wieder ein Metfass.«

Brynnbett versuchte, das Fass im Auge zu behalten, das in irrwitzigem Tempo über die Schienen raste. »Und nur weil Alkohol drin ist, nennt ihr sie Schwindelbahn?«

»Mädchen, wo kommst du denn her?« Ein weißhaariger Zwerg rechts von ihr schaltete sich ein. »Man nennt sie eigentlich Fassbahn. Weil aber immer wieder ein paar Halbstarke meinen, den Weg als Mutprobe in einem leeren Fass hinter sich bringen zu müssen, nennen die meisten sie Schwindelbahn.«

»Ist nicht wahr!« Brynnbett schüttelte ungläubig den Kopf.

»Doch«, meinte Gilli. »Manchen ist tagelang übel.«

»Und das da ganz hinten?« Sie hatte schon wieder etwas anderes entdeckt.

»Die langen Taue meinst du?«, schaltete der Alte sich erneut ein. Offenbar machte es ihm Freude, sein Wissen zu teilen.

»Genau die.« Brynnbett kniff die Augen zusammen und versuchte, die Balustrade darüber besser zu erkennen.

»Elastische Seile für die Springer unter unseren Kriegern.«

»Wenn du mich fragst, viel waghalsiger als die Fassnummer«, raunte Gilli und schüttelte sich. »Man muss extrem gut Entfernungen abschätzen können, damit man nicht mit vollem Falltempo auf dem Boden aufschlägt.«

»Ich habe es gern gemacht«, meinte der Alte.

Brynnbett sah ihn mit großen Augen an. »Wirklich?«

»Aber ja. War in jungen Jahren selbst ein Springer. Es ist die schnellste Möglichkeit, von der fünften in die dritte Ebene zu kommen. Aber auch draußen in der Schlucht zwischen den Bergen oder an den Klippen von Abrinor ist es hilfreich, wenn man den Überraschungseffekt auf seiner Seite hat.«

»Wenn man das Seil gut befestigt und die Entfernung richtig einschätzt«, wiederholte Gilli seine Bedenken. »Sonst ist man selbst der Überraschte.« Er sah sich um. »An alle großen und kleinen Kinder: Probiert das auf keinen Fall aus!«

Der Alte lachte. »Ganz richtig. Das ist ausschließlich für wenige auserwählte Krieger gedacht.«

Obwohl Brynnbett schon einige Monde hier lebte, bekam sie erst durch die Fahrt mit dem Wunder von Eskrinor eine Ahnung davon, wie faszinierend die Goldene Stadt war. Am liebsten wäre sie gleich noch einmal hinunter- und wieder hinaufgefahren.

»So kanntest du Eskrinor bisher nicht, oder?«

Sie schüttelte den Kopf und grinste still vor sich hin.

»Dachte mir, dass es dir gefällt.« Gilli lächelte zufrieden.

Brynnbetts Blick heftete sich auf seine Grübchen, wanderte zu den erdbraunen Augen und suchte Kontakt. Doch Gillron sah gerade zur anderen Seite des Höhenwechslers. *Ich bin zu dick, um seine Freundin zu sein.* Vielleicht hatte Gillis Schwester ja ins Schwarze getroffen. Brynnbett seufzte innerlich. Gut nur, dass sie sich nicht vollends in Gillron verguckt hatte. Ein ständiges Kribbeln im Bauch würde sie nur wahnsinnig machen. Nein, sie war weit davon entfernt, liebestrunken zu sein, und immer noch ganz Herrin ihrer Sinne. Er war einfach nur der erste Mann seit mindestens einer Dekade, der sie so annahm, wie sie war. Der darüber hinaus humorvoll, ja, sogar klug war – und ein ausgesprochen attraktives Gesicht hatte.

»Gleich sind wir da.« Er warf ihr einen kurzen Blick zu. »Ich bin schon gespannt, was du zur nächsten Ebene sagst.«

»Ich auch.« Sie war dankbar, dass sie in ihm einfach nur einen Freund gefunden hatte. Das währte womöglich länger als eine Liebelei.

Erst als sie die prachtvollen Straßen der Thingebene hinter sich hatten, erinnerte Brynnbett sich wieder, wohin sie unterwegs waren. Eine breite Freitreppe, groß genug für eine Herde Prelken, führte direkt zum Vorplatz des goldenen Palastes, auf dem sie ehrfürchtig stehen blieb. Nie zuvor hatte sie etwas so Prächtiges gesehen, sie brauchte einen Moment, um den Reichtum aufzunehmen, der hier zur Schau gestellt wurde. Im Angesicht der goldglänzenden Fassaden kam sie sich klein und schäbig vor. So viele Zwerge hatten von ihrer Heimatstadt erzählt, von der Goldenen Stadt im Berg geschwärmt – aber erst jetzt verstand sie den Glanz in deren Augen. Der Palast war wie ein raumgewordener Schatz, ein Hort für die Götter der Zwerge. Fast kam es ihr vermessen vor, dass darin nur ein Stammesvater wohnte.

»Ah ja, ich kenne diesen Blick.« Gillis dünne Baritonstimme drängte sich in ihr Bewusstsein. »Der Palast kann zuweilen erdrückend und einschüchternd wirken. Doch am Ende ist er nur ein weiteres Bauwerk, für das sich unzählige Zwerge den Rücken krumm gebuckelt haben.«

Brynnbett schüttelte den Kopf. »Wie kannst du das sagen? Die Fassade mit all ihren Säulen, Bögen und Vorsprüngen ist wunderschön. Sie ist perfekt in ihren Proportionen.«

»Perfekte Proportionen sind nicht alles«, entgegnete Gillron harsch und humpelte weiter.

Brynnbetts Herz setzte einen Schlag aus, als ihr klar wurde, dass sie unversehens einen wunden Punkt getroffen hatte. Dabei hatte sie nur das Bauwerk im Blick gehabt und sich in dem Moment keine Gedanken über seine Probleme gemacht. Er war, wie er war, und sah aus, wie er aussah. Ihr war nur wichtig, wie sie sich verstanden, alles andere war nicht von Belang ... gewesen. Aber das war es eben doch.

»Warte.« Betroffen eilte sie hinter ihm her. Jeder hatte Stellen, an denen er dünnhäutig war, das wusste sie selbst am besten. Und sie sollte mehr darauf achten, welche Bereiche das bei ihrem Gegenüber waren, um Verletzungen zu vermeiden; insbesondere bei Zwergen, die ihr am Herz lagen. Denn wenn Freunde keine Rücksicht auf wunde Punkte nahmen, wer dann? »Du hast recht«, sagte sie, als sie ihn vor den Stufen zum Eingangsportal einholte. »Wichtiger ist, was drinnen passiert.«

»Genau darum geht es heute«, entgegnete er ernst – fast eine Spur zu verbissen.

In diesem Moment traten ihnen die Palastwachen entgegen, reckten ihre Piken und versperrten den Weg.

8
RAIWEN

Raiwen war sofort aufgesprungen, als Julina ihn daran erinnert hatte, wohin Anastina-Kyriejah wahrscheinlich zuerst gehen würde. Und dann wäre es besser, wenn die Heiler des Fürstenpalastes persönlich am Krankenlager Mijah-Glajurdahs und ihrer Urtochter Valehna standen.

Julina war bereits zur Fürstin geeilt, doch Raiwen hielt inne und sah Zhinlohr an, der sich wieder gesetzt hatte. »Kommst du nicht mit?«

»Weiß die Thronwächterin, dass du mich konsultieren wolltest?«

»Nein.« Raiwen ahnte, worauf Zhinlohr hinauswollte.

»Dann suche ich derweil die Bibliothek auf und nutze die Zeit, um Schriften der Heilkunde zu lesen. So vermeiden wir es, Anastina-Kyriejah vor den Kopf zu stoßen. Besser, du erklärst ihr meine Anwesenheit, ehe sie mich zu Gesicht bekommt.«

Raiwen nickte, schloss die Tür und eilte in die Räume der Thronfolgerin.

Augenscheinlich hatte Julina bereits Anweisungen ausgegeben, denn es herrschte rege Betriebsamkeit. Valehna hatte neue Kissen und eine fürstlich bestickte Decke bekommen. Die Fenster standen weit offen, um frische Luft hereinzulassen. Eine der Helferinnen kämmte Valehnas Haar und begann, ihr Zöpfe zu flechten.

»Bei den Seelen, sie soll nicht ausgestellt werden.« Raiwen bedeutete ihr, es beim Kämmen zu belassen.

»Wir dachten nur ...« Die Elbin brach ab, offenbar wurde ihr bewusst, dass Valehna damit nicht geholfen war.

»Schließt bitte die Fenster und bringt einfach nur frisches Wasser und ein paar Gläser.« Er stellte einen zweiten Stuhl ans Bett und wartete, bis die Vertrauten der Thronfolgerin hinausgegangen waren.

»Anastina-Kyriejah ist soeben vom Elbenrat aus Erellgorh zurückgekehrt«, erklärte er Valehna und trat ans Fenster. »Die Thronwächterin wird die Fürstin und Euch sicher sehen wollen. Deshalb sind Eure Vertrauten so in Aufruhr.«

Nicht nur die, ganz Gohlannbjahr war in Aufruhr, wie es schien. Der große Platz vor dem Palastbaum wimmelte von Elben. Sie umringten die Sänften mit dem Gepäck, belagerten die Mitglieder von Kyriejahs Gefolgschaft oder standen mit etwas Distanz in kleinen Grüppchen zusammen. Offensichtlich wollten alle wissen, was der Elbenrat entschieden hatte. Doch all das würde Raiwen Valehna nicht beschreiben.

»Sie wird froh sein, Euch bei stabiler Gesundheit vorzufinden.« *Was man so stabil nennt.* Doch Valehna sollte sich nicht um ihren Zustand sorgen, sondern alle Kraft auf ihre Genesung verwenden – oder auf die Überwindung ihrer Seelenlähmung.

Er war gerade ans Fußende des Bettes getreten, als es leise klopfte und die Tür sich öffnete. Kyriejah kam allein herein und trat näher. Gesetzte Schritte, die Rücksicht ausdrückten. Raiwen war aufs Neue fasziniert von der Wandelbarkeit der stolzen und manchmal unterkühlten Scheltar. Es war kaum ein halbes Jahr her, dass sie Valehna gegenüber ihre Macht zur Schau gestellt hatte. Damals hatte nicht viel gefehlt und ihre Magie hätte ein Menschenleben gefordert. Doch inzwischen schien sie verändert, als würde sie durch die Verantwortung als Thronwächterin wachsen und ihr Demut abgewinnen.

»Seid gegrüßt, Valehna-Tanuhnjell.« Sie stand am Bett und musterte das Gesicht der Kranken, den Augenverband, das Haar. »Eure ergebene Thronwächterin ist zurück.« Für einen Moment verharrte sie, vielleicht unschlüssig, ob sie sich setzen sollte? Tatsächlich blieb sie stehen, wendete sich ihm zu und schenkte ihm ein flüchtiges Nicken.

»Thronwächterin.« Er legte die Hand aufs Herz und deutete eine Verbeugung an.

»Irondurh-Raiwen, es freut mich, Euch am Bett unserer Thronfolgerin und alles in guter Ordnung vorzufinden. Gibt es etwas Neues, das Ihr mir mitteilen könnt?«

»Leider ...« Sein Blick flog zu Valehna hinüber und er versuchte, möglichst diplomatisch zu antworten. »... bleiben die Fortschritte hinter meinen Erwartungen zurück, aber es gibt glücklicherweise keine Rückschritte.« Er hob die Brauen und schüttelte langsam den Kopf, um ihr zu bedeuten, dass es ein wenig schlimmer war, als er es vor Valehna zugeben wollte.

Kyriejah nickte wissend und wendete sich wieder dem Bett zu. »Ich sehe, Ihr seid in guten Händen, Valehna-Tanuhnjell. Bitte vergebt, wenn ich dieser Tage seltener meine Aufwartung machen kann. Es gibt ...« Sie zögerte, als müsste sie den begonnenen Satz überdenken. »Es gibt Aufgaben, die mein Besuch in Erellgorh nach sich zieht. Aber meine Wünsche sind bei Euch.« Sie verbeugte sich vor Valehna, machte einen Schritt in Richtung Tür und sah sich zu Raiwen um. »Ich denke, Ihr geleitet mich hinaus?«

»Gerne, Thronwächterin.« Mit einer leichten Verbeugung schritt er an ihr vorbei und öffnete die Tür. Er ahnte, dass sie ihn unter vier Augen sprechen wollte, doch seine Gedanken blieben auch dann im Zimmer, als sie draußen allein waren. Irgendetwas hatte ihn gestört.

»Wie steht es wirklich um die Gesundheit unserer Thronfolgerin? Mir war, als wolltet Ihr mir noch etwas sagen, Irondurh-Raiwen.«

»Der Zustand der Fürstin und ihrer Urtochter war zwischenzeitlich sehr ernst, wir befürchteten das Schlimmste. Erst als wir alle Arzneien absetzten und uns gänzlich auf äußerliche Tinkturen und Salben konzentrierten, stabilisierte sich beider Zustand.«

Raiwen versuchte, in Kyriejahs Gesicht zu lesen, gab es aber auf. Ihr Blick war undurchdringlich. Nur ein leichtes Heben des Kinns zeigte ihm, dass sie ihn verstanden hatte.

»In der Zeit, da es den beiden schlechter ging, habe ich in Rücksprache mit Lillmah-Julina die Entscheidung gefällt, einen Heiler von außen hinzuzuziehen.« Warum fühlten sich seine Lippen nur so trocken an? »Ich hatte keine Möglichkeit, Euch zu fragen, bin aber davon ausgegangen, dass Ihr jede Hilfe in dieser Sache schätzen würdet.«

Kein Wort weiter, erst auf eine Reaktion warten. Er hatte seine Befugnisse überschritten und durfte sich jetzt nicht um Kopf und Kragen reden. In der Abwesenheit der Thronwächterin wäre es am ersten Heermeister gewesen, Derartiges zu entscheiden.

»Ich nehme an, Arandor-Gerebohr hat Kenntnis darüber?«

Bildete er sich das ein oder klang ihre Stimme ein wenig kühler. »Natürlich. Der Heermeister ist informiert.« Das stimmte tatsächlich. Allerdings erst seit einigen Tagen.

»Dann ist es recht. Jede Hilfe soll uns willkommen sein. Wer wird es sein, der zu uns kommt?«

»Zhinlohr-Bennzhardizh aus Erellgorh. Er ist bereits eingetroffen.«

Etwas veränderte sich in ihrem Blick, doch Raiwen wurde nicht schlau daraus. Unter Umständen dachte sie nur angestrengt darüber nach, ob sie Zhinlohr kannte. Oder sie rang mit der Enttäuschung, dass die eigenen Heiler nicht gut genug waren, um der Krankheit Herr zu werden. Möglicherweise war sie aber auch schlicht und einfach müde, als Folge der langen Reise.

»Es wird gut sein, neue Gedanken zu hören«, sagte sie plötzlich und ging ohne ein weiteres Wort.

»Als Scheltar verfügt sie über unbeschreibliche Kräfte«, meinte Zhinlohr, als sie am späten Abend beim Essen in Raiwens Behausung saßen. Sie hatten einige Gläser Makuwa-Wein getrunken, um den Tag mit Erinnerungen an frühere Zeiten ausklingen zu lassen. Und obgleich sie es nicht ganz schafften, die jüngsten Ereignisse auszublenden, waren sie in guter Stimmung. »Müdigkeit wird nicht zu den Problemen gehören, die sie plagen«, ergänzte Zhinlohr.

»Ist ja auch nicht so wichtig.« Raiwen strich sich eine große Portion Jothoscreme auf das köstliche Brot, das ihm ein Freund gebacken hatte. »Ich bin nur beruhigt, dass sie uns ihren Segen gegeben hat.«

»Wie sich das anhört.« Zhinlohr lachte. »Wenn ich es nicht besser wüsste, müsste ich ernsthaft deine Pläne hinterfragen.«

Raiwen schüttelte lachend den Kopf. »Du willst es einfach so verstehen, weil du scharf auf mich bist, gib es doch zu.« Er genoss die kurzweilige Unbeschwertheit. Morgen schon wollte Kyriejah eine Ansprache halten, aber bis dahin wollte Raiwen nur ein schlichter Heiler sein, der seinen besten Freund zu Besuch hatte. Er brauchte das nach den unzähligen Tagen der Sorge und des Kümmerns.

Zhinlohr zwinkerte ihm grinsend zu, nahm ein Tuch und wischte sich den Mund ab. »Ich bin ... satt. Es war köstlich.« Er schenkte sich aus dem gläsernen Krug nach, prostete Raiwen zu, trank und stellte das Glas zurück auf den Tisch. »Weißt du, manchmal vermisse ich solche Abende. Ich bin zu oft unterwegs.«

»Das bist du jetzt auch.«

»Das stimmt. Aber hier bin ich unter Freunden. Das Beisammensein mit anderen fehlt mir oft. Nicht, dass ich mich scheuen würde, neue Kontakte zu knüpfen.«

»Das wäre auch schlecht.« Raiwen lachte. »Wie lange bist du neben der Berufung als Fürstenheiler schon als Handelsbeauftragter und Diplomat unterwegs? Zwei Dekaden? Drei?«

»Vier. Aber das ist es nicht. Ich liebe es, neue Länder kennenzulernen, und fühle mich unter Menschen sogar besonders wohl. Aber hin und wieder wäre es schön, Zeit mit Gleichgesinnten zu verbringen.«

»Dir fehlt eine Partnerin an deiner Seite«, stellte Raiwen fest. »Eine Elbin, nach der sich dein Herz verzehrt und mit der du alles teilen kannst.« Plötzlich fühlte sein Mund sich trocken an. Er griff nach dem Glas und spülte das Gefühl hinunter. Die Melancholie jedoch, die ihn bei diesen Worten erfasst hatte, blieb.

»Eine Liebe, wie du sie für Valehna empfindest?«

»Nein, bitte. Irgendwie landen wir immer wieder bei diesem Thema, obgleich man nichts daran ändern kann. Sie wird dereinst eine Fürstin sein und ich der Heiler bleiben.« Er trank sein Glas leer.

»Sie ist als Thronfolgerin nicht an Fürstenblut gebunden und darf ihren Partner frei wählen. Das solltest du nicht vergessen.«

Wie könnte er? Dieser Gedanke trieb ihn seit Jahren um, doch je mehr er sich an den Traum geklammert hatte, umso hilfloser war er in ihrer Gegenwart geworden. Hilflos wie jetzt. »Für mich ist nur eines wichtig.« Seine Stimme kam ihm seltsam rau vor. »Dass sie geheilt wird. Für das Geschenk, sie gesund vor mir zu sehen, würde ich alles geben. Selbst eine Zukunft mit ihr.«

Zhinlohr nickte und schenkte ihnen nach. Eine Zeit lang sagte keiner ein Wort. Sie starrten auf die Gläser in ihren Händen und ließen die Gedanken treiben. Es war dieses gemeinsame Schweigen, das Raiwen auch früher schon als Ausdruck ihrer tiefen Freundschaft empfunden hatte. Irgendwann würde einer von ihnen etwas sagen oder fragen, und dann – egal, wie lang die Stille gedauert hatte – knüpften die Worte an den Gedanken des anderen an. Das war immer so gewesen.

»Es wird dir sicher nicht leicht fallen, sie hier so lange allein zu lassen, wenn du nach Eskrinor gehst.«

»Es ist ebenso schwer, untätig zuzusehen, wie sie dahinsiecht«, antwortete Raiwen. Aber Zhinlohr hatte recht. Einfach würde es nicht, schon der Gedanke, nicht in ihrer Nähe zu sein, tat weh. Er musste damit aufhören, an seine eigenen Gefühle zu denken, und darauf vertrauen, dass Julina sich kümmerte und ihm vielleicht sogar Nachricht schickte. Etwa bei jedem Neumond. Wenn er versprach, sie im Gegenzug ebenfalls auf dem Laufenden zu halten, würde sie das sicher tun. Nur wohin? Es gab eine Falkenverbindung über ein kleines Bergdorf westlich des Ocka-Tang bis nach Nunahzhar, das wusste er. Aber was wäre in der Zeit, die er im Reich der Zwerge verbrachte? Hätte er die Möglichkeit, von Crem aus Nachrichten zu senden und zu empfangen? Gab es von dort eine Verbindung zu den Bergelben? Nein, das konnte er sich nicht vorstellen. »Irgendwie wird es schon gehen«, sagte er mehr zu sich selbst als zu seinem Freund.

»Dann bist du also fest entschlossen.« Zhinlohr sah ihn aufmerksam an.

»Wenn Kyriejah mich lässt, werde ich morgen aufbrechen.«

»Du meinst, sie könnte es für wichtiger erachten, dich hierzubehalten?«

»Wer kann das wissen? Ich komme jedenfalls nicht umhin, sie um Erlaubnis zu fragen. Denn falls etwas in meiner Abwesenheit geschehen sollte ...«

»Daran darfst du jetzt nicht denken. Ich kann noch einige Tage hierbleiben, wenn es dich beruhigt. Aber ich gehe davon aus, dass Julina gut allein zurechtkommt.«

Raiwen nickte. »Und du? Welche Aufgaben warten auf dich, wenn du abreist?«

Zhinlohr seufzte. »Ich werde nach Süden ziehen. Wir müssen wissen, was in Innelles vor sich geht. Lange genug habe ich in den Diensten der Feuerelben gestanden, um ihnen gegenüber – nun, sagen wir: vorsichtig zu sein.«

»Deshalb bin ich immer froh gewesen, als Waldelb geboren zu sein. Wir vertrauen einander ...« Und sind von Natur aus friedliebender, wollte er hinzufügen, brachte es aber nicht über die Lippen. Morgen, wenn Kyriejah ihre Ansprache gehalten hatte, würden sie wissen, wie friedliebend sein Volk dieser Tage war.

Am frühen Nachmittag des nächsten Tages ging Raiwen mit Zhinlohr zum großen Versammlungsplatz von Gohlannbjahr. Die riesige Lichtung, umstanden von den mächtigsten Bäumen der bekannten Welt, war das natürliche Zentrum des Reiches – der Ort, an dem einst der Urbaum gestanden hatte. Alle wichtigen Versammlungen fanden hier statt, doch für Raiwen war es stets aufs Neue überwältigend, wenn der Platz sich mit unzähligen Brüdern und Schwestern seines Volkes füllte.

Die Luft war durchflutet von Stimmen und Gesängen. Viele wussten, dass es im Elbenrat um Vorkommnisse gegangen war, die mit Magistern des Ordens zu tun hatten, aber kaum jemand hatte eine Ahnung davon, wie düster es werden könnte. Raiwen schaute auf. Wie auf ein Signal zogen sich über dem lichten Blätterdach die Wolken dichter zusammen und hüllten den Himmel in trübes Grau. Als wollte die Sonne sich vor dem schützen, was auf der Welt geschah.

Plötzlich ging ein Raunen durch die Menge. Zhinlohr stieß ihn an und wies auf die gegenüberliegende Seite. Wo die versammelten Elben einen Weg ins Zentrum der Lichtung freigelassen hatten, schritt eine in Gold gewandete Elbin durch die Menge. Beim Anblick des Kleids stockte Raiwen der Atem.

Anastina-Kyriejah hatte den Zeitpunkt perfekt gewählt, im Dämmerlicht des Tages schien sie der einzige Lichtpunkt. Ein magisches Glühen in sich tragend, das alle Blicke auf sich zog, glitt sie einem Sonnenstrahl gleich ins Zentrum. Von einem Moment auf den anderen senkte sich Stille über die Versammelten, in andächtigem Schweigen warteten alle auf das, was die Thronwächterin verkünden würde.

»Liebe Schwestern und Brüder, der Himmel über uns zeigt sich trüb, und so ist auch mir zumute in diesen Tagen und Monden voller Sorge um unsere geliebte Fürstin und ihre geschätzte Thronfolgerin.« Kyriejah hielt inne und sicherte sich damit auch die Aufmerksamkeit der Letzten, die noch Platz nahmen. *Sie ist wahrhaft würdig in ihrem Amt.* Gebannt hing Raiwen an ihren Lippen.

»Doch wir wollen nicht verharren, wollen leben, unsere Riten schützen und unter dem Licht der Sonne tanzen, um das Leben zu ehren.« Sie hob die Arme, und über der Lichtung erstrahlten Leuchtkristalle in den Zweigen der Bäume und tauchten alles in helles Licht. Erst jetzt fiel Raiwen auf, dass das Zwielicht des verhangenen Himmels schon längst hätte erhellt werden sollen. Die Fürstin hatte es immer so gehalten, doch mit dem verspäteten Aufleuchten erhielten die Worte der Thronwächterin eine besondere Wirkung.

»Ihr alle wartet auf die Neuigkeiten, die ich vom Elbenrat mitgebracht habe. Neuigkeiten, die unseren Tanz unter der Sonne, unser freies Leben mit der Natur, ja sogar die Natur selbst betreffen und ...« Sie machte eine Pause und drehte sich mit geöffneten Armen im Kreis. »Und sie bedrohen!« Ihre Hände senkten sich, das Strahlen der Kristalle verblasste. »Von überall sind uns Nachrichten über magiebegabte Menschen zu Ohren gekommen, die sich Magister nennen.« Ihre Stimme wurde lauter. »Ihre Heimat ist der Orden in Crem.

Doch inzwischen gibt es in jeder Stadt Versammlungen und die Magie der Welt gerät ins Straucheln.«

Auf einen Wink ihres Arms schoss eine Fontäne klaren Wassers aus dem Boden, die unregelmäßig hin- und herwogte. Gleichzeitig verloschen fast sämtliche Kristalle, nur die wankende Wassersäule und Kyriejah selbst zogen in hellem Licht alle Blicke auf sich. Wieder ging ein Raunen der Bewunderung durch die Menge.

Kyriejah beschrieb mit der Hand einen Kreis, dem das Wasser folgte. Sie beherrschte ihr Element wie keine Scheltar vor ihr. Raiwen beobachtete fasziniert, wie ihre Magie Erde aufspülte. Direkt vor ihr, im Zentrum der Lichtung entstand eine kleine Insel, umgeben von einer Lache, in der sich das Leuchten ihres Kleides spiegelte. Dann, auf einen Wink Kyriejahs, sprudelte am äußeren Rand der Landschaft eine Wand klaren Wassers empor. »Einige von uns haben es kommen sehen, doch keinen Rat gewusst. So haben wir Elben uns hinter unseren Zaubern verborgen und den Rest der Welt, deren Schutz uns einst aufgetragen wurde, sich selbst überlassen.«

Die Wasserwand wurde höher, ihr Kreis größer. Inzwischen musste jeder verstanden haben, dass die Insel in der Mitte das Eiland von Erellgorh symbolisierte. Raiwen warf einen besorgten Blick zu Zhinlohr, dessen Kiefermuskeln mahlten.

»Aber den Magistern reicht der Platz nicht aus, den die Menschen eingenommen haben. Und auch die Macht, die sie sich mit der Runenmagie der Unterirdischen erschlichen haben, ist ihnen nicht genug.« Die letzten Worte hatte Kyriejah fast geschrien, ihr linker Arm zuckte hoch und ein Wasserstrahl schoss aus der Erde. Einen Lidschlag lang hing er neben der sprudelnden Wand. Doch dann krümmte er sich zu einem gefährlich brodelnden Ball, aus dem in steter Folge wässrige Fäden leckten und der schützenden Wasserwand immer näher kamen.

Raiwen sah Elben mit schreckgeweiteten Augen, andere hielten eine Hand vor den Mund, als müssten sie einen Schrei unterdrücken. Das Bild war verstörend, jeder spürte die Bedrohung, der die Insel ausgesetzt war. Auch wenn es nur ein Schauspiel war, verstand Raiwen, was die Thronwächterin umtrieb. Die Gefahr war real.

»Ihre Magie ist weiter erstarkt, und niemand weiß, wie das geschehen konnte. Selbst die Fürstin von Erellgorh konnte es nicht erklären.« Kyriejahs linker Arm zuckte, die Menge schrak zusammen, als der wässrige Ball durch die schützende Wasserwand schoss, sie niederriss und die erdige Insel hinwegfegte. »Die Magister des Ordens haben die Nebel von Erellgorh durchbrochen, sie sind in das Hoheitsgebiet der Feuerelben eingedrungen und sie gelten als verantwortlich für das Beschreiten des Weltenspiegels in unserem Reich.«

Plötzlich war auch das gleißende Licht von Kyriejahs Kleid kaum noch wahrnehmbar. Nur ein einsamer Lichtstrahl fiel aus den hohen Zweigen des Palastbaums und beleuchtete das schlammige Loch zu ihren Füßen. Die Thronwächterin hatte den Kopf gesenkt und schaute auf das, was von der Insel übrig war. Ausrufe des Entsetzens und Laute des Unmuts mischten sich in die erwartungsvolle Stille. Raiwen sah bestürzt zu Zhinlohr, der blass und mit offenem Mund den Kopf schüttelte.

Doch Kyriejah war noch nicht fertig. »Wir waren ihnen gewogen, als sie das Antlitz der Welt betraten. Wir sind friedlich gewesen, hilfsbereit und haben ihnen mehr Raum gelassen, als ihnen zustand. Wir haben Platz gemacht und uns selbst versteckt.« Sie machte eine kunstvolle Pause und drehte sich erneut in die Runde. »Nun frage ich Euch, meine Brüder und Schwestern, seid Ihr wie ich der Meinung, dass es genug ist?«

Einzelne Elben bekundeten Zustimmung, aber Kyriejah reichte das nicht. »Ich kann Euch nicht hören! Ist es genug?«

»Ja!« Die Antwort brandete ihr wie aus einem Mund entgegen. »Genug, genug!« »Es ist genug!«

Kyriejah nickte und hob die Hände, um sich noch einmal Gehör zu verschaffen. »Der Elbenrat hat einstimmig beschlossen, dass wir ihnen endlich Einhalt gebieten!«

Ein jubelnder Chor brach über die Lichtung hinweg, doch Raiwen hätte am Liebsten sofort für Ruhe gesorgt. Sein Herz schlug bis zum Hals, er wollte wissen, was das bedeutete. Ja, es wäre gut, den Magistern Einhalt zu gebieten. Nur wie? Das war die Frage, die wie ein Schwert über ihnen hing.

»Einstimmig? Das kann ich nicht glauben«, raunte Zhinlohr.
Raiwen sah ihn an. »Wieso nicht? Es ist doch richtig so.«

Die Augen seines Freundes weiteten sich. »Du weißt ja nicht, was du sagst.«

»Wir haben ein Recht darauf, die kleinen Reiche, die uns geblieben sind, zu schützen. Und wenn das Gleichgewicht der Magie auf dem Spiel steht ...«. Er hatte nicht geahnt, welche Bedrohung hinter den ganzen Ereignissen steckte. »Dann wird es alle Geschöpfe der Welt betreffen. Wir müssen handeln.« Es brauchte ja nicht gleich ein Krieg zu sein.

Doch in diesem Moment erhob Kyriejah erneut das Wort. »Es ist beschlossen, Schwestern und Brüder, wir werden nach Crem ziehen und unsere Nachgeborenen stolz machen.« Sie reckte das Kinn, das goldene Gleißen ihres Kleides glomm auf und erntete ein Raunen der Bewunderung. »Wir werden den Geboten unserer Ahnen folgen, ein letztes Mal das Gespräch suchen, Frieden anbieten und auf Einsicht hoffen.«

Raiwen atmete erleichtert auf und sah Zhinlohr lächelnd an. Aber sein Freund reagierte nicht auf diese erlösende Nachricht, sondern fixierte die Thronwächterin, die noch immer nicht fertig war.

»Doch wenn die Magister nicht bereit sind, einzulenken«, schrie sie, »müssen wir ein Exempel statuieren!« Die Arme ausgebreitet, sah sie sich auffordernd um. »Seid ihr dazu bereit?«

»Jaaaaaaa!«

Ein Jubel wie aus einer Kehle, dessen Macht durch und durch ging. Ein Volk, das bedingungslos hinter seiner Thronwächterin stand. Raiwen begriff, sah sich um und fand kaum jemanden, der unbeteiligt wirkte.

»Schwestern und Brüder!« Kyriejah schaffte es selbst jetzt, unter dem Sturm der Begeisterung, ihrer Stimme so viel Macht zu verleihen, dass sie alle übertönte. »Bedenkt – unsere Leben währen lang. Und was vor uns liegt, ist nicht mehr als ein Wimpernschlag im Angesicht unseres Volkes. Es wird unser Kampf, unser Sieg, unser Frieden!« Sie streckte die Arme empor, Wasserfontänen sprudelten rings um sie aus dem Boden und die Leuchtkristalle der Bäume tauchten die

Lichtung in flirrendes Licht, das den Zauber der Kyriejah erstrahlen ließ.

Die Menge jubelte. Und Raiwen jubelte mit. Er musste einfach die aufgestaute Spannung loswerden. Erst dann hörte er die lauter werdenden Rufe, die sich nach und nach durchsetzten: »Das rote Banner dem Orden! Das rote Banner dem Orden!«

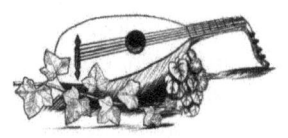

9
JAMON

Der Ratssaal war weniger hell erleuchtet als die Galerie. Jamon hatte den Verdacht, dass Wrigoran Feldhenn dafür verantwortlich war. Er bevorzugte Schatten und Dunkelheit.

»Was soll diese nächtliche Störung?« Kelenkus Briebens stand hinter der Ratstafel und kniff die Augen zusammen, um seitlich an dem fünfarmigen Leuchter vorbeizuschauen, dessen Kerzen die einzige Lichtquelle im Raum bildeten.

»Ich bin es nur, Onkel Kelenkus.«

Der Bote, dem Protokoll entsprechend an der Türseite der Tafel sitzend, erhob sich, seine Rüstung gab ein metallenes Scheppern von sich, als er Haltung annahm. Wahrscheinlich gehörte er zur Stadtwache von Myxa. Jamon erkannte das Wappen von Myzehren auf dem Brustpanzer. Dulli hatte ein gutes Auge gehabt.

»Aber ja, ich bin ja nicht blind. Trotzdem hätte ich gern gewusst, was du um diese Zeit hier machst.« Kelenkus setzte sich und schob einige Pergamente von sich weg. Mit Tintenfass, Feder und einem gesiegelten, noch ungeöffneten Brief vor sich sah er selbst zu später Stunde äußerst geschäftig aus.

Hinter Jamon klapperte die Tür, Wrigoran Feldhenn ging mit einem leisen Fff an ihm vorbei, um rechts von Kelenkus seinen Platz einzunehmen. Natürlich rechts. Denn wenn die Stühle des Saals gefüllt waren, sahen die meisten der Anwesenden nur die linke Gesichtshälfte des Entstellten. Der Unterschied zur vernarbten Seite mit dem Lippenspalt verblüffte Jamon immer wieder. Von hier betrachtet war es jedoch unverkennbar, dass Feldhenn einmal ein gut aussehender Mann gewesen sein musste. Daran änderte auch das ergraute, leicht schüttere Haar nichts.

Jamon schenkte dem Boten im Vorbeigehen ein Kopfnicken und trat zu dem Platz gegenüber von Wrigoran. »Darf ich, Onkel?« Er ergriff die Lehne des Stuhls, wartete auf eine Geste von Kelenkus und setzte sich. »Ich habe Neuigkeiten für dich und wollte dich um eine Unterredung bitten.«

»Noch eine nächtliche Botschaft? Was ist denn heute bloß los?« Kelenkus massierte seine Schläfen.

»Ich würde nicht um diese Zeit vorsprechen, wenn es unbedeutend wäre.«

»Schon recht. Doch bitte eins nach dem anderen. Ich möchte unseren Besuch aus Myxa nicht länger als nötig aufhalten. Er hat sich eine Erfrischung und ein weiches Lager verdient. Aber wir haben beinahe alles Wichtige erfahren, denke ich. Wo waren wir stehen geblieben?«

Feldhenn gab den üblichen F-laut von sich und wendete sich direkt an den Boten. »Wenn wir richtig verstanden haben, geht es Magistra Gluhnbar den Umständen entsprechend gut?«

»Was war daran falsch zu verstehen?« Kelenkus stöhnte. »Die ehrenwerte Magistra hat an alles gedacht, möchte ich meinen.« Er ließ den ungeöffneten Brief liegen, zog die anderen Pergamente näher heran und tippte auf die gebrochenen Siegel. »Eine Nachricht über den Tod ihres Gatten, eine Warnung hinsichtlich etwaiger Vorkommnisse beim Elbenrat und einen Beschluss der Ordensversammlung in Myxa«, die Stimme von Jamons Onkel sackte tiefer und klang erschöpft, »zum Stimmrecht in den hiesigen Ordensversammlungen.«

»Nun, ich wollte nur sicherstellen ...«

»Schon recht, werter Freund.« Kelenkus unterbrach seinen Vertrauten und blickte zum Boten. »Wie äußert sich Euer König zu den, nun ja, nennen wir es mal: Befürchtungen der Magisterschaft in Myxa?«

Der Angesprochene stand da wie geschnitzt und blieb eine Antwort schuldig, wahrscheinlich unsicher, was er von sich geben durfte. Es war eine Sache, Briefe von A nach B zu bringen. Die Meinung des Königs ohne Legitimierung wiederzugeben, war eine ganz andere.

»Sss. Wollt Ihr dem Leiter der Ordensschule nicht antworten? Oder könnt Ihr nicht?«

Jamon starrte Feldhenn ungläubig an und sah dann zu Kelenkus. Doch der ignorierte das angriffslustige Verhalten seines Vertrauten und behielt den Boten im Auge.

»Es steht mir nicht zu, den König zu zitieren.«

»Womöglich könnt Ihr uns wiedergeben, was jemand anderes erzählt hat?« Kelenkus schlug einen versöhnlicheren Ton an. »Als Gardist der Stadtwache hört Ihr doch bestimmt so einiges, möchte ich meinen.«

Eine kurze Pause entstand, ehe der Bote Antwort gab. »Unser König ist ein weiser Herrscher«, versuchte er, einen unverfänglichen Anfang zu finden. »Ich habe aufgeschnappt, dass er die ... die friedliche Nachbarschaft zu den Elben aus den Sümpfen sehr schätzt und ... und daran festhält.« Er räusperte sich. »Egal, was die Magister vorschlagen. Das friedliche Miteinander ist ihm wichtig. So, wie es das kleine Volk der Urda pflegt.«

»Die Urda, aber ja.« Kelenkus lehnte sich zurück, behielt den Mann aus Myxa jedoch im Blick.

»Mehr kann ich dazu wirklich nicht sagen.«

Jamon sah Schweißperlen auf der Schläfe des Boten und hoffte, das Verhör würde bald ein Ende finden.

»Dann habt Dank.« Kelenkus stützte die Ellenbogen auf die geschnitzten Armlehnen seines Ratsstuhls, hob die Hände und führte bedächtig die Fingerspitzen aneinander. Eine abschließende Geste, die Jamon schon von ihm kannte. »Ich werde morgen ein Schreiben für die Magistra aufsetzen. Bitte wartet darauf, bevor Ihr Euch auf den Heimweg macht.«

Der Bote nickte und Kelenkus wandte sich an Wrigoran Feldhenn. »Sorgt bitte dafür, dass unser Besucher alles bekommt, was er braucht.«

»Natürlich.« Sein Vertrauter erhob sich und schritt zur Tür.

»Und Wrigoran!«

»Ja?«

»Das war für diese Nacht alles.«

»Aber ja.« Feldhenn dirigierte den Boten durch die Tür und machte einen knappen Diener. »Gute Nacht, ehrenwerter Magister.«

»Magister reicht!«, rief Kelenkus ihm nach und schüttelte den Kopf, als sich die Tür hinter den beiden schloss. Er seufzte. »Das war mehr, als man zu nachtschlafender Zeit brauchen kann. Bitte sag mir, dass du nicht noch komplexere Probleme mitgebracht hast.«

Jamons Blick fiel auf die drei Briefe, die vor seinem Onkel auf dem Tisch lagen. »Welche Probleme hat denn dein Besucher aus Myxa mitgebracht?« Irgendwie hatte er das Gefühl, dass er die Neuigkeit aus dem Zwergenviertel für den Augenblick zurückstellen sollte.

»Lieber Neffe«, Kelenkus setzte sich aufrechter hin, »willst du das wirklich wissen? Als Stadtdiplomat betrifft es dich eigentlich nicht. Zumindest nicht direkt.« Er senkte für einen Moment den Blick, faltete die Hände über den Briefen und fixierte Jamon. »Warum dein plötzliches Interesse? Wenn du ehrlich bist, hast du bislang herzlich wenig Anteilnahme an Ordensangelegenheiten gezeigt. Zu gemeinsamen Essen mit den wichtigen Amtsträgern erscheinst du nicht, und auch sonst sind deine Kontakte zu Würdenträgern im Orden auf das Nötigste beschränkt.«

Manchmal vergaß Jamon, dass Kelenkus Briebens nicht nur sein Onkel war, sondern der Leiter einer Ordensschule. Und zwar der größten weltweit und überdies der einzigen, in der magiebegabte Menschen vom Prälon zum Magister erhoben werden konnten. Das machte ihn zu einem der mächtigsten Männer des Ordens, weit über die Stadtgrenzen hinaus. Nur der Hochmagister hatte mehr Einfluss. Oder hätte ihn, wenn er nicht inzwischen zu betagt und senil wäre.

»Du hast recht. Seit meiner Berufung zum Stadtdiplo-maten bin ich viel unterwegs.«

»Um einiges mehr, als notwendig wäre.«

»Weil ich mich in diesen erlauchten Kreisen nicht wohl-fühle. Ich bin keiner der talentierten Magister, die nur mit den

Fingern schnippen müssen, um eine Knospe erblühen zu lassen oder ein Glas Wasser zum Kochen zu bringen. Das heißt jedoch nicht, dass mir der Orden egal ist. Ich bin hier aufgewachsen und hatte Freunde.« Jamon spürte einen Stich, als er daran dachte, dass ihm keiner davon geblieben war. Alle hatten die Stadt nach den Magisterprüfungen verlassen, um dort Aufgaben zu übernehmen, wo ihre Geburtshäuser standen. Besonders der Abschied von Quendus war schwer gewesen. Inzwischen waren der Zwergenkrieger Prandur und der Schankhelfer Kestur seine einzigen Freunde.

Kelenkus beugte sich vor. »Nun hör mir mal gut zu, Jaramon Derengo Briebens.«

Jamon stöhnte. »Nenn mich bitte nicht so.«

»Das ist nun einmal dein Name, und du brauchst gar nicht die Augen zu verdrehen.« Sein Onkel schüttelte den Kopf. »Deine Eltern – mögen ihre Seelen Frieden finden – haben dich in meine Obhut gegeben, weil sie Magie in dir gespürt haben. Deshalb habe ich dich aufgenommen und einen Magister aus dir gemacht. Und als solcher hast du einen Wert, magische Zauber hin oder her. Es geht vor allem um das Wissen und die Werte des Ordens. Das allein ist wichtig. Weiß der Schöpfer, warum deine Kräfte sich zieren. Gespürt habe ich sie damals auch.«

»Damals.« Jamon hatte diesen Vortrag schon zu oft über sich ergehen lassen. »Und jetzt? Spürst du jetzt Magie in mir?«

Kelenkus sackte seufzend zurück gegen die Stuhllehne. »Ich spüre, dass dein Herz am rechten Fleck ist und dir der Orden etwas bedeutet. Es gibt andere Aufgaben, als Magie zu wirken, zu lehren oder sie zu erforschen. Stell dir nur mal vor, jeder würde studieren. Das ganze Leben bräche zusammen.«

Für einen Moment versuchte Jamon, sich eine Welt ohne Baumeister, Schneider oder Bäcker vorzustellen. Sein Onkel hatte recht. Alle Berufe sollten gleichermaßen hoch angesehen sein, weil wirklich jeder wichtig war. Und der Posten des Stadtdiplomaten war ein guter Anfang. Sich als Lautenspieler durchs Leben zu schlagen, war keine Alternative. Und was Kelenkus von Musikern hielt, wollte er lieber nicht wissen.

»Du wirst im Orden geschätzt«, schlug sein Onkel einen versöhnlichen Ton an. »Viele würden es begrüßen, dich öfter zu sehen, das darfst du glauben.«

Leider empfand Jamon die Blicke der anderen stets als einen Hauch zu mitleidig, aber dafür konnte sein Onkel natürlich nichts. Nein, diese Unterredung führte nicht weiter. Er musste den Bogen zurück finden. »Wenn ich so hoch angesehen bin und mein Herz, wie du sagst, ganz offensichtlich für den Orden schlägt, kannst du mir verraten, was der Bote für Neuigkeiten gebracht hat. Ich würde sie gerne hören, bevor ich dir meine erzähle.«

Der Blick seines Onkels schweifte zur fensterlosen Seite des Saals und verharrte auf dem Wandgemälde. Die Darstellung der Ordensdynastien wirkte wie ein Urwald verschiedenfarbiger Ranken, der den Ursprung auf der Rückwand hinter Kelenkus hatte, von dort nach rechts über die Ecke wucherte und die Seitenwand schon fast zur Gänze bedeckte. Vier oder fünf Fuß waren noch frei, dann würden die Aufzeichnungen eine weitere Wand beanspruchen und auch die Türseite einnehmen.

Sein Onkel rieb sich die Augen, erhob sich müde und ging zur Wandmalerei hinüber. »Hast du den Namen Gluhnbar schon einmal gehört?« Sein Blick heftete sich auf das Gemälde, während er daran entlang schritt.

»Ja.« Jamon folgte ihm. »Du hast ihn mal erwähnt.«

Am ausgefransten Ende des Wandgemäldes blieb Kelenkus stehen und tippte mit dem Zeigefinger auf einen Namen. »Fenkorh Gluhnbar. Hier haben wir den jüngsten Spross dieser Familie. Kennst du ihn?«

Jamon stöhnte innerlich. Die Geschichte wollte er eigentlich nicht erzählen. »Ich habe ihn unlängst mal ... getroffen.«

»So?« Kelenkus warf ihm einen überraschten Blick zu. »Ich dachte, er sei eher ein Einzelgänger. Wie auch immer.« Er wandte sich wieder dem Gemälde zu. »Die Familie Gluhnbar ist eine der ältesten Magisterfamilien und durchaus einflussreich.« Er fuhr mit dem Finger an der Wand entlang und tippte auf einen weiteren Namen. »Bruhnkor Gluhnbar ist Fenkorhs Vater. Oder war es. Denn jetzt ist er tot.«

Jamon seufzte. »Dann sind die Briefe von seiner Mutter?«

»Von Herrifenna Gluhnbar, ja.« Kelenkus tippte auf ihren Namen und drehte sich zu seinem Neffen um. »Sie schreibt, dass ihn der Schlag getroffen habe. Natürlich in Ausübung seines schweren Amtes. Er soll sofort tot gewesen sein. Hat sich früher schon schnell erregt, der Arme.«

»Dann ist der ungeöffnete Brief sicher für ihren Sohn.«

»Ja. Und das ist mein Problem.«

»Wieso?«

»Weil ich nicht weiß, was drin steht.« Kelenkus ging zurück und sackte müde auf seinen Stuhl.

»Das haben ungeöffnete Briefe so an sich.« Jamon gesellte sich zu ihm.

»Werd nicht frech. Es geht um den dritten Brief – den Beschluss der Ordensversammlung zu Myxa. Magistra Gluhnbar hat bereits die Nachfolge ihres verstorbenen Gatten klären lassen.«

Jamon ahnte, worauf sein Onkel hinaus wollte. »Du meinst seinen Ratssitz im Orden?«

»Wie ich sehe, hast du ein gutes Gedächtnis. Ja, Bruhnkor Gluhnbar war Ratsmagister und hatte als solcher das Recht, auch an allen wichtigen Ordensversammlungen in Crem teilzunehmen. Nicht dass er davon viel Gebrauch gemacht hätte. Zum Kleinen oder Hohen Rat ist er nie erschienen. Nur zum Konventmanifest war er stets hier.«

»Das ist ja auch die wichtigste Versammlung.« Jamon konnte sich noch daran erinnern, dass beim letzten Konvent etliche Schüler ihre Unterkunft hatten räumen müssen, damit die Ratsmagister der anderen Städte mit ihren Gefolgschaften Platz fanden. Die Gruppe aus Myxa war besonders groß gewesen. »Und du hast Angst, dass seine Witwe dich öfter heimsuchen könnte, als ihr verstorbener Mann es tat?«

Kelenkus schüttelte den Kopf. »Wer spricht denn von seiner Frau? Den Ratssitz hat Fenkorh von Myxas Magisterschaft zugeteilt bekommen. Und zwar einstimmig.«

Jetzt glaubte Jamon, das Problem seines Onkels zu verstehen. Wenn diese Entscheidung auch im Brief an Fenkorh stand, hatte Kelenkus keinen Handlungsspielraum. Er müsste den Magur ab sofort zu jeder Versammlung einladen. »Aber er ist noch nicht einmal Magister. Ist er überhaupt schon alt genug für die Prüfungen?«

Erneut schüttelte Kelenkus den Kopf. »Erst im kommenden Jahr. Deshalb habe ich ihn bisher nicht zu den Prüfungen zugelassen. Obwohl fast alle Lehrmeister das fordern.«

»Weil sie ihn loswerden wollen?«

»Weil sie ihm nichts mehr beibringen können. Nur Wrigoran und Dominja sind noch anderer Meinung.«

»Dann lass ihn die Prüfungen absolvieren. Er wäre nicht der erste Magister, der in Weissagung und Körperertüchtigung durchfällt. Und den Rest wird er mit Bravour bestehen, wenn du deinen Magistern glauben darfst.«

»Wahrscheinlich hast du recht.« Sein Onkel seufzte. »Ich habe nur ein ungutes Gefühl – besonders, wenn er mich anschaut. Manchmal glaube ich sogar, er lauert mir auf.«

»Du bist der Schulleiter und überdies Lehrmeister für magische Artefakte und Elbenkunde. Jeder lauert dir auf.«

Sein Onkel verzog den Mund zu einem schwachen Lächeln. »Wenn man es so sieht. Am besten, ich werde gleich morgen alles Notwendige veranlassen. Sind wir dann fertig? Jede Faser meines alternden Körpers ruft nach Schlaf.« Er schob die Pergamente zusammen.

Jamons Blick fiel auf das zweite Schreiben der Magistra. »Du hast mir noch nicht erzählt, was im anderen Brief steht.«

»Eigentlich ist das auch weniger wichtig. Bruhnkor hat schon länger versucht, uns gegen die Elben aufzuwiegeln. Erst wegen der verschollenen Magister und danach wegen des drohenden Elbenrats. Jetzt, da er tot ist, übernimmt seine Frau das. Sie schreibt, dass der Rat stattgefunden hat. Doch das ist nichts Neues.«

Jamon horchte auf. »Und sonst schreibt sie nichts?«

»Sie wünscht sich, dass der Hochmagister das Konventmanifest einberuft. Es gibt angeblich begründeten Anlass zur Sorge. Diese ganze Familie ist ein Grund zur Sorge. Egozentrisch und streitlustig. Wo immer sie auftauchen, ist das

Unheil nicht weit. Deshalb hoffte ich, dass sie blieben, wo sie waren: weit weg. Und ich gebe auch nichts auf ihre Anschuldigungen, die in diesem Fall an den Haaren herbeigezogen sind. Die Elben würde das nicht machen.«

»Was würden die Elben nicht machen?«

»Ach, ich mag es gar nicht aussprechen.« Kelenkus lehnte sich vor und wedelte mit dem Brief der Magistra. »Das ist einfach so typisch Gluhnbar. Alles Humbug.«

»Nun sag schon.« Jamon dachte an das belauschte Gespräch im Zwergenviertel und spürte sein Herz schneller schlagen. »Was würden sie nicht machen?«

»Na, den Menschen den Krieg erklären.«

Die Hoffnung, Jamon könnte sich verhört haben oder die Zwerge wären einer Mär vom alten Fredo aufgesessen, zerplatze wie eine Seifenblase. Er lehnte sich im Stuhl zurück und schwieg. Vor seinem inneren Auge ließen spielende Zwergenkinder ihr Springseil fallen und liefen schreiend davon. Nur ein Stück weiter sackte ein älteres Paar mit schreckgeweiteten Augen an einer Hauswand zusammen. Häuser brannten, Fenster barsten und Dächer stürzten ein. Die vielen Zwerge und Menschen in Crem – sie alle waren in Gefahr.

»Mach dir keine Sorgen. Elben gegen Menschen – das wird nicht passieren.« Kelenkus faltete die Briefe und steckte sie in die Innentasche seiner Brokatrobe.

»Aber Elben gegen Magister«, raunte Jamon. Und dann erzählte er seinem Onkel, weshalb er zu dieser nachtschlafenden Stunde gekommen war.

Hundemüde war er gewesen, als er anschließend in sein Zimmer hinaufgeschlichen war. Doch das Gespräch mit seinem Onkel, die Bestürzung in dessen Gesicht und die Fassungslosigkeit hatten ihm so zugesetzt, dass er sich lange Zeit schlaflos hin- und hergewälzt hatte. Erst sehr spät, als die Käuze unter dem Dachkranz des Turms endlich ihr schauriges Rufen eingestellt hatten, war er eingeschlafen. Die Dunkelheit der Nacht hatte ihn bis zuletzt hoffen lassen, er könnte ausreichend Schlaf bekommen, doch im Spätwinter begann das Leben im Orden lange vor Sonnenaufgang. Und als in der Turmküche das Frühmahl für die Schüler und die Lehrmeister vorbereitet wurde, hatte er das Gefühl, ein Steinbruch hätte sich in seinem Kopf eingenistet, denn die Küche lag genau über seinem Zimmer.

Zitternd tastete Jamon sich zum Kamin und legte ein Scheit auf die Glut. Einen Augenblick später züngelten wärmende Flammen hervor. Müde wankte er zur Waschecke, goss Wasser in die Schüssel und holte Luft. Wenn er halbwegs wach werden wollte, gab es nur diese eine Möglichkeit. Beherzt tauchte er mit dem Gesicht unter und hatte das Gefühl, seine Stirn würde zu Eissplittern zerspringen. Nach Luft japsend riss er den Kopf hoch, griff sich ein Tuch und trocknete sich ab. Ein Blick in den Spiegel, den er sich als Belohnung im Anschluss an die Prüfungen gegönnt hatte, ließ ihn die Hoffnung aufgeben, er könnte alle über den fehlenden Schlaf hinwegtäuschen. Sein Gesicht war jetzt zwar mehr als rosig, aber die dunklen Ränder unter den Augen waren durch diese Prozedur nicht verschwunden. Dafür hielt sein Bartwuchs sich in Grenzen. Er strich über die dunkelblonden Stoppel und beschloss, sie erst am nächsten oder übernächsten Tag zu kürzen.

Als Jamon in den schmalen Gang zur Galerie trat, Umhang und Winterrobe über dem Arm, schlug ihm der Duft von Zinndrenkuchen und Kakoramilch entgegen. Er zog den Gürtel des Wamses enger. Sollte er in den Westturm zum Speiseraum der Jungmagister gehen? Das Frühmahl war für ihn immer der schönste Termin des Tages gewesen, besonders während der ersten Schuljahre. Die meisten Ärgernisse und Streitereien des Vortages hatten sich über Nacht in Luft aufgelöst, der beginnende Tag war unbefleckt gewesen wie ein frisches Laken. Neuer Tag, neues Glück, so hieß es.

Am Treppenschacht angekommen, dachte er darüber nach, ob es gelingen würde, die Unbeschwertheit der Kinder auch in Kriegszeiten zu bewahren. Er sah nach oben, den munteren Unterhaltungen, Rufen und Lachsalven entgegen, die herunterschallten. Die Anwärter und Prälone waren auf dem Weg aus den Dachgeschossen in die Frühstücksräume über ihm. Ohrenbetäubender Lärm flutete ungebremst bis ins Erdgeschoss und gab allen im Turm den Tagesrhythmus vor. Wenn der Höhenwechsler der Zwerge einmal fertig wäre, sollte auch das besser werden. Wenn!

Ein neuer Tag, ein neues Glück.

Kelenkus hatte ihn gebeten, die Befürchtungen vorerst für sich zu behalten. Ruhe bewahren und den Wahrheitsgehalt überprüfen. Er hatte bedächtig gesprochen, ruhig und gelassen geklungen, aber die Blässe war während des ganzen Gespräches nicht mehr aus seinem Gesicht gewichen.

»Fff – Jaramon Derengo.«

Jamon drehte sich um und schaute geradewegs in das Narbengesicht Wrigorans. »Guten Morgen, Feldhenn.«

»Das muss sich noch herausstellen, oder nicht?«

»Nur nicht so skeptisch. Oder haben die Sterne Euch in der vergangenen Nacht von Unheil gekündet?«

»Von keinem Unheil, das mich mehr betreffen würde als Euch.« Die Lippen des Lehrmeisters kräuselten sich, der Lippenspalt begann auf beunruhigende Weise zu zittern. Ob er bereits bei Kelenkus war? So früh nach dieser Nacht?

»Habt Ihr schon ...«

»Mit Eurem Oheim gesprochen? Natürlich. Wie es sich in einer vertrauensvollen Zusammenarbeit gehört.«

»Und er hat Euch ...«

»Von Euren aufmerksamen Erkundungen erzählt? Natürlich.«

Jamon konnte es nicht ausstehen, wenn andere seine Sätze beendeten. Und die Art, wie Feldhenn die Worte »aufmerksame Erkundungen« betonte, konnte er noch weniger leiden.

»Fff. Euer Oheim berichtete ausführlich. Und ich habe ...«

»... ihm dafür die Füße geküsst?«

»Nein. Ich habe ...«

»... ihm versprechen müssen, Stillschweigen zu wahren?« Jamon lächelte unverbindlich und hoffte, dass Feldhenn ihn verstand.

»Sss. Sehr aufgeweckt, Magister Jaromon.« Wieder erzitterte der Lippenspalt. »Ich gehe also davon aus, dass Ihr den Auftrag kennt, den ich Euch übermitteln sollte.«

»Auftrag?«

Feldhenn nickte nur kurz und ließ ihn mit einem weiteren Fff stehen.

10
BRYNNBETT

»Ausweisen«, herrschte eine der Wachen sie an.

Gillron stöhnte. »Ernsthaft? Wie oft habt Ihr mich inzwischen gesehen?« Er fingerte umständlich ein Pergament aus seiner Robe und überreichte es der Palastwache, die sofort einen kritischen Blick darauf warf.

»Jemand anderes könnte sich für Euch ausgeben.« Der Wächter gab ihm das Schriftstück zurück.

»Den möchte ich sehen.« Lachend wedelte Gillron mit seinem Stumpf.

»Ausweisen«, wiederholte der Wachmann ungerührt und nahm jetzt Brynnbett ins Visier. Lachen oder Scherzen gehörte nicht zu seinem Repertoire.

Gillron stöhnte erneut, zog noch einmal das Pergament hervor und wedelte damit herum. »Sie steht auf meinem Passierschein mit drauf. Ihr könntet ruhig sorgfältiger hinsehen. Und wo wir gerade bei Hinsehen sind.« Er stupste die Wache mit seinem Stumpf in den Bauch und wies auf Brynnbett. »Sie trägt das Wappen der Wachschaft. Schon gemerkt? Muss ich erst die Meisterin der Runen holen? Oder gleich den Stammesvater persönlich? Wie lange kennt Ihr mich?«

Die Augen des Wächters versuchten, dem wedelnden Passierschein zu folgen, erfassten das Wappen auf Brynnbetts Harnisch und glitten dann wieder zu Gillron.

»Sie braucht einen eigenen Passierschein«, mischte der zweite Wachposten sich ein, der größere der beiden.

Doch der Erste schien anderer Meinung zu sein. »Beim nächsten Mal«, fügte er hinzu.

»Was?« Der Kopf des zweiten Wächters flog herum, doch sein kleinerer Kamerad hob bereits die Pike und trat zurück.

»Besten Dank.« Gilli verbeugte sich und humpelte vorbei.

»Ich stehe auf deinem Passierschein?«, fragte Brynnbett flüsterleise, während sie in den Palast gingen.

»Ach, woher?« Gilli gluckste. »Sie haben sich irritieren lassen, weil sie Angst hatten, etwas falsch zu machen. Niemand möchte gerne einen Fehler machen. Was für sich genommen der eigentliche Fehler ist, wenn du mich fragst.«

»Und das nutzt du schamlos aus. Ganz schön dreist.«

»Ich bin ein Krüppel und muss mir etwas einfallen lassen.«

Brynnbett schüttelte grinsend den Kopf. Sie wusste zwar nicht, welche Überraschungen noch auf sie warteten, aber solange Gilli in der Nähe war, würde es nicht langweilig werden, so viel stand schon mal fest.

Im Inneren des Palasts erwarteten Brynnbett schier endlose Korridore, teils mit turmhohen Deckengewölben, unter denen geschwungene Brücken die Wände miteinander verbanden. Goldene, unterschiedlich gemusterte Böden führten sie an unzähligen Türen mit geometrischen Intarsien vorbei. Sie kam aus dem Staunen nicht mehr heraus und musste sich anstrengen, die Kinnlade oben zu behalten. Alles wirkte so edel, stolz und erhaben, dass sie sich kaum sattsehen konnte. Als Gillron endlich vor einer hohen, runenverzierten Tür stehen blieb, hätte sie ihn beinahe umgerannt, weil sie die Sonnenkassetten im Deckengewölbe des Gangs bewundert.

»Vorsicht bitte. Ich bin zerbrechlich.«

Brynnbett stammelte eine Entschuldigung, doch ihr Freund hörte gar nicht hin, sondern klopfte bereits an die Tür. Eigentlich war es eher ein lautstarkes Pochen, denn er nahm gleich die ganze Faust.

»Ist deine Meisterin schwerhörig?«

»Das lass sie bloß nicht hören.« Gilli pochte noch einmal mit aller Kraft an die Tür. »Sie nennt es ›vertieft sein‹.«

»Herein, wenn's kein Grabmäuler ist«, kam es dumpf und hohl von drinnen.

Gillron verdrehte die Augen. »Sie kann so witzig sein.« Er stupste sich mit dem Stumpf an die Stirn, öffnete mit seiner Linken die Tür und trat kopfschüttelnd ein.

Brynnbett wusste nicht, was sie erwartet hatte. Vielleicht einen Tisch voller Pergamente und Tintenflaschen. Eine alte Zwergin mit einem Hörrohr oder einer Lupe vor Augen war ihr auch noch in den Sinn gekommen, ehe sie eingetreten waren. Was sie sah, jedoch sicher nicht.

Vor ihr erstreckte sich ein großer Raum, oder nein, eher ein ganzer Saal voller Steinsäulen verschiedener Größen. Überall standen kleine Tische und Stühle, auf denen Werkzeuge, Hämmer und Stemmeisen lagen. Fast jede der groben Säulen war über und über mit Runen bedeckt, auf dem Boden lagen Steinsplitter in fingerdickem Staub. Fußspuren deuteten auf rege Betriebsamkeit hin. Warum hier wohl nicht mal jemand mit einem Besen für Ordnung sorgte?

Das Reich der Runenmeisterin stand in krassem Kontrast zu allem, was Brynnbett bisher im Palast gesehen hatte. Staub waberte durch die hellen Lichtkegel, in denen die Runensäulen standen, sodass diese sich fast zu bewegen schienen. Ein wahrlich fremdartiger Anblick von rohem Charme.

»Gilli? Bist du es?« Von irgendwo hinter den Säulen hallte ihnen eine rauchige Stimme entgegen, die auf beunruhigende Weise zu den Schwaden des Gesteinsstaubs passte.

»Jawohl, Meisterin Kettelgurt. Und ich habe Besuch mitgebracht.« Gilli gab sich Mühe, möglichst laut zu sprechen.

»Besuch?« Etwas Metallisches fiel zu Boden. »Bei den hornigen Brocken der Gipfelzacken.« Ein Stöhnen, dann ein schabendes Geräusch. »Hättest du das nicht früher ankündigen können?«

Brynnbett hörte entfernte Schritte und versuchte, zwischen den Säulen etwas zu erkennen, aber die begrenzten Lichtkegel machten es ihr unmöglich.

»Ihr Name ist Brynnbett Herdfeuer. Und es hat sich erst kurzfristig ergeben.«

»Dann bring sie halt her, im Namen der Götter. Oder soll ich etwa den ganzen Weg zur Tür kommen?«

»Natürlich nicht, Meisterin Kettelgurt.« Gilli gab Brynnbett ein Zeichen und humpelte los. Doch statt schnurstracks geradeaus zu gehen, umkreiste er die Steinsäulen in einem seltsamen Zickzackmuster, dass sie an seinem wachen Geist zweifeln ließ.

»Runenmagie«, raunte Gilli. »Mir kam es anfangs auch komisch vor, aber wenn du die Säulen in der falschen Reihenfolge passierst, landest du immer wieder am Eingang.«

»Ehrlich?« Deshalb die vielen Fußspuren. Hätte er es ihr etwas früher erklärt, hätte Brynnbett zumindest versuchen können, sich den Weg zu merken. So blieb ihr nichts anderes übrig, als treudoof hinterherzugehen. Im Stillen zählte sie die Säulen mit. Elf – zwölf – dreizehn … »Wie viele denn noch?«

»Keine Sorge, wir haben es gleich geschafft. Meine Meisterin ist einfach sehr vorsichtig.«

An seinem Flüstern erkannte sie, dass es nicht mehr weit sein konnte, offenbar wollte er vermeiden, gehört zu werden.

»Nichts für Leute mit kleiner Blase«, murmelte Brynnbett. Wie lange könnte sie wohl aushalten, wenn sie dringend zu einem Abort musste?

Gilli gluckste. »Es gibt hier drinnen ein stilles Örtchen. Keine Sorge.«

Endlich hatten sie die letzte Säule erreicht; noch ein paar Schritte weiter und es wurde dunkler. Statt heller Lichtkegel spendeten schwach pulsierende Kristalle hoch aufragender Laternen ein diffuses Licht, das gerade ausreichte, um die bunten Farben des dicken Teppichs zu erkennen, der die Geräusche ihrer Sohlen dämpfte.

Gillron stöhnte. »Sie hat den Vorhang zugezogen.«

»Natürlich hat sie das«, klang es dumpf aus der Dunkelheit vor ihnen. »Ich war nicht auf Besuch vorbereitet und brauche noch einen Moment, um aufzuräumen.«

»Sollen wir morgen wiederkommen?«

»Werd nicht frech, krummes Bürschchen.«

»Das würde ich mir nie erlauben.« Gillron gluckste leise. »Nehmt Euch alle Zeit der Welt. Die Neuigkeiten über Trorwenn Hammerschneid können warten.«

Unvermittelt wurde der Vorhang aufgerissen. »Hammerschneid?« Stechend blaugrüne Augen starrten ihnen entgegen. Die alte Runenmeisterin hielt den Stoff des Vorhangs fest umkrallt und verdeckte mit ihrer Leibesfülle den Blick in den Raum hinter sich. »Was hast du von Hammerschneid gehört?«

»Darf ich vorstellen? Meisterin Irmhold Kettelgurt – Brynnbett Herdfeuer.«

Die Meisterin warf Brynnbett einen Blick zu und visierte dann Gillron an. »Du hast wirklich Neuigkeiten, oder?« Auf sein Nicken ließ sie die Vorhänge los. »Dann kommt rein.«

Sie stampfte wie ein zu kurz geratener Steinriese mit schweren Schritten in den Raum. Die schiefergraue Mähne, die wie ein wirrer Haufen geschorener Wolle auf ihrem Kopf thronte, schwankte bedrohlich hin und her. Wie alt sie auch sein mochte, hinfällig wirkte sie nicht.

»Was ist denn nun mit Hammerschneid?« Die Leibesfülle verlieh Irmhold Kettelgurt zusammen mit der weiten Robe ein seltsam gedrungenes Aussehen. Brynnbett musste sich zurückhalten, um nicht an der Kleidung zu zupfen, weil sich der Stoff ein ums andere Mal zwischen die mächtigen Rundungen der Meisterin schob und stecken blieb. Unwillkürlich dachte sie an ihre eigene Körperfülle und war dankbar für das feste Leder ihrer Uniform.

»Er sucht nach Begabten, und unsere Besucherin ist in die engere Wahl gekommen«, antwortete Gillron, als sie an einem überfüllten Tisch ankamen und die Kettelgurt sich auf einen Stuhl fallen ließ.

Erst jetzt richteten sich die blaugrünen Augen mit aufrichtigem Interesse auf Brynnbett. »Also ist dieser Überfall nicht grundlos.« Meisterin Kettelgurt seufzte. »Wie gut, dass ich etwas zu trinken da habe. Ich bin gespannt, was ihr zu erzählen habt.« Sie gab Gillron ein Zeichen und deutete mit ihren breiten Händen hinter sich. »Sei so gut.«

Brynnbett hatte auf Tee gehofft, doch was Gilli auf einem Tablett herüberbalancierte, war Kittla. Definitiv zu früh sie. Genauso wie der hochprozentige Met, den Irmhold Kettelgurt ihr stattdessen anbot. Gillron rettete die Situation mit einer

Flasche Quellwasser, die er auf der anderen Seite des Raums unter seinem Schreibpult hervorzauberte. Er schenkte ein, setzte sich und begann zu berichten, während Brynnbett sich unauffällig umsah.

Die Schreibstube, wenn man diesen abgeteilten Bereich so nennen wollte, war auf eigenwillige Art gemütlich, was vor allem an den geschnitzten Möbeln und den dicken Teppichen lag. Denn bis auf das aufgeräumte Schreibpult, von dem Gilli das Wasser geholt hatte, herrschte ein wirres Durcheinander, in dem Brynnbett sich niemals zurechtgefunden hätte.

Selbst in den Regalen, die die Wände nahezu flächendeckend verkleideten, konnte sie keine Ordnung ausmachen. Vielfarbige Folianten und dicke Lederschwarten standen dort nicht in Reih und Glied nebeneinander, sondern lagen bunt gemischt zwischen losen Pergamentsammlungen, Holzbrettern und Steintafeln. Die meisten von ihnen müsste man in die Hand nehmen, um überhaupt den Titel lesen zu können. Hätte es in der Küche von Brynnbetts Mutter auch nur annähernd so ausgesehen, wäre das Kochen unmöglich gewesen. Hier fehlte definitiv eine ordnende Hand. Warum hatte Gillron diese Aufgabe nicht übernommen?

»Und was passierte danach?« Der Blick der Runenmeisterin fiel auf Brynnbett, offenbar war Gilli mit seinen Schilderungen fertig. Rasch nahm sie den Faden auf und schilderte Irmhold Kettelgurt, wie sie es trotz Donnerhals in die Kaserne geschafft hatte und wie er selbst dann noch versucht hatte, zu verhindern, dass sie die Prüfung bestünde. »Wenn Trorwenn Hammerschneid mir nicht zweimal die Möglichkeit gegeben hätte, zu antworten, wäre ich immer noch Schülerin des Waffenmeisters.«

»Fragt sich, was weniger schlimm ist«, murmelte die Runenmeisterin und wuchtete ihren Körper vom Stuhl. »Wo haben wir die Aufzeichnungen?« Sie beugte sich über den Tisch und wühlte in den Pergamenten.

Gillron stand ebenfalls auf, warf einen suchenden Blick auf das Durcheinander, fischte zielsicher ein beschriebenes Blatt heraus und reichte es seiner Meisterin.

»Ich hätte es selbst gleich gefunden, aber danke.« Sie ließ sich wieder auf den Stuhl fallen. »Was haben wir bislang über unseren Düsterling zusammengetragen? Ah ja. Er hat in Minen nach seltenen Erzen gefragt, eine eigene Schmiede gekauft, sie abriegeln lassen und Stammesbrüder aus Abrinor empfangen.«

»Schmiedemeister aus Fullbor, wie wir annehmen«, ergänzte Gilli und nickte Brynnbett vielsagend zu.

»Wirklich?« Sie hatte von den tiefen Schmieden unter der Hochebene von Abrinor gehört. Jeder Zwergenschmied, der etwas auf sich hielt, hatte eine Zeit lang bei den Meistern in Fullbor gearbeitet.

»Natürlich. Was bleibt Trorwenn anderes übrig, wenn der talentierteste Schmied unter den Bergen bereits für uns arbeitet?« Irmhold Kettelgurt fuhr mit ihrem Finger weiter übers Pergament. »Von seinen Besuchen im Bücherverlies wissen wir nur, dass sie stattgefunden haben.«

»Bücherverlies?«

»Schriften über dunkle Runenmagie.« Die rauchige Stimme der Kettelgurt klang plötzlich warnend. »Ein gut geschütztes Erbe unserer Ahnen und Teil einer wenig ruhmreichen Vergangenheit, über die niemand mehr spricht.«

Brynnbett dachte wieder an die Schreckensgeschichten, die ihre Muhme erzählt hatte, ihr Mund wurde trocken. Plötzlich rückte das alles viel zu nah, ihr wurde klar, wie gefährlich Trorwenns Streben war.

»Kaum einer weiß vom Bücherverlies«, ergänzte Gillron.

»Das ist auch gut so.« Die Runenmeisterin hieb mit der Faust auf den Tisch, sodass mehrere Pergamente zu Boden segelten. »Dronnkahn Silberfaust mag das Beste für unser Volk wollen, aber damit ist er zu weit gegangen. Sein Vater würde dem Totenschrein entsteigen, wenn er davon wüsste.«

Nach Brynnbetts Auffassung durfte niemand das Handeln des Stammesvaters infrage stellen. Doch für die erste Runenmeisterin des Volkes galten sicher andere Regeln.

Gillron nickte. »Immerhin hat Meister Trorwenn keines der Bücher mitgenommen, sondern sie nur vor Ort studiert.«

»Fragt sich, wie lange er sich an diese Regularien hält«, schnaubte die Kettelgurt. »Wenn Silberfaust den Einflüsterungen des Düsterlings weiterhin erliegt, könnte es schon beim nächsten Besuch anders sein.«

Beunruhigt schaute Brynnbett zwischen Gillron und seiner Meisterin hin und her. Zu wissen, dass etwas Schlimmes vor sich ging, ohne zu ahnen, worum es überhaupt ging, war für sie die reinste Folter.

»Vielleicht sollten wir noch einmal über meine Idee ...«

»Kommt nicht infrage«, donnerte die Kettelgurt. »Im schlimmsten Fall, finden wir gerade dort Hilfe. Das dürfen wir uns nicht verbauen.«

»Was ist denn der schlimmste Fall?« Brynnbett konnte nicht länger an sich halten. »Was ist das verdammte Ziel Hammerschneids oder unseres Stammesvaters? Worum geht es hier überhaupt?« Als sie in die erstaunten Gesichter von Gillron und seiner Meisterin blickte, wurde ihr erst bewusst, dass sie aufgesprungen war. Rasch setzte sie sich wieder. »Entschuldigt, aber ich werde womöglich bald im Dienst eures Düsterlings stehen und möchte wissen, was mich erwartet. Wenn ich schon eure Spionin sein soll, ist das wohl nicht zu viel verlangt.«

»Unsere Spionin?« Irmhold Kettelgurts Augen weiteten sich, sie schüttelte energisch den Kopf. »Auf keinen Fall.« Sie sah zu Gillron hinüber. »War das deine Idee?«

»Nun ja, nicht sofort. Aber die Gelegenheit ist in der Tat nicht von der Hand zu weisen. Und da dachte ich mir, wir sollten darüber sprechen.«

»Das haben wir getan und ich sage nein. Hast du verstanden?«

»Die Worte waren laut genug, danke.«

»Sei nicht so frech.« Wieder landete eine ihrer breiten Hände auf dem Tisch, weitere Pergamente segelten zu Boden. »Es geht nicht um die Worte, sondern um ihren Sinn.«

»Natürlich habe ich das verstanden«, gab Gillron nach. »Ich werde die Idee von der Spionin nie wieder erwähnen.«

»Gut so.«

Aus irgendeinem Grund glaubte Brynnbett nicht, dass die Überlegung vom Tisch war, doch für den Moment gab es Wichtigeres. »Darf ich trotzdem erfahren, worum es geht?«

»Um ...«

»Gillron Wunderling!« Die Kettelgurt schnitt ihm das Wort ab. »Wir haben in unserer Treuseligkeit schon viel zu viel ausgeplaudert. Deine neue Freundin könnte genauso gut für den Düsterling spionieren.«

»Nein.«

»Nein.« Brynnbett warf Gilli einen kurzen Blick zu. »Wirklich nicht«, bekräftigte sie und sah die Runenmeisterin an.

»Würdest du denn einen Schwur ablegen und mir deine Treue versprechen? So wie Gillron es einst getan hat?«

»Einen Schwur?«, fragte Brynnbett unsicher. Natürlich verstand sie, dass für die Runenmeisterin viel von ihrer Verschwiegenheit abhing, aber musste es gleich ein Schwur sein?

»Ich habe das nie bereut.« Gillron beugte sich vor. »Vertraust du mir?«

Brynnbett nickte.

»Dann kannst du auch Meisterin Kettelgurt vertrauen.«

»In Ordnung.« Erneut fühlte ihr Mund sich trocken an, doch aus irgendeinem Grund wusste sie, dass sie das Richtige tat. Sie war hier bei Freunden, das wollte sie nicht wieder verlieren. »Welchen Schwur soll ich ablegen?«

»Reich mir einfach den Arm und sprich mir nach.«

Brynnbett beugte sich vor und streckte den Arm aus.

»Danke für dein Vertrauen.« Meisterin Kettelgurt griff nach ihrer Hand, schob den Ärmel so weit hoch, dass der Puls frei lag, und fingerte eine Kette mit einem keilförmigen Runenstein aus ihrem Ausschnitt. »Keine Sorge, es wird nicht wehtun.« Sie setzte die Spitze auf die Haut. »Zumindest nicht, solange du dich an den Schwur hältst.«

»Und was soll ich jetzt sagen?« Ihr Herzschlag beschleunigte sich.

»Ich, Brynnbett Herdfeuer, schwöre ...«, begann die Kettelgurt zu soufflieren.

Brynnbett sprach es nach. »Ich, Brynnbett Herdfeuer, schwöre ... ah!« Sie zuckte, als der Stein über ihren Puls strich.

»Keine Sorge. Es sind nur Runen, die ich auf dein Handgelenk schreibe, während du schwörst. Ich tue dir nicht weh und man wird auch nichts sehen können.«

Gillron nickte Brynnbett aufmunternd zu, also versuchte sie, den festen Griff zu ignorieren, mit dem die Kettelgurt ihre Hand hielt. »In Ordnung.«

»Dann noch einmal. Ich, Brynnbett Herdfeuer, schwöre ...«

Während Brynnbett schwor, Irmhold Kettelgurt als Meisterin anzuerkennen, keine Geheimnisse preiszugeben oder sonst etwas, das sie hier erfahren würde, weder in Wort noch in Bild, Schrift oder Tat, spürte sie die Runen auf dem Handgelenk.

»Dieser Schwur soll halten, solange wir am Leben sind, und nicht gebrochen werden«, beendete die Kettelgurt die Prozedur und sprach Brynnbett ihr Vertrauen aus.

»Darf ich jetzt?« Gilli sah seine Meisterin fragend an und erntete ein zustimmendes Nicken. »Also gut. Zurück zu deiner Frage.«

Brynnbett fühlte sich noch ein wenig beklommen und brauchte einen Moment, bis ihr einfiel, was sie überhaupt gefragt hatte. Doch als er weitersprach, erinnerte sie sich.

»Es geht um Waffen. Unser Stammesvater möchte neue Spielzeuge.«

»Na, na, na. Nicht so lässig, junger Zwerg.« Irmhold Kettelgurt schüttelte missbilligend den Kopf, sodass ihre schiefergraue Mähne gefährlich hin- und herwankte. »Was mein vorlauter Gehilfe meint, ist, dass unser Stammesvater zum Wohle unseres Volkes den Schutz gegen magische Angriffe erhöhen möchte.«

»Als würde irgendein Angriff drohen«, murmelte Gillron.

Doch seine Meisterin schien es nicht gehört zu haben und fuhr fort: »Der Duldungsvertrag mit den Bergelben ist selbst nach Dekaden des Friedens fragil geblieben. Darüber können auch die Brücke der magischen Völker und der Pfad der Giganten nicht hinwegtäuschen.«

Brynnbett hatte von dem Gebirgspass im ewigen Schnee gehört. Hoch im Eskringebirge verband er die hohen Tore von Eskrinor mit der Brücke der magischen Völker. »Aber beides ist doch Ausdruck unserer friedlichen Nachbarschaft, oder nicht? Schließlich verbindet die Brücke das Reich der Bergelben direkt mit unserem.« Sie versuchte, die Begeisterung in ihrer Stimme einzudämmen. Das alles hatte sie schon immer mal mit eigenen Augen sehen wollen; und ihr fiel ein, dass sie noch nie so nah dran war wie in diesem Moment. Denn das Hochtor zum Pfad der Giganten lag nur zwei oder drei Ebenen über dem Palast.

»Vor allem verbindet die Brücke das westliche Eskringe-birge mit dem östlichen. Und ja, sie sollte ein Sinnbild für den Frieden sein. Doch letztlich brauchte es den Pfad der Giganten, und der bietet kaum noch Platz für weitere Standbilder.«

Brynnbett erinnerte sich daran, dass in jedem Jahr eine neue gigantische Statue geschaffen wurde, abwechselnd von den Zwergen und den Bergelben.

»Zumindest auf unserer Seite der Brücke«, ergänzte Gill-ron, Brynnbett ahnte, wo das Problem lag.

»Während die Elben bei uns stets willkommen waren, wird uns der Zugang zum Ostgebirge seit zwei Wintern gänz-lich verwehrt.« Die blaugrünen Augen der Runenmeisterin verengten sich. »Deshalb teile ich auch die Ansicht des Stam-mesvaters, dass Vorsicht geboten ist.«

»Aber müssen es gleich Waffen sein, die so mächtig sind?« Gillron gab einen unwilligen Laut von sich. »Er könnte doch noch einmal das Gespräch mit Kellderon-Zhenzor suchen.«

»Wie soll er den Fürsten der Bergelben aufsuchen, wenn wir die Brücke der magischen Völker nicht mehr überqueren dürfen?« Irmhold Kettelgurt schnaubte. »Es bleibt nichts anderes, als auf der Hut zu sein, Punkt.«

»Müssen wir denn überhaupt ins Ostgebirge? Wir könnten doch einfach hierbleiben und aufhören, Statuen zu bauen.« Brynnbett hatte die Denkmalbauerei nie wirklich verstanden, die nach Aussage ihrer Eltern längst zu einem unsinnigen Wett-bewerb verkommen war: schöner, breiter, höher. Leben und leben lassen sollte ausreichen, um Frieden zu halten. Dicke Freunde würden sie mit den Langohren sowieso nicht werden.

»Im Ostgebirge gibt es reiche Silbervorkommen, Schwarz-kohle und sogar Diamanten. Und eigentlich ...«

»... gehören die Schätze unter der Erde den Zwergen«, beendete die Runenmeisterin Gillrons Satz.

Das war es also, was der Stammesvater wollte? Brynnbett dachte an den unfassbaren Reichtum von Eskrinor und schüttelte ungläubig den Kopf. »Und deshalb braucht Dronnkahn Silberfaust neue Waffen? Die Elben wissen doch viel besser als wir, was uns vom Schöpfer zugesprochen wurde. Und warum habt Ihr mit all dem überhaupt etwas zu tun?«

»Es geht um eine neue Legierung, die unsere Klingen widerstandsfähiger und schärfer macht.«

»Deshalb die Schmiede aus Fullbor, natürlich.«

Die Runenmeisterin nickte. »Mit ihrer Hilfe könnte Trorwenn sich in der Tat einen Vorteil verschaffen.«

»Einen Vorteil? Gerade habt Ihr gesagt, es sei in unser aller Interesse, wenn der Stammesvater seinen Willen bekommt.«

»Aber verstehst du denn nicht?« Gillron schaute sie ungläubig an. »Es ist ein Wettbewerb zwischen uns.«

Brynnbett sah die Runenmeisterin fragend an, doch die nickte nur. »Und ... und was ist das Ergebnis?«

»Einer von uns wird den Palast verlassen müssen. Entweder Trorwenn oder ich.«

Stille.

Gillron hatte den Blick gesenkt und zupfte am Ärmel seiner Robe, als wäre dort der Grund zu finden, warum Hammerschneid es schaffen könnte, dieses Wettrennen zu gewinnen.

»Jedenfalls haben wir keine Zeit, um Trübsal zu blasen«, durchbrach Irmhold Kettelgurt das Schweigen. »Wann wirst du in die Dienste des Düsterlings treten?«

»Gute Frage.« Brynnbett stöhnte, als sie an die vagen Aussagen ihres Ausbilders dachte. »Ich soll täglich einmal zur Kaserne kommen und am Brett neben dem Tor nach Ankündigungen Ausschau halten.«

»Täglich? Heißt das, es könnte länger dauern, bis der Emporkömmling dich zu sich ruft?«

»Im Palast mahlen die Mühlen langsam, meinte er.« *Und dass ich zu unwichtig bin, als dass der Meister mich schnell anfordern würde.* Aber das behielt sie besser für sich. Donnerhals war nicht Hammerschneid.

»Nun denn.« Die Runenmeisterin stemmte sich aus dem Stuhl. »Noch ist nicht aller Höhlen Tiefe erreicht. Wir sollten nicht untätig bleiben, egal, was der Düsterling beschließt und welchen Schmied er sonst noch herankarrt. Wir haben Kandro Klingenfeil. Und der ist wahrlich ein Meister seines Fachs.«

Den Namen Klingenfeil hatte Brynnbett schon öfter gehört. Soweit sie wusste, war er der letzte Vertreter dieser bekannten Familie – einer Dynastie, die in der Schmiedekunst einen ähnlich herausragenden Ruf hatte wie die Herdfeuers für Speisen aller Art. Wenn jemand Erfahrung mit seltenen Legierungen hatte, dann sicher ein Klingenfeil. »Eins verstehe ich nicht.« Sie sah der Kettelgurt nach, die zu einem Stehpult hinübergegangen war, auf dem ähnlich viele Pergamente und Folianten lagen wie auf dem Tisch. »Warum wird der Wettbewerb nicht unter Schmieden ausgetragen? Es braucht doch keine Runen, um eine Legierung zu finden und widerstandsfähige Waffen herzustellen.«

»Nicht, wenn normale Waffen das Ziel wären«, antwortete Gillron, als seine Meisterin nichts sagte. »Wenn es nur darum ginge, wären wir den Elben sicher überlegen. Wir sind schon jetzt die ausdauernderen Kämpfer und haben deutlich mehr Kraft in Armen und Beinen als die Elbenkrieger.« Wie zur Bestätigung reckte er die Arme, Brynnbetts Blick fiel auf seinen Stumpf, der wie ein rosiger Pfirsich aus dem rechten Ärmel lugte. *Nicht alle, leider nicht alle.*

»Hier habe ich es.« Irmhold Kettelgurt hob ein kleines in Leder geschlagenes Buch hoch und kam damit zurückgestampft. Sie blätterte es auf und reichte es Brynnbett.

Fünf Symbole, in einem Kreis angeordnet und mit seltsam gewundene Linien verbunden. »Eine Rune für jedes Element«, überlegte sie laut. »Vielleicht eine Übersicht über die Magie der Elbenvölker?« Sie sah die Runenmeisterin fassungslos an. »Ihr wollt mir doch nicht sagen ...«

»Dass die Waffen der mächtigsten Magie der Völker widerstehen sollen? Doch, genau das ist unser Auftrag.«

11
RAIWEN

»Es muss keinen Krieg geben. Wenn die Magister einlenken, kann alles gut werden.« Eine weitere Nacht lag hinter ihnen, Raiwen war immer noch nicht aufgebrochen, sondern setzte alles daran, seinen Freund davon zu überzeugen, dass Anastina-Kyriejah richtig handelte. »Unsere Fürstin hätte unter diesen Umständen auch nicht anders entschieden.«

»Merkst du denn nicht, was hier geschieht?«

Sie standen in Raiwens Behausung, dem einzigen Raum, in dem sie ungestört waren. Eine weise Entscheidung bei dem, was Zhinlohr von sich gab.

»Sie hat euch manipuliert, mit ihrem Kleid, dem Licht und dem ganzen Zauberkram.«

»Du wiederholst dich.«

»Muss ich vielleicht, damit mein bester Freund aufwacht.«

»Dein bester Freund ist so wach wie lange nicht mehr. Wir waren *beide* da, schon vergessen? Alle haben ihre Worte gehört. Es geht darum, den Magistern Einhalt zu gebieten. Wir folgen den Geboten unserer Ahnen und suchen das Gespräch, hat sie gesagt. Und ich glaube, sie hat es wirklich so gemeint.«

»Und die Rufe, als sie ihre Ansprache beendet hatte? Die solltest du auch gehört haben, oder nicht?«

Das hatte er. Und sie hatten seinen Jubel mit aufkeimender Angst erstickt. »Aber das waren nicht Kyriejahs Rufe, sondern vermutlich die Rufe der Heermeister und Elbenkrieger, die darauf hoffen, ihr Handwerk auszuüben.«

»Es sind viel mehr in diesen Ruf mit eingefallen.« Müde ließ Zhinlohr sich auf einen Stuhl sinken.

»Aber nur, weil alle ihrer Anspannung Luft machen mussten. Sie waren euphorisch nach dieser ...«, *großartigen Vorstellung,* wollte er sagen und stutzte über den Gedanken. »Nach dieser großartigen Ansprache«, sagte er stattdessen. Es war keine Vorstellung gewesen, sondern eine Veranschaulichung. Wie sonst hätte die Thronwächterin ihrem Volk deutlich machen können, worum es ging? Raiwen setzte sich zu Zhinlohr und senkte die Stimme. »Ich kann verstehen, dass es dich besonders aufgewühlt haben muss. Die Insel, das Wasser ...«

»Nein, mein Freund. Das ist es nicht. Ich habe das alles schon einmal mitgemacht, damals, bei den Menschen.«

Der Krieg der Könige. Raiwen hatte es seinerzeit nicht miterlebt, doch Zhinlohr war Unterhändler seiner Fürstin gewesen, um die Friedensbemühungen zu unterstützen.

»Nie hätte ich gedacht, dass so etwas bei uns möglich ist«, fuhr Zhinlohr fort. »Dass aus den Problemen mit wenigen eine Abneigung gegen viele erwachsen kann.« Er seufzte. »Und dass daraus ein Hass erwächst, der gar einen Krieg heraufbeschwört, lässt mich schier verzweifeln.«

Raiwen spürte seine Kehle eng werden. Die Enttäuschung des Freundes machte ihn traurig, aber er durfte sich nicht in dieses Tal der Hoffnungslosigkeit herunterziehen lassen. Er wollte an dem Lichtblick festhalten, der die Rede der Kyriejah für ihn war. Eine Versicherung, dass es nicht zum Krieg kommen musste und er sich um das Heilmittel für die Fürstin und ihre Urtochter kümmern konnte. »Wie auch immer es gestern auf dich oder mich gewirkt haben mag ...« Er suchte nach schlichtenden, tröstende, Worten. »Wenn nur etwas an den Äußerungen Anastina-Kyriejahs dran ist, verschafft es mir Zeit, nach Eskrinor zu gelangen.«

»Ich hoffe sehr, dass du recht hast.« Zhinlohr richtete sich auf, die entschlossene Haltung, die Raiwen stets an ihm bewundert hatte, kehrte zurück. Nur das einnehmende Lächeln ließ auf sich warten. »Konzentrieren wir uns auf das, was wir wirklich wissen und selbst tun können. Wann wirst du mit der Thronwächterin sprechen, um sie zu fragen? Ich denke, sie kann dich gehen lassen, wenn sie nicht zwingend das rote Banner hissen will.«

Raiwen ließ ihm die kleine Spitze durchgehen und wollte gerade antworten, als es an der Tür klopfte. Erstaunt sah er auf. Es kam so gut wie nie vor, dass er hier aufgesucht wurde. Die meiste Zeit des Tages war er im Palast und dort für jeden ansprechbar. »Tretet ein.« Er erhob sich und blieb überrascht stehen, als die Tür sich öffnete. »Freund Ramuhr.«

Der Kämmerer, ehemals Vertrauter der Thronfolgerin, legte die Hand aufs Herz und verbeugte sich. »Die Macht der Seelen sei mit Euch.«

»Und mit Euch.« Raiwen tat es ihm gleich.

Zhinlohr trat hinzu und begrüßte ihn ebenfalls. »Friede sei mit Euch, Freund Ramuhr.«

Der Kämmerer verbeugte sich erneut. »Und mit Euch.«

Raiwen sah zwischen den beiden hin und her. »Aber natürlich, ihr kennt euch ja.«

»Flüchtig nur. Aber ich bin sehr dankbar, dass Freund Ramuhr mir deinen Brief nach Erellgorh gebracht hat.«

»Und es scheint, als würde mich die schleichende Wandlung vom Kämmerer zum Boten verfolgen.« Er zog ein gesiegeltes Pergament aus seinem Umhang. »Für Euch, Heiler der Thronfolgerin.« Er überreichte es. »Bitte seht mir nach, dass ich gleich wieder davoneile. Aber ich habe weitere Schreiben, die ich aushändigen muss.«

Als Ramuhr gegangen war, musterte Raiwen den Brief, der das Siegel der Fürstin trug. Was hatte das zu bedeuten?

»Willst du ihn nicht aufmachen?«

»Ja. Natürlich.« Er brach das Wachs, entfaltete das Pergament und begann zu lesen. Dann ließ er die Nachricht sinken und setzte sich. »Das ist allerdings überraschend.«

»Was denn?« Zhinlohr trat zu ihm. »Mach es nicht so spannend, mein Freund. Was steht in dem Schreiben?«

»Mein Marschbefehl.«

Bis Mittag – Raiwen war mit Zhinlohr in den Palast gegangen, um Julina abzulösen – hatte er sich vom ersten Schreck erholt, den die Nachricht ausgelöst hatte. Die Thronwächterin verpflichtete ihn, als Heiler in ihre Gefolgschaft zu kommen.

Die Aussicht, mit dem Heer gen Crem zu ziehen, war verstörend genug, doch Kyriejah hatte ihn gleichzeitig in den erweiterten Kreis ihres Führungsstabs erhoben. Ein Umstand, den er nicht begreifen konnte. Nicht, dass er als Heiler der Fürstenfamilie nicht bereits eine gehobene Stellung innehatte – aber das war etwas ganz anderes. Jetzt den Entscheidungen der Thronwächterin und damit denen des Fürstenhauses beizuwohnen, ja, sie mit zu tragen, kam ihm wie ein schlechtes Versehen vor. Darüber hinaus verzögerte es seine Abreise um weitere Tage.

Das alles trieb Raiwen um, er hatte an den Krankenbetten Schwierigkeiten, sich auf die Arbeit zu konzentrieren. Als er am Nachmittag ins Laboratorium musste, um Kräutersalbe anzurühren, war er fast schon erleichtert, das Krankenzimmer verlassen zu können.

Seine Gedanken kreisten um das Treffen des Führungskreises, das Kyriejah für den Abend anberaumt hatte. Kokettierendes Gehabe und flotte Sprüche würden ihm dort nicht weiterhelfen.

»Willst du wirklich Schwarzmutterkraut verwenden?«

Erschrocken schob Raiwen das gläserne Gefäß mit den daumenförmigen Blättern wieder zurück. »Ich hätte es sicher noch gemerkt«, raunte er und suchte nach dem Glas mit dem Magenbitterblatt. »Wegen der Nesseln auf der Blattunterseite.« Er setzte ein Lächeln auf, das ihm jedoch nicht gelang. Auch wenn die Kräuter sich zum Verwechseln ähnlich sahen, hätte ihm das nicht passieren dürfen.

»Willst du dich nicht erst einmal hinsetzen? Ich kann das übernehmen.« Zhinlohr nahm ihm den Mörser aus der Hand. »Du machst dir aufgrund der bevorstehenden Versammlung Sorgen, ist es nicht so?«

Raiwen nickte. »Und wegen der Heermeister, die wenig begeistert sein dürften ausgerechnet mich in der Runde zu haben. Und wegen des Heilmittels, das ich vielleicht doch nicht suchen kann. Und wegen der Magister natürlich.«

»Reichlich viele Sorgen, wenn du mich fragst.«

Raiwen nickte, ließ sich müde in einen Stuhl sinken und schloss die Augen. »Und dann sind da auch noch die Sorgen um Valehna und die Fürstin. Und natürlich die Sorge, dass es für Julina zu viel werden könnte, wenn ich nicht da bin. Was, wenn sich der Zustand der beiden verschlechtert? Womöglich gleichzeitig?«

»Nun mal ganz ruhig bleiben. Wir sind schließlich Elben und haben einen Ruf zu verlieren.« Zhinlohrs Worte klangen leicht gepresst, während er den Stößel durch den steinernen Mörser kreisen ließ. »Hochnäsig, distanziert, allwissend ...« Er passte die Worte an den Rhythmus des Mörserns an, seine Stimme mischte sich mit dem Reiben von Stein auf Stein. »Undurchschaubar und – jetzt kommt das Wichtigste: gefühllos.«

Raiwen konnte nicht anders als lächeln. »Du hast eine Menge über uns gelernt, als du die Menschenstädte bereist hast.«

»Vor allem habe ich gelernt, dass das Leben immer dann besonders reizvoll ist, sobald Vorurteile auf Normalität treffen. Wenn ich an meine Freunde Jehlen und Gehlen denke, weiß ich, dass jede schräge Meinung ihren Ursprung hat.«

»Freund Jehlen, aber ja. Es gibt sicher keinen Zweiten, der so kritisch ist wie er. Er findet in jeder Suppe ein Haar.«

»Und in jedem Plan und jedem Weg. Aber das ist es nicht, was ich sagen wollte.« Zhinlohr hielt in seinem Tun inne und streckte Raiwen den Mörser entgegen. »Zu viele Sorgen ergeben keinen Sinn. Insbesondere, wenn einem gerade ein Geschenk in den Schoß gefallen ist.«

Jetzt kam Raiwen nicht mehr mit. »Was meinst du? Soll ich die Durchkreuzung meiner Pläne als Geschenk betrachten?«

Mit fragendem Blick bewegte Zhinlohr den Mörser in der Hand, bis Raiwen ihm mit einem Nicken zu verstehen gab, dass die Kräuter fein genug zerrieben waren. »Pläne können sich ändern. Sollten sie sogar, wenn man in den Kreis aufgenommen wird, der über Krieg und Frieden entscheidet.«

So hatte Raiwen das noch gar nicht betrachtet. »Du meinst, ich hätte wirklich Einfluss auf die Entscheidungen der Thronwächterin?«

Sein Freund lachte. »Wo denkst du hin? Eine Scheltar wie Kyriejah kann man meistens nicht einmal verstehen, geschweige denn beeinflussen.«

»Ich denke, du tust ihr Unrecht.« Raiwen verschränkte die Arme vor der Brust.

»Mag sein. Aber was ich meinte, ist der Einfluss auf jeden Einzelnen zu jeder möglichen Gelegenheit. Du bist schließlich der Heiler des Fürstenhauses und vertrittst als solcher besondere Werte, die es zu platzieren gilt.«

Raiwen seufzte. Wenn er an die Heermeister der Fürstin dachte, konnte er sich das nicht vorstellen. Doch er nahm den Ratschlag dankbar an.

»Und ein weiterer Vorteil ist überdies dabei.«

»Der da wäre?«

»Du wirst mit gar fürstlichem Geleitschutz direkt vor die Tore des Zwergenreichs geführt. Und wer weiß, vielleicht lässt Kyriejah dich doch noch das Heilmittel holen, ehe sie zum großen Schlag ausholt.«

»Zhinlohr, bitte.«

Sein Freund hob beschwichtigend die Arme. »Es war nur ein Scherz. Am Ende wird alles gut.«

»Und wenn nicht?«

»Dann machen wir einfach das Beste daraus.«

Nach dem Gespräch mit Zhinlohr ging es Raiwen besser, sodass er, zurück am Krankenbett, ausreichend konzentriert war, um die Behandlungen durchzuführen. Gewissenhaft kontrollierte er die Reaktionen, maß den Umfang der geschwollenen Gliedmaßen und bewegte die Gelenke der Kranken, so gut es ging. Versunken in diese alltäglichen Verrichtungen schaffte er es sogar, den näherkommenden Abschied zu verdrängen und bei Valehna im gewohnten Plauderton zu scherzen.

Erst als er sich später auf den Weg zum Thronsaal machte, der hoch oben im Palastbaum lag, kamen einige Bedenken zurück. Sein ganzes Leben hatte sich um Kräuter, Heilzauber und Pflege gedreht. Die einzige Abwechslung waren seine Kraft- und Ausdauerübungen, die er – wie er zugeben musste – hauptsächlich aus Eitelkeit und nicht für die Gesundheit durchführte. Nicht gerade die beste Grundlage, um in einem Gremium mitzureden, in dem sonst ausschließlich Meister ihres Faches saßen. Er müsste unbedingt mit der Thronwächterin über seine Bedenken sprechen. Auch deshalb hatte er sich sehr frühzeitig auf den Weg gemacht. Vielleicht entließ sie ihn noch aus der Berufung, ehe die anderen eintrafen.

Doch als Raiwen den Thronsaal erreichte, hörte er durch die hohen Türen bereits Kyriejahs Stimme und wusste, dass jemand anderes noch zeitiger da gewesen war. *Nun denn. Wenn es nicht das Ende ist, machen wir das Beste draus.* Entschlossen reckte er das Kinn und klopfte.

Die Stimmen im Raum verstummten, ein kurzer Moment der Stille folgte, dann öffnete sich einer der Türflügel und Raiwen trat ein. Der Erste war er tatsächlich nicht, eher der Letzte. Um eine ovale Tafel, die man unterhalb des Throns aufgebaut hatte, erkannte er fünf der acht Heermeister, darunter den Pazhuhr Arandor-Gerebohr. Raiwen hatte erwartet, dass der oberste Befehlshaber des Heers in Gohlannbjahr bliebe, aber vielleicht war das auch geplant und er war nur heute dabei.

»Irondur-Raiwen, wir grüßen dich und deine Seele.« Kyriejah stand auf, alle folgten ihrem Beispiel. »Sei willkommen und tritt in unseren Kreis.« Sie wies auf den einzigen freien Stuhl. »Ich nehme an, Ihr habt Euch alle bereits getroffen, und will die Vorstellung daher kurz halten.« Nacheinander zählte sie die Namen auf, Raiwen behielt die Hand auf dem Herzen und nickte jedem einzeln zu. Die Heermeister hatte er alle schon gesehen, die beiden Heermeisterinnen unter ihnen sogar gesprochen. Insbesondere Pelehwa-Farinuhr war Valehna sehr verbunden gewesen, wie Raiwen sich erinnerte. Ein Lichtblick. In dem Moment nannte Kyriejah einen weiteren Namen, der ihm beinahe ein Gefühl der Zugehörigkeit vermittelte. Kämmerer Ramuhr schenkte ihm ein Lächeln, und plötzlich kam Raiwen seine Berufung gar nicht mehr so abwegig vor.

Nur einen der Anwesenden kannte er nicht: Mellenkorh-Evonurh – Spurenkundiger und Entdecker, wie Kyriejah ihn vorstellte. Er stach aus der Runde hervor, weil er einen guten Kopf kleiner war als alle anderen. Auch sein Gesicht, durchaus gut aussehend und markant, hatte nicht die gewohnt vollkommene Ebenmäßigkeit, die dem Waldelbenvolk eigen war.

»Ich denke, wir können uns setzen.« Die Thronwächterin nahm Platz, wieder folgten alle. »Ich möchte Freund Raiwen und Freund Ramuhr kurz erläutern, was wir im engsten Kreis bereits besprochen haben.«

Dann war er also nicht der Einzige, der erst zu diesem späteren Zeitpunkt geladen war. Er sah zum Kämmerer hinüber, der seinen Blick jedoch auf Kyriejah richtete.

»Es ging darum, zu entscheiden, mit wie vielen Kriegern wir aufbrechen werden, was mitzunehmen ist und was es für Gohlannbjahr zu beachten gilt, wenn große Teile des Heers fort sind und die Stadt weniger wehrhaft ist. Und es galt zu klären, wer in meiner Abwesenheit die Entscheidungsgewalt hat.«

Kyriejah sah erst zu Ramuhr und dann zu Raiwen, der folgsam nickte, um zu signalisieren, dass er verstanden hatte. Bei diesen Themen wäre er wahrlich keine Hilfe gewesen.

»Ich bin äußerst zufrieden, dass wir alles gut lösen konnten, und möchte Euch jetzt das Ergebnis mitteilen. Da wir nicht wissen, wie unser ...«, sie warf dem Pazhuhr einen kurzen Blick zu, »Gesprächsangebot vom Orden angenommen wird, ist es mir wichtig, dass Arandor-Gerebohr an unserer Seite ist.«

Der oberste Heermeister kam mit? Fürchtete Kyriejah, der Orden würde es doch auf einen Krieg ankommen lassen?

»Deshalb wird Pelehwa-Farinuhr an seiner Statt die Entscheidungsbefugnisse für Gohlannbjahr erhalten.«

Während Raiwen der Heermeisterin als Begleiterin etwas nachtrauerte, aber zu dem Schluss kam, dass es für die Fürstin und Valehna wahrscheinlich das Beste war, führte Kyriejah weitere Dinge aus, denen Beachtung geschenkt werden musste. Das meiste davon nahm Raiwen hin, ohne großartig darüber nachzudenken. Zum einen, weil er nicht alles verstand, und zum anderen, weil er nicht glaubte, dass es zum Tragen käme. Er war davon überzeugt, dass sich alles auf diplomatischem Wege lösen ließe.

Dennoch – oder gerade deshalb – meldete er sich zu Wort, als die Thronfolgerin mit der Frage schloss, ob es Dinge gebe, die einer weiteren Erklärung bedürften. Er war der Einzige, der seine Hand hochstreckte, und zog damit alle Blicke auf sich. Nach einem Räuspern konzentrierte er sich allein auf Anastina-Kyriejah, deren linke Braue sich ein wenig gehoben hatte. »Erst einmal möchte ich mich bedanken, dass Ihr mir Vertrauen schenkt und mich in diese Runde berufen habt.«

Die Thronfolgerin nickte, ihre Braue blieb, wo sie war.

»Ich freue mich auch und besonders darüber, dass Ihr das Gespräch mit dem Orden suchen wollt, um Schlimmeres zu vermeiden.«

Die rechte Braue gesellte sich zur Linken. Raiwen schluckte. Wenn er in dieser Runde zukünftig gehört werden wollte, sollte er nicht zu sehr zaudern. »Dennoch frage ich mich, warum wir mit vier Legionen vor die Tore Crems ziehen und nicht zunächst das Ergebnis der Gespräche abwarten.«

Der Pazhuhr gab ein unwilliges Knurren von sich, doch Kyriejah hieß ihn mit einem kurzen Seitenblick schweigen. »Das ist ein guter Punkt, Freund Raiwen. Es wird dich daher beruhigen, dass ich nicht gedenke, sofort mit dem gesamten Heer vor das Torhaus des Ordens zu ziehen.«

Aber hatte sie das nicht eben angedeutet? Jetzt verstand er gar nichts mehr.

»In Rücksprache mit meinen Heermeistern sind wir jedoch zu der Ansicht gelangt, dass wir im Bedarfsfall mit einem bewaffneten Heer in der Nähe mehr Überzeugungskraft haben. Überdies ist es wichtig, ihnen keine unnötige Zeit für Kriegsvorbereitungen zu geben, falls sie uns ihrerseits in den Kampf zwingen wollen.«

Raiwens Sorge meldete sich zurück, dass der Streit doch kein friedliches Ende finden könnte. »Aber wäre das vorstellbar? Gibt es nicht viel zu wenig Magister, als dass sie uns im Kampf überlegen sein könnten?«

»Das, lieber Freund, wissen wir nicht. Bis vor Kurzem war es nicht einmal vorstellbar, dass Magister durch den magischen Nebel von Erellgorh gelangen könnten. Und doch wurden wir eines Besseren belehrt. Es steht uns gut zu Gesicht, denke ich, wenn wir alle Vorsicht walten lassen, die uns möglich ist. Denkt Ihr nicht auch so?«

»Doch, natürlich.« Kyriejahs Ausführungen waren so nachvollziehbar, dass es ihm unangenehm war, nicht selbst daran gedacht zu haben. Selbstverständlich musste sie den sichersten Weg wählen und alle Möglichkeiten im Blick behalten, um gegebenenfalls schnell reagieren zu können. Raiwen nahm sich vor, in Zukunft die Beweggründe der Thronwächterin besser zu durchdenken, bevor er Fragen stellte.

»Eins noch, bevor wir uns trennen. In zwei Tagen möchte ich die Legionen marschbereit sehen. Und zwar zu Sonnenaufgang in der Schneise zwischen den Wäldern.« Anastina-Kyriejah erhob sich und alle anderen standen ebenfalls auf.

Wie immer der Zeitplan zustande gekommen war, sowohl Ramuhr als auch Pelehwa war anzusehen, dass sie darüber bislang nicht unterrichtet gewesen waren.

»Bis dahin also.« Kyriejah trat von der Tafel zurück und hob an, die traditionelle Grußformel zu sprechen.

Doch sie wurde rüde durch ein Pochen an den Türen unterbrochen. Fast im selben Moment schwang einer der Flügel auf und eine Kriegerin der Fürstengarde stürzte herein. »Ein Bote, erlauchte Thronwächterin. Vergebt mir das Eindringen. Ein Bote aus Innelles.«

Unmittelbar darauf stolperte ein schwarz gerüsteter Elb hinterdrein, der sich offensichtlich beeilt hatte. Sein rotes Haar hing wirr aus seinem langen Zopf, sein Atem ging stoßweise.

»Wehreng-Pronnjuhdor!« Kyriejah trat ihm mit schnellen Schritten entgegen, doch ihre Mimik wirkte seltsam unbeteiligt. »Was um der Seelen macht Ihr hier?«

Wehreng? Raiwen überlegte, wo er den Namen schon einmal gehört hatte.

»Mein Fürst ...« Der Recke rang immer noch nach Atem, aber seine tiefe Stimme war erstaunlich kräftig und volltönend. »Mein Fürst lässt Euch wissen, dass der Krieg begonnen hat.«

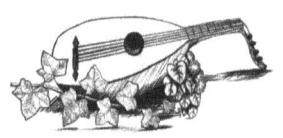

12
JAMON

Toll gemacht, Jamon, ganz toll. Der Einzige, der ihm jetzt sagen konnte, welchen Auftrag er von Spaltlippe hätte entgegennehmen sollen, war sein Onkel selbst. Dabei hatte Kelenkus ihn ausdrücklich erst für heute Abend einbestellt, weil er am Vormittag den Hochmagister aufsuchen wollte, bevor er darüber entschied, wie weiter vorzugehen war. Das greise Oberhaupt hatte zwar immer weniger lichte Momente, aber irgendwo in seinem Kopf steckte ein wahrer Schatz an Wissen und Erfahrung, wie Kelenkus beteuerte. Man brauchte nur ausreichend Geduld, um ihn zu heben.

Doch unabhängig von diesem Gespräch stand eines in jedem Fall fest: Sein Onkel musste eine Versammlung einberufen, bei der neben den Sprechern des Ordens auch Mitglieder der Bürgerschaft und des Zwergenviertels zugegen wären, denn ein drohender Krieg ging alle an. Normalerweise traf sich in dringlichen Fällen zuerst nur der Cremer Zirkel: drei Ordensmitglieder, zwei Bürgervertreter und ein Zwergensprecher. Und schon bei diesen sechs Teilnehmern war es schwierig genug, die Meinungen übereinanderzubringen, wie Jamon sich vorstellen konnte. Entscheidungshoheit und Befehlsgewalt oblagen allerdings nicht dem Zirkel, sondern dem Hohen Rat von Crem. Doppelt so viele Mitglieder und doppelt so viele Stimmen, die alles hinterfragen und zerreden konnten, ohne etwas zu entscheiden. Eine Aussicht, die Kelenkus in der vergangenen Nacht mit einem deutlichen Naserümpfen kommentiert hatte. Wie gut, dass Jamon an solchen Zusammenkünften nicht teilnehmen musste.

Er eilte die Treppe hinunter, immer zwei Stufen auf einmal. Mit jedem Stockwerk wurde es ein wenig leiser. Bald wären alle Schüler oben in ihren Lehrräumen verschwunden und die Lehrmeister würden ihnen folgen. Vielleicht musste sein Onkel heute früh sogar selbst unterrichten, schoss es Jamon durch den Kopf. Wo könnte er ihn dann finden?

Als er an der Galerie zu den Ratssälen vorbeikam, überlegte er kurz, ob er hier nach ihm suchen sollte, lief jedoch ein Stockwerk weiter hinunter bis zu Kelenkus' privaten Gemächern. Dort angekommen, hielt er kurz inne und legte sich ein paar entschuldigende Worte zurecht. Zu viele schlechte Nachrichten, zu wenig Schlaf und noch kein Frühstück. Das würde er zwar nicht als Ausrede gelten lassen, aber es konnte ihn womöglich besänftigen.

Als Jamon die Hand hob, um zu klopfen, öffnete sich die Tür überraschenderweise von allein. Doch es war nicht sein Onkel, der ihm entgegentrat.

»Oh.« Mehr brachte Jamon nicht heraus, als er das hagere Gesicht mit dem messerschmalen Nasenrücken erblickte.

»Magister Briebens.« Die Stimme des Magurs klang belegt.

»Fenkorh Gluhnbar, wie ...« Beinahe hätte er ihn gefragt, wie es ihm ging. Doch dann fiel sein Blick auf den gesiegelten Brief, den der angehende Magister in der Hand hielt. Hilflos überlegte Jamon, wie er den begonnenen Satz beenden sollte, aber Fenkorh nahm ihm das Problem ab, indem er sich wortlos an ihm vorbeidrängte und verschwand.

»Mach dir nichts draus.« Plötzlich stand Kelenkus neben ihm. »Den Tod eines Elternteils zu verkraften ist nicht leicht. Aber wem sage ich das.« Sein Onkel klopfte ihm auf die Schulter und bat ihn mit einer Geste herein.

Jamon erinnerte sich genau, wie es gewesen war, erst den Vater und kurz darauf die Mutter zu verlieren. Ohne Sabrinja und Quendus läge er vielleicht immer noch hoffnungslos und trauernd auf dem Dachboden des Turmhauses. Dort, wo sich die hölzernen Schindeln verschieben ließen und er den Sternen näher war. Dabei war das vollkommen unsinnig, jeder wusste, dass die Seelen mit den Wassern in den Schoß der Erde wanderten. Aber die Lichter der Nacht hatten ihn in jenen Tagen förmlich angezogen, auch wenn der erhoffte Trost ausgeblieben war. Manchmal hatte er sich eingebildet, Schemen seiner Eltern zu sehen. Silbrigen Dunst, der zwischen den Schindeln hindurchlugte und mit ihm zu reden schien. Doch es war nur der säuselnde Gesang des Windes gewesen.

Ob Fenkorh auch so einen einsamen Ort aufsuchen würde, um sich seiner Trauer hinzugeben? »Hat der junge Magur Freunde, zu denen er gehen kann?«

»Ich denke nicht. Wie die Lehrmeister mir berichtet haben, ist er ein Einzelgänger, dem es schwerfällt, sich anzupassen. Selbst wenn er auf Prälone trifft, die annähernd seinen Wissensstand haben, doziert er sie in Grund und Boden.«

»Damit macht er es seinen Mitschülern nicht gerade einfach, ihn zu mögen.«

»Eher nicht.« Kelenkus stand jetzt neben dem uralten Sekretär, der Jamon schon als Kind fasziniert hatte. Einige der Intarsien funktionierten wie eine Art Schlüssel und setzten Öffnungsmechanismen in Gang, wenn man sie in der richtigen Reihenfolge drückte. Sogar eine Glockenwalze war darin verborgen, mit deren Hilfe man Musik hören konnte. Doch seit Jamon vom Anwärter zum Prälon erhoben worden war, hatte er keine Vorführung mehr miterleben dürfen. »Vielleicht wird es besser, wenn er seine Prüfungen abgelegt hat und im Kreis der Magister aufgenommen wird.« Sein Onkel schob ihm einen blau gepolsterten Stuhl hin und sie setzten sich.

»Weiß er, dass du ihn zur Prüfung zulassen wirst?«

»Und dass er einen Sitz im Rat haben wird, sobald er die Prüfungen bestanden hat.«

Jamon stutzte. »Hat er den nicht mit sofortiger Wirkung erhalten? Die Entscheidung aus Myxa war doch eindeutig und besiegelt, wenn ich das richtig verstanden habe.«

»Das stimmt. Aber die Regularien zu erstmaligen Ereignissen obliegen dem Hochmagister oder dem Schulleiter.«

»Erstmalige Ereignisse?« Von so einer Formulierung hatte Jamon noch nie gehört, doch das Lächeln im Gesicht seines Onkels vertrieb jeden Zweifel.

»Ein Dekret von Hochmagisterin Seldena Schürgau aus dem zweiten Jahr der ersten Dekade.« Kelenkus klopfte auf ein in Leder gebundenes Buch. »Die Magisterschaft bereits vor dem zweiundzwanzigsten Lebensjahr zu erreichen, ist ein erstmaliges Ereignis.«

Onkel Kelenkus war ein Fuchs, so viel stand fest.

»Aber weshalb bist du eigentlich zu mir gekommen? Hast du noch Fragen zu meiner Bitte, die Wrigoran Feldhenn dir übermitteln sollte? Ich denke, du kennst dich im Zwergenviertel ganz gut aus, nicht wahr?«

Das also war sein Auftrag? Er sollte ins Zwergenviertel gehen. Und warum? »Feldhenn hat mir kein Schreiben gegeben, das ich überreichen könnte.« Vielleicht müsste er den Zwist mit Spaltlippe doch nicht beichten.

»Ich hatte ihm auch keines gegeben.« Kelenkus beugte sich vor. »Meinst du, ihr oberster Waffenmeister willigt in kein kurzfristiges Treffen ein? Ich war der Meinung, du hättest ihn schon einige Male getroffen.«

Meistens trifft er eher mich. Aber Jamon hatte seinem Onkel nur vom Lautenspiel im Zwergenviertel erzählt, nicht vom Kampfunterricht. »Doch, doch. Ich hatte nur überlegt, dass ein gesiegelter Brief von dir mehr Wirkung hätte.« Nicht, dass Prandur sich von irgendjemandem beeindrucken ließe, außer vielleicht von seinem Stammesvater höchstpersönlich.

»Humbug. Ich vertraue deinen Redekünsten. Wenn diese anderen Zwerge von dem drohenden Krieg erfahren haben, wird auch er etwas darüber wissen und meiner Bitte um eine private Unterredung nachkommen. Es ist in unser aller Interesse, dass wir vorbereitet sind.«

»Natürlich.« Jamon hatte zwar keine Idee, wie man eine Stadt voller Händler, Handwerker und Künstler auf einen Krieg vorbereiten konnte, aber die kampferprobten Zwerge waren womöglich ihre einzige Hoffnung. »Ich mache mich besser gleich auf den Weg.«

»Gute Idee.« Sein Onkel klatschte aufmunternd in die Hände. »Solange wir etwas tun, ist noch nicht aller Tage Abend. Und wenn du schon unterwegs bist, bring mir doch bitte einige

Flaschen Würzwein aus Frink Bergels Gasthaus und ein kleines Fass Goldwasser aus dem Zwergenviertel mit.« Er kramte ein paar Sillinge aus der Tasche hervor. »Unsere Lage ist ernst, aber wir wollen nicht vergessen, zu leben, nicht wahr?«

Jamon nahm die Münzen mit einem Nicken entgegen. »Gern.« Seit Kelenkus regelmäßig das schmackhafte Goldwasser trank, ließ er sich immer seltener Wasser aus den hiesigen Brunnen kommen. Dabei lag einer nur wenige Schritte vom Torhaus entfernt.

»Eins noch!«

Jamon war schon fast aus der Tür. »Ja?«

»Wenn sich die Gelegenheit ergeben sollte ...« Kelenkus sah aus dem Fenster und nickte versonnen. »Also, wenn es sich irgendwie ergeben sollte, sei Fenkorh ein Freund. Er könnte einen gebrauchen.«

»Ja, Onkel.« *Das können wir wohl alle.* Demnächst womöglich noch mehr als sonst.

Auf dem Weg hinaus, über den Vorplatz des Torhauses, durch die Straßen zum Zwergenviertel, dachte er über die Bitte seines Onkels nach. Der Gedanke, sich mit dem jungen Magur anzufreunden, nur weil niemand anderes da war, widerstrebte ihm. Zu präsent war ihm ihr erstes Zusammentreffen und Fenkorhs überhebliches Gehabe.

Jamon seufzte bei dem Gedanken, sich bei gemeinsamen Unternehmungen von ihm dozieren zu lassen. Trotzdem, wenn Kelenkus so viel daran lag, würde er versuchen, ihm ein Freund zu sein. Der junge Mann musste gerade den Tod seines Vaters verkraften und konnte sicher einen brauchen. *Einfach nicht daran denken und abwarten, ob es überhaupt soweit kommt.*

Er richtete den Blick auf die farbenfrohen Schilder und Wandschriften der Häuser. Im Ordensviertel waren sie besonders zahlreich, weil hier neben Gasthäusern auch Künstlerstuben, Kräuterläden und Schneidereien standen. Sie alle hatten kunstvoll gestaltete Schilder, passend zu den Schriften auf ihren Fassaden. Gerade passierte er einen goldenen Krug, der unter einem Kellerbild hing, darauf zwei Weinfässer: die

Gaststube von Frink Bergel. Aber den Würzwein würde Jamon erst auf dem Rückweg kaufen.

Schon war er mit den Gedanken wieder bei Kelenkus und Fenkorh. Eigentlich ungewöhnlich. Bis gestern wollte sein Onkel den jungen Magur noch nicht einmal vorzeitig zum Magister erheben, und jetzt sollte Jamon sich sogar mit ihm anfreunden. Oder ging es in Wirklichkeit darum, den Aufpasser zu spielen? Darauf achtzugeben, dass Fenkorh seine neue Stellung als Ratsmagister nicht missbrauchte? Immerhin war er eigentlich zu jung für so viel Einfluss.

Quatsch! Er zog die dunkelblaue Winterrobe enger, knöpfte den obersten Silberknopf des Kragens zu und sah den eigenen Atemwölkchen hinterher. Obgleich die Sonne bereits aufgegangen war, hing die Kälte der Nacht wie Blei in den Straßen. Es wurde Zeit, dass der Winter vorüberzog und der Frühsommer Einzug hielt.

Als Jamon den Mauerbogen zum Handwerkerviertel passierte, belebten sich die Straßen und Gassen. Fensterläden wurden aufgestoßen, Treppenstufen gefegt und Waren auf Karren verladen. Aus einer der Nebengassen hörte man Schmiedehämmer. Crem erwachte, immer mehr Menschen gingen ihrer Arbeit nach, steuerten die Märkte an oder machten einfach nur Besuche. Alles wirkte so friedlich, niemand ahnte, was kommen würde. Beim Betreten des Händlerviertels erinnerte Jamon sich an das neue Geschäft, vor dem das ältere Paar stehen geblieben war. Wo war es noch gleich? Kurz vor dem Torbogen zum Zwergenviertel. Bei Tageslicht, mit den Menschen auf den Straßen, sah es hier ganz anders aus. Doch dann entdeckte Jamon das Schild über der Tür. Außergewöhnlich detailreich gestaltet, wirkte es fast wie ein Gemälde. Zu sehen war eine Hafenszene, Schiffe am Kai und ein prächtiges Handelshaus in der Mitte. Darunter stand in goldenen Lettern: K. Peggelbohn.

Beeindruckt und voller Neugier ging Jamon zum Fenster. Vielleicht gab es in der Auslage heute schon etwas zu sehen. Tatsächlich hatte der Händler über Nacht ganze Arbeit geleistet. Schmale Regale standen zu beiden Seiten und boten wunderbar verzierten Gläsern und dünnwandigen Tonbechern eine gelungene Bühne. Weiter vorn in der Auslage waren verschiedene Bestecke ausgestellt, jedes mit unterschiedlicher Prägung. Oder nein – jetzt erst sah Jamon das kleine Schild daneben: »Gravuren nach Euren Wünschen!« Unverkennbar: Dieses Geschäft wollte sich abheben und bot nur die edelsten Gegenstände und Materialien an.

Jamons Blick blieb an einer kunstvoll geschnitzten Buchauflage hängen, die mitten im Fenster thronte und ein wundervolles Buch trug. Es war nicht aufgeschlagen, doch der lederne Einband war so aufwendig geprägt, dass es einem wahren Schatz gleichkam. Grazile Pflanzen mit meisterhaft gestalteten Blüten rankten vom unteren Rand herauf und umrahmten allerlei Getier, das so plastisch aussah, als wäre es lebendig und nur von einem Hauch Leder bedeckt. Gebannt starrte er auf die goldene Prägung: *Wunder der Natur.* Darunter in kleineren Lettern: *Aufzeichnungen des Farim Peggelbohn.* Jamon suchte nach einem Kaufpreis und entdeckte eine hölzerne Tafel mit der Aufschrift »Ausstellungsstück«.

Bisher hatte es für ihn außer seiner Laute keine Dinge gegeben, an die er sein Herz hängte. Es waren andere Werte, die das Leben für ihn interessant und reich machten, Begegnungen, Erinnerungen und Wissen. Auch Fertigkeiten und Talente, oder einfach nur das Zusammensein mit geschätzten Menschen. Dieses Buch jedoch, das rief ihm förmlich zu, dass er es kaufen sollte. Am rechten Rand des Einbands entdeckte er ein in den Blüten verborgenes Geschöpf mit einer dreifingrigen Hand, das ihn noch neugieriger machte.

In den kommenden Tagen musste er unbedingt zurückkommen. Spätestens wenn es zum Krieg kam, durfte dieses Buch nicht hierbleiben und musste an einen sicheren Ort gebracht werden. Ein letzter Blick auf die Prägungen, dann trieb ihn der Gedanke an den drohenden Angriff der Elben weiter. Bald schon könnte das vertraute Leben in Crem ein Ende finden, würden Bürger bewaffnet und die Stadtmauern bemannt. Was wäre dann mit den Torbögen zwischen den einzelnen Vierteln?

Abrupt blieb er stehen, als er die Antwort vor sich sah: Im Zugang zum Zwergenviertel standen zu beiden Seiten gerüstete Wachen. »Halt!« Die Piken der Zwergenkrieger kippten nach innen und versperrten ihm den Weg.

Jamons Herz setzte für einen Schlag aus, dann fasste er sich. »Was ist denn passiert? Bislang durfte jeder Bürger aus Crem euer Viertel besuchen.«

»Neue Befehle«, antwortete der Linke.

»Betrachtet es als eine Art Übung für uns«, meinte der Rechte. »Wir sollen jeden persönlich begrüßen und nach seinem Begehr fragen.«

»Und?«, meldete sich erneut der andere zu Wort. »Wie ist Euer Name und was ist Euer Anliegen?«

»Jamon Briebens, Magister des Ordens. Ich habe eine Nachricht für Prandur Klingentanz.« Er lächelte die beiden freundlich an und fügte noch rasch ein »Persönlich« hinzu, damit sie keinen Brief sehen wollten und ihn womöglich abwiesen, weil er nichts dergleichen vorweisen konnte.

Doch zu seiner Überraschung hoben die Wachen ihre Piken. »Geht in östliche Richtung am Wasserspiel der Zunft vorbei, danach schräg links und immer weiter geradeaus bis zur Wehrmauer. Irgendwo dort müsste er sein.«

Jamon bedankte sich und ging. Schneller als eben noch eilte er weiter, kam kurz darauf am Brunnen vorbei und merkte, wie ihm trotz der Kälte der Schweiß von den Schläfen lief. Als er in die beschriebene Gasse einbog und ihr folgte, öffnete er den oberen Knopf seiner Robe. Nur wenige Augenblicke später, der Weg stieg steil an, machte er sie ganz auf.

In diesem höher gelegenen Teil des Zwergenviertels war er nie gewesen. Gerade überlegte er, wie weit der Weg noch hinaufgehen mochte, als die Mauer mit ihren gewaltigen Steinquadern in Sicht kam. Sie überragte alle anderen Bauten. Eine Treppe führte hinauf zum Wehrgang, ohne zu Zögern begann Jamon hinaufzusteigen.

»Halt! Wer seid Ihr und was wollt Ihr hier?«

Er blieb stehen und drehte sich seufzend um. Sich ständig erklären zu müssen, war wirklich gewöhnungsbedürftig.

Er musterte den Zwerg, der von unten heraufgerufen hatte. Ein ungewöhnlich kurz gestutzter Bart zierte sein sonnengegerbtes Gesicht und schaffte schwarze Konturen, wo sonst nur Rundungen wären.

»Jamon Briebens, Magister des Ordens. Ich bin ein Freund von Prandur Klingentanz.«

»Vor allem seid Ihr ein Blaurock und kein Zwerg. Kommt da sofort wieder runter, sonst komme ich Euch holen.« Der Schwarzbärtige schaute ihn grimmig an und setzte einen Fuß auf die erste Stufe.

Erst jetzt sah Jamon den Morgenstern in der Hand der Wache. Unwillkürlich überlegte er, womit er sich verteidigen könnte. Er trug nur einen Münzbeutel am Gürtel, nicht einmal seine Laute hatte er dabei. »Ich habe eine Nachricht für Euren Waffenmeister. Mir wurde gesagt, dass ich ihn hier finde.«

»Was für eine Nachricht soll das sein?« Das Schwarzgesicht stieg eine Stufe höher.

Wie viel Zeit würde es Jamon verschaffen, einen grimmigen Zwergenkrieger mit Münzen zu bewerfen? Sein Blut flutete schneller durch die Adern. »Eine persönliche.«

»Das kann jeder sagen.« Der Zwerg machte noch einen Schritt, und auch Jamon stieg rückwärts weiter hinauf. Wenn er doch wenigstens über ein wenig Magie verfügte ...

»Was ist hier los?« Diesmal kam die Stimme von oben, Jamon wirbelte herum. »Du kannst ihn herauflassen, Haaron. Ich kenne ihn.« Prandur schaute vom Wehrgang herunter und stemmte die Arme in die Seite. »Ihr Magister seid immer für eine Überraschung gut.«

»Auf solche Überraschungen kann ich verzichten«, kam es von unten. »Du könntest Bescheid sagen, wenn du einen Magister erwartest.«

»Und du könntest besser aufpassen, wenn du keinen Fremden rauflassen sollst«, rief Prandur zurück. »Oder kämpfst du gerne gegen jemanden, der eine größere Reichweite hat und über dir steht?«

»Als ob ein Blaurock ein Gegner wäre«, schnaubte Haaron, spuckte aus und ging.

»Das kann man nie wissen.« Kopfschüttelnd sah Prandur ihm nach und wandte sich dann seinem unangekündigten Gast zu. »Heute ohne Laute?« Er lächelte versöhnlich.

Jamon stieg die letzten Stufen zu ihm hinauf. »Ich komme in meiner Funktion als Stadtdiplomat und brauche den Platz auf Schulter und Rücken für die Sorgen, die ich mitschleppe.«

Sein Freund nickte bedächtig. »Dann nehme ich an, dass du von den Plänen der Waldelben gehört hast.«

»Nichts Genaues. Aber was wir wissen, macht uns Sorgen.«

»Das sollte es. Denn uns steht wahrhaftig ein Krieg bevor.«

Diesen Satz aus Prandurs Mund zu hören, verlieh ihm so viel Macht, dass Jamon schauderte. Er zog die Robe enger um sich. »Deshalb komme ich mit einer Bitte meines Onkels. Er möchte mit dir darüber sprechen, welche Möglichkeiten es gibt, den Krieg abzuwenden.«

»Abwenden?« Sein Freund sah ihn eine Weile schweigend an. Dann wendete er sich ab, hob den Arm und beschrieb einen weiten Bogen. »Schau dich um. Hast du die Stadt jemals von hier oben gesehen?«

Widerwillig folgte Jamon Prandurs Blick. An jedem anderen Tag hätte er sich über eine Stadtführung gefreut. Jetzt aber war ihm einfach nur kalt, er wollte eine schnelle Antwort für Onkel Kelenkus abholen. Sie mussten etwas tun, die Zeit nutzen. Doch als er die Augen hob und den Ausblick wirklich wahrnahm, vergaß er seine Eile. Von hier aus konnte man die ganze Stadt überblicken. Er sah den hohen Schlot der neuen Schmiede, entdeckte die Kuppelbauten der Tempel und sogar die mächtigen Ordenstürme des großen Torhauses, die im diesigen Frühnebel geheimnisvoll und erhaben wirkten. »Die Aussicht ist überwältigend.«

»Nur keine feuchten Augen kriegen. Ich möchte deine Aufmerksamkeit auf etwas Bestimmtes lenken.« Prandur zeigte mit ausgestrecktem Zeigefinger auf verschiedene Orte der Stadt. »Siehst du die Abgrenzungen der einzelnen Viertel?«

Jamon suchte nach den Torbögen über den Straßen und nickte.

»Ich meine nicht die gemauerten Bögen, ich meine die Mauern dazwischen.«

Bei genauerem Hinsehen entdeckte Jamon vereinzelt Mauerstücke, die sich von den Toren weiterzogen, dann aber endeten. Nur das Zwergenviertel war lückenlos von einer Wehrmauer umschlossen. »Sieht so aus, als gäbe es außerhalb eures Viertels keine wirklichen Abgrenzungen zwischen den Bezirken der Stadt. Zumindest kann ich keine entdecken.«

»So ist es. Innerhalb *eurer* Stadt gibt es keinerlei Befestigung. *Darüber* müssen wir sprechen.« Prandur sah ihn ernst an. »Dir, oder vielmehr deinem Orden muss eins klar sein: Es geht nicht darum, *ob* die Elben angreifen, sondern wann. Wie viel Zeit bleibt uns zur Vorbereitung und was können wir bis dahin noch tun? Das ist die Frage.«

»Aber wir haben doch unsere Stadtmauer.« Jamon versuchte, dem Mauerverlauf vom Torhaus zu folgen. »Soweit ich es von hier aus sehen kann, ist sie intakt.«

»Zumindest ist sie hübsch anzusehen.«

»Hübsch anzusehen? Bislang hat die hohe Mauer jeden vor den Toren gehalten, der nicht hereingelassen werden sollte. Oder etwa nicht?«

»Lass uns ein Stück gehen und schau es dir selbst an.«

Jamon trat an den Rand der Mauer und lugte vorsichtig hinunter. Die Brüstung war sehr niedrig, dahinter ging es fast senkrecht in die Tiefe. Er schaute genauer hin. Die Stadtmauer selbst war nicht höher als zehn bis fünfzehn Fuß, schätzte er. Doch an dieser Stelle fußte sie direkt auf einer natürlichen Felswand, die bestimmt weitere zwanzig oder dreißig Fuß steil abfiel. Das Felsgestein war schroff und nicht so glatt behauen wie die Steinquader der Mauer, dennoch müsste man ein sehr guter Kletterer sein, wenn man es bis oben schaffen wollte.

»Warum ist die Brüstung so niedrig?« Prandur war bereits weitergegangen und Jamon beeilte sich, ihm zu folgen.

»Damit man besser schubsen kann.« Der Waffenmeister lachte sein Hyänenlachen und wies auf einen Haufen kleiner Steine, die alle paar Schritte fein säuberlich gestapelt waren. »Ein wenig höher wird sie noch, wenn es nötig ist.«

»Dann wollt ihr hier noch mauern?« Er persönlich würde sich so im Falle eines Angriffs sicherer fühlen, das stand fest.

»Wo denkst du hin? Die werden nur lose draufgelegt.«

»Du willst mich veralbern.«

Der Waffenmeister schüttelte den Kopf, dass seine Zöpfe locker hin- und herflogen. »Keine Ahnung von nichts, diese Magister. Denk doch mal nach!« Ohne innezuhalten, folgte Prandur dem Gefälle des Wehrgangs Richtung Händlerviertel.

Nachdenklich taperte Jamon hinterher. Warum die ganzen Steine? Als lose Brüstung würden sie viel zu schnell hinunterstürzen. »Ihr nutzt sie als Waffen, stimmt's? Wenn Angreifer hinauf wollen, werft ihr sie ihnen entgegen.«

Prandur gab ein Glucksen von sich. »Gar nicht mal so schlecht, deine Idee. Aber dafür haben wir Armbrustbolzen.« Er blieb stehen und wandte sich zu ihm um. »Die Steine arbeiten für sich selbst, wenn es ein Gegner bis hierher schafft. Aber auch bei dem Versuch, ein Seil heraufzuwerfen. An losen Steinen finden Ankerhaken nämlich keinen Halt.«

Jamon schirmte die Augen gegen die Sonne, um Prandur sehen zu können. »Was für eine hinterhältig gute Idee. Eine steinerne Brüstung, die keinen Halt bietet.« Kopfschüttelnd schaute er in den Abgrund und hoffte, er müsste niemals im Leben eine Festung erobern.

Als er auf die innere Wehrmauer des Zwergenviertels blickte, staunte er. Hier gab es keine Steinhaufen, die Brüstung war höher und offenbar massiv, denn viele spitze Eisen waren in ihr vermauert, die sich allesamt nach außen richteten. »Wie du siehst, verfolgen wir hier eine andere Strategie«, hörte Jamon seinen Freund sagen und nickte. Wer immer versuchte, hier hinüberzuklettern, musste sich vorsehen, das stand fest.

»Im Prinzip sind wir guter Dinge. Ein paar Ausbesserungen, weil einige Abschnitte in die Jahre gekommen sind, und mehr Steine für die niedrige Brüstung der Außenmauer, dann wären wir bereit.« Prandur blieb an einem Absatz der Stadtmauer stehen, von dem aus der Wehrgang tiefer weiterlief und ein gänzlich anderes Erscheinungsbild bot. Er verschränkte die Arme, seine Stimme bekam einen düsteren Klang. »Es ist der Rest der Befestigung, der mir Sorgen macht.«

13
BRYNNBETT

Die Worte der Runenmeisterin hingen in der Luft wie feuchter Nebel, der die Haut klamm macht und Kälte in den Körper treibt. Brynnbett brauchte einen Moment, um zu erfassen, welche Tragweite das hatte. Die fünf Elemente waren die Kräfte, die Himmel und Erde zusammenhielten, den Lauf von Sonne, Mond und Sternen beeinflussten und die ganze Welt umspannten. Sie konnten Heilung bieten und Tod bedeuten. Größenwahn war das erste Wort, das Brynnbett zum Ansinnen des Stammesvaters einfiel, als sie an die Scheltar dachte, die fünf mächtigsten Elbenmagier der Welt. Jede und jeder von ihnen repräsentierte eines der Elemente und gebot über eine unbeschreibliche Macht.

»Ich kann dir ansehen, was du denkst«, unterbrach Gillron ihre kreisenden Gedanken. »Runenmagie ist ebenfalls mächtig.«

»Ihr glaubt wirklich, dass ihr das schaffen könnt? Dass es eine Runenformel gibt, die der Macht der Elemente auch nur gleichkommt?« Brynnbett schüttelte noch immer den Kopf. Was wusste sie schon über Magie? Eigentlich nur, was sie in Crem gehört hatte, wenn die Magister sich im Gasthaus ihrer Eltern mit ihren Geschichten brüsteten.

»Es wurde noch nie versucht, ich weiß.« Gillron lächelte verschmitzt. »Aber das heißt nicht, dass es nicht möglich ist, oder?« Hilfesuchend sah er zu seiner Meisterin, die sich nickend vorbeugte, das Büchlein nahm und umblätterte, ehe sie es Brynnbett erneut vorlegte.

»Unsere Runen sind natürlich nicht auf die Macht der Elemente ausgerichtet, aber dafür auch nicht so begrenzt.«

Brynnbett schaute auf ein neues Bild, das dem auf der vorigen Seite ähnelte, doch diesmal nahmen Runen den Platz der Elementsymbole ein.

»Fehu steht hier für Feuer, Laguz für Wasser, Jera für Holz, Algiz für Luft und Uruz für Erde. Nach allem, was wir in den vergangenen Monden ausprobiert haben, entsprechen diese Runen am ehesten den fünf Elementen.«

»Und die in der Mitte?«, fragte Brynnbett verwirrt. Auf der ersten Skizze war kein weiteres Element zu sehen gewesen.

»Raido.« Fast liebevoll strich Irmhold Kettelgurt über die leuchtend rote Rune. »Sie steht für die Festigung der Mitte und ist Sinnbild für die Magie der Seelen.« Sie schaute zu Gillron. »Es war seine Idee, nach einer Runenkraft zu suchen, die alles miteinander verbindet.«

»Aber Ihr wart es, die Raido dafür auserwählt hat.«

»Weil sie Sinnbild für die Kraft der Kennluren ist.«

Brynnbett rieb sich die Schläfen. »Ich fürchte, das ist mir alles zu hoch. Womöglich sollte ich das auch alles besser nicht sehen, wenn ich bald für Hammerschneid arbeiten muss.«

»Keine Sorge. Du wirst sicher nichts ausplaudern.« Gilli tippte auf ihr Handgelenk. Für einen Moment glaubte Brynnbett fast, die unsichtbaren Runen der Meisterin spüren zu können. Was würden sie bewirken, wenn sie es doch tat?

»Du solltest es von der anderen Seite betrachten«, fuhr Gilli fort. »Während du für ihn arbeitest, wäre es nämlich sehr hilfreich, wenn du erkennst, was du siehst.« Er stand auf, sofort verschob sich seine Haltung und bekam das schiefe Äußere, das ihm jeden aufrechten Schritt erschwerte. »Ich gebe dir gern ein wenig Unterricht.«

»Nein, nein, nein. Es darf gar nicht dazu kommen«, polterte die Kettelgurt dazwischen. »Ich möchte mir nicht ausmalen, was Hammerschneid mit ihr anstellt, wenn er sie als Verräterin entlarvt.«

»Wie sollte er? Sie wird einfach ihre Arbeit machen und sich in ihrer Freizeit mit Freunden treffen.«

»Zum Beispiel einem unverwechselbaren Zwerg, der zufällig Geselle seiner Rivalin ist? Das wird nicht funktionieren. Er könnte schon jetzt Verdacht schöpfen, wenn jemand euch im Palast gesehen hat.«

»Oh.« Gillron schlug sich mit der Hand auf den Mund. Brynnbett spürte, wie ihr Puls einen Schlag aussetzte.

»Gillron Wunderling.« Die rauchige Stimme der Runenmeisterin vibrierte bedrohlich. »Hast du den Grips in deiner Höhle zurückgelassen?«

»Höhle? We...welche Höhle?« Gilli wurde blass.

»Die, aus der du immer undefinierbare Duftwolken mitbringst. Ich weiß längst, wo du dich herumtreibst.« Irmhold Kettelgurt schnippte mit den Fingern.

Einen Moment später hörte Brynnbett Flügelschlag. Sie blickte sich um und konnte gerade noch den Kopf einziehen, als etwas Helles über sie hinwegflog und auf der Schulter der Runenmeisterin landete.

»Echt jetzt? Ihr habt Glanzbart auf mich angesetzt?«, fragte Gillron überrascht.

Brynnbett rieb sich die Augen. Ein Geschöpf wie das, was sich an den Kopf der Kettelgurt schmiegte, hatte sie nie zuvor gesehen. Die spitze Schnauze und der wachsame Blick erinnerten an einen Fuchs. Doch der ganze Körper war gefiedert und so strahlend weiß, dass man den Eindruck hatte, er würde aus sich heraus leuchten. Die Flügel eng angelegt, war das Geschöpf kaum größer als eine Silbereule. Zumindest, wenn man den langen Schweif außer Acht ließ, der sich wie ein üppiger Vorhang seidigen Haars über die Schulter der Kettelgurt ergoss. Gekonnt klammerte das Tier sich mit seinen samtigen Pfoten ins Kleid der Meisterin, legte den Kopf schief und schaute Brynnbett prüfend an.

Die Runenmeisterin kraulte das Tier unterhalb des Schnäuzchens. Erst jetzt sah Brynnbett den kurzen, silbrigen Bart unter dem Fang. »Glanzbart«, wiederholte sie, ja, das passte.

»So heißt unser kleiner Freund, nicht wahr?« Die Kettelgurt drehte dem Geschöpf ihr Gesicht zu. »Und du bist unserem Gilli nur aus Zuneigung gefolgt, ist es nicht so?«

Glanzbart nickte, als könnte er jedes Wort verstehen.

»Aber sprechen kann er nicht, oder?«

»Auf seine ihm eigene Art schon«, antwortete Gillis Meisterin, nahm das Tier vorsichtig von der Schulter und setzte es auf den Tisch, wo es sofort interessiert an den Pergamenten zu schnüffelte. »Man muss nur die richtigen Fragen stellen. Glanzbart kann gezielt nicken oder den Kopf schütteln.«

»Und seine besten Freunde verraten.« Gillron verschränkte Arm und Stumpf vor der Brust. »Schämst du dich jedenfalls?« Er warf dem Tier einen ernsten Blick zu, dass es den Kopf unter einen Flügel duckte. »Das will ich auch gehofft haben.«

»Glanzbart«, wiederholte Brynnbett erneut, als könnte sie so dafür sorgen, dass sich das Bild nicht jeden Moment wie ein Traum verflüchtigte.

»Bei den Kennluren.« Gilli hieb sich vor die Stirn. »Du hast noch nie im Leben einen Nachtflugfuchs gesehen, stimmt's? Dann genieße den Augenblick. Sie sind extrem selten.«

»Dafür können sie aber uralt werden«, ergänzte die Kettelgurt. »Vielleicht ist Glanzbart deshalb so klug.«

Fasziniert von dem weißseidigen Fell, beugte Brynnbett sich vor. »Darf man ihn streicheln?«

»Das musst du ihn schon selbst fragen.« Gillron humpelte neben seine Meisterin, die für einen Moment zögerte.

»Wir haben darauf keinen Einfluss«, raunte sie. »Aber wenn du dich traust und er dich lässt ...«

Brynnbett schluckte. Aus irgendeinem Grund war ihr plötzlich mulmig zumute. »Darf ich, lieber Glanzbart?«

Als der Nachtflugfuchs nickte, tastete sie vorsichtig nach seinem Köpfchen. Sofort schmiegte er sich in ihre Hand, und Brynnbett wurde warm ums Herz.

Irmhold Kettelgurt und Gilli atmeten hörbar auf. »Damit bist du auch von ihm als Vertraute aufgenommen.« Die rauchige Stimme der Runenmeisterin klang erleichtert.

»Weil er sich von mir streicheln lässt?« Brynnbett sah sie fragend an.

»Weil deine Hand noch in einem Stück ist.« Irmhold Kettelgurt wandte sich an Glanzbart. »Was machst du nämlich, wenn du jemandem nicht vertraust?«

Der Nachtflugfuchs fauchte, riss das Maul grotesk weit auf und schnappte mit blitzenden Zähnen durch die Luft.

Brynnbett schrak keuchend zurück. »Höhlenmist und Grottendung, wieso wart ihr sicher, dass er mich nicht beißt?«

»Waren wir nicht.« Gillron beugte sich vor und streichelte Glanzbart über die Flügel. »Aber es gab eine gewisse Wahrscheinlichkeit. Unser Freund hat nämlich ein äußerst gutes Gespür dafür, ob man jemandem trauen kann oder nicht.«

»Da bin ich aber beruhigt.« Brynnbett sackte gegen die Lehne ihres Stuhls und wartete darauf, dass ihr Puls sich wieder beruhigte.

»Nun gut, das wäre geklärt.« Die Runenmeisterin klang zufrieden. »Bleibt die Frage, ob Brynnbett im Palast von jemandem gesehen wurde, der für den Düsterling arbeitet.«

»Und die Frage, was er mit seiner Suche nach Begabten bezweckt.« Gillron begann hin- und herzuhumpeln. »Ich zermartere mir schon die ganze Zeit den Kopf, wofür er jemanden braucht, der solche Rätsel lösen kann.«

»Immer eins nach dem anderen.« Irmhold Kettelgurt trat ihm in den Weg. »Und mach mich nicht rappelig.« Sie ließ eine ihrer breiten Hände auf seine Schulter fallen und hielt ihn an. »Über welchen Weg hast du sie hierhergeführt?«

Gilli seufzte. »Sie hatte den Palast doch noch nie gesehen.«

»Also über den goldenen Platz, an der Palastwache vorbei und durch die offiziellen Gänge?« Die Kettelgurt schüttelte den Kopf und ihr schiefergrauer Mähnenhaufen wackelte mit. »Wann hattest du noch die glorreiche Idee, sie als geheime Spionin einzuschleusen?«

Gillron starrte auf seine Füße, als gäbe es dort etwas äußerst Interessantes zu entdecken. »Vorher«, gab er zerknirscht zu und tat Brynnbett fast leid, wie er so schief und zerbrechlich vor der fülligen Kettelgurt stand. »Aber von einschleusen war nie die Rede. Das passiert ja eher von selbst, weil sie die Prüfung bestanden hat. Zumindest, wenn nicht zu viele andere es auch geschafft haben.«

»Wer hat euch gesehen?«, hakte die Runenmeisterin nach.

»Außer den Palastwachen, die sich in ein paar Tagen wahrscheinlich gar nicht mehr daran erinnern, wann oder mit wem sie irgendeine Zwergin der Wachschaft gesehen haben, ist uns nur einer begegnet.«

Brynnbett horchte auf. Ihr war gar nicht bewusst, dass sie überhaupt jemanden getroffen hatten. Allerdings war sie die meiste Zeit damit beschäftigt gewesen, die goldenen Böden, Intarsien und Deckengewölbe zu bewundern.

»Wer? Bei den Mächten der Ahnen, muss ich dir denn alles aus der Nase ziehen?«

»Fraron Kraushaar.«

»Ausgerechnet.« Irmhold Kettelgurt reckte die Arme hoch, stampfte stöhnend zu ihrem Platz und sackte auf den Stuhl.

»Wer ist das denn?«, fragte Brynnbett vorsichtig. Obgleich es sie selbst betraf, war es ihr unangenehm, sich in das Gespräch einzumischen.

»Der persönliche Diener von Dronnkahn Silberfaust.«

Sofort war Brynnbett klar, warum Irmhold gestöhnt hatte. Wenn jemand Informationen zwischen den Runenmeistern und dem Stammesvater hin- und hertrug, dann dieser Fraron.

»Aber er hat nicht mal eine Begrüßung gemurmelt, so beschäftigt war er mit dem Brief, den er in der Hand hielt.« Gillron humpelte zu seinem Stuhl zurück. »Wahrscheinlich weiß er nicht einmal, dass er mich gesehen hat, geschweige denn, wen ich dabei hatte.«

»Ich habe ihn nicht mal wahrgenommen«, sprang Brynnbett ihm zur Seite. »Außerdem ist es nicht verboten, den Palast zu besuchen, oder? Noch ist ja nicht einmal raus, ob ich den Posten bei Trorwenn bekomme.«

»Auch wieder wahr.« Irmhold Kettelgurt lehnte sich vor und verschränkte die Hände auf der Tischplatte. »Trotzdem solltet ihr in den kommenden Tagen vorsichtiger sein.«

»Natürlich.« Gillron nickte eifrig. »Ich werde darauf achten, dass sie nicht mehr gesehen wird. Glücklicherweise sind wir hier zumindest sicher und ungestört.«

Ein lautes Pochen dröhnte durch die Runenhalle, Glanzbart spreizte alarmiert die Flügel.

»Vielleicht sollten wir nicht darauf wetten.« Irmhold Kettelgurt wuchtete sich wieder aus ihrem Stuhl, schritt auf die Säulen zu und blieb beim Vorhang stehen. »Wer ist da?«, donnerte sie, Brynnbett hatte das Gefühl, der Boden müsste vibrieren ob der Lautstärke.

»Trorwenn Hammerschneid, geschätzte Meisterin.«

Selbst auf die Entfernung und durch die geschlossene Tür erkannte Brynnbett die dunkle Stimme.

»Das ist nicht gut«, flüsterte Gillron.

»Was wollt Ihr?«, herrschte Irmhold Kettelgurt in Richtung Tür. »Ihr wisst, ich mag es nicht, gestört zu werden.«

»Nur eine kurze Konsultation. Ein Rat unter Meistern. Darf ich eintreten?«

Brynnbett schlug das Herz bis zum Hals. Hektisch sah sie sich nach einem Versteck um. »Gibt es einen zweiten Ausgang?« Sie sah zu Gillron hinüber, der die Augen zukniff, als wollte er sich wegblinzeln. Doch dann erkannte sie, dass er versuchte, sich zu konzentrieren.

»Nur vorne in der Seitenwand der Runenhalle. Aber dafür bleibt uns keine Zeit.«

Ein Geräusch, das Klappen der Eingangstür.

»Ich hatte Euch nicht hereingebeten, Hammerschneid.«

»Dann habe ich mich wohl verhört. Vergebt mir.«

Dunkles Wasser, abgrundtief – Brynnbett starrte in die Lichtkegel der Halle und hätte sich am liebsten in Luft aufgelöst. *Er kann mich nicht sehen. Er kann mich unmöglich von dort aus sehen. Oder doch?*

In diesem Moment drehte die Runenmeisterin sich erstaunlich behände um, griff die Vorhänge und schloss sie mit einem Ruck. »Bemüht Euch nicht zu mir und bleibt, wo ihr seid. Ich komme zu Euch.« Die warmrauchige Stimme der Kettelgurt klang dumpf durch den dicken Stoff und legte sich wie ein schützender Nebel über das düstere Wasser.

»Hier.« Gillron zog Brynnbett am Ärmel. »Nur für alle Fälle.« Er wies auf eine niedrige Tür zwischen zwei Regalen.

»Ich dachte, es gibt keinen Ausgang.«

»Gibt es auch nicht.« Gilli öffnete die Tür.

Kurz darauf saß sie im einzigen Unterschlupf fest, denn es gab. Dazu verurteilt, tatenlos auszuharren. Sie wartete. Wartete auf das Unvermeidliche. Fast schien es ihr, als wäre es das Beste, wenn Hammerschneid sie fände und das Versteckspiel vorbei wäre, bevor es erst richtig begonnen hätte.

»Na los, was machst du noch hier?«, hörte sie Gillron sagen. »Schau nach dem Rechten, aber halte dich fern von Hammerschneid. Am besten du bleibst hoch über ihm bei den Leuchtkristallen der Lichtkegel. Wo es am hellsten ist, wird er dich nicht sehen.«

Brynnbett glaubte, Flügelschlag zu hören, und stellte sich vor, wie Glanzbart anmutig die Schwingen ausbreitete, hurtig losflog und durch den Vorhang in die Halle verschwand. Dann geschah lange Zeit nichts mehr.

Einmal hörte sie, wie Gilli Wasser in ein Glas schenkte; sofort meldete sich ihre Blase. *Wie passend.* Sie rutschte unruhig auf dem hölzernen Ring hin und her. Doch obgleich sie den Abort liebend gern benutzt hätte, traute sie sich nicht, dem Drang nachzugeben. Sie konzentrierte sich lieber auf die Schemen, die durch die Ritzen der Tür zu sehen waren.

»Das kann doch nicht wahr sein.« Gillrons Stimme war so leise, dass sie seine Worte eher ahnte, als verstand. Brynnbett presste das Ohr fester an die Tür, hörte aber nichts mehr.

Nein, das ging so nicht. Sie war die Tochter ihrer Mutter und sollte sich vor niemandem verstecken. Eine Herdfeuer, die sich auf dem Abort verkroch? Wo gab es denn so etwas? Wasser auf die Mühlen der Magister von Crem, deretwegen sie so oft hatte in der Küche bleiben wollen. Mühsam drängte sie die Erinnerungen zurück, das Gefühl ausgeliefert zu sein und nichts dagegen tun zu können.

Dann hörte sie dumpf ein weiteres Pochen. Noch mehr Besuch? Vorsichtig öffnete sie die Tür und sah Gilli schief am Vorhang stehen, der Kopf in den Falten verschwunden.

Rasch eilte Brynnbett zu ihm hinüber, dankbar, dass der dicke Teppich ihre Schritte schluckte. »Was kann nicht wahr sein?«, flüsterte sie und legte ihm eine Hand auf die Schulter.

Gillron zuckte zusammen, ruckte herum und hätte beinahe das Gleichgewicht verloren. »Bei den Kennluren, willst du mich umbringen?«, zischte er. »Was, wenn mein Herz genauso schief ist wie der Rest von mir? Ich hätte auf der Stelle tot umfallen können.«

»Vielleicht ist es aber auch so makellos wie dein Gesicht«, zischte sie zurück. »Oder es ist zwar schief, aber einfallsreich und lässt sich von so was nicht beeindrucken«, versuchte sie, ihr ungestümes Kompliment auf seichtere Bahnen zu lenken.

Doch die zauberhaften Grübchen waren schon da. »Danke für die Blumen, Verehrteste.« Er deutete eine Verbeugung an.

»Nur nicht übermütig werden. Was hast du also gesehen? Und warum hören wir nichts mehr?«

Gillron wurde ernst, die Grübchen verschwanden wieder. »Der Düsterling ist meiner Meisterin entgegengegangen.«

»Ja und? Deshalb könnten sie trotzdem lauter reden.«

»Verstehst du nicht? Er ist ihr *entgegen*gegangen! Als würde er die Runenmagie der Halle kennen. Erst bei der vierten Säule ist er stehen geblieben, wahrscheinlich, weil ihm einfiel, dass er das besser nicht preisgeben sollte.«

»Aber das heißt, er war schon mal hier und hat sich mit der Halle deiner Meisterin vertraut gemacht.« Ein beunruhigender Gedanke, wenn man an den Wettstreit dachte, dem die Kettelgurt ausgesetzt war. »Ist die Tür denn nie verschlossen? Ich meine, kann jeder einfach reinkommen?«

»Warum nicht? Normalerweise schafft es niemand durch die Runenhalle.«

»Es sei denn, er ist selbst ein Runenmeister.«

»Vielleicht ist er doch klüger, als meine Meisterin bisher gedacht hat.« Gillron drehte sich wieder zum Vorhang und öffnete ihn einen Spalt.

»Und das zweite Pochen? Ist noch jemand gekommen? Kannst du etwas sehen oder hören?«

»Einer von Trorwenns Bediensteten, wenn ich es richtig höre. Sie sprechen zu leise, und die Säulen und Lichtkegel sind so gut platziert, dass man nur Schemen erkennen kann.«

»Weil bei jedem Schritt Gesteinsstaub aufwirbelt. Da sollte vielleicht mal jemand sauber machen.«

»Bist du des Wahnsinns fette Beute?« Gillron drehte sich um. »Der Staub ist doch Teil der Magie. Er trägt die Kraft der

Runen durch den ganzen Raum und macht den Zauber überhaupt erst möglich – zumindest in diesem Umfang.«

Brynnbett betrachtete die Staubpartikel, die durch die Lichtkegel flirrten. Aber natürlich, sie waren durch die Arbeit an den Säulen entstanden. Und bei ihrem Flug durch die Halle berührten sie immer wieder die magischen Runen und luden sich auf. Ja, so musste es sein. Gerade wollte sie Gilli fragen, wie lange der Staub seine Magie speichern konnte, als sie erneut eine Tür klappen hörte.

»Ich glaube, Meisterin Kettelgurt kommt wieder.« Gillron drehte sich um. »Zurück zum Tisch.«

Sie ging ihm nach, auch wenn sie sich dabei wie ein unartiges Kind vorkam. Aber er wusste sicher besser, was seine Meisterin schätzte und was nicht. Gerade, als Brynnbett sich setzte, kam Glanzbart wie ein heller Blitz herangeschnellt, landete ungestüm auf dem Tisch und rutschte mitsamt den Pergamenten auf sie zu. Sie hatte Mühe, die vielen Schriftstücke festzuhalten.

»Mach dir nichts draus«, seufzte Gillron. »Ich sammel hier jeden Abend auf, was den Tag nicht überstanden hat.«

»Was soll das denn heißen? Nicht überstanden?« Irmhold Kettelgurt hatte den Vorhang aufgerissen und stampfte schnaufend auf sie zu. »Wo gearbeitet wird, fallen Splitter.«

»Und auf welche Splitter hat Hammerschneid es angelegt?« Brynnbett hielt einen raschen Themenwechsel für angebracht.

»Sehr wortgewandt, alle Achtung.« Die Runenmeisterin ließ sich wieder auf ihren Stuhl fallen. »Tatsächlich wollte er mir seinerseits Splitter anbieten, wenn man so will.«

»Aber nur, wenn nachts unterm Berg die Sonne scheint, oder wie? Glaubt doch keiner, dass dieser Düsterling uns helfen will.« Gillron gab einen verächtlichen Ton von sich. »Und überhaupt, wie gönnerhaft ist das denn?«

»Arrogant ist er, das bestimmt, aber hinter seinem Hilfsangebot verbirgt sich wohl eher etwas anderes.« Irmhold Kettelgurt blickte von Gillron zu Brynnbett und musterte sie mit ernstem Gesicht.

Brynnbett hatte sie schon die ganze Zeit für sonderbar gehalten, jetzt aber überkam sie ein unbehagliches Gefühl.

»Was denn?« Gilli rutschte hektisch auf seinem Stuhl hin und her, konnte die Aufmerksamkeit der Runenmeisterin aber nicht wieder zurückgewinnen. »Was für ein Hilfsangebot hat er denn gemacht?«

»Er hat mir Brynnbett Herdfeuer angeboten.«

14
RAIWEN

»Ich denke immer noch darüber nach, warum Fürst Rahronn seinen Heermeister als Boten schickt, wenn sein Volk im Krieg steht.« Zhinlohr schüttelte den Kopf. »Das ergibt doch keinen Sinn. Sie könnten über Fallandire, Schelken oder sonst ein Geschöpf des Heiligen Waldes viel schneller eine Nachricht senden.« Er nahm etwas von der dunkelgrünen Paste, die sie angerührt hatten, und formte ein weiteres Kügelchen, das er zu den anderen auf ein Brett legte.

Raiwen tat es ihm gleich, dankbar, diese schlichte Arbeit zu verrichten. Sein Freund war auf die Idee gekommen, ein Arzneien-Vorrat könne hilfreich für die Reise sein, weshalb sie jetzt im Laboratorium saßen und die Zeit der Herstellung zum Reden nutzten. Morgen schon würde er Gohlannbjahr hinter sich lassen – und damit seinen besten Ratgeber. »Vielleicht war es ihm zu wichtig und er wollte nichts dem Zufall überlassen.« Er merkte selbst, wie hohl das klang, doch ihm kam kein besserer Gedanke.

»Fürst Rahronn überlässt nichts dem Zufall, da kannst du dir sicher sein. Ich denke, es steckt noch etwas anderes dahinter.«

»Mich treibt vielmehr der Gedanke um, warum der Krieg im Süden ausgerechnet jetzt ausgebrochen ist.«

»Dass es zwischen dem Königreich Geldermark und dem Reich der Feuerelben gärt, ist nicht neu. Und Wehrengs Bericht kennst du. Wenn du dann noch den Fürst auf dem Elbenrat gehört hättest, würde es dich um einiges weniger wundern.«

»Und welche Auswirkungen wird der Krieg im Süden auf die Gespräche mit dem Orden haben?« Raiwen legte ein weiteres Kügelchen zum Trocknen auf das Brett. »Wenn die Feuerelben sich einen Krieg mit der Geldermark liefern, wirft das womöglich auch auf andere Elbenvölker ein schlechtes Licht. Nicht unbedingt ein vertrauensförderndes Ereignis.«

»Es macht eure Verhandlungen wahrlich nicht leichter.« Zhinlohr brachte das volle Brett ans Fenster und kam mit einem leeren zurück. »In jedem Fall braucht es stets ein Mindestmaß an Vertrauen, um einen Kompromiss zu finden.«

Fragte sich nur, mit welchem Kyriejah zufrieden wäre. Nach den Neuigkeiten aus Innelles hatte ihre Stimmung sich verdüstert, und sie hatte die Heermeister darauf eingeschworen, den Magistern ihre Macht zu nehmen, was immer in Crem passieren würde.

»Ich weiß, dass du eurer Thronwächterin vertraust, das soll ja auch so sein, aber ich fürchte, die Gespräche mit dem Orden könnten eskalieren.« Zhinlohr fixierte ihn. »Du musst alles daran setzen, so schnell wie möglich nach Eskrinor zu gelangen. Es ist jetzt umso wichtiger geworden, dass du ein Heilmittel findest, ehe die Welt gänzlich aus den Fugen gerät. Deine Fürstin und ihre legitime Thronfolgerin sind die Einzigen, die Schlimmeres verhindern können.«

»Glaubst du, ich hätte das vergessen? Ich bin Heiler wie du. Es geht mir darum, Leben zu bewahren – egal, welches. Und außerdem weißt du, dass es für mich noch einen anderen Grund gibt, alles für ein Heilmittel zu tun.« Sogar in das Reich eines Volkes einzudringen, das auf Elben nicht eben gut zu sprechen war. Letztlich hing seine Hoffnung an einem einzigen Namen: Semjon. Ob der Zwerg schon einmal etwas von Seelenlähmung gehört hatte? Wären die Geister der Berge wirklich der Schlüssel zu einem Heilmittel?

»Ich wollte dich nicht unnötig unter Druck setzen, entschuldige.« Zhinlohr setzte sich wieder. »Aber die Nachricht vom Krieg zwischen Innelles und Gelder hat auch meine Sorgen wachsen lassen.«

Raiwen nickte und nahm das Formen der Arzneipillen wieder auf. »Kennst du diesen Wehreng näher?« Er legte ein weiteres Kügelchen auf das Brett.

»Ich bin beinahe eine Dekade lang mit ihm auf einem Handelsschiff zur See gefahren. Wieso fragst du?«

»Er schien mir voller Hass, war kaum zu bremsen, als er von den Magistern erzählte, die in ihr Reich eingefallen waren. Im Detail und voller Abscheu beschrieb er, wie sie gemeinsam Magie gewirkt und Feuerelben angegriffen haben sollen.«

»Das ist der Wehreng, den ich kenne«, antwortete Zhinlohr, ohne aufzusehen. In seine Stimme schlich sich ein harter Unterton. »Er ist von Hass und Missgunst zerfressen.«

»Und glaubst du, was er erzählt? Wenige Magister, die es mit einem ganzen Elbenreich aufnehmen? Irgendwie halte ich die Menschen nicht für so dumm.«

»Ein Körnchen Wahrheit mag daran sein, wenn Wehreng eine Geschichte spinnt. Aber mich treibt etwas anderes um.« Zhinlohr legte ein Kügelchen auf das Brett und wischte die Hände mit einem Tuch ab. »Der zeitliche Ablauf ist nicht stimmig. Oder vielmehr zu stimmig.« Er reichte das Tuch an Raiwen weiter, der es dankbar nahm.

»Ich hatte ebenfalls so einen Gedanken. Kaum kehrt der Fürst in sein Reich zurück, bekommt er genau den Vorwand geliefert, der ihm einen Krieg ermöglicht.« Er trocknete sich die Hände, deckte die Schale mit der Paste ab und brachte das zweite Brett ans Fenster. Genug vom Pillendrehen für heute.

»Nicht nur das«, bekräftigte Zhinlohr. »Wehreng muss bereits losgelaufen sein, kaum dass sein Fürst aus Erellgorh zurückgekehrt war. Wie konnte es so schnell zu Kämpfen kommen?«

»Bei den Seelen, du hast recht.« Daran hatte Raiwen noch gar nicht gedacht. »Wir tun also gut daran, Wehreng nicht zu trauen.« Er schüttelte fassungslos den Kopf. Ob Kyriejah sich ähnliche Gedanken machte? »Ich hoffe nur, er kehrt Gohlannbjahr bald wieder den Rücken. Ihn hier zu wissen, während ich mich nicht um Valehna kümmern kann, ist schwer zu ertragen.« Er legte Zhinlohr freundschaftlich eine Hand auf die Schulter. »Ich hatte eigentlich gehofft, dass du ein Auge auf sie hältst, solange Wehreng hier ist.«

»Und das hätte ich getan, das weißt du. Aber wie die Lage jetzt ist, wird meine Fürstin mich brauchen.«

Raiwen nickte. »Dann willst du nicht mehr nach Innelles?«
»Nein. Ich werde so schnell wie möglich nach Erellgorh zurückkehren.« Zhinlohr sah ihm in die Augen und lächelte. »Wir sehen uns morgen noch einmal bei Sonnenaufgang.«

Als Raiwen an den Abschied dachte, wurde das Herz ihm schwer. »Wenn es dir nichts ausmacht, zu nachtschlafender Zeit aufzustehen, würde ich mich sehr freuen.«

»Wo denkst du hin? Es ist schließlich Winter und die Nächte sind viel zu lang. Auch wenn man in Gohlannbjahr nichts davon merkt.« Zhinlohr lächelte. »Dann lasse ich dich jetzt mal allein. Sicher willst du noch einmal zur Fürstin und zu Valehna. Und ich werde den Abend ein letztes Mal in eurer wunderbaren Bibliothek verbringen. Es gibt einen dunklen Winkel, den ich noch nicht ergründet habe.« Er zwinkerte ihm zu.

Nachdem sein Freund den Raum verlassen hatte, nahm Raiwen das Tuch, wischte den Arbeitstisch ab und faltete es sorgfältig zusammen. Er sah sich um, schob die Gläser und Tongefäße auf dem Regal zurecht und drehte jedes so, dass die Beschriftung zu lesen war. Einige waren nicht mehr ganz voll, deshalb nahm er eine Feder zur Hand, öffnete das Tintenglas und fertigte eine Liste für Julina an, damit sie Bescheid wusste. Als er auch damit fertig war, das Tintengefäß sorgsam geschlossen und die Feder gereinigt hatte, ertappte er sich dabei, wie er erneut das Tuch zur Hand nahm. Er seufzte. Es ließ sich nicht länger aufschieben. Die Alternative wäre, sich gar nicht zu verabschieden, doch das kam für ihn nicht infrage. Also raffte er sich auf.

Sein Besuch bei der Fürstin dauerte nicht lang. Julina war die persönliche Heilerin der Fürstinmutter, und er hatte seine Gespräche – wenn man sie so nennen wollte – stets kurz gehalten. Wenige Handgriffe, das Träufeln der Augenbinde, das Fetten der rissigen Lippen und ein paar Löffelchen Wasser, dann war er fertig. Doch als er nur Momente später vor Valehnas Tür stand, wäre er am liebsten zurückgegangen. Irgendetwas war immer zu tun und er könnte ... *Nein, du gehst jetzt dorthin, wo du schon die ganze Zeit sein solltest.*

Als er die Tür hinter sich schloss und auf Valehnas Krankenlager zuging, schlug ihm das Herz bis zum Hals. Selbst jetzt noch, nach den Monden des Siechens, strahlte sie eine Schönheit und Würde aus, die ihn benommen machte.

»Ich bin es nur, ehrwürdige Valehna, Euer Heiler.«

»*Nur?*« Er stellte sich vor, was sie antwortete und wie ihre glockenreine Stimme klang. »*Du bist der, der mich schon einmal gerettet hat.*«

»Ich werde Euch wieder retten – Euch und Eure Urmutter. Deshalb werde ich auch eine längere Reise antreten. Doch vorher wollte ich noch einmal nach Euch sehen. Bitte erschreckt nicht, wenn ich die Augentücher wechsle.«

»*Ihr müsst nicht sagen, was Ihr tut. Das alles ist mir vertraut – so, wie Ihr es seid.*«

Würde sie ihm etwas in dieser Art entgegnen, wenn ihre Seele wieder ins Leben zurückgekehrt war? Hatte sie überhaupt etwas von seinen Besuchen und den monotonen Unterhaltungen mitbekommen in den unzähligen Tagen ihrer Krankheit?

»*Ihr müsst tun, was Ihr tun müsst. Ich werde stillhalten.*«

Ja, so stellte er sich ihre Worte vor, während er behutsam die Augenbinde anhob. Sein Herz pochte so stark, dass es für sie beide reichte, doch in ihren Augen rührte sich nichts.

»*Ihr müsst Geduld für uns beide haben, denn mir fehlt sie.*«

Raiwen erinnerte sich an ihren Satz, und plötzlich kam ihm in den Sinn, wie furchtbar es für sie sein musste, vollkommen wach in ihrem Körper eingesperrt zu sein. Fast hoffte er, sie würde schlafen – die ganze Zeit so tief schlafen, dass sie bei ihrem Erwachen von all dem nichts mehr wüsste und jedes seiner Worte vergessen wäre.

»*Wie lange soll ich krank gewesen sein? Nein, das kann ich nicht glauben. Ich habe nichts davon gespürt.*«

Ja, so ähnlich sollte sie es sagen und nicht zurückblicken, sondern sich über das Jetzt freuen. Er lächelte, ein warmes Gefühl in der Brust, als er ihr zärtlich die frischen Augentücher auflegte.

»*Wie sonderbar das Leben ist, nicht wahr? Es schenkt uns stets mehr, als wir wahrnehmen, und verlangt uns weniger ab, als wir befürchten.*«

»Wie schön wäre es, genau das zu erkennen, bevor unsere Sorgen überschäumen und wir uns unsere Träume verbieten«, antwortete er, so wie damals, als sie den Satz wahrhaftig zu ihm gesagt hatte und er nur einen Schritt davon entfernt gewesen war, sie zu küssen. Doch er war standhaft geblieben. Und der Moment war verstrichen.

Raiwen gab ihr ein wenig Wasser, netzte ihre Lippen und salbte sanft ihre Stirn. Der Duft nach Anthemis passte zu ihr. Ob sie ihn später noch mögen würde, wenn sie wieder gesund wäre? Wenn er irgendwann zurückkehrte ...

Jäh wurde ihm bewusst, wie gerne er bei ihr bleiben wollte und wie schwer ihm der Abschied fiel. Bis auf die wenigen Tage, in denen er nach Kiri gesucht hatte, war er immer hier gewesen. An jedem Morgen und an jedem Abend.

»Ich werde Euch vermissen.« Er erschrak über die unverblümte Offenheit. Fast befürchtete er, sie könnte plötzlich erwachen und ihn rügen. Er hielt den Atem an – für einen Moment nur –, horchte in sich hinein und überlegte, was Valehna entgegnen würde. Doch es kam keine Antwort. *Weil sie schläft, weil sie dich nicht hören kann. Und vielleicht nie hören konnte!*

Unvermittelt drängte sich ihm ein neuer Gedanke auf. Ergeben zog er einen Stuhl heran und setzte sich. *Warum soll ich dann länger schweigen? Nichts, was ich hier sage, wird jemals irgendwo gehört werden.*

Bei dieser Erkenntnis wurde ihm heiß. Sein Blick fiel auf ihre zarte Hand, alles in ihm schrie danach, sie zu ergreifen. Eine sanfte Berührung nur – nicht als Heiler, sondern als Freund. Seine Hand lag dicht neben ihrer, sein Blick flog zu ihrem Gesicht, unsicher, ob er sich das trauen durfte.

Sie schläft doch. Raiwen tastete sich mit den Fingern näher. Kaum schaffte er es, zu atmen, so kühn kam ihm das vor. Er würde sie berühren, gleich, es fehlte nur noch ein letztes Quäntchen Mut. Valehna. Sie bedeutete ihm alles – und sie war die Thronfolgerin! Er hielt inne.

»Ich ... ich bin nur dein Heiler, aber ich liebe dich.« Fast unhörbar hatte er die Worte gehaucht, die direkt aus seinem Herzen kamen. Sie endlich ausgesprochen zu haben löste etwas in ihm, er spürte Tränen in den Augen. »Bleib am Leben, bis ich wieder da bin.« Er zögerte, seine Finger zitterten, dann zog er die Hand zurück. »Dein Volk braucht dich«, flüsterte er, stand auf und ging.

Er schlief unruhig in dieser Nacht, stand immer wieder auf und sah aus dem Fenster. Beim dritten Erwachen – die magischen Kristalle leuchteten in gedecktem Orange und zeigten ihm, dass noch Zeit war – legte er sich trotzdem nicht wieder hin. Erneut kontrollierte er sein Bündel, die vielen Kleidungsstücke, die er eingepackt hatte. Wenn sie außerhalb Gohlannbjahrs wären, würde er das meiste davon am Leib tragen. Draußen war Winter, und mit seiner Magie konnte er sich nur für kurze Zeit wärmen.

Rastlos lief er hin und her, dachte an die Zeilen, die er Julina zurückgelassen hatte. Hatte er an alles gedacht? Die Liste mit den Kräutern und Zutaten, die zur Neige gingen, seine Bitte, immer zum Neumond einen Fallandir nach Nunahzhar zu schicken, um ihn auf dem Laufenden zu halten. Er würde antworten, hatte er geschrieben. Doch, er hatte an alles gedacht.

Raiwen trat an den Tisch, auf dem sein Gürtel lag, daran eine lederne Tasche mit drei Fächern. In eines davon hatte er die Pillen gesteckt, die er mit Zhinlohr hergestellt hatte. Daneben die Fläschchen mit den Elixieren, die in verschiedensten Situationen hilfreich waren. Das Wahrheitselixier hatte er auf Anraten seines Freundes hinzugenommen, die Phiole mit dem Traumpulver auf Julinas Rat. Ob er es nutzen würde, wusste er nicht, aber vielleicht wäre es für einen Handel gut.

In einem Münzbeutel verwahrte er Kulinge und Sillinge, die bei den Menschen und Zwergen als Zahlungsmittel dienten. Und in einem kleinen Etui auf der Innenseite des Gürtels steckten ein paar Goldmünzen. Doch, er hatte an alles gedacht und war gut vorbereitet.

Als das Leuchten der magischen Kristalle vorm Fenster langsam von Orange zu Gelb wechselte, wusste er, es war an der Zeit. Immer wieder war er versucht gewesen, früher zu gehen, das Warten zu verkürzen, um den Abschiedsschmerz zu lindern. Im Heerlager zwischen den Wäldern mussten die Einheiten bereits im Aufbruch sein. Doch das Versprechen seines Freundes, zum Abschied vorbeizuschauen, hatte ihn zurückgehalten.

Raiwen schulterte sein Bündel, trat hinaus und sah sich suchend um. Von Zhinlohr war noch nichts zu sehen, und auch sonst war niemand da. Nur ein paar frühe Vögel stimmten die ersten Lieder des Tages an. Letzte Nachtfalter flogen vorbei, auf der Suche nach einem Ruheort für den Tag.

Er seufzte ob des wunderbaren Anblicks. Die Mütter der Wälder, ihre mächtigen Stämme, darin die filigranen Fenster und Türen, hinter denen so viele Brüder und Schwestern lebten, die er schätzte und liebte. Sein Blick glitt über das saftige Grün zur großen Lichtung, auf der Treschka den Elben ihr letztes Lied gesungen hatte. Wehmütig sog er die klare Luft ein, feucht von der Nacht und geschwängert mit dem Duft nach Moos und Erde. In diesem Moment, kurz vor dem Aufbruch, nahm er alles so intensiv wahr wie lange nicht mehr.

»Raiwen, mein Freund.« Zhinlohr kam herbeigelaufen. »Ich fürchtete schon, ich wäre zu spät.«

»Noch bin ich da. Aber es ist Zeit, wenn ich dem Heer nicht nachlaufen will.«

»Ja, das ist es. Ich habe zu lange gelesen und bin über den Büchern eingeschlafen.«

»In der Bibliothek?«

Zhinlohr nickte.

»Dann warst du nicht im Bett?«

»Ich hatte das Gefühl, kurz vor einer wichtigen Entdeckung zu stehen, aber dann verwirrte die Müdigkeit meine Sinne.«

»Eine Heilung für die Fürstin? Gibt es womöglich doch einen Zauber, der meine Reise unnötig macht?« Raiwens Herzschlag beschleunigte sich, er ließ das Bündel zu Boden gleiten.

»Entschuldige, nein.« Zhinlohr schüttelte den Kopf. »Es ist nichts Konkretes. Eher die Hoffnung, es könnte etwas geben, das uns die Krankheit verstehen und anders beurteilen lässt.« Beherzt umfasste er Raiwens Schulter. »Ich wollte dich nicht verunsichern. Du hast deinen Marschbefehl und Kyriejah wird auf deine Begleitung bestehen. Aber falls mir irgendetwas Wichtiges auffallen oder sich ein Rätsel lösen sollte, aus dem ein neuer Ansatz für eine Arznei oder einen Heilzauber erwächst, melde ich mich bei dir, versprochen. Julina oder ich werden dir mit Freuden eine Nachricht zukommen lassen. Die Fallandire sind zuverlässige Boten.«

»Ja.« Raiwen versuchte, seine Enttäuschung zu verbergen. Für einen kurzen Moment hatte er wieder einmal auf das Unmögliche gehofft. »Ich sehne schon jetzt eine Nachricht von euch herbei.« Bei jedem Neumond. Blieb zu hoffen, dass er rechtzeitig in Nunahzhar wäre.

»Mögen die Seelen mit dir sein.« Zhinlohr schenkte ihm eine feste Umarmung, die Raiwen gerne erwiderte.

»Möge der Frieden in unseren Häusern und Herzen wohnen«, antwortete er und war sich bewusst, dass die Worte dieser Tage mehr Bedeutung hatten als sonst.

Ein Lächeln noch, ein Nicken, dann lief Raiwen die Stufen hinab und machte sich auf den Weg. Er wusste, sein Freund würde ihm nachblicken, doch er drehte sich nicht um. Der Abschied war auch so schwer genug. Er eilte durch den Wald, rannte, als wären düstere Blutkeiler ihm auf den Fersen. Doch was ihn verfolgte, waren nur die Bilder, die seine Sorgen ihm in den Kopf malten. Bilder einer Schlacht, Bilder einer vergeblichen Suche, Bilder einer Fürstin und einer Thronfolgerin, deren Körper vergingen, weil die lebensrettende Hilfe nicht kam.

Er setzte über Hindernisse hinweg, sprang über Baumstämme, spürte den Schweiß auf der Haut und fror dennoch. Er musste diese Bilder wenden, Hoffnung zulassen und zuversichtlich sein, wenn er Erfolg haben wollte. Noch ehe er die Schneise zwischen den Wäldern erreichte, drosselte er das Tempo, blieb stehen und hielt inne. Außerhalb Gohlannbjahrs griff der Winter nach den Müttern der Wälder, Raiwens Atemluft verdichtete sich zu kleinen Nebelwolken.

Er hatte gedacht, die Kälte würde sie erst weiter westlich erwischen, wenn sie die Ausläufer der Kesselgebirge hinaufzogen. Doch er war vorbereitet und zog sich die gesteppte Langjacke an, deren eng anliegender Kragen sich bis zum Kinn schließen ließ. Sie reichte bis auf die Oberschenkel und gab ihm ausreichend Beinfreiheit, um schnell laufen zu können. Dann trocknete er sich die Füße, zog weiche Wollsocken an und schlüpfte in seine Fellstiefel. Raiwen hatte Gohlannbjahr in den Wintern kaum verlassen und lange keine Kälte erlebt, doch er hatte das Gefühl, er könnte sie mit dieser Kleidung gut überstehen.

Über ihm stahl sich das Licht der aufgehenden Sonne durchs Laub. Er setzte seinen Weg fort und schlug einen leichten Laufschritt an, um sich durch die Bewegung nicht zu sehr zu erhitzen. Nicht lange und er hörte die Truppen, die sich zum Abmarsch bereitmachten. Als er durch die letzten Zweige brach und die Schneise zwischen den Wäldern erreichte, stockte ihm der Atem.

Zu seiner Linken dehnte sich eine weite Lichtung, unberührt und von ebenmäßiger Schönheit, doch vor ihm hatten unzählige Elbenkrieger Aufstellung genommen. Raiwens Blick glitt über waldgrüne Mäntel, silberne Waffen und goldene Helme. Weit in den Westen zogen sich die Massen der wartenden Elbenlegionen; er wusste, dass jeden Moment die Signale zum Abmarsch kommen würden – drei an der Zahl: Gehorsam, Bereitschaft und Aufbruch.

Noch einmal verfiel er in einen schnellen Laufschritt, eilte an den Reihen der Krieger vorbei der Spitze des Zuges entgegen, um sich bei Kyriejah zu melden.

Dann erklangen die ersten Fanfaren, und die Reaktion der Elbenkriegerinnen und -krieger rollte wie eine Welle an ihm vorbei. Kein Heer der Welt bekundete seinen Gehorsam eindrucksvoller, da war Raiwen sich sicher. Die Disziplin der Elbenheere war seit jeher legendär und hatte es bis in die Mären der Menschenvölker geschafft. Jede Kriegerin, jeder Krieger war Teil des Ganzen, einer funktionierenden Einheit. Und sie alle sahen, dass er es nicht war, dass ihr oberster Heiler zu spät kam.

Die Fanfaren verklangen und eine erwartungsvolle Ruhe deckte sich über die Schneise zwischen den Wäldern. Eine

Stille, in der Raiwen nichts anderes hörte als die eigenen Laufschritte, seinen Atem und Herzschlag, der ihm bis in den Kopf pulsierte.

Ob Kyriejah schon nach ihm suchen ließ? Sich bereits eine Strafe überlegt hatte? Raiwen lief schneller, glaubte, die Spitze des Heerzugs zu sehen, dort wo die hohen Wagen mit den breiten Rädern aus Blattholz standen.

Dann erklangen die Fanfaren zum zweiten Mal: Bereitschaft! Ein metallisches Rasseln fegte wie ein plötzlicher Sturm über die Bresche und verklang unmittelbar darauf zwischen den Wäldern.

Wieder Stille, der Klang seiner Stiefel, dumpf auf dem Gras, sein Atem, das Pochen im Kopf.

Endlich hatte er die Wagen erreicht – nur um zu erkennen, dass sich das Heer noch viel weiter gen Westen streckte.

Dann erklang die Fanfare zum dritten Mal.

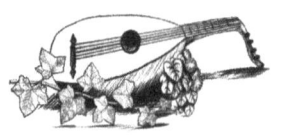

15
JAMON

Das kleine Fass Goldwasser für Kelenkus hätte Jamon beinahe vergessen, als er durchs Zwergenviertel zurückeilte. Zum Glück hatte das Plätschern des Brunnens ihn erinnert, und so lief er rasch in die »Zänkische Zilpe«. Aula lächelte, als er das Heilwasser für seinen Onkel orderte, aber sie kam ihm dennoch ernster vor als sonst. Oder bildete er sich das ein?

»Du könntest einfach ein leeres Fässchen mitbringen und es draußen selbst füllen. Das wäre günstiger.« Sie trug Kestur auf, eines der gelagerten Fässer aus dem Kellergewölbe zu holen. »Vielleicht wäre es sowieso ratsam, einen kleinen Vorrat anzulegen, wenn deinem Oheim so daran liegt.«

Unvermittelt musste Jamon an die Zwergenwachen am Tor denken. Würden sie das Viertel gänzlich abschotten? »Wie meinst du das?«

Der alte Fredo räusperte sich und schlurfte hinter seinem Schanktisch näher heran. »Man weiß nie, was die Zeiten so mit sich bringen.« Die Stimme des Alten knarrte so dunkel wie eine schwere Holztür, die seit Jahren kein Öl gesehen hatte. Seine altersfleckige Pranke wischte mit einem fleckigen Geschirrtuch ziellos auf dem Tresen herum. »Aula hat recht. Vorräte können hilfreich sein.« Die buschigen Brauen des alten Wirts hoben sich und verwandelten die hohe Stirn in ein Faltenlabyrinth. »Du solltest mit deinem Oheim darüber sprechen.«

»Bring Onkel Kelenkus nur nicht auf dumme Ideen«, entgegnete Jamon und versuchte, einen unbekümmerten Ton anzuschlagen. »Am Ende muss ich einen ganzen Karren voller Fässer durch die Stadt wuchten.«

Einen Moment später kam Kestur auf seinen flinken Beinen angelaufen. »Einmal Goldwasser, bitte sehr.« Er gab Jamon das Fässchen und begleitete ihn zur Tür. »Ich ... ähm ... ich wollte nur sagen, dass es gestern schön war, gemeinsam mit dir Musik zu machen.«

Bei den Seelen, es war wirklich erst gestern gewesen. Inzwischen waren so viele Gedanken durch Jamons Kopf getobt, dass ihm der unbeschwerte Abend Tage entfernt vorkam. Er nickte, wusste aber nichts zu sagen.

Doch Kestur wartete nicht darauf, offenbar brannte ihm etwas Bestimmtes unter den Nägeln. »Du ... ähm ... du kommst trotzdem noch, um bei uns Laute zu spielen, oder?«

Trotzdem? Wäre ab heute alles immer ein Trotzdem? Für Jamon war es unbegreiflich, wie offen man hier im Zwergenviertel auf die schlechten Nachrichten reagierte. Als wäre über Nacht ein Hebel umgelegt worden, der jedem sagte, was zu tun und zu lassen war. Prandur hatte sogar schon Männer nach Eskrinor geschickt, um Bericht zu erstatten und die Unterstützung durch den Stammesvater sicherzustellen.

Für Jamon ging das alles viel zu schnell, er merkte, dass etwas in ihm aufbegehrte, dass er das drohende Schicksal nicht einfach hinnehmen wollte, egal wie überzeugt Prandur war. Es musste einen Weg geben, diesen Krieg zu verhindern.

Er klopfte Kestur freundschaftlich auf die Schulter. »Natürlich. Ich bleibe Euch treu, lieber Freund. Keine Sorge. Solange meine Laute Saiten hat, sollte sie gespielt werden.« *Fragt sich bloß, wer noch zuhören kommt.*

Mit dem Fässchen Goldwasser unterm Arm machte er sich auf den Weg ins Händlerviertel. Die Elben würden kommen, das war zumindest für die Zwerge klar. Es war nur eine Frage der Zeit. Zeit, die der Orden nutzen musste, die Crem nutzen musste, um sich vorzubereiten. Und die Jamon brauchte, um sein Kampftraining fortzuführen. Auch wenn er nicht wusste, was er in einem echten Kampf ausrichten könnte, wollte er auf keinen Fall untätig bleiben. Und Prandur hatte ihn angeboten, ihn weiter zu unterstützen. Er hatte sogar eine neue Waffe für ihn im Auge. Ein schwacher Trost vor dem Hintergrund der drohenden Gefahr.

Als Jamon eben das Tor zum Händlerviertel passierte – diesmal unbehelligt von den Wachen –, fiel ihm ein Pulk von Menschen auf, der sich ein Stück voraus zusammengerottet hatte. Streitende Bürger der Stadt? Im Näherkommen entdeckte er zwei Magister, die von der Menge umringt wurden. Was hatte das zu bedeuten? Er ging langsamer, überlegte, was zu tun war. Dann konnte er erste Stimmen heraushören.

»Irgendjemand muss uns sagen, was das soll!« »Was passiert da?« »Wir haben schließlich Kinder!« »Werden die anderen Viertel auch geschlossen?«

»Niemand schließt hier irgendwelche Viertel.«

Jamon erkannte die schrille Stimme Guldenata Miems, der Lehrmeisterin für Naturkunde der besonderen Gattungen. Eine strenge Persönlichkeit, die sich eigentlich immer und überall durchsetzen konnte.

»Und was sollen dann die Wachen?« »Ohne Grund werden die Zwerge das wohl kaum machen!« »Genau. Da muss doch was vorgefallen sein.«

»Liebste Menschen!« Der Begleiter von Magistra Miem hob beschwichtigend die Arme. Seufzend erkannt Jamon noch einen seiner ehemaligen Lehrmeister. »Alles wird sich klären. Wir sind gerade auf dem Weg dorthin. In unserem schönen Crem, schön durch euren unglaublichen Fleiß und eure Bedachtsamkeit. Wir sind doch alle Freunde. Nur durch euch ist es hier so überaus lebenswert.« Den schleimigen Tonfall Heobalt Gromms hatte Jamon schon als Schüler nicht gemocht. Der Lehrmeister für Zahlen, Formeln und Handel war bei den meisten Mitschülern unbeliebt gewesen. »Liebenswerteste Menschen«, Heobalt hob erneut die Arme, »es gibt wahrlich keinen Grund zur Sorge.«

Oh doch, viel mehr, als du dir vorstellen kannst. Aber dies war nicht der Ort, das zu verkünden. Und Jamon würde sich hüten, der Menge etwas darüber zu erzählen. Ein falsches Wort, und die ganze Stadt geriete in Aufruhr.

»Ah, ich sehe gerade, da kommt der Neffe unseres geschätzten Schulleiters höchstpersönlich. Magister Jaramon, habt Dank, dass Ihr Euch so schnell kümmern konntet. Als Stadtdiplomat wisst Ihr sicher mehr und könnt uns erzählen, was es mit den Zwergenwachen auf sich hat.«

Von einem Moment auf den anderen wandte die Menge sich ihm zu. *Na wunderbar!* »Eine Übung«, wiederholte Jamon die Erklärung des Zwergenwächters. »Sie ... äh ... sie sollen jeden persönlich begrüßen und nach seinem Begehr fragen. Aber natürlich darf man das Zwergenviertel weiter besuchen, wenn man dort etwas zu tun hat.« Er versuchte, möglichst zuversichtlich dreinzublicken, erntete jedoch nur vereinzeltes Nicken. Als er nähertrat, hatte er plötzlich den irritierenden Geruch von Kräutern und Urin in der Nase. Untypisch für dieses Viertel.

»Na, wenn das so ist.« »Dachte mir doch, dass es nichts Schlimmes bedeuten muss.«

»Eben. Ich bin selbst soeben dort gewesen und habe etwas gekauft«, fügte Jamon hinzu und wies auf das Fässchen unter seinem Arm.

Endlich wandten sich die ersten ab. Gerade wollte er aufatmen, als ein junger Mann aus der Gruppe trat und eine Frage stellte, auf die Jamon nicht vorbereitet war. »Und warum?«

Sofort kamen alle wieder näher.

»Nun ... warum?« Er versuchte, Zeit zu gewinnen, um etwas Glaubwürdiges zu entgegnen, aber ihm fiel so schnell nichts Passendes ein. Hilfesuchend schaute er Magistra Miem an, die ihm tatsächlich zur Seite sprang.

»Ich bitte euch, wir wissen alle, dass diese Zwerge ganz andere Bräuche haben als wir. Das gilt es so hinzunehmen und nicht weiter zu hinterfragen. Mag es uns auch schwerfallen.« Das Wort *Zwerge* betonte Guldenata Miem zwar etwas herablassend, dennoch war Jamon ihr dankbar.

Der junge Mann, trotz der Kälte als Einziger in einem dünnen Leinenhemd, als böten seine Muskeln allein genug Schutz gegen den Winter, verschränkte die Arme. »Und warum haben die Zwerge solche Übungen früher nicht gemacht? Wenn es doch Bräuche sind? Oder hat das schon mal jemand erlebt?« Er sah sich um, sein Blick blieb an einer alten Frau hängen, die wortlos den Kopf schüttelte.

Er stellt die richtigen Fragen. Jamon betrachtete ihn. Der Kräuter-Urin-Geruch schien von ihm auszugehen und deutete zusammen mit der fleckigen Schürze darauf hin, dass er aus einer Färberei kommen musste. Ein ungewöhnlicher Besuch im Händlerviertel, wo alles stets herausgeputzt war, damit nichts von den Waren ablenkte. Man wollte schließlich lukrative Geschäfte machen. Aber ja, das war ein guter Gedanke.

»Ich kann darüber natürlich nichts Genaues sagen ...« Jamon hoffte, dass diese Notlüge ihn niemals einholen würde. »Aber manchmal, wenn besonders hoher Besuch erwartet wird, gebietet es nicht nur die Vorsicht, sondern gleichwohl die Ehre, für gerüstete Wachen zu sorgen.« Das konnte man fast noch als Wahrheit durchgehen lassen. Quasi als einen Grundsatz, der auch dann richtig war, wenn er mit dem Hier und Jetzt nichts zu tun hatte. Tatsächlich schien es zu helfen.

»Hoher Besuch aus dem Zwergenreich?« »Wer könnte das sein?« »Vielleicht kommt der Stammesvater?« »Der König der Goldenen Stadt kommt nach Crem?«

Prandur wäre schon froh, wenn das Oberhaupt der Eskrindarh das Zwergenviertel der Ordensstadt überhaupt als Teil seines Reichs begreifen würde, das wusste Jamon. Für einen leibhaftigen Besuch des Stammesvaters müsste schon etwas sehr Gravierendes passieren.

Bevor der junge Färber weitere Fragen stellen konnte, rang Jamon sich ein Lächeln ab, nickte Magistra Miem und Magister Gromm freundlich zu und eilte davon.

Ein Krieg wäre allerdings etwas Gravierendes, und die Unterstützung des Zwergenreichs könnte ausschlaggebend sein für einen Sieg oder den Untergang Crems. Aber das lag nicht in seiner Hand. Dafür konnte er Kelenkus berichten, dass Prandur morgen Zeit für ein Gespräch hatte. Und dass es ein weiteres Problem gab: den Zustand der Mauer.

Jamon warf einen Blick über die Schulter und sah erleichtert, dass die Menge um die Lehrmeister sich zerstreute. Ein wenig Ruhe noch, vor dem Sturm. Besser, es gab einen Plan, ehe man den Menschen sagte, was auf sie zukäme.

Inzwischen stand die Sonne so hoch, dass ihre Strahlen es bis auf das helle Pflaster der Straßen und Gassen schafften. Die diesige Luft des frühen Morgens war verschwunden und im Handwerkerviertel herrschte geschäftige Betriebsamkeit. Der Lärm von Sägen, Hämmern und Webstühlen mischte sich mit den Stimmen der Menschen. Jamon liebte dieses bunte Treiben und blieb für einen Moment stehen. Wie gern würde er die Zeit anhalten, damit sich niemals etwas daran änderte und nichts Böses über Crem hereinbrechen könnte.

Mitten auf einer Kreuzung sah er sich nach links um und erkannte, wo er war. Zu seiner Rechten ging es in die Gasse der Schildmaler, wo bereits erste Werkstücke zum Trocknen an den Hauswänden lehnten. Wenn man dort weiterging, gelangte man in den östlichen Mauerbezirk der Gerber und Färber. Der kräftige Mann mit den kritischen Fragen kam ihm in den Sinn. Was er wohl im Händlerviertel zu tun gehabt hatte? Nach Alter und Kleidung zu urteilen, konnte er noch kein Färbermeister sein. Ob sein Meister erkrankt war und er ihn vertrat? Grips genug hätte er. Jamon schalt sich einen Narren, im Grunde wusste er nichts darüber, was für Kenntnisse es für die vielen Berufe der Stadt brauchte.

Er sah sich zur anderen Seite um, wo es ebenso bunt zuging – allerdings weniger auf farbenfrohe Schilder gemünzt. Hier begann die Meile der schönen Künste, wie sie genannt wurde. Er war selbst ein paarmal dort gewesen, erst wegen des Vergnügens, dann weil er dachte, das in den gastlichen Freudenhäusern ein Musikus dienlich sein könnte. In einem hatte er sogar spielen dürfen – für einen Abend. Doch die Frauen des Hauses hatten ihm zu sehr an den Lippen gehangen und sich zu wenig um die anderen Gäste gekümmert.

»Macht etwas Platz, werter Magister. Hier wird nämlich gearbeitet und nicht gezaubert.« Ein Mann mit aufgedunsenem Gesicht und geplatzten Äderchen auf der Knubbelnase schob ihn zur Seite.

Hinter ihm mühte sich ein ausgemergelter Arbeiter damit ab, einen Karren voller Fässer vorwärtszuschieben. »Nun zieh schon, oder soll ich den Fusel ganz allein vorwärtsbringen?«

»Vielleicht würdest du dann weniger Blödsinn reden, Sohn meiner Schwester Mutter.« Die Knubbelnase griff nach dem Karren und zog, während Jamon auf die Fässer starrte, die ihn unvermittelt erinnerten, was er für Onkel Kelenkus mitbringen sollte: Würzwein.

Vom Handwerkerviertel ins Ordensviertel, er fasste das Fässchen Goldwasser fester. Kurz vor dem Torhaus endlich das Schild mit den Fässern und dem goldenen Krug, der Name »Frink Bergel« auf der weiß gekalkten Wand. Hier hatte Jamon schon einige Male Würzwein geholt. Wenn der Schankwirt selbst da war, würde es schnell gehen. Er hatte bereits beim letzten Mal gewusst, worum es ging.

»Magister Briebens, wie gut, Euch zu sehen.«

Na also, wer sagte es denn. »Ich grüße Euch, werter Herr Bergel. Sicher könnt Ihr erraten, was mich herführt.« Natürlich brauchte er nicht wirklich zu raten. Er wusste es einfach.

»Dann seid Ihr tatsächlich hier, um den Magur abzuholen? Ich bin so froh, Euch zu sehen.«

»Magur? Abholen?« Kopfschüttelnd stellte Jamon das Goldwasserfass auf den Tresen. »Würzwein. Zwei Flaschen für meinen Onkel.«

»Oh, ach so.« Frink Bergel senkte den Blick und knetete das Handtuch, das einer Schürze gleich um seinen dicken Bauch gebunden war. Das wäre jetzt ein guter Moment, um die Bestellung zu holen, doch der Schankwirt rührte sich nicht vom Fleck.

»Was ist denn los? Ihr steht ja ganz neben Euch.« Jamon seufzte. Immer, wenn es schnell gehen sollte, kam etwas dazwischen. »Nun sagt schon. Kann ich Euch helfen?«

»Mir nicht. Oder doch ... auch.« Der Schankwirt wies über die Schulter zum großen Kamin. »Aber in der Hauptsache wohl eher Magur Gluhnbar. Ihr kennt ihn sicher, oder?«

Jamon warf nur einen kurzen Blick hinüber und nickte ergeben. Das hatte ihm gerade noch gefehlt.

»Er trinkt heute mehr als gewöhnlich und ... wie soll ich sagen? Es ist seiner Stimmung nicht zuträglich, wenn Ihr wisst, was ich meine.«

Nein, weder wusste Jamon es, noch wollte er es wissen. Trotzdem nickte er.

»Wo bleibt mein Würzwein?« Die laute Stimme des Magurs dröhnte durch die Gaststube. »Bergelchen, ich bin durstig! Und das Feuer im Kamin geht aus.«

Jamon seufzte. So gerne er sich mit den Flaschen für Onkel Kelenkus davongemacht hätte, ahnte er doch, wie dringend Fenkorh einen Freund brauchte. Den Tod des Vaters zu verkraften und Würzwein und Kaminfeuer als einzige Gesprächspartner zu haben, war mehr als traurig.

Eine Schankhilfe schob einem dampfenden Becher über den Tresen, sofort griff Frink Bergel danach. »Könntet Ihr vielleicht?« Die Falten auf seiner Stirn vertieften sich und verliehen ihm einen Ausdruck absoluter Hilfsbedürftigkeit. »Ich stelle inzwischen die Flaschen für Euren Onkel bereit. Bitte!«

Es fehlte nur noch eine schmollend vorgeschobene Unterlippe und Jamon hätte ihn tröstend in die Arme genommen. »Gebt schon her.« Er nahm ihm den Becher ab und ging zum Kamin, ohne die leiseste Ahnung, was er Fenkorh sagen sollte.

Der junge Magur erhob sich und taumelte herum. »Bergel-chen!« Die Ungeduld stand ihm ins Gesicht geschrieben, wich aber einer erstaunten Sprachlosigkeit, als er Jamon erblickte. Er kniff die Augen zusammen, öffnete sie wieder und sackte zurück in den Stuhl. »Magister Briebens.« Dafür, dass der Alkohol sich augenscheinlich auf Fenkorhs Gleichgewichtssinn auswirkte, klang seine Stimme erstaunlich klar.

»Ihr dürft mich Jamon nennen.« Er stellte den Becher ab und drehte sich zum Kamin, um zwei Scheite nachzulegen. Als er sich wieder umwandte, hielt Fenkorh das Getränk bereits glückselig in den Händen.

»Dann nenn mich Fenkorh.« Der Magur prostete ihm zu. »Sag nichts.« Er pustete in den Becher, Dampf umwölkte seinen messerschmalen Nasenrücken, bevor er an dem Würzwein nippte. »Ich weiß, dass ich zu viel getrunken habe. Aber es schmeckt einfach zu gut.«

Jamon setzte sich zu ihm. »Ist der Geschmack wirklich der Grund?« Natürlich war das kein sehr gelungener Gesprächseinstieg, doch ihm war nichts Besseres eingefallen.

Fenkorh pustete erneut, seine Lippen legten sich abermals an den dampfenden Becherrand. »Man muss ihn heiß trinken. Möchtest du auch? Ich geben einen aus.«

»Danke, ich muss gleich weiter.« Prima, Jamon, genau so zeigt man seine Freundschaft.

»Oh. Aber ja, natürlich.« Fenkorh stellte den Becher ab und wandte sich wieder dem Kamin zu, in dem die Scheite Feuer gefangen hatten.

Jamon folgte dem Blick, schwieg für einen Moment und konzentrierte sich auf das, was sein Onkel ihm über Fenkorh und dessen Vater erzählt hatte. Dann startete er einen neuen Versuch. »Es tut mir leid, das mit Eurem – deinem Vater. Eine solche Nachricht ist nicht leicht zu verdauen.«

Der Magur antwortete nicht, doch sein Kopf zuckte kurz, als hätte er einen Stoß bekommen.

»Standet ihr euch nahe?«, tastete Jamon sich vor. Wie viel Interesse durfte man zeigen, ohne aufdringlich zu sein, ohne mit Worten die Türen zu blockieren, die man eigentlich öffnen wollte? Jamon dachte daran, wie es ihm selbst ergangen war, als er seine Eltern verloren hatte. Er war jünger gewesen, aber änderte das etwas an dem Verlust, dem Schmerz, der Trauer? Er warf Fenkorh einen unsicheren Blick zu. Glasige Augen, in denen sich das Flackern des Feuers spiegelte und den Eindruck vermittelte, die Gedanken des Magurs wären in Aufruhr.

Jamon musste wegsehen, überlegte, welche Worte ihn selbst getröstet hätten, und schwieg, als ihm klar wurde, dass es weniger Worte als die Anwesenheit der Freunde gewesen war. Das Gefühl, nicht allein zu sein, hatte ihm Halt gegeben.

Irgendwann – die Flammen im Kamin züngelten nur noch schwach – nahm er eine Bewegung wahr und sah auf. Frink Bergel winkte ihm vom Tresen aus zu, hob einen Becher und sah ihn fragend an. Jamon schüttelte unmerklich den Kopf. Er wollte das gemeinsame Schweigen nicht mit einer Bestellung unterbrechen. Besser wäre es, einen leisen Satz zu sagen, etwas Ruhiges, Verständnisvolles. Tröstend und gleichzeitig aufmunternd oder erhellend. Nur was?

»Immerhin war es das letzte Mal, dass mir der Alte ins Leben gegrätscht ist.« Die Worte des Magurs kamen so unvermittelt, dass Jamon den Sinn erst zu begreifen begann, als Fenkorh schon weitersprach. »Lass uns auf seinen Tod anstoßen. Zwei Becher süßen Erdbeermet – süß wie das Leben, das vor uns liegt. Du trinkst doch Met?« Ohne eine Antwort abzuwarten, drehte er sich zum Tresen. »Bergelchen, bring uns zwei Becher von deinem Roten!«

Jamon versuchte, den jungen Magur nicht fassungslos anzustarren. War der viele Würzwein schuld? Oder meinte er es so, wie er es sagte?

»Nun schau nicht so betroffen.«

»Ist dir bewusst, was du gerade gesagt hast? Du möchtest mit mir auf den Tod deines Vaters anstoßen.«

Die Augen des Magurs verengten sich. »Worauf sonst? Sicher nicht auf sein Leben.«

»Er war dein Vater. Ich dachte, du betrinkst dich hier, weil du um ihn trauerst.«

Fenkorh lachte auf. »Trauern? Allerhöchstens darüber, dass er nicht schon früher gestorben ist.«

Jamon fehlten die Worte. Wieso saß er hier? Mit diesem Mann hatte er nichts gemeinsam.

»Du kannst das nicht verstehen. Mein Vater hat alles kontrolliert, jedes Ziel vorgegeben, jeden noch so kleinen Erfolg zu seinem gemacht. Myxa zu verlassen, sollte meine Befreiung sein. Ich wollte es alleine schaffen. Ohne seine teuren Geschenke – Ingredienzen, die sich keiner der Schüler leisten kann. Und ohne seine ewigen Ratschläge oder die ungebetene Fürsprache bei den Lehrmeistern.« Fenkorhs Hand zitterte, als er den Becher hob, so sehr hatte er sich ereifert. Die nächsten Worte jedoch waren kaum mehr als ein Raunen. »Es sollte mein Leben sein, meine Erfolge.«

»Ich weiß nicht, was du willst. Dein Ruf eilt dir voraus. Jeder Lehrmeister der Schule hält dich für einen der talentiertesten Anwärter seit Dekaden. Du magst die Magie geerbt haben, aber alles andere ist dein persönlicher Fleiß, dein eigener Ehrgeiz.« Jamon musste aufpassen, dass sein Unverständnis nicht in Abneigung umschlug. Er, der keinen magischen Funken zustande brachte, sollte diesem obertalentierten Magur ein Freund sein und ihm Trost zusprechen? Wie verrückt!

»Und was habe ich mit meinem Ehrgeiz und Talent erreicht?« Fenkorh knallte den Becher auf den Tisch, dass er überschwappte. »Ich könnte längst Magister sein, wenn dein Onkel mich zur Prüfung zugelassen hätte. Aber nein, alles muss nach den Regeln gehen.«

»Jetzt mach nicht meinen Onkel für die Ordensregeln verantwortlich. Jeder Schulleiter hätte ...«

»Es geht nicht um Kelenkus oder sonst wen. Es geht um mich! Ich hätte die Prüfungen längst bestanden. Schon im vergangenen Jahr, vor der Zeit!«

»Aber du wirst doch jetzt zugelassen. Immer noch vor der Zeit, oder etwa nicht?«

»Natürlich. Warum beschwere ich mich eigentlich? Jetzt werde ich ja zugelassen.« Fenkorh hob den Becher theatralisch in die Höhe. »Auf den Tod meines Vaters.« Er leerte ihn in einem Zug, stand auf und verließ schwankend das Gasthaus.

16
BRYNNBETT

»Er hat was?« Gillron sprang vom Stuhl auf, setzte sich aber sofort wieder hin, als seine Meisterin erstaunt die Brauen hob. »Dann hat Kraushaar sie doch gesehen?«, fragte er leiser.

Brynnbett mühte sich, ruhig weiterzuatmen. Irgendwie rückte sie langsam zu sehr in den Mittelpunkt.

»Und sogar erkannt, ohne sie zu kennen? Wohl eher nicht.« Die Kettelgurt schüttelte den Kopf. »Nein, er erzählte mir lediglich, dass es jetzt, so kurz vor Vollendung unseres Wettstreits, viel zu tun gäbe.« Sie schlug den düsteren Sprachrhythmus des Runenmeisters an. »Daher habe ich nach Begabten gesucht, um angemessene Unterstützung zu erlangen.«

Wäre die Sache nicht so ernst, hätte Brynnbett sich über die gelungene Imitation amüsiert. Doch in diesem Moment brannte sie nur darauf, mehr zu erfahren. »Das hat er zugegeben?«

»Warum nicht? Die Ausschreibung ging an alle Kasernen Eskrinors, ohne dass jemand einen Schwur zur Verschwiegenheit leisten musste. Über kurz oder lang weiß jeder davon.«

»Trotzdem ein netter Zug, es Euch direkt zu offenbaren«, fand Brynnbett.

»Eher Kalkül, denke ich. Genauso wie die Auskunft, dass er nunmehr die Qual der Wahl hätte und mir deshalb jemanden abtreten würde.«

»Eigentlich auch eine nette Geste, oder nicht? Immerhin bekommt Ihr auf diese Weise ungeplant zusätzliche Hilfe.« Aus Brynnbetts Sicht war es in jedem Fall ein Gewinn.

»Möchte man meinen, nicht wahr?« Die Runenmeisterin verschränkte die Arme vor ihrer üppigen Brust. »Wenn es bei ihm im Endspurt allerdings mehr Hilfe als geplant bräuchte, denn er ist ja sooo gut in seinem Zeitplan, dann würde er im Gegenzug selbstverständlich erwarten, dass diese Hilfskraft ihm ebenfalls zur Verfügung stünde. Natürlich nur für einige Stumpenlängen.« Die Kettelgurt verstellte höhnisch die Stimme. »Maximal einen halben Tag.«

»Und diese Hilfskraft soll Brynnbett sein?«, fragte Gillron, immer noch ungläubig.

»Eine Herdfeuer, sagte er, die sich sicher in vielerlei Hinsicht nützlich machen könnte.«

»Wie bitte?« Brynnbett traute ihren Ohren nicht.

»Clever wäre sie allerdings auch, sagte er.« Die Kettelgurt lächelte. »Ich habe ihm höflich gedankt und mir Bedenkzeit erbeten. Schließlich kann ich nicht irgendeine dahergelaufene Zwergin in dieses äußerst wichtige Projekt einbeziehen.«

»Dahergelaufene Zwergin?« Gillrons Augen weiteten sich. »Das habt Ihr nicht wirklich gesagt, oder?«

Brynnbett hielt für einen Moment den Atem an. *Sie meint nicht mich persönlich, sie meint nicht mich.*

»Natürlich habe ich das. Aber ich habe auch gesagt, dass der Name Herdfeuer mir durchaus geläufig und dazu angetan ist, es in Erwägung zu ziehen. Und dann habe ich mir mit den Händen den Bauch gerieben.« Sie lachte laut auf, ihre rauchige Stimme bekam einen scheppernden Klang.

»Das Krötenei hat er sicher geschluckt.« Gillron grinste. »Und wie machen wir nun weiter?«

»Ihr versucht jetzt erst mal, ungesehen aus dem Palast zu kommen, und ich werde ihm morgen sagen, dass mein Magen nach Unterstützung verlangt.« Mit scheppernd rauchigem Lachen, wandte sich Irmhold Kettelgurt an Brynnbett. »Du würdest doch etwas für uns kochen? Nur hin und wieder natürlich. Es wäre eine wahrlich nette Geste, wenn wir dem Düsterling ein paar deiner Leckerbissen überbrächten.«

»Und ihm dabei noch ein paar unserer Leckerbissen unterjubeln«, ergänzte Gillron grinsend.

Brynnbett wusste zwar nicht genau, was er damit meinte, aber sie nickte. Sie würde von Trorwenn Hammerschneid in den Palast vermittelt werden und Prallkor Donnerhals wäre Geschichte. Ende gut, alles gut.

Ungesehen aus dem Palast herauszukommen, erwies sich indes als leicht problematisch. Zwar gab es einen geheimen Weg, der in den massiven Palastwänden verlief und dessen Zugang sich in der Seitenwand der Runenhalle verbarg, doch sich darin zu bewegen, war für Brynnbett eine Herausforderung. Es schien fast, als wäre dieser Tunnel eigens für Gillron gemacht. Mal musste sie eine längere Strecke geduckt laufen, mal seitwärts mit eingezogenem Bauch. Und die rauen Wände waren alles andere als sorgfältige Zwergenarbeit. Es gab tiefe Furchen und scharfkantige Vorsprünge.

»Entschuldige bitte. Ich hatte nicht bedacht, dass ...«

»... ich so dick bin?«

»... ich so viel kleiner bin.«

Plötzlich blieb Brynnbett mit ihrem Lederwams an einem Steinvorsprung hängen. »Höhlenmist und Grottendung! Welche unfähigen Zwerge haben eigentlich diesen Foltertunnel gegraben. Für die würde ich gerne mal kochen!«

Gillron drehte sich um; sie musste die Augen zukneifen, als er ihr seine Kristalllampe entgegenstreckte. »Stimmt ja, du kannst es gar nicht wissen.«

Brynnbett ruckelte sich wieder frei und stellte erleichtert fest, dass ihre Lederrüstung heil geblieben war. »Was kann ich nicht wissen?«

»Dieser Tunnel ist nicht von Zwergen gegraben worden.« Als wollte er es beweisen, hob er die Laterne höher.

Brynnbett sah sich die Furchen im Gestein genauer an. Es waren tatsächlich nicht die üblichen Meißelspuren, die sie in den untersten Stollen gesehen hatte. Die Rillen wirkten eher ungleichmäßig, überkreuzten sich gar, als hätte sich hier ein Haufen vollkommen verwirrter Arbeiter planlos durch den Berg gekratzt. »So was habe ich noch nie gesehen.«

»Ist wahrscheinlich auch besser.« Gillron senkte die Lampe. »Wir befinden uns nämlich in einem Prillby-Stollen.«

Prillbys? Brynnbett spürte, wie ihr Puls sich beschleunigte. Widerliche Kreaturen mit eisenharten Klauen, die sich stumpfsinnig durch die Berge kratzten, immer auf der Suche nach Opfern, die sie zerfleischen und verzehren konnten. »Du willst mir jetzt nicht sagen, dass wir hier auf Prillbys treffen können, oder?« Während ihrer Waffenausbildung war dieses einfältige, aber höchst angriffslustige Volk kaum mehr als eine Randbemerkung gewesen, galt als ausgelöscht in der unmittelbaren Umgebung der Goldenen Stadt.

»In Eskrinor? Wo denkst du hin. Ich wäre der Letzte, der dann noch einen Fuß hier reinsetzen würde.« Er lachte. »Diese Tunnel sind aus einer Zeit, bevor Eskrinor zur Goldenen Stadt wurde. Aus den Anfängen unseres Volkes sozusagen. Die meisten dieser Gänge wurden nach und nach zu wichtigen Verbindungswegen oder sogar zu Hallen und Versammlungsräumen ausgebaut.« Gillron ging weiter, während Brynnbett sich hinterherzwängte. »Nur wenige sind übrig geblieben. Und kaum einer weiß davon.«

Allzu verständlich. Bei den großzügigen Wegen und Straßen in der Stadt, würde sie sich auch nicht mit solchen engen Foltertunneln aufhalten. Allerhöchstens, um sie zuzumauern. »Hauptsache, die Prillbys wollen ihr Reich nicht irgendwann zurückhaben.« Es war kein konkreter Gedanke, eher so ein Satz, den man sagte, um überhaupt etwas zu einem Thema zu sagen und es damit abzuschließen. Doch als er einmal ausgesprochen war, kam es Brynnbett plötzlich so vor, als läge das durchaus im Bereich des Möglichen.

»Soweit ich weiß, glaubt niemand daran. Im westlichen Eskringebirge können diese Viecher schließlich ungestört graben und sich an Grabmäulern und Tölpelkröten gütlich tun. Außerdem gibt es dafür ja unsere Außenposten. Die sollten ausreichen, um rechtzeitig Alarm zu schlagen.«

Die Außenposten von Eskrinor. Auch davon hatte sie während ihrer Ausbildung gehört. Ein Verteidigungssystem, das seinesgleichen suchte. An strategischen Punkten um die Stadt angeordnet und mit äußerst schnellen Verbindungswegen gekoppelt. Was das wiederum bedeutete, war streng geheim. »Weißt du mehr über diese Außenposten?«

»Ich habe meine Theorien. Aber das ist alles so vertraulich, dass sich niemand traut, auch nur darüber zu spekulieren.«

»Aber du tust es trotzdem?« Brynnbett zog den Bauch ein und zwängte sich seitwärts durch eine besonders schmale Stelle.

»Erstens bin ich der Schüler der Runenmeisterin Kettelgurt, zweitens weiß ja keiner, dass ich es tue, und drittens kann ich im Zweifel den tumben Krüppel mimen.«

Das glaubte sie ihm aufs Wort. Den Palastwächtern hatte er auch, ohne rot zu werden, ein Doka für ein Melbo verkauft.

»Vorsicht.«

»Autsch.« Brynnbett blieb an einer Unebenheit hängen, stolperte vorwärts und prellte sich das Knie an einem Felsvorsprung. »Die Warnung kam zu spät.« Sie rieb sich ihr Bein.

»Entschuldige.« Gillron senkte die Stimme. »Eigentlich meinte ich, dass wir jetzt leiser sein müssen, weil wir gleich den Stollen verlassen.«

»Den Göttern sei Dank«, flüsterte sie. »Und wo kommen wir raus?«

»In einer Nische der Eingangshalle.«

»Ehrlich? So weit sind wir doch noch gar nicht gegangen.« Wenn sie an die vielen Gänge und Abzweigungen auf dem Hinweg dachte, konnten sie gerade mal den halben Weg geschafft haben.

»Der Prillby-Stollen verläuft die ganze Zeit in der Außenwand und muss keine Säle umrunden. Deshalb ist er kürzer.«

Brynnbett nickte. Hauptsache, raus aus dem Foltertunnel.

»Warte mal.« Gillron ging einige Schritte voran, löschte das Licht und machte sich an etwas zu schaffen. Es knackte, ein winziger Lichtstrahl fiel in den Tunnel. »Scheint, als ob die Luft rein wäre.« Es knackte erneut und der Lichtpunkt verschwand. »Ich gehe erst einmal alleine raus.« Er öffnete eine Tür und plötzlich wurde es richtig hell. Doch kaum war er hindurchgehuscht, wurde es wieder dunkel.

Brynnbett tastete sich vor, fuhr mit den Händen an der Wand entlang, fand den Riegel der Tür und eine winzige Klappe auf Augenhöhe. Sie fühlte nach dem Mechanismus und hebelte das Guckloch auf. Knack. Vor ihr erstreckte sich die Eingangshalle. Bis auf die Büsten auf den Simsen der überdimensionierten Kamine zu beiden Seiten des Hauptkorridors war nichts zu sehen. Wo war Gillron?

Plötzlich hörte sie Schritte ... die stehen blieben. Dann weitere Schritte und einen kurzen Wortwechsel, von dem sie keine einzige Silbe verstand. Auf einmal betraten zwei Krieger der Palastgarde die Eingangshalle, durchquerten sie, ohne innezuhalten, und verschwanden im Hauptkorridor zum Thronsaal. Brynnbett merkte, dass sie die Luft angehalten hatte, und atmete angespannt weiter.

Wieder Geräusche von Stiefeln, leicht unrhythmisch. Gillron? Tatsächlich trat er in ihr Blickfeld, sah sich noch einmal um und winkte ihr zu. Sofort presste sie sich gegen die Tür und schlüpfte hinaus.

»Gut, dass du das Guckloch benutzt hast. Wir müssen uns beeilen.« Gilli reichte ihr ein Tuch, das von der Größe eher einem Bettlaken glich. »Nutze es als Umhang und zieh es dir auch über den Kopf.«

Brynnbett tat es, auch wenn sie sich etwas albern vorkam.

»Vorne etwas besser zuhalten. Ja, genau so.« Er nickte zufrieden. »Wenn wir vor den Palast treten, darfst du gern ein wenig bucklig und hinfällig wirken. Den Rest mache ich.«

»Was planst du jetzt wieder?« Seufzend beugte sie sich vor.

»Nicht reden«, bat er sie und humpelte voran.

Sie stöhnte unwillig, blieb aber dicht hinter ihm.

»Sehr gut«, raunte er. »Stöhnen passt zu deiner Rolle.«

In Kinderzeiten hatte sie es mal mit Schattenspielen versucht, das war indes auch schon alles, was sie in Sachen Rollenspiel ausprobiert hatte.

»Mütterchen«, begann Gilli plötzlich in überlautem Tonfall. »Ich hatte es Euch bereits in den frühen Morgenstunden gesagt, aber Ihr wolltet es ja nicht wahrhaben.«

Sie waren noch nicht durch das hohe Palasttor, doch die Wachen konnte Brynnbett schon sehen. Hinfällig zog sie den Kopf ein und schlurfte mit den Füßen über den goldenen Boden. »O weh, o weh«, stöhnte sie.

»Ihr mögt ja die Amme des Vetters des Oheims der Stammesvaters-Bruder-Tochter gewesen sein, aber deshalb auf einen Wohnraum im Palast zu hoffen, ist zu viel des Guten.«

Vetter-Oheim-irgendwas. Bei solch komplizierten Verwandtschaftsgraden musste man sich das Gehirn verrenken und wäre anschließend auch nicht schlauer. Sehr clever, Gilli. »Oje, ach, aaaach!« Gleich würden sie die Wachen passieren.

»Einfach weitergehen, egal was passiert«, hörte sie Gillron flüstern, dann sprach er lauter. »Wer hat Euch nur auf so eine aussichtslose Idee gebracht? Den Vormittag hättet Ihr wahrlich bequemer woanders verbringen können.«

»Hmmm, hmmm.« Sie sah, wie die Wachen sich zu ihnen umdrehten, und senkte ihren betuchten Kopf noch weiter, während sie tapfer weiterschlurfte und -hinkte, was ihr durch den nur langsam abklingenden Schmerz im Knie leicht fiel.

»Das muss man sich mal auf der Zunge zergehen lassen.« Gilli blieb hinter ihr zurück und redete auf die Wachen ein. Brynnbett stellte sich vor, wie er wieder irgendetwas aus seinen Robentaschen zog und damit vor ihren Gesichtern herumfuchtelte. »Irgendwelche zweifelhaften Verwandtschaftsverhältnisse anführen und dreist um Obdach zu bitten. Da könnte ja jede kommen. Als ob unser Stammesvater für die Linderung allen Elends zuständig wäre. Ist die Last auf seinen Schultern nicht schon groß genug? Wir sind hier schließlich in der Goldenen Stadt. Meiner Treu! Was für eine Verantwortung. Aber wem sage ich das? Ihr habt wahrlich auch viel zu leisten. Diese Verantwortung, tagein, tagaus die Spreu vom Weizen zu trennen. Wer kann auch nur erahnen, wie das sein muss?«

Die goldene Rampe zur Thingebene hinab kam näher, Gillrons Stimme war nicht mehr zu hören, doch Brynnbett behielt den Kopf weiter gesenkt und den schlurfenden Schritt bei. Noch war sie in Sichtweite. Dann, als sie das Ende der Rampe schon sehen konnte, plötzliche Stiefelgeräusche hinter ihr, die im Laufschritt näher kamen – zu dritt oder zu viert vielleicht. Instinktiv wich sie zur Seite und machte sich auf einen Angriff gefasst. Sie würden sie festnehmen, und ihre Hoffnung auf die Arbeit für die Runenmeisterin wäre dahin. Wie sollte sie ihre Verkleidung erklären? Wie könnte sie Gilli und die Kettelgurt raushalten?

Dann hörte sie ihren schmächtigen Freund rufen: »Ein Hoch auf die Elitekämpfer der Hochtor-Kaserne! Sicherheit für Eskrinor!«

Plötzlich tönten weitere Stimmen zu ihr herüber, die Gill-rons Ruf aufnahmen. »Sicherheit für Eskrinor!«

Brynnbett lehnte sich an die Wand und sah auf, als die Krieger der Hochtor-Kaserne mit stolzem Lächeln vorbei-liefen und von Passanten der Thing-Ebene mit dem gleichen Ruf empfangen wurden, in den sie jetzt einstimmte. »Sicher-heit für Eskrinor!«

Seither waren einige Tage vergangen. Brynnbett war täglich zur Niedertor-Kaserne gelaufen, um auf dem Schwarzen Brett nachzusehen, ob es etwas Neues zur Auswahl der Bestan-denen gab. Bisher ergebnislos. Im Palast war sie auf Anraten der Runenmeisterin noch nicht wieder gewesen. Doch sie wusste von Gilli, dass Irmhold Kettelgurt dem düsteren Runenmeister ihre Bereitschaft signalisiert hatte, diese Herd-feuer in ihre Dienste zu nehmen. Trotzdem passierte nichts.

Das Warten auf Nachricht war zermürbend, aber zumin-dest half Gillron ihr dabei, die Zeit sinnvoll zu nutzen. Sie lernte das Alphabet der magischen Runen und die gängigsten Kombinationen. Er erklärte ihr, mit welchen Essenzen man die Runenmacht normalerweise binden würde und was für Substanzen auf schwarze Runenmagie hinweisen konnten.

»Viele dieser Gifte, wie wir sie nennen, werden dir schon durch den sonderbaren bis abartigen Geruch auffallen. Wie etwa Schrilkhornblut oder Dunkelkronenschuppen.« Er schlug ein Buch auf, in dem relativ weit vorn ein Dunkelkronenfisch und weiter hinten eine fies pickelige Schrilkhornassel abgebil-det waren. *Definitiv ein Buch, das schlechte Träume macht.* Brynn-bett schluckte ihren Ekel hinunter.

Überhaupt schleppte Gillron jeden Tag weitere Folianten und Pergamentrollen in den Hinterhof seiner Eltern, wo er ihr provisorisches Arbeits- und Studierzimmer eingerichtet hatte. »Nur, um dich mit den wichtigsten Grundlagen vertraut zu machen«, beteuerte er ein ums andere Mal.

»Gilli, bitte sieh es mir nach, aber ich kann heute nichts mehr aufnehmen.«

»Oh.« Er sah ein wenig geknickt aus.

»Es liegt nicht an dir, aber ich bin nun mal eher praktisch veranlagt.« Tatsächlich hatte sie sich heute das erste Mal wieder nach den tänzerischen Trainingskämpfen in der Kaserne zurückgesehnt. »Wenn ich nicht bald etwas Anständiges zu tun bekomme, rosten meine Gelenke ein, während mein Kopf zerspringt.«

»Verstehe.« Nachdenklich strich er sich über den Kinnbart. Kurz darauf weiteten sich seine erdbraunen Augen; ein untrügliches Zeichen dafür, dass ihm eine Idee gekommen war. »Du würdest also eine praktische Übung bevorzugen?«

Sie neigte den Kopf zur Seite und schaute ihn skeptisch an. Was hatte er jetzt wieder ausgebrütet?

»Eine praktische Übung, die für die Umsetzung von Meisterin Kettelgurts Plan von größter Wichtigkeit ist, dir aber keine weitere Bücherlektüre abverlangt?«

»Vielleicht«, antwortete Brynnbett vorsichtig.

»Etwas, das dir Spaß und mir Freude macht?«

»Könnte sein, ja.«

»Dann darfst du heute für meine ganze Familie kochen.«

Brynnbett schüttelte lachend den Kopf. »Und deiner Mutter ihren Platz streitig machen? Ich denke, das wäre keine gute Idee.«

»Es wäre sogar eine wunderbare Idee.« Wie bestellt stand Mutter Wunderling an der Tür zum Hinterhof, bekleidet mit einem langen Wollrock, dessen eingewobene Silberfäden an das Spinnennetzmuster ihres Oberteils anknüpften.

Sofort hatte Brynnbett unzählige Achtbeiner im Kopf, die sich abgeseilt hatten und jetzt irgendwo zu den Füßen herumkrabbelten. Inzwischen wusste sie, dass Gillis Mutter eine Schneiderin und sein Vater ein Weber war. Sie hatten schon in jungen Jahren einen Laden eröffnet und waren für ihre wunderliche Kleidung bekannt, die ihnen schließlich den eigentümlichen Familiennamen beschert hatte.

»Wirklich, ich finde die Idee großartig.« Sie kam strahlend auf Brynnbett zu. »Sich nach getaner Arbeit an einen gedeckten Tisch zu setzen, ohne selbst an den Herd zu müssen, klingt äußerst verlockend.«

»Dann darf ich wohl nicht nein sagen.« Brynnbett schenkte Gillrons Mutter ein Lächeln, während sich in ihrem Kopf die Gedanken überschlugen. Was um der Ahnen willen sollte sie kochen? Hatte sie die Rezepte ihrer Mutter auswendig im Kopf? Und wo bekam man in Eskrinor die passenden Zutaten her?

Pleschkaar sollte sie in jedem Fall hinbekommen. Allerdings war das vielleicht zu schlicht. Kaulbirnen mit knusprig gerösteten Grillpen machten sicher mehr her. Oder besser klassisches Messluhm? Dann freilich nicht wie üblich, sondern leicht abgewandelt auf geschnetzelten Grottenpilzen mit Steinzwiebeltartar. Ja, das klang tatsächlich gut. Aber würde sie das hinbekommen?

»Nur keine Aufregung«, sagte Gillron, als hätte er ihre Gedanken gelesen. »Wir sind nicht sehr anspruchsvoll.«

»Vielen Dank, mein Sohn.« Mutter Wunderling schüttelte den Kopf, sodass sich einer der festgesteckten Zöpfe aus ihrer Frisur löste und ihr ins Gesicht fiel. Mit geübten Fingern öffnete sie eine Haarspange und steckte ihn wieder fest. Erst jetzt erkannte Brynnbett die Form der grazilen Spangen und lächelte. Endlich war ihr eine Idee gekommen, was sie kochen könnte.

17
RAIWEN

Völlig außer Atem blieb Raiwen stehen, als sich weit vorne die Spitze des Heers in Bewegung setzte und Reihe für Reihe ihr folgten.

»Willst du hier Wurzeln schlagen?«

Erschrocken wirbelte er herum und sah direkt ins Gesicht des Spurenkundigen aus Kyriejahs Führungskreis. »Mellenkorh-Evonurh, warum seid Ihr nicht vorne bei unserer Thronwächterin?«

Der kleine Elb strich sich eine rotbraune Strähne aus dem Gesicht und lächelte. »Das könnte ich Euch fragen.«

»Bei mir ist es meiner Sentimentalität geschuldet. Ich wollte noch einen guten Freund verabschieden, der allerdings verschlafen hatte. Und bei Euch, Freund Evonurh?«

»Also, das ist ganz einfach.« Mellenkorh grinste breit. »Ich wollte mich mit dem wichtigsten Mann dieser Mission gut stellen. Aber nennt mich bitte nur Evon.«

»Evon also. Gern.« Raiwen blickte nervös zu den Elbenkriegern, die Reihe für Reihe an ihnen vorbeimarschierten, denen folgend, in deren Kreis sie beide jetzt sein sollten. Dann ging ihm auf, was der Spurensucher gesagt hatte. »Mit dem wichtigsten Mann gut stellen? Wer soll das sein?«

»Der oberste Heiler natürlich. Ich möchte schließlich in einem Stück zurückkommen.«

Raiwen fühlte sich auf den Arm genommen und lachte unsicher. »Ich fürchte, der oberste Heiler fällt gerade in Ungnade, weil er nicht beizeiten an der Seite der Thronwächterin war. Vielleicht solltet ihr Eure Entscheidung überdenken.«

»Ach, woher?« Der Spurenleser winkte ab. »Und lass uns bitte das ›Euch‹ weglassen. Ich lege nicht viel Wert auf solche Formalitäten, außerdem haben wir einen gemeinsamen Auftrag der Thronwächterin.«

»Wir haben was?«

»Ich hatte eine kleine Überraschung für Anastina-Kyriejah geplant und war so frei, dich als meinen Helfer auszugeben, als du nicht rechtzeitig da warst.«

Jetzt verstand Raiwen gar nichts mehr. Sie hatten sich erst einmal gesehen und schon gab er ihm Rückendeckung? »Ich helfe ja gern, aber wobei eigentlich? Was, wenn Kyriejah dir nicht abnimmt, dass du Hilfe brauchtest? Du könntest meinetwegen in Ungnade fallen. Und wir kennen uns nicht einmal.«

»Aber du kanntest meinen Vater.«

»Was?« Raiwen sah genauer hin, doch da waren keine Merkmale, die ihm bekannt vorkamen. Er schüttelte langsam den Kopf. Die grünen Augen wirkten ein wenig vertraut, das schon. Aber der Rotstich der langen Haare war so ungewöhnlich, dass er ihn nirgends unterbringen konnte. »Nein, tut mir leid. Du musst dich irren, ich habe ein gutes Gedächtnis.«

Als Evon sich das Haar hinter die Ohren strich, weiteten sich Raiwens Augen. »Du bist ein Halbelb?«

Der Spurenleser nickte. »Meine Mutter kam aus Tyklahr. Weißt du jetzt, wer mein Vater gewesen sein könnte?«

Raiwen dachte nach. Eigentlich kam nur *ein* Waldelb infrage, von dem eine derartige Verbindung bekannt war. »Torengorh-Kevonurh.« Er erinnerte sich gut an den eigenwilligen Elb, der als Botschafter für das Waldelbenvolk in den Königreichen der Menschen unterwegs gewesen war. Damals, als die Elbenreiche sich sicher wähnten und die Magister noch keinen Einfluss an den Höfen der Könige hatten. »Du hast seine Augen, aber dein Haar und deine Statur haben mich verwirrt.«

»Da komme ich wohl eher nach meiner Mutter.« Evon schüttelte den Kopf und die zu klein geratenen Elbenohren verschwanden unter seiner rotbraunen Mähne. »Mein Vater erzählte mit großer Hochachtung von dir.«

»Eine lange Geschichte.« Raiwen wandte sich ab und sah dem Heer nach, das ohne sie gen Westen ziehen würde, wenn sie nicht langsam losliefen, um es wieder einzuholen. Am liebsten wäre er sofort losgerannt, doch Evons fragender Blick hielt ihn zurück. Er wusste noch sehr gut, aus welchem Grund Torengorh ihm dankbar war. Aber dieses dunkle Kapitel Gohlannbjahrs wollte er nicht wieder hervorholen. Er hatte seinen Frieden damit gemacht, und das war schwer genug gewesen. »Wenn wir Kyriejah einholen wollen, wird es Zeit«, sagte er stattdessen. »Sollte das Heer vor uns die Ausläufer der Kesselberge erreichen, werden wir kaum Platz haben, um an den Einheiten vorbei zu Kyriejah aufzuschließen.«

»Dann ist es Zeit für unseren Auftrag.« Evon wies auf den Waldrand. »Und der führt uns genau dorthin.«

»Zurück nach Gohlannbjahr?«

»Zurück zu meiner Überraschung.« Ehe Raiwen auch nur fragen konnte, spurtete der Halbelb los.

»Und was für eine?«, rief Raiwen ihm nach und hastete hinter Evon her. »Was für eine Überraschung ist das?«

Doch der Spurenleser antwortete nicht, sondern eilte leichtfüßig zwischen den Bäumen hindurch und wurde erst langsamer, als es durch ein Dickicht ging, das mit langen Dornen gespickt war. »Wir sind gleich da.« Er schlängelte sich an hohen Farnen vorbei.

Raiwen lief dicht hinter ihm. Er wollte den kleinen Halbelb zwischen den mannshohen Farnwedeln nicht aus den Augen verlieren. Doch die Angst erwies sich als unbegründet, nur einen Augenblick später blieb Evon am Rand einer Lichtung stehen.

Suchend sah der Halbelb sich um. »Sie sind anscheinend ein wenig in den Wald gelaufen. Aber das haben wir gleich.«

»Wer sind *sie*?« Irgendwie verlief dieser Vormittag vollkommen anders, als Raiwen sich das vorgestellt hatte.

»Geduld ist nicht deine Stärke, oder?« Der Halbelb grinste. Dann spitzte er die Lippen und gab Pfiffe von sich. Keine gewöhnlichen, eher eine Art Trällern oder Tirilieren.

»Du willst jetzt keine Wachteln anlocken, oder?«

»Weit gefehlt.« Evon lächelte, »Meine Überraschung ist ein kleines bisschen größer.«

Wie auf Kommando knackte es im Unterholz. Zweige brachen, Büsche bewegten sich, unwillkürlich machte Raiwen einen Schritt rückwärts. Ihn beschlich eine leise Ahnung, doch das konnte nicht sein. Sie waren bereits vor langer Zeit aus den östlichen Wäldern verschwunden.

»Nun kommt schon. Wir können nicht ewig warten«, rief Mellenkorh und pfiff noch einmal. »Sie sind normalerweise nicht scheu oder ängstlich, aber womöglich spüren sie, an welchen Ort ich sie gebracht habe.«

»An den Ort ihrer Ahnen«, raunte Raiwen.

Der Halbelb nickte begeistert. »Ich dachte mir, dass du dich erinnerst.« Er wies auf die andere Seite der Lichtung. »Schau!«

Als die Zweige sich teilten und mannshohe Farnwedel zu Boden gedrückt wurden, stockte Raiwen der Atem. *Nein, ein Gryd-Felluhr ist wahrlich nicht ängstlich.*

Erneutes Knirschen, brechende Äste und knickende Farne. *Und zwei von ihnen schon gar nicht.*

Vollkommen gebannt schaute Raiwen zu den mächtigen Tieren auf, die anmutig über die Lichtung auf sie zuschritten. Die Menschen nannten sie Große Waldpferde, aber der Name wurde ihnen nicht gerecht. Ihre Gestalt mochte einem Pferd ähneln, doch das seidige Fell mit dem sanftgrünen Schimmer unterschied sich ebenso wie die Köpfe, auf denen gehörnte Halbkränze mit drei Dornen thronten und den Eindruck einer Krone vermittelten.

»Ich dachte immer, es gibt keine mehr. Wo hast du sie gefunden?«

»Ich habe sie aus meiner Heimat mitgebracht. In den Athür gibt es sie durchaus noch, ihr Bestand hat sich während der letzten Sommer sogar ein wenig erholt. Diese zwei hatten ihre Weidegründe auf den Moosinseln östlich von Jozh-Yrdazh und waren gleich sehr vertraut mit mir.«

Raiwen sah auf die dreigeteilten Hufe, die sich auf dem weichen Untergrund spreizten. »Die Athür also. Ich hätte es mir denken können.« Er sah Evon zu, der dem größeren Gryd-Fehluhr über das grün schimmernde Fell streichelte.

»Es ist mein Geschenk an das Fürstenhaus von Gohlannbjahr und damit auch an die Thronwächterin.«

»Nein, das kann nicht dein Ernst sein. Eigentlich schulden die Waldelben dir ein Geschenk, nicht umgekehrt.« Ungewollt fluteten ihm jetzt doch die Erinnerungen an Evons Vater durch denKopf. Hässliche Worte, fliegende Steine und grausame Wunden – weil die Liebe eines Elbs angeblich die Werte seines Volkes verraten hatte. Offenes Fleisch bis zum Knochen und peinigender Schmerz. Evons Vater war näher bei den Seelen denn bei den Lebenden gewesen.

»Aber nein. So denke ich nicht. Deine Heilung hat meinem Vater ein zweites Leben ermöglicht und eine neue Heimat geschenkt. Nur deshalb war das Schicksal gut zu mir.«

»Deine Sichtweise ehrt dich, aber wozu braucht es dieses fürstliche Geschenk?« Raiwen musste daran denken, wie viele Monde er um das Leben von Evons Vater gerungen hatte. Selbst noch am Anfang der Heilerausbildung und auf Hilfe angewiesen, die ihm niemand geben wollte – bis das Schicksal Zhinlohr nach Gohlannbjahr geführt hatte.

»Mein Wunsch war es, die Heimat meines Vaters kennenzulernen, ohne jemanden durch meine bloße Anwesenheit vor den Kopf zu stoßen. Die Enttäuschung über meinen Vater, wie gerechtfertigt wir sie auch bewerten mögen, sitzt tief. Anders lässt sich die Vergangenheit nicht erklären. Deshalb überlegte ich, wie ich es deinem Volk einfacher machen könnte, mich unter euch zu dulden.«

Raiwen schüttelte den Kopf. »Womöglich beschämst du die, die du eigentlich besänftigen möchtest. Dein Geschenk könnte neuen Argwohn oder gar Neid wecken.«

»Alle kann ich nicht glücklich machen, das ist mir klar. Doch die Thronwächterin habe ich auf meiner Seite, da bin ich mir sicher. Sie wird es lieben, auf ihnen zu reiten.«

Damit dürfte er allerdings recht haben. Gryd-Felluhre, seit jeher den Fürstenhäusern und ihrer Garde vorbehalten, verliehen der Thronwächterin weiteren Glanz. Das Heer der Waldelben würde ihr zu Füßen liegen. Bei dem Gedanken erschrak Raiwen. »Kyriejah! Bei den Seelen, wir müssen uns beeilen.« Er drehte sich um und wollte schon loslaufen, als Evon ihm zurief, er solle stehen bleiben.

»Du willst nicht wirklich zu Fuß gehen, wenn zwei Gryd-Felluhre in der Nähe sind, oder?«

Raiwen schluckte. »Ich soll auf eines dieser übergroßen Tiere steigen?«

»Ich habe Kyriejah erzählt, dass du noch nicht da bist, weil du mir hilfst, sie zu holen. Wäre dumm, wenn ich sie jetzt alleine bringe.« Er grinste Raiwen schelmisch an.

»Evon, ich ... ich bin noch nie in meinem Leben geritten.«

»Dann wird es Zeit, dass du diese Erfahrung machst.« Der Halbelb gab ein leises Kommando und das größere Tier kniete sich auf die Vorderbeine.

»Ich soll ausgerechnet auf den Hengst?«

»Eben nicht.« Evon tätschelte die Flanke des Gryd-Felluhrs. »Bei den Waldpferden sind die Stuten die Größeren.«

Langsam gingen Raiwen die Argumente aus, überdies spielte die Zeit gegen ihn, also lenkte er ein. »Du versprichst mir, meine Einzelteile wieder einzusammeln, wenn ich durch einen Sturz zerschmettert werde?«

Eigentlich sollte es lustig klingen und über seine Furcht hinwegtäuschen, aber als die Stute sich zu ganzer Größe aufrichtete und der Waldboden plötzlich unglaublich weit zurückwich, fürchtete er, es könnte genau so kommen.

»Zumindest werde ich versuchen, alle Teile von dir zu finden.« Evon lachte. »Auch die matschigen.«

»Die matschigen?« Raiwen sah zum Halbelb hinüber, der sich behände auf den Rücken des Hengstes schwang.

»Wenn du stürzt, liegst du auf dem Boden, oder nicht?«

»Aber es ist doch nicht überall feucht oder matschig.«

»Vorher nicht. Aber wenn du unter einem dieser Tiere landest, steigt die Wahrscheinlichkeit.«

»Sehr witzig. Du hast wohl auf dem Weg durch die Sümpfe einen Hofnarren verschluckt.« Raiwen war auf dem Rücken dieses Geschöpfes nicht zum Lachen zumute.

»Ein schönes Bild«, meinte Evon glucksend, auf seinem Gryd-Felluhr in bester Laune. »Aber jetzt konzentriere dich besser aufs Reiten. Press deine Schenkel eng ans Tier, beug dich ein wenig nach vorn und halte dich an der Mähne fest.«

Pressen, beugen, festklammern – damit konnte Raiwen etwas anfangen.

Evon stieß einen leisen Pfeifton aus, der Hengst setzte sich in Bewegung und auch die Stute trabte an.

Raiwen spannte die Beinmuskeln an und konnte doch nicht verhindern, dass er auf dem Rücken des Tieres unkoordiniert auf und ab hopste.

»Pass dich ihrem Rhythmus an!« Wie schaffte Evon es nur, so elegant auszusehen, während er sich nach hinten umdrehte und gleichzeitig vorwärtsritt? »Der Rhythmus!«, wiederholte er.

Was machte der Halbelb anders? War es denn wirklich so einfach, wie es bei ihm aussah?

»Es ist ganz leicht. Man muss nur ein wenig Kraft in den Beinen haben und sich auf das Tier einlassen.«

Raiwen hoppelte auf dem Rücken wie ein Spielball auf steinigem Pfad, mühte sich aber, es Evon gleichzutun. Und dann, nur einen Augenblick später und mehr durch Zufall denn durch Können, spürte er plötzlich, was sein Begleiter meinte.

Im gleichen Moment erreichten sie die Schneise zwischen den Wäldern und sahen das Heer in der Ferne verschwinden. Verzweifelt stieß Raiwen einen leisen Fluch aus. Sie würden ewig brauchen, um sie einzuholen.

»Geht es?« Diesmal hatte Evon sich gänzlich auf dem Rücken des Hengstes umgedreht, als wäre es ein Kinderspiel.

»Ja.« Raiwen blickte sorgenvoll auf den Boden hinab. »Selber laufen würde mir trotzdem besser gefallen. Und viel langsamer wären wir auch nicht.«

Plötzlich grinste Evon so breit, dass für Raiwens Gesicht nichts mehr übrig blieb und ihm der Anblick Sorgenfalten auf die Stirn jagte. »Was immer du vorhast ...«

Evon drehte sich geschmeidig wieder um.

»Tu – das – bitte – nicht!«

Der Halbelb beugte sich vor.

»Nein!«

Dann gellte ein Pfiff und die Gryd-Felluhre jagten los, galoppierten wie besessen über die grasbedeckte Schneise.

Pressen, beugen, festklammern! Kalter Wind schlug Raiwen ins Gesicht und schmerzte in den Augen. Er hatte Mühe, sich festzuhalten, spürte die Angst in den Gliedern, während die Bäume des Waldes wie flüchtige Schatten an ihm vorbeiflogen. *Rhythmus!* Raiwens Schenkel verkrampften sich, er krallte sich fester in die Mähne. *Mir fehlt der Rhythmus.* Aber was sollte er ändern? Jeden Moment müssten die Nägel seiner Finger ins Fleisch der Felluhr-Stute eindringen. Das Tempo raubte ihm den Atem, die eisige Luft trieb ihm Tränen in die Augen. Aber er traute sich nicht, sie zu schließen. *Kontrolle! Ich muss sehen, wohin wir reiten.* Doch er hatte alles andere als die Kontrolle.

»Magie«, hörte er Evon. »Nutze Magie, wenn du kannst!«

Wie meinte er das? Sollte er seiner ureigenen Kraft den Raum geben, sich zu entfalten? Auf dem Rücken eines Gryd-Felluhrs? Ohne Berührung mit dem Boden würde es ihn zu viel Energie kosten. Ein Ruck ging durch das Tier, als es eine Vertiefung passierte, Raiwen rutschte zur Seite. Pressen, festklammern und – Magie wirken!

»Vorsicht!«, rief Evon.

Die letzte Kriegerreihe des Heers marschierte direkt vor ihnen. »Vorsicht!«, schrie er jetzt selbst, um die Einheiten zu warnen. Doch die Felluhre waren klug genug, um an den Kriegern vorbeizugaloppieren.

Raiwen versuchte, sich mit der Schulter die Tränen aus den Augen zu wischen, sah undeutlich, wie einige der Elbenkrieger aus dem Tritt gerieten.

»Gryd-Felluhre!« Erstaunte Rufe erhoben sich. »Fürstenreiter!« »Seht doch!«

Raiwens Muskeln verkrampften sich, seine Oberschenkel brannten, aber er musste oben bleiben – jetzt erst recht. Inständig hoffte er, dass der Weg weiter vorn auch noch genügend Platz bot, um bis an die Spitze zu galoppieren.

»Vorsicht!«, brüllte Evon wieder. »Ein Felsen!«

Ehe Raiwen reagieren konnte, stieß die Stute sich vom Boden ab, sprang in weitem Satz über das Hindernis ... und der Rhythmus, den er sich so mühsam erkämpft hatte, war fort.

»Festhalten!«, schrie Evon noch einmal, als die Stute mit den Vorderläufen wieder aufkam und die Wucht Raiwen vom Rücken des Tiers hob.

Von einem Moment auf den anderen flutete Magie durch seinen Körper, getrieben von panischer Angst, beim Sturz zerschmettert zu werden. Lianen schossen ihm aus den Fingern, schlangen sich um das Gryd-Felluhr und um ihn selbst. Sie konnten die Kraft des Stoßes nicht abfedern, hielten ihn aber auf dem Rücken der Stute.

Noch immer biss die Kälte in seinen Augen, doch die Tränen paarten sich mit Erleichterung. Endlich merkte er, wie die panische Angst nachließ. Das Gryd-Felluhr hatte ihn sicher über das Hindernis gebracht und er wusste jetzt, dass er ihr vertrauen konnte. Sein Atem beruhigte sich, erst jetzt fühlte er die Wärme des Tiers unter sich. In diesem Augenblick spürte er zum ersten Mal, dass sie eine Einheit waren. Trotz der fehlenden Erfahrung, trotz seiner ungestümen Magie und des eisigen Windes hatten sie einen gemeinsamen Rhythmus gefunden. Raiwen beugte sich zum Kopf der Stute und strich über ihren Hals. »Ich spüre dich«, sagte er und ließ ein wenig von seiner Kraft in ihren Körper strömen.

Sie gab ein ungestümes Wiehern zur Antwort, einen Laut, der nach purer Lebensfreude klang und Raiwen ein Lächeln aufs Gesicht zauberte. Er fing einen Blick von Evon auf, der ihm anerkennend zunickte.

Gemeinsam galoppierten sie an den Einheiten der Legionen vorbei und freuten sich über die erstaunten Blicke der Kriegerinnen und Krieger. Viele wandten sich zu ihnen um, die überraschten Rufe eilten schneller voraus, als die Gryd-Felluhre voranpreschen konnten.

Als sie die hohen Wagen der Versorgungseinheit hinter sich hatten und die Spitze des Heers in Sicht kam, erklangen Fanfaren von vorne und sie verlangsamten ihr Tempo.

»Am Anfang war ich ja etwas unsicher«, gestand Evon, als Raiwen zu ihm aufgeschlossen hatte. »Aber du bist der geborene Reiter. Es war gut, es dir zuzutrauen.«

»Danke für die Blumen.« Er streichelte den Hals der Stute. »In Zukunft würde ich es trotzdem begrüßen, wenn du mich vorwarnst, bevor du mir etwas zutraust. Oder nein.« Er runzelte die Stirn. »Besser, du traust mir nie wieder etwas zu.«

»Abwarten«, meinte Evon zwinkernd.

Raiwen seufzte. Sein neuer Freund gehörte wohl zu den Unverbesserlichen. Trotzdem war er froh, dass der Halbelb beim Zug der Heere dabei war. Als ein weiteres Signal erklang, richteten die Elbenkriegerinnen und -krieger sich mit einer geschmeidigen Bewegung neu aus und standen stramm, die Gesichter ihnen beiden zugewandt, vor allem aber den Gryd-Felluhren. *Die Fürstenreiter kommen.* Stolz schaute Raiwen nach vorn und entdeckte endlich die Thronwächterin, die inmitten ihrer Heermeister an der Spitze des Heers auf sie wartete.

Hoch erhobenen Hauptes stand sie wie eine Fürstin im Licht der Morgensonne. Ihre Rüstung glich denen ihrer Gefolgschaft – ja, sogar der Stoff des grünen Umgangs war der gleiche. Sie zeigte den Truppen, dass sie eine von ihnen war. Einmal mehr bewunderte Raiwen sie für ihr Führungsgespür. Einzig ihr goldener Helm unterschied sich von den anderen und unterstrich ihren Rang: Glänzende Smaragde ließen die Farbe der Waldelben im Licht der Sonne funkeln. Sie sah zufrieden aus, wie sie so dastand – vielleicht sogar glücklich.

»Ich würde zu gerne wissen, worüber sie sich mehr freut«, raunte Evon. »Dass wir ihr zwei Fürstenrösser bringen oder dass ihr ganzes Heer die edlen Tiere bereits gesehen hat.«

»Etwas von beidem vielleicht.« Raiwen reckte das Kinn in der Hoffnung, nach dem wilden Ritt trotz Angstschweiß und Kälte Würde auszustrahlen. Und ein kleines bisschen, das musste er zugeben, sonnte er sich im Glanz der Aufmerksamkeit. Was immer noch geschehen mochte, er war einer der zwei, die Kyriejah die Felluhre gebracht hatten.

Nur wenige Augenblicke später war der Moment vorbei, als sie von den Fürstenrössern abstiegen, um sie der Thronwächterin zu übergeben.

Ihr Blick war wohlwollend, doch ihre Dankesrede kurz, als könnte sie es nicht erwarten, selbst auf dem Rücken der edlen Geschöpfe zu sitzen. Und dann, als sie die Stute für sich erwählt hatte und aufgesessen war, richtete sie den Blick auf das Waldelbenheer und erhob kraftvoll die Stimme. »Seht, meine Brüder und Schwestern. Solange unser Blut zusammenhält, können Wunder geschehen.«

Raiwen sah zu Evon hinüber. Was für Emotionen mochten ihn umtreiben? Kyriejah konnte nur ihn gemeint haben. Eine Art uneingeschränktes Willkommen, so verstand Raiwen es und wunderte sich, dass der Spurenkundige keine Miene verzog.

»In diesem Moment«, rief Kyriejah, »da wir uns aufmachen, für unsere Werte und Rechte einzutreten, da wir zeigen, dass mit uns zu rechnen ist, und den Zudringlichkeiten der Menschen einen Riegel vorschieben, kehren die Gryd-Felluhre zurück zu den Müttern der Wälder.«

Bei den letzten Worten riss sie den rechten Arm zu einer Siegespose hoch, und sofort jubelte ihr das Heer zu.

Plötzlich merkte Raiwen, wie Evon ganz dicht hinter ihn trat. »Gib gut acht«, flüsterte er. »Von Kyriejah können wir alle noch lernen.« Bevor er etwas entgegnen konnte, entfernte sich der Spurenleser wieder.

Die Thronwächterin erhob noch einmal das Wort. »Denkt immer daran, Brüder und Schwestern. Ein Wimpernschlag für uns und ein Sieg für die Ewigkeit.« Sie riss auch den anderen Arm hoch.

Das Heer tobte und schrie vor Begeisterung. »Heil der Kyriejah!« und »Sieg den Elbenvölkern!« waren nur einige der Rufe, die Raiwen verstehen konnte.

Doch schon kurz darauf wurde etwas anderes laut, setzte sich immer mehr durch und brandete wie eine einzige Stimme über ihn hinweg. Es waren dieselben Worte, vor denen Zhinlohr gewarnt hatte. Und sie machten ihm Angst!

»Das rote Banner dem Orden! Das rote Banner dem Orden!«

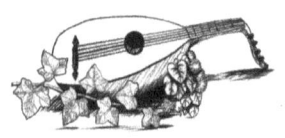

18
JAMON

Einen Leinenbeutel mit zwei Flaschen Würzwein in der Hand und ein Fässchen Goldwasser unterm Arm schlich Jamon zum Torhaus. Er mochte Fenkorh immer noch nicht, aber im Nachhinein konnte er ihn zumindest ein Stück weit verstehen. Es musste für den jungen Magur wie ein Schlag ins Gesicht gewesen sein, die Zulassung zur Magisterprüfung nur durch den Tod seines Vaters zu bekommen. Und jetzt, nachdem dessen Einfluss vorbei war, sorgte Mutter Gluhnbar im Rat von Myxa dafür, dass auch künftige Erfolge an die Unterstützung der Eltern gekoppelt blieben. Fenkorh tat Jamon leid, für ihn gab es nur zwei Möglichkeiten: Entweder fügte er sich in dieses Schicksal der Fremdbestimmtheit und verlor zwangsläufig Antrieb und Ehrgeiz, oder er kämpfte dagegen an. Doch dann würde er seine Ansprüche womöglich immer höher schrauben und auch vor Regelverstößen nicht innehalten, um endlich eigene Erfolgserlebnisse zu erzielen.

Eigentlich ging es immer um Anerkennung. Jamon dachte an die Zeit, in der er selbst alles darum gegeben hätte, Magie wirken zu können und von seinen Lehrmeistern gelobt zu werden. Letztlich hatte er nicht einmal vor schäbigen Tricks zurückgeschreckt; und wenn Quendus ihm nicht beigestanden hätte, hätte er die ganze Ordensschule gegen sich aufgebracht. Vielleicht hatte er mit Fenkorh doch mehr gemeinsam, als ihm lieb war. Und auch der Magur brauchte jemanden, der ihn zurück in die Spur brachte, wenn er vom Weg abzukommen drohte.

Der Ordensplatz wimmelte von Schülerinnen und Schülern, deren Unterrichtszeit für heute vorbei war. Es wurde gespielt und geschwatzt, gelacht und geschrien. Alle wirkten so unbefangen und fröhlich, wie es sein sollte. Eine fast schon beneidenswerte Ahnungslosigkeit.

Jamon hatte keine Lust, sich einen Weg durch die Menge zu bahnen, und entschied sich, Abstand zu halten und den Platz zu umrunden. Er hielt sich am Rand, dicht bei den reich verzierten Fassaden der Meisterhäuser, in denen die Obersten der Cremer Zünfte residierten. Dort, wo zu Kugeln geschnittene Bäume kleinen Bänken Schatten spendeten und reich bepflanzte Blumenkübel ihren Duft verströmten.

Drei ältere Schüler hatten eine der Bänke in Beschlag genommen und versuchten offensichtlich, aus dem Holz der Rückenlehne frische Triebe wachsen zu lassen. Jamon hörte sie einen Zauber sprechen, doch die Bankbretter dachten gar nicht daran, eine Knospe hervorzubringen.

Einer der Jungen sah ihn vorbeigehen, sprang auf und kam zu ihm gelaufen. »Werter Magister, entschuldigt bitte, könnt Ihr uns zeigen, wie man das Holz zum Leben erweckt? Wir haben bald unsere Prüfung in Zauberkunde und es immer noch nicht verstanden.«

Da fragt ihr den Richtigen. Jamon schüttelte den Kopf. »Besser, ihr fragt euren Lehrmeister, bevor ich euch etwas Falsches oder womöglich zu viel erzähle.«

Quendus hätte ihnen sofort geholfen und gleich noch ein, zwei weitere Dinge gezeigt, dachte er wehmütig. Aber sein einstmals bester Freund war jetzt in Gelder und versuchte, dort bei Hofe Fuß zu fassen. Er hatte lange nichts von sich hören lassen, überlegte Jamon, während er dem Prälon nachblickte, der sichtlich enttäuscht zu seinen Mitschülern zurückschlurfte. Keine einzige Zeile hatte Quendus aus der Geldermark geschrieben. Dabei gab es eine Falkenverbindung über Tyklahr, mit der das ganz einfach möglich war. Ob er sich melden würde, wenn er von den Kriegsdrohungen der Waldelben erführe? Vielleicht käme sogar eine Einladung von ihm, um Jamon in die sicheren Gefilde der Geldermark zu holen.

Eine Einladung, der er nicht folgen könnte, weil er wusste, dass er hier gebraucht wurde.

Im Torhaus des Ordens empfing ihn eine seltsame Stille. Eigentlich dauerten die Bauarbeiten der Zwerge länger als die Schulstunden, doch im Treppenschacht rührte sich nichts. Besorgt stieg er die Stufen hinauf, und nahm sich vor, seinen Onkel danach zu fragen. Als er endlich das Stockwerk unter den Ratsälen erreichte und in den tiefen Seitengang zu Kelenkus' Gemächern einbog, hörte er eine Tür ins Schloss fallen.

Nur einen Augenblick später stand Wrigoran Feldhenn vor dem Eingang seines Onkels. »Oh ... fff ... Jaramon.« Der entstellte Magister zog die purpurfarbene Robe um sich, beinahe als würde er frieren.

»Jamon reicht.«

»Sicher, sicher.« Gar keine Widerworte? Ging es Feldhenn nicht gut? »Euer Oheim ist beschäftigt.«

Jamon stellte seine Besorgungen ab und zog die Robe aus. Ihm war eher zu warm als zu kalt. »Wart Ihr bei ihm?« Eine rhetorische Frage, denn er wüsste nicht, welche Tür er sonst gehört haben sollte.

»Sss. Ich bin Euch keine Erklärung schuldig. Aber Ihr glaubt ja wohl kaum, dass ich ungefragt eindringen würde.«

»Von Eindringen war nicht die Rede. Aber wenn Ihr den Gedanken schon aufwerft: Würdet Ihr?«

»Dasss muss ich mir nicht sagen lassen.« Feldhenn zwängte sich zischend an ihm vorbei, etwas Kantiges streifte Jamons Hüfte.

»Au. Wollt Ihr mir nicht zumindest sagen, ob ich meinen Onkel stören darf?« Er sah ihm nach, doch Wrigoran verschwand, ohne zu antworten. Kopfschüttelnd rieb Jamon sich den Hüftknochen. Was sollte er von diesem Auftritt halten?

Plötzlich öffnete sich die Tür hinter ihm und er wirbelte herum. Eine Gruppe junger Magure drängte sich ihm entgegen. Drei Frauen und zwei Männer. Einer der Letzteren kaum größer als ein Kind, doch sein blonder Bart wies ihn als Erwachsenen aus. Jamon ahnte, was für ein Treffen hier stattgefunden hatte.

»Wir werden uns umhören. Unauffällig natürlich«, sagte eine der jungen Maguras.

»Ihr könnt Euch auf uns verlassen«, bekräftigte der kleine Blondbart und fügte ein paar elbische Worte hinzu. »*I zhe-azh jaln gluhn.*«

Im Suchen liegt Wissen.

»*E ezh gluhn de-filk wrihr*«, antworteten die anderen wie aus einem Munde. Jamon war dankbar, dass er zumindest im Fach Sprachen mit Schrift- und Runenkunde immer gut aufgepasst hatte. *Und mit Wissen kommt Wahrheit.* Damit war alles klar.

»*Yl fellen ezh tuhruhn*«, hörte er seinen Onkel sagen, der irgendwo hinter den jungen Menschen stand.

Schon im nächsten Moment drängte die Gruppe sich an Jamon vorbei. *Die Hingabe sei mit euch.* Das musste sie auch sein, wenn man in den engen Schülerkreis des Kelenkus Briebens aufgenommen werden wollte.

»Jaramon, ich dachte schon, du bist verloren gegangen.« Sein Onkel winkte ihn herein und schloss die Tür.

»Und ich dachte, du hast deinen Privatunterricht eingestellt«, entgegnete Jamon, ohne auf den Vorwurf einzugehen.

»Es gibt Wissen, das im normalen Unterricht nichts verloren hat, wie dir bekannt ist.«

»Weil es die Fähigkeiten der meisten Schüler übersteigt, ich weiß. Aber wenn ich es richtig erinnere, hattest du vor nicht allzulanger Zeit einige Schüler, die etwas zu eifrig waren. Lass mich mal nachdenken, was hattest du damals gesagt?« Jamon blickte theatralisch zur Zimmerdecke und rieb sich das Kinn.

»Nie wieder, ich weiß. Aber es waren nur drei, die seinerzeit meinen ganzen Kurs vergiftet haben. Ich muss mich einfach besser vorsehen, *wem* ich geheimes Wissen vermittle.«

»Dann hast du diesmal eine Auswahl getroffen und nicht alle Hochbegabten in deinen Meisterkurs gelassen?«

»So viele wie in den vergangenen Wintern habe ich nicht gefunden. Eigentlich fehlt nur einer, über den wir schon hinlänglich gesprochen haben. Aber ich fürchte, ihn nicht in den Kreis zu holen, hält seine magischen Fortschritte kaum auf.«

Für einen Moment war Jamon versucht, Kelenkus vom Treffen mit Fenkorh zu erzählen, doch er ließ es, schließlich würde es an den Vorurteilen nichts ändern. Außerdem brannte ihm eine ganz andere Frage unter den Nägeln. »Deine kleine Meisterklasse soll sich in Crem umhören? Worum geht es dabei?«

Kelenkus hatte sich in einen gepolsterten Stuhl gesetzt und faltete die Hände über seiner purpurnen Brokatrobe. »Das kann ich dir gern erzählen. Wrigoran brachte mich darauf, dass es gut zu wissen wäre, wer von meinen ehemaligen – wie nennst du sie? Meisterschüler? – jedenfalls ging es ihm darum, wer von ihnen noch in Crem lebt.«

»Warum?« Jamons Herz schlug schneller, seine Hände krampften sich um die Lehne des Stuhls vor ihm. Kelenkus hatte alle Schüler des Meisterkurses nur in einer Fertigkeit unterrichtet, wie er wusste: in der Anwendung von Elemente- magie. »Will er ... oder willst du etwa ... ihr wollt sie doch nicht für die Stadtwehr verpflichten?«

»Vor allem will ich alle Möglichkeiten in Betracht ziehen.«

»Aber sie haben Berufe. Sie sind Heiler, Händler, Gelehrte. Keiner von ihnen ist als Kämpfer ausgebildet worden.«

»Falls es zum Krieg kommt – und ich sage falls –, interes- siert kein Beruf und keine Berufung. Dann müssen wir alle unseren Beitrag leisten, um den Orden und unsere Stadt zu schützen. Wir sind zu weit gekommen, um alles aufzugeben.«

Zu weit gekommen? Jamon war, als verstecke sich ein Geheimnis in diesen Worten, dessen Bedeutung er nicht grei- fen konnte.

»Die Elbenvölker müssen verstehen, dass Magie zum Wohle aller auch von allen anwendbar sein sollte. Macht ist nur dann ein Segen, wenn sie gleich verteilt ist.«

Und das Mächtigste auf der Welt war die Magie der Ele- mente. Trotzdem verstand Jamon den Zusammenhang nicht. Wie könnte er erfahren, besser verstehen, worum es seinem Onkel wirklich ging? Bisher hatte er gedacht, Kelenkus wolle alles daran setzen, den Krieg zu verhindern. Er sorge sich um die vielen Menschen, Schüler und Kinder in Crem. Doch jetzt drängte sich ihm der Verdacht auf, dass es da noch etwas anderes gäbe. Etwas Ungesagtes, ein Geheimnis, das Kelenkus nicht preisgeben wollte.

Sein Onkel. Der einzige Lehrmeister an der Ordensschule, dessen Macht nicht bei kleinen Flämmchen aufhörte, mit denen sich Kerzen entzünden ließen, sondern der einen richtigen Feuerball zustande brachte. Jamon kam zum ersten Mal die Frage in den Sinn, warum Kelenkus das überhaupt beherrschte.

»Ich sehe dir an, dass du mehr Fragen hast, als ich dir jetzt beantworten kann. Glaub mir einfach, dass ich es gut meine. Dass ich es stets gut gemeint habe. Im Sinne des Ordens und unserer Stadt.«

Unsere Stadt. Was bedeutete das noch aus dem Mund seines Onkels? Für Jamon war immer klar gewesen, dass die Stadt allen gehörte, die darin lebten. Den magiebegabten Menschen wie den unbegabten – und den Zwergen.

»Schluss mit trüben Gedanken um ungelegte Eier. Erzähl mir lieber, was für Neuigkeiten du mitgebracht hast. Ich nehme doch an, du hast deine Zeit sinnvoll genutzt.«

Jamon nickte und berichtete Kelenkus ausführlich von seinem Tag. Angefangen von den Wachen am Zugang zum Zwergenviertel, über das Treffen mit Prandur, dessen Meinung zu den inneren Mauern zwischen den Vierteln und dem Zustand der äußeren Stadtmauer, bis hin zu der Menschenansammlung im Händlerviertel.

Sein Onkel hörte zu. Aufmerksam. Er griff sich sogar einen Bogen Pergament vom Sekretär, nahm eine Feder, tauchte sie ins Tintenfass und machte sich Notizen. »Das ist es, was ich an den Zwergen so schätze.« Kelenkus legte die Schreibfeder beiseite, als Jamon mit seinem Bericht fertig war. »Sie sind überaus praktisch veranlagt und sehen selbst einem drohenden Krieg gelassen entgegen.«

»Vielleicht ist es Gelassenheit«, überlegte Jamon. »Ich habe zumindest das Gefühl, sie wissen genau, was zu tun ist.«

»Deshalb das Gespräch mit Ihrem Waffenmeister, bevor wir ganz Crem verrückt machen«

Das schafften die Gerüchte aus dem Händlerviertel irgendwann von ganz allein, dachte Jamon, sagte aber nichts.

»Also, mein lieber Neffe, wann hat der gute Prandur Klingentanz Zeit für mich?«

»Morgen. Er kommt kurz nach Sonnenuntergang. Dann müsste er in seinem Viertel alles Wichtige auf den Weg gebracht haben, meinte er.«

Kelenkus nickte. »Ich hatte mir schon gedacht, dass es heute nicht mehr klappen wird. Aber sei's drum. Wir werden die Zeit bis dahin zu nutzen wissen. Mir ist ein Gedanke gekommen, wie *du* dich nützlich machen kannst, lieber Jaramon.«

Ungefragt zu einer Aufgabe verdonnert zu werden, hatte Jamon schon als Kind nicht leiden können, aber er sagte nichts und hob nur fragend die Brauen.

»Wenn ich dich richtig verstanden habe, brauchen wir dringend jemanden, der sich um unsere Wehranlagen kümmert.«

In der Nacht hatten Jamon wilde Träume von einstürzenden Mauern heimgesucht. Ganze Gerölllawinen waren auf ihn niedergegangen, und als er am frühen Morgen schweißgebadet erwachte, fühlte er sich wie gerädert. Ob er wohl jemals wieder durchschlafen würde? Er rieb sich die Augen und dachte an die schier unlösbare Aufgabe, die vor ihm lag: Mauerbeauftragter des Ordens. Was für ein Titel.

Am liebsten wäre er direkt zu Kelenkus gelaufen, um diesen widersinnigen Auftrag loszuwerden. Er war kein Baumeister, verstand nichts von Steinen und hatte nie in seinem Leben eine Mauer oder sonst was gebaut. Andererseits konnte er auch nicht weitermachen wie bisher. Laute spielen, singen und Kittla trinken war im Angesicht des drohenden Krieges kaum eine Hilfe. Nein, Jamon wollte helfen und die Menschen dieser Stadt retten, so es möglich war.

Während er sich rasierte, wusch und anzog, musste er wieder an die Kinder mit dem Springseil denken und an das alte Paar, das ihn so freundlich gegrüßt hatte. Kelenkus' Motive mochten andere sein, aber seine eigenen waren Jamon plötzlich sehr bewusst. Crem war Heimat und Zuhause. Mit allen vertrauten Gesichtern, die hier lebten.

Auf dem Weg zum Frühstück kam ihm die Aufgabe schon weniger umfangreich vor: die Mauer ansehen, Schäden notieren und Maurer beauftragen. So ähnlich machten es die Zwerge auch. Mit dem Unterschied natürlich, dass der Mauerabschnitt in ihrem Viertel besser in Schuss war als in den anderen. Aber was hatte sein Onkel gesagt? »Wenn es um die Sicherheit Crems geht, spielt Gold keine Rolle. Tu einfach, was nötig ist.«

Fürs Erste war ein ordentliches Frühstück nötig, also steuerte Jamon den Treppenschacht an, um in den fünften Stock hinunter und von dort durch das Torhaus zum Westturm zu gelangen. Er wollte endlich mal wieder im Frühstücksraum der Jungmagister speisen. Mit frischem Brot und heißem Tee im Magen kämen ihm schon die richtigen Einfälle, wie man die Wehranlagen instand setzen könnte. Etwa durch Ausbesserungen, wo Steine und Fugenmörtel fehlten. Maurer gab es genug in Crem, das ließe sich rasch erledigen. Am besten ginge er nach dem Frühstück direkt zur Maurerzunft. Zufrieden mit dieser Idee steuerte Jamon den Durchgang zum Westturm an. Voller Elan sprang er vorwärts und hätte um ein Haar jemanden über den Haufen gerannt.

»Sss ... Langschläferei kann Euch wahrlich niemand vorwerfen.« Der Vertraute seines Onkels stand mitten im Gang und schien keine Lust zu haben, den Weg freizugeben.

»Feldhenn, kann ich etwas für Euch tun?« Jamon bemühte sich um einen freundlichen Ton.

»Fff! Wohl eher nicht. Ich wollte mich nur erkundigen, ob Ihr bereits entschieden habt, wen Ihr zurate zieht, um Euren Auftrag zu allseitiger Zufriedenheit umzusetzen.«

Jamon sah ihn an und zählte innerlich von zehn rückwärts. Natürlich hatte Kelenkus seinen Schatten über alles Wichtige unterrichtet.

»Sicher den Wehrführer und einen unserer Baumeister, nicht wahr? Fff ... ich persönlich würde noch einen Schreiber empfehlen, damit Ihr das nicht selbst machen müsst, während Ihr auf unserer baufälligen Mauer umherbalanciert. Fff ... so was kann sehr gefährlich sein, wenn man nicht aufpasst.«

»Wenn Ihr über die Baufälligkeit so gut im Bilde seid, wundert es mich, dass Ihr nicht längst etwas dagegen unternommen habt.« Der Satz war draußen, ehe Jamon sich eines Besseren besinnen konnte.

»Sss! Werdet nur nicht überheblich, weil Ihr endlich einmal Gelegenheit habt, etwas Sinnvolles mit Eurem Leben anzustellen«, zischte Feldhenn und rauschte davon.

Der Stachel aber, den er mit seinen Worten abgefeuert hatte, blieb in Jamon hängen. Ob alle so dachten? War die tägliche Flucht aus dem Ordensviertel nicht nur Kelenkus, sondern auch anderen sauer aufgestoßen? Machte man sich Gedanken, warum der Stadtdiplomat so selten zugegen war?

Im Frühstücksraum war Jamon einer der Ersten. Trotzdem saß er immer noch allein, als der Raum schon fast voll war. Einige grüßten immerhin, aber niemand setzte sich zu ihm. Selbst Schuld. Wer sich im Ordenshaus so gut wie nie blicken ließ, musste sich über fehlende Kontakte nicht wundern.

Als wieder jemand mit einem Tablett in den Händen nach einem Platz Ausschau hielt, bot Jamon ihm einen Stuhl an. Unschlüssig trat der junge Magister von einem Fuß auf den anderen und rang sich ein Lächeln ab. Gerade wollte er sich hinsetzen, als jemand seinen Namen rief.

»Janus? Magst du hierherkommen?«

Der junge Magister grinste plötzlich übers ganze Gesicht. »Vergebt mir, aber ich glaube, ich werde erwartet.«

Jamon folgte seinem Blick und entdeckte eine gut aussehende Magistra, die hektisch winkte. »Verabredungen soll man nicht warten lassen«, sagte er zu sich selbst, denn der Magister war bereits davongeeilt. Also holte er sich noch einen Becher Tee und ein Stück Zinndrenkuchen, setzte sich wieder und nutzte die Ruhe am Tisch für ein paar Gedanken über Feldhenns Worte.

Was hatte er ihm geraten? Neben dem Wehrführer und dem Baumeister auch einen Schreiber zurate zu ziehen. Jamon hatte nicht einmal an den Wehrführer gedacht, geschweige denn an jemanden, der sich um Aufzeichnungen kümmerte. Aber der Vertraute seines Onkels hatte recht, das musste Jamon eingestehen. Auch wenn die Cremer Stadtwehr bislang keine kriegerischen Auseinandersetzungen kannte, sollte der Wehrführer einen ganz anderen Blick auf die Stadtmauer haben als ein Magister. Die Liste seiner Aufgaben wurde schon länger, bevor er überhaupt einen Schritt auf den Wehrgang gesetzt hatte. Trotzdem fühlte dieses Vorgehen sich gut an. Zufrieden genoss er die letzten Krümel des Kuchens und spülte sie mit einem Schluck Tee hinunter. Er hatte sogar schon eine Idee, wo er nach Helfern fragen konnte.

Allerdings hatte er sich nicht vorstellen können, wie schwer es würde, sie nicht nur zu finden, sondern auch zu überzeugen, alles stehen und liegen zu lassen. Seine drei Auserkorenen hatten nicht gerade auf ihn gewartet. Und da Jamon ihnen nicht sagen konnte, warum die Instandsetzung der Wehranlagen plötzlich so dringend war, musste er am Ende die Münzbörse des Ordens ins Spiel bringen und sich von Kelenkus mit ausreichend Sillingen ausstatten lassen.

Bei all den Laufereien, dem Hin und Her zwischen Unverständnis, Ablehnung und Interesse, war der Tag rasch ins Land gegangen. Am späten Nachmittag hatte Jamon endlich von allen eine Zusage und konnte auf ein erstes gemeinsames Treffen am Abend hoffen.

Baumeister Artemas Brunndorf, ein großer Mann um die vierzig, kam als Letzter in das Studierzimmer der öffentlichen Bücherstube, die Jamon als Treffpunkt gewählt hatte. Die kleine Bibliothek für die Cremer Bürger stand im Handwerkerviertel, ein ganzes Stück vom Ordenshaus entfernt. Das Gebäude war von schlichter Schönheit, die meterdicken Wände deuteten darauf hin, dass es früher einmal etwas Besonderes beherbergt haben musste. Inzwischen fristete es jedoch ein äußerst unauffälliges Dasein, auch wenn es treue Freunde hatte. Vielleicht erschien es Jamon gerade deshalb der passende Ort, um seine neuen Helfer auf ihre Aufgabe einzuschwören. Altehrwürdig, abseits der belebten Straßen und nicht unter der Fuchtel des Ordens. Zumindest nicht direkt.

Vor Artemas war bereits der oberste Wehrführer Kürtijan Werter gekommen. Der kleine Mann in Lederrüstung hatte einen Händedruck wie ein Schraubstock. Belintraud Schrö-

bler, die einzige Frau in der Gruppe, war Jamon als Schriftführerin empfohlen worden. Auch sie war klein, aber dürr
und mit Abstand die Älteste in der Runde. Wie viel Ausdauer
sie mitbrächte, konnte er nicht einschätzen, doch ihr herber
Charme wäre sicher eine Bereicherung.

»Damit sind wir vollständig.« Jamon begrüßte den Baumeister und stellte ihn den anderen vor. Er schaute in die
Gesichter und wog ab, wie er weitermachen sollte. Natürlich
hatte er sich eine Geschichte zurechtgelegt, die tragfähig war,
bis der Orden sich entscheiden würde, alle über den bevorstehenden Krieg zu informieren. Aber irgendwie behagte es ihm
nicht, den Menschen, auf deren Hilfe er angewiesen war, eine
Lüge aufzutischen. Auch wenn es eine Notlüge war.

»Nu ma raut mit der Sprach, Magisterchen. Wird scho
nich so schlimm sei.« Die alte Schröbler gluckste und ihr Kopf
zuckte, wie der einer Taube vor und zurück. Dem Dialekt
nach musste sie aus der Gegend um Clutt kommen. »Ich für
minge Teil beit nich. Worum geit es nu?«

»Als ob es da etwas zu deuteln gäbe.« Die Stimme des
Wehrführers war irritierenderweise heiser und laut zugleich.
»Das ist doch offensichtlich.«

Jamon sah ihn überrascht an. »Ist es das?«

»Für mich schon.« Werter setzte sich breitbeinig auf einen
Stuhl und verschränkte die Arme. »Eine intakte Stadtmauer
braucht es, wenn ein Krieg ins Haus steht.«

19
BRYNNBETT

»Spinnennudeln mit Metfleisch in kräutergewürzter Ziegenmilchsoße. Was für eine wunderbare Idee«, lobte Gillron und
rieb sich den Bauch.

Sie saßen an der langen Tafel im Speiseraum, und die
ganze Familie warf Brynnbett zustimmende Blicke zu, wie sie
zufrieden feststellte. Dabei war sie so nervös gewesen und
hatte in ihrer hektischen Betriebsamkeit einen großen Pfeffer-
topf umgeworfen, einen Niesanfall bekommen und dadurch
drei Teller und einen Becher zerdeppert. Doch am Ende hatte
alles gepasst, schon als sie das letzte Mal abgeschmeckt hatte,
hatte sie gewusst, dass sie in all den Monden nichts von ihren
Kochkünsten verlernt hatte.

»Ich habe wirklich lange nicht mehr so gut gegessen«,
bestätigte Papa Wunderling und erntete einen strengen Blick
von seiner Frau.

»Vielen Dank, Katschi. Ich liebe dich auch.«

»Es sei denn natürlich, dass du es zubereitet hast, mein
Wellchen.« Er hauchte ihr ein Kuss auf die Wange, doch sie
schubste ihn spielerisch weg.

»Ach du.«

»Wenn ich groß bin, will ich auch Köchin werden«, meldete sich Gillis kleine Schwester zu Wort.

Brynnbett freute sich, dass Friedja sie endlich als Gast im
Hause Wunderling akzeptiert hatte. »Das Schöne an diesem
Gericht ist, dass es mit Fleisch, Fleischersatz und sogar mit
Fisch funktioniert.«, erklärte sie. »Man muss nur die Gewürze
für die Ziegenmilchsoße etwas anpassen, und schon hat man

einen vollkommen anderen Geschmack.« Bei den Ahnen – waren das nicht die Worte ihrer Mutter? Unvermittelt dachte sie ans Wirtshaus ihrer Eltern. »Bei uns zu Hause gibt es sogar eine eigene Speisekarte dafür, die nur zum Vollmond ausgelegt wird. Die Menschen mögen die hellen Nächte und feiern das gerne mit einem guten Essen und anschließendem Umtrunk.«

»Der Mond.« Mutter Wunderling seufzte. »Es muss schön sein, ihn jede Nacht bestaunen zu können.«

»Ja.« Zum ersten Mal merkte Brynnbett, dass sie ihre Eltern, ja, sogar Crem vermisste. »Bei wolkenlosem Himmel sind die Nächte einfach magisch.« Sie dachte an den Sternenhimmel, den sie zuletzt immer seltener hatte bewundern können, weil sie nach den langen Arbeitstagen erschöpft ins Bett gefallen war. Wenn es nach ihr gegangen wäre, hätte sie tagsüber geschlafen und nachts gearbeitet. Aber ihre Kunden waren Menschen gewesen. Vor allem Magister. Das Strahlen ihrer Erinnerung verblasste. »Die Sonne lässt sich dafür nur bei verhangenem Himmel gut ertragen. Besonders im Sommer verbrennt sie einem die Haut. Außerdem gibt es da draußen zu viele Menschen.« Das waren die Eindrücke, die sie im Kopf behalten sollte. Es gab genug Gründe, warum sie hier war.

»Ich denke, wir sollten sie nicht alle über einen Kamm scheren.« Gillrons Vater klang ernst. »Sie sind unsere wichtigsten Handelspartner, und als ich einmal in Crem war, habe ich durchaus nette Menschen kennengelernt.«

»Du warst in Crem?« Friedja und Philpert sahen ihren Vater mit großen Augen an. »Das hast du noch nie erzählt.«

»Da gibt es auch nicht viel zu erzählen. Ich war jung, gerade Webergeselle geworden und begleitete meinen Meister, um Stoffe in Crem zu verkaufen.«

»Und du hast richtige Menschen gesehen?«

»Sind sie wirklich so hässlich?«

»Philpert«, mahnte Mutter Wunderling. »Nur weil sie zu groß, zu dürr und ihre Arme etwas zu lang geraten sind, darf man sie nicht gleich als hässlich verschreien.« Sie strich ihrem Jüngsten kopfschüttelnd über die Locken.

»Sehen sie denn aus wie die Langlappen?«

»Ähnlich.« Papa Wunderling lachte. »Nur ohne die spitzen Ohren und mit mehr Charakter in den Gesichtern.«

Mehr Charakter – ja, das passte. Brynnbett dachte an die faltenlose Haut der Langohren, die im Gegensatz zu den Menschengesichtern unnatürlich daherkam, aber von den Menschen unverständlicherweise als schön bewundert wurde. Seltsam eigentlich. Es war doch viel besser, wenn man seinem Gegenüber ansah, was das Leben ihm beschert hatte. Die Elben konnte man überhaupt nicht einschätzen. Nicht einmal, wenn man ihnen einen ganzen Abend zugehört hatte.

Bei diesem Gedanken ging ihr auf, wie lange es her war, dass sie in Crem Elben zu Gesicht bekommen hatte. Der Handel des Ordens mit den Elbenvölkern musste fast gänzlich zum Erliegen gekommen sein. Ob es einen Handelsstreit zwischen ihnen gab? Unsinn. Brynnbett wischte den Gedanken beiseite. Die Langohren wären sich viel zu fein, um einen Streit vom Zaun zu brechen. Und falls doch, könnte es den Zwergen nur recht sein. Das hieß mehr Handelseinnahmen für Eskrinor.

»Brynnbett?«

»Was?« Sie sah sich irritiert um und stellte fest, dass alle sie anschauten.

»Hast du meine Frage nicht mitbekommen?« Gillron sah sie verwundert an.

»Ich ... ich fürchte, das Essen hat mich schläfrig gemacht.«

»Deshalb habe ich dir einen Spaziergang vorgeschlagen.« Er lächelte. »Nach dem Essen sollst du nämlich gehen ...«

»Oder in die Federn sehen, ich weiß.« Sie blickte sich um. »Sind denn alle satt geworden?«

Einhellige Zustimmung hallte über sie hinweg. Mutter Wunderling erhob sich und räumte das Geschirr zusammen. »Geht ihr nur. Das Aufräumen übernehmen wir.« Sie warf ihrem Mann einen auffordernden Blick zu.

»Ich denke, damit meint sie uns.« Er stand auf und kitzelte Friedja und Philpert die Nacken.

»Vor allem meinte ich dich, mein lieber Webermeister.«

Gillron drängelte sich grinsend an seiner Familie vorbei und sah Brynnbett aufmunternd an. »Wollen wir dann?«

»Natürlich.« Sie lächelte Gillis Eltern an, bevor sie ihm folgte. »Vielen Dank fürs Aufräumen.«

»Vielen Dank fürs Kochen.« Katsch Wunderling tätschelte zufrieden seinen Bauch und strahlte übers ganze Gesicht.

»Wohin heute?« Brynnbett trat auf die Gasse zur Kaserne. »Ich meine natürlich, nachdem wir wie jeden Abend auf das Schwarze Brett geschaut haben.« Es wurde inzwischen zur täglichen Routine, obwohl sie kaum noch damit rechnete, einen Aushang zu sehen, der die bestandenen Prüflinge betraf.

»Nun«, Gillron schloss sorgfältig das Tor hinter ihnen, »wir könnten etwas Außergewöhnliches wagen. Was hältst du zum Beispiel vom Moosgarten beim Niedertor?«

Brynnbett lächelte. In den letzten Tagen waren sie ausschließlich dort spazieren gegangen. Die kleine Grünanlage war wie ein erweitertes Wohnzimmer für Gilli. Nicht weit entfernt und kaum besucht. Ideal also, um seinen Gedanken nachzuhängen, Gelerntes zu vertiefen oder einfach schweigend Kraft zu tanken.

Während sie das leere Brett neben dem Kasernentor hinter sich ließen und in die abschüssige Gasse zum Niedertor einbogen, dachte Brynnbett an den Tag zurück, als sie aus Crem gekommen war. Die Reise vom Zwergenviertel nach Eskrinor hatte über zwei Tage gedauert, sie erinnerte sich noch gut an das Gefühl der Erleichterung, als sie es endlich geschafft hatte. Klein war sie sich vorgekommen, da draußen vor diesem hohen Tor, dessen Größe ihr allein den Atem geraubt hatte.

»Weißt du, worüber wir die ganze Zeit noch nicht gesprochen haben?« Gillron winkte den Kriegern des Niedertors zu, von denen zwei stets in die Stadt hineinschauten.

»Ich fürchte, ich komme nicht drauf.« Brynnbett hob ebenfalls die Hand zum Gruß und die Wachen nickten zurück.

Gillron hielt ihr das schmiedeeiserne Tor zum Moosgarten auf. »Ich weiß nicht einmal mehr, ob wir vorhatten, darüber zu sprechen. Aber mich interessiert immer noch, warum Hammerschneid sich für die Prüfung eine Aufgabe hat einfallen lassen, die eine so komplexe Lösung erfordert.«

»Sonne und Mond für den Lauf der Zeit.« Brynnbett seufzte. »Ich habe nicht den geringsten Schimmer, wofür diese Worte gut sein sollen.«

»Nein, das meinte ich nicht. Dieser Satz ist ja nur die Losung für die Prüflinge. Ich denke nicht, dass er noch eine weitere Rolle spielt.«

»Stimmt. Wäre nicht sehr schlau. Immerhin gab es eine ganze Reihe von Freiwilligen, die das Rätsel anderenorts ausplaudern konnten. Geheimhaltung ist was anderes.«

»Eben drum.« Gilli strich über seinen Kinnbart. »Goldassel, Quarzsand und Schwarzkohle mit Silber. Die Verbindung zum Lösungssatz herzustellen ist eigentlich zu schwer.«

»Aber du hast es trotzdem geschafft.«

»Nur weil mich das Teilchenglas drauf gebracht hat.«

Brynnbett wusste immer noch nicht, worauf Gilli hinauswollte. Bei der Suche nach Begabten musste die Prüfung doch schwer sein. Insbesondere, wenn man hohe Ansprüche an die Gewinner stellte. »Es muss ihm um eine besondere Begabung gegangen sein. Vielleicht suchte er nach einem bestimmten Talent. Einem, das nur durch außergewöhnliche Kombinationsfähigkeit zutage tritt.« Und gefunden hatte er eine Herdfeuer, die diese Fähigkeit nicht einmal selbst besaß. Gilli hätte gewinnen müssen. Aber ihm blieben solche Möglichkeiten allein aufgrund seiner körperlichen Einschränkungen verschlossen. Was für eine Welt, in der verurteilt wurde, ohne hinzuschauen, kennenzulernen und wertzuschätzen. Wie gut, dass zumindest die Kettelgurt Gillis Fähigkeiten erkannt hatte.

»Genau.« Gillron drehte sich zu ihr um, erneut hatte sie das Gefühl, er würde ihre Gedanken lesen. »Es geht um Rätsel, Umschreibungen, vielleicht sogar Metaphern.«

»Ja.« Brynnbett verstand nicht, was ihn plötzlich so begeisterte. Das war keine neue Erkenntnis. Oder doch?

»Er steht noch gar nicht vor dem Durchbruch, wie er uns weismachen will. Ihm fehlt die richtige Unterstützung.«

»Wie kommst du darauf? Warum soll er euch für dumm verkaufen?«

»Weil er uns nervös machen will? Auf einen Fehler hofft? Oder einfach unser Gegner und ein fieser Düsterling ist?«

»Ich verstehe trotzdem nicht, was du meinst.«

Gillron verschränkte Arm und Stumpf vor der Brust und blickte sie schief an. »Was ist der Unterschied zwischen einer bloßen Runennachricht und einer magischen Runenformel?« Er nahm auf einer Bank Platz.

Brynnbett setzte sich zu ihm. »Runen entfalten nur dann Magie, wenn drei Dinge beachtet werden.« Sie kam sich ein bisschen wie in der Schule vor. »Die richtige Öffnungsrune zum passenden Werkstoff, die korrekte Anordnung der Runen, bezogen auf die Sinneigenschaften, und eine abschließende oder werthaltende Rune am Ende.«

Gillron nickte anerkennend. »Und welche Eigenschaften sind hier sinngemäß gemeint?«

»Kraft, Emotion, Selbsterfüllung und Schutz.« Die Worte kamen ihr wie von selbst über die Lippen. Allerdings nicht, weil sie ihren tieferen Sinn verstand, sondern schlicht, weil sie sie auswendig gelernt hatte. Trotzdem freute sie sich, als Gillis erdbraune Augen sich vor Begeisterung weiteten.

»Sehr gut«, lobte er.

»Aber ich verstehe nicht, was das mit Hammerschneid zu tun haben soll.«

»Dann versuche ich es mal anders: Runen sind in ihrer Bedeutung mannigfaltig. In Botschaften kann man trotzdem von einer auf die nächste schließen, weil man stur von links nach rechts liest. Wenn es jedoch um Runenmagie geht, liest man im Dreischritt.«

Das war Brynnbett neu. »Wie meinst du das genau?«

»Warte.« Er stand auf, suchte sich kleine Steine vom Weg, kam zu ihr zurück und setzte sich rittlings ans andere Ende der Bank. »Nehmen wir an, du hast eine Formel von drei Runen.« Er legte drei Steine nebeneinander.

»Ist die Mindestanzahl nicht fünf?« Auch Brynnbett hockte sich quer auf die Bank und sah ihn gespannt an.

»Gut aufgepasst. Es kommt also noch eine Öffnungsrune am Anfang und eine werthaltende am Schluss dazu, die in jedem Fall mitgelesen werden.« Er platzierte zwei weitere Steine an die beschriebenen Stellen. »Von links gelesen, würdest du für den ersten Dreischritt die letzten beiden Runensteine nicht mitlesen.« Er schob die hinteren ein Stück zur Seite. »Und wenn du erst bei der zweiten Rune zu lesen beginnst, liest du die letzte nicht mit.«

»Verstanden.« Brynnbett rückte alle fünf Steine wieder zusammen. »Drei benachbarte Runen ergeben einen Dreischritt und deshalb hat man bei fünf Runen drei davon.«

»Sehr gut.« Gillron nahm zwei der Pseudorunen weg, sodass nur noch drei auf der Bank blieben. »Die Herausforderung bei der Runenmagie besteht aber darin, dass jeder Dreischritt sowohl von links als auch von rechts gelesen einen Sinn ergeben muss.«

Brynnbett klappte der Kiefer auf, als ihr die Komplexität klar wurde.

»Genau. Und diese verschiedenen Sinninhalte müssen alle vier übergeordneten Eigenschaften enthalten und zusammen einen höheren Sinn ergeben, der letztlich die Magie auslöst.«

»Das wären bei fünf Runen, drei Dreischritten, je vier Sinnzusammenhängen und einem übergeordneten ...« Allein bei dem Gedanken tat ihr der Kopf weh. »Und alles muss zueinander in Beziehung stehen?«

Gillron nickte.

»Aber das ist ja unfassbar schwer.«

»Insbesondere dann, wenn die Formel die Kraft von fünf Elementen auffangen und ableiten soll. Und das vor dem Hintergrund, dass jede für sich genommen schon eine Herausforderung ist.«

Brynnbett schüttelte fassungslos den Kopf. Endlich wurde ihr klar, weshalb der Stammesvater einen zweiten Runenmeister beauftragt hatte und warum beide auch nach Monden der Forschung zu keinem Ergebnis gekommen waren. »Und du glaubst, ein *Begabter* könnte Hammerschneid helfen? Es wird doch niemand so ein umfassendes Wissen mitbringen.«

»Wahrscheinlich nicht, aber wenn ich an die notwendigen Sinneigenschaften denke, könnte ich mir vorstellen, dass Trorwenns Stärken eher im Bereich Kraft und Schutz liegen und er die Bereiche Emotion und Selbsterfüllung weniger gut beurteilen kann. Vielleicht fehlt ihm auch die Erfahrung, denn er ist wesentlich jünger als Meisterin Kettelgurt. Jedenfalls sieht es für mich ganz so aus, als suchte er nach einem unverbrauchten Blick, nach Inspiration und frischen Gedanken.«

Brynnbett nickte. Das klang einleuchtend. »Und was bedeutet das genau?«

»Dass ich recht hatte. Und dass wir weiter sind als er.« Gillron strahlte. »Zumindest, was die Runenformel angeht.« Er stand auf, reckte sich genüsslich und sah für einen kurzen Moment weniger schief aus als sonst. »Und wir haben Zeit gewonnen, denke ich. Der Stammesvater wird sich gedulden. Eskrinor hat schließlich ausgezeichnete Krieger und es gibt zurzeit keinen Grund, neue Waffen herbeizusehnen.« Er sah sie auffordernd an. »Mit diesen beruhigenden Erkenntnissen, können wir zufrieden zurückgehen, meinst du nicht auch?«

Ihr Blick fiel auf die moosbedeckten Felsen. Eigentlich hatte sie den märchenhaften Garten vor lauter Runenlehre noch gar nicht richtig genossen. »Müssen wir?«

»Du nicht, aber ich habe Meisterin Kettelgurt versprochen, morgen früh als Erstes bei Kandro vorbeizuschauen und nach der Legierung zu fragen. Und dafür möchte ich ausgeschlafen sein.« Er lächelte und humpelte unvermittelt los.

Brynnbett sprang sofort auf, um ihm zu folgen. »Dann sollte ich ebenfalls schlafen. Ich will es mir nicht entgehen lassen, den letzten Klingenfeil kennenzulernen.«

»Du würdest auch etwas verpassen.«

Auf dem Weg zum schmiedeeisernen Tor dachte Brynnbett über die Erkenntnisse nach, die sie hinzugewonnen hatten, und spürte neue Zuversicht. Wie guter und bekömmlicher Tee kam sie ihr vor. Tee, der den Körper wärmte und Lust auf einen zweiten Becher machte, bevor der erste überhaupt geleert war.

Doch als sie schon fast den Zugang zur Gasse sehen konnten, wurden ihre harmonischen Gedanken von Rufen und Hufgetrappel weggewischt.

»Was ist da los?« Gillron humpelte hastig weiter. Trotzdem musste Brynnbett aufpassen, dass sie ihn vor Neugier nicht überholte. Selbst wenn er schnell war, war er für ihre Verhältnisse quälend langsam. Doch das wollte sie ihn auf keinen Fall spüren lassen.

Immer lauter wurden die Geräusche. Eine Mischung aus Blöken, Wiehern und aufgebrachten Stimmen. Unwillkürlich griff sie an ihre Seite und – ins Leere. Ob sie sich irgendwann wieder daran gewöhnen würde, kein Schwert mehr zu tragen? Sie war dekadenlang ohne Waffe ausgekommen.

»Dringend ...« »Trotzdem ...« »Wichtig ...« »Die Namen ...« Laute Worte, Rufe und zornige Befehle schälten sich aus dem Tumult, als Brynnbett und Gillron endlich am Tor waren.

Dann wieder Hufgetrappel, drei Zwerge galoppierten auf Prelkböcken vorbei. Gilli stolperte auf die Gasse und schaute ihnen mit offenem Mund nach.

Brynnbett sah zum Niedertor hinüber, an dem die Wachen gerade wieder ihre übliche Position einnahmen. Zumindest schien niemand zu Schaden gekommen zu sein. »Hast du eine Idee, was das zu bedeuten hat?« Sie schloss die Pforte hinter sich und sah Gillron fragend an.

Der schüttelte den Kopf. »Ich habe keinen Schimmer. Aber die Reiter kamen aus Crem, darüber gibt es keinen Zweifel.«

Sie nickte. Der Verbindungsweg nach Crem war der einzige, den berittene Einheiten passieren konnten.

»Warte kurz auf mich.« Gillron humpelte zum Niedertor hinüber und steuerte auf eine der Wachen zu – eine Zwergenkriegerin, soweit Brynnbett erkannte. Nach einem leisen Wortwechsel, den sie nicht verstehen konnte, kam er zurück.

»Sie durfte keine Namen nennen und ist sich auch nicht sicher, was für eine Botschaft die drei überbringen wollen.« Er schüttelte fassungslos den Kopf. »So was hat sie noch nie erlebt, meinte sie.«

»Dass Prelkenreiter aus Crem kommen?«

»Eher, dass sie es so eilig haben.«

»Hat sie sonst nichts preisgegeben?«

»So gut wie nichts. Immerhin hat sie verraten, dass die drei unbedingt zum Stammesvater wollten und mehrmals die Dringlichkeit ihrer Nachricht betonten. Die Papiere waren in Ordnung, deshalb haben sie sie trotz ihres ungehobelten Auftretens passieren lassen.« Grillrons Stirn legte sich in Falten. »Ich bin gespannt, ob wir morgen etwas darüber hören werden.«

Das angenehme Tee-Gefühl, dem Brynnbett eben noch nachgespürt hatte, war verschwunden. Sie konnte es sich nicht genau erklären, aber aus irgendeinem Grund begann sie sich ernsthaft zu sorgen. »Meine Eltern leben in Crem. Meinst du, sie könnten in Gefahr sein?«

»Ich glaube vor allem, dass wir uns nicht verrückt machen sollten. Pöbelnde Wichtigtuer gibt es überall.« Er setzte ein beruhigendes Lächeln auf. »Morgen in aller Frühe suchen wir Kandro auf und im Anschluss werde ich Meisterin Kettelgurt berichten und sie nach Besonderheiten fragen. Vielleicht hat sie bis dahin schon etwas gehört und kann uns beruhigen.«

Und Brynnbett würde einen weiteren Tag wartend über Runenbüchern verbringen. Als einzige Abwechslung die wenigen Schritte bis zum Schwarzen Brett und zurück.

Als sie wenig später im Bett lag und die Sternenmalerei an der Höhlendecke betrachtete, dachte sie darüber nach, wie unsinnig es war, sich aufgrund dieser kleinen Begebenheit Sorgen zu machen. Ihre Unsicherheit lag nur am Zwist der Runenmeister und insbesondere am Gebaren Trorwenn Hammerschneids. Hätte sie sich nicht freiwillig zur Prüfung gemeldet, hätte sie diesen Prelkenreitern gar keine Bedeutung beigemessen, sondern sich mehr auf die Lichtblicke konzentriert, die sich ergeben hatten. Allein die Freundschaft mit Gilli, der Anschluss an seine Familie und das viele Wissen, das sie mit jedem Tag hinzugewann, waren drei gute Gründe, zuversichtlich zu sein.

Mit diesen Gedanken schaffte sie es, die Sorgen zu verdrängen, und gab sich ihrer Müdigkeit hin. Doch tief im Inneren spürte sie, dass die Unbeschwertheit der letzten Tage nicht so schnell zurückkehren würde.

Beim Frühstück saßen sie wie gewohnt zu zweit am Tisch. Gillis Geschwister waren bei ihren Lehrmeistern und seine Eltern im Ladengeschäft und der Weberei.

Brynnbett versuchte, so heiter zu sein, wie Gillron es gewohnt war, zumal ihr Freund bestens aufgelegt war.

»Wenn wir nachher bei Kandro fertig sind und ich zum Palast gehe, kannst du dir endlich mal Zeit für den Schwarzmarkt beim Höhenwechsler nehmen.« Er grinste. »Das hättest du doch am liebsten neulich schon gemacht, nicht wahr?«

»Gern.« Plötzlich fiel ihr das Lächeln leichter. »Hat man mir das wirklich so sehr angemerkt?«

»Ich könnte jetzt sagen, ich sei besonders feinfühlig ...«, begann Gilli gedehnt. »Aber Tatsache ist: Wären die Kristalllüster über der Allee der Dichter und Denker ausgefallen, hätte das Leuchten in deinen Augen ausgereicht, um alles in helles Licht zu tauchen.«

»Du Quatschkopf. Irgendwas muss in der Milch gewesen sein, mit der deine Mutter dich großgezogen hat.«

»Definitiv, denn mit dem Großziehen hat es offensichtlich auch nicht geklappt.« Er zwinkerte und stemmte sich von seinem Stuhl hoch. »Nun aber genug der Schmeicheleien. Ein Kandro Klingenfeil wartet nicht ewig auf uns.«

»Zu Befehl, Meister.« Brynnbett sprang auf und salutierte.

»Das will ich aber auch gehofft haben«, gab er lachend zurück und humpelte zur Tür, während sie rasch ihren Gneistee hinunterstürzte und ihm folgte.

Auf dem Weg zum neuen Höhenwechsler hatte Gillron erklärt, dass Kandros Schmiede auf der fünften Ebene zu finden war. Da er in Eskrinor der beste seiner Zunft sein sollte, hatte Brynnbett sich so etwas gedacht. Denn in der Meisterebene, wie sie auch genannt wurde, lagen alle Gewerke mit Palastgenehmigung, also diejenigen, die besonders hohes Ansehen genossen und jederzeit einen Auftrag des Stammesvaters erhalten konnten.

»Sind auf der Meisterebene eigentlich wirklich alle so reich, wie man sagt?«

Der Höhenwechsler tauchte gerade in den oberen Schacht ein, der fantastische Ausblick über Eskrinor war wieder vorbei. In wenigen Augenblicken wären sie auf der Thingebene und würden von dort zur Meisterebene hinuntersteigen.

»Manche bestimmt, nehme ich an. Aber viele müssen extrem hart arbeiten, um über die Runden zu kommen.«

»Wirklich? Ich dachte immer, die Palastgenehmigung bringt in der Hauptsache Vorteile mit sich.« Brynnbett runzelte die Stirn. »Jetzt verstehe ich gar nichts mehr.«

»Palastaufträge binden Arbeitskraft, die für andere Aufträge fehlt, so einfach ist das.«

»Hauptsache Aufträge, würde ich denken.«

»Denken die meisten. Aber die Zahlungsmoral des Palasts ist zuweilen – wie sage ich es mal diplomatisch? – individuell. Ja, das trifft es wohl.«

»Sprechen wir vom selben Palast?« Natürlich taten sie das, aber Brynnbett konnte kaum glauben, was Gilli sagte.

»Es ist nicht alles Gold, was glänzt. Oder anders gesagt: Das Gold ist vor allem da, wo es glänzt.«

Im Stillen ärgerte Brynnbett sich über Gillrons Worte, schließlich hatten es die Zwerge insbesondere dem Palast zu verdanken, dass der Name ihrer Stadt auf der ganzen Welt voller Ehrfurcht ausgesprochen wurde. Doch sie wollte sich jetzt nicht darauf einlassen. Vielleicht meinte er es gar nicht so. Womöglich war es nur eine überzogene Kritik von jemandem, dessen Eltern es mit ihrem Geschäft noch nicht auf die Meisterebene geschafft hatten.

Oder es steckte doch mehr dahinter. Für einen kurzen Moment drängten sich Erinnerungen aus Crem in ihr Bewusstsein. Handwerker, Mägde und Knechte, die für eine Elite schufteten, bei der der meiste Wohlstand landete, ohne dass die sich die Hände schmutzig machte – Magister! Wie sie die Blauröcke doch hasste. Hätte sie damals mit einem Schwert umgehen können, wäre ihr im Gasthaus sicher keiner dumm gekommen.

Brynnbett verdrängte den Gedanken. Allein der Vergleich zwischen dem Palast und dem Orden der Menschen war dumm. Bei Zwergen gab es so etwas nicht. Nicht in ihrer Heimat.

Der Thingplatz war ähnlich leer wie beim letzten Mal, aber nicht weniger beeindruckend. Doch erst, als sie die Meisterebene erreichten, vergaß Brynnbett für einen Moment ihre

Sorgen und ihren Ärger und genoss einfach nur den Anblick, der sich ihr bot. Der Bezirk überraschte sie mit farbigen Fassaden, die beinahe wie Häuserzeilen in der Menschenwelt anmuteten. Mit dem Unterschied natürlich, dass hier jedes Haus aus dem Felsen gehauen war und es kein Fachwerk brauchte, um die Mauern zu stützen.

Statt der gemalten Schilder, für die Crem berühmt war, zeigten hier gusseiserne Symbole über den Türen, welches Handwerk in den Häusern zu finden war. Sie waren so meisterhaft gearbeitet, dass sie wie zierende Schmuckstücke an den prächtigen Fassaden wirkten. Hätte Brynnbett nicht gewusst, dass sie noch immer in derselben Stadt war, hätte sie es nicht für möglich gehalten. »Meine Eltern haben mir nie erzählt, wie farbenfroh die Meisterebene ist.«

»Ist noch nicht lange so.« Gillron kratzte sich am Kopf. »Und die Meinungen gehen auseinander, ob die Idee gut war.«

»Ehrlich? Ich finde, es sieht ganz wunderbar aus.« Brynnbett stupste ihn an. »Kannst du dich nicht darüber freuen?«

»Was?« Gillron schaute sie irritiert an. »Ach so, ja. Ich freue mich gerne, natürlich.« Er drehte sich nach hinten um, sah zur Seite und richtete seine Aufmerksamkeit wieder nach vorn. »Für den Moment interessiert mich aber mehr, was hier heute los ist.«

Brynnbett fehlte der Vergleich, doch als sie sich ebenfalls umsah, glaubte sie zu wissen, was er meinte. Aus den Häusern und Werkstätten kamen keine Geräusche. Kein Lärm von Hämmern, Sägen oder anderen Werkzeugen. Dafür standen vor fast jeder Tür Zwerge, die ihre Köpfe zusammensteckten. Als gäbe es eine Neuigkeit, die so wichtig war, dass die Arbeit für einen Moment ruhen durfte.

»Vielleicht sollten wir einfach jemanden fragen?« Sie schaute Gilli an.

»Kandro wird es uns erzählen, denke ich. Da vorne ist ...« Plötzlich hielt er inne, packte Brynnbetts Arm und zog sie zu einer Gruppe von Zwergen. »Entschuldigt«, erklärte er hastig, als sie irritierte Blicke aus der Runde ernteten. »Wir sind gleich wieder weg.«

»Meinswegen nich«, grunzte ein weißbärtiger Zwerg. »Ich denk mir, uns kümmerts eh all das gleiche Thema.«

»Und was ist das, wenn ich fragen darf?« Brynnbett stutzte ob des sonderbaren Akzents, ergriff die Gelegenheit aber gleich beim Schopf, um mehr zu erfahren. »Wir kommen aus einer der unteren Ebenen und haben noch nichts gehört.«

»Wird bis da unten auch nicht mehr lange dauern«, grummelte ein Zwerg mit einer Apparatur auf dem Kopf, die wie eine Mischung aus Lupe, Lampe und Zahnradkonstrukt aussah. »Es verbreitet sich wie ein Lauffeuer.«

Irgendwo in der Nähe schnaubten Tiere, Gillron zog schon wieder an ihrem Ärmel, aber Brynnbett wollte erst wissen, um was es ging. »Gibt es denn etwas Handfestes zu berichten oder ist es nur ein Gerücht?« Sie starrte den Lupenmann an, doch es war die alte Zwergin neben ihm, die antwortete.

»'s ist sicher nich mehr als das.« Sie richtete gekünstelt die weiße Haube auf ihrem Kopf. »Ich versuch's meinen Nachbarn schon ganz die Zeit auszureden. Gerüchte haben's noch niemand nich weitergebracht.«

»Das da wäre?« Brynnbett wurde ungeduldig.

Zu allem Überfluss zerrte Gillron immer stärker an ihr. »Brynnbett«, raunte er.

»Nun warte doch«, zischte sie.

»Es ist aber vielleicht dringend.« Er hob den Arm und wies in die Richtung, in die sie gehen wollten.

Plötzlich entdeckte sie den Ursprung der Tiergeräusche. Drei Prelken standen unter einem breiten Torbogen, über dem ein gusseisernes Schild mit Hammer und Amboss hing. »Sind das etwa die Reiter aus Crem?«

Gillron nickte. »Ich dachte zuerst, wir sollten abwarten, aber vielleicht ist es doch besser, hinzugehen. Vielleicht ist Kandro allein.«

»Kennt ihr diese Burschen etwa?« Der Tonfall des Lupenmanns wurde eine Spur schärfer.

»Wir kennen nur den Schmied. Ist das wichtig?«

»Weil's die Prelkreiters das Gerücht mitgebracht's ham«, murmelte die Alte.

»Bei den Kennluren, worum geht es denn?« Brynnbett stemmte die Hände in die Hüften.

»Krieg«, antwortete der Weißbart. »Es soll Krieg geben.«

INTERLOG

»Seelengefängnis sagtest du?« Fellen-Kehlanda wirkte müde und erschöpft.

Doch was half es? Zhinlohrs Rückreise nach Erellgorh hatte zu lange gedauert, als dass er die Fürstin schonen konnte. Der Zustand der Waldelbenfürstin und ihrer Thronfolgerin duldete keinen Aufschub. Zu viel hing davon ab.

»Und du konntest nichts für sie tun?«

»Ja und nein. Zusammen mit der Heilerin des Hofes habe ich dafür Sorge getragen, Mijah-Glajurdah und Valehna-Tanuhnjell in die tiefsten Räume Gohlannbjahrs zu verlegen.«

»Ich verstehe.« Die Fürstin von Erellgorh setzte sich. »Wie viel Zeit werden die Seelen der Mütter ihnen geben?«

»Ich weiß es nicht. Vielleicht ein oder zwei Winter, vielleicht nur Monde.«

»Und Raiwen? Was sagt er dazu?«

Zhinlohr schloss die Augen, ehe er antwortete. Zeit für die nächsten schlechten Nachrichten. »Der Heiler der Thronfolgerin hat von Anastina-Kyriejah den Marschbefehl bekommen.«

Fellen-Kehlanda atmete geräuschvoll aus. »So weit sind ihre Pläne schon gediehen? Sie bereitet den Marsch nach Crem vor?«

»Sie plant ihn nicht mehr. Sie ist bereits auf dem Weg.«

»Bei den Seelen!« Die Augen der Fürstin weiteten sich. »Sie führt ihr Heer trotz des Winters nach Crem?«

Er nickte. »Vier Legionen zu je dreihundert Kriegern.«

Fellen-Kehlanda sank gegen die Lehne ihres Stuhles – eine Schwäche, die er von ihr nicht kannte und die ihn verunsicherte. »Dann bleibt uns weniger Zeit als erwartet.«

Er horchte auf.

»Bei den Sternen des Himmels, wir sind in einer wahrlich bedenklichen Lage. Ach, was sage ich? Das Schicksal aller Völker steht auf Messers Schneide.« Fellen-Kehlanda rieb sich die Schläfen. »Im Süden tobt bereits der furchtbare Krieg zwischen Innelles und dem Königreich Geldermark. Schon bald könnte er auf Tangris und das Zwergenvolk des Ophringebirges übergreifen.« Plötzlich drückte sie ihren Rücken durch und erhob sich, als wäre ihr bewusst geworden, dass es nicht an der Zeit war, Schwäche zu zeigen. »Wenn wir nicht handeln!«

Zhinlohr merkte, wie sein Herz einen Schlag aussetzte. »Ihr wollt in den Krieg eingreifen?«

»Nicht mit Waffen, so ich es verhindern kann.« Sie wandte sich dem Teppichgemälde zu, das die gesamte Wand hinter der Ratstafel schmückte und eine kunstvoll gewebte Karte der Welt zeigte. »Es reicht, dass zwei Völker des Südens diesen Irrsinn zulassen. Und dann lenkt Anastina-Kyriejah auch noch das Waldelbenheer gen Crem. Eine Scheltar!« Sie sah versonnen auf die Karte und schüttelte den Kopf. »Wo anfangen und wo aufhören?«

Zhinlohr räusperte sich vorsichtig, um sie in ihren Gedankengängen nicht zu rüde zu unterbrechen. »Wofür bleibt uns wenig Zeit, meine Fürstin? Habt Ihr einen Plan?«

Fellen-Kehlanda sah ihn an, als wäre ihr seine Anwesenheit erst jetzt wieder bewusst geworden. »Vergib mir, Freund Zhinlohr, aber die Situation ist höchst prekär. Mein Plan ist vage und bedingt Schicksale, auf die wir keinen Einfluss haben.«

Er war nicht sicher, ob er sie richtig verstanden hatte. Vielleicht sollte er seine Frage anders formulieren?

Doch in dem Moment nickte die Fürstin nachdenklich und ging zur rechten Seite der Karte hinüber. »Wir müssen einen Friedensgürtel schmieden. Das ist der Plan.« Den ganzen Wandteppich abschreitend, fuhr sie mit der Hand an eingezeichneten Orten entlang. »Von Ophrinor über Tangris, Tyklahr, Nehrbor und Abrinor bis nach Akralahr.«

Zhinlohr verstand. »Ein Bündnis, das Schlimmeres verhindert, wenn ein zweiter Krieg im Norden ausbrechen sollte.«

»Ja. Denn wenn uns das nicht gelingt ...«, die Fürstin senkte die Stimme und klang so unheilvoll, wie die Worte, die sie aussprach, »steht bald die ganze Welt in Flammen.«

Schon einen Tag später hatte Zhinlohr sich von seiner Fürstin erneut verabschieden müssen. Doch er war nicht der Einzige, der sich auf den Weg machte, um den Friedensgürtel zu schmieden. Sein Zwillingsbruder Nannlohr war bereits in aller Frühe nach Tangris aufgebrochen und würde, wenn die Gespräche gut verliefen, von dort aus in Begleitung eines Ältesten der Tangora nach Ophrinor zu den Zwergen reisen.

Zwei weitere Vertraute der Fürstin, Zhanjor-Gehlen und Fallbihr-Jehlendorh, reisten zu den Urda. Es war zwar unwahrscheinlich, dass das Sumpfvolk sich aus eigenem Antrieb in den Krieg einmischte, doch drohte ihnen als westlichen Nachbarn der Geldermark die Gefahr, dass der König ihre Waffenhilfe einfordern würde.

In Zhinlohrs Verantwortung lagen die Gespräche mit den Königshäusern in Tyklahr und Akralahr. Eine lange Reise hatte er vor sich und ihm blieb nicht viel Zeit. Sicher suchte die Ordensstadt Crem bereits nach Bündnissen. Wenn sie nicht schon welche gefunden hatte.

Er schulterte seine Tasche und machte sich auf den Weg zum Landungssteg. Die Luft in Erellgorh war kühl, silbriger Raureif überzog die Blätter der Pflanzen und Bäume. Eine unwirkliche Schönheit im Angesicht der Bedrohungen, die bevorstanden.

Die Fürstin hatte ihm die Wahl gelassen, ob er in Begleitung oder allein reisen wollte, und er hatte sich für Letzteres entscheiden. Unabhängiger, unauffälliger, schneller. Außerdem wusste er, dass sich nur wenige seiner Brüder und Schwestern außerhalb des eigenen Reiches wohlfühlten, während er selbst die Besuche der Königreiche genoss. Zhinlohr bewunderte die Menschen sogar. Sie steckten voller Energie, Spontanität und Träume, obgleich ihre Lebensspanne so kurz war.

Er eilte über die große Lichtung unterhalb der Stadt, passierte die riesigen Sapindus-Bäume und hielt Ausschau nach den Federfliegern. Doch für die kleinen feenartigen Geschöpfe war es noch zu kalt.

Ein Stück weiter, zwischen den hohen Stämmen der Arben, jagte ein Pärchen Zirbelmäuse umher, kletterte flink wie ein Beutelhorn an der rauen Rinde hinauf und verschwand quiekend in der Baumkrone. Für einen kurzen Moment liebäugelte Zhinlohr mit dem Gedanken, zu verweilen und noch etwas Kraft zu tanken. Doch durch die Zweige der Arben konnte er den Landungssteg sehen – und eine Gestalt, die ihm mit beschwingten Schritten von dort entgegenkam.

»Zhinlohr-Bennzhardizh. Gerade erst bei den Waldelben und schon in Erellgorh.«

»Erilon-Dranuhr.« Zhinlohr verkniff sich ein Seufzen, als er den eifrigen Boten erkannte. »Ich grüße Euch.«

»Und freundliche Grüße können wir gebrauchen in diesen düsteren Zeiten, ist es nicht so?«

»Trefflich bemerkt.« Er war hin- und hergerissen, ob er den Fürstenboten nicht einfach stehenlassen sollte. Doch andererseits interessierte ihn brennend, woher der eifrige Nachrichtenüberbringer kam. »Was hat Euch aufgehalten? Wart Ihr nicht lange vor mir aus Gohlannbjahr aufgebrochen?«

»Das Leben eines Boten steckt voller Herausforderungen. Manchmal gilt es Nachrichten zu überbringen und manchmal geht es nur darum, Neuigkeiten zu sammeln. Ich wäre ein schlechter Fürstenbote, würde ich nicht versuchen, einen Mehrwert darzustellen. Auch für Eure Fürstin.«

Was er nicht sagte. »Und welchen Mehrwert habt Ihr im Gepäck?«

Erilon sah zu den Barken am Landungssteg. »Ein guter Tag für eine Bootsfahrt. Das Wasser ist recht ruhig.« Unvermittelt blickte er ihm in die Augen. »Und Ihr? Schon wieder in heilender Mission unterwegs?«

»Die ganze Welt braucht Heilung, meint Ihr nicht?« Zhinlohr setzte ein unverbindliches Lächeln auf.

»Das glaubt das Bergvolk in Tangris jetzt auch.«

»Was wisst Ihr von den Tangora?«

»Mein Weg führte mich durch ihre Stadt und der Zufall wollte es, dass sie über den Krieg zwischen den Feuerelben und der Geldermark zu Rat saßen. Sie zögerten, in die Auseinandersetzungen einzugreifen.«

»Und jetzt zögern sie nicht mehr?« Zhinlohr spürte, wie sein Puls sich beschleunigte. War die Reise seines Bruders schon zum Scheitern verurteilt, bevor er dort war? Tangris war neben Ophrinor für den geplanten Friedensgürtel von großer Bedeutung. »Was habt Ihr ihnen erzählt?«

»Von mir erwartet man lediglich das Überbringen von Wissen, nicht das Lenken von Entscheidungen.«

»Ist Euch je der Gedanke gekommen, dass manche Nachricht genau dazu angetan ist? Dass es Nachrichten sind, die über Krieg oder Frieden entscheiden? Das Worte Taten vorangehen und Unheil bringen können, das sich nicht wieder rückgängig machen lässt?«

»Oh, dessen bin ich mir bewusst. Aber das ficht mich nicht an. Ein Fluss kann nur dann Steine in Bewegung setzen, wenn er von Quellen gespeist wird. Der Ursprung ist es, der die Verantwortung trägt.«

Zhinlohr trat so dicht vor den Elbenboten, dass dieser unwillkürlich den Kopf zurücknahm. »Mich interessieren Eure verqueren Bilder nicht. Und sie ändern auch nichts daran, dass jeder Einzelne Verantwortung trägt«, presste er hervor. »Auch Ihr. Was also habt ihr den Tangora gesagt?«

»Nur, was ich beobachtet habe. Dass die Ophrindarh sich für einen Kampf rüsten, um sich dem Sturm aus dem Süden entgegenzustellen.«

»Seid Ihr sicher?« Zhinlohr mochte sich nicht ausmalen, was passieren könnte, wenn das Zwergenvolk in den Krieg eingriff. Und was das für die Reise seines Bruders bedeutete.

»Es ist, wie es ist. Die Zwerge wollen die Hügel zwischen dem Heiligen Wald und der Ebene von Cambal befestigen.«

»Ihr meint die Hügel der Tangora?«

»Eben die. Warum also sollte das Volk, dessen Land besetzt wird, nicht davon erfahren?«

»Weil es ihr letztes großes Jagdgebiet ist? Weil sie sich womöglich im Zugzwang sehen und unüberlegte Entscheidungen treffen?« Schmolz der Friedensgürtel wirklich dahin, noch ehe es ihn gab? Könnte sein Bruder überhaupt etwas bewirken?

»Ihr gutes Recht, möchte ich annehmen.«

»Recht, Recht. Was bedeutet das schon, wenn Dinge in Gang gesetzt werden, unter denen ein ganzes Volk leiden muss?« Und Einzelne. Zhinlohr hatte Mühe, nicht zu schreien. »Pflicht und Verantwortung, das sind die Worte, über die wir alle nachdenken müssen, aber Ihr im Besonderen, wie mir scheint.« Er suchte in Dranuhrs Blick nach einer Spur von Einsicht und fand nur Hochmut. Kopfschüttelnd ließ er ihn stehen und eilte zu den Barken.

Die Sorge um seinen Bruder galt es zu verdrängen. Erst Tyklahr und dann Akralahr. Er musste erfolgreich sein.

20
RAIWEN

So zeitraubend hatte er sich das nicht vorgestellt. Raiwen schaute über das lang gestreckte Heer, dessen Reihen sich teilten, neu ordneten und eine schmalere Formation einnahmen. Langsamer als sonst, weil die Straße hier merklich enger wurde und die Bewegungsfreiheit der Kriegerinnen und Krieger einschränkte. Als würden die Legionen durch die kalte Winterluft Stück für Stück zu Eis erstarren. Es wirkte wie eine fremde Erinnerung, die Schärfe des Bildes und die Geräusche gedämpft von wattigen Schneeflocken, die sanft vom Himmel trieben.

Zusammen mit Evon stand er auf einem verschneiten Felsplateau. Sie waren seit Tagen unterwegs und hatten gerade erst die höheren Ausläufer der Kesselgebirge erreicht. »Ich hatte keine Ahnung, wie langsam sich ein Heer vorwärtsbewegt.«

»Also hast du wieder was dazugelernt.« Evon hob seine Handfläche und sah den Schneeflocken zu, die darauf fielen und schmolzen. »Ich fürchte ja, dass wir in den kommenden Tagen noch langsamer vorankommen werden.«

Raiwen blickte ein Stück voraus, wo für die Thronwächterin und ihren Führungskreis ein Baldachin aufgestellt worden war. Den Führungskreis, dem sie beide ebenfalls angehörten, obgleich ihre Stimmen weniger zählten als die der vier Heermeister. »Meinst du, Kerahnas Sorge ist begründet?« Die Heermeisterin hatte gestern angedeutet, dass es schon bald unmöglich werden könnte, das Kesselgebirge noch in diesem Winter zu überqueren, wenn die Schneefälle nicht aufhörten. Doch davon hatte Kyriejah nichts wissen wollen.

»Wenn du mich fragst, hat die Heermeisterin zumindest ein besseres Gespür als ihre kriegslüsternen Kameraden.«

Raiwen sah ihn mit großen Augen an. »So etwas kannst du doch nicht sagen.«

»Wieso nicht?« Evon schaute sich um. »Außer uns ist doch niemand hier. Oder hast du Angst vor Lauschern?«

»Ich möchte nur nicht, dass uns am Ende vorgeworfen wird, wir würden die Entscheidungen der Thronwächterin in Zweifel ziehen.«

»Kyriejah hat mit Sicherheit gute Gründe für ihre Entscheidungen«, räumte Evon ein, »aber ich bin mir nicht sicher, ob das auch für ihre Heermeister gilt. Die wollen endlich wieder zeigen, zu was ihre Kriegerinnen und Krieger im Stande sind. Du hast ihnen in den letzten Tagen oft genug zugehört, oder nicht?«

Natürlich hatte er das. Doch noch war Crem weit weg und die Überlegungen und Pläne, wie der Festungsstadt am besten beizukommen wäre, mussten nicht zwangsläufig zum Tragen kommen. »Für mich ist nur wichtig, dass ich schnell nach Eskrinor gelange und wir diesen Krieg verhindern.« Nachdem er Evon in den letzten Tagen besser hatte kennenlernen können, hatte er Vertrauen gefasst und ihn von seinem Plan und dem Heilmittel erzählt.

»Also, ich will dich nicht entmutigen, aber wenn die Thronwächterin in den nächsten Tagen keine weisen Entscheidungen fällt, sehe ich schwarz.« Er lächelte schief. »Egal, wie weiß es um uns herum ist.«

Raiwen nickte und sah zu, wie sein Freund sich die dicken Wollfäustlinge wieder über die Hände zog. Was dessen magisches Erbe anbelangte, schlug er nach der Mutter und hatte außer einer höheren Lebenserwartung leider keinerlei Kräfte von seinem Elbenvater geerbt, mit denen er sich warmhalten konnte. Immerhin hatte Evons Lederrüstung, die so anders war als die der Waldelben, eine wärmende Polsterung. Und der gefettete Lederumhang, der fast bis zum Boden reichte, schien bereits einige Bewährungsproben hinter sich zu haben.

»Gehen wir zurück? Sonst friere ich hier noch fest.«

»Die Eisstatue eines Halbelbs am Zugang zum Kesselge-birge«, scherzte Raiwen. »Könnte vielleicht ein neuer Pilger-ort für Bastarde werden.«

»Hoppla, was für ein unflätiges Wort aus deinem Mund!« Evon riss in gespieltem Entsetzen die Augen auf.

»Wieso?« Raiwen schaute sich um. »Außer uns ist doch niemand hier. Oder hast du Angst vor Lauschern?«

»Nur, wenn sie zuhören.« Sein Freund zwinkerte. »Eigent-lich klingt es sogar verlockend, ein Pilgerort zu werden.«

»Aber nur, bis du schmilzt.« Raiwen lachte und machte sich daran, vom Felsplateau zu steigen.

»Halt.« Evon hielt ihn zurück. »Kannst du mir einen Gefallen tun?«

»Was denn?«

»Könntest du auf dieser Seite runterspringen?«

Irritiert sah Raiwen auf die Schneewehe, die sich dort gesammelt hatte. »Warum? Ich will mir nicht die Füße ver-letzen. Wer weiß, was da unter dem Schnee steckt.«

»Glatter Boden. Ich bin hier schon mal entlanggekommen.«

»Aha. Und was habe ich davon?«

»Die Dankbarkeit eines Freundes, zum Beispiel.« Evon sah ihn aus treuherzigen Augen an. »Ich folge dir auch auf dem Fuße. Wir müssen ja eh in die Richtung.«

Raiwen schaute zum Baldachin hinüber und zuckte mit den Achseln. »Wenn es dir Spaß macht.« Er trat an die Kante des Plateaus und maß die Tiefe. Kaum mehr als drei Fuß, nicht der Rede wert.

»Also, dann ...« Evon trat neben ihn. »Nach dir.«

Raiwen sprang, traf auf die Oberfläche und versackte bis zum Bauch im Schnee.

»Ich hab's gewusst.« Begeistert klatschte Evon.

»Wie tief es wirklich ist?« Grummelnd kämpfte Raiwen sich aus dem Schneeberg heraus.

»Dass ihr Reinblüter auch nicht leichtfüßiger seid.« Evon landete neben ihm und versank fast bis zum Hals.

»Leichtfüßiger? Du hast nicht wirklich geglaubt, dass wir obendrüber laufen können, ohne zu versinken, oder?« Raiwen klopfte sich den Schnee von der gesteppten Langjacke. »Wer denkt sich so einen Blödsinn aus?«

»Die Menschen.« Keuchend versuchte Evon, sich einen Weg aus der Schneewehe zu buddeln. »Wegen ... wegen eurer ... Magie.«

Raiwen verschränkte die Arme und sah ihm grinsend zu. »Dazu müsste man den Schnee gefrieren lassen, und das kann nicht mal ein Scheltar. Es sei denn, er wäre der schwarzen Magie anheimgefallen. Und so jemanden willst du nicht treffen, glaub mir.«

»Also dann ... verzichten wir ... besser darauf.« Evon hielt seufzend inne. »Nun hilf mir doch mal, Freund Raiwen.«

»Ach? Jetzt doch wieder *Freund* Raiwen?« Er streckte die Hand aus. »Ich dachte, du legst keinen Wert auf solche Förmlichkeiten.«

»Der Zweck heiligt eben die Worte, oder wie heißt das?« Evon packte zu, riss ihn mit einem kraftvollen Ruck von den Beinen und lachte, als Raiwen versuchte, sich im Schnee wieder aufzurappeln. Nur einen Moment später landete eine Ladung der weißen Pracht direkt in Evons Gesicht.

Dann erklang die erste Fanfare. Sie beeilten sich, zu Kyriejah und den anderen hinüberzulaufen. Ramuhr kam ihnen mit ausdrucksloser Miene entgegen.

Raiwen beschloss, ihn anzusprechen, ehe sie unter den Baldachin traten. »Wir hörten die Bläser. Geht es schon weiter?«

»So Ihr endlich fertig seid mit Spielen.«

»Ich ... äh ...« Was sollte Raiwen antworten?

Zum Glück war Evon nicht um eine Antwort verlegen: »Also, ich weiß ja nicht, wie es von hier gewirkt haben mag, aber eigentlich war es ein Test.«

»So? Und wofür?«

»Mich interessierte, wie schnell wir in hohen Schneeverwehungen vorwärtskommen. Ich hatte befürchtet, ich als Halbelb wäre im Nachteil und weiter oben im Gebirgspass für euch ein Klotz am Bein.«

Das klang auf verblüffende Weise nicht mal unvernünftig.

Doch Ramuhr, den Raiwen zu Hause als ausgeglichen und zugewandt kennengelernt hatte, sah das offenbar anders.

»Falls du Kritik an den Entscheidungen unserer Thronwächterin hast, nur zu, Freund Evonurh.« Er wies hinter sich, wo Kyriejah noch mit ihren Heermeistern im Gespräch war.

»Einfach nur Evon«, antwortete der Halbelb, doch Ramuhr war bereits weitergegangen. »Und danke für den Tipp.« Er schaute Raiwen an. »Und? Haben wir Kritik für Kyriejah?«

»Vielleicht keine Kritik. Aber leise Bedenken könnten wir bei passender Gelegenheit anmelden.«

Als sie gerade zu den anderen gehen wollten, kam die Thronwächterin ihnen samt Gefolge entgegen. »Gibt es etwas Neues, Freund Raiwen?« Sie sah ihn offen an. Blaugrün, fiel ihm auf, als er ihren Blick erwiderte. Wasser und Wald. Verblüffend, wie ihre Augen zu ihrer Magie und ihrer Heimat passten.

»Schneeverwehungen«, antwortete er. »Selbst hier sind einige schon recht hoch.«

»Schneewehen haben es so an sich, höher als die Schneefläche ihrer Umgebung zu sein«, entgegnete sie kühl.

»Also, wenn ich ...«

Ihr Kopf ruckte zu Evon herum. »Nur zu. Ihr seid Mitglied meines Führungskreises und Hüter der Felluhre.«

Raiwen hatte den Verdacht, dass es ihr insbesondere um Letzteres ging, denn abgesehen davon, dass die Gryd-Felluhre sich von der Thronwächterin und den Heermeistern reiten ließen, waren die edlen Tiere fast ausschließlich auf Evon geprägt. Außer von Raiwen nahmen sie bislang von niemandem sonst Futter an.

»Ich danke Euch.« Evon machte eine knappe Verbeugung. »Es ging mir nur darum, meine Sorge zum Ausdruck zu bringen, dass wir weiter oben im Kesselgebirge in Schwierigkeiten geraten könnten, wenn es weiterschneit. Der Pass wird über kurz oder ...«

»Danke für Eure Sorge«, schnitt Kyriejah ihm das Wort ab. »Aber lasst mich diese Unterredung abkürzen. Denn während ihr Euch um ein paar Schneeverwehungen gekümmert habt, haben wir bereits alle Möglichkeiten besprochen.«

»Die da wären?« Die etwas vorlaute Frage polterte aus Raiwens Mund, bevor er nachdenken konnte.

Kyriejah schenkte ihm einen intensiven Blick. »Ich bringe Euch gerne auf den aktuellen Stand, Freund Raiwen. Ein letztes Mal!«, fügte sie strenger hinzu. »Wir könnten umkehren. Das dürfte die Moral des Heers deutlich senken, was es natürlich zu vermeiden gilt. Wir könnten die Legionen aber auch teilen, also eine Vorhut bilden, um einen Weg zu ebnen und somit das Nachrücken erheblich zu erleichtern. Und wir könnten zusätzlich eine kleine Einheit vorausschicken, die nach Lawinen Ausschau hält und sie gegebenenfalls kontrolliert auslöst, damit der Rest des Heers gefahrlos durchs Kesselgebirge ziehen kann. Klingt das für Euch überlegt genug?«

»Ja.« Wieder einmal kam Raiwen sich dumm vor. Natürlich war es auch in ihrem Interesse, das Heer nicht nur zügig, sondern vor allem sicher nach Crem zu bringen. »Ich ... ich wollte nicht den Eindruck erwecken ...«

»... als wäre ich mir meiner Verantwortung nicht bewusst?«

»Als hätte ich kein Vertrauen zu Euch«, gestand er. »Ich war lediglich besorgt.«

»Und das ist Eure Aufgabe, nicht wahr? Ihr seid unser oberster Heiler.« Sie legte ihm gönnerhaft eine Hand auf die Schulter, sodass Raiwen sich auf einmal klein vorkam. »Aber ich bin Eure Thronwächterin. Und eine der Fünf. Die Scheltar des Wassers, vergesst das nicht!« Auf sein demütiges Nicken ließ Anastina-Kyriejah ihn ohne ein weiteres Wort stehen.

Es sollte sicher nur eine Ermahnung sein, doch in seinen Ohren klang es fast wie eine Drohung. Plötzlich erinnerte er sich an den Moment, da ein junger Mann zu ihren Füßen gelegen und um sein Leben gekämpft hatte. Als sie, ohne mit der Wimper zu zucken, einen Mord begangen hätte, wenn Valehna nicht eingeschritten wäre.

»Also, wenn du mich fragst«, begann Evon leise, »hätte es schlechter laufen können.«

Aber auch besser. Raiwen sah Kyriejah nach.

Es war früher Nachmittag, ehe die Legionen vollständig über die neuen Pläne informiert waren und sich die Einheiten, die erst im Abstand von einem Tag folgen sollten, ans Ende des

Heers begeben hatten. Das schwierigste Unterfangen war es, den Versorgungszug aufzuteilen, denn einige Wagen müssten die Vorhut begleiten. Damit für beide Heerteile eine ausreichende Menge an Vorräten zur Verfügung stand, musste einmal komplett entladen und neu gepackt werden.

Raiwen packte mit an, so gut er konnte, und überwachte insbesondere das Teilen der Heil- und Hilfsmittel. Rein rechnerisch stünde der Vorhut ein Viertel davon zur Verfügung, nur die Legion Arandor-Gerebohrs, des obersten Heerführers, begleitete Kyriejah. Da Raiwen die Verletzungs- und Unfallgefahr der Vorausziehenden aber höher einschätzte, ließ er etwas großzügiger umpacken. Inzwischen hatte er erfahren, dass er und Evon vorne mit dabei sein sollten, während Ramuhr mit der kritischen Heermeisterin Kerahna und den zwei übrigen Anführern zurückbleiben musste.

Mit dem Wissen konnte er die Stimmung des Kämmerers besser einordnen. In Gohlannbjahr hatte Ramuhr durchaus eine herausragende Stellung innegehabt, doch im Heerzug der Thronwächterin spielte er eine für ihn ungewohnt untergeordnete Rolle. Raiwen beobachtete den Kämmerer, der sich mit stoischer Miene darum kümmerte, dass man die fertig beladenen Versorgungswagen für die Nachhut ins Heerlager verbrachte. Man sah ihm deutlich an, wie unzufrieden er war. Blieb zu hoffen, dass sich das nicht irgendwann rächte und Ramuhr versuchen würde, mit allen Mitteln aus dieser Position auszubrechen.

»Ein Kuling für deine Gedanken«, raunte Evon, der anscheinend seinem Blick gefolgt war.

»Das wäre womöglich zu hoch bezahlt.« Raiwen sah sich zu ihm um. »Und deine? Was sind die gerade wert?«

»Also ...«, begann sein Freund und Raiwen lachte. »Was denn? Ich habe doch noch gar nichts gesagt.«

»*Also* – ich finde schon.« Er boxte Evon in die Seite.

»Als würde ich zu oft ›also‹ sagen.«

»Also nein, wie kommst du darauf?«

Evon schüttelte grinsend den Kopf. »Also meinst du, ich sollte das lassen?«

»Also, wenn du mich fragst, nicht.« Raiwen gluckste und hob nochmals die Faust, doch sein Freund wich geschickt aus.

»*Jedenfalls* sind meine Gedanken nicht nur einen Kuling wert«, gestand Evon geheimnisvoll.

Das klang doch mal spannend. »Sondern?«

»Sondern womöglich sogar die eine oder andere Lawine, würde ich sagen.«

»Lawine? Wie meinst du denn das?«

»Ich habe meine wertvollen Gedanken mit unserer Thronwächterin geteilt, bevor ich zu dir herübergekommen bin. Und sie hat mir zugestimmt.«

»Zu was?« Evon verstand es, ihn neugierig zu machen.

»Zu dem Auftrag, den wir beide ab sofort haben.«

Raiwen stöhnte. »Hast du dir schon wieder etwas überlegt, was du mir zutraust, ohne mich vorher zu fragen?«

»Irgendjemand muss ja die Vorhut der Vorhut übernehmen, um nach Lawinen Ausschau zu halten.«

»Nein! Das hast du ihr nicht vorgeschlagen.« Raiwen schüttelte den Kopf. »Du würdest deinen besten Freund nicht schutzlos in die Kälte des Winters zwingen.«

»Es sei denn, er hätte mich schon einmal mit ungeheurem Überlebenswillen überrascht.« Evon zwinkerte.

»Ernsthaft: Ich denke nicht, dass ich dafür der Richtige bin.«

»Du hast auch nicht gedacht, dass du reiten kannst.«

»Aber ...«

»Freund Raiwen.« Anastina-Kyriejah kam auf ihn zu. »Ich bin zwar leicht erstaunt, aber durchaus dankbar, zu hören, wie sehr Ihr am Gelingen unseres Heerzugs mitwirken wollt.«

»Nun, ich hatte eigentlich ...«

»Ehrlich gesagt war ich mir anfangs nicht sicher, wie belastbar Ihr wirklich seid.«

Raiwen verstummte. Wieso sollte er nicht belastbar sein?

»Indes seid Ihr außergewöhnlich kräftig und achtet sehr auf Euren Körper, wie Ihr in Gohlannbjahr oft gezeigt habt.« Die Thronwächterin hielt inne und musterte ihn.

Er schluckte, als er daran dachte, wie freizügig er in Valehnas Gegenwart gewesen war. Sie hatte sehen sollen, was sie verpasste. Doch natürlich hatten das auch alle anderen gesehen. Wie albern ihm inzwischen dieser hilflose Versuch vorkam, Valehnas Interesse zu wecken.

»Aber ...«, fuhr Kyriejah fort, »ich lerne Euch jetzt noch einmal in einem ganz anderen Licht kennen. So aktiv und voller Einsatz für die Sache.«

»D...danke«, stotterte er. Für was hatte sie ihn denn bisher gehalten? Für einen Klotz am Bein?

»Wir haben zu danken.« Kyriejah wandte sich Evon zu. »Ich gehe davon aus, dass Ihr stets zur Nacht zurückkehrt, damit die Felluhre ihre Pflege erhalten.«

»Natürlich«, bestätigte Evon.

»Gut. Dann lasst Euch ein Signalhorn geben. Ein lang gezogener Ton lässt uns wissen, dass wir bis zur nächsten Markierung folgen können. Drei kurze, dass Vorsicht geboten ist und wir warten sollen. Verstanden?« Als sie nickten, ließ Kyriejah sie stehen.

Raiwen sah ihr nach. Wieso hatte er nicht einfach nein gesagt?

»Na also.« Evon hieb ihm freundschaftlich auf die Schulter. »Ich bin wahrlich froh, so einen aktiven und einsatzfreudigen Mann an meiner Seite zu wissen.«

»Hahaha.« Raiwen verzog das Gesicht. »Wart's nur ab. Irgendwann überlege ich mir etwas für dich. Aber vorher bekomme ich noch heraus, was du nicht magst.«

»Mir schlottern schon die Knie.« Sein Freund wackelte demonstrativ mit den Beinen.

»Warte ab, wie es dir nachher geht.« Raiwen nahm sich vor, nach Gelegenheiten Ausschau zu halten. »Und das Signalhorn übernimmst du.«

Doch als sie zu den Fanfarenbläsern hinübergingen, hob Evon nur seine in Fäustlingen steckenden Hände. Raiwen verdrehte die Augen. *Auch das noch!*

Wenig später folgten sie der verschneiten Handelsstraße, die sie in die Berge führte, und schon kurz darauf wurde Raiwen klar, wie wichtig es war, den Weg zu erkunden. Die Hänge wurden steiler, die Felsen rückten immer näher an die Straße heran. Einige Stellen waren so eng, dass ein einzelner Karren nur knapp hindurchpasste.

»Wenn die hohen Versorgungswagen mit sollen, müssen diese Abschnitte komplett geräumt werden.« Evon trat den Schnee von einem Felsen, der beinahe gänzlich darunter verschwunden war.

»Jetzt sollte das noch möglich sein«, antwortete Raiwen, schaute aber besorgt in den Himmel. Es wollte einfach nicht aufhören zu schneien.

»Es wird kälter«, stellte Evon fest. »Siehst du, wie klein die Flocken jetzt sind? Im Lager waren sie noch groß und fluffig.«

»Fluffig?« Raiwen sah ihn amüsiert an. »Was ist das denn für ein Wort?«

»Also, wenn du mich fragst, ein besonders schönes.« Evon grinste. »Meine Mutter kannte viele solcher Wörter. Manchmal sagte sie auch ›flaumig‹ oder ›flauschig‹. Es heißt so viel wie wollig oder samten.«

»›wollig‹ trifft es tatsächlich ein wenig.«

»Aber eben nur ein wenig. ›fluffig‹ passt perfekt.«

Während sie weitergingen, lernte Raiwen weitere Menschenwörter kennen. Zu seinen liebsten wurden »putzig«, »knuffig«, »bräsig« und »tüdelig«. Er nahm sich vor, sie alle bei Gelegenheit zu verwenden.

»Schau mal.« Evon war stehen geblieben und zeigte den Berg hinauf. »Siehst du den Klippenvorsprung dort?«

Raiwen zwinkerte Schneeflocken von den Wimpern, sein Blick folgte dem ausgestreckten Finger. »Die Felsnase über der Baumgruppe?«

»Nein, weiter links.«

Jetzt sah er, was Evon meinte, und sog geräuschvoll die Luft ein. »Das sieht nicht gut aus.« Oberhalb der Felskante hatte sich enorm viel Schnee gesammelt und stand bereits zu den Seiten über. »Was meinst du, wie lange das noch hält?«

»Solche Abrisskanten sind gefährlich. Ich habe eine Zeit lang in Clutt gearbeitet und dort einige strenge Winter erlebt. Die westlichen Hänge des Ophringebirges sind natürlich weniger steil als hier und man muss auf andere Dinge achten, um sich vor Lawinen zu schützen.« Er sah in den Himmel und wischte sich die Flocken aus dem Gesicht. »Ich fürchte, wenn es nicht aufhört zu schneien, könnte diese schon in der kommenden Nacht abgehen.«

»Nicht gut.« Raiwen schaute vom Vorsprung hangabwärts. »Die jungen Bäume und Büsche werden die Lawine nicht aufhalten können.«

»Was bedeutet, dass die Schneemassen die Handelsstraße verschütten, wenn sie nicht vorher zum Stillstand kommen.«

»Und es würde uns mindestens einen Tag kosten, den Weg freizuräumen.« Die Elbenkrieger könnten natürlich hinüberklettern, dachte Raiwen, aber die Versorgungswagen müssten sie dann zurücklassen.

»Ohne Magie eher zwei bis drei Tage«, meinte Evon. »Lawinenschnee ist sehr verdichtet und hart wie Stein.«

»Das bedeutet, wir müssen zumindest die Vorhut noch heute hier vorbeibringen.«

»Was allerdings nur gelingt, wenn weiter oben genug Platz für ein paar hundert Mann ist.«

»Gut, dass du daran denkst.« Wann war Raiwen das letzte Mal über den Kesselpfad nach Westen gereist? »Irgendwo gab es eine kleine Ebene, erinnere ich mich.«

»Stimmt. Auf dem Weg nach Gohlannbjahr habe ich die Gryd-Felluhre dort grasen lassen. Eine sportliche Strecke, aber wenn der Weg frei ist, könnte es klappen.«

»Wir sollten so zügig wie möglich herausfinden, ob der Weg bis dahin sicher ist. Je eher wir das Signal geben, umso schneller sind unsere Brüder und Schwestern an diesem Engpass vorbei.«

Der Schneefall ließ nicht nach; zu allem Überfluss zog ein eisiger Wind auf, der ihr Vorankommen immer beschwerlicher machte. Bei klarer Sicht hätten sie womöglich früher einschätzen können, ob der Weg bis zur Ebene frei war. Doch in diesem Schneegestöber blieb ihnen keine andere Wahl, als sich weiterzukämpfen und die Umgebung so gut wie möglich im Blick zu behalten.

»Also, wenn du mich fragst, bleibt euch kaum etwas anderes übrig, als die Kraft der Elemente anzuwenden, wenn wir lebendig übers Kesselgebirge kommen wollen.«

Raiwen vergaß immer, dass Evon keine Magie wirken konnte, hatte aber eigentlich erwartet, dass er mehr darüber wusste. »Hat dein Vater dir nichts über Elementemagie erklärt?« Er sprach lauter, damit sein Freund ihn trotz der wollenen Kapuze hörte.

»Ich weiß, dass es sie gibt. Dass jedes Leben unter einem Element geboren wird und den Elben die entsprechende Magie im Blut steckt. Mehr war mir nie wichtig. Warum?«

»Weil es nicht möglich ist, die ganze Strecke von Schnee und Eis zu befreien. Selbst, wenn wir mehr Feuergeborene unter uns hätten. Es bräuchte schon den Scheltar des Feuers, um einen ganzen Berghang freizuschmelzen.«

»Und freispülen? Anastina-Kyriejah ist doch die Scheltar des Wassers. Hätte sie nicht genug Macht?«

»Womöglich hätte sie das. Allerdings könnte sie das freigesetzte Wasser nicht wegzaubern. Und zusammen mit dem Schnee, der dann auch schmelzen würde ...«

»Würde sich eine Flutwelle auf das Heer hinter ihr ergießen.« Evon nickte.

»Wenn überhaupt, könnte der Scheltar der Luft etwas ausrichten. Aber zum einen ist er nicht hier, und zum anderen müssten die aufgewirbelten Schneeflocken irgendwo wieder zu Boden fallen.«

»Und die Lawinengefahr erst recht erhöhen.«

Raiwen nickte. »Kleine Wegabschnitte können vielleicht unsere Feuermagier räumen, aber das geschmolzene Wasser muss abgeleitet werden, damit es nicht auf der Handelsstraße zu Eis gefriert.«

»Verstehe. Bergauf über Eis zu laufen, ist auch keine gute Idee.« Evon seufzte. »Ich habe schon immer gewusst, dass Magie nicht so pfundig ist, wie alle sagen.«

»Pfundig?« Raiwen schüttelte den Kopf. »Auch ein Wort deiner Mutter?«

»Ich könnte auch ›dufte‹ oder ›knorke‹ sagen.« Evon grinste ihn an, stolperte und fiel der Länge nach in den Schnee.

Raiwen konnte nicht anders, als zu lachen. »Und? Ist er noch fluhfig?«

»Fluffig«, korrigierte Evon und spuckte Schneewasser.

»Fluffig. Sehr richtig.« Raiwen lachte. »Fast so schnell gesprochen, wie man fällt.«

»Du hast ja richtig Humor.« Sein Freund rappelte sich auf.

»Aber nur, weil du so bräsig warst und es so putzig aussah.« Er half Evon, den Schnee abzuklopfen, und sie stapften weiter.

»Ich freue mich jedenfalls, dass Mutters Wortschatz jetzt Einzug in die Waldelbensprache hält.«

»Ich tue mein Bestes.«

In diesem Moment packte Evon ihn am Arm, sein Gesicht hatte jede Farbe verloren. »Das müssen wir wohl beide.«

Raiwen folgte seinem Blick und erstarrte. »Blutkeiler.«

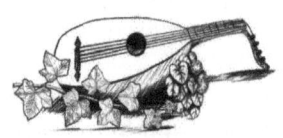

21
JAMON

»Wir müssen uns die umfassende Unterstützung der Zwerge zusichern lassen. Und damit meine ich nicht nur Waffenhilfe.« Jamon stand am Fenster seines Onkels und wartete darauf, dass dieser sich fertig ankleidete.

Kelenkus hasste es, morgens vor dem Aufwachen aus dem Bett gerissen zu werden, aber die morgendliche Versammlung des Cremer Zirkels musste jeden Moment beginnen. Und schließlich hatte er selbst sie so früh angesetzt. »Dein Freund Prandur hat sie mir bei unserem Treffen ohnehin in Aussicht gestellt.«

»Das ist fünf Tage her, Onkel. Fünf Tage, in denen ich einen äußerst klaren Eindruck davon bekommen habe, wie schlecht unsere Befestigungsanlagen aussehen. Die *Aussicht* auf Hilfe reicht bei Weitem nicht.« Allein bei dem Gedanken an all die Risse, Spalten und Löcher wurde Jamon ganz anders. An einer Stelle hatte Baumeister Artemas Mauersteine mit nur einem kräftigen Hammerschlag von der Außenseite ins Innere der Stadt befördert. »Außerdem hast du mit Prandur nicht über die Instandsetzung der Mauer, sondern über die Verteidigung Crems gesprochen.«

Jamon umklammerte Belintraud Schröblers Aufzeichnungen fester und wünschte sich, es stünden bessere Nachrichten darin. Doch die alte Schriftführerin hatte alles aufs Sorgfältigste notiert. »Wenn du dir die Liste der Schäden durchliest, wirst du verstehen, was ich meine.« Bis spät in die Nacht hatte er gestern mit dem Baumeister, dem Wehrführer und der Schröbler zusammengesessen, um die Liste mit den wichtigsten Baustellen zu vervollständigen.

»Schon recht«, stöhnte sein Onkel. »Verflixt noch mal, wer denkt sich eigentlich solche Hosen aus?«

»Soll ich dir helfen?«

»Wehe dir. Solange ich Schulleiter bin, werde ich meinen alternden Körper wohl selbst in diese vermaledeiten Wäschestücke schnüren können.«

Jamon starrte kopfschüttelnd aus dem Fenster und hörte zu, wie sein Onkel sich weiter mit dem Ankleiden abmühte.

»Wo waren wir stehen geblieben? Ach ja, dein Zwergenfreund hat Crem Unterstützung zugesagt. Falls es zum ... zum«, Kelenkus holte geräuschvoll Luft und stieß sie nach kurzer Zeit mit einem Laut der Erleichterung wieder aus. »Na endlich, puh. Wo war ich? Ach ja, falls es zum Angriff käme, wären die Zwerge auf ihren Posten. Genau so hat er es gesagt. Darauf können wir uns verlassen, hat er gesagt.«

Jamon wusste nicht, was sein Onkel sich darunter vorstellte, doch so, wie *er* Prandur verstand, hatten sich die Zwerge schlicht bereit erklärt, ihr eigenes Viertel nicht aufzugeben, sondern zu verteidigen. Mehr nicht. Nun, in spätestens zwei bis drei Stunden, wenn der kleine Rat getagt hätte, wäre einiges klarer. »Wer gehört eigentlich zum Cremer Zirkel?«

»Das solltest du wirklich wissen, Jaramon.«

Jetzt stöhnte er. »Sag es mir doch einfach.«

»Der Hochmagister natürlich, einer der Ratsmagister, der Leiter der Ordensschule, also meine Wenigkeit, dann noch der Bürgersprecher, die Sprecherin der Zünfte und der Waffenmeister der Zwerge. Sechs Personen, sechs Stimmen.«

»Und welcher Ratsmagister wird zugegen sein?« Jamon tippte auf Wrigoran Feldhenn, den Vertrauten seines Onkels.

Doch Kelenkus überraschte ihn mit einer anderen Antwort: »Guldenata Miem.«

Das hätte schlimmer kommen können.

»Und da ich den Sitz des Hochmagisters an seiner Statt einnehme, werde ich selbst von Heobalt Gromm vertreten.«

Jamon stöhnte, schaffte es aber, ein halbwegs gleichgültiges »Soso« von sich zu geben. Ausgerechnet die Schmalzstimme.

»Ich gehe davon aus, dass die beiden in unserem Sinne votieren und alle Mittel durchwinken werden, um die Stadtmauer instandzusetzen. Und wenn wir damit fertig sind, kannst du dich um die Wehranlagen zwischen den Vierteln kümmern. Noch ist nicht aller Tage Abend.«

Jamon zählte innerlich bis zehn, ehe er weitersprach, den Blick noch immer auf den Ordensplatz gerichtet. »Ich bin schon froh, wenn wir die Außenmauer wieder herrichten können.« Einzelne Schneeflocken tanzten durchs Licht der Laternen, sanken wie Daunenfedern zu Boden und vereinten sich mit unzähligen anderen zu einer wattigweißen Schicht.

»Natürlich können wir das. Warum nicht? Crem ist die reichste Stadt, die ich kenne. Oder bist du anderer Meinung?«

Er hörte seinen Onkel nahen und drehte sich um. »Ja.«

»Na also.« Kelenkus trat zur Erkertür, die auf die äußere Turmtreppe führte.

»Ich sagte: Ja. Ich bin anderer Meinung.«

»Ach was, dafür haben wir jetzt keine Zeit.« Der Schulleiter öffnete die Tür. Sofort wehten ihm Schneeflocken ins Gesicht, sodass er hastig die purpurfarbene Brokatrobe fester um sich zog. »Brrr, was für eine grausige Kälte.«

Das erzähl mal denen, die unsere Mauer ausbessern müssen. Jamon schloss die Tür und folgte seinem Onkel hinauf in den Ratssaal. Vielleicht war er inzwischen doch zu alt für die Verantwortung, die auf ihm lastete.

Wenig später saßen sie an der Ratstafel und hatten die Begrüßungsrunde hinter sich, die Kelenkus diesmal äußerst kurz gehalten hatte. Jamon saß zur Linken seines Onkels und sah geradewegs in das entstellte Gesicht von Wrigoran Feldhenn. Anscheinend konnte er ihm nicht entkommen.

»Wenn niemand im Zirkel Einwände hat, wird unser geschätzter Wrigoran erneut den Schriftführer machen.« Kelenkus schaute fragend in die Runde, dann nickte er seinem Vertrauten zu. »Danke dafür.«

Feldhenn quittierte es mit einem leichten Senken des Kopfes, begleitet von einem kaum hörbaren »Fff«.

»Notiert bitte die Anwesenden.« Kelenkus wandte sich wieder den anderen zu. »Wie schön, dass wir vollständig sind. Meinen Neffen Jaramon Derengo Briebens kennen sicher alle, nicht wahr? Er wird gleich selbst erklären, warum ich ihn hinzugebeten habe.«

Jamon nickte freundlich und sah sich in der Runde um, während sein Onkel die Gründe für ihre Zusammenkunft erläuterte. Auf Guldenata und Heobalt hätte er gerne verzichten können, allerdings hätte er auch keine bessere Alternative gewusst. Alle Ratsmagister, die Jamon persönlich kannte, waren eigen.

Über das Wiedersehen mit Prandur freute er sich, zumal er in den vergangenen Tagen keine Zeit gefunden hatte, ins Zwergenviertel zu gehen. Mit dem Bürgersprecher, einem Geldverleiher mit dem passenden Namen Casparun Güldknecht, verband er keinerlei Erinnerung und auch Zunftsprecherin Larinja Holdschein kannte er nicht. Die kleine Frau wirkte sehr entschieden, Jamon konnte sich gut vorstellen, warum man sie als Sprecherin gewählt hatte.

»So ist nun der Stand der Dinge«, schloss Kelenkus seinen Vortrag. »Seit gestern hängt die offizielle Bekanntmachung in allen Vierteln aus.«

»Reichlich spät.« Prandur nahm kein Blatt vor den Mund. »Seit Tagen wurden wir im Zwergenviertel aufgesucht und mit Fragen gelöchert.«

»Aber nur, weil Ihr nichts Besseres zu tun hattet, als gleich Wachen aufzustellen«, fiel Guldenata ihm ins Wort.

»Wie auch immer.« Die kleine Zunftmeisterin sprach erstaunlich laut. »Das Gerücht von einem drohenden Krieg ging seit Tagen um. Spätestens mit der Suche nach Bauleuten wurde es zusätzlich befeuert.«

»Das wundert mit nicht«, pflichtete Casparun ihr bei. »Alle wissen schließlich, dass es um die Stadtmauer geht. Da muss man nur eins und eins zusammenzählen.«

»Ein gutes Stichwort, verehrter Güldknecht. Deshalb hat mein geschätzter Neffe sich höchstpersönlich darum gekümmert. Jaramon? Würdest du bitte?«

»Bitte nennt mich Jamon«, sagte er als Erstes, erntete ein scheues Lächeln von den meisten und schlug seine Mappe auf. »Ich sage es ohne Umschweife: Unsere Lage ist mehr als ernst. Die Westmauer ist brüchig und an einer Stelle einsturzgefährdet. Dort habe ich die Arbeiten unverzüglich beginnen lassen.« Er sah in die Runde. »Aber auch die Südmauer hat Risse und Löcher, die beinahe bis in den Kern des Grundmauerwerks reichen, und auf der Ostseite gibt es mehrere Stellen, durch die Tiere, Kinder oder gar ausgewachsene Männer kriechen könnten, wenn sie es darauf anlegten.«

»Wovon man bei einem Angriff wohl ausgehen muss«, stellte der Bürgersprecher fest.

»Einzig der nördliche Teil der Ostmauer ist in sehr gutem Zustand.« Er nickte Prandur zu, der das Lob dankend entgegennahm.

»Das klingt wahrlich ernst.« Die Zunftsprecherin schüttelte fassungslos den Kopf.

»Aber das ist doch sicher nichts, was wir nicht mit der wunderbaren Gemeinschaft in unserer Stadt wieder hinbekommen.« Heobalt hatte anscheinend nicht verstanden, was Jamon in kurzen Worten erklärt hatte. »Ihr wisst es ja selbst am besten, verehrteste Larinja. Denn sind es nicht die lieben Menschen der wunderbaren Zünfte, die stets alles zum Guten wenden?«

Prandur verdrehte die Augen. »Das möchte ich sehen.«

»Wie meint Ihr das?« Larinja Holdscheins Stimme klang scharf. »Unsere Bauleute sind keinen Deut schlechter als Eure, möchte ich meinen.«

»Diese Diskussion müssen wir nicht führen«, antwortete er. »Was ich gemeint habe, ist etwas ganz anderes: Es braucht nämlich nicht nur gute Leute, sondern vor allem viele!«

»Sehr viele sogar«, bestätigte Jamon.

»Könntest du das genauer ausführen, Jaramon?« Kelenkus' Stimme klang einigermaßen gefasst, doch Jamon merkte, dass ihm die Dimensionen erst jetzt bewusst wurden.

»Natürlich.« Er blätterte in seinen Pergamenten. »Wir haben die schwersten Schäden in einer Liste zusammengefasst. Also die Mauerabschnitte, die am dringendsten hergerichtet werden müssen, wenn wir längere Zeit einem Angriff stand-halten wollen.« Er las kurz nach. »Für jeden dieser Abschnitte braucht es Baukohorten mit nicht weniger als vierzig Frauen und Männern, die alle ordentlich zupacken können und von denen zumindest zehn Ahnung vom Bauwesen haben.«

»Nun, das ist doch mal eine Aussage.« Kelenkus sah zu Larinja Holdschein hinüber. »Solche Kohorten bekommen wir sicher hin, oder nicht?«

Die Zunftmeisterin ignorierte seine Frage und fixierte Jamon. »Von wie vielen Bauabschnitten sprechen wir?«

Er schaute sicherheitshalber noch einmal in die Aufzeichnungen der Schröbler und holte dann tief Luft. »Elf auf der Ostseite, neun im Süden und sechs an der Westmauer.«

Stille. Niemand sagte etwas.

Jamon war klar, was jetzt durch ihre Köpfe ratterte und ihnen den Atem raubte: Sechsundzwanzig Bauabschnitte bedeuteten über eintausend Arbeiterinnen und Arbeiter. Das war selbst für eine große Stadt wie Crem eine enorme Zahl. Vor allem, wenn man bedachte, dass es noch Kräfte für die Zuarbeiten brauchte.

»Und es müssen wirklich so viele Helfer in jeder Kohorte sein?«, fragte Guldenata Miem nach.

»Wenn es mehr wären, würden wir natürlich schneller fertig werden.«

»Darf ich mal sehen?« Prandur wies auf die Aufzeichnungen und Jamon gab sie ihm.

»Ich ... ich denke, dass wir .... ich meine, Crem ist eine großartige Stadt mit vielen wunderbaren Bürgern, die alle ...«

»Heobalt!«, rief Guldenata. »Bitte wartet mit dem Anfeuern, bis die Bautrupps an die Arbeit gehen. Vorerst sollten wir Einschätzungen aus der Runde hören.«

»Ja.« Prandur blätterte gewissenhaft durch die Aufzeichnungen, hielt hin und wieder inne, stöhnte mal, schüttelte mal den Kopf oder seufzte einfach nur. »Besser hätte ich das auch nicht hinbekommen«, stellte er wertschätzend fest und reichte die Ausarbeitung zurück. »Wie viel Zeit habt ihr bis zur Fertigstellung veranschlagt?«

Jamon atmete Tief durch. Zwei schlechte Nachrichten hatte er noch, und dies war eine davon. »Nun ...«, begann er zögernd und entschloss sich, vage zu bleiben. »Ich würde mal schätzen, drei bis vier ...«

»Tage?«

»Heobalt, ich bitte Euch.« Guldenata sah ihn strafend an. »Ihr seid Lehrmeister für Zahlen und Formeln, oder nicht? Allein der Transport der Steine dürfte so viele Tage in Anspruch nehmen.«

»Selbstverständlich. Ich ... ich wollte nur die Stimmung etwas aufhellen.« Heobalt Gromm lächelte unsicher.

»Vier Okten natürlich. Ist es nicht so?« Guldenata sah Jamon an. »Ihr meintet vier mal acht Tage, nicht wahr?«

Er schüttelte den Kopf. »Monde. Drei bis vier Monde.«

»Sss ... beim Willen des Schöpfers.« Feldhenns Lippenspalte zitterte. »Dann bleibt uns nur zu hoffen, dass die Waldelben den Winter abwarten, ehe sie den Pass über die Kesselberge nehmen.«

Jamon sah zu seinem Onkel, der plötzlich sehr blass geworden war. Er sagte nichts, saß einfach nur da. Als bräuchte sein Kopf noch etwas Zeit, um zu begreifen, was ihnen blühte.

»Wie viele gerüstete Kämpfer habt Ihr?« Prandur, als Einziger unbeeindruckt von den Zahlen und Fristen, schaute fragend zum Bürgersprecher hinüber.

»In der Stadtwehr? Weit über hundert Mann, denke ich.«

»Neunzig«, korrigierte Jamon ihn.

Prandor gab sein kicherndes Hyänenlachen von sich. »Neunzig Soldaten für eine Stadt wie Crem? Bei den Göttern der Himmelsschmiede, was macht Ihr bloß mit Eurem Handelsgold? Aufessen?«

»Sss ... sehr hilfreiche Frage«, zischte Feldhenn.

»Natürlich nicht!« Prandur stand auf. »Aber wir sehen doch, wo diese Diskussion hinführt. Und das, obwohl der Orden reicher ist als alle Königshäuser zusammen.« Er schlug mit der Faust auf den Tisch, sodass Heobalt zusammenzuckte. »Seit Dekaden hortet Ihr Euer Gold, um keinen Finger krumm machen zu müssen. Alles muss vom niederen Volk geleistet werden. Am besten gleich von den Zwergen, die dafür ja gut genug sind. Und ganz nebenbei lasst Ihr das Wichtigste einer Stadt vor die Hunde kommen.«

»Was erdreistet Ihr Euch? Rrr.« Auch Feldhenn sprang auf.

Doch plötzlich war Kelenkus zurück im Geschehen und packte seinen Arm. »Wrigoran, bitte!«

Sein Vertrauter ließ sich auf den Stuhl zurückziehen, Prandur setzte sich ebenfalls wieder.

»Meister Klingentanz hat nicht unrecht. Wir haben uns die Suppe eingebrockt und müssen sie auch auslöffeln.« Kelenkus fixierte den Zwerg. »Allerdings war es keine Ignoranz, die uns dazu verleitet hat, sondern ein Gefühl der Zufriedenheit und Sicherheit. Ein Gefühl, das ich jedem gönne, der in einer großen Stadt wie Crem lebt.« Erst jetzt ließ er Feldhenns Arm los und faltete die Hände auf dem Tisch. »Wir haben den sträflichen Fehler begangen, nicht mit dem Schlimmsten zu rechnen. Wir haben uns mit anderen Dingen beschäftigt, als mit der Frage, wer wann gegen uns Krieg führen könnte. Wir wollten, dass Crem zu einem Handelsplatz und einem Sehnsuchtsort für die Völker dieser Welt wird.« Er senkte den Kopf, fixierte aber weiterhin Prandur. »Und ist es nicht so, dass viele davon profitiert haben?«

Jamon sah zu seinem Freund hinüber. Würde der Kampfmeister sich angegriffen fühlen?

Zum Glück bleib Prandur ruhig. »Das stimmt. Wir alle hier haben profitiert.« Er schaute sich in der Runde um. »Mit dem Unterschied vielleicht, dass wir Zwerge dabei unseren Stadtteil im Auge behalten und gepflegt haben.«

»Wofür wir sehr dankbar sind«, schaltete die Zunftmeisterin sich ein. »Eure und unsere Zünfte haben einander stets geholfen und zusammengearbeitet, ist es nicht so?«

Prandur nickte. »Das Handwerk hat sich schon immer besser verstanden als der Handel. Egal, ob Holz, Stein oder Eisen – schwere Arbeit schweißt zusammen.«

Sie brachte die richtigen Argumente. Jamon war klar, worauf Larinja Holdschein hinauswollte. Hoffentlich würden alle anderen sich heraushalten.

»Ich sage es unumwunden«, fuhr die Zunftmeisterin fort. »Ohne Eure Hilfe können wir es nicht schaffen. Selbst wenn wir genügend Helfer finden, fehlen uns Baumeister, die etwas von dieser Arbeit verstehen.«

Prandur lehnte sich zurück und schien nachzudenken. Ihm gefiel die Situation, da war sich Jamon sicher. Und wahrscheinlich würde er helfen, hatte das vielleicht sogar schon im Vorfeld geklärt, weil er im Gegensatz zu allen anderen geahnt hatte, wie schlecht es um die Befestigungsanlagen stand. Aber er war eben auch ein Zwerg, und die, so hatte Jamon sie zumindest kennengelernt, waren ausgefuchste Verhandler.

»Um der Zünfte willen werde ich mich im Zwergenviertel für Euch einsetzen«, antwortete Prandur gedehnt. »Ich kann natürlich nichts versprechen, aber wenn die Bezahlung stimmt, sollten einige meiner Leute bereit sein, Hand anzulegen.«

Na also. Das Angebot lag auf dem Tisch und musste nur noch eingesammelt werden.

»Bezahlung? Ihr wollt Euch dafür bezahlen lassen, die Stadt zu retten?« Guldenata Miem stand auf. »Ich kann nicht glauben, was hier passiert. Uns droht ein Krieg. Uns allen!« Sie fixierte den Waffenmeister. »Und Ihr denkt an nichts anderes, als Euch daran gesundzustoßen?«

»Das muss ich mir nicht sagen lassen.« Prandur sprang erneut auf. »Wer hat sich denn bisher gesundgestoßen? Wer macht hier auf mächtiger Orden, redet ständig über die Macht der Magie und nimmt gerne in Kauf, dass die einfachen Leute aus Angst vor Konsequenzen für wenige Kulinge arbeiten? Wer ist hier der wahre Sklaventreiber?«

Plötzlich rief Kelenkus unverständliche Worte in den Raum und stieß einen Arm vor. Flammen schossen aus seinen Fingern. Stühle kippten um, als alle von ihren Plätzen sprangen und zurückwichen. Voller Schrecken verfolgte Jamon, wie sein Onkel auch den anderen Arm hob, unablässig murmelte, die Feuerschwaden einfing und zu einer flammenden Kugel formte.

Dann ließ er die Arme sinken, der feurige Zauber verging. »Wir sprechen nicht nur über Magie«, Kelenkus sah zu Prandur hinüber, »wir lehren und beherrschen sie auch. Aber darum geht es jetzt nicht.« Er wies auf die Stühle und lud alle ein, sich wieder zu setzen. »Und es geht auch nicht darum, wie viele Münzen uns Eure Hilfe wert ist. Ihr müsst entscheiden, ob Ihr helfen wollt oder nicht. Wir sind bereit, den Preis zu zahlen, den Ihr verlangt.«

Guldenata Miem öffnete den Mund, doch Kelenkus hob mahnend die Hand. »Wir haben keine Zeit, zu streiten, denke ich. Wenn ein Elbenheer unterwegs zu uns ist, werden wir alle verlieren, so wir uns nicht einig werden. Alle!« Er schaute fragend in die Runde, aber es kamen keine Widerworte. »Dann wollen wir abstimmen. Wer ist dafür, die Hilfe der Zwerge anzunehmen? Und sei es zu einem teuren Preis?«

Kelenkus hob selbst die Hand. Unmittelbar darauf Casparun Güldknecht und Larinja Holdschein. Prandur enthielt sich offenbar, eine gute Entscheidung, wenn man bedachte, um was es ging. Auch Heobalt streckte seine Hand in die Höhe.

»Guldenata?« Kelenkus sah sie auffordernd an, aber die Lehrmeisterin für Naturkunde schaffte es nicht, über ihren Schatten zu springen.

»Wir haben dennoch ein Ergebnis.« Kelenkus wendete sich erneut an Prandur. »Dürfen wir auf Eure Hilfe zählen?«

Der Waffenmeister nickte.

»Nun denn.« Noch nie hatte Jamon seinen Onkel mit feuchten Augen gesehen; er verstand, was ihm Prandurs Zusage bedeuten musste. »Dann sollten wir ans Werk gehen, nicht wahr?« Aufmunternd nickte Kelenkus in die Runde.

Jamon traute sich kaum, den Arm zu heben, um sich zu Wort zu melden. »Entschuldigt bitte, aber ein Problem haben wir noch nicht gelöst.«

»Das da wäre?«

»Wir haben nicht genügend Steine.«

22
BRYNNBETT

»Krieg? Aber das kann nicht sein.«

»Brynnbett, komm.« Gilli zerrte sie aus dem Grüppchen.

»Krieg«, wiederholte sie und ließ sich mitziehen. Sie konnte nicht fassen, was der Weißbart eben gesagt hatte. »Das muss ein Irrtum sein.«

»Die Prelkböcke vor Kandros Schmiede sind aber kein Irrtum. Wir müssen nach dem Rechten sehen. Vielleicht braucht er unsere Hilfe.« Gilli humpelte energisch auf den breiten Torbogen zu, unter dem die Prelken standen.

»Was glaubst du denn, was ihm passieren könnte?« Je näher sie kamen, desto mulmiger wurde ihr.

»Das müssen wir abwarten.« Er wurde langsamer, drückte sich an der Wand entlang und blieb unmittelbar vorm Durchgang zur Schmiede stehen. »Wir sollten erst mal hören, was gesprochen wird.«

Brynnbett stellte sich dicht zu ihm und wollte schon fragen, was er hörte, doch das war gar nicht nötig.

»Ich komm nicht mit, und wenn ihr euch auf den Kopf stellt!« Ob diese volltönende Stimme zu Kandro gehörte?

»Dann ist dir deine Schmiede wichtiger als das Blut der Deinen?« Wenn ja, musste das Krächzen von einem der Prelkenreiter stammen.

»Da spricht der Richtige.« Kandro lachte.

»Was soll das heißen? Ich habe mich nicht bei Nacht und Nebel davongeschlichen.«

»Genau«, mischte sich eine weitere heisere Stimme dazu. »*Wir* sind uns nicht zu fein zum Kämpfen.«

»Bleib du nur feige in deiner Schmiede hocken.«

Brynnbett stockte der Atem an. Das klang gar nicht gut.

»Es ist eure Heimat, nicht meine!«, donnerte Kandro und fast gleichzeitig hörte man ein metallisches Klirren. »Damals hatte ich euch gleich gesagt, dass meine Zeit in Crem kurz sein wird. Ich hatte einen Auftrag zu erfüllen, aber meine Heimat war und ist Eskrinor.«

»Eine Heimat, der wir den Arsch retten, während du hier gemütlich deine Eier schaukelst.«

»Es wird unser Blut sein, das an deinen Händen klebt, so du untätig bleibst!«

»Euer Blut wird noch viel früher an meinen Händen kleben, wenn ihr nicht sofort meine Schmiede verlasst!«

»Versuch es doch.« Wieder die krächzende Stimme. »Wir können dich auch gern in Einzelteilen mitnehmen.«

»Ich fürchte, wir müssen irgendetwas tun«, raunte Gilli und holte geräuschvoll Luft.

»Dann lass aber lieber mich vorgehen.« Sie hielt ihn fest und ging entschlossen an ihm vorbei. »Du wartest hier!«

»Ihr wollt meine Hilfe und bedroht mich in meiner eigenen Schmiede?«, schimpfte Kandro gerade, als Brynnbett durch den Torbogen stürmte.

»Guten Tag zusammen.« Ihre Stimme drohte zu kippen, als sie die Männer sah, die mit erhobenem Morgenstern und gezückten Schwertern vor dem Schmied standen, der nur einen Hammer und einen Schürhaken in den Händen hielt.

Irgendwo hinter sich hörte Brynnbett Stiefelschritte, aber sie hatte keine Zeit, sich umzudrehen. Es galt schnell zu handeln. »Schau mal einer guck«, trällerte sie so ungezwungen, wie sie konnte. »Hier bin ich ja genau richtig.«

Die Prelkenreiter ruckten herum, plötzlich richteten sich die Waffen auf Brynnbett.

Ganz ruhig bleiben, du schaffst das. »Genau, was mein Herz höherschlagen lässt«, flötete sie kokett, während die Aufregung ihren Puls zum Kochen brachte. »Echte Kerle mit scharfen Klingen.« Sie klatschte begeistert in die Hände, damit die drei sahen, dass sie selbst keine Waffe trug. »Darf ich mal anfassen?« Sie ging auf den Zwerg mit dem Morgenstern zu und sah erleichtert, wie die anderen ihre Schwerter sinken ließen.

»Sie will mal anfassen, Frunkhardt«, krächzte der eine.

»Dann zeig ihr mal deine Waffe«, röhrte der dritte.

Brynnbett drehte sich fast der Magen um, als sie das anzügliche Grinsen in den ungewaschenen Gesichtern der Prelkenreiter sah, doch sie lachte. So, wie sie im Gasthaus ihrer Eltern gelacht hatte, wenn der Alkoholspiegel die Zungen der Magister gelockert und unerträgliche Kommentare zutage gefördert hatte. Wichtig war nur, dass die Waffen unten blieben. »Was für ein Anblick.« Seufzend glitt sie mit den Augen erst über den Zwerg und dann über den Morgenstern. Vorsichtig tippte sie einen der Dornen an. »Ganz schön spitz«, gurrte sie und taxierte ihr Gegenüber. Die linke Hand war unbewaffnet, direkt hinter ihm war die steinerne Wand der Schmiede. Ausholen könnte er hier nicht.

Seine Kumpanen grölten. »Spitz wie Frunkhardt selbst.«

»Greif sie dir, Frunki! Wer weiß, wann sich eine bessere Gelegenheit bietet?«

»Das lasst ihr gefälligst bleiben!«, mischte Kandro sich ein, der weder Hammer noch Schürhaken aus der Hand gelegt hatte. Sofort hoben die andern erneut ihre Schwerter.

Brynnbett stöhnte. Es hätte alles so schön friedlich ablaufen können. Mit beherztem Griff packte sie ihren Gegner am Waffenarm, wirbelte mit Schwung herum und warf ihn über die Schulter, froh, durch ihr Körpergewicht einen festen Stand zu haben. Er jaulte kurz auf, als ihn der eigene Morgenstern am Hinterkopf traf, und sackte zusammen.

»Er hätte ihn loslassen sollen.« Brynnbett starrte die anderen Prelkenreiter an, die grimmig auf sie zukamen.

»Das solltet ihr besser lassen.« Eine tiefe, leicht knarrende Stimme schälte sich aus dem Hintergrund.

Einer der Reiter ruckte herum. Das waren die Stiefelschritte gewesen, natürlich. Brynnbett kniff die Augen zusammen, um besser sehen zu können.

»Und plötzlich stehen unsere Freunde hier zwischen den Fronten, was?« Kandro trat lachend neben sie.

»Fronten, die keiner braucht«, knurrte es aus dem Schatten. »Ein Krieg steht bevor und ihr kämpft gegen Brüder? Wer hat euch eigentlich ins Hirn geschissen?«

Derbe, aber wahr. Brynnbett gefiel diese tiefe Stimme.

»Nun steckt schon die Schwerter ein und wir vergessen dieses unleidliche Treffen.« Schritte aus dem Schatten. Erst sah sie dunkle Stiefelspitzen, dann ledergeschnürte Beinkleider und Axtklingen. »Wird's bald?«

Die Reiter steckten ihre Schwerter ein und halfen Frunkhardt auf die Beine. Sein Kopf blutete, als einer der beiden ein Tuch auf die Wunde drückte, stöhnte er auf.

»Wir sind Zwerge«, schärfte der Mann aus dem Schatten ihnen ein. »Wir müssen uns nicht mögen, aber im Kampf sind wir Brüder.« Er trat einen weiteren Schritt vor und Brynnbett erkannte ein feingliedriges Kettenhemd. Seine Äxte hoben sich, als er weitersprach. »Kann ich mich darauf verlassen?«

Die beiden Schwertträger nickten eifrig und schoben ihren Freund weiter, doch der riss sich plötzlich los und drehte sich noch einmal um. »Wir sehen uns wieder.« Er spie aus.

Mit nur einem Schritt trat der Unbekannte ganz ins Licht und funkelte den Reiter an. »Dann solltest du dir mein Gesicht merken. Deines werde ich sicher nicht vergessen«, grollte er. »Und jetzt ab mit euch. Wird's bald?« Er hob seine Äxte und ging ihnen noch drei Schritte nach.

Sie wären mit den Prelkenreitern fertig geworden, da war Brynnbett ziemlich sicher – aber der Axtkämpfer mit der tiefen Stimme hatte blutende Wunden verhindert.

Als er sich zu ihr umdrehte, war ihr mit einem Mal ganz sonderbar zumute. Seine graublauen Augen fanden ihre, für einen Moment schien die Zeit stehen zu bleiben. *Wir sind seelenverwandt*, ging es ihr durch den Kopf, ohne dass sie dafür eine Begründung hatte. Doch sofort musste sie über diesen Gedanken den Kopf schütteln. *Sei nicht albern, er ist einfach nur ein Zwerg, der geholfen hat.*

Der Axtkämpfer senkte den Blick und kratzte sich verlegen den roten Bart, der ihm bis auf die Brust hing. »Nun ... äh ... das wäre also erledigt.«

Er ist schüchtern. Brynnbett lächelte.

Kandro trat auf ihn zu und nahm ihn freundschaftlich in den Arm. »Genau zur rechten Zeit, mein Bester.« Erst jetzt fiel ihr auf, dass der Schmied keine Beinkleider, sondern einen Karock trug, der fast bis zum Boden reichte. Zusammen mit dem ärmellosen Hemd, das den Blick unweigerlich auf die schweißglänzenden Muskeln seiner Arme lenkte, wirkte er wie eine Mischung aus Ringer und Priester.

»Ja«, murmelte der Rotbart und warf Brynnbett einen flüchtigen Blick zu, dem der Schmied folgte.

»Wo sind meine Manieren? Der Dank gilt natürlich vor allem dir.« Kandro reichte ihr seine schwielige Hand.

»Gern geschehen.« Sie erwiderte den Handschlag und versuchte, sich zu erinnern, warum sie eigentlich hier war. Doch aus irgendeinem Grund huschte ihr Blick immer wieder zu dem Rotbart hinüber. Die graublauen Augen unter den buschigen Brauen lenkten sie ab.

»Kandro!« *Den Göttern sei Dank!* Endlich kam Gilli in die Schmiede gehumpelt. »Hätte ich eine Rüstung gehabt, wäre ich früher gekommen«, entschuldigte er sich. »Aber so ganz ohne Stahl hätte ich sicher nur schief im Weg gestanden.«

Kandro schüttelte ihm lächelnd die Hand. »Du hast mir schon so oft bei ganz anderen Dingen geholfen, dass ich erst einmal meine Schulden abtragen muss, bevor ich von dir einen Auftritt in Rüstung erwarten darf.«

»Wo wir gerade davon sprechen, ich wollte fragen, wie es mit dem Auftrag meiner Meisterin aussieht.« Gilli warf Kandro einen verschwörerischen Blick zu.

»Ich habe Fortschritte gemacht, so viel kann ich dir sagen. Aber die Legierung ist ...«

»Pssst«, warnte Gillron. »Deine Türen sind etwas zu offen für diese ... diese Sache.« Er wies zur Straße und Kandro senkte die Stimme.

»Diese Sache«, raunte er, »die braucht noch einen weiteren Arbeitsgang.« Er sprach jetzt so leise, dass Brynnbett ihn kaum hören konnte. »Und dann noch einen Test.«

»Verstehe«, flüsterte Gilli. »Und wie lange dauert das noch?«

»Sechs bis acht Tage mindestens.«, antwortete Kandro lautstark und alle zuckten zusammen.

»Sehr witzig.« Gilli verdrehte die Augen.

»Keineswegs. Aber ich kann dir nichts anderes sagen, als dass ich alles Unwichtigere zurückgestellt habe, um diverse ... du weißt schon was auszuprobieren.«

»Ich will dich auch nicht hetzen. Es ist nur so, dass meine Meisterin gute Nachrichten braucht und ich ihr gerne etwas mehr erzählen würde.« Gilli tippelte unruhig mit den Fingern auf der Brust herum.

Doch Kandro schüttelte den Kopf. »Erst das Material und die Schmiedegänge, im Anschluss die Tests und dann gucken, kleiner Freund. Immer hübsch der Reihe nach.« Er sah zu Brynnbett auf. »Außerdem ist jetzt erst einmal die junge Zwergin hier dran. Ich habe nämlich bisher nicht die geringste Ahnung, wer sie ist und womit ich ihr dienen kann.«

»Oh, da kann ich weiterhelfen.« Gilli richtete sich so gerade auf, wie es ihm möglich war. »Darf ich vorstellen: meine Freundin Brynnbett Herdfeuer.«

»Freundin?«, hörte Brynnbett den Rotbart murmeln und sah zu ihm hinüber. Ruckartig schloss er den Mund und verstummte. Doch für die Zeit eines Lidschlags trafen sich ihre Augen noch einmal, und in diesem Moment spürte sie ein ungewohntes Gefühl im Bauch. Es fühlte sich an wie ein Kribbeln auf der Haut, nur tiefer drin.

»Die neue helfende Hand meiner Meisterin und insofern aus dem gleichen Grund hier wie ich«, ergänzte Gilli.

»Da wäre ich im Leben nicht drauf gekommen, nachdem du diesen Frunkhardt so trefflich zu Boden geworfen hast.« Kandro musterte sie erstaunt. »Eine zukünftige Runenmeisterin?«

»Eher eine Kämpferin, die sich in der Kaserne gelangweilt hat und sich von keinem Waffenmeister mehr schikanieren lassen will«, entgegnete Brynnbett und sah aus den Augenwinkeln, wie der Unbekannte lächelte. Am liebsten hätte sie gefragt, wer er war, doch irgendwie war es ihr unangenehm, zu viel Interesse zu zeigen.

Glücklicherweise galt das nicht für Gilli, er betrachtete den Fremden mit aufrichtiger Neugier. »Und wer ist dein anderer Besucher?« Sein Blick glitt von den Stiefeln hinauf und blieb an dem feinmaschigen Kettenhemd hängen.

»Aber natürlich. Wo habe ich nur meine Manieren?« Kandro räusperte sich. »Darf ich vorstellen: mein bester Freund Semjon Hammerschlag.« Er klopfte dem Rotbart kräftig auf die Schulter und schob ihn näher zu den anderen. »Aber er arbeitet bereits daran, sich einen neuen Namen zu erkämpfen.« Kandro wies auf die zwei Äxte, und Brynnbett verstand.

»Allerdings fehlen mir noch die richtigen Waffen.« Semjon sah den Schmied aus zusammengekniffenen Augen an.

»Oh. Ja, du hast ja recht. Ich habe dir versprochen, sie so bald wie möglich zu schmieden, aber dann kam Gilli ...«

»Und du hast alles Unwichtigere zurückgestellt«, beendete Semjon den Satz.

»Weil es ein Auftrag der Runenmeisterin war und damit aus dem Palast.«

»Komm mir jetzt nicht mit den Regeln der Meisterebene. Ich arbeite auch für den Palast.«

»Aber nur indirekt.«

»Blablablapp. Du hast jetzt eben neben deinem besten Freund einen noch besseren Freund.« Der Rotbart grummelte etwas Unverständliches in seinen Bart. »Bedenke aber, dass Geduld nicht auf der Liste meiner Tugenden steht und dass ich nicht so stümperhaft kämpfe wie diese armseligen Reiter von eben.« Die knarrende Stimme senkte sich zu einem tiefen Grollen, während Semjon drohend die Äxte hob. »Wenn ich etwas will, werde ich ganz schnell zum Zwergenschnitzer!«

Brynnbett trat erschrocken einen Schritt zurück und suchte den Blick des Rotbarts. Das meinte er nicht ernst, oder?

»Es lässt sich ... äh ... bestimmt alles regeln«, stotterte Gilli und starrte nervös auf die Klingen der Äxte.

»Lass nur.« Kandro klang plötzlich furchtsam. »Mein Leben ist verwirkt.« Er kniete unvermittelt nieder und wirkte wie ein Häufchen Elend. Seine Stimme begann zu zittern und nahm zu allem Überfluss einen hohen, fisteligen Ton an.

Brynnbett verstand überhaupt nichts mehr. Keine halbe Stumpenlänge war es her, dass er, nur mit Hammer und Schürhaken bewaffnet, gegen drei Zwerge gleichzeitig kämpfen wollte. Und jetzt dieses Wimmern?

»Meister der Drachenklingen«, Kandro wand sich auf dem Boden wie ein Aal auf dem Trockenen, »verschont einen armen Ambosstrommler! Ich will mich auch mehr bemühen.«

Meister der Drachenklingen? Was hatte das zu bedeuten? Sie blickte verständnislos auf den Hünen, wie er da im Staub vor Semjon kauerte.

»Was ... was ist hier eigentlich los?« Gillis ungläubige Stimme klang noch dünner als sonst und verstärkte Brynnbetts Gefühl, sie müsste in einem bösen Traum stecken.

Dann sah sie, wie das Gesicht des Rotbarts sich verzog und sein Bart vibrierte. Sein Mund bewegte sich, er kniff die Augen zusammen und die Knöchel seiner Hände wurden weiß vor Anstrengung. Er konnte doch nicht ...

Plötzlich ließ Semjon die Waffen fallen und prustete los. »Ambosstrommler?« Er lachte schallend. »Das war bisher das Beste, was du geboten hast.«

Kandro stimmte in das Lachen ein und kam schwankend auf die Beine. »Zwergenschnitzer«, japste er, »sehr schön.« Dann sah er zu Brynnbett hinüber und wollte sich ausschütten vor Lachen. »Eure Gesichter!« Er schnappte nach Luft. »Tut mir leid, aber die sind ein Fest.«

Semjon hielt sich den Bauch. »Und was für eins!«

»Oh, ich hab es. Es ist wie ein ...«, Kandro lachte Tränen, ließ den Kopf auf Semjons Schulter fallen und boxte ihm auf die Brust. »Wie ein Fest der Dummgesichter«, kicherte er und wischte sich mit dem Ärmel das Gesicht.

Der Rotbart krümmte sich. »Böser Ambosstrommler«, jauchzte er. »Böser Ambosstrommler!«

Gillron sah Brynnbett kopfschüttelnd an, konnte sich aber selbst kaum noch ein Grinsen verkneifen. »Muskelberge sind wie Kinder. Man weiß nie, wann man sie ernst nehmen soll.«

»Am besten gar nicht.« Brynnbett schüttelte grinsend den Kopf. Aber imposant waren sie trotzdem. Sie sah in die graublauen Augen unter den rotbuschigen Brauen. Dieses ungestüme Lachen, so tief und knarrend, dass man es mit nichts anderem vergleichen konnte. Sie gluckste, als die beiden versuchten, wieder ernst zu werden, sich anschauten und direkt noch einmal losprusteten.

»Mein Bauch, hör auf!« Semjon schnappte keuchend nach Luft.

»Macht nichts«, japste Kandro. »Hast ja genug davon.« Eine weitere Lachsalve trieb seine Stimme kieksend in die Höhe. Brynnbett fiel unweigerlich ins Lachen ein.

Gilli stemmte empört die Arme in die Seite, geriet aber ins Wanken, weil sein Stumpf zu kurz dafür war und er Schlagseite bekam. Stolpernd taumelte er gegen die Wand.

»Hahaha.« Kichernd zeigte Kandro mit dem Finger auf ihn.

Auch Semjon heulte lachend auf, als Gilli sich schielend den halben Arm vors Gesicht hielt. »Unerhört!« Er schaffte es kaum noch, ernst zu bleiben. »Wer hat meine Hand geklaut, verdammt?«

»Bestimmt der Zwergenschnitzer«, kiekste Kandro. Brynnbett brüllte auf vor Lachen.

Der unliebsame Besuch der Prelkenreiter, die Pläne des dunklen Runenmeisters und das Gerücht vom Krieg waren für den Moment vergessen. So herrlich, endlich mal wieder ausgiebig lachen zu können. Es schien, als hätten sie alle vier es dringend nötig gehabt, und es dauerte eine ganze Weile, bis der Anfall vorbei war.

Brynnbett genoss jeden Augenblick, jede gejauchzte Wiederholung von »Zwergenschnitzer«, »Ambosstrommler« und »Dummgesichter« löste eine weitere Lachsalve aus. Für diese kurze Zeit waren die Sorgen vergessen. Unbeschwerte Momente, an die Brynnbett sich für immer zurückerinnern würde – weil sie eine Farbe hatten: Graublau.

23
RAIWEN

»Ganz ruhig«, beschwor Evon ihn leise und nahm die Kapuze ab, um besser hören zu können. »Sie haben uns noch nicht gesehen.«

Aber sie werden es. Die Keiler standen mitten auf der Straße. Durch den Schnee wirkten ihre massigen Schemen unwirklich, weniger gefährlich. Doch er hatte in der Vergangenheit gesehen, welche Wunden ihre Fangzähne reißen konnten und wie tödlich ihre messerscharfen Klauen waren. »Ich zähle fünf. Und du?« Raiwen flüsterte fast, obgleich der Wind von vorne kam und ihre Laute von den Untieren forttrug.

»Auch«, raunte Evon. »Der Winter muss sie zusammengeführt haben.« Er setzte einen Fuß rückwärts und Raiwen folgte seinem Beispiel.

»Sie bewegen sich sehr langsam.« Er blinzelte durch den Schnee und glaubte zu erkennen, dass die Tiere mit ihren wulstigen Nasen darin herumwühlten. »Als hätten sie eine Witterung aufgenommen, der sie folgen wollen.«

Evon ging weiter rückwärts. »Ich kann mir sogar vorstellen, welche.«

Raiwen sah zu seinem Freund hinüber. »Du meinst aber nicht, dass sie die Fehluhre noch wittern können.«

»Auf der Straße dürfte es schwer sein, aber auf der kleinen Ebene, auf der sie geweidet haben, könnten ihre Hinterlassenschaften die Blutkeiler auf ihre Spur gebracht haben.«

»Das hieße, dass der Weg bis dahin frei ist und wir das Signal geben können.« Raiwens Hand umschloss das Signalhorn, das er sich umgehängt hatte. »Wenn ein ganzes Heer auf sie zukommt, sollten selbst Blutkeiler das Weite suchen.«

»Fragt sich nur, wer schneller auf dein Signal reagiert. Unsere Brüder und Schwestern oder die Blutkeiler.«

Raiwen nickte. »Wir brauchen mehr Abstand, dann können sie uns nicht entdecken. Meinst du nicht?« Schritt für Schritt gingen sie weiter rückwärts und behielten die schwächer werdenden Schemen der Untiere im Auge.

»Trotzdem werden sie jedem Geräusch folgen, das Beute verspricht. Und dann müssen wir rennen!« Evon klang angespannt. »Oder kannst du etwas gegen die Blutkeiler ausrichten, wenn sie schneller sind als wir?« Er sah ihn hoffnungsvoll an.

»Holzmagie«, gab Raiwen zur Antwort. »Zwei könnte ich aufhalten. Drei, wenn der Boden nicht gefroren wäre.«

»Immer noch einer zu viel für mich.« Evon zog die Fäustlinge aus und griff nach seinen Dolchen.

»Dann sollten wir versuchen, so weit wie möglich zu schleichen, ehe wir das Signal geben. Wenn die Vorhut erst mal bei uns ist, sind wir sicher.« Raiwen dachte an die Macht der Kyriejah und die Feuermagie des Heerführers. Doch! Wenn sie nur weit genug kämen, könnten sie unverletzt bleiben.

»Und welches Signal willst du geben? Den langen Ton, damit sie wissen, sie können sich gemächlich in Bewegung setzen und uns folgen?«

»Bestimmt nicht das kurze, das sie davor warnt, überhaupt loszugehen.«

»Eben, das meine ich. Gibt es denn kein Signal, das so viel bedeutet wie: Schnell, wir brauchen Hilfe?«

»Was weiß ich? Ich bin Heiler und kein Krieger.«

»Dann bleibt uns wohl nichts anderes übrig, als weiterzuschleichen und ...«

Plötzlich ertönte ein grunzendes Gebrüll von vorne.

»Scheiße!« Evon rannte los, dicht gefolgt von Raiwen. »Gib das Signal, schnell!«

»Welches?«

»Egal. Irgendwas!«

Raiwen versuchte, das Signalhorn an den Mund zu führen, kam aus dem Tritt, stolperte und stürzte hin. Hinter ihnen brüllten die Blutkeiler, und auch wenn er die Hufe im Schnee nicht hören konnte, wusste er, dass sie näher kamen.

»Raiwen!«

Er rappelte sich auf, sah Evon, der stehen geblieben war, und winkte ihm zu, damit er weiterliefe. Fahrig hob er das Horn an die Lippen, blies einmal lang und zweimal kurz. Ein Blick nach hinten: Die Schemen waren wieder da. Das würde verdammt knapp!

Raiwen rannte um sein Leben. Er achtete nicht darauf, wo er die Füße hinsetzte, nahm keine Rücksicht auf schneeglatte Stellen, er rannte einfach, so schnell er vermochte. Tiefe Wunden, aufgeschlitzte Gedärme, er hatte das alles gesehen und es jagte ihm pure Angst ein.

Wieder das Gebrüll – lauter diesmal.

Plötzlich stürzte Evon und blieb liegen.

»Weiter!«, schrie Raiwen. Als er näherkam, sah er das Blut im Schnee. Er hielt an und blickte sich gehetzt um. Fünf Schemen. Wieder hob er das Horn – einmal lang, zweimal kurz. Er kniete sich hin, beugte sich schützend über den Körper des Freundes und legte die Hände flach auf den eisigen Boden.

Das Brüllen der Blutkeiler klang in seinen Ohren wie ein siegreiches Heulen. Er konnte sie sehen und spürte jetzt ein leichtes Beben in der Erde. *Mit zweien oder dreien kann ich es aufnehmen. Aber fünf sind zu viele.* Sein Blick fiel auf die Dolche im Schnee, die Evon verloren hatte. Nutzlos ohne eine Hand, die sie führte. Brüllen, Schnaufen, Stampfen. Schon konnte er die geifernden Fratzen erkennen, ellenlange Reißzähne, lidlose Augen. Und er wusste, dass ihm nur eine Hoffnung blieb: durchhalten, bis Hilfe da war.

Die Magie jagte mit Macht durch seinen Körper, flutete in die Arme, die Hände und schoss in den Boden. Er hatte einst gesehen, wie Valehna Prelken an den Boden gefesselt hatte, um sie vor Schlimmerem zu bewahren. Jetzt galt es, Evon und sich selbst zu schützen. Um ihn her stob hölzernes Leben durch die Erde, schoss durch die Felsspalten wie Tentakel eines vielarmigen Monsters.

Raiwen sah die pockennarbigen Fratzen der Blutkeiler, die Reißzähne – die Tiere ließen sich nicht irritieren und von Baumtrieben abhalten.

Er zog den Kopf ein, damit die hölzernen Ruten sich schützend über ihn und seinen Freund legen konnten. Immer mehr Zweige kamen hinzu, verwoben sich zu einem undurchdringlichen Geflecht und schlossen sie in einen dunklen Kokon, der innerhalb eines weiteren Lidschlags zu einem magischen Schild verholzte.

Dann krachte der erste Blutkeiler auf sie. Allein das Gewicht dieses alptraumartigen Geschöpfs ließ den hölzernen Schutz ächzen. Brüllen und Schnaufen, Sichelklauen, die sich unerbittlich durch das schützende Holz hackten. Inzwischen waren sie alle über ihnen. Wie dankbar war Raiwen, wenigstens nicht in die geifernden Fratzen blicken zu müssen.

Immer noch pulsierte Magie aus seinem Körper, förderte fortwährend weitere Baumtriebe und Zweige zutage, die sich mit den anderen verwoben. Doch seine Magie war endlich – es war nur eine Frage der Zeit, wann ihn sämtliche Kraft verließe.

Plötzlich fielen Späne in sein Gesicht, Licht drang in ihren Kokon. Nein! Er drehte den Kopf, versuchte, Zweige an diese Stelle zu leiten, als eine Sichelklaue in die Spalte schlug, kaum einen Fingerbreit vor seinem Auge hielt und wieder herausgerissen wurde.

So hatten sie keine Chance. Wenn Kyriejah und Arandor das Signal nicht gehört oder es falsch gedeutet hatten, waren sie des Todes. Er musste die Monster von ihrem Schutzschild herunterbekommen, bevor sie ihn gänzlich zerfetzten. Evons Dolche fielen ihm ein. Könnte er sie nur sehen! Raiwen ließ zwei Weidenruten aus dem Boden schießen, hielt sie getrennt vom Schutzzauber und versuchte, sie mit seinen Sinnen zu verknüpfen.

Ein Knirschen über ihm, dann ein brennender Schmerz, als eine der Klauen durch die Robe in seinen Rücken schnitt. Die Bestien brüllten auf, hatten Blut gerochen und wurden noch wilder. *Ich muss die Dolche finden. Ich muss!*

Er stellte sich den Schnee vor, die eisige Kälte, die sich auf alles übertrug, was in ihm lag. Dann den metallischen Geruch der Klingen, immer undeutlicher, je mehr Neuschnee fiel. Plötzlich spürte er eine Waffe, schlang eine seiner magischen

Weidenruten um den Griff und ließ sie hinaufschnellen. Nur einen Moment später hatte er auch den zweiten Dolch aufgehoben. Er konzentrierte sich auf die Geräusche über ihnen, stellte sich die abartigen Körper vor, die grotesk großen Köpfe und die narbigen Rümpfe, an denen lose Fetzen schuppiger Haut hingen. Seine Magie leitete die Weidenruten, gab ihnen den Befehl, weit auszuholen, und dann schrie es plötzlich aus ihm heraus: »Genug!« Mit aller Macht peitschte er die Dolche auf die Bestien.

Das Brüllen wurde von quiekenden Schreien unterbrochen. Raiwen hieb aufs Neue – immer und immer wieder. Kreischendes Gebrüll und stampfende Hufe. Ein Wechsel zwischen peitschendem Angriff und winkendem Rückzug, um die Biester von ihrem Schutzschild fortzulocken. Er wusste nicht, ob er ihnen mit Evons Dolchen tiefe Wunden zufügen konnte – Verletzungen, die gefährlich waren, sie töten konnten. Aber er hörte ihren Schmerz und machte grimmig weiter.

Tatsächlich folgten die Blutkeiler den Weidenruten – bis auf einen, der wütend in den Spalt schnaubte. *Er riecht mein Blut.* Doch Raiwen hatte keine Kraft mehr, weitere Ruten heraufzubeschwören. Er konnte nur hoffen, dass der Blutgeruch die anderen Bestien nicht zurücklocken würde, während er mit letzten Kräften versuchte, sie auf Abstand zu halten.

Plötzlich schrie der Blutkeiler auf. Es krachte, ihr hölzerner Kokon knirschte und fing Feuer. Brüllen wurde zu Kreischen, Holz wurde zu Flammen, die Dolche fielen zurück in den Schnee. Kraftlos sackte Raiwen über Evon zusammen.

»Das war Rettung im letzten Augenblick.« Arandor warf den lodernden Schutzschild beiseite.

Raiwen drehte sich erschöpft auf den Rücken. »Danke. Ihr habt uns das Leben gerettet.«

»Was nicht einfach ist, wenn jemand das Signal ›Wegtreten‹ bläst.«

»Vielleicht sollte doch kein Heiler vorgehen.« Raiwen stemmte sich hoch und schaute nach Evon, der langsam wieder zu sich kam.

»Für mich sieht es aus, als wart Ihr genau am richtigen Platz«, meinte die Thronwächterin sachlich.

Raiwen atmete tief durch. Betont gründlich untersuchte er Evons Kopfwunde, ehe er sich zu ihr umdrehte. Als er die Fehluhr-Stute so dicht vor sich sah, schrak er zusammen. Er legte den Kopf in den Nacken, nur um gleich darauf Schneeflocken von den Wimpern zu blinzeln. »Seine Wunde hat bereits von selbst aufgehört zu bluten.« Kurz überlegte er, ob er mehr sagen sollte, schwieg aber.

»Wie weit seid ihr gekommen?« Sie wies den Handelsweg hinauf. Wie schwer musste es ihr gefallen sein, geduldig auf ein Signal von ihnen zu warten. Wenn Anastina-Kyriejah ein Ziel vor Augen hatte, ließ sie sich durch nichts davon abbringen.

»Bis kurz vor die Ebene.« Er hörte Evon stöhnen. Aus dem Augenwinkel sah er, wie sein Freund vorsichtig Stirn und Schläfen betastete.

»Und?« Offenbar erwartete Kyriejah eine konkretere Aussage.

»Der Weg ist frei. Ihr solltet die Vorhut unverzüglich dorthin führen, Thronwächterin.« Er sah ein leichtes Lächeln auf ihrem Gesicht und seufzte innerlich. Vorwärtskommen war anscheinend alles, was für sie zählte.

»Wird sich unser Spurenkundiger auf den Beinen halten können?« Sie nickte zu Evon hinüber.

»Ich denke, es wäre gut, wenn er sich ein wenig schont. Womöglich sollte ich ihn ...«

»Es wird schon gehen.« Sein Freund stemmte sich mit gequälter Miene auf die Beine und hielt sich eine Handvoll Schnee an den Kopf. »Genug zum Kühlen habe ich ja dabei.«

Erneut zuckten die Lippen der Thronwächterin. »Nun denn. Heermeister? Treibt Eure Einheiten zur Eile und versammelt sie auf der Ebene. Wir werden sehen, ob wir von dort heute noch weiterkommen.«

Sie kamen nicht weiter, der Wind schlug ihnen die eisigen Schneekristalle mit immer größerer Macht entgegen. Einige der Engstellen mussten geräumt werden, damit die Versorgungswagen durchpassten. Als endlich die letzten Kriegerinnen und Krieger die Ebene erreichten, war es fast dunkel.

Das verschaffte Raiwen immerhin die Möglichkeit, sich um Evon zu kümmern, der die Ruhe gut gebrauchen konnte. »Hättest du nicht dazwischengeredet, hätte ich dich zur Nachhut bringen dürfen«, wiederholte Raiwen zum dritten Mal, als er seinem Freund einen Trank verabreichte. Der würde ihm einen tiefen Schlaf schenken, um Kraft für den kommenden Tag zu sammeln.

»Damit ich dahinten versauere und nicht weiß, was hier vorne vor sich geht?« Evon seufzte. »Ich schaffe das schon. Und gerade für dich ist es wichtig, vorne im Zug dabei zu sein.« Er gähnte. »Wer weiß, wie weit die restlichen Legionen überhaupt kommen.«

Das stimmte allerdings. Würde die Straße hinter ihnen unpassierbar, könnte es Tage dauern, bis die Nachhut hinterherkam. Raiwen ertappte sich dabei, dass ihm der Gedanke gefiel. Denn wenn Kyriejah nur mit einer statt vier Legionen vor Crem stünde, verschaffte das den Friedensverhandlungen sicher Zeit. Und je schneller die Vorhut vorwärtskäme, umso größer könnte dieses Zeitfenster werden. Vorausgesetzt, hinter ihnen schöbe sich tatsächlich eine Lawine talwärts.

»Vielleicht sollte ich doch wieder vorausgehen«, überlegte er. »Fühlst du dich wirklich so gut, dass du die Strapazen morgen erneut auf dich nehmen willst?«

Als Evon nicht antwortete, begriff Raiwen, dass sein Freund bereits eingeschlafen war.

Evon hatte sich schnell von seinem Sturz erholt. Bereits am nächsten Morgen waren ihm weder Müdigkeit noch Schmerzen anzusehen gewesen. Raiwen hatte sich mit frischem Wasser, wirksamen Kräutern und nächtlicher Meditation geholfen und am frühen Nachmittag erleichtert gespürt, dass die magische Kraft wieder in seinem Inneren pulsierte.

Kyriejah hatte ihnen auch in den nächsten Tagen das Auskundschaften der Wegstrecke überlassen, wofür Raiwen dankbar war. Besser, als die Zeit wartend im Kreis der Thronwächterin und ihrer Heermeister verbringen zu müssen.

Am Tag nach dem Blutkeilerangriff hatte es zu schneien aufgehört und der Wind hatte sich gelegt. Einige Tage war der

Himmel zwar noch wolkenverhangen geblieben, doch sie waren recht gut vorwärtsgekommen und näherten sich dem hohen Pass zwischen den Kesseln.

Hier frischte der Wind erneut auf und fegte die tief hängenden Wolken fort, was ihnen eine besonders kalte Nacht bescherte. Evon hatte um zusätzliche Decken gebeten, die Heerzelte waren kaum mehr als eine Wetterplane. Groß genug, um zwei Elben Schutz vor Regen und Schnee zu bieten, aber zu klein, um darin Feuer zu machen.

Als Raiwen die Decken brachte und sah, wie sehr sein Freund unter der Kälte litt, legte er sich kurzerhand zu ihm.

»Also, so hatte ich das eigentlich nicht gemeint.«

»Ich auch nicht. Aber bevor ich dich morgen tragen muss, weil dir in der Nacht die Beine abgefroren sind, gebe ich dir lieber etwas von meiner Wärme ab.«

»Das mit der Magie ist doch keine so schlechte Sache«, stellte Evon nach kurzer Zeit fest und drängte sich unter den Decken näher an Raiwen.

»Kuscheln müssen wir deswegen trotzdem nicht.«

»Stell dir einfach vor, ich wäre eine bildschöne Elbin, die du vor dem Kältetod rettest.« Evon gähnte.

Valehna. Eine sehnsuchtsvolle Traurigkeit überkam Raiwen. Sein Freund hatte einen Scherz machen wollen und dabei direkt ins Herz getroffen. Wie mochte es der Thronfolgerin und der Fürstin gehen? Könnte Julina sie beide am Leben halten, bis er ein Heilmittel fände und es zu ihnen brächte? Höchste Zeit, nach Nunahzhar zu kommen, ehe auch der nächste Neumond vorüberzog.

Der neue Tag erwartete sie mit strahlend blauem Himmel. Während die Freunde wie gewohnt den Weg auskundschafteten, genoss Raiwen die Helligkeit.

»Also, wenn du mich fragst, ist der Sonnenschein auch nicht mehr das, was er mal war.« Evon wischte sich mit einem Fäustling über die rote Nase und zog die Kapuze enger.

»Hell, aber kalt meinst du?«

»Zumindest für mich.«

»Ich würde ja aufhören, mich mit Magie warmzuhalten, wenn dir damit geholfen wäre. Aber der einzige Effekt wäre, dass uns beiden kalt ist. Darin erkenne ich keinen Vorteil.«

»Mir wäre schon geholfen, wenn wir endlich den höchsten Punkt des Passes erreichten und es nur noch abwärtsgeht.«

Das konnte nicht mehr lange dauern. Raiwen blieb stehen. »Siehst du die beiden Berggipfel, deren Kuppen etwa auf gleicher Höhe liegen?«

Evon schob die Kapuze zurück, um besser sehen zu können, und nickte.

»Dazwischen liegt die Adlerschlucht. Du solltest dich vom Hinweg nach Gohlannbjahr erinnern. Sie ist sehr schmal.«

»Stimmt. Unter Schnee wirken die Berge ganz anders.«

»Außerdem schaust du jetzt aus der anderen Richtung. Du bist auf dem Hinweg schließlich nicht rückwärts gegangen.« Raiwen sah Evon grinsend an und wartete auf eine humorvolle Entgegnung.

Doch sein Freund starrte nach vorne und fixierte einen Punkt. »Siehst du den lang gestreckten Hang unterhalb des rechten Gipfels?«

»Ja, natürlich.« Die strahlend weiße Fläche war kaum zu übersehen. »Als hätte der Schöpfer ein helles Tuch über den Berg gelegt, um alle Unebenheiten zu verstecken.« Raiwen sog die eisige Luft ein und genoss den Anblick der verschneiten Berge vor dem tiefblauen Himmel.

»Siehst du auch den Pulverschnee, der über den Kamm auf diese Bergseite geblasen wird?«

Raiwen nickte. »Das ist der Westwind, der uns seit Tagen diese eisige Luft beschert. Wenn wir über den Pass kommen, wird er uns ordentlich zusetzen.«

»Wenn nicht schon früher«, raunte Evon.

»Wie meinst du das?« Raiwen sah ihn erstaunt an.

»Weißt du nicht, was das für den Hang dort bedeutet?«

Er schüttelte den Kopf.

»Triebschnee nennen das die Menschen aus Clutt.«

Raiwen konnte sich nicht erinnern, jemals davon gehört zu haben. Allerdings hatte er selten die Westseite der Kesselberge bereist und die Winter meist in seiner schneelosen Heimat verbracht.

»Es ist immer der Wind, der die gefährlichsten Lawinen baut«, erklärte Evon. »Triebschneeansammlungen reißen oft ohne erkennbaren Grund. Und dieser Hang ist riesig!«

»Aber er ist nicht sehr steil«, versuchte Raiwen, gegen die Sorge seines Freundes zu argumentieren, obgleich er wusste, dass Evon sich mit den Gefahren des Winters besser auskannte. »Von dieser Seite zum Gipfel zu laufen, ist im Sommer der reinste Spaziergang.«

»Nur haben wir keinen Sommer! Und der Hang endet oberhalb der Handelsstraße. Siehst du den steilen Abschnitt?«

Raiwen nickte.

»Das ist die Kante, die mir die meisten Sorgen bereitet. Wir müssen mit dem Heer daran vorbeikommen und in die Adlerschlucht gelangen, wenn wir sicher sein wollen.«

»Dann sollten wir uns beeilen und einen Blick in die Schlucht werfen.« Raiwen wollte weitergehen, doch Evon hielt ihn fest.

»In der Schlucht werden wir mit tiefen Verwehungen zu kämpfen haben, das wissen wir auch so. Aber wenn sich oben auf dem Hang ein Schneebrett löst, wird es das Heer mindestens zur Umkehr zwingen. Das verspreche ich dir.«

»Soll ich direkt das Signal geben?«

Evon sah noch einmal hinauf. »Lieber nicht. Wir wollen dem Triebschnee keinen Grund geben, sich jetzt schon auf den Weg zu machen.«

Plötzlich sah Raiwen große Schatten über den Hang gleiten und blickte erschrocken zum Himmel. »Die hoffentlich auch nicht!«

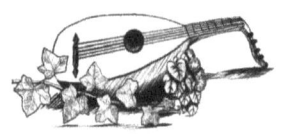

24
JAMON

»Was willst du damit sagen, Neffe?«

»Das kann doch nur ein schlechter Scherz sein«, warf Casparun ein, bevor Jamon seinem Onkel antworten konnte.

»Ich hatte es befürchtet«, seufzte die Zunftmeisterin.

»Es tut mir leid.« Jamon seufzte. »Ich habe alle Lagerstätten der Stadt besucht. Und Baumeister Artemas hat bereits vor drei Tagen zwei Männer zum Cremer Steinbruch geschickt, die gestern Abend mit schlechten Nachrichten zurückgekehrt sind.« Er schaute in die Runde, um sicherzugehen, dass alle zuhörten und die Tragweite begriffen. »Wie es zurzeit aussieht, können wir nur die Ostseite und Teile der Südmauer instandsetzen. Und selbst das nur mit Glück.«

»Das ist allerdings schlimmer, als ich erwartet habe.« Kelenkus starrte auf die Tischplatte vor sich.

»Aber wo sind die ganzen Steine aus den Baulagern hin? Ich erinnere mich an Zeiten, da mussten die Arbeiten im Steinbruch eingestellt werden, weil wir keinen Lagerplatz mehr hatten.« Casparun blickte zu Larinja Holdschein hinüber. »Ihr selbst habt damals geklagt, dass die Steinmetze ihre Familien ohne Arbeit nicht durchbringen könnten und das unbedingt investiert werden müsste.«

Jamon sah, wie sein Onkel sich erschöpft zurücklehnte. Er wusste genau, wo die Steine verbaut worden waren.

»So ist es.« Die Zunftmeisterin zeigte auf Kelenkus. »Und es wurde investiert. Vom Orden in den Orden.«

Casparun Güldknecht wurde blass. »Das ganze Baumaterial wurde allein für den Orden verbraucht?« Er sank in seinen Stuhl zurück. »Dafür also die geheimen Anleihen?«

»Rückblickend vielleicht nicht rühmlich, das gestehe ich ein.« Kelenkus Stimme klang plötzlich heiser, fast müde. Zum ersten Mal kam Jamon in den Sinn, dass sein Onkel nicht nur älter wurde, sondern längst alt war. »Es war unser Weg, für Arbeit zu sorgen. Alle hatten etwas zu tun.«

Jamon warf einen Blick zu seinem Freund Prandur hinüber, der leise schmunzelte, sich aber mit Kommentaren zurückhielt. Ob er von dieser unsäglichen Sache Kenntnis hatte? Oder war er einfach nur froh, als Zwerg zu einem Volk zu gehören, bei dem es solch eigenmächtiges Handeln nicht gab?

»Und was genau habt Ihr gebaut?« Casparun Güldknecht wirkte noch immer fassungslos.

»Nun, wir haben Wohnraum geschaffen, damit Crem weiter wachsen konnte.«

»Pah!« Larinja klang erbost. »Wohnraum für den Orden, wolltet Ihr sagen. Die opulenten Mauerhäuser im Ordensviertel und der Ausbau der Spitzdächer Eurer Turmbauten dienten kaum dem Wachstum der ganzen Stadt, geschweige denn den kinderreichen Familien, die dringend mehr Platz bräuchten. Und von den protzigen Erkern nach Wünschen der Lehrmeister will ich gar nicht erst sprechen.«

»Sss, mäßigt Euch. Ohne den Reichtum des Ordens sähe es in Crem und insbesondere auch für Euch anders aus.« Feldhenns Lippenspalt zitterte bedrohlich.

Die Zunftmeisterin sprang erbost auf. »Das muss ich mir nicht anhören. Was wäret Ihr denn ohne die Arbeit unserer Zünfte? Mit Feuermagie kann man sich keine Paläste bauen, so viel steht mal fest.«

»Und wer hat Euren Kindern die Schulen ermöglicht?« Guldenata Miem reckte angriffslustig das Kinn. »Ohne die ehrenamtlichen Stunden, die unsere Magure anbieten, hätten die Kinder von Crem schlechte Aussichten auf ein gutes Leben.«

Casparun hieb mit der Faust auf den Tisch. »Das geht zu weit. Die Kinder unserer Stadt wuchsen schon immer behütet auf. Dafür braucht es bestimmt keinen Orden!«

»Sss, behütet bei der schweren Arbeit auf dem Feld oder im Steinbruch, meint Ihr wohl.« Feldhenn funkelte Casparun an. »Wir wollen doch nicht vergessen, wie es hier früher ausgesehen hat.«

»Das kann ich Euch sagen«, fauchte die Zunftmeisterin. »Einfache Häuser, in denen zufriedene Menschen lebten. So sah es hier aus. Und zwar hinter einer intakten Stadtmauer.«

»Es ... es scheint doch, dass an allem etwas Gutes ist, oder nicht?« Heobalt Gromm startete einen halbherzigen Versuch, den Zwist zu schlichten, wurde aber sofort von den anderen übertönt.

»Bereichert auf Kosten der Bürger!«

»Alles für das Ansehen der Stadt!«

»Kurzsichtig und eigennützig!«

»Ohne den Orden wäre Crem ein stinkendes Loch.«

»Ohne die magischen Einschüchterungen wären wir sicher besser dran!«

Jamon schaute fassungslos von einem zum anderen. Wie mochte es erst im Hohen Rat zugehen, der doppelt so groß war? Er sah zu seinem Onkel, der hilflos mit den Händen auf den Tisch klopfte.

»So kommt doch zur Ruhe. Das hat doch keinen Zweck.«

Mit einem Mal begann Prandur, lauthals zu lachen, übertönte den Streit und schaffte es, dass sich alle Augen auf ihn richteten. Es wirkte wenig angemessen, wie der Waffenmeister der Zwerge sich den Bauch hielt, so außer sich vor Heiterkeit. Doch als er plötzlich mit der Faust auf den Tisch schlug und sein Lachen abrupt verstummte, waren alle still.

»Falls Ihr nicht weiterstreiten wollt, bis das Elbenheer vor Crem steht, würde ich vorschlagen, über eine Lösung nachzudenken.« Seine Stimme dröhnte durch den Ratssaal. »Denn obgleich wir Zwerge einem Angriff gelassen entgegensehen können, ist mir und uns durchaus an dieser Stadt und allen Vierteln gelegen. Der Wille, Crem zu schützen und zu bewahren, sollte uns einen und nicht trennen.«

Prandur fand immer die richtigen Worte. Jamon sah zu seinem Onkel, dem das in jüngeren Jahren auch stets gelungen war. Doch heute konnte er nur noch mit einem Feuerzauber Aufmerksamkeit bekommen. Vielleicht wäre es gut gewesen, einen weiteren Zauber zu wirken. Aber aus irgendeinem Grund hatte er es nicht getan. Oder hätte er es kein zweites Mal gekonnt?

»Ich danke Euch, Meister Prandur.« Immerhin nutzte Kelenkus die Gelegenheit, um wieder Herr der Lage zu werden. »Besser hätte ich es nicht in Worte fassen können.« Er erhob sich ungelenk von seinem Stuhl und bedeutete allen anderen, sitzen zu bleiben. »Crem ist eine große und reiche Stadt. Und ich denke, dass wir in einer Stadt dieser Größe genügend Steine haben. Wir müssen nur etwas zusammenrücken.«

»Das wäre auch mein Vorschlag.« Prandur nickte.

Jamon verstand nicht, worauf sie hinauswollten.

»Fff ... Was schwebt Euch vor, ehrenwerter Magister Briebens?« Dass selbst Feldhenn den Schulleiter nicht gleich durchschaute, verschaffte Jamon ein wenig Befriedigung.

Doch sie währte nicht lange, denn Kelenkus Antwort kam ohne Umschweife. »Abreißen, das meine ich.«

Falls irgendjemand aus dem Zirkel gedacht hatte, es könnte eine Lösung gefunden werden, die ihn selbst nicht beträfe – und sei es nur am Rande – hatte er sich getäuscht. Am Ende gab es für jeden eine Kröte zu schlucken.

Jamon war froh, als es endlich eine Einigung gab und die kleine Versammlung am Nachmittag entsprechende Schriftstücke gezeichnet und gesiegelt hatte. Obwohl es leider vor allem seine Aufgabe war, die Entscheidungen zusammen mit Wehrführer Kürtijan durchzusetzen.

»Weißt du, was das für die Menschen bedeutet?« Nach dem Ende der Besprechung war er mit seinem Onkel zurück in dessen Arbeitszimmer gegangen und blickte wieder aus dem Fenster – auf die verschneiten Dächer der Stadt. »Sie müssen mit all ihrem Hab und Gut umziehen.« Er drehte sich zu Kelenkus um, der sich an den intarsienverzierten Sekretär gesetzt hatte. »Und das bei dieser Kälte.«

»Deshalb werden wir jedem von ihnen einen Schuldbrief ausstellen.« Er schraubte eines der Tintengläser auf und griff nach seiner Schreibfeder.

»Und was sollen sie damit machen? Sich zum Wärmen darin einwickeln?«

»Humbug. Sei nicht töricht!« Kelenkus schaute Jamon kopfschüttelnd an. »Wenn wir ihnen schon das Dach über dem Kopf wegreißen, müssen wir ihnen zumindest zusichern, dass wir ein neues bauen, wenn der Krieg abgewendet oder überstanden ist.«

Immerhin eine hilfreiche Geste, die es in den Königreichen so sicher nicht geben würde, dachte Jamon. Aber trotzdem stand es *ihm* bevor, die Nachrichten zu überbringen. Damit fühlte er sich alles andere als wohl.

»Mein lieber Jaramon, ich kann verstehen, wie wenig dir dein Auftrag gefällt. Schon gar nicht nach all den Monden, in denen du als Stadtdiplomat nur das Nötigste getan hast, um deine Laute ins Zwergenviertel auszuführen.« Jamon öffnete den Mund, um zu protestieren, doch Kelenkus hob sofort die Hand. »Nein, nein, du brauchst gar nicht zu widersprechen. Ich laste es dir nicht einmal an. Längst wäre es an mir gewesen, mich darum zu kümmern, dass dir die Verantwortung deiner Aufgabe bewusst wird. Doch zum einen gestehe ich dir ein gewisses musikalisches Talent zu und zum anderen wollte ich dir die Zeit gönnen, selbst dahinterzukommen.«

Jamon dachte an seine Bestrebungen, sein Lautenspiel in der Zänkischen Zilpe und sein Kampftraining mit Prandur. Beides machte ihm Freude, ja, ob aber eines davon ihn auf Dauer glücklich machen könnte, vermochte er nicht zu sagen.

»Vielleicht will es dein Schicksal, dass dir erst ein drohender Krieg den Weg zu Einsicht und Erkenntnis weisen muss. Und vielleicht wird die Überzeugungskraft, die du für deine jetzige Aufgabe brauchst, genau das sein, was dir in Zukunft weiterhilft. Du solltest in Betracht ziehen, dass sich allein dadurch alles für dich fügen kann.« Kelenkus wandte sich erneut seinem Schreibpult zu. »Wo war ich? Ach ja, die Schuldscheine.« Er begann zu schreiben.

Jamon drehte sich wieder zum Fenster, das Kratzen der Feder im Ohr. Natürlich hätte er versuchen können, die Aufgabe an Feldhenn abzuschieben. Der war sowieso schon unbeliebt genug und bräuchte nur sein Narbengesicht zu zeigen, um die Menschen zu überzeugen. Wahrscheinlich würden die Betroffenen sogar auf einen Schuldschein verzichten und direkt aus ihren Häusern laufen, nur um Lehrmeister Feldhenn zu entgehen.

Was für ein wenig wertschätzender Gedanke! Plötzlich hätte Jamon sich am liebsten geohrfeigt. Was wusste er schon, wie es war, mit einem solchen Gesicht durchs Leben zu gehen? Wo sein eigener Makel sich doch so geschickt verbergen ließ. Die fehlende Magie, die Unfähigkeit, auch nur den kleinsten Elementezauber zu wirken. Und – was in diesen Tagen fast schwerer wog – die mangelnde Disziplin, um sich in die Gemeinschaft einzubringen.

Ein Schauder überlief ihn, als er nach draußen in die Kälte blickte. Wie leer der Ordensplatz war. Keine Menschenseele war zu sehen, die wenigen Spuren, die Prandur, Larinja und Casparun hinterlassen hatten, verschwanden bereits unter einer wachsenden Schicht Neuschnee. Nur in der breiten Hauptstraße sah er zwei Gestalten, die, eingepackt in dicke Pelzjacken, ihre Türen vom Schnee befreiten.

Er blinzelte. War da gerade ein silbriger Schemen zwischen ihnen gewesen? Nein, keiner der beiden reagierte. Es musste am Raureif liegen, der den Rand der Scheiben gepackt hatte und sich langsam zu ihrer Mitte vorarbeitete. »Ich hoffe nur, dass der Winter kurz wird«, raunte Jamon. Wie viel schwerer würden die Instandsetzungsarbeiten, wenn die Temperaturen weiter sanken.

Plötzlich klopfte es an der Tür. »Einen Moment bitte!« Kelenkus legte die Schreibfeder beiseite. »Das wird der gute Wrigoran sein, denke ich.« Er erhob sich müde und streckte Jamon eine Hand entgegen, ein untrügliches Zeichen dafür, dass er ihn einstweilen nicht brauchte. »Vielleicht willst du dich erst mal in einem der Speiseräume stärken? Bis wir die Schuldscheine fertig haben, wird es eine Zeit dauern, denke ich. Aber du musst ja eh auf die Ankunft des Wehrführers warten, nicht wahr?«

»Ja, natürlich. Wie du meinst, Onkel.« Jamon ließ sich zur Tür geleiten.

»Wrigoran, wie gut, Euch zu sehen«, sagte Kelenkus, als er seinem Vertrauten die Tür öffnete.

»Ehrenwerter Magister.« Feldhenn verbeugte sich.

»Magister reicht, mein Bester.«

»Natürlich.« Der Lehrmeister streifte Jamon mit einem kurzen Blick. »Fff ... Magister Jaramon.«

»Meister Feldhenn.«

Sie nickten sich halbwegs freundlich zu, dann drängte der Entstellte sich mit zitterndem Lippenspalt an ihm vorbei.

Während Jamon die Treppe zu den Speiseräumen hinaufstieg, dachte er darüber nach, warum er so eine Abneigung gegen den Vertrauten seines Onkels hegte. Die Wertschätzung, die Kelenkus dem Lehrmeister für Sternensicht, Überlieferung und Weissagung entgegenbrachte, sollte Grund genug sein, ihn zumindest zu tolerieren, wenn schon nicht zu mögen. Oder war er am Ende neidisch auf die Geschichten und Geheimnisse, die beide verbanden?

Er schüttelte den Gedanken ab. Nein, Eifersucht gehörte an eine andere Stelle. Er sollte sich Feldhenn gegenüber einfach freundlicher verhalten, sich von den f-, s- und r-Lauten nicht provozieren lassen, dann würde sich ihr Verhältnis sicher entspannen.

Jamon erreichte den zweiten Turmkranz. Hoffentlich war überhaupt noch jemand in der Küche. Die jungen Novizen waren längst zu den letzten Unterrichtsstunden gegangen, und im Gegensatz zur Frühstücks- und Mittagszeit wirkte alles ungewohnt friedlich. *Eine angenehme Ruhe.* Im selben Moment hörte Jamon jemanden flüstern. Helle Stimmen, die ihm seltsam vertraut vorkamen. Kurz vorm Zugang zum Speisesaal blieb er stehen und lauschte.

»Wir sollten längst in der Schulstunde sein.«

»Hast du etwa Angst?«

»Wieso sollte ich Angst haben?«

»Weil du immer Angst hast.«

»Ist ja gar nicht wahr. Ich bin nur vorsichtig.«

»Pah.«

Natürlich: die zwei Kinder von neulich.

»Und wenn uns jemand im Flur des Schulleiters erwischt?«

»Dann wollten wir eben genau da hin.«

»Ich denke, keiner soll von dem Geheimgang erfahren,«

Geheimgang? Jamon spitzte die Ohren und hörte das Mädchen stöhnen. Hatte der Junge sie neulich nicht Dulli genannt? »Zum Schulleiter, meine ich doch.«

»Und was wollen wir bei dem?«

Dulli stöhnte erneut. »Da fällt mir dann schon was ein. Erst einmal müssen wir schauen, was Meister Lippenspalt in dem Versteck gewollt hat.«

Bei dem Spitznamen verkniff Jamon sich ein Grinsen. Doch plötzlich wurde er hellwach. Ein Geheimgang im Flur seines Onkels? Und Feldhenn wusste davon?

»Und wenn wir die Geheimtür gar nicht finden? Vielleicht sollten wir das Ganze lieber vergessen.«

»Es ist die vorletzte Vertäfelung vor Magister Briebens' Tür. Das habe ich genau gesehen. Und einen großen Würfel habe ich auch dabei.«

Jamon dachte an sein Treffen mit Feldhenn, an den Schmerz, als etwas Kantiges seine Hüfte getroffen hatte.

»Dann lass es halt.« Anscheinend verlor Dulli die Geduld. »Dann gehe ich eben alleine.«

»Warte. Ich bin der Mann und geh voraus.«

Klausi, fiel es Jamon wieder ein. Dulli und Klausi.

»Aus welcher Welt kommst du denn? Es war meine Idee, also gehe ich auch voran.«

Als er die tapsenden Schritte näherkommen hörte, stellte er sich mitten in den Gang. »Wen haben wir denn da?«

Die Kinder erstarrten. »Mmmeister Briebens.« Dulli fand ihre Stimme als Erste wieder und ließ blitzschnell etwas unter der Robe verschwinden.

»Ha...hallo«, sagte Klausi und versuchte sich an einer unschuldigen Miene.

»Was hast du da denn vor mir versteckt, liebe Dulli?«

Ihre Augen weiteten sich. »Ihr kennt noch unsere Namen?«

»Natürlich. Ich erwische schließlich nicht jede Nacht Novizen, die an der Ratstür lauschen.« Er überlegte, ob ihm auch die vollen Namen wieder einfallen würden. »Und wenn ich mich richtig erinnere, habt ihr versprochen, euch nicht wieder unerlaubt herumzutreiben.«

»Ja«, antworte Klausi kleinlaut.

»Wir haben versprochen, nicht wieder an der Ratstür zu lauschen.« Dulli blickte ihm keck in die Augen. »Und wir sind auch nicht wieder vor der Ratstür gewesen.«

Schlaues Mädchen. Jamon hockte sich vor die beiden, um auf Augenhöhe zu sein. »Mal ernsthaft: Wenn ihr schon durch die Ordenstürme geistert, dürft ihr euch zumindest nicht erwischen lassen. Wer einmal aus dem Orden ausgeschlossen wird, darf nie wieder zurückkommen. Und ihr wollt sicher irgendwann Magister und Magistra werden, oder?«

»Siehst du, Dulli. Ich hab doch gesagt, sie werfen uns aus der Schule. Da hilft auch unser ganzes Talent nichts mehr.«

»Pah.« Seine Freundin verschränkte die Arme. »Eine Frau muss tun, was eine Frau tun muss. Besonders, wenn es um das Wohl des Ordens geht.«

»Um was?« Jamon sah von Dulli zu Klausi und wieder zurück. »Um was geht es hier wirklich?« Unwillkürlich hatte er die Stimme gesenkt.

Das Mädchen schaute sich nervös um, bevor sie ihm flüsternd antwortete. »Meister Spaltlippe ...«

»Nenn ihn nicht so«, zischte Klausi und stieß Dulli mit dem Ellenbogen in die Seite.

Sie verdrehte genervt die Augen. »Dann eben Meister Feldhenn, zufrieden?« Sie zog eine Grimasse und flüsterte weiter. »Jedenfalls schleicht der seit Tagen durch die Türme und vereinbart Treffen mit den anderen Lehrmeistern.«

»Das ist äußerst ungewöhnlich«, ergänzte Klausi mit erhobenem Zeigefinger. »Das hat sogar Meisterin Annaca gesagt.«

»Die Lehrmeisterin für Geschichte meinst du?« Die Magistra gehörte zu den jüngeren Lehrmeistern und Jamon kannte sie bislang nur vom Sehen.

»Sein Lieblingsfach.« Dulli zog erneut eine Schnute.

»Und was hat es mit dem Geheimgang auf sich?«

»Das habt Ihr gehört?« Jetzt machte das Mädchen doch große Augen.

Jamon nickte und streckte die Hand aus. »Und auch das mit dem Würfel.«

Missmutig zog sie eine quadratische Holzschachtel unter der Robe hervor. »Man muss ein Feld in der Wandverkleidung eindrücken, damit die Tür aufgeht.« Sie legte ihm die Schachtel in die Hand. »Zumindest hat Spalt..., Feldhenn das so gemacht, bevor er hinter der Vertäfelung verschwunden ist.«

Jamon stand auf und steckte den Würfelersatz ein. »Und euch ist nicht in den Sinn gekommen, dass dieser Zugang einzig den Lehrmeistern der Schule vorbehalten ist?«

»Das war mein erster Gedanke«, antwortete der junge Novize altklug. »Aber bisher waren alle Gänge, die wir gefunden haben, so voller Staub und Spinnenweben, dass ...«

»Klausi!«, zischte Dulli, die offensichtlich nicht wollte, dass er ihr Geheimnis ausplauderte.

»Die alten Geheimgänge des Torhauses, also.« Jamon bemühte sich um ein wissendes Lächeln, doch tatsächlich hatte er während all seiner Schuljahre nicht ein einziges Mal von solchen Gängen gehört, geschweige denn, einen davon entdeckt. »Ich denke, ihr solltet jetzt zu eurem Unterricht gehen, oder habt ihr keine Stunden mehr?«

»Nein.«

»Doch.«

Dulli blitzte Klausi an und korrigierte sich. »Nichts Wichtiges, wollte ich sagen.«

»Nur Poesie und schöne Künste bei Meister Minstrel.«

Noch einer der neueren Lehrmeister, die erst während Jamons Studienzeit oder kurz danach begonnen hatten. Mit Neidhart Minstrel hatte er zumindest schon mal gesprochen. »Poesie und schöne Künste befasst sich übrigens oft mit Rätseln und Geheimnissen. Zu meiner Zeit konnte ich gerade durch diese Stunden sehr viel lernen.« Vor allem Verse auswendig herunterzubeten, aber das musste er den beiden ja nicht auf die Nase binden. »Ich werde selbst in dem Gang nach dem Rechten sehen. Also ab in den Unterricht. Haben wir uns verstanden?«

Die beiden nickten.

»Und wir fliegen bestimmt nicht von der Schule?« Klausis Stimme zitterte vor Aufregung.

Jamon versuchte, ein ernstes Gesicht zu machen. »Bei mir hat man dreimal die Gelegenheit, sich zu bessern. Danach setze ich euch vor der Stadtmauer aus. Ohne Wasser und Brot, wohlgemerkt.« Der Junge schluckte, selbst Dulli wirkte etwas eingeschüchtert. »Ab jetzt mit euch!«, rief er laut und machte einen Ausfallschritt nach vorn.

Sofort drehten die beiden sich um und hasteten davon.

Nachdenklich sah er den Novizen hinterher. Es gab also Geheimgänge in den Torhäusern. Eigentlich nicht verwunderlich, wenn man an die lange Geschichte des Bauwerks dachte. Aber schon merkwürdig, dass er nie etwas davon gehört hatte. Und umso sonderbarer, dass ausgerechnet Feldhenn sie kannte und gleich zweimal dabei erwischt worden war, wie er den Gang direkt neben Kelenkus' Arbeitszimmer betreten oder verlassen hatte.

Jamon verzichtete auf eine Stärkung, machte auf dem Absatz kehrt und eilte die Treppen hinunter. Solange sein Onkel und Feldhenn mit dem Verfassen der Schuldscheine beschäftigt und die anderen Lehrmeister im Unterricht waren, könnte er sich das Ganze doch einmal aus der Nähe ansehen.

25
BRYNNBETT

Einige Abende später hatte Brynnbett erneut die Allee der Dichter und Denker besucht und für Gillis Familie zwei Flaschen Kittla, frische Kaulbirnen und ein Dutzend fette Grillpen eingekauft. Gerade war sie dabei, zusammen mit Friedja die großen, ungeflügelten Bergschrecken zuzubereiten, auch wenn Gilli noch nicht wieder zu Hause war.

»Wie schafft man es eigentlich, dass die Biester knusprig werden, wenn man vorher ihren Panzer abpult?«

Brynnbett freute sich über den Eifer, mit dem Gillis kleine Schwester ihr half und eine Frage nach der anderen stellte. »Siehst du diese Schicht hier?« Sie schnitt eine der geschälten Bergschrecken der Länge nach durch und zeigte auf die äußere Haut.

»Ui«, staunte Friedja. »Das sieht aber ziemlich fett aus.«

»In den hohen Berghöhlen ist es ja auch kalt.« Brynnbett gab die halbe Grillpe mit der Fettschicht nach unten in die Pfanne. »Pass auf! Ich erkläre dir den Trick.« Sie legte so viele Eisenringe auf den Feuerherd, dass nur noch ein kleines Feuerloch in der Mitte blieb.

»Was machst du denn?«, protestierte Friedja. »So dauert es ja ewig, bis die Grillpen gar sind. Und die Ziegenbutter hast du auch vergessen. Mama sagt immer, je heißer je schneller und ohne Fett kein Geschmack.«

Brynnbett lachte. »Da hat die Mama auch recht. Aber wenn du knusprige Grillpen haben willst, machst du es so wie mit Speck. Du verzichtest auf Öl oder Butter, brätst sie auf einer mittleren Hitze und gibst ihnen Zeit, das Fett selbst auszuschwitzen, in dem sie braten sollen. Siehst du?«

Friedja beobachtete die Grillpe mit Argusaugen und klatschte vergnügt in die Hände, als es tatsächlich funktionierte. »Von dir kann sogar Mama was lernen.«

»Wahrscheinlich weiß sie das schon alles, hat aber nicht die Zeit, es so zu machen.« Brynnbett legte weitere Grillpenhälften in die Pfanne.

»Beides«, kam es von der Tür. »Ich kann noch etwas lernen und habe wenig Zeit.«

»Mama.« Friedja stürmte zu ihrer Mutter.

Also hebelte Brynnbett die letzten Grillpen allein aus der Schale. »Hallo Welna«, begrüßte sie die Frau des Hauses. »Ich hoffe, es ist in Ordnung, wenn ich heute noch mal für alle koche? Gillron ist noch nicht aus dem Palast zurück und ich darf ja noch nicht hin.«

Eigentlich hatte sie täglich damit gerechnet, dass am Schwarzen Brett eine Nachricht für sie hängen würde. Insbesondere, nachdem Hammerschneid die Meisterin in der Runenhalle aufgesucht hatte. Doch sie hatte noch immer nichts gehört. Vielleicht steckte eine Art tieferer Sinn dahinter – oder der Düsterling traf irgendwelche Vorkehrungen.

»Dann wollen wir hoffen, dass unser Gillron der Runenmeisterin zur Hand geht und sich nicht rumtreibt.«

»Rumtreibt?« Brynnbett horchte auf. Nach ihrem Dafürhalten war Gilli nicht der Typ, der sich herumtrieb.

»O ja.« Welna Wunderling verschränkte die Arme über ihrem violetten Kleid, das mit grünen Ranken bestickt war, an denen unzählige quietschgelbe Wollzipfel baumelten. »Er kommt oft tagelang nicht nach Hause, und bei der Meisterin hat er kein Bett zum Schlafen. Irgendwo muss er ja sein.«

»Außerdem merkt man sofort, wenn er nicht aus dem Palast kommt.« Friedja hielt sich grinsend die Nase zu.

Ihre Mutter wuschelte ihr lachend durch die Haare. »Genau, mein Stockschwämmchen. Aber nun geh dich waschen und sag deinem Bruder und deinem Vater Bescheid. So köstlich, wie es hier riecht, kann es nicht mehr lange dauern, bis es etwas zu essen gibt. Ist es nicht so?«

Brynnbett nickte, schob die Grillpenhälften in der Pfanne zurecht und lugte in den Topf mit den Kaulbirnen. »Keine

Viertelstumpenlänge mehr.« Sie nahm einen Löffel, kostete und würzte nach.

»Es geht doch nichts über eine Herdfeuer im Haus«, schwärmte Katsch Wunderling und rieb sich den Bauch. »Ein Jammer, dass unser Großer nicht da war.«

»Einer muss ja arbeiten«, tönte es aus dem Flur. Kurz darauf stand Gilli schief in der Tür und schnupperte. »Mist.«

»Nein«, verbesserte Philpert. »Das waren Kaulbirnen.«

»Und Grillpen«, ergänzte Friedja. »Knusprige Grillpen!«

»Ich meinte ja auch, es ist Mist, dass ich nichts abbekommen habe.« Gilli ließ sich auf seinen Stuhl sinken.

»Wer nicht kommt zur rechten Zeit ...«, stellte Welna fest.

Doch Brynnbett konnte den zerknirschten Ausdruck in Gillis Gesicht nicht mitansehen. Die sonst so schön geschwungenen Brauen sahen aus, als wenn sie sich in der Mitte verknoten wollten. »Verdient hast du es zwar nicht, aber ich habe dir etwas zurückgestellt.« Sie stand auf und ging in den angrenzenden Kochraum.

»Warum nicht verdient?«, hörte sie ihn fragen.

»Weil du sie ewig warten und im Ungewissen lässt«, antwortete Welna mit gedämpfter Stimme. »So was macht man nicht mit seiner Freundin.«

»Aber wir sind ...«

»Nichts aber. Solange sie hier wohnt, kannst du dich nicht immer rumtreiben.«

Brynnbett beschloss, sich beim Auffüllen etwas Zeit zu lassen, um das Gespräch für ihn durch ihre Anwesenheit nicht noch unangenehmer zu machen.

»Ich treibe mich nicht rum, ich arbeite!«

»Das riechen wir«, näselte Friedja, und Brynnbett stellte sich vor, wie die Kleine mit spitzen Fingern ihre Nase zuhielt.

»Der Duft ist Teil meiner Arbeit.«

Zumindest der Arbeit in seinem versteckten Laboratorium. Aber wenn sie Meisterin Kettelgurt neulich richtig verstanden hatte, stand das in keinem Zusammenhang mit der Suche nach der entscheidenden Runenformel oder mit der Legierung. Andererseits – hatte sie nicht einen Amboss gesehen? Und noch etwas war da gewesen.

»Du musst dir nicht so viel Mühe für mich machen«, rief Gilli, es klang fast wie eine Entschuldigung.

Brynnbett schnappte den Teller und eilte zurück. »Schon geschehen.« Sie zwinkerte Welna zu, als sie ihm das Essen hinstellte. »Für einen Freund ist mir nichts zu viel.«

Mit wohlig sattem Gefühl im Bauch und dem Lob der Familie im Ohr folgte sie Gilli hinaus, als er fertig war. Inzwischen fragte er nicht mehr, wo sie hingehen wollte, sondern schlug wie selbstverständlich den Weg zum Moosgarten ein.

»Weißt du ...«, begann er, »da unten in der Tropfsteinhöhle habe ich mein ganz eigenes Vorhaben, über das ich nicht sprechen möchte, bevor es fertig ist.«

Brynnbett nickte. »Du brauchst es mir nicht zu erklären. Ich kann sehr gut nachvollziehen, wenn man einem eigenen Plan folgen möchte.«

»Sie würden es nicht verstehen, deshalb halte ich es geheim.«

»Hat es mit dem Kronenhelm zu tun?« Ihr war wieder eingefallen, was sie neben dem Amboss gesehen hatte.

»Ja. Aber bitte behalte das für dich. Selbst Meisterin Kettelgurt weiß nichts davon. Sie denkt, ich sei einfach nur mit Duftwässern beschäftigt. Was ich übrigens auch bin.«, fügte er hastig hinzu.

Weil er einer von den Ehrlichen ist. Er braucht etwas, das wahr ist, wenn er Antworten geben muss. »Eine gute Idee, die Sache mit den Duftwässerchen.« Sie stupste ihn mit dem Ellenbogen in die Seite und weckte die Grübchen in seinem Gesicht.

»Nicht wahr?« Er lächelte stolz. »Ich experimentiere schon länger damit und konnte schon einige Flakons verkaufen. Aber dass ich kleine Duftwolken mit mir herumschleppe, liegt eher daran, dass es meine Ausrede glaubhafter macht.«

»Solange du nicht die Duftwolke mitbringst, an der ich fast erstickt wäre, ehe ich bis zu dir vorgedrungen war.«

Er lachte. »Es gibt natürliche Schlote in den unteren Ebenen, die exakt so riechen und die jeder meidet.«

»Geschickt, junger Meister der Tarnung.«

Plötzlich blieb Gilli mitten in der Gasse zum Niedertor stehen. Brynnbett sah auf. Das mächtige Holztor war verschlossen. Und nicht nur das: Zu jeder Seite türmten sich Steinquader und Holzbalken.

Diesmal blieb sie ihm auf den Fersen, als er ohne Umschweife auf die Wachen zuhumpelte. »Was wollt ihr denn mit den Steinen?«

Die Zwergenkriegerin sah sich zu den anderen Torwächtern um. »Das Niedertor ist geschlossen«, antwortete sie laut. »Heute darf niemand mehr passieren.«

»Wie lange kennst du mich jetzt?« Gilli klang leicht gereizt. »Ich gehe nur bis zum Moosgarten und will gar nicht aus der Stadt raus. Trotzdem verstehe ich nicht, wozu ihr die vielen Steinquader braucht.«

Wieder warf die Kriegerin einen Blick zur anderen Seite. »Ich kann nichts sagen«, zischte sie und fügte laut und vernehmlich den Satz »Passierscheine gibt es im Palast!« hinzu.

»Ehrlich mal«, ärgerte sich Gilli, während Brynnbett ihn zum Moosgarten hinüberzog. »Bin ich nicht vertrauenswürdig? Sollte ich jemals Runenmeister werden, lasse ich das Tor so oft öffnen und schließen, dass ihnen die Schultern abfallen.«

»Gillron!« Sie öffnete die Gartenpforte und sah ihn erstaunt an. »Ich wusste gar nicht, dass du dich so über etwas ärgern kannst.«

»Verstehst du denn nicht? Sie bereiten sich darauf vor, das Tor für immer zu schließen!«

Brynnbett erstarrte, als sie endlich begriff, was Gilli meinte. Das Niedertor war der einzige direkte Weg nach Crem. Und wenn es zugemauert würde ... Mit einem Schlag waren die Sorgen und Ängste wieder da, die sie durch ihre Erlebnisse bei Kandro und die darauffolgenden Streifzüge durch Eskrinor vergessen hatte. Fast schämte sie sich, dass sie in den vergangenen Tagen mit nichtigen Dingen wie einem Einkaufsbummel durch die Allee der Dichter und Denker beschäftigt gewesen war, immer auf der Suche nach graublauen Augen und einem roten Bart.

»Alles hängt mit diesem drohenden Krieg zusammen!« Gilli stampfte auf, verzog das Gesicht und humpelte in den Garten. »Viele Gerüchte, aber keine Stellungnahme von unserem Stammesvater.«

»Hat Meisterin Kettelgurt schon mehr darüber in Erfahrung bringen können?«

»Es heißt, die Waldelben haben Crem ins Visier genommen, weil einige magiebegabte Menschen in die Elbenreiche eingedrungen sind.« Er betonte das Wort »magiebegabt«, als wäre es ein ekliges Tier.

»Dann hat eine kleine Anzahl Magister es geschafft, ein ganzes Elbenreich gegen den Orden aufzubringen?« Brynnbett schüttelte fassungslos den Kopf. »Ich habe schon immer gewusst, dass diese Magie-Menschen arrogante Quälgeister sind. Aber dass sie so dämlich sind und ins offene Messer laufen, war mir noch nicht klar.«

Sie waren bei ihrer Bank angekommen und Gilli setzte sich. »Wenn wir da doch nur nicht mit drin hängen würden.«

»Wie meinst du das?« Sie hockte sich zu ihm.

»Wie du weißt, haben wir enge Handelsverbindungen mit Crem und dem Orden. Außerdem wohnen Hunderte Zwerge in Bergstadt. Was denkst du, werden die Elben bei einem Angriff tun? Ihre Ziele sortieren?« Er schüttelte den Kopf. »Wenn Crem dran glauben muss, müssen alle dran glauben.«

Brynnbett sackte in sich zusammen. Es bliebe den Zwergen gar keine andere Möglichkeit, als mitzukämpfen. Und ihren Eltern mittendrin. Wie hatte sie das in den letzten Tagen verdrängen können? »Ich muss nach Crem.«, sagte sie plötzlich und wäre am liebsten sofort aufgesprungen.

»Bist du des Wahnsinns fette Beute? Morgen sollst du deinen Dienst bei Meisterin Kettelgurt antreten.«

»Das geht nicht. Meine Eltern sind in Crem. Ich muss zu ihnen, bevor hier die Tore geschlossen werden.«

»Vor allem musst du einen ruhigen Kopf bewahren. Noch ist gar nicht gesagt, dass es zu einem Kampf kommt.«

»Das sieht da vorne in der Gasse aber ganz anders aus.« Sie sah, wie Gillis Schultern nach unten sackten. »Was, wenn ich hier nicht mehr rauskomme, um sie zu holen?«

»Wenn sie vernünftig sind, werden sie von selbst kommen. Deshalb haben sie hier auch nur Vorbereitungen getroffen. Für den Fall, dass es hart auf hart kommt.«

Ja, dachte Brynnbett. Wer kein Krieger war, würde nach Eskrinor gehen. Alles andere wäre ein unnötiges Risiko.

Gilli ruckte hoch und sah sie mit großen Augen an. »Natürlich. Das Tor muss für die Flüchtlinge aus Crem offenbleiben.« Mit einem Mal wirkte er wieder so zuversichtlich, wie sie ihn kannte.

»Das klingt gut, denke ich. Aber was meinst du damit?«

»Dass unser Stammesvater nicht den Befehl geben kann, das Niedertor für immer zu schließen. Zu viele in Eskrinor haben Angehörige in Crem.« Er stand auf. »Und Meisterin Kettelgurt wird ihm morgen genau das beibringen müssen.«

Auf dem Rückweg hielten sie am Schwarzen Brett der Kaserne und lasen die Ankündigungen.

»Tatsächlich. Ich soll mich morgen im Palast melden.«

»Dann ist endlich Schluss mit dem Versteckspiel und du erhältst einen offiziellen Passierschein, mit dem du im Palast ein- und ausgehen darfst. Darauf sollten wir anstoßen.« Er schaute sie lächelnd an, wurde aber sofort ernst, als er ihre Reaktion sah. »Entschuldige. Ich kann mir vorstellen, dass dir nicht zum Feiern zumute ist.«

Sie sah ihn nachdenklich an. Er hatte niemanden in Crem, um den er sich sorgen musste. Seine Familie war stets in der Nähe. Er konnte nichts dafür, dass es bei ihr anders war. Dass ihre Eltern sich irgendwann gegen Eskrinor entschieden hatten. Brynnbett durfte ihre Befürchtungen nicht einfach auf Gilli und seine Familie überschwappen lassen. »In Ordnung«, lenkte sie ein. »Lass uns anstoßen. Jede Hoffnung sollte gefeiert werden.«

Als sie am nächsten Tag aus dem Wunder Eskrinors stiegen, hatte Brynnbett den Ausblick vom Höhenwechsler kaum wahrgenommen. Sie hatten am Abend tatsächlich noch mit einem Glas Pfürli-Met angestoßen, den Gilli aus einem Versteck seines Vaters gefischt hatte. Doch die Zuversicht, die Gillron fast schon ins Blut gepflanzt schien, konnte sich bei ihr nicht einstellen.

»Wir können nicht zusammen in den Palast gehen«, unterbrach er ihre Gedanken. »Schließlich lernen wir uns heute erst kennen.« Er zwinkerte übertrieben deutlich, was sie immerhin zaghaft lächeln ließ. »Melde dich bei den Wachen mit deinem Namen und deiner Anwärternummer, dann wirst du den Passierschein bekommen. Und denk dran: Sie müssen dich durch den Palast geleiten. Du bist ja quasi das erste Mal da.«

Brynnbett war ihm auf ein Neues dankbar; vor lauter Aufregung hätte sie gar nicht mehr daran gedacht, was sie wissen durfte und was nicht.

»Du kannst dich noch ein wenig ausruhen.« Er wies auf eine steinerne Bank auf der Thingebene vor der Rampe zum Palast. »Am besten zählst du langsam bis zweihundertsiebenundfünfzig.«

»Warum ausgerechnet zweihundertsiebenundfünfzig?«

»Es ist einfach eine schöne Zahl. Außerdem ergibt die Quersumme der Quersumme fünf.«

»Und fünf ist die Mindestanzahl von Runen, die man für einen Runenzauber braucht«, schloss sie messerscharf.

Gilli strahlte. »Na also. Dann gutes Gelingen und bis später.«

Brynnbett zählte, dankbar, ihre Gedanken damit unter Kontrolle bringen zu können. Bei einhundert begann sie sich zu fragen, ob sie ihre Anwärternummer aus der Kaserne auswendig wusste. Bei zweihundert überlegte sie, ob die Palastwachen dieselben wären wie vor ein paar Tagen. Und als sie bei zweihundertsiebenundfünfzig angekommen war, dachte sie darüber nach, ob sie den Tag nicht besser zählend auf dieser Bank verbringen sollte. Erst bei dreihundert raffte sie sich auf und stieg die Rampe zur Palastebene hinauf.

Sie hatte Glück: Die Wachen waren andere als bei ihrem ersten Besuch und ihre Anwärternummer wusste sie auch. Sie brauchte nicht einmal nach einer Begleitung zu fragen, die sie führte, sondern wurde direkt von jemandem empfangen, der eigens auf sie gewartet hatte. Damit verließ ihr Glück sie allerdings auch schon.

»Brynnbett Herdfeuer, Begabte mit gutem Namen.« Ihr Gegenüber legte eine derart blumige Sprachmelodie an den Tag, dass sie hoffte, ihn nicht so oft sehen zu müssen. »Ich heiße Fraron Kraushaar. Als Diener des Stammesvaters freue ich mich, Euch kennenzulernen.«

Ihr stockte der Atem, als sie den Namen hörte. Er war der Zwerg, von dem weder Gilli noch Meisterin Kettelgurt begeistert waren – und der sie womöglich schon im Palast gesehen hatte. »Freut mich auch«, presste sie heraus und hörte ihm mit halbem Ohr zu, während er etwas über die Geschichte des Palastes erzählte.

Er hat mich nicht erkannt, sonst hätte ich es ihm angemerkt, oder nicht? Bei ihrem ersten Besuch hatte sie die Reliefs an Wänden und Decken betrachtet und ihn überhaupt nicht bemerkt. Und Gilli hatte erzählt, dass Kraushaar seinerseits mit irgendetwas beschäftigt war. Ganz ruhig bleiben. Es war nicht mehr weit bis zum Runensaal. Gerade bogen sie in den Flur ein. Nur noch wenige Schritte. Da vorne ist die ... war die Tür. Sie stockte, als er sie an der Tür vorbeiführte.

»Ist etwas?« Kraushaar schaute sie irritiert an.

»Nein, nein. Ich habe nur die Rune auf der Tür gesehen, und da dachte ich ...«

»Dass Meister Hammerschneid hier sein Arbeitszimmer und Laboratorium hat? O nein, hier nicht.«

»Meister Hammerschneid?« Bei den Kennluren, hatte sie das laut gefragt?

»Wie meinen?« Die Brauen des Dieners zogen sich so hoch wie seine Stimme.

»Meister Hammerschneid ... wartet hoffentlich noch nicht zu lange auf mich?«, versuchte sie, die Situation zu retten. Sie war überhaupt nicht darauf vorbereitet, ihm gegenüberzutreten. Warum, bei den Göttern der Himmelsschmiede, hatten sie nicht daran gedacht? Es war seine Ausschreibung gewesen, nicht die der Kettelgurt. Aber was würden Gilli und die Meisterin sagen, wenn sie nicht gleich zu ihnen käme?

»Der Meister ist natürlich zu beschäftigt, um seine kostbare Zeit auch nur eine Stumpenlänge mit Warten zu vergeuden.« Kraushaar gestikulierte wild mit einer Hand herum. »Er weiß aber, dass ich Euch heute zu ihm bringe, das gewiss. Doch darüber hinaus interessieren ihn allerhöchstens verstrichene Fristen.«

Der Diener blieb plötzlich stehen, packte sie bei den Schultern und senkte die Stimme. »Das, meine Liebe, würde ich Euch nie raten. Wenn er Euch eine Frist gibt, dürft Ihr sie nie, aber auch wirklich *niemals* überschreiten. Ist das klar?«

Brynnbett schluckte schwer und nickte. »Verstanden.«

Sofort ließ er sie los und tänzelte weiter. »Dachte ich es mir. Ihr seid ja auch eine Begabte, nicht wahr?« Er eilte einige Schritte voraus und drehte sich zu ihr um. »Da wären wir.«

Ihr Herz setzte für einen Schlag aus, als sie auf die hohe, pechschwarze Tür blickte, die wie ein Sinnbild dunkler Magie auf sie wirkte. Eine große blutrote Rune prangte im oberen Drittel, darunter eine Reihe kleinerer Runen, die kreisförmig um eine metallene Platte angeordnet waren.

»Ihr müsst einfach nur Eure Hand auf das Feld legen.« Kraushaar packte ihr Handgelenk und führte ihre Hand mit erstaunlich festem Griff in den Runenkreis. Brynnbett ließ es geschehen. Was blieb ihr anderes übrig.

Das Metall war ausgesprochen kalt, doch was sie wirklich störte – ihr sogar Angst machte – war das stechende Gefühl. Als würden Hunderte scharfe Nadeln über ihre Handfläche streichen und immer wieder an ihrer Haut hängen bleiben.

»Viel Glück!« Kraushaar ließ sie allein, während die Tür sich plötzlich wie von Geisterhand öffnete.

Warum wünschte er ihr Glück? Warum nicht Erfolg?

»Tritt ein, Brynnbett Herdfeuer.« *Dunkles Wasser!*

Mit pochendem Herzen betrat sie das Runenzimmer des Meisters. Im Gegensatz zum Saal der Kettelgurt stand sie direkt in einer Schreibstube, die kaum größer war als der Speiseraum der Wunderlings.

»Willkommen in meinem bescheidenen Reich.« *Dunkles Wasser, abgrundtief und kalt. Nein. Es ist nur ein Gefühl.*

Trorwenn Hammerschneid trat ein paar Schritte auf sie zu.

»Wie du siehst, hat mich deine Lösung nachhaltig beeindruckt.«

»Ich danke Euch.« Sie versuchte, nicht zu starren.

Zum ersten Mal sah sie sein Gesicht in vollem Licht, denn die Robenkapuze hing ungenutzt über Schultern und Rücken. Sein Haupthaar war so kurz geschoren, dass die Kopfhaut durch die dunklen Stoppeln schimmerte. Lange Wimpern und üppige Brauen, tiefschwarz wie der Bart, gaben Hammerschneids Gesicht eine markante Struktur. Er hätte als gut aussehend durchgehen können, wäre da nicht diese düstere Aura.

»Fraron Kraushaar, den Diener des Stammesvaters, hast du bereits kennengelernt. Gewöhnungsbedürftig vielleicht, aber vertrauenswürdig und äußerst fleißig.«

Brynnbett nickte, auch wenn Gilli eher das Gegenteil angedeutet hatte.

»In den kommenden Tagen wirst du auch die Gelegenheit bekommen, Dronnkahn Silberfaust gegenüberzutreten. Aber vorerst ist es wichtig, dass du deine Arbeit aufnimmst.«

Brynnbett nickte wieder und versuchte weiter, die Bilder dunklen Wassers aus ihrem Geist zu vertreiben.

»Du musst wissen, dass es neben mir noch eine Runenmeisterin gibt, die ebenfalls für den Stammesvater arbeitet.«

Eigentlich arbeitest du neben ihr. Sie spürte, dass es ihr half, sich zumindest innerlich zu widersetzen.

»Sie ist jedoch alt und braucht deutlich mehr Hilfe als ich.«

Meisterin Kettelgurt würde dir noch etwas vormachen, wenn sie sterbend in einem Felsengrab läge.

»Ihr steht nur ein armseliger Geselle zur Verfügung, ein Krüppel, beschränkt in seinen Fähigkeiten.«

Einundzwanzig, zweiundzwanzig ... Brynnbett lächelte freundlich, während sie darüber nachdachte, welche Krankheiten sie Hammerschneid auf den Leib hexen würde, wenn sie die Fähigkeiten dazu besäße.

»Ich möchte deshalb, dass du vor allem für sie arbeitest.«

Der erste halbwegs vernünftige Satz.

»Du bist also ab sofort uns beiden unterstellt. Ich hoffe, das ist für dich in Ordnung.«

Sie hatte das Gefühl, etwas sagen zu müssen, nach Möglichkeit etwas Freundliches – auch wenn sich alles in ihr dagegen sträubte. »So, wie Ihr es wünscht ...«, sie räusperte sich, »wird es mir recht sein.« Wie eklig diese Worte schmeckten, die ihr viel zu leicht über die Zunge gekommen waren. Obgleich schon ausgesprochen, hingen sie immer noch wie Fäden schleimigen Auswurfs an den Lippen. *Atmen. Atmen und an Gilli und Irmhold Kettelgurt denken.*

Trorwenn ging zur Wand und legte die Hand auf eine Metallplatte. »Fraron geleitet dich zu den Räumen der Meisterin.«

»Danke.« Brynnbett vermied es, erleichtert aufzuatmen.

»Eins noch.« Er trat dicht vor sie, der faulige Geruch von Schwefel raubte ihr schier den Atem. »Sollte es irgendwelche Probleme geben, kommst du bitte zu mir. Auch, wenn du Hilfe brauchst. Die Zeiten sind – nun ja – schwierig. Da weiß man nie, was passiert.«

Brynnbett hatte das Gefühl, dieses Hilfsangebot käme eher einer Drohung gleich. Dennoch rang sie sich ein Lächeln ab und dankte ihm. Fast im selben Moment öffnete sich die Tür, sie drehte sich um und ging hinaus zu Kraushaar, der bereits auf sie wartete.

»Und? Wie war Euer Treffen mit unserem erlauchten Runenmeister?« Sie waren kaum vier Schritte gegangen, als er seiner Neugier schon Luft machen musste.

»Er ist ein ...«, sie suchte nach unverfänglichen Worten, »ein so stattlicher Mann.«

»Und was hat er Euch erzählt?«

»Wie sehr er Euch schätzt.«

»Wirklich?« Kraushaar schaffte es, eine ganze Handvoll Töne in diesem einen Wort unterzubringen. »Nun ja«, trällerte er weiter. »Ich arbeite aber auch für die besten unseres Stammes. Da bringt man sich gerne ein.«

»Das kann ich gut verstehen.« Brynnbett beschleunigte ihre Schritte. »Ist es die Tür, an der wir vorhin schon vorbeigekommen sind?«

Kraushaar nickte, immer noch damit beschäftigt, sich über das Lob des Runenmeisters zu freuen.

»Dann finde ich den Weg. Da vorne ist es ja schon.« Sie beschleunigte ihre Schritte und ließ ihn mit seinen Gedanken zurück. Es war an der Zeit, endlich wieder mit normalen Leuten zusammen zu sein.

Als sie die Tür erreichte, pochte sie mit aller Kraft dagegen, wie Gilli es vorgemacht hatte. Doch statt dass die dumpfe Stimme Meisterin Kettelgurts ertönte, flog die Tür sofort auf.

»Endlich!« Gillron packte sie am Arm, zog sie in die Runenhalle und knallte die Tür zu. Zerzauste Haare, Schweißperlen auf der Stirn und tränenfeuchte Augen.

»Was ist denn los?«

»Meisterin Kettelgurt ist verschwunden!«

26
RAIWEN

»Winteradler!« Evon lief sofort hangabwärts. »Beeil dich!«
Raiwen hetzte hinter ihm her. »Glaubst du, sie landen?«

»Nein ... aber ... suchen ...« Er rannte so schnell, dass Raiwen ihn kaum verstehen konnte. »Schneehasen ...«

»Evon! Das muss reichen!« Er sah über die Schulter. Noch kreisten die Winteradler. Aber wenn sie tatsächlich Beute gesehen hatten, würden sie in den Sturzflug gehen. »Halt!« Raiwen blieb stehen. Sein Herz pumpte, fast im gleichen Tempo förderte er Atemwolken zutage. »Ich gebe das Signal. Jetzt!«

Sein Freund war stehen geblieben, beugte sich vor und stützte sich auf die Oberschenkel. Er japste nach Luft und nickte.

Raiwen blies ins Horn: kurz, lang, kurz, lang.

Die Zeit, bis Kyriejah mit dem Heermeister und dann die Reihen der Kriegerinnen und Krieger in Sicht kamen, dehnte sich zu einer gefühlten Ewigkeit. Immer wieder sah Raiwen mit bangen Blicken zu den Adlern und dem Schneehang, der im Sonnenschein erhabene Schönheit und Ruhe ausstrahlte.

»Die Adlerschlucht!«, rief er Kyriejah zu, als sie ihnen entgegengeritten kam.

»Es droht eine Lawine!«, erklärte Evon, während er neben den Fehluhren her lief. »Die Legion muss in die Schlucht. So schnell wie möglich.«

Anastina-Kyriejah stellte die Dringlichkeit nicht infrage, sondern gab Arandor ein Zeichen, der die Nachricht sofort nach hinten weitergab. Raiwen eilte los, jetzt wieder bergan, dicht bei Evon und eng an der Seite der Thronwächterin. Hoch über ihnen begannen die Adler zu schreien, doch die Schatten auf dem schneebedeckten Hang wurden kleiner.

»Sie drehen ab!«, rief Evon. »Wahrscheinlich wegen uns.«

Raiwen riskierte einen Blick über die Schulter und sah die Kriegerinnen und Krieger im Laufschritt hinterherkommen. Auch die Versorgungswagen in der Mitte des Heers kamen in Sicht. Erst bei ihrem Anblick dachte er an die Schlucht und die Schneeverwehungen, die dort zu erwarten waren. »Die Adlerschlucht«, rief er Kyriejah zu. »Sie könnte für die Wagen ein Problem werden.«

Blaugrüne Augen, die ihn erfassten und sofort reagierten. Kyriejah trieb ihre Gryd-Fehluhr-Stute an und stob mit ihr durch den Schnee.

»Was hat sie vor?« Evon war dicht neben ihm, doch Raiwen konzentrierte sich nur aufs Laufen. Sie hatten den steileren Abschnitt des Hangs fast erreicht, und er suchte auf der anderen Seite nach einem höheren Felsen, von dem er sich einen Überblick verschaffen konnte.

»Dort!« Als hätte Evon seine Gedanken gelesen, scherte er nach links aus und sprang auf eine Art Böschung. Mit raschen Bewegungen legte er ein paar Felsen frei und kletterte höher.

Raiwen setzte ihm nach und sah Kyriejah hinterher, die mit der Fehluhr-Stute vor mannshohen Schneeverwehungen stehen geblieben war. Sein Kopf ruckte zu den Kriegern herum, die sie gleich erreichen würden. Er sah Arandor, der an seinen Einheiten vorbeiritt.

»Spürst du das?« Evon packte Raiwens Arm. »Die vielen Stiefel und die Wagen ...«

Mehr musste er nicht sagen, die Vibration war deutlich zu spüren. Raiwen folgte Evons Blick, der sich auf den Hang gegenüber heftete. *Nein, noch nicht!* Er sah zu Kyriejah, die ihre Arme erhoben hatte und ihre Magie anrief.

Die ersten Kriegerinnen und Krieger liefen an ihnen vorbei. Zehn, zwanzig, dreißig waren in der Schlucht – doch dann ging es nicht weiter, ihr Weg war versperrt. Der Boden vibrierte stärker, als die Macht der Scheltar Wasser aus den Tiefen des Gebirges heraufbeschwor.

»Sie muss aufhören!«, rief Evon.

Doch im selben Moment schoss vor Kyriejah eine Fontäne aus dem Boden und ließ die Fehluhr-Stute scheuen. Das

Beben hörte auf, das Wasser hatte seinen Weg gefunden. Raiwen warf einen ängstlichen Blick auf den Hang, dann wieder zu Kyriejah.

Die Scheltar formte eine Wasserwand vor sich und zwang sie mit der Kraft ihrer Magie nach vorne. Tatsächlich schob sie die Schneewehen mit sich, und Kyriejah schaffte es sogar, ihre Stute zum Folgen zu bringen.

»Es klappt.« Raiwen lachte, um seine Anspannung loszuwerden. »Sieh nur. Die Einheiten können ihr folgen!«

Elendig langsam schoben die Elben sich an ihnen vorbei. Endlich kamen die Versorgungswagen in der Mitte des Heerzugs und Raiwen jubelte innerlich. »Evon, wir schaffen es!«

Doch sein Freund war starr vor Angst. Er hob den Arm und wies auf den unteren Abschnitt des Hangs, von dem Schnee herunterrieselte. »Lauft!«, schrie er und machte hektische Bewegungen. »Lauft um euer Leben!«

Dann geschah alles furchtbar schnell. Raiwen sah, wie das Schneebrett ins Rutschen kam und sich plötzlich der ganze Hang zu bewegen schien, als die Lawine auf die Handelsstraße schoss und abwärtsflutete.

Evons Ruf riss ihn aus der Schockstarre. »Höher! Schnell!«

Sein Freund half ihm auf den nächsthöheren Felsen, von wo aus sie fassungslos auf die weiße Flut sahen, die das halbe Heer mit sich riss und verschluckte. Helme, Gesichter und ganze Körper kamen an die Oberfläche und verschwanden wieder. Ein Bild stiller Grausamkeit, ein Tod ohne Blut und doch voller Schrecken.

Wie fremdgesteuert folgte Raiwen Evons Zerren und kletterte einen weiteren Felsen hinauf. Er wusste nicht, wie hoch die Schneemassen der Lawine steigen würden, aber er ahnte, dass die vielen Kriegerinnen und Krieger verloren waren.

»Es dauert nicht mehr lange«, sagte sein Freund. Raiwen sah ihn verständnislos an. Wieso hörte er ihn überhaupt? Wieso konnte eine Lawine von diesem Ausmaß so trügerisch leise ins Tal gleiten? Evon zeigte auf den Hang. An einigen Stellen war der Schnee bis auf den Boden abgetragen worden. Große Felsen wirkten wie freigespült, und hangabwärts kam der klägliche Schneerest tatsächlich zur Ruhe.

»Wir waren zu langsam.« Raiwens Stimme brach.

»Nicht für sie.« Evon zeigte in die Adlerschlucht, die von einer übermannshohem Schneemauer versperrt war, die die Lawine auch dort abgeladen hatte, ehe sie dem Weg des geringsten Widerstands gefolgt war. Ganz oben – auf der Oberfläche des zu Schneeklumpen verdichteten Pulverschnees – standen Arandor und Kyriejah und starrten mit bleichen Gesichtern talwärts.

»Wir sind als Vorhut der Legionen vorerst auf uns gestellt«, sagte die Thronwächterin, nachdem sie die Schlucht durchquert und auf einem Hochplateau das Heerlager errichtet hatten. »Aber natürlich werden wir warten, bis unsere Schwestern und Brüder zurück sind.« Sie hatte sofort einen Suchtrupp von fünfzig Kriegerinnen und Heilern zusammengestellt, die im lang gestreckten Lawinenfeld nach Überlebenden suchen sollten.

Doch Evon hatte ihnen wenig Hoffnung gemacht. »Wer nicht so geistesgegenwärtig war, Mund und Nase mit den Händen zu schützen, wird innerhalb kürzester Zeit erstickt sein. Da hilft auch keine Magie, die einen warm hält.« Seine Stimme hatte abgeklärt geklungen, aber in seinen Augen hatte Raiwen die Trauer gesehen. »Hinzu kommt, dass der Schnee nach und nach weiter in sich zusammensackt und tonnenschwer auf den Körpern lastet, die unter ihm begraben sind. Das halten selbst die stärksten Körper nicht aus.«

Schließlich hatte die Thronwächterin ihm das Wort abgeschnitten und den Suchtrupp trotzdem losgeschickt. »Wie können wir weiterziehen, ohne es zumindest zu versuchen?«

Raiwen hatte ebenfalls helfen wollen, war jedoch auf Kyriejahs Befehl an ihrer Seite geblieben. Jetzt lief er wie ein eingesperrtes Tier auf dem Plateau hin und her und kam nicht zur Ruhe. Bald würde es dunkel, und der Suchtrupp war noch immer nicht zurück.

»Sie kommen!« Es war der Heermeister, der sie in den Schatten der Adlerschlucht entdeckte und ihnen sofort entgegeneilte.

Raiwen folgte ihm, um zu helfen. Wie langsam die Brüder und Schwestern sich auf sie zu schleppten. Einige stützen sich gegenseitig, ein paar wurden sogar getragen. *Sie haben sich vollkommen verausgabt.* Erst als er bei ihnen war, sah er, dass sie, entgegen allen Wahrscheinlichkeiten, Überlebende hatten bergen können. »Bei den Seelen.« Er eilte zu einer Heilerin, die unter dem Gewicht eines Elbenkriegers taumelte, und half ihr. »Wie viele konntet ihr retten?«

»Fünfzehn.« Tränen standen in ihren Augen.

Raiwen schluckte, für einen Moment verschwamm das Bild der erschöpften Kriegerinnen und Krieger auch vor ihm. Wie schwer musste es gewesen sein, die Suche einzustellen und die Toten zurückzulassen.

»Nur die Feuergeborenen«, schob die Heilerin nach.

Er nickte. Sie hatten durch die Hitze ihrer Magie die besten Voraussetzungen gehabt, um durch den Schnee zu gleiten und sich zumindest ein Atemloch zu schmelzen.

Als sie aus der Schlucht traten, waren sofort weitere Helfer zur Stelle. Raiwen funktionierte. Er legte routiniert Hand mit an, wies auf Hilfsmittel hin, die in den Versorgungswagen zu finden waren, und schaffte es, sich ausschließlich auf die Versorgung der Verletzten zu konzentrieren. Das war seine Berufung: Leben bewahren. Und er würde stets alles tun, um dafür einzutreten.

Trotzdem kreisten seine Gedanken immer wieder um die furchtbare Wahrheit: fünfzehn Leben gerettet, einhundertundzwölf verloren. Weit über hundert Opfer, ehe sie auch nur in der Nähe von Crem waren. Und jedes einzelne hatte Familie oder Freunde, hatte Wünsche und Träume gehabt.

An diesem Abend wurden große Feuer entzündet, man rückte enger zusammen, um der Verstorbenen zu gedenken. Flackernde Schatten und bedrückende Trauergesänge woben einen schaurigen Kokon ums Heerlager, der alles andere aussperrte und jeden Gedanken bei den Opfern beließ. Kummervolle Stunden, die all den Gefühlen Raum verschafften, für die schon morgen keine Zeit mehr wäre. Trauer und Tränen, Verzweiflung und Vorwürfe.

Raiwen schlief schlecht in dieser Nacht.

Am nächsten Vormittag gönnte Kyriejah ihnen noch etwas Ruhe, bevor sich die Legion zum Abmarsch bereit machen musste. Kostbare Zeit, in der die Schwestern und Brüder des Suchtrupps zu Kräften kommen und die Verletzten weiter versorgt werden konnten.

»Wie sieht es aus?« Die Thronwächterin war auf ihr Gryd-Fehluhr gestiegen und sah zu Raiwen hinab.

»Acht der Feuergeborenen sind wieder halbwegs bei Kräften und wollen selbst laufen. Vier weitere haben schwere Prellungen und Zerrungen, es braucht noch einige Heilzauber und Ruhe, bis sie wieder auf den Beinen sind.«

»Und die anderen? Waren es nicht fünfzehn Gerettete?«

Raiwen seufzte. »Offene Knochenbrüche an Armen und Beinen. Wir konnten die Brüche richten und die Wunden reinigen, aber es wird noch etliche Tage, wenn nicht Monde brauchen, bis sie sich wieder richtig bewegen können.« *Wenn sie es denn überhaupt wieder lernen.* »Wir konnten für alle sieben provisorische Plätze auf den Versorgungswagen herrichten.« Sie müssten den Weg halb liegend, halb sitzend überstehen. Jede Unebenheit der Straße, jedes Rucken und jeder Stoß würden ihnen Schmerzen bereiten, aber es ging nicht anders.

»In Nunahzhar werden sich unsere Schwestern und Brüder aus den Bergen um sie kümmern, seid unbesorgt.«

»Thronwächterin?« Arandor-Gerebohr kam auf dem Fehl-uhr-Hengst heran. »Wollen wir?«

Evon trat ebenfalls hinzu und sah Kyriejah fragend an. »Was habt Ihr vor?«

»Wir haben den höchsten Abschnitt hinter uns. Ich denke, es ist an der Zeit, die Führung zu übernehmen.« Ohne ein weiteres Wort ließ sie ihre Stute antraben.

Arandor gab das Zeichen für die Fanfaren. »Ihr seid ein guter Heiler.« Es hätte wie ein Lob klingen können, doch in seiner Stimme schwang Verachtung. »Mehr leider nicht!« Das Signal zum Abmarsch, der Heermeister ritt der Thronfolgerin nach und die Krieger setzten sich in Bewegung.

Raiwen stand einfach nur da, spürte Arandors Worte wie Schläge in den Magen und schaffte es nicht, sich zu bewegen.

Lastete der Heermeister ihm den Tod der Schwestern und Brüder an? Hätte er es verhindern können?

Evon fasste ihn behutsam beim Arm. »Tu das nicht. Nimm dir nicht zu Herzen, was nicht deine Verantwortung ist.«

Raiwen sah ihm in die Augen, suchte nach den Gefühlen, die diese Tragödie hinterlassen haben mussten, doch er konnte nichts davon sehen. »Hast du das wirklich schon hinter dir gelassen? Hinter uns liegen einhundertzwölf Leichen! Und das nur, weil wir die Gefahr falsch eingeschätzt haben. Vielleicht wäre es anders ...«

»Raiwen!« Evon packte ihn bei den Schultern. »Hör mir zu! Arandor macht sich selbst Vorwürfe und weiß nicht, wohin mit seiner Trauer und seinem Zorn, weil er als Heermeister, verdammt noch mal, Haltung wahren muss.« Er atmete geräuschvoll aus. »Er spiegelt seine Selbstvorwürfe auf dich, siehst du das nicht?«

»Aber ich habe das Signal geblasen.« Ja, er hatte dafür gesorgt, dass die Legion in den Tod gelaufen war.

»Und du hast damit fast zweihundert Schwestern und Brüdern das Leben gerettet.«

»Nein.« Raiwen schüttelte den Kopf. »Sie hätten *alle* noch leben können.«

»Das stimmt nicht. Die Retter haben es mir selbst erzählt: Das Lawinenfeld reichte viel weiter. Es hätte alle dreihundert unter sich begraben, wenn sie länger gewartet hätten.«

Raiwen sah den letzten Einheiten nach, die an ihnen vorbeimarschierten. Die Letzten ... Dann schaute er Evon an. »Stimmt das? Oder brauchst du selbst einen tröstlichen Gedanken?«

»Wir alle brauchen tröstliche Gedanken.« Sein Freund schüttelte den Kopf. »Aber wenn du mir nicht glaubst, kannst du später gern mit den Heilern des Suchtrupps sprechen.« Er ließ ihn los und wollte sich von ihm abwenden.

Jetzt war es Raiwen, der Evon festhielt. »Verzeih mir. Ich wollte dir keinen Vorwurf machen, ich muss das nur in meinen Kopf kriegen.« Er schluckte und wies auf die schneebedeckten Berge rings herum. »Diese Situation. Das alles ist neu für mich.« *Und ich weiß nicht, ob ich das schaffen kann.*

»Du bist aufgebrochen, um zu heilen und nicht um zu töten«, versuchte sich Evon an einer Erklärung. »Und bisher hast du genau das getan: Du hast geheilt und nicht getötet!«

So gesehen, stimmte das. Raiwen hatte keine Waffe in der Hand gehalten, geschweige denn, gegen jemanden erhoben. Das würde auch niemals geschehen.

»Und nun komm. Wir sind vielleicht unserer bisherigen Posten enthoben worden, aber die Verantwortung, einen Krieg zu verhindern, bleibt bestehen.«

Erst, als sie zum Heer aufgeschlossen hatten, knüpfte Raiwen an die Aussage des Freundes an. »Hat Kyriejah denn eine andere Wahl, als das Gespräch zu suchen? Bis Kerahna und Ramuhr uns mit den Legionen einholen, können Tage vergehen.«

»Eher Monde, wenn man bedenkt, dass die Handelsstraße über eine weite Strecke verschüttet wurde. Und wir wissen nicht einmal, ob sie in der Zwischenzeit noch mit anderen Problemen zu kämpfen hatten.«

»Bei den Seelen.« Raiwen dachte wieder an das Lawinenfeld. »Sie wissen ja gar nicht, dass Elben unter den Schneemassen begraben sind.«

»Arandor hat zwei Kriegerinnen des Suchtrupps bereits im Vorfeld befohlen, den Legionen Bescheid zu geben.« Evon schaute zu ihm hinüber. »Ich glaube zwar immer noch, dass er ein alter Kriegstreiber ist, außerdem hat er sich dir gegenüber wie ein Arsch benommen. Aber er scheint ein ziemlich guter Befehlshaber zu sein.« Er sah wieder nach vorn. »Ich habe sogar gehört, wie er den Kriegerinnen Befehl gegeben hat, im Anschluss nach Gohlannbjahr zurückzukehren.«

»Sie sollen den ganzen Weg zurückgehen?«

Evon nickte. »Er will, dass die Toten geborgen werden, wenn das Frühjahr kommt.«

»Es tut gut, das zu hören«, sagte Raiwen. Doch gleichzeitig war es alles andere als das. Denn es hieß, dass der Heermeister sich darauf einstellte, erst sehr viel später heimzukehren, als Raiwen gehofft hatte. Und dieser Gedanke erschreckte ihn. Oder aber – und das beunruhigte ihn weitaus mehr – Arandor zog es in Betracht, gar nicht mehr zurückzukehren.

Für den Moment schien alles gesagt. Raiwen versank in seinen kreisenden Gedanken, während er schweigend neben Evon herlief, die Kampftruppen unmittelbar vor ihnen.

Er hatte die Achtung des Heermeisters verspielt und sicher etwas vom Vertrauen der Kyriejah verloren. Wenn er nach Eskrinor gelangen wollte, musste er es zurückgewinnen. Anderenfalls würde sie ihn nicht gehen lassen.

Desertieren. Dieser plötzliche Gedanke verursachte ein ungutes Gefühl. Nein, es musste einen anderen Weg geben. Und wenn nicht, nähme er die Gefahr des Hochverrats eben auf sich, um die Fürstin und vor allem Valehna zu retten.

Er dachte an die heimtückische Krankheit, an das Seelengefängnis. Und an die Kennluren, jene Berggeister, die die Seelen der Zwerge befreiten, wenn sie an der Schwelle zum Tod standen. Was für eine winzigkleine Hoffnung, an die er sich klammerte. Eine Gemeinsamkeit, von der niemand wusste, ob sie existierte. *Doch, es kann nur so sein.* Zhinlohr hatte es genauso gesehen. Er müsste nur Semjon finden, damit er für ihn bürgte, dann ließe sich bestimmt auch ein Zwergengelehrter aufspüren, der ihm weiterhelfen könnte. Aber würde der sich durchringen, einem Elb zu helfen, wenn ein Waldelbenheer vor Crem und damit gleichzeitig vor den Mauern des Zwergenviertels stand?

Wenn doch nur dieser unselige Zwist zwischen seinem Volk und dem Orden gebannt wäre. Niemand konnte sich ernsthaft einen Krieg wünschen. In diesem Moment fiel ihm der Krieg ein, der im Süden begonnen hatte, und Wehreng, den Heermeister der Feuerelben, der eigens nach Gohlannbjahr gekommen war, um ... ja, um was eigentlich?

Er dachte an das Gespräch mit Zhinlohr zurück. Was hatte er noch gesagt? Dass Fürst Rahronn nichts dem Zufall überlasse. Und dass Wehreng schon losgelaufen sein müsse, ehe die Kämpfe im Süden begonnen haben konnten. Aber das bedeutete doch im Umkehrschluss, er hatte bereits gewusst, dass es zum Krieg kommen würde. »Ich fasse es nicht.« Warum nur hatte er Zhinlohr nicht richtig zugehört?

»Was ist?« Sein Freund sah ihn an. »Ist etwas passiert?«

»Ja.« Raiwen hielt Evon fest, damit der Abstand zur Truppe größer wurde. »Ich weiß leider nur nicht genau, was.« Er erzählte ihm von seinen und Zhinlohrs Vermutungen.

»Also, wenn du mich fragst, riecht das nach einer Verschwörung.«

»Aber zwischen wem?«

»Nicht dein Ernst, oder?« Evon sah ihn fassungslos an. »Mit wem würde der Fürst aus Innelles einen Pakt schließen? Sicher nicht mit dem Kämmerer oder einem Fanfarenbläser.«

Kyriejah! Raiwen erinnerte sich an Zhinlohrs Vorbehalte.

»Ich sehe die Erkenntnis in deinen Augen, du brauchst den Namen nicht auszusprechen.« Langsam ging Evon weiter. »Aber gewagt ist es trotzdem, den ersten Heerführer persönlich zu schicken.«

»Das ergibt alles keinen Sinn. Zhinlohr meinte, Fürst Rahronn hätte Fallandire oder Schelken schicken können, statt seinen wichtigsten Mann loszuschicken. Vor allem im Krieg!«

»Es sei denn, es hing zu viel davon ab, dass der Auftrag auf jeden Fall gelänge.«

»Eine Nachricht von einem Reich ins andere zu bringen?«

Evon sah ihn mit großen Augen an. »Was, wenn es gar nicht um die Nachricht ging, sondern um *etwas*, das Wehreng überbringen sollte?«

»Was sollte so ein Risiko wert sein?« Aus irgendeinem Grund ergab das Sinn, doch Raiwen fehlte die Vorstellung, was dieses Etwas gewesen sein könnte.

»Nehmen wir mal an – bitte verurteile mich nicht dafür – nehmen wir mal an, es ging von vornherein darum, zwei Kriege zu beginnen.« Raiwen schüttelte entschieden den Kopf, doch Evon hob die Hand und sprach weiter. »Was wäre das Wichtigste, um hier im Norden einen Sieg zu erringen?«

»Dass die Zwerge sich heraushalten, denke ich. Aber Wehreng wird wohl kaum etwas haben, was das Volk aus den Bergen beeinflussen kann.«

Evon wischte sich mit dem Arm einen Tropfen von der Nase und steckte sich die Fäustlinge unter die Arme. Der eisige Wind machte ihm immer mehr zu schaffen.

»Und wenn die Zwerge eingreifen? Was dann?«

»Dann können wir ohne die Hilfe der Bergelben sowieso nichts ausrichten.«

»Genau.« Evon hieb sich mit einem Fäustling gegen die Stirn. »Das ist es!«

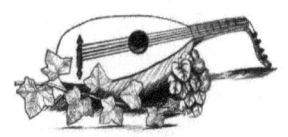

27
JAMON

Erst im Flur zu Kelenkus Gemächern verlangsamte Jamon seine Schritte und fingerte den Würfel aus der Tasche. Auf die Wandvertäfelungen hatte er seit Jahren nicht mehr geachtet, zu oft war er durch die Gänge der Ordenstürme gegangen. Doch jetzt, da er wusste, was sich dahinter verbarg, betrachtete er sie mit gewachsenem Interesse. Die Geschichte der mächtigen Türme des Torhauses reichte weit zurück und war schon alt gewesen, als der Orden es vom damaligen Herrscherhaus erstanden hatte. Während er die Vertäfelung abschritt und die geometrischen Muster der Holzkassetten betrachtete, dachte er darüber nach, ob sein Onkel von den Gängen wusste oder ob Feldhenn sie ihm vorenthalten hatte.

Da, das vorletzte Holzpaneel vor Kelenkus Tür. Jamon blieb stehen und schaute auf eine Vielzahl quadratischer Felder unterschiedlicher Größe, die zusammen das obere Rechteck der zweigeteilten Vertäfelung ergaben. Ein kleiner Spalt trennte sie von den benachbarten Wandtafeln, aber das war bei den anderen genauso. Eigentlich konnte man nicht den geringsten Unterschied erkennen. Suchend fuhr Jamon mit den Fingern über den Spalt und probierte, ob sich etwas bewegen ließ – nichts. Nicht einmal ein Luftzug deutete darauf hin, dass es hier eine Tür geben könnte.

Als er Geräusche vom Treppenschacht hörte, machte sein Herz einen Satz, schnell trat er auf die Tür seines Onkels zu, um einen Besuch vortäuschen zu können. Doch die Stimmen wurden rasch wieder leiser. Wahrscheinlich gingen nur einige der Küchenbediensteten nach Hause.

Er sollte sich beeilen. Irgendwann wären sein Onkel und Feldhenn mit den Schuldscheinen fertig, und er hatte kein Verlangen nach einem Zusammentreffen mit Meister Spaltlippe. Mit dem würfelartigen Kasten in der Hand suchte Jamon ein passendes Quadrat. Erst weiter oben, dann mittig, weiter rechts, weiter links ... Endlich passte es. Er fügte den Würfel ein, drückte und ... nichts geschah.

Jamon drehte den Kasten um eine Ecke und presste ihn erneut in das Quadrat: kein Ergebnis. Wieder drehen, drücken, drehen und ... immer noch nichts. Obgleich der Würfel sich jedes Mal einpasste, blieben alle Versuche erfolglos. Er wollte schon aufgeben, als ihm einfiel, dass dies ja nur ein Würfelersatz war, den Dulli ausgewählt hatte, weil er dem von Feldhenn ähnlich sah. Was, wenn er zu groß oder zu klein war?

Unschlüssig sah Jamon auf die Wandvertäfelung, doch die Öllampen im Flur spendeten zu wenig Licht, um Details zu erkennen. Er streckte die Hand aus und tastete die Quadrate ab. Keine Löcher, keine Erhebungen. Seltsam.

Klackernde Schritte näherten sich im Treppenturm. Jamons Puls beschleunigte sich. Schuhe mit metallenen Sohlen trug nur Lehrmeisterin Guldenata Miem. Und die Wahrscheinlichkeit, dass sie zu Kelenkus wollte, war nicht eben klein. Klicker klacker ...

Hektisch tastete Jamon weiter, fand plötzlich eine Fläche, die sich rauer anfühlte, fast, als wäre das Holz leicht abgeschabt.

Auf einmal andere Schritte, das Klackern stoppte. »Ihr wollt nicht zufällig zu Meister Briebens?« Jamon erstarrte, als er die schmalzige Stimme Heobalt Gromms erkannte. Der hatte ihm gerade noch gefehlt.

»Zumindest wollte ich nicht quer durch den Turm verkünden, wohin meine Schritte mich führen.«

Als ob das bei ihren Schuhen nötig wäre. Jamon versuchte, den Würfel auf die angeraute Fläche zu drücken.

»Wisst Ihr, ich habe noch einmal über unsere treuen und fleißigen Bürger nachgedacht, die so überaus schätzenswerte Arbeit leisten und ...«

»Heobalt, fasst Euch kurz.«

Nach der Deutlichkeit ihrer Stimmen mussten sie direkt auf dem Treppenabsatz zu Kelenkus' Stockwerk stehen.

Jamon presste fester. Es knirschte und der Würfel brach. Keuchend steckte er ihn zurück in die Innentasche und nahm sich das Quadrat noch einmal mit bloßen Händen vor. Irgendwo musste sich ein Druckpunkt finden lassen, um den Öffnungsmechanismus zu betätigen.

»Nun«, hörte er Gromm weitersprechen, »wir sollten den Bürgern vielleicht nicht unbedingt die Mauerhäuser im Ordensviertel anbieten. Ich meine, es könnte dort doch ziemlich eng werden und ...«

»Und was dann? Sollen wir unsere Prachtbauten etwa auch einreißen lassen? Nur durch das Angebot, Menschen aufzunehmen, konnten wir unsere Unterkünfte retten. Das sollte selbst Euch einleuchten.«

Bisher hatte Jamon gedacht, die beiden wären ein Herz und eine Seele. Aber jetzt wurde ihm bewusst, was für ein Machtgefälle zwischen Guldenata und Heobalt herrschte.

»Ihr braucht mich gar nicht so abfällig anzugehen. Mir ist nur eingefallen, dass es ein weiteres Gebäude gibt, in dem Menschen untergebracht werden könnten. Man wird ja mal was sagen dürfen. Aber bitte, wenn es Euch nicht interessiert ...«

So ist es recht, Meister Gromm – Jamon begann, mit allen Fingern gleichmäßigen Druck auf die quadratische Fläche auszuüben –, gebt ihr ruhig mal ein wenig Kontra.

»Mäßig, muss ich gestehen.« Guldenata Miem gab ein unwilliges Geräusch von sich. »In welchem Haus wollt Ihr unsere Obdachlosen denn unterbringen? Nun sagt schon.«

»In der alten Bibliothek.«

Was? Knackend gab die Platte nach, die Tür schwang in den Gang und Jamon stürzte hinterher. »Au, verdammt.«

»War da was?«

»Mir war auch so ...«

Jamon verbiss sich das Stöhnen, versuchte, den Schmerz im Knie zu ignorieren, rutschte so leise wie möglich in den Gang.

»Wollt Ihr nicht nachschauen, werteste Guldenata?« Heobalts Schmalzstimme war jetzt deutlich leiser.

»Ihr seid doch der Mann. Wie wäre es, wenn Ihr Euren Wertesten in Bewegung setzt?«

Jamon drehte sich ungelenk um, tastete nach der Tür und war gerade dabei, sie zu schließen, als er die klackenden Schritte näherkommen hörte – und das Öffnen einer Tür auf der anderen Seite. *Das kann doch nicht wahr sein!* In diesem Moment rastete die Geheimtür geräuschlos ein.

»Was ist hier los? Sss.«

»Meister Feldhenn?«

»Magistra Miem, was für eine Überraschung.«

»Ach, Ihr seid es. Was für eine glückliche Fügung, wenn ich das so sagen darf.«

Die Stimmen klangen nur dumpf durchs Holz, doch solange Jamon mit dem Ohr an der Tür blieb, konnte er jedes Wort verstehen.

»Ach ... Ihr auch.« Feldhenns Begeisterung schien im Keim zu ersticken.

»Stets zu Diensten dieses wunderbaren Ordens und immer mit ganzem Herzen ...«

»Heobalt. Vergebt ihm, Meister Feldhenn. Unser eifriger Kollege wollte dem Schulleiter nur einen Vorschlag in Bezug auf die zukünftigen Obdachlosen machen.«

»Fff ... Ich fürchte, das muss warten. Der Schulleiter und meine Wenigkeit haben noch einiges an wichtiger Arbeit vor uns. Kommt lieber ein andermal wieder ... fff.«

Ein kurzes Knarren, Jamon glaubte zu hören, wie die Tür seines Onkels ins Schloss fiel.

»Aber natürlich ... warum nicht einfach später wiederkommen. War ja sowieso nur ein kleiner Gedanke, der Eure großartige Arbeit auf keinen Fall ...«

Was für eine Winselei! Hoffentlich hörte Gromm endlich auf.

»Vergesst einfach, dass ich da war, und setzt Eure lobenswerten und geschichtsträchtigen Bemühungen fort, denen noch zukünftige Generationen huldi...«

»Heobalt!«

Jamon sah ihr eulenhaftes Gesicht förmlich vor sich, die blitzenden Augen, die sich bedrohlich weiten konnten und Meister Gromm sicher zurückweichen ließen.

»Äh ... was?«

»Ihr redet mit einer Tür, beim Schöpfer der Elemente.«

Keine Widerworte, dafür klackernde Schritte, die sich endlich entfernten.

Jamon atmete auf. Einen Moment lang blieb er noch liegen, dann rappelte er sich hoch, froh, es bei allem Ungemach in den Geheimgang geschafft zu haben. Auch wenn er jetzt in absoluter Dunkelheit zurechtkommen musste, weil er nicht daran gedacht hatte, eine Öllampe mitzunehmen.

Vorsichtig richtete er sich weiter auf. *Au!* Gerade stehen ging schon mal nicht. Aber zumindest brauchte er nicht seitwärts zu gehen, obwohl nicht viel gefehlt hätte. Blieb nur zu hoffen, dass es keine Stufen oder Löcher im Boden gab.

Mit eingezogenem Kopf, die Hände an den Wänden, tastete er sich Schritt für Schritt voran, bis er vor sich ein Schimmern entdeckte. Es kam von links, fast, als fiele flackerndes Kerzenlicht durch schmale Ritzen. Erst als Jamon davorstand, sah er, dass das Licht aus einem Raum hinter der Wand kam. Und als er Stimmen hörte, wusste er auch, aus welchem.

»Ehrwürdiger Magister, bitte bedenkt, welche ...«

»Magister reicht.« Kelenkus klang müde.

»Ja, ehrwürdiger Magister. Aber bitte bedenkt, welche Macht die Elben haben.«

»Ich bin mir dessen durchaus bewusst, mein Bester.«

»Dann verstehe ich nicht, warum Ihr Eure Schriften nicht mit uns teilt. Fff ... schließlich sind alle Lehrmeister Euch ergeben.«

Was für Schriften? Wovon sprach Feldhenn?

»Zum einen bin ich mir da weniger sicher als Ihr, bester Wrigoran, und zum anderen wäre das womöglich weniger hilfreich, als Ihr denkt.« Kelenkus seufzte. Wie ärgerlich, dass Jamon durch die schmalen Ritzen nichts erkennen konnte. »Sind wir jetzt fertig? Wie viele habt Ihr, mein Bester?«

»Elf Abschriften der Regelbesonderheiten. Fff-fertig.«

»Jeweils alle drei Seiten?«

Jamon hörte keine Antwort und stellte sich vor, dass Feldhenn Onkel Kelenkus ergeben zunickte. »Ehrwürdiger ...«

»Wrigoran!«

»Magister Briebens«, setzte Feldhenn erneut an und klang so sanft und samtig, wie Jamon ihn noch nie gehört hatte. »Ihr wisst, dass ich nie etwas tun würde, um Euer Vertrauen zu missbrauchen – oder auch nur zu enttäuschen, nicht wahr?«

»Bester Wrigoran, redet nicht um den heißen Brei. Das steht Euch wahrlich nicht gut zu Gesicht.«

»Bitte gebt sie mir. Nur für eine Okte. In acht Tagen könnte ich sicher das Wesentliche herauslesen. Und ich bin ebenso würdig wie die Magure Eurer Meisterklassen, denke ich.«

Sprach er immer noch von diesen Schriften? Aber was hatten die Meisterklassen damit zu tun?

»Und überdies äußerst talentiert.« Kelenkus seufzte. »Aber darum geht es nicht. Das Wissen um die Magie der Elemente, die wirkliche Macht, die in ihr und ihren Verbindungen steckt, muss ich alleine hüten. Es ist fürwahr schwer genug, stets aufs Neue zu entscheiden, welche Bestandteile für unsere talentiertesten Magure anwendbar sind.«

»Aber uns steht ein Krieg bevor. Fff ... versteht doch, welche Möglichkeiten Ihr zurückhaltet. In Euren Händen liegt das Wohl und Wehe Crems.« Feldhenns Stimme wurde drängender. »Wenn wir nicht endlich mächtigere Zauber erlernen, werden wir ohnmächtige Verteidiger sein.«

»Ihr vergesst Euch!«, herrschte Kelenkus ihn an, dass Jamon ob der Strenge in seiner Stimme erschrak. »Ich muss diese Bürde allein tragen. Und seid gewiss, dass ich es nicht leichtfertig tue. Ihr habt ja keine Ahnung, welche Gefahren in diesem Wissen stecken. Und jetzt ist ein für alle Mal Schluss mit diesem Thema. Sonst muss ich mir noch Vorwürfe machen, dass ich Euch dieses Geheimnis je anvertraut habe.«

»Fff ... nein, das bestimmt nicht ehr... Magister. Euer Elbengeheimnis ist in meinem Herzen sicher verwahrt.«

Elbengeheimnis? Jamon wäre am liebsten hinübergegangen, um seinen Onkel zur Rede zu stellen. Schriften, Geheimnisse, Elben ... was hatte das alles zu bedeuten?

»Hat es geklopft?«

Jamon erstarrte. Er hatte doch nicht versehentlich Geräusche gemacht? Wenn er die beiden auf dieser Seite so gut verstehen konnte, hörten sie ihn sicher genauso gut.

»Ja, mein Meister. Mir war auch so.«

Jamon hielt die Luft an, doch das erneute Klopfen hörte er ebenfalls. Wie lange durfte er hier noch ausharren? Was, wenn sein Onkel Feldhenn fortschickte? Würde dessen Weg als Erstes in den Geheimgang führen? Der erklärte auf jeden Fall, dass Wrigoran unfassbar gut über alles Bescheid wusste. Selbst bei Themen, die Kelenkus Jamon unter dem Siegel der Verschwiegenheit anvertraut hatte.

»Kürtijan Werter, was verschafft mir die Ehre? Gibt es noch Fragen?« Sein Onkel klang wieder einigermaßen unbeschwert, doch ihm selbst sackte das Herz in die Hose. Er wusste, warum der Wehrführer vorsprach.

»Das Treffen mit Eurem Neffen«, antwortete Werter knapp.

»Sss ... ist er etwa nicht auffindbar?«

Feldhenn war also immer noch im Raum. Sofort tastete Jamon sich in Richtung Tür. Er musste hier raus sein, ehe wieder jemand in den Flur trat.

»... suchen ...«, war das letzte Wort, das er verstand, dann wurden die Stimmen hinter ihm leiser und das wenige Licht schwand. Dunkelheit umfing ihn, und obgleich er wusste, dass er sich beeilen musste und dass der Weg eben und ohne Stolperstellen war, schlich er immer langsamer – gebückt, mit den Händen an den Wänden. Das fehlende Licht raubte ihm die Orientierung, das Gefühl der Enge jagte ihm Schweiß auf die Stirn. Seine Finger wurden kalt und begannen zu kribbeln. Sein Kopf füllte sich mit Watte. Als es in seinen Ohren zu rauschen anfing, war er kurz davor, zu schreien.

Aber es konnte nicht mehr weit sein. Oder? »Du bist ganz nah«, wisperte das Rauschen, »die Tür ... gleich ... nach innen ziehen.« Ein kalter Schauer überlief Jamon, er streckte zitternd die Hand aus, suchte geometrische Formen und fand nur glattes Holz. »Finden«, hörte er es raunen, »anfassen ... ziehen ...«

Dann ertasteten seine Finger einen Knauf. Es war ihm egal, wer draußen warten oder vorbeikommen würde. Er musste dieser Enge entfliehen, dieser Dunkelheit, diesem Rauschen und Raunen. Entschlossen zog er die Tür auf und stolperte blindlings in den Flur.

Das schwache Licht der Öllampen war Erleichterung und Warnung zugleich. Jamon machte sich daran, die Geheimtür möglichst lautlos zu schließen. Da war immer noch die Kälte, das Rauschen in den Ohren. »Öffne dich ... stelle dich ...«

Jamon mühte sich, die Stimmen zu ignorieren, zog an der Vertäfelung, bis die Tür sich mit einem leisen Klicken schloss und das Raunen verstummte. Er atmete tief durch und versuchte, sich zu beruhigen. Sein Puls raste noch, aber das Gefühl der Angst und Hilflosigkeit schwand. Er begann, sich den Staub von den Ärmeln zu klopfen und aus den Haaren zu reiben. Jeden Augenblick könnte ...

Die Tür seines Onkels öffnete sich und Kürtijan Werter trat in den Flur. »Da seid Ihr ja, Meister Jaramon.« Der kleine Wehrmeister wirkte ausgesprochen ernst. »Ich hoffte darauf, Euch nicht suchen zu müssen. Aber eigentlich wusste ich, dass ich mich auf den Neffen des Schulleiters verlassen kann.«

»Fff ... natürlich.« Feldhenn schob sich wie ein glitschiger Aal an Kürtijan vorbei und hob die Braue seiner narbenlosen Gesichtshälfte. »Ist Euch etwa warm?«

»Wohl kaum«, antwortete Kelenkus, als er hinter ihm aus der Tür trat und die purpurfarbene Brokatrobe enger zog. »In diesen elenden Gängen zieht es an jeder Ecke.«

Jamon wischte sich mit dem Ärmel den Schweiß von der Stirn. »Ich war nur etwas in Eile.« Er deutete gleich dreimal eine Verbeugung an. »Onkel, Meister Feldhenn, Wehrführer.«

»Sss...so? Den Termin vergessen?«

»Wrigoran, es zählt, dass mein Neffe da ist. Jetzt kann er die äußerst schlechten Nachrichten zumindest direkt von uns hören.« Kelenkus sah Jamon ernst an und ließ alle wieder in sein Zimmer treten.

»Was für Nachrichten?«

»Wollt Ihr es erzählen?« Sein Onkel nickte dem Wehrführer zu.

Kürtijan begann ohne Umschweife, zu berichten. »Im Süden ist ein Krieg ausgebrochen. Wir wissen noch nicht, wie es dazu gekommen ist oder wer die Nachricht aufgebracht hat, aber in der Stadt breitet sie sich wie ein Lauffeuer aus.«

»Im Süden?« Das konnte von der West- bis zur Ostküste alles bedeuten.

Doch ehe Jamon sich mehr Gedanken machen musste, antwortete Kürtijan schon. »Krieg zwischen den Feuerelben und dem Königreich Geldermark.«

»Gelder?« Beim Frieden des Schöpfers, Quendus lebte dort. »Ist die Stadt gefallen oder zerstört?«

»Soweit wir wissen, toben die Kämpfe auf der Ebene von Cambal, unweit des Elbenreiches. Gelder müsste demnach unversehrt sein.«

»Aber warum sollte es zwischen den Feuerelben und der Geldermark Krieg geben?« Jüngst hatte er noch darüber nachgedacht, dass sein Freund im Süden besser aufgehoben sei. Und jetzt wusste er nicht einmal, ob Quendus auch nur halbwegs sicher war. »Weiß man, ob die Nachricht stimmt?« Es konnte doch nicht die ganze Welt aus den Fugen geraten.

»Nun, wir wissen nichts Genaues. Es ist natürlich wenig sinnvoll, zu spekulieren, aber wenn ich an die früheren Berichte über den Fürsten der Feuerelben denke, müssen wir es zumindest in Betracht ziehen«, warf Kelenkus ein.

»Wir sollten Boten nach Tyklahr schicken, um Genaueres zu erfahren«, schlug Kürtijan vor. »Aber vielleicht wissen wir schon nach einem Gespräch mit Prandur Klingentanz mehr.«

Jamon nickte. Sein Zwergenfreund würde morgen weitere Arbeiter bringen und einweisen. Wenn jemand etwas wusste, dann er. Oder der alte Fredo Sturmglas. Im Stillen nahm er sich vor, bei nächster Gelegenheit die Zänkische Zilpe zu besuchen.

»In jedem Fall ist es an der Zeit, Verbündete zu suchen.« Kelenkus wirkte blass, doch seine Stimme klang kräftig und nachdrücklich. »Eine erste Delegation entsenden wir nach Tyklahr. Ich werde das umgehend veranlassen.«

»Eine erste?« Jamon war gespannt, wen sein Onkel noch im Blick hatte. »Du hast schon eine Idee, wen wir neben Tyklahr für uns gewinnen könnten?«

»Nun, ich mache mir zumindest Gedanken.« Kelenkus sah kurz zum Wehrführer hinüber und richtete seine Aufmerksamkeit dann wieder auf Jamon. »Einstweilen solltest du für die Räumung der Häuser sorgen, damit die Abrissarbeiten beginnen können. Und dann, lieber Neffe, habe ich für dich vielleicht noch einen anderen Auftrag, sofern sich die Instandsetzungsarbeiten gut entwickeln.«

Jamon nickte ergeben und fing einen verständnislosen Blick Feldhenns auf, der offenbar keine Ahnung hatte, wovon der Schulleiter sprach. Und wenn Kelenkus es seinem Neffen nicht gerade hier erzählte, könnte es womöglich so bleiben. Unauffällig schaute Jamon zur Wand und überlegte, wo genau die Lüftungsschlitze waren, durch die er von der anderen Seite hindurchgesehen hatte. Ein Regal mit Folianten über dem Schreibpult, ein Temperaturglas und ein Bild, darunter ein Schränkchen. Sein Blick glitt ein Stück weiter zum Kamin und blieb an schmalen Öffnungen in der Wand hängen.

»Aber bis dahin ... Jamon?«

»Wie?«

Kelenkus reichte ihm eine Mappe. »Bis dahin gebe ich dir erst einmal die Schuldscheine, über die wir gesprochen haben. Die Namen trägst du bei Übergabe ein. Aber bitte erst aushändigen, wenn die entsprechenden Häuser auch geräumt wurden.« Er wendete sich Kürtijan zu. »Ich hoffe doch, Ihr konntet geeignete Männer verpflichten?«

Der Wehrführer nickte. »Genügend Männer, die in keinem Verhältnis zu den Betroffenen stehen.«

Was für eine Umschreibung. Für Jamon waren es Mitbürger, über die sie sprachen. Menschen, denen viel abverlangt wurde. Aber »Betroffene« passte zumindest besser als – wie hatte Guldenata sie genannt? – »zukünftige Obdachlose«. Das klang wie eine schlechte Vorahnung. Als bekämen sie am Ende trotz Schuldschein keine neuen Häuser.

»Können wir?« Kürtijan schaute ihn fragend an, doch Jamons Augen ruhten noch auf Kelenkus. Nein, solange sein Onkel etwas zu sagen hatte, wären diese Schuldscheine eine Versicherung, auf die die Menschen sich verlassen konnten.

»Fff ... vielleicht solltet Ihr ihn wecken.« Feldhenns Stimme klang verächtlich. »Es wirkt so, als klammerte sich sein Geist an Tagträume.«

28
BRYNNBETT

Er stand da wie ein Häufchen Elend. Seine Schultern bebten und er schüttelte immer wieder den Kopf. »Ich habe schon überall gesucht.«

»Nun beruhige dich erst mal.« Sie trat einen Schritt vor und nahm ihn kurz entschlossen in die Arme. Wenn Irmhold Kettelgurt wirklich verschwunden war, durften sie nicht die Nerven verlieren. Vor allem Gilli musste seine sieben Sinne beisammen halten. »Wir finden sie«, hörte sie sich sagen und dachte gleichzeitig an die Worte des dunklen Runenmeisters. *Die Zeiten sind schwierig. Da weiß man nie, was passiert.* Was hatte er damit gemeint? »Lass es uns wie ein Rätsel betrachten, mit so viel Abstand wie möglich.«

»Abstand ist gut«, schniefte Gilli, als sie ihn wieder losließ. »Dabei könnte es noch schlimmer kommen.«

»Schlimmer?«

Er sah zur Tür und winkte sie nach hinten. Immerhin schien er den Kopf wieder zu benutzen, wenn er begann, vorsichtig zu sein. Entschlossen humpelte er voran, führte sie von Säule zu Säule.

Diesmal merkte Brynnbett sich den ganzen Weg. Links, links, rechts, links, einmal kreisen, rechts, rechts, wieder kreisen, links, ein weiteres Mal kreisen und geradeaus zum Vorhang. »Ist das derselbe Weg wie beim letzten Mal? An das viele Drumherumlaufen kann ich mich gar nicht erinnern.« Sie schaute irritiert zurück. Selbst die Lichtkegel mit dem wabernden Gesteinsstaub kamen ihr verändert vor.

»Natürlich nicht.« Gilli steuerte den kleinen Ofen in der rechten Ecke der Schreibstube an und setzte einen Kessel mit

Wasser auf die Herdplatte. »Nachdem der Düsterling neulich hier war, haben Meisterin Kettelgurt und ich einige Runen verändert und drei der Säulen verschoben. War gar nicht einfach, aber er kannte sich verdächtig gut aus. Deshalb ist es ja so unbegreiflich, dass sie nicht hier ist.« Er kam zurückgehumpelt und ließ sich auf einen Stuhl fallen.

»Was meinst du damit?« Brynnbett setzte sich zu ihm.

»Ich meine, dass meine Meisterin ihre Schreibstube nur noch zu Zeiten verlassen wollte, an denen ich da bin. So kurz vor dem entscheidenden Durchbruch dürfen wir nichts dem Zufall überlassen, sagte sie.«

»Durchbruch?«

»Das ist ja das Schlimme. Gestern Abend hatten wir einen.«

»Ihr habt die Runenformel fertig bekommen?« Brynnbett riss die Augen auf. »Aber das ist ja großartig. Warum hast du nichts erzählt?«

»Weil ich nicht durfte und es nicht ganz sicher ist. Sie wollte es noch einmal in Ruhe durchgehen. Stell dir nur vor, wir würden etwas übersehen.«

»Und jetzt ist sie weg.«

»Was schon schlimm genug ist.« Gilli hob den Arm und wies auf einen Stapel Bücherkisten. »Aber die Formel auch!«

»Was? Das kann doch nicht sein.«

»Doch. Die Lücke da. Ganz unten.«

Jetzt sah sie, was er meinte. »Bei den Kennluren!«

Er seufzte. »Wer, bitte schön, kommt in diese gemütliche Unordnung und greift sich ein unscheinbares Büchlein aus einer alten Bücherkiste? Ohne irgendetwas zu durchsuchen?«

Brynnbett stand auf und sah sich um. Auf den Regalen herrschte das gleiche Durcheinander wie neulich, das Schreibpult der Kettelgurt war ähnlich voll wie der große Tisch. Nur Gillis Arbeitsplatz war wie leer geputzt. Aber das war er wahrscheinlich immer. Nichts deutete auf einen Eindringling hin, der etwas gesucht hatte. Sogar der Staub in den Regalen war unberührt. Alles lag noch an seinem Platz.

Sie kehrte an den Tisch zurück, der wie gehabt mit Folianten und Pergamenten überhäuft war, von denen einige auf dem Boden lagen, weil ... »Glanzbart!«, rief sie hoffnungsvoll. »Kann Glanzbart nicht helfen?«

»Hab ihn schon losgeschickt.« Gilli schüttelte den Kopf.

»Du meinst, er findet nichts?«

»Ich weiß nicht. Er wirkte sonderbar ruhig und in sich gekehrt, als ich kam. Lag eingerollt auf meinem Schreibpult und tat keinen Mucks, während ich wie ein aufgescheuchtes Grottenhuhn durch die Schreibstube und die Runenhalle gelaufen bin. Ich habe sogar im Abort gesucht. Dreimal!«

Brynnbett stellte sich vor, wie Gilli fassungslos und voller Sorge herumlief, während Glanzbart ihn aus halbgeöffneten Augen beobachtete und gelassen darauf wartete, dass dieser Zustand vorbeiging. »Sonderbar. Ich hätte erwartet, dass euer weißer Freund sich auch Sorgen macht.«

»Eben drum.«

»Hast du ihn gefragt, ob er etwas weiß?«

»Ach, woher denn? Ich war zu aufgewühlt und habe mich über seine Lethargie geärgert und ihn dann losgeschickt, um nach der Runenmeisterin zu sehen.«

Der Kessel auf dem Ofenherd begann zu pfeifen, Brynnbett lief rasch hinüber.

»Tee findest du im Schrank zu deiner Linken«, rief Gilli. »Meisterin Kettelgurt hat ein paar Sorten zur Auswahl. Und die Kanne steht im obersten Regal.«

»Unzählige Sorten, meintest du wohl.« Brynnbett hatte die Schranktür geöffnet und starrte auf eine unübersichtliche Fülle von Schachteln, Gläsern und Tontöpfen, die sich vor-, hinter- und übereinanderstapelten.

»Tee ist die beste Erfindung der Welt, sagt sie immer. Damit funktioniert alles besser.«

»Deshalb muss man ja nicht gleich alle Sorten der Welt haben.« Brynnbett griff nach einem silbrig schimmernden Glas und las die Beschriftung. Mondsteintee – bei Kopfschmerz und zur Stärkung des Geistes. Treffer. »Wir sollten in jedem Fall warten, bis Glanzbart wiederkommt«, knüpfte sie an ihr Gespräch an und goss den Tee auf. »Ich denke, uns bleibt nicht viel anderes übrig.« Sie drehte sich zu ihrem Freund um, während sie den Tee ziehen ließ. »Wir könnten höchstens beim Stammesvater vorsprechen.«

»Bitte?« Gilli hustete, als hätte er sich bei ihrem Vorschlag vor Schreck verschluckt. »Auf keinen Fall können wir das.«

»Warum nicht? Ihm muss doch ebenso daran gelegen sein, dass die Meisterin wieder auftaucht.«

»Bestimmt. Aber rate mal, wen er als Erstes um Hilfe bitten würde.«

Trorwenn Hammerschneid. Bei dem Gedanken verzog sie das Gesicht.

Gilli nickte. »Genau den.«

»Sollte es irgendwelche Probleme geben, kommst du zu mir«, wiederholte sie die Worte Hammerschneids. »Auch wenn du Hilfe brauchst.«

»Natürlich. Aber wir sitzen doch schon zusammen, um darüber zu sprechen.« Gillis Brauen schoben seine Stirn in Falten. »Geht es dir gut?«

»Das waren nicht meine Worte.« Inzwischen musste der Tee lange genug gezogen haben. Sie schenkte zwei Becher voll und kehrte an den Tisch zurück.

»Dann muss ich mich verhört haben.« Gilli schnupperte an seinem Becher. »Hmm, schwach rauchiger Duft mit fein würzigem Flechtenaroma. Ich tippe auf Mondsteintee aus den Zackenbergen von Abrinor.«

»Keine Ahnung, woher, aber ja.« Der Tee entfaltete seine Wirkung offenbar schon, bevor man ihn trank. Zumindest wirkte Gilli ruhiger und etwas mehr wie der Alte. Der Gedanke, ihm von Hammerschneids Anweisungen zu erzählen, die rückblickend einen beunruhigend seherischen Charakter hatten, gefiel ihr deshalb gar nicht. Andererseits sollten sie keine Geheimnisse haben. Sie seufzte. »Das waren die Worte des Düsterlings, nicht meine.«

Gilli stellte den Becher zurück auf den Tisch und starrte sie mit großen Augen an. »Warst du etwa bei ihm?«

»Natürlich war ich bei ihm. Es war ja seine Ausschreibung.« Sie erzählte, was er bei ihrem kurzen Treffen von sich gegeben hatte. Nur die Sache mit dem Krüppel unterschlug sie.

»Er steckt dahinter.« Gilli sprang auf und humpelte unruhig im Zimmer umher. »Womöglich hat er sie irgendwo eingesperrt oder ...« Er blieb stehen, sein Gesicht wurde kreidebleich.

»Nein«, polterte sie. »Halte deine Fantasie im Zaum. Nicht mal Trorwenn Hammerschneid würde riskieren, dass man ihm einen ...«, sie stockte, »etwas Schlimmes zur Last legt.«

»Aber er würde sie womöglich festhalten, bis er die Formel kopiert hat. Und dann wären wir die Verlierer.«

»Gilli, bitte, setz dich wieder hin und trink deinen Tee. Wir brauchen jetzt beide einen klaren Kopf.« Sie wartete, bis er ihrer Aufforderung gefolgt war. »Lass uns alle Möglichkeiten bedenken. Schritt für Schritt.«

Als Gillron erneut aufsprang, stöhnte Brynnbett.

»Nein, keine Sorge, bin gleich wieder da. Ich dachte nur, dass wir eine Liste machen. So was hilft mir immer.« Er holte Feder, Tinte und ein unbeschriebenes Pergament.

Brynnbett versuchte, ihre Gedanken zu sortieren. »Die erste Möglichkeit: Meisterin Kettelgurt ist aus freien Stücken gegangen, um etwas zu erledigen, und kommt irgendwann von allein zurück. Was spricht dafür?«

»Es gab keine Unordnung und Glanzbart war die Ruhe selbst«, antwortete Gilli und schrieb es auf.

»Und das Buch mit der Formel ist weg«, ergänzte sie.

»Du meinst, sie hat es selbst mitgenommen?«

»Würde sie es zurücklassen?«

»Eher nicht.« Er notierte es.

»Und was spricht jetzt gegen diese Theorie?«

Gillron tippte sich nachdenklich mit der Feder ans Kinn. »Zumindest das fehlende Buch könnte auch dagegen sprechen.«

»Könnte«, betonte Brynnbett.

»Und Hammerschneids Aussagen.«

»Das ist mir zu vage.« Sie schüttelte den Kopf. »Nein, das sind alles keine Fakten. Lass uns erst mal über die zweite Möglichkeit sprechen: Meisterin Kettelgurt ist unfreiwillig verschwunden. Was spricht dafür?«

Gilli legte die Schreibfeder hin. »Die gleichen vagen Gründe, die eben dagegen gesprochen haben.«

»Was ich mich frage, ist, ob es nicht Anzeichen eines Kampfs geben müsste. Oder lässt sie sich einfach von jemandem vorschreiben, was sie zu tun hat?«

»Meine Meisterin? Eher würde sie alles kurz und klein schlagen.« Er seufzte. »Ich merke schon, ich habe mich vorschnell aufgeregt. Aber nur, weil sie noch nie irgendwohin gegangen ist, ohne Bescheid zu geben oder wenigstens eine Notiz zu hinterlassen. Schließlich soll immer jemand hier bleiben.«

»Wegen der Formel in dem Büchlein.« Brynnbett nickte. »Das sie aber mitgenommen hat.«

»Auch wieder wahr.«

»Vielleicht war sie in Eile. Vielleicht war es auch ganz anders, aber ohne mehr Wissen können wir ihr nicht helfen. Falls sie unsere Hilfe überhaupt braucht«, setzte Brynnbett rasch hinzu. »Was auch immer passiert ist, wir dürfen nicht untätig bleiben.« Unvermittelt dachte sie an den drohenden Krieg. Plötzlich wurde ihr noch etwas anderes klar. »Die Zeit wird knapp!«

Gilli hob die Brauen. »In welcher Hinsicht?«

»In jeder Hinsicht. Für den Stammesvater, weil er seine Waffen viel früher braucht. Und für euch, weil ihr sie liefern sollt. Und weil Hammerschneid jetzt alles versuchen wird, um als Erster fertig zu sein.«

»Und für die Zwerge in Crem, weil das Niedertor im schlimmsten Fall ihre einzige Rettung ist.« Gilli drehte das Blatt um, nahm die Feder erneut zur Hand, notierte die Punkte und schrieb weitere Gedanken auf, die ihm einfielen. »Erstens: Der Stammesvater muss von seinem Plan abgebracht werden, das Niedertor zu schließen. Zweitens: Wir brauchen die Formel, wenn Meisterin Kettelgurt für längere Zeit fort sein sollte.«

»Vielleicht ist sie schon beim Stammesvater gewesen?«, überlegte Brynnbett. »Wie könnten wir das herausfinden?«

»Bander Grillwell.« Gilli schlug sich mit der flachen Hand gegen die Stirn. Hastig trank er einen Schluck Tee und notierte den Namen. »Dass ich nicht eher an ihn gedacht habe.«

»Wer ist das denn?«

»Ein guter Freund. Wir hatten denselben Schulmeister.«

»Und wie kann er uns helfen?«

Gillron trank den Becher genüsslich leer und stellte ihn ab. »Er ist seit Kurzem der Mundschenk des Stammesvaters.«

»Meinst du, er wird dir sagen, ob die Runenmeisterin eine Audienz hatte?«

»Mehr noch. Er kann dem Stammesvater auch einflüstern, was sein Volk gegen ihn aufbringen könnte.«

Brynnbett konnte sich nicht vorstellen, dass alles so einfach wäre, aber sie hoffte inständig auf eine Erfolgsaussicht. »Und wie kommen wir an Bander heran, ohne ihn in Schwierigkeiten zu bringen?«

»So wie früher. Ich schreibe ihm eine Nachricht und auf dem Weg in die unteren Ebenen geben wir sie ab.«

»Auf dem Weg in die unteren Ebenen?«

Gilli stand auf, ging zu seinem Schreibpult und griff sich ein leeres Pergament. »Aber sicher doch. Wir gehen dorthin, wo ich in aller Ruhe versuchen kann, die Formel von gestern zu rekonstruieren.«

Es war natürlich aufwendiger, als es sich angehört hatte. Denn während Gillron seinen Brief an Bander schrieb, musste Brynnbett einen Aufruf an die Bürger Eskrinors formulieren, der sie dazu anhalten sollte, das Offenhalten des Niedertors zu fordern. Nach zahllosen Versuchen hatte sie sich schließlich für einen sehr kurzen Text entschieden:

»Das Niedertor – der letzte Fluchtweg für unsere Familien in Crem. Fordert die Offenhaltung!«

Klingt ein wenig wie der Aufruf zur Rebellion. Beklommen zeigte sie ihn Gilli.

Doch ihr Freund war anderer Meinung. »Hier ist weder die Rede von Waffen noch von Kampf. Ich finde es einfach nur informativ. Mach dir keine Sorgen.«

Fragte sich nur, ob der Stammesvater auch so denken würde, wenn er diese Botschaft in die Finger bekäme. Aber sie ahnte, dass es die einzige Möglichkeit wäre, Banders Einflüsterungen glaubhaft zu machen und dadurch letztlich das Vermauern des Niedertors zu verhindern.

»Jetzt müssen wir nur noch genügend Abschriften machen und verteilen.« Gilli hatte gerade den Brief für seinen Freund gesiegelt. »Ich denke, fünfzig sollten reichen.«

Ergeben nahm Brynnbett Pergamentblätter von ihm entgegen und verkniff sich das Stöhnen. Sie hätte ohne Probleme einen halben Tag lang mit dem Schwert kämpfen können, aber mit einer Schreibfeder in der Hand verkrampften ihre Finger innerhalb einer Stumpenlänge. Am Ende tat Brynnbett der ganze Arm weh. »Und wo verteilen wir die jetzt?«

»Überall, wo es vertrauenswürdige Zwerge gibt, die es an solche weitergeben, die es ebenfalls weitergeben.« Gillron suchte verschiedene Notizen zusammen, die er unbedingt mit in sein Laboratorium nehmen wollte, und blätterte durch den Pergamentstapel auf dem Schreibpult der Meisterin.

»Und auf welcher Ebene finden wir die?«

»Wie? Ach so, auf jeder Ebene.« Gilli fischte mehrere Pergamente aus dem Stapel und schob sie in eine Tasche, die er aus dem Schrank hervorgekramt hatte. Dann sah er sie an und seufzte. »Ich fürchte, das wird ein langer Tag.«

Es war nicht nur ein langer, sondern auch ein anstrengender Tag, ihr Weg führte sie kreuz und quer durch jede Ebene und endete immer an Stellen, wo kein Höhenwechsler war.

Einer der ersten von Gillrons Bekannten war Kandro. Für einen Moment hatte Brynnbett gehofft, sie würde vielleicht jemand anderen bei ihm treffen. Doch das war nicht der Fall. Auch sonst konnte sie ihn nirgends entdecken. Weder bei der Glasbläserin, noch beim Farbenmacher, der Silberschmiedin oder Banders Vater, dem sie den versiegelten Brief für seinen Sohn anvertrauten. Nirgendwo auch nur ein einzelnes rotes Barthaar, geschweige denn blaugraue Augen unter buschigen Brauen. Aber warum sollte das heute anders sein als in den letzten Tagen? Eskrinor war groß. Da müsste schon die Schicksalsgöttin Brynnbett zu Hilfe kommen, um – wie hieß er noch gleich? Sam..., Sem..., Semje? – um Semje wiederzusehen.

»Es ist wichtig, die Pergamente an Leute zu verteilen, die möglichst weit voneinander entfernt wohnen«, erklärte Gilli, als sie wieder eine Pause einlegen mussten, weil seine Hüfte ihm zu schaffen machte. »Schließlich sollen sie es nicht alle an die gleichen Leute weitergeben.«

»Dauert es nicht viel zu lange, bis das Thema zum Stadtgespräch wird? Was, wenn es die meisten Leute nicht interessiert? Mindestens die Hälfte der Zwerge, mit denen wir gesprochen haben, haben gar keine Angehörigen in Crem.«

»Aber sie alle können sich vorstellen, wie es wäre, wenn.« Gilli lächelte ihr aufmunternd zu. »Und darauf kommt es an. Unterschätze niemals die Gruppendynamik von Zwergen, denen etwas am Herzen liegt.«

Als sie endlich die letzten Pergamente in den verschiedenen Vierteln verteilt hatten, musste sie Gillron stützen.

»Verdammte Hüfte.« Er verzog das Gesicht bei jedem Schritt. »Für heute bin ich durch, so viel steht fest.«

»Ich hätte die letzten Ebenen allein machen sollen.« Brynnbett kam sich schuldig vor, weil sie ihn nicht davon abgebracht hatte, trotz der Schmerzen weiter mitzulaufen.

»Quatsch mit Schimmel, du kennst dich doch gar nicht aus. Und einer Fremden hätten sie es nicht abgenommen.«

Natürlich hatte er recht. Außer Kandro hatte sie niemanden gekannt und durchaus misstrauische bis ablehnende Blicke geerntet.

»Brynnbett? Bist du sehr enttäuscht, wenn wir heute den Besuch des Moosgartens auslassen?«

»Natürlich nicht.« Sie gab ihm einen Stups auf den Hinterkopf. »Solange wir das Abendessen nicht ausfallen lassen.«

»Nicht, wenn du es kochst.«

Der Abend fiel kurz aus, sie waren beide erschöpft. Und als Brynnbett am nächsten Morgen aufstand, spürte sie die Anstrengung des Vortags noch immer in den Muskeln.

Gilli ging es deutlich schlechter. Er war nicht in der Lage, auch nur einen Schritt ohne Gehstützen zu laufen. Seine Mutter war kurzerhand zu Hause geblieben, um sich um ihn zu kümmern.

Nach dem Frühstück stand Brynnbett in der Tür zum Schlafgemach von Gillis Eltern und sah zum ersten Mal, wo Gilli schlief, seit er ihr sein Zimmer überlassen hatte. Sie kam sich schäbig vor. »Vielleicht wäre es besser, wenn du dein eigenes Bett wiederbekommst.«

»Weil du gern in diesem Kinderbett am Fußende meiner Eltern schlafen willst?« Gilli versuchte zu lachen, stöhnte auf und ließ es bleiben. »Wir haben nie darüber gesprochen, aber du bist ein, zwei Pfund schwerer. Das schafft dieses Bett nicht.«

»Sehr witzig.« Brynnbett schüttelte den Kopf. »Ich könnte mir ja auch eine andere Bleibe suchen.«

»Und dann für andere kochen? So weit kommt es noch.« Gilli übte sich in einem Grinsen, aber man sah, dass es ihm nicht gut ging.

»Die Schmerzen kommen nicht vom Bett, sondern von seiner Unvernunft!« Mama Wunderling brachte ihrem Ältesten einen dampfenden Becher. »Ein Fall von Selbst-Schuld.« Sie stemmte die Hände in die Seiten und wartete, dass Gilli trank.

»Ferlingskraut?« Er schnupperte, statt zu trinken, und verzog das Gesicht.

»Ferling gegen die Schmerzen, Relakssporen gegen die Muskelverspannungen und eine Prise Sen-Schwamm, damit du schläfst und nicht auf dumme Ideen kommst. Schmeckt nicht, aber hilft.« Sie stapfte hinaus. »Schaff dir Kinder an, dann brauchst du keine Arbeit.«

Gilli verdrehte die Augen, trank aber einen Schluck, bevor er den Becher abstellte.

»Wie ich sehe, bist du in guten Händen«, stellte Brynnbett fest. »Kann ich noch etwas für dich tun?«

»Und ob.« Seine Augen weiteten sich. »Du könntest mir einen Weg abnehmen.«

»Was immer du willst.«

Gilli griff neben sein Bett und klopfte auf die Tasche aus dem Schreibzimmer. »Die Unterlagen sollten nicht bei meinen Eltern liegen. Dafür sind sie zu brisant.«

»Wieso? Ich dachte, das Büchlein mit der Runenformel war wichtiger. Und das ist doch weg.«

»Aber hier drin sind Teile des Lösungswegs, eine Skizze der Runenhalle und Notizen zu den letzten Veränderungen.«

Das waren allerdings brisante Unterlagen. »Und damit bist du gestern den ganzen Tag durch Eskrinor marschiert? Die hätten wir als Allererstes in Sicherheit bringen müssen. Was, wenn man uns überfallen hätte?«

»Die Gefahr bestand nur in der dritten und vierten Ebene. Weiter oben gab es seit Monden keine Gewalttaten mehr.«

»Bitte was?« Brynnbett trat einen Schritt näher. »Es gibt gewalttätige Verbrechen in Eskrinor?«

Gillron zog die Brauen hoch. »Was dachtest du denn? Eskrinor ist eine der größten Städte überhaupt. Ein Schmelztiegel von Zwergen aus der ganzen Welt. Es gibt Streitereien, Neid, Zwietracht und abgrundtiefen Hass.« Er schob die Unterlippe vor und nickte gewichtig. »Natürlich gibt es auch Liebe – dann und wann.«

»Da bin ich beruhigt. Jedenfalls etwas Friedvolles.«

»Wie man's nimmt.« Gilli verzog das Gesicht. »Aus Liebe werden die meisten Tötungsdelikte begangen. Das ist hier nicht anders als sonst wo auf der Welt.«

»Manche Dinge will ich gar nicht wissen.« Brynnbett schüttelte den Kopf. »Erzähl mir lieber, was ich mit den Unterlagen machen soll.«

»An den sichersten Ort bringen, den ich kenne.« Er nahm den Becher und trank jetzt in größeren Schlucken daraus.

»Du meinst aber nicht dein Laboratorium, oder?«

»Psst.« Gilli legte einen Finger auf die Lippen. »Nennen wir es einfach Arbeitsplatz.«

»Und du meinst, ich finde dahin?«

»Natürlich.« Ihm gelang ein halbwegs entspanntes Lächeln. »Du bist doch meine Heldin.«

Der eigentliche Held ist Gillron. Wenig später eilte Brynnbett durch die Gassen der Niedertor-Ebene. Mit solchen Schmerzen meilenweit durch Eskrinor zu humpeln, nur um etwas zu verhindern, was ihn nicht einmal selbst betraf, war unglaublich gewesen. Sie stünde ewig in seiner Schuld. Die Tasche in sein »duftendes Zimmer« zu bringen, wie er es nannte, war das Mindeste, was sie für ihn tun konnte.

Er hatte ihr nochmals den Weg erklärt und einen Runenstein mitgegeben, mit dem sie hinter dem schlichten Gittertor in den Stollen gelangen würde. Sie musste bloß die richtige Vertiefung in der Wand finden. Brynnbett erinnerte sich daran, wie alles von der anderen Seite ausgesehen hatte, von der man den Stein nicht brauchte. Schließlich galt es, Eindringlinge draußen und nicht drinnen zu halten. In jedem Fall fühlte sie sich mit Gillis Beschreibungen ausreichend vorbereitet.

Drei Abzweigungen noch und sie hätte es geschafft. Dort sah sie schon eine der ersten Fassaden, die ihr damals aufgefallen waren. Sie verlangsamte ihre Schritte und bewunderte den rautenförmigen Erker. Hinter dessen Fenster könnte sie sich sogar vorstellen, zu wohnen. Spätestens, wenn die Runenmeisterin wieder da wäre und sie ihren ersten Sold bekäme. Ein verrückter Gedanke, dass es gleich für eine Behausung mit Erker reichen würde. Sie schüttelte den Kopf. Anscheinend war ihr die ganze Lauferei nicht gut bekommen. Besser, sie konzentrierte sich auf das, was vor ihr lag. Und das waren gänzlich andere Aufgaben.

Noch zwei Abzweigungen, dann könnte Brynnbett endlich in die Einsamkeit und Dunkelheit des Berges eintauchen. Fern von krausen Ideen, Ränkespielen des Palastes oder gewalttätigen Verliebten. Dort! An die beiden spitzen Bogengänge erinnerte sie sich noch. Gleich dahinter kam schon die letzte Abzweigung.

Nur die seltsamen Geräusche hatte sie damals nicht gehört. Sie blieb stehen. Sollte sie einfach weiterlaufen? Es waren zwar kaum hundert Schritte zu der Gasse, an deren Ende das Gittertor auf sie wartete, aber würde sie sich nicht verdächtig machen?

Die Geräusche wurden lauter, deutlicher, lärmender. Zu spät erkannte sie, was ihr aus den Bogengängen entgegenhalte. Prelkenreiter!

29
RAIWEN

Der Gedanke, dass der Heermeister der Feuerelben nicht nur eine Nachricht überbracht hatte, sondern eine Sache, ein *Etwas*, das man einem Fallandir oder Schelken nicht anvertrauen wollte, war einleuchtend. Doch bei Evons und Raiwens Überlegungen, was Wehreng Kyriejah gebracht haben könnte, damit sie etwas gegen den Fürsten der Bergelben in der Hand hatte, kamen sie nicht weiter. Es war kaum vorstellbar, dass Kellderon sich beeinflussen oder gar erpressen ließe.

Also ließen sie das Thema ruhen und konzentrierten sich darauf, sich ihre Kräfte einzuteilen und dem Heer zu folgen.

Am nächsten Tag deutete Kyriejah an, dass die Männer ihres Führungskreises an die Spitze des Heerzugs gehörten, also blieben sie wieder vorne. Somit hatte Raiwen keine Gelegenheit mehr, die Überlegungen mit Evon zu vertiefen. Die Wahrscheinlichkeit, dass an ihrer Sichtweise etwas dran war, verblasste; schon am darauf folgenden Tag kam ihm der Gedanke recht unwahrscheinlich vor.

Kellderon-Zhenzor war nicht nur der Fürst der Bergelben, sondern auch Scheltar der Luft. Allein die Idee, es gäbe irgendetwas auf der Welt, womit man ihn in der Hand haben und in den Krieg zwingen könnte, war beängstigend. Insgeheim hoffte Raiwen deshalb, dass Kyriejah nichts dergleichen bekommen hatte. Denn mit Kellderon wäre schon der dritte Scheltar am Krieg beteiligt. Und das machte Raiwen wirklich Angst.

Heermeister Arandor setzte auf Kyriejahs Geheiß immer häufiger Feuerzauber ein, wodurch sie deutlich schneller vorankamen. Talwärts musste das Schmelzwasser sie nicht kümmern, und schneien tat es auch nicht mehr. Dafür war das Wetter erneut umgeschlagen und bescherte ihnen Tag für Tag dichten Nebel, der die Sicht ins Tal unmöglich machte.

Immerhin ging es den Verletzten den Umständen entsprechend gut. Raiwen sprang mehrmals täglich auf die Wagen, um nach ihnen zu sehen. Doch bislang hatte sich bei keinem der gefürchtete Wundbrand eingestellt, also beschränkte die Behandlung sich einzig auf Verbandwechsel und Pillen gegen die Schmerzen. Eigentlich hätten die anderen Heiler und Heilerinnen nicht seiner Hilfe bedurft, doch Raiwen fühlte sich verantwortlich, und sie nahmen die Unterstützung gerne an.

Als sie nach einem dieser endlosen Reisetage ihr Lager aufschlugen, überlegte er zum wiederholten Mal, ob sie es bis zum kommenden Neumond in die Stadt der Bergelben schaffen würden. Er hoffte auf eine Nachricht von Julina oder Zhinlohr, obgleich er nicht daran glaubte, dass die Fürstin und ihre Thronfolgerin auf dem Weg der Besserung waren. Aber ein Lebenszeichen würde ihm zumindest Mut machen.

Evon unterbrach seine Gedanken. »Heerlager ohne wärmende Feuer gibt es wahrscheinlich nur bei den Elben.« Er drückte sich näher an Raiwens Brust. Sie hatten das Teilen des Nachtlagers beibehalten, damit Evon die eisigen Nächte besser überstand. »Niemand, der die Handelsstraße des Nachts im Auge behält, käme darauf, dass hier fast zweihundert bewaffnete Elben lagern.«

»Und ein Halbelb, nicht zu vergessen.«

»Darauf käme sowieso keiner.« Evon gluckste. »Halbelben und Elben passen fast noch schlechter zusammen als Elben und Magister.«

»Sprich bloß leiser.« Raiwen lächelte. Die kurze Zeit vorm Einschlafen war inzwischen die einzige Gelegenheit, ungestört zu sprechen – oder vielmehr zu flüstern. Das half ihm dabei, die ungewohnte Nähe zu einem Mann auszuhalten.

»Tagsüber Nebel und nachts absolute Dunkelheit. Die Menschen in Clutt werden sich erschrecken, wenn wir wie aus dem Nichts auftauchen.«

»Das könnte sein, aber sie werden schnell feststellen, dass wir einfach nur vorbeiziehen.« Plötzlich fiel Raiwen eine frühere Bemerkung seines Freundes ein. »Sagtest du nicht neulich, du hättest mal in Clutt gearbeitet? Wie kam es dazu? Ich dachte, du hast bislang in den Athür gelebt.«

»Dachte schon, du würdest nie fragen.«

»He, nicht frech werden, junger Freund.« Er gab Evon eine Kopfnuss. »Nun erzähl schon.«

»Eigentlich ging es darum, Steine für Tyklahr einzukaufen.«

»Für Tyklahr hast du auch gearbeitet?«

»Meine Mutter kam aus Tyklahr, deshalb habe ich noch Familie dort, lange Geschichte.« Evon drehte sich auf den Rücken. »Jedenfalls habe ich den Steinbruch am Zugang zum Kessel besucht und war fasziniert, mit welcher Sorgfalt die Bergmänner aus Clutt die Quader aus der Felswand stemmten. Die fertigen Steine glichen einander wie ein Ei dem anderen.«

»Und das hat dich so fasziniert, dass du nicht mehr nach Tyklahr zurückwolltest, sondern ihnen geholfen hast?« Raiwen konnte sich den Halbelb nicht wirklich mit einer Spitzhacke vorstellen.

»Also, wenn du mich einfach ohne Unterbrechung erzählen lässt, kommen wir irgendwann vielleicht auch zum Schlafen.«

»In Ordnung.« Raiwen drehte sich interessiert in seine Richtung und nahm sich vor, nur zuzuhören. »Dann mal los.«

»Unweit des Steinbruchs hauste ein alter Steinmetz namens Martimo. Er bekam von den Arbeitern immer die Gesteinsbrocken, die sich nicht zum Verkaufen eigneten, weil sie zu uneben oder zu klein waren. Es waren Martimos Arbeiten, die mich so fasziniert haben, dass ich blieb.« Evon hielt inne und Raiwen hörte ihn seufzen. »Ich habe nie wieder Skulpturen dieser Güte gesehen.«

»Und dann?«

»Dann bin ich zwei Sommer und zwei Winter bei ihm geblieben und er zeigte mir, wie man das macht.«

»Er hat dich einfach bei sich aufgenommen?«

»Du meinst, weil ich ein Bastard bin?« Evons Stimme klang plötzlich härter.

Raiwen biss sich auf die Lippen. »Natürlich nicht, Evon. Erstens sieht man es dir nicht an und zweitens spielt das für mich keine Rolle, wie du wissen solltest.«

»Entschuldige. Manchmal kommen Erfahrungen von früher hoch.« Er seufzte schwer. »Aber um auf Martimo zurückzukommen: Er war ein sehr aufgeschlossener und dankbarer Mensch. Jeden Mittag tummelten sich die Kinder der Bergleute bei ihm, wenn sie ihren Vätern das Mittagmahl gebracht hatten. Er gab ihnen Rätsel auf, und immer wenn eines mit der richtigen Lösung zurückkam, schenkte er dem Kind eine kleine Steinfigur. Nicht größer als ein Daumen, aber mit allen Details, die man sich denken kann.«

»Waren es kleine Tiere?« Raiwen dachte an Steinmetzarbeiten seines eigenen Volks, die in der Regel Szenen aus der Natur abbildeten.

»Meistens. Aber manchmal auch einfache Formen mit aufwendigen Mustern.«

»Und dann?«

»Nichts dann.« Evon gähnte herzhaft und drehte sich mit dem Rücken zu Raiwen. »Er starb und ich musste gehen.«

»Hättest du nicht trotzdem bleiben können? Nach zwei Wintern kanntest du bestimmt andere Menschen in Clutt.«

»Kann schon sein«, raunte er. »Doch das ist womöglich eine längere Geschichte, und ich möchte lieber schlafen.«

Raiwen dachte darüber nach, wie wenig er selbst über die Menschenvölker wusste und dass er nie bei ihnen gelebt hatte – und sei es nur für ein paar Monde. Wahrscheinlich ging es den meisten Elben so. Und doch maßten viele sich Urteile über Kulturen an, die sie gar nicht richtig kannten. Hatte Evon wohl auf dem Weg nach Gohlannbjahr in Clutt haltgemacht? Oder hatte er einen Besuch eher vermieden, um keine alten Wunden aufzureißen? Raiwen verwarf diese Gedanken, das ging ihn nichts an und er würde nicht danach fragen. »Wenn der Nebel uns im Tal erhalten bleibt, werden wir von deinem Bergmannsort nicht viel sehen. Und sie nicht von uns.«

»Hoffentlich«, murmelte Evon. »Ich würde mir wünschen, dass diesen braven Menschen so ein Schreck erspart bleibt.«

Es war nur ein einfacher Satz, Raiwen jedoch erschien er vielschichtiger, als man auf den ersten Blick glauben wollte. Während die Müdigkeit ihn einholte, dachte er noch darüber nach, ob der Bergmannsort eine Vergangenheit haben mochte, die mit einem der Elbenvölker verbunden war. Doch er konnte sich an nichts dergleichen erinnern.

Der kommende Tag empfing sie mit frostig-grauem Dunst. Aber zumindest ließ der Wind merklich nach; Evon konnte sogar das Tuch vom Gesicht nehmen, das er die letzten Tage bis unter die Augen gezogen hatte.

Eine der Felsformationen zu ihrer Rechten kam Raiwen vertraut vor, soweit er das mit der dicken Schneeschicht beurteilen konnte. Demnach hätten sie bald die Ebene erreicht – fehlte nur noch der kleine Wald, der für ihn ein endgültiger Beweis wäre.

Kyriejah und Arandor ritten auf ihren Gryd-Fehluhren vor ihnen und wirbelten pulvrigen Schnee auf, der die Schleierwirkung des Nebels verstärkte und ihre Silhouetten wie geisterhafte Schemen wirken ließ. Gemeinsam mit Evon versuchte er, im Laufschritt halbwegs mitzuhalten – das Heer in unermüdlichem Gleichschritt hinter sich wissend.

Bald tauchten durch die Nebelschleier die ersten Bäume auf, Raiwen atmete erleichtert auf. »Wir haben es geschafft. Wir sind tatsächlich in Tykalden angekommen.«

»Dann muss das vor uns der Wald von Clutt sein. Den Seelen sei Dank.«

Er sah Evon erstaunt an. »Ich wusste gar nicht, dass er zum Bergmannsdorf gehört.«

»Tut er nicht wirklich. Er liegt noch ein ganzes Stück vom Ort entfernt. Aber da es im direkten Umfeld von Clutt keinen Wald gibt, schlagen sie hier die Bäume, deren Stämme sie für den Transport der Steinquader brauchen. Es gibt sogar ein befestigtes Lager am Südrand. Deshalb kommen auch die Alten und sammeln hier ihr Feuerholz.« Er lachte. »Du solltest mal sehen, wenn sie mit riesigen Holz-Kiepen auf dem Rücken durch den Wald wanken. Beim ersten Mal habe ich sie für irgendwelche Monster gehalten.«

Plötzlich hörten sie Schreie und blieben erschrocken stehen. Feuriges Rot schoss durch den Nebel, ein weiterer Schrei – seltsam kurz –, dann war alles still.

»Bei den Seelen!« Evon rannte los.

Sofort hastete Raiwen hinterher. »Evon! Sei vorsichtig!«

Sie folgten der Spur der Gryd-Fehluhre und entdeckten die Thronfolgerin und den Heermeister, die abgestiegen waren und jetzt vor den Tieren standen.

»Vorsicht!« Kyriejah hob die Arme, unter ihr begann der Boden zu vibrieren. Scheuend gingen die Fehluhre rückwärts.

»Ein Hinterhalt.« In der Hand des Heermeisters loderte ein Flammenball.

»Und wenn nicht?« Evon schaute sich hektisch um und rannte an ihnen vorbei – geradewegs in den Wald.

Raiwen sah, wie Arandor sich zum Wurf bereit machte. »Nein!«, rief er und sprang ihm in den Weg. »Das ist Evon!«

»Sei nicht töricht«, herrschte der Heermeister ihn an. »Ich brauche freie Sicht!«

»Wo ein Feind ist, könnten viele sein.« Vor Kyriejah löste sich eine Wasserfontäne vom Boden, stieg auf und formte sich zu einem gurgelnden Wasserball. Einem tödlichen Ball, in dem jeder ertrinken würde, der hineingeriet.

Doch Raiwen ließ sich davon nicht beeindrucken. Er war als Heiler hier, nicht als Krieger. »Was, wenn es gar kein Feind war?« Er dachte an Evons Schilderungen, an die Holzsammler mit ihren Kiepen. Ohne eine Antwort abzuwarten, stürzte er seinem Freund hinterher. Wer immer geschrien hatte, durfte kein unschuldiges Opfer sein. Nicht um des Friedens willen und nicht um Evons willen ...

Raiwen hastete durch die Nebelschwaden, eilte an abgeknickten Bäumen vorbei und sprang über Stümpfe und Wurzeln. »Evon!«, rief er. »Sei vorsichtig! Es könnte ein Hinterhalt sein!« Dann sah er ihn. Auf dem Boden kauernd, neben einem leblosen Körper.

Raiwen stürzte zu ihm, schaute auf den Leichnam und in ein verstörendes Gesicht. So jung und makellos auf der einen Seite, so zerstört und blutüberströmt auf der anderen. »Er ...

er ist ...«, sein Atem stockte, als er den eingedrückten Schädelknochen unter der zerfetzten Haut sah.

»Ja«, antwortete Evon mit bitterer Stimme. »Und er hatte keine Möglichkeit, sich zu wehren.« Er durchsuchte die Taschen des Robenmantels, den der Tote trug.

Doch Raiwen brauchte nicht mehr zu wissen. Er erkannte das Blau sofort. »Ein Magister des Ordens.«

»Ein Mensch.« Evon zog ein zusammengefaltetes Pergament und etwas Kleines hervor. »Vor allem ist er ein Mensch.«

»Aber wie hat er sich diese grausige Kopfverletzung nur zugezogen?«

Evon starrte ihn an, als könnte er nicht glauben, dass sein Freund den Zusammenhang nicht begriff. »Er wurde von der Wucht der Elbenmagie gegen den Baumstamm geschleudert.« Als er den Leichnam herumrollte, keuchte Raiwen auf.

In den Dekaden, die er als Heiler arbeitete, hatte er schon vieles gesehen, aber so etwas nicht. Im Rücken des jungen Mannes klaffte ein Loch von der Größe einer Melone. »Bei den Seelen!« Der Robenstoff war auf abartige Weise mit dem schwarzblutigen Wundkrater verschmolzen, fast so, als hätte er sich hineingefressen. Raiwen erkannte geschwärzte Wirbelknochen und Reste von Lungengewebe, aus dem immer noch Bläschen quollen, als wehrte das Leben sich dagegen, ganz aus dem Leichnam zu schwinden. Doch da war kein Leben mehr. Nur stinkende Fetzen von Innereien, von der Hitze des magischen Feuers zu schwarzem Brei versengt.

Evon rollte ihn wieder zurück, wischte sich mit dem Ärmel übers Gesicht, und Raiwen ahnte, dass es nicht der grausige Gestank nach verbranntem Fleisch und Blut war, der ihm zu schaffen machte. »Er muss sich im Wald verirrt haben. Und er wollte weglaufen«, sagte er mit brüchiger Stimme.

»Kennst du ihn? Kam er aus Clutt?«

Evon schüttelte den Kopf und erhob sich, das Pergament in der einen, eine Art Stein in der anderen Hand. »Es ist fast eine Dekade her, dass ich dort war. Er müsste ein Kind gewesen sein.«

»Freund Raiwen! Freund Evonurh!« Die Stimme der Thronwächterin klang gedämpft. Sie waren ihnen nicht hinterhergekommen. »Seid ihr noch in der Nähe? Ist alles in Ordnung bei Euch?«

»Alles in Ordnung«, rief er zurück. Nein, gar nichts war in Ordnung. »Es war kein Hinterhalt. Wir kommen gleich!«

Evon schüttelte den Kopf. »Wir können den Jungen nicht einfach liegenlassen und den wilden Tieren vorwerfen.«

»Das werden wir nicht«, antwortete Raiwen. »Wir werden Kyriejah sagen, dass wir ihn begraben und nachkommen.«

»Kannst du es der Thronwächterin alleine sagen? Ich möchte noch für ihn beten.«

»In Ordnung.« Raiwen ahnte, was der wirkliche Grund dafür war, dass er allein gehen sollte: Arandor hatte den jungen Magister auf dem Gewissen und Kyriejah hatte es nicht verhindert. Evon bräuchte mehr Zeit, um ihnen wieder in die Augen sehen zu können.

Als Raiwen mit einem Leichentuch und zwei Spaten zurückkehrte – Kyriejah hatte ihm nur widerwillig die Erlaubnis gegeben –, stand Evon noch an derselben Stelle. Er wirkte gebeugter und betroffener.

»Lass ihn uns begraben«, sagte Raiwen leise und hielt seinem Freund das Leichentuch hin. »Wir betten ihn in das Tuch und heben dann ein Grab aus.«

»Nein.« Evon reichte ihm das Pergament, das er in der Tasche des Toten gefunden hatte. »Ich bringe ihn nach Hause!«

Raiwen schüttelte den Kopf, wollte ihm sagen, dass das nicht ginge, dass sie dafür keine Zeit hätten. Doch er nahm ihm den Pergamentbogen ab und las:

Komm gern nach Hause, mein Sohn. Du kannst bei uns bleiben, bis die Gefahr in Crem vorüber ist. Vater glaubt nicht, dass die Elben einen Krieg beginnen. Und so denke ich auch. Egal, was man über die verschwundenen Magister erzählt, die Waldelben sind die Hüter des Lebens und töten keine Unschuldigen.
Aber wir können deine Hilfe brauchen. Seit Tante Mell nicht mehr ist, fehlen uns helfende Hände im Laden.
Ich umarme dich, lieber Janus.
Deine Mama-Linn

Waldelben töten keine Unschuldigen ... Diese Zeilen zu lesen, schmeckte so bitter, dass Raiwen hätte schreien mögen.

»Ich kannte ihn doch.« Evon sprach so leise, dass er kaum zu verstehen war. »Nur war er damals noch ein Kind.« Als er die Hand öffnete und ein kleiner, verzierter Steinwürfel herauskullerte, verstand Raiwen.

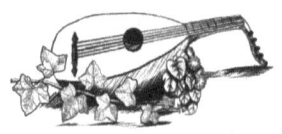

30
JAMON

Die Wirklichkeit, in der sie fortan lebten, war wahrscheinlich schlimmer, als selbst Feldhenn es sich vorgestellt hatte. Denn die Bürger der Stadt wurden nicht nur mit dem drohenden Krieg konfrontiert, sondern auch mit der Tatsache, dass sie dem Angriff hinter einer löchrigen Mauer entgegensehen mussten. Dann noch zum Arbeitsdienst zwangsverpflichtet zu werden, um zu beheben, was die Räte der Stadt über Dekaden versäumt hatten, ließ manche Gemüter förmlich brodeln. Doch der Abriss der Mauerhäuser war es schließlich, der das Fass zum Überlaufen brachte und als reine Willkür des Ordens empfunden wurde.

Jamon konnte es den Menschen nicht verdenken. Die Abrisshäuser gehörten ausnahmslos Arbeiterfamilien, die von der Hand in den Mund lebten und sonst nichts hatten. Schlichte Häuser, deren Rückwand die Stadtmauer war. Grob gemauerte Wände, rissige Türen, zugige Fenster, darüber schräge Dächer, die sich tief unter den Wehrgang duckten, als würden sie mehr Schutz brauchen, als sie selbst boten. Nur die winterliche Schneedecke auf den Schindeln hatte ihnen dieser Tage etwas Glanz verliehen.

»Magister Jaramon, kommt schnell!«

Jamon war dabei, einen Schuldschein auszustellen, als einer von Kürtijans Stadtwachen auf ihn zugelaufen kam. »Moment bitte.« Er durfte sich nicht aus der Ruhe bringen lassen. Die Menschen verdienten es, mit Respekt behandelt zu werden, wenn sie schon ihre Häuser räumen mussten. »Bitte verwahrt diesen Schuldschein.« Er richtete seine Aufmerksamkeit auf die alte Frau vor sich und versuchte, die verärgerten Blicke der Nachbarn zu ignorieren, die Hab und Gut des Mütterchens auf einen Karren luden.

»Magister.« Die Alte fasste ihn beim Arm. »Was ist, wenn ich sterbe?« Ihre Stimme zitterte. »Gilt der Schein auch für meine Kinder?«

Jamon wusste weder, wer diese Kinder sein sollten, noch wo sie jetzt waren, aber er machte sich einen Vermerk und nickte. »Dafür verbürge ich mich.«

»Als ob das hilft«, wisperte jemand hinter ihm, doch er hatte inzwischen gelernt, dass eine Erwiderung nichts brachte.

»Meister Jaramon, bitte!« Der Wächter packte ihn am Arm.

»Was ist denn?« Jamon schüttelte die Hand ab und sah irritiert auf, als in der Ferne plötzlich Schreie zu hören waren. »Was ist denn da los?«

»Ihr solltet schlichten, aber jetzt ist es sicher zu spät!« Der Wachmann wies auf eine vorbeihastende Gruppe von Soldaten der Stadtwache und schloss sich ihnen an.

Sofort eilte Jamon hinterher. Folgte den Gerüsteten durch die Gassen des Seilerviertels bis in die Schildmalergasse. Seit Tagen war er nicht mehr durch die Viertel gegangen, hatte sich ausschließlich um die Mauerhäuser und die Wehranlagen gekümmert. Jetzt traute er seinen Augen nicht, als er die Zerstörung sah: zertrümmerte Möbel, vernagelte Fenster und beschmierte Wände. Er hatte von Plünderungen gehört, von Einbrüchen und Streitereien, aber er hatte nicht gewusst, wie schlimm es wirklich um den Frieden in der Stadt stand.

Ein Stück voraus, wo die Schildmalergasse die Hauptstraße kreuzte, wurden die Soldaten langsamer und der Lärm lauter. Die Heftigkeit des Tumults war unverkennbar, Jamon hätte einiges darum gegeben, eine Waffe dabeizuhaben. Doch für Gespräche mit den Bürgern, Hausübergaben und Ausstellungen der Schuldscheine war es ihm unpassend vorgekommen.

»Bleibt zurück!« Der Wachmann zog das Schwert und stürmte seinen Kameraden hinterher.

Was tun? Jamon konnte den Gedanken nicht ertragen, dass hier Cremer gegen Cremer kämpften. Er musste zumindest versuchen, etwas zu unternehmen.

Entschlossen eilte er bis zur Straßenecke vor und sah mit schreckgeweiteten Augen, wie Arbeiter und Handwerker mit Keulen, Hämmern und Messern bewaffnet gegen die gerüsteten Soldaten der Stadtwache fochten – und umgekehrt. Aus dem Hintergrund flogen Steine auf die Wachen, eine Flasche prallte nur eine Handbreit neben Jamons Kopf gegen die Hauswand.

»Kommt rein, um der Seelen willen.« Eine Tür ging auf und jemand zog ihn ins Haus. »Ihr könnt nichts tun. Man wird Euch nicht zuhören.«

Jamon fand sich in einem vernagelten Ladengeschäft wieder und schaute in die Augen einer Frau mittleren Alters, an deren Rockzipfel ein kleiner Junge hing.

»Du bist nicht groß genug«, murmelte das Kind und wiederholte damit offensichtlich Worte, die es selbst oft zu hören bekam.

Groß genug, aber natürlich! Die Menge könnte nur auf ihn reagieren, wenn sie ihn sah. »Sagt, gute Frau, wie komme ich in das obere Stockwerk?«

Sie runzelte die Stirn, wies jedoch hinter sich. Jamon spurtete los, hastete mit wenigen Sätzen die Stufen hoch, lief ins nächstbeste Zimmer, in ein weiteres und fand endlich einen Raum, dessen Fenster nach vorne zur Straße zeigten. Er riss ein Laken vom Bett, stürzte zum Fenster, öffnete es und setzte sich rittlings auf die Fensterbank. »Frieden!«, schrie er und schwenkte das weiße Betttuch. »Frieden für unser Leben!« Erst hörten ihn nur wenige, doch er brüllte den Satz wieder und wieder. Immer mehr Menschen blickten zu ihm auf.

Dann sah er Kürtijan, der seine Stadtwachen zurückpfiff. Ganz langsam kehrte eine erwartungsvolle Ruhe ein.

»Ihr seid zornig!«, rief Jamon, als alle zu ihm aufsahen und warteten. »Ihr seid zornig und das mit Recht! Jeder hier, egal ob Arbeiter, Händler oder Soldat, hat ein Anrecht auf seine Wut und seine Angst.« Durfte er das so sagen? Nur weil er glaubte, dass alles immer mit Ängsten zu tun hatte? »Wir brauchen Stimmen, die laut sagen, was ihnen nicht gefällt. Aber kein Gebrüll, das unseren Kindern Angst macht!«

»Hört, hört.« »Lasst ihn ausreden.«

»Wir brauchen auch Finger, die auf das zeigen, was falsch läuft. Aber keine Waffen, mit denen wir Schmerz und Leid in unsere eigenen Straßen tragen.« Jamon sah Fäuste, die wieder zu Händen wurden, Keulen, die zu Boden fielen, und Menschen, die Verletzten aufhalfen. »Wenn sich etwas bessern soll, müssen wir zusammenstehen. Für unsere Stadt. Gegen die Bedrohung von außen.« Sein Herz raste, er suchte nach weiteren Worten, doch er fand keine mehr.

Irgendwo begann jemand zu klatschen, einige wenige fielen in den Applaus ein. Doch die meisten nahmen nur ihre Sachen und gingen ihrer Wege. Und dafür war Jamon über alle Maßen dankbar.

Drei Tage hatte es trotz Jamons Ansprache noch gedauert, bis in der gesamten Stadt wieder Ruhe eingekehrt war. Dutzende Verletzte, volle Zellen in den Kerkerhäusern und nächtliche Ausgangssperren, aber keine Toten.

Im Orden waren derweil Rufe nach Konsequenzen laut geworden. Zwar ging es den meisten Magistern überdurchschnittlich gut, doch ein paar hatten kleinere Verletzungen davongetragen und trauten sich kaum in die anderen Viertel. Nur wenige engagierten sich und halfen an den Baustellen oder beim Transport. Die meisten schimpften ob der Einschränkungen, ohne etwas zur Besserung beizutragen. Jamon gewann den Eindruck, dass der Orden bald keines Krieges mehr bedurfte, um zu zerfallen.

Es waren kraftzehrende Tage, die ihm viel abverlangten. Als Stadtdiplomat und Mauerbeauftragter war er von früh bis spät unterwegs und redete mit Engelszungen, um für Verständnis und Unterstützung zu werben. Dennoch konnte er nicht verhindern, dass manche untätig blieben, sich in ihren Häusern verbarrikadierten oder Crem gänzlich den Rücken kehrten und die Stadt verließen.

Inzwischen waren viele Tage ins Land gegangen, statt wütender Horden zogen Truppen von Arbeitern und Fuhrleute mit schweren Karren durch die Straßen. An allen Orten, so schien es, hatte die Erkenntnis Einzug gehalten, dass man Crem nur gemeinsam verteidigen konnte und dass jeder seinen Beitrag leisten musste. Die Rechnungen, da war sich Jamon allerdings sicher, würden später dennoch auf den Tisch kommen. Vorausgesetzt, nach dem Krieg gab es ein Später.

»Dann mal los, du lautenspielender Baumeister. Verteidige dich!« Prandur hob drohend sein Übungsschwert.

»Und womit?« Jamon sah sich um. »Du hast mir keine Waffe mitgebracht.« Weder Schwert noch Keule, Bogen oder Armbrust. Nicht einmal ein stumpfer Dolch lag auf dem Waffentisch. Sie standen auf einem der vom Schnee geräumten Kampfübungsplätze im Zwergenviertel. Jamon trug eine winterlich gepolsterte Lederrüstung, die Kürtijan für ihn besorgt hatte. Sie hielt ihn zwar nicht so warm wie seine Wollrobe, verschaffte ihm aber wesentlich mehr Bewegungsfreiheit.

»Keine Waffe?« Prandur stöhnte, sein Gesicht verschwand hinter einer Atemwolke. »Schau doch mal genauer hin.«

Es war ihr erstes Treffen, seit Jamon damals die Nachricht über den drohenden Krieg belauscht hatte, und eigentlich hatte er sich darauf gefreut. Doch Prandur war aus irgendeinem Grund schlecht gelaunt; und saukalt war es überdies noch.

Jamons Hände brannten vor Kälte, er massierte die Finger. »Ich soll ja wohl kaum den Tisch auf dich schmeißen.«

»Als wenn du den auch nur einen Zoll anheben könntest, Magisterchen.« Prandur machte einen Ausfallschritt nach vorn und hieb Jamon mit der stumpfen Spitze seines Holzschwerts in die Seite.

»Aua, was soll das?«

»Es wird erst richtig Aua, wenn nicht ich es bin, der vor dir steht. Die Langohren haben nämlich längere Arme und längere Waffen.« Er holte erneut aus, doch diesmal war Jamon schneller, warf sich seitlich auf die Tischplatte, rollte hinüber und griff nach dem Erstbesten in Reichweite – einer Art Stab, der an der Wand lehnte. Nur, dass er schwerer als ein normaler Holzstab war.

»Deine Reflexe sind also doch nicht ganz eingefroren. Und auch die Augen scheinen noch zu funktionieren.«

»Ich konnte ja nicht ahnen, dass du gegen einen Besenstiel kämpfen willst«, unkte Jamon, obgleich er sofort erkannt hatte, dass es sich um eine Art Waffe handeln musste – schon wegen der Metallbeschläge am Schaft und an den spitz auslaufenden Enden.

»Der beste und längste Kampfstab, den ich auftreiben konnte. Falls du dich jemals wieder hinterm Tisch hervortraust, könntest du ihn ausprobieren.«

»Diesmal keine stumpfe Übungswaffe?« Jamon musterte die metallenen Beschläge, während er mit dem Stab in die Mitte der Arena ging. »Dieser Stecken sieht ziemlich edel aus mit all den Gravuren. Sind das Runen?«

»Was dachtest du? Liebesgedichte?«

»Wäre langsam an der Zeit. So oft, wie wir uns schon getroffen haben.«

»Wir uns? Bisher hab wohl eher ich dich getroffen.«

»Weil ich dich gelassen habe.« Jamon wog den Kampfstab in der Rechten. In seiner Hand kribbelte es plötzlich, die Kälte schwand, machte einer ungewohnten Wärme Platz und brachte Gefühl und Beweglichkeit in die Finger zurück. »Was sich durchaus mal ändern könnte.« Er hob den Arm, drehte den Stab und erinnerte sich an die Besenstiele in der Ordensschule, mit denen er als Kind herumbalanciert hatte. Gedreht, geworfen, geschleudert hatte er sie, Mitschüler zu Wettstreitereien aufgefordert und seine Lehrmeister zur Verzweiflung gebracht. Wie hatte er vergessen können, wie viel Spaß ihm das gemacht hatte?

Fasziniert stellte er fest, dass das Gefühl nicht verloren war und ihm mit dieser ausgewogenen Waffe noch mehr Freude machte. »Prandur, ich glaube, du hast den richtigen Riecher gehabt.« Mit einer leichten Drehung warf er den Kampfstab wirbelnd in die Luft, fing ihn wieder auf und setzte ihn geschmeidig auf den Boden. »Ich habe zwar keine Ahnung, ob ich damit kämpfen kann, aber es ist die erste Waffe, die sich anfühlt, als wäre sie ein Teil von mir.« Lächelnd hob er den Stab erneut und strich mit den Fingern über das glatte Holz und die metallenen Abschnitte.

»Vielleicht, weil ich dir diesmal keine Übungswaffe, sondern eine Meisterwaffe mitgebracht habe.«

»Eine Meisterwaffe, ja, das sieht man. Und du bist sicher, dass ich sie benutzen soll?« Jamon strich über die erhabenen Schriftzeichen auf den metallenen Abschnitten, von denen trotz der eisigen Winterluft eine sonderbare Wärme ausging.

»In der Mitte steht Faihu, die Rune für Feuer. Sie sorgt für die Wärme und gibt dem Träger der Waffe zusätzliche Kraft. Dachte mir, dass es helfen könnte, dein Talent freizusetzen.«

Jamon schenkte Prandur ein dankbares Lächeln. »Du glaubst nach all der Zeit noch, ich könnte Talent haben?«

»Ich weiß, dass du es hast. Aber bilde dir bloß nichts darauf ein. Kämpfen musst du nämlich allein.« Er riss den Arm hoch und ließ sein hölzernes Schwert niedersausen.

Blitzschnell brachte Jamon den Kampfstab in Stellung und blockte den Schlag, dessen Wucht er bis in die Schultern spürte. »He, bist du wahnsinnig?«

»Es ... wird ... Zeit ...«, mit jedem Wort kam das Schwert von einer anderen Seite angerauscht und trieb Jamon rückwärts, »dass ... du ... lernst ... wie sich ... ernst ... anfühlt!«

»Du ... bist ja ... verrückt!« Jamon keuchte vor Anstrengung, doch der Stab fühlte sich gut an und gehorchte ihm aufs Wort. Zug um Zug parierte er jeden Schlag. Auch wenn das Gegenhalten Kraft kostete, kamen ihm die Bewegungen beinahe mühelos vor.

»Wehr dich endlich ... du magieloser ... Blaurock!« Prandur täuschte einen Aufwärtshieb vor, wirbelte jedoch herum und zielte auf Jamons ungeschützte Taille. Doch der drehte sich zur Seite weg, schwang den Kampfstab hinab und parierte.

»Nicht ... schlecht.« Prandur drehte sich, täuschte an und hieb Jamon in den Bauch. »Fleischwunde«, tönte er, holte aus und prallte wieder auf eine der metallenen Flächen des Stabs. »Ich kann ... ewig so ... weitermachen.«

Schlag um Schlag kam angeflogen, Jamon schwirrte der Kopf, so schnell musste er reagieren. Es wurde Zeit, die Initiative zu ergreifen. Er bräuchte nur einen freien Atemzug, einen Moment, in dem Prandur nicht sofort den nächsten Hieb führte. Aber ja, das war es doch: Er durfte nicht nur blocken, er musste der Waffe des Gegners folgen und den Schwung mitnehmen, um den Spieß umzudrehen. Als Jamon einen weiteren Hieb parierte, lenkte er den Schlag nach oben und setzte seine ganze Kraft ein, um das Holzschwert samt Zwerg zurückzudrängen.

Der Stab rutschte bis auf das Heft des Schwerts, diesmal schaffte Prandur es nicht, die Waffe zurückzureißen und erneut auszuholen. Einige Schritte wich der Zwerg zurück, dann blieb er stehen und hielt dagegen, wie ein Fels in der Brandung. Prandur war nicht nur stark, sondern auch schwer, aber zum ersten Mal gelang es Jamon, den unablässigen Hieben Einhalt zu gebieten.

Schweiß troff von seinen Schläfen, er musste sich mit dem ganzen Körpergewicht gegen Prandur stemmen, das bärtige Gesicht immer dichter vor sich, in den Augen ein seltsames Lächeln. Dann traf ihn ein stumpfer Gegenstand mit Wucht in den Bauch, seine Hände erschlafften, der Kampfstab fiel zu Boden und Jamon krümmte sich.

»Tot!«, rief Prandur und stellte einen Fuß auf den Stab. »Aber für den Anfang gar nicht mal schlecht.«

»Das ... kommt ... auf die Perspektive an«, ächzte Jamon, richtete sich aber tapfer wieder auf.

»Wenn dir jemand mit einem Einhänder gegenübersteht und keinen Schild trägt, musst du damit rechnen. Das hatte ich dir eigentlich ...«

»... schon während unserer Schwertkampfübungen eingebläut. Ich weiß.«

»Wenn du es wüsstest, hättest du keine Bauchschmerzen.« Prandur schüttelte missmutig den Kopf. »Du musst dich besser konzentrieren. Kämpfen mag ja mit Kraft und Tempo zu tun haben. Aber Überleben tut man mit Köpfchen.« Er tippte sich an die Schläfe.

Ja, darum ging es. Ums Überleben! »Ich werde es mir merken.« Nur ob das reichte, stand auf einem anderen Blatt.

Prandur trat vor, setzte mit dem zweiten Fuß nach, und ehe Jamon sich versah, hatte sein Freund den Kampfstab in die Luft befördert, fing ihn gekonnt auf und streckte ihm die Waffe entgegen. »Auf ein Neues.«

Das Training war hart wie der gefrorene Boden des Übungsplatzes. Als Prandur endlich vorschlug, Schluss zu machen und in die Zänkische Zilpe zu gehen, gab es kaum Körperstellen, die Jamon nicht wehtaten. »Ich glaube, das waren mit Abstand die heftigsten Schläge, die du mir bislang zugemutet hast. In meinen Armen vibriert jeder Knochen.«

»Mehr geht nicht.« Prandur wischte sich den Schweiß von der Stirn. »Nur noch schärfer.« Er verstaute das Holzschwert in einem Unterstand am Rand des Platzes und band sich seinen Waffengurt wieder um. Ein Kurzschwert und drei unterschiedlich lange Dolche.

»Das ist es, wovor ich Angst habe.« Jamon starrte auf die scharfen Klingen. »Wie viel hält so ein Kampfstab überhaupt aus? Ich meine, dieser ist ja eher nicht das, was ich bei einem Waffenmacher kaufen kann. Und bloßes Holz wird einem Schwerthieb kaum standhalten, nehme ich an.« Er strich über die Runenverzierungen der Metallummantelung.

»Kommt natürlich aufs Holz an und auf die Schärfe der Klinge.« Prandur streckte die Hand aus und Jamon gab ihm den Stab widerwillig zurück. »Kampfstäbe wie dieser werden kaum noch hergestellt.« Der Zwerg suchte den Schaft ab und zeigte auf ein kleines Symbol, das sich zwischen den Runen versteckte. »Dieser gehörte Jonthork Freischlag, einem Oheim einer meiner Urväter aus der Linie meiner Mutter. Eine Waffe, die einst viele Kämpfe überstanden hat, bis gestern aber ein staubiges Dasein an der Wand meiner persönlichen Waffenkammer fristete – fast vergessen, aber trotzdem unbezahlbar.«

»Unbezahlbar, das dachte ich mir schon.« Jamons Blick glitt sehnsüchtig über den silbrigschimmernden Runenmantel des Stabs. »Gibt es überhaupt etwas Ähnliches zu kaufen? Nach dem heutigen Tag kann ich mir keine andere Waffe für mich vorstellen.« Er nahm seinen Ordensumhang vom Haken, warf ihn sich über und griff nach dem gepolsterten Ledersack mit der Laute.

»Ein Kampfstab ist wahrlich die Waffe der Wahl für dich, das sehe ich auch so.« Prandur rieb sich die Hüfte. »Hab lange nicht mehr so viel einstecken müssen. Und schon gar nicht von einem Stab.« Er lachte sein kurzes Hyänenlachen. »Bei den Schwertern der Ahnen, wenn ich bei meiner Suche nach einer passenden Waffe nicht zufällig auf den Freischlag gestoßen wäre, wäre ich da nie drauf gekommen. Du hast durch deine Größe eigentlich auch so genug Reichweite.«

»Das alleine nützt aber nichts.«

»Mein Reden. In den Tagen der Clankriege, wo es Zwerg gegen Zwerg ging, konnte es wahrlich entscheidend sein.«

Die Stammesfehden der Altvorderen, wie Fredo sie nannte, wenn er von den alten Kriegen seines Volks sprach. Es musste eine dunkle Zeit gewesen sein, derer die Zwerge auf verklärte Weise in ihren Liedern gedachten. »Sind es die Erinnerungen an zurückliegende Kämpfe, die dich so nachdenklich machen?« Jamon sah Prandur aufmerksam an. Das Kampftraining hatte den Waffenmeister abgelenkt, aber seine Brauen zogen sich sofort wieder zu einem grimmigen Ausdruck zusammen.

»Eher die Ignoranz eines Stammesvaters, der lieber seinen goldenen Palast poliert, als an seine Untertanen zu denken.« Prandur spuckte in den Schnee, während er das Gatter zum Kampfplatz schloss. »Ich habe Nachricht aus Eskrinor.«

Jamon ahnte, welchen Inhalt sie gehabt hatte, und sparte sich jede Nachfrage.

»Ein Elbenheer zieht auf uns zu, und Dronnkahn Silberfaust kann keine Krieger entbehren, weil er die Goldene Stadt sichern muss.« Der Waffenmeister schlug mit dem Kampfstab den Schnee von einer Lampe, die daraufhin gefährlich ins Schaukeln geriet.

»Nach dem, was du über ihn erzählt hast, überrascht mich das nicht.« Doch es enttäuschte Jamon, er konnte sich in etwa vorstellen, wie sich das für Prandur anfühlen musste.

»Unser Viertel in Crem ist es, das den Handel für Eskrinor sichert«, brauste der auf. »Ohne uns gäbe es keine Goldene Stadt im Berg, nur einen Schmelztiegel von Clanausgeburten, wie zu Zeiten von Kirrgorn Steinbrecher und Dornfried dem Denker.«

Die Urväter von Abrinor, wusste Jamon. Auch über sie hatte Kestur ihm einen Liedtext beigebracht. Allerdings durfte er die Zeilen nur singen, wenn Besuch aus der zweiten großen Stadt der Zwerge da war.

»Ich hätte nicht übel Lust, unserem Stammesvater sein Gold in den Arsch zu schieben, bis es oben wieder rauskommt.«

Jamon hörte ihm schweigend zu, während sie in Richtung Taverne gingen und Prandur weiter vor sich hin schimpfte. Er brauchte das, so wie er das harte Training gebraucht hatte, um sich abzureagieren. Deshalb waren seine Schläge so hart gewesen. Deshalb hatte er immer und immer wieder von vorn angefangen.

»Noch ist nichts verloren«, warf Jamon ein, als Prandurs Redeschwall endlich endete. »Die Bauarbeiten gehen gut voran. Die Arbeiten an den östlichen Mauerabschnitten sind beinahe abgeschlossen und die unteren Turmfenster wurden auch verschlossen.«

»Das ist zumindest mal eine gute Nachricht. Und was ist aus der Idee geworden, aus der Mauerstraße einen geschlossenen Gürtel zu machen?«

»Wer wären wir, wenn wir nicht auf einen erfahrenen Waffenmeister aus dem Zwergenviertel hören würden?« Jamon gab Prandur einen freundschaftlichen Klaps und erntete ein stolzes Lächeln. »Die Bautrupps, die draußen fertig sind, setzen das bereits um.«

Sein Zwergenfreund hatte den Plan bei der letzten Zirkelbesprechung vorgelegt. Durch das Zumauern der Straßen und Gassen entstand innerhalb der Stadtmauer eine weitere Wehrlinie. Wer immer durchs Tor oder über die Mauer in die Stadt gelangte, wäre in einer Ringstraße gefangen.

»Hauptsache, ihr denkt auch an die strategischen Öffnungen, sonst können wir nämlich unsere Wehrgänge nicht mit Kriegern und Waffen versorgen.«

»Baumeister Artemas hat alles im Griff, da dürfen wir unbesorgt sein. In ein oder zwei Okten sollte alles fertig sein.« Wenn nicht noch mehr Schnee fiel, dachte Jamon, als er einer Zwergin auswich, die das Pflaster vor ihrer Haustür fegte.

»Vor allem hast du das gut im Griff.« Prandur nickte Jamon anerkennend zu. »Wenn du dich nicht um alles kümmern würdest, hätte euer Orden wahrlich größere Probleme.«

»Ich?« Er sah den Freund erstaunt an und suchte nach Anzeichen eines Scherzes. Doch Prandur schien das tatsächlich ernst zu meinen. »Ich laufe nur herum und sehe zu, dass alle an einem Strang ziehen und nichts vergessen wird. Die Arbeit machen die anderen.« Genau dieser Gedanke war es, der ihn in den letzten Okten umgetrieben hatte. Viel lieber hätte er Mauersteine geschleppt, um sich endlich einmal nützlich vorzukommen.

»Du merkst tatsächlich nicht, was du die ganze Zeit leistest, oder?« In Prandurs Stimme schwang Erstaunen. »Du hast nicht nur sofort verstanden, was das Problem der Stadt ist, als ich dir die Mauer gezeigt habe, du hast auch die richtigen Leute zusammengeholt, die es braucht, um Probleme zu lösen.«

»Aber es sind die anderen, deren Rücken krumm und deren Hände wund werden. Ohne ihre Bereitschaft würde nichts funktionieren. Keine Rüstungen, keine Waffen, keine Wehrmauer und keine Mahlzeiten.«

»Jeder ist Bestandteil des Ganzen und es ist gut, zu erkennen, wie wichtig selbst der schmutzigste Schlotfeger oder Gülleschipper ist. Wertschätzung, mein Bester, das ist dein unschlagbares Kapital. Das Talent zum Anführer ist dir in die Wiege gelegt worden.«

»Nun hör aber auf. Mein Oheim, der ist der geborene Entscheidungsträger. Wenn er nicht wäre, würde im Orden alles drunter und drüber gehen. Seit der Hochmagister hinfällig ist, wartet mindestens die Hälfte der Ratsmagister auf dessen Tod und giert nach seinem Posten. Sollte es irgendwann dazu kommen, wird das nächste Konventmanifest ein einziges Hauen und Stechen.« Jamon mochte gar nicht daran denken, was die höchste aller Ordensversammlungen zutage fördern würde. Auch Kelenkus' Posten wäre dann nicht mehr sicher. Zu viele neideten ihm die Macht, die er sich erarbeitet hatte.

Prandur lachte. »Ob du es nun willst oder nicht, es braucht immer einen klugen Kopf, der alles im Blick behält und sagt, was zu tun ist. Dein Onkel mag das für den Orden tun, aber du tust es für den Rest der Stadt. Also stell dein Licht nicht unter den Scheffel.«

»Das denkst du nur, weil du kaum jemand anderen zu Gesicht bekommst.« Jamon winkte ab, auch wenn er sich über die Anerkennung seines Freundes freute. Prandur musste ja voreingenommen sein, zumal er die meisten Neuigkeiten aus der Stadt nur von ihm erfuhr.

Was das anbelangte, war Jamon allerdings wirklich besser geworden. Denn durch die Arbeit im Zirkel, die neuen Kontakte in der Bürgerschaft und in den Zünften, gelangte er mühelos an alles, was er brauchte oder wissen wollte. Wäre nicht die stete Bedrohung, könnte er es fast genießen. Wobei – eigentlich tat er das trotzdem. Obgleich er wenig schlief, unregelmäßig aß und ständig unterwegs war, damit er die vielen neuen Verbindungsstellen im Blick behalten und untereinander vernetzen konnte. Jetzt, wo er darüber nachdachte, fiel ihm auf, dass es in der Stadt kaum anders war als in der Taverne Zur Zänkischen Zilpe. Umfangreicher vielleicht, aber sonst? Wenn man erst mal Kontakt hatte, fühlte man sich wohler und ein Stück weit zu Hause. Wahrscheinlich brauchte es genau das für ein zufriedenes Leben. Das Gefühl, gut aufgehoben zu sein und etwas beizutragen. Wie ein maßgeschneidertes Hemd, ein passendes Instrument oder eine geeignete Waffe.

Womit er wieder bei seiner Ausgangslage angekommen war. Denn bei aller Arbeit stand ihnen immer noch ein Krieg bevor – Kämpfe auf Leben und Tod, denen auch er sich stellen musste. Jamons Blick streifte den Stab in Prandurs Hand. »Meinst du, du könntest mir einen ähnlichen Kampfstab besorgen?« Sie waren bei der Zänkischen Zilpe angekommen, er öffnete die Tür und spürte sofort die verlockende Wärme der Taverne herausquellen.

»Ich denke schon die ganze Zeit darüber nach, wo wir etwas Passendes für dich bekommen könnten.« Prandur legte eine Pranke auf Jamons Hand und drückte die Tür wieder zu. »Und weißt du was? Gerade fällt mir etwas ein.« Der Waffenmeister gab ihm einen freundschaftlichen Klaps.

Jamon zuckte zusammen. »Nicht die Schulter.«

»Wer wird denn so verweichlicht sein?« Prandur boxte ihm in den Bauch.

»Aua! Auch nicht in den Bauch. Überhaupt nirgendwohin«, ächzte Jamon und stöhnte, als sein Freund ihm stattdessen wie einem kleinen Jungen in die Wange kniff.

»Dann geh schon mal vor, mein armes Blauröckchen. Und erhol dich von unserem kleinen Kampftraining. Falls deine Kondition es noch zulässt, kannst du meine Stammesgenossen ja mit ein paar Liedern erfreuen.« Er zwinkerte. »Ich komm später nach.« Sprach's, machte auf der Hacke kehrt und ließ Jamon allein vor der Tür stehen.

31
BRYNNBETT

Fieberhaft suchte Brynnbett nach einer Möglichkeit, sich zu verstecken, aber es gab keine Türnische, die tief genug war, um darin zu verschwinden. Seit Langem mal wieder einer der Momente, der sie mit ihrer Figur hadern ließ. Doch sie wischte den Gedanken beiseite. Sie war die, die sie war, und sie mochte sich genau so! Das war es, was ihre Eltern sie gelehrt hatten: »Wer dich nicht mag, wie du bist, muss sich jemand anderen suchen.« *Richtig.* Dumm allerdings, wenn man gefunden wurde, ohne gesucht zu werden.

Entschlossen lehnte sie sich mit dem Rücken an eine Tür, ließ Gillis Tasche zu Boden gleiten und nahm ihr Messer fest in die Hand. Sollten die Prelkenreiter nur kommen. Mit denen konnte sie es leicht aufnehmen. Doch plötzlich veränderte sich das Geräusch, Brynnbett hörte, wie die Reiter ihre Prelken zügelten und in einem der Bogengänge anhielten.

»Und du bist sicher, dass es hier in der Nähe ist?«

O ja, sie waren es. Die krächzende Stimme war unverkennbar. Brynnbett presste sich enger in den Eingang und ignorierte das Knarzen des Türblatts.

»Hast du sonst irgendwo zwei spitze Bogengänge direkt nebeneinander gesehen?« Frunkhardt. Der Name würde zukünftig immer ein Gefühl von Ekel auslösen.

Sie erinnerte sich an die heisere Stimme und den lüsternen Blick, als seine Kumpanen ihn anfeuerten, die Gelegenheit, oder vielmehr Brynnbett beim Schopf zu greifen.

»In Ordnung. Aber das ist die letzte Gasse, die wir absuchen. Wenn er möchte, dass wir einen Zugang zu den alten Stollensystemen finden, brauchen wir mehr.«

Sie wollten Gillis Zugang finden! Bei den Kennluren, woher wusste überhaupt jemand davon?

Plötzlich öffnete sich die Tür, sodass Brynnbett das Gleichgewicht verlor. Sie taumelte rückwärts, schaffte es gerade noch, sich abzufangen, trat dabei aber auf irgendetwas.

»Au, mein Fuß!«

»Oh, entschuldigt bitte.«

»Still. Habt ihr das gehört?«

»Was machst du vor meiner Tür?«

Brynnbett drehte sich um, immer noch mit einem Ohr bei den Prelkenreitern. »Ich ... ich suche einen Abort.« Was für eine Ausrede. Sie steckte das Messer ein.

»Sieht diese Tür aus, als läge dahinter ein Donnerbalken?« Ein buckliger Zwerg mit Gehstock blinzelte ihr aus grauverschleierten Augen entgegen. »Was ist da draußen eigentlich los?«

»Lasst uns nachsehen, ob es hier Zaungäste gibt!«, rief der Krächzer.

Behutsam schob Brynnbett den alten Herrn in sein Haus.

»He, was soll das?« Seine hellgrelle Stimme überschlug sich fast, doch sie schlug die Tür von innen zu und lehnte sich erleichtert dagegen.

»Willst du mich überfallen? Dann kommst du etliche Dekaden zu spät.« Er fuchtelte ziellos mit dem Stock herum, während er sich mit einer Hand an der Wand festhielt. »Hier gibt es nichts mehr zu holen.«

Sie hörte die Hufe der Prelken auf der Gasse und wusste, dass die Gefahr noch nicht ausgestanden war. Nicht nur, weil sie nach unerwünschten Zaungästen suchen würden, sondern auch, weil sie den Zugang zu den Stollen finden wollten.

»Entschuldigt vielmals.« Sie sprach so leise und lieblich sie konnte, damit der Alte verstand, dass von ihr keine Gefahr ausging. »Mein Name ist Brynnbett. Ich bin nur eine hilflose Frau auf der Flucht vor drei zudringlichen Männern.«

»Ach ja? Äh ... ich meine: natürlich, klar. Sehe das schließlich selbst. Hab ja Augen im Kopf.«

Brynnbett vermutete eher, dass er durch die Grauschleier kaum den Stock in der Hand erkennen konnte. Der Alte musste fast blind sein, so wenig Schwarz, wie in diesem trüben Schleier noch zu sehen war.

»Brynnbett also. Zudringlich, so so. Aber ans Klopfen hast du nicht gedacht, was?«

Blind aber nicht blöd. Sie betrachtete den Buckligen genauer. Der Bart war fast genauso schütter wie der Haarkranz. Und auf der faltigen Glatze hatten sich so viele Altersflecken versammelt, dass sie wie das Relief einer Landkarte wirkten. Das einzige, was an seinem Kopf noch halbwegs glatt aussah, waren die Tränensäcke unter den blinden Augen.

»Ehrlich gesagt, habe ich vor lauter Schreck gar nicht daran gedacht, zu klopfen«, gab sie zu. »Ich habe mich einfach in die erstbeste Türnische gedrückt und gehofft, die drei würden mich nicht bemerken.«

»Ich denke, sie waren zudringlich? Wie können sie das sein, ohne dich zu bemerken?«

Eins zu null für Opa. »Sie waren auch zudringlich. Aber inzwischen war ich ihnen entkommen.« Brynnbett hasste es, sich Geschichten auszudenken. Aber immerhin war das nicht ganz gelogen.

»Dann läufst du wohl schneller, als sie reiten, was?«

Zwei zu null. Gut hören kann er also auch. »Wieso habt Ihr überhaupt die Tür geöffnet?«, ging sie zum Gegenangriff über, um nicht weiter verhört zu werden. »Ihr hättet sie doch einfach zulassen können.«

»So, wie das Holz meiner Tür geknirscht hat? Ich hatte Angst, sie würde bersten. Und wer repariert das dann? Bestimmt keine Brynnbett, die sich vor Männern versteckt.«

»Hier ist keiner«, tönte es von draußen. »Vielleicht ist nur irgendwo was umgefallen.« Frunkhardt schon wieder. Er musste mit seinem Prelkbock ganz in der Nähe sein, so deutlich wie er zu hören war. »Lass uns endlich nach dem Zugang suchen. Ich will hier keine Wurzeln schlagen.«

»Zugang also, soso« Der Alte runzelte die Stirn so stark, dass sich seine altersfleckigen Glatzenfalten zu kleinen Hügeln zusammenschoben. »Sie suchen also gar nicht dich.«

Brynnbett schluckte schwer. Sie durfte dazu nichts sagen. Was könnte alles passieren, wenn die drei sie hier fanden?

»He, Rohdor. Hier liegt eine Tasche vor der Tür.«

O nein! Ihr Atem stockte, der Raum begann sich zu drehen. Sie hatte die Aufzeichnungen draußen fallen lassen! Brynnbetts Herz geriet aus dem Rhythmus, sie taumelte gegen die Wand. »Bei den Seelen der Ahnen.«

»Deine Tasche?«, flüsterte der Alte und kam mit seinem Stock nähergewackelt.

Doch sie gab keine Antwort, horchte nur. Am liebsten hätte sie die Tür geöffnet und Gillis Tasche geschnappt. Aber so würde sie den Alten unnötig in Gefahr bringen.

»Wo liegt was?« Hufe näherten sich.

»Na da, vor dieser schäbigen Holztür. Irgend so ein Stofffetzen. Sieht aus, als wäre was drin.«

Die krüppligen Finger des Alten streiften Brynnbetts Bauch auf der Suche nach ihrer Hand. »Ist der Inhalt sehr wichtig?«

»Mehr als das«, hauchte Brynnbett und presste die Hände vors Gesicht. Bitte nicht! Götter der Ahnen, wenn es euch gibt, tut doch etwas!

»Dann verschwinde nach hinten, Mädchen.« Der Alte wies mit dem Stock ans Ende des Flurs und wackelte zur Tür.

»Aber nein, was macht Ihr denn? Das ist zu gefährlich.«

Sie hörte Hufe, das Schnauben der Prelken, dann Stiefel auf dem Pflaster. Frunkhardt war abgestiegen und kam auf den Eingang zu, kein Zweifel.

»Seh ich aus, als könnte ich mich nicht wehren?«, zischte der Alte. »Los jetzt. Sonst sehen sie dich.«

Ja. Fassungslos schüttelte sie den Kopf, als er den Türknauf ergriff.

Draußen meldete der Dritte sich zu Wort, mit trommelndem Herzen schob Brynnbett sich in den Raum am Ende des Flurs. »Schnapp sie dir endlich, oder willst du Wurzeln schlagen.«

Fast im selben Moment öffnete der Alte die Tür. »Was ist denn hier los?«

Brynnbett stellte sich vor, wie er sich unsicher vor die Tür tastete und versuchte, mit dem Stock die Tasche zu finden.

»Immer hübsch ruhig, Alter. Wir haben nur was verloren.«

»Und warum treibt ihr euch dann vor meiner Tür herum? Der Lärm raubt einem ja den Schlaf.«

Ob der Alte zumindest Umrisse oder Schatten erkennen konnte? Am liebsten hätte Brynnbett um die Ecke geschaut. Wie dicht stand Frunkhardt vor ihm?

»Was kümmert uns das. In deinem Alter kann eh jeder Schlaf zur Todesfalle werden. Besser, du bleibst wach.«

»Frunkhardt!« Der Krächzer schien seinen Kumpanen zu bremsen. »Rück ihm nicht so auf die Pelle. Schnapp dir einfach die Tasche und komm endlich.«

»Sein Stock steht drauf.«

Auch das noch. Das war alles viel zu riskant.

»Dann schubs ihn halt ins Haus zurück, beim Eiter der Verwesten.«

Wehe euch! Brynnbett packte ihr Messer und machte sich bereit, hinauszustürmen. Hätte sie das nicht längst tun sollen, statt sich hier hinten zu verstecken?

»Einem alten Zwerg sein Krätzemittel stehlen?« Sie hörte den Alten stöhnen und stellte sich vor, wie er versuchte, die schwere Tasche aufzuheben.

»Krätze?« Frunkhardts Stimme klang verunsichert.

»Mann, Frunki. Durch eine Tasche steckt man sich nicht an.«

»So so. Zumindest einer von euch hat Grips.« Der Alte schnaufte und rang fiepend nach Luft. »Außer ...«, er hustete, »außer meinem Luwiss-Husten steckt hier nie nicht was an.«

Brynnbett hoffte inständig, dass das eine Finte war.

»Luwiss-Husten?« Diesmal hörte sie Schritte zurückweichen.

Der Alte gab ein paar furchtbar röchelnde Geräusche von sich. Brynnbett begriff, dass er dabei war, eine volle Ladung Sputum zutage zu fördern. Sie schüttelte sich.

»Vielleicht ist es ja doch nicht unsere Tasche«, stammelte Krohlo und Frunkhardt stimmte ihm zu.

»Dann sitzt endlich auf!«, krächzte Rhodor. »Und lasst uns weitersuchen.«

Brynnbett hörte, wie die Hufschläge der Prelken sich entfernten, und atmete wieder regelmäßiger. Blieb nur zu hoffen, dass der Alte nicht wirklich unter Luwiss-Husten litt. Einmal angesteckt, stünde ihr ein langsames Siechen bevor, für das es keine Heilung gab.

Kaum schlug die Tür zu, stürmte Brynnbett in den Flur. »Den Ahnen sei Dank, Euch ist nichts passiert.«

»Kein Kratzer.« Der Alte ließ die Tasche fallen. »Aber was, beim Hammer des Schmiedegottes, hast du da drin? Die ganze Bibliothek von Karamur?«

Erleichtert nahm Brynnbett die Tasche an sich und lachte. »Ich jage keinem Mythos hinterher. Doch Ihr seid mein Held, so wahr, wie wir hier stehen. Ich bin ewig in Eurer Schuld.«

»Immerhin.« Der Alte tastete sich mit dem Stock an ihr vorbei. »Für den Anfang reicht es mir, wenn du aus Dankbarkeit auf einen Tee bleibst. Ich habe noch einen Rest Porling-Tee aus den Höhlen des Kegelbergs, nördlich von Belldes-To.« Er kicherte vergnügt. »Den habe ich bei einem der Einsiedlerzwerge gegen simple Runenmagie eingetauscht.«

Brynnbett spürte seine Vorfreude und brachte es kaum übers Herz, ihn mit einer Absage zu kränken. Doch inzwischen hatte sie zu viel Zeit verloren.

»Wie ich höre, höre ich nichts«, stellte der Alte fest. Sie hörte die Enttäuschung in seiner Stimme.

»Bitte vergebt mir. Ich muss diese Tasche unbedingt noch heute an einen sicheren Ort bringen. Es ist wirklich wichtig.« Sie ging auf ihn zu, wollte tröstend die krüppeligen Hände in ihre nehmen, traute sich jedoch nicht. »Aber ich würde Euch wirklich gerne besuchen, wenn ich darf. Ich liebe Tee. Nur eben nicht heute.«

»Schon recht. Was soll ein junges Mädel auch bei einem alten Tattergreis wie mir?« Er schniefte. »Geht nur.«

»Bitte seid mir nicht böse.« Es zerriss ihr fast das Herz, wie er da stand, sich auf seinen Stock stützte und noch krummer und buckliger wirkte als eben.

»Schon gut.« Er hob den fleckigen Kopf und sah mit grauschleierigen Augen gefasst an ihr vorbei. »Du hast dem alten Spitzmeißel zumindest eine aufregende Abwechslung beschert. Dafür bin ich dir dankbar.« Er kicherte plötzlich. »Krätze und Luwiss-Husten. Wer es glaubt.«

Brynnbett wischte sich lächelnd eine Träne von der Wange. »Spitzmeißel, den Namen werde ich mir merken.«

Und dann, in dem Moment, da sie ihn aussprach, kam er ihr sogar bekannt vor. Aber woher?

»Wenn du wirklich wiederkommen solltest, Mädchen, darfst du mich Krellpinn nennen. Und nun husch, husch. Eigentlich gehörst du längst ins Bett.«

Jetzt nahm sie seine Hand doch noch in ihre, beugte sich vor und hauchte ihm einen Kuss auf die Wange. »Danke!«

»Hoppla.« Die verschleierten Augen weiteten sich. »Nur nicht rührselig werden. Wenn ich meine Tränensäcke leere, gibt's hier 'ne Überschwemmung.«

»Das will ich nicht riskieren.« Brynnbett eilte zur Tür und horchte nach draußen. »Bis bald.« Sie öffnete, vergewisserte sich nochmals, dass die Prelkenreiter fort waren, und ging hinaus.

An der Straßenecke lugte sie vorsichtig um die Mauer, doch auch auf der Gasse zum Stollenzugang rührte sich nichts. Brynnbett tastete nach dem Runenstein in ihrer Tasche. *Dann mal los.*

Sie lief, so schnell sie konnte, und ignorierte den Lärm, den sie verursachte. Ihre hämmernden Stiefelschritte mussten bis in die angrenzenden Straßen zu hören sein. Doch am Ende der Gasse sah sie bereits das Gittertor. *Gleich habe ich es geschafft.* Sie blickte über die Schultern, achtete auf Türen und Fenster, aber sie war allein. Endlich blieb sie schwer atmend vor dem Tor stehen und verstand sofort, warum der Zugang zu den Stollen immer unentdeckt geblieben war.

Vor ihr lag eine Gedenkstätte. »Dem Andenken unserer Gründermutter Franja Siedelkunst« war auf dem Sockel zu lesen. Ehrfürchtig sah Brynnbett zu der Statue auf, deren Konturen über die Jahrhunderte etwas an Schärfe verloren hatten. Der mildtätige Ausdruck aber, den man in dieser wunderbaren Arbeit eingefangen hatte, ließ sich immer noch auf Franjas Gesicht erkennen.

Brynnbett öffnete das Tor, vergewisserte sich mit einem letzten Schulterblick, dass sie unbeobachtet war, und trat ein. Sie stieg über ein paar welke Blumen, die vor dem Denkmal lagen, und nahm den Runenstein zur Hand. Erst als sie nach der passenden Vertiefung suchte, erkannte sie das Problem.

Die Felswand war so rau und uneben, dass es unzählige Stellen gab, die passen könnten. *Oh Gilli! Den wichtigsten Hinweis hast du mir vorenthalten.* Wieder schaute sie sich um. Was, wenn jemand käme, während sie hinter der Gründermutter mit einem Stein an der Felswand schabte?

Ruhig bleiben. Sie trat einen Schritt zurück und musterte noch einmal den faustgroßen Runenstein in ihrer Hand, ließ den Blick über die Unebenheiten gleiten und zählte dann die Vertiefungen, die infrage kamen. Bei dreiunddreißig hörte sie auf, sie hatte nicht mal ein Viertel der Wand hinter sich. Nein, so wurde das nichts. Es musste eine andere Möglichkeit geben. Irgendeinen Hinweis, von dem sich etwas ableiten ließe, wenn der Durchgang länger nicht benutzt worden war.

Brynnbett setzte sich und klopfte nachdenklich mit dem Stein gegen Franjas Sockel. Warum hatte Gilli ihr nicht erzählt, wie sie die richtige Vertiefung finden konnte?

Tock, tock, tock ...

Sollte sie die Wand mit dem Stein abklopfen? Aber nein, den Hohlraum würde sie entweder gar nicht oder überall hören.

Tock, tock, tock ...

Sie hielt die Hand still. Das Geklopfe half auch nicht weiter. *Vielleicht muss ich einfach stur auf die Wand gucken. Vielleicht sind die vielen Löcher nur eine Ablenkung und es geht um etwas ganz anderes.*

Tock, tock, tock ...

Gab es womöglich eine Art Bild oder Relief? Brynnbett steckte den Runenstein wieder in die Tasche. Könnte das da nicht eine Art Kreis sein? Er war nicht sehr rund, aber wenn man es nicht so genau nahm? Sie legte den Kopf schief.

Tock, tock, tock ...

Andererseits gab es auch dreieckige und sogar sechseckige Formen. Zumindest, wenn man versuchte, die kleinen Erhabenheiten von der sonst einheitlichen Fläche zu trennen.

Tock, tock, tock ...

Sie starrte auf ihre Hände. Der Stein war doch in ihrer Tasche ... Plötzlich hörte sie das Gitter und wirbelte herum.

»Brynnbett?«

Vor ihr stand ihr Held des Tages, schwer atmend auf seinen Stock gestützt.

»Krellpinn. Was macht Ihr hier?«

»Blumen bringen.« Er zog eine halb vertrocknete Grottenaster aus der Tasche und ließ sie zu Boden fallen.

»Sind die welken Blüten alle von Euch?«

»Ich fürchte, ja.« Er lehnte sich ans Gitter. »Sind nicht mehr viele, die unsere Ahnen ehren. Die meisten denken heute, sie hätten alles ihrer eigenen Klugheit zu verdanken.«

Brynnbett verstand, was er meinte. Aber sie hatte jetzt andere Sorgen, als sich mit ihm über die Vergangenheit zu unterhalten. »Woher wusstet Ihr überhaupt, dass ich hier bin?« Sehen konnte er sie ja nicht – zumindest nicht erkennen. Und da sie nicht gesprochen hatte, schied auch sein Gehör als Grund aus.

»Eins und eins, sagt man wohl.« Er nickte wissend, doch bei ihm wirkte das Nicken fast wie ein Kippeln, fand Brynnbett. Als fiele sein Kopf jeden Moment von den Schultern.

»Du hast eine Tasche voller Pergamente.« Er tippte sich auf die Nase. »Als ich mich hinunterbückte, habe ich es sofort gerochen. Und dann suchst du für sie ausgerechnet in diesem Winkel der Stadt ein sicheres Versteck. Darauf muss man erst mal kommen.« Er gluckste. »Und beim Wort ›Runenmagie‹ kam von dir nicht die geringste Reaktion. Was mehr als ungewöhnlich ist, weil zwar alle Zwerge mit Runen aufwachsen, aber noch lange nicht mit ihrer Magie. Und schließlich die einfältigen Rüpel von Prelkenreiter.« Er hob den Stock und stieß ihn mit einem lauten Tock wieder zu Boden. »Sprechen lautstark über ihre Suche nach einem Zugang.«

Brynnbett blieb der Mund offen stehen. Wer war das eigentlich? Gillron in alt und noch klüger? In diesem Moment, beim Gedanken an ihren allwissenden Freund, verstand sie, wie Krellpinn sie hier hatte finden können. »Ihr wisst von dem Stollensystem und dem Zugang.«

»Aber sicher.« Er kicherte. »Ich habe schließlich damals die Runenformel für den Zugang entwickelt und den Bau betreut.«

»Dann seid Ihr auch ein Runenmeister?« Sie schüttelte fassungslos den Kopf. Warum wimmelte es in ihrem Leben plötzlich nur so vor Runen und ihren Meistern?

»Hochmeister der Runenkunde«, korrigierte er stolz. »Doch das ist lange her. Ich genieße längst meinen Ruhestand. Ein wenig zu viel Ruhe, mein Kopf will nicht mehr ganz so, wie ich es gern hätte.«

Brynnbett fand, sein Kopf funktionierte noch ziemlich gut. Aber wer war sie, das zu beurteilen?

»Immerhin wurde diese grässliche Eintönigkeit meines Daseins heute auf treffliche Weise durchbrochen.« Er gluckste fröhlich.

Hochmeister. Gillron hätte sicher seine Freude an einer Bekanntschaft mit Krellpinn Spitzmeißel. Vielleicht kannte er sogar ... Natürlich! Plötzlich fiel es ihr wieder ein: fünf dicke Schwarten auf Gillis Regal, direkt neben dem Bett, in dem sie seit Tagen schlief. »Runenkunde für Anfänger«, platzte es aus ihr heraus.

»Jetzt sag nur, dass du sie gelesen hast. Hätte nicht mal gedacht, dass es sie noch gibt. Papier ist ja so empfindlich.«

»Ich selbst nicht«, gestand sie. »Aber ein guter Freund.«

»Nun, dann würde ich mich besonders freuen, wenn du ihn mitbringst. Falls du das Versprechen ernst gemeint hast.«

»Natürlich.« *Gilli wird vollkommen ausrasten, wenn ich ihm davon erzähle.* »Es ist übrigens seine Tasche, die ich in Sicherheit bringen möchte.«

»Ah ja, verstehe.« Krellpinn stellte sich einigermaßen gerade hin und tippelte ein wenig auf der Stelle, als müsste er neues Blut in seine Beine pumpen. Dann lehnte er sich wieder an den Gitterzaun. »Eine Frage habe ich aber noch«, fuhr er fort und hörte sich beinahe wieder so misstrauisch an wie bei ihrem ungeplanten Kennenlernen. »Warum eigentlich hat er dir nicht erzählt, wie du in den Stollen hineinkommst?«

32
RAIWEN

»Ich muss Janus zu seinen Eltern bringen. Das ist das Mindeste, was ich für ihn tun kann.«

Sie hatten den Leichnam behutsam in das Leichentuch gewickelt und es mit einem breiten Band festgebunden, damit es sich beim Tragen nicht öffnete.

»Was willst du ihnen sagen?« Raiwen hob den Brief von Mama-Linn auf und reichte ihn seinem Freund.

»Ich weiß es nicht.« Evon faltete den Pergamentbogen zusammen und steckte ihn ein. »Dass es mir leid tut – oder uns leid tut. Vielleicht, dass der Feuerball einem anderen gegolten hat oder dass es einfach nur ein unseliges Missverständnis war.« Er seufzte schwer. »Ich kann es dir nicht sagen.« Erneut sah er sich den verzierten Würfel an und schüttelte verzagt den Kopf. »Martimo. Was würdest du ihnen sagen?« Seufzend steckte Evon das Andenken an Janus' Kindheit in die Innentasche seines Umhangs und knöpfte ihn zu.

»Es war ein Unglück. Aber er war sofort tot und musste nicht leiden«, versuchte es Raiwen und wusste doch, dass es auf der ganzen Welt keine Worte gab, die Eltern über den Verlust eines Kindes hinwegtrösten konnten. Als Evon sich daran machte, den Leichnam aufzuheben, trat Raiwen sofort zu ihm. »Warte, ich helfe dir.«

»Nein.« Die Antwort kam so barsch, dass Raiwen erschrak. »Nein«, sagte er leiser. »Ich muss das allein tun und auch alleine zu ihnen gehen. Mich kennen sie, und du bist ...«

Ein Waldelb, einer seiner Mörder. »Beeil dich. Ich erkläre es Kyriejah, so gut ich kann, aber du solltest uns spätestens morgen einholen. Bevor wir den Arro-Duado überqueren.«

»Ja«, antwortete Evon. »Seine Familie lebt im Holzfällerlager südlich des Waldes, das ist nicht weit. Sie haben dort einen kleinen Laden. Morgen bin ich wieder bei dir. Ich weiß ja, dass ich die Stadt der Bergelben ohne euch nicht finden werde.« Er hob Janus' Leichnam auf. »Danke«, sagte er und ging davon.

Als Raiwen zum Heer aufschloss, machte er sich nicht die Mühe, nach vorne zu Kyriejah zu laufen. Seine Gedanken waren noch zu befangen, kreisten um Janus, quälten ihn mit dem Bild des zerstörten Körpers und konnten nicht fassen, warum der junge Mann von Arandor niedergestreckt worden war. War es ein Versehen gewesen? Nein, dafür stand der Heermeister schon zu lange in Diensten der Fürstin. Oder war es Rache? Würde er für jedes Lawinenopfer einen Magister töten? Egal, ob sie etwas verbrochen hatten, bewaffnet waren oder nicht? Nein, das konnte, das durfte nicht sein.

Raiwens Gedanken flogen zu Evon, der schon bald an eine Tür im Lager klopfen würde, um die schlimmste aller Nachrichten zu überbringen. Er dachte an Mama-Linn, die das Klopfen hören und freudig zur Tür eilen würde, da sie ihren geliebten Sohn erwartete. Er stellte sich den irritierten Ausdruck auf ihrem Gesicht vor, das kurze Stutzen, weil es nicht Janus wäre, der vor der Tür stand. Dann vielleicht eine aufflackernde Freude, weil sie Evon wiedererkannte – und ein ersterbendes Lächeln, da ihr Blick auf den in ein Leichentuch gewickelten Körper fiel. Wie mochten sie und ihr Mann die Nachricht aufnehmen? Was würden sie tun? Was könnten sie tun – außer vor Trauer fast umzukommen?

Raiwen kam zu keinem Schluss, nahm sich aber vor, mit Kyriejah über Janus zu sprechen. Über den tragischen Fehler, der eine Familie den Sohn gekostet hatte. Wenn er es nur eindrücklich genug schilderte, müsste sie verstehen, dass ein Krieg gegen Crem dieses Leid vervielfältigen würde. Weil jedes Opfer ein Kind, ein Geschwister, ein Elternteil oder Freund von jemandem war, der zurückblieb – allein.

Entschlossen machte er sich daran, zur Spitze des Heerzugs aufzuschließen. Er wollte mit ihr sprechen, sich all das von der Seele reden. Nicht ausgerechnet, wenn Arandor zugegen wäre, aber auf jeden Fall, ehe Evon zurückkäme.

»Ich nahm schon an, Ihr würdet einen ganzen Friedhof anlegen.« Kyriejah schenkte ihm nur einen kurzen Blick und reckte dann wieder das Kinn. Sie sah prunkvoll und mächtig aus, wie sie da auf der Gryd-Fehluhr-Stute saß und in langsamem Tempo über die verschneite Straße zog.

Arandor ritt nur ein kleines Stück vor ihr, gerade außer Hörweite, wenn man leise genug sprach. Bedacht senkte Raiwen die Stimme, als er der Thronwächterin gestand, dass er allein zurückgekommen war, und berichtete, warum Evon erst später folgen würde.

»Ihr habt was?« Die blaugrünen Augen weiteten sich, er wusste, dass Kyriejah ihn sehr gut verstanden hatte. »Das hätte ich nicht gestattet.« Mit einem Zügelruck gebot sie ihrer Fehluhr-Stute, zu halten.

Raiwen nickte rasch und versuchte, es besser zu erklären. »Mellenkorh-Evonurh hat eine Zeit lang in Clutt gearbeitet. Das Schicksal wollte es, dass er den jungen Magister kannte. Und auch dessen Eltern.«

»Und wenn er ganz Clutt kennt!«, herrschte sie ihn so laut an, dass Arandor den Hengst zügelte und sich umsah. »Er hat Entscheidungen von derartiger Tragweite mit mir abzustimmen!«

Der Heermeister kam zu ihnen, auf sein Handzeichen erschollen Rufe, die der Legion zu halten befahlen. »Was für Entscheidungen, Thronwächterin?«, fragte er schmallippig.

»Mellenkorh-Evonurh hat die Feindesleiche nicht begraben, sondern nach Clutt gebracht!«

»Ohne Eure Zustimmung?«

Raiwen wäre ihm am liebsten ins Gesicht gesprungen. Diese Frage diente nur dazu, Kyriejah noch zorniger zu machen, als sie ohnehin schon war. Schließlich hatte Arandor gehört, dass es um eine Entscheidung ohne Zustimmung ging. »Die nicht notwendig gewesen wäre, wenn es dieses Opfer nicht gegeben hätte«, platzte es aus ihm heraus.

Ganz langsam drehte sich Arandor zu ihm um. »Ihr wagt es, meine Taten in Zweifel zu ziehen?« Worte, die sich zu einer gefährlichen Frage dehnten – einer gespannten Bogensehne gleich, die nur darauf wartete, den nächsten tödlichen Pfeil abzuschießen.

»Ich bin Heiler«, schlug er einen versöhnlicheren Ton an. »Für mich ist jedes Opfer ein Opfer zu viel – egal, auf welcher Seite. Und es geht mir nicht um Zweifel, aber schon darum, unsere Taten zu hinterfragen. Der junge Mensch hatte einen Brief bei sich, in dem ihm seine Mutter nur Gutes über uns Waldelben geschrieben hat. Wir seien Hüter des Lebens, schrieb sie. Er hatte Crem verlassen, um dem Orden den Rücken zu kehren.«

»So, das glaubt Ihr also?« Arandors Augen funkelten. »Vielleicht hatte er auch nur Angst, weil er zu denen gehörte, die das alles ausgelöst haben. Womöglich war es sein schlechtes Gewissen. Magistern kann man nicht trauen, so viel haben wir doch wohl gelernt.«

Raiwen schüttelte den Kopf. »Es sind nicht alle gleich. Weder bei uns, noch bei den Menschen.«

»Das stellt niemand infrage«, mischte sich Kyriejah ein. »Im Nachhinein ist es immer einfach, mit dem Finger auf Geschehnisse zu zeigen. Aber Ihr habt noch nicht von der Verantwortung gekostet, die mir als Thronwächterin und Arandor als erstem Heermeister auferlegt ist.« Ihre Stimme klang kühl. »Dinge können nicht ungeschehen gemacht werden. Doch wenn dieser junge Magister in Crem einen Angriff durch uns befürchtete, hätte er vorsichtiger sein müssen. Dass das Waldelbenheer über den Pass zwischen den Kesselbergen kommen würde, sollte keine Überraschung sein.« Ihre blaugrünen Augen fixierten Raiwen. »Sagt mir also: Warum geht dieser Magister durch den Wald und zaubert Feuerbälle?«

»Er ... er hat Feuerbälle gewirkt?« Waren die magiebegabten Menschen tatsächlich in der Lage, solche elementaren Zauber zu vollbringen?

»Wie hätten wir ihn sonst sehen und treffen können?« Kyriejah streichelte den Hals ihrer Stute und schaute nach vorn.

Arandor räusperte sich. »Ein Hinterhalt lag nahe.« Er neigte den Kopf. »Und auch wenn der Tod des Blaurocks tragisch ist, hat es zumindest etwas Gutes an sich. Wir wissen jetzt, dass die Magister über unsere Absichten informiert sind. Eine Erkenntnis, die zehn Clutt-Leben wert gewesen wäre.«

Raiwen traute seinen Ohren nicht. Wie abgebrüht war der Heermeister eigentlich? »Wie könnt Ihr das sagen?« Am liebsten hätte er ihn geohrfeigt.

»Indem ich es ausspreche. So einfach ist das.« Arandor sah zu Kyriejah, als wäre damit alles gesagt. »Darf ich den Marschbefehl geben, ehrwürdige Thronwächterin? Es wird Zeit, wenn wir morgen den Fluss passieren wollen. Wir sollten uns direkt nach Westen halten.«

»Einen Moment.« Sie wandte sich Raiwen zu und fixierte ihn. »Gibt es noch etwas, das Ihr infrage stellen wollt? Oder kann ich mich auch weiterhin auf Eure Gefolgschaft verlassen?«

Was blieb ihm anderes übrig? Er konnte nicht riskieren, vom Besuch Nunahzhars ausgeschlossen zu werden, wenn er wissen wollte, ob Julina ihm Nachrichten geschickt hatte. »Ja«, antwortete er.

»Das höre ich gern.« Kyriejah nickte Arandor zu, der den Bläsern ein Zeichen gab.

Der nächste Morgen empfing sie mit dichtem Schneetreiben. Und es schneite immer noch, als Evon sie am späten Nachmittag einholte. Raiwen hatte sich gerade um die Verletzten gekümmert, als er ihn weit hinten neben den marschierenden Einheiten entdeckte. Er winkte ihm, doch es dauerte, bis sein Freund ihn durch das Schneetreiben sah. »Hier, Evon!«

Als er Raiwen einholte, zog er sich das schützende Tuch vom Gesicht und setzte ein tapferes Lächeln auf. »Länger hätte ich euch nicht aus den Augen lassen dürfen.« Er wies in die Richtung, aus der er kam. »Der Schnee deckt die Spuren eines ganzen Heers zu.«

Raiwen starrte auf die Lippen seines Freundes, die blau vor Kälte waren. »Bist du die Nacht durchgelaufen?«

»Ja, anders wäre es nicht gegangen.«

»Es tut gut, dich zu sehen.«

Eine Zeit lang gingen sie schweigend nebeneinander her. Mehrmals überlegte Raiwen, wie er den Freund vorsichtig auf Clutt ansprechen könnte, bis der ihm die Entscheidung abnahm.

»Es ist getan«, sagte er nur.

Raiwen nickte. »War es sehr schwer?«

»Nicht so schwer wie für Janus' Eltern.« Erstaunlicherweise klang Evon weder verbittert noch verhärtet. Als hätte er auf seinem Marsch durch die eisige Landschaft Frieden gefunden. »Ich nehme an, die Thronwächterin und ihr erster Heermeister waren nicht sonderlich begeistert, oder?«

Raiwen schüttelte den Kopf. »Das schätzt du richtig ein. Es wäre sicher gut, wenn du ... nun ja ...«

»Wenn ich mich dafür entschuldige, dass ich unerlaubt den Heerzug verlassen habe?«

»Etwas in der Art, ja.«

»Das habe ich mir auch schon überlegt. Hatte ja lange genug Zeit« setzte er seufzend hinzu.

Wie hart Evons einsamer Weg durch den Schnee gewesen sein musste, konnte Raiwen nur erahnen. Wenn man sich allein auf den nächsten Schritt konzentrieren konnte und die Bilder nicht aus den Gedanken bekam, die sich längst ins Gedächtnis gebrannt hatten.

»Also, ich kann mich nicht für die Sache an sich entschuldigen«, sagte Evon. »Nicht dafür, dass ich Janus zu seinen Eltern getragen habe.«

»Das verstehe ich.« Raiwen sah zu ihm hinüber. »Haben sie ... ich meine ... werden sie uns verzeihen?«

Evon senkte den Blick und starrte auf die Wagenspuren vor ihnen, als könnte er dort eine Antwort finden. Dann schüttelte er den Kopf. »Mama-Linn war am Ende recht gefasst, aber Janus' Vater kämpfte verbittert gegen die Trauer über den Verlust des einzigen Sohns.«

»Ich dachte mir, dass es schwer für sie wird.«

»Wenn es nur das wäre.« Evon ging jetzt dichter neben Raiwen her und warf ihm einen vielsagenden Blick zu. »Wusstest du von den verschwundenen Magistern?«

»Ich hörte davon, ja. Aber das liegt Monde zurück, noch vor dem Elbenrat war das, meine ich. Angeblich ein Gerücht, das der Orden in die Welt gesetzt hat, um die Elben in den Königreichen zu verleumden.« Er zuckte mit den Schultern. »Keine Ahnung, was da dran war. Wie kommst du darauf?«

»Weil einer der drei ebenfalls aus Clutt stammte.«

»Bei den Seelen.« Entsetzt blieb Raiwen stehen, stolperte aber sofort weiter, als Evon ihn packte und mit sich zog. »Auch so ein junger Magister wie Janus?«

Sein Freund schüttelte den Kopf. »Eine junge Magistra. Die Tochter des Zunftmeisters.« Er machte eine kurze Pause, ehe er eine weitere, entscheidende Neuigkeit zum Besten gab: »Und die Väter sind Brüder!«

Keiner von beiden mochte das Thema fortspinnen. Raiwen versuchte, nicht daran zu denken, welche Kräfte Clutt mobilisieren könnte, wenn die richtigen Wortführer sich mit ihrer Wut im Herzen an die Spitze stellten.

»Ich sollte Kyriejah aufsuchen und mich zurückmelden«, sagte Evon irgendwann. »Meinst du, ich sollte ihr von Janus' Familie und der jungen Magistra erzählen?«

Raiwen sah seinen Freund unschlüssig an. »Ich bin mir nicht sicher. Kyriejah würde sicher nicht umkehren, um irgendwelche Bergmänner in Clutt zu töten. Selbst Arandor will keine weitere Verzögerung auf dem Weg nach Nunahzhar, denke ich. Allerdings könnten sie eine Botschaft an die drei Legionen hinter uns senden.«

»Meinst du, die würden ein ganzes Dorf dem Erdboden gleich machen, nur um Schlimmeres zu verhindern?«

»Ich möchte es mir nicht vorstellen. Doch ehrlich gesagt, weiß ich es nicht. Kerahna-Berehla würde sicher an Clutt vorbeiziehen und unnötiges Blutvergießen vermeiden. Aber die anderen Heermeister kenne ich nicht so gut. Wenn sie eher so denken wie Arandor ...«

»Verstanden.« Evon zog sich die Kapuze tiefer ins Gesicht. »Es wird Zeit, dass ich Kyriejah meine Aufwartung mache. Aufgeschoben ist leider nicht aufgehoben.« Er wendete sich ab und beschleunigte seine Schritte, um an den Versorgungswagen vorbei zur Spitze des Heerzugs zu gelangen.

Während Raiwen auf den nächsten Wagen sprang und einen weiteren Verbandwechsel vornahm, musste er die ganze Zeit an die verschwundenen Magister denken. Wenn es nicht nur ein Gerücht gewesen war, sondern tatsächlich Mitglieder des Ordens verschollen waren, warf das gleich mehrere Fragen auf: Warum war es überhaupt dazu gekommen? Lebten sie vielleicht noch? Und wer steckte hinter ihrem Verschwinden?

Die Nacht war eisig, Raiwen musste seine Magie stärker pulsieren lassen, um sich und Evon warm zu halten. Er spürte den Unterschied deutlich, als sie sich nach dem Frühmahl wieder auf den Weg machten. Das frische Wasser, das sonst für die Regeration seiner Kräfte ausreichte, konnte das Gefühl der Erschöpfung nicht gänzlich vertreiben. Wenn er es richtig einschätzte, ging es den Kriegerinnen und Kriegern nicht anders. Der ganze Heerzug wirkte erschöpfter und schob sich merklich langsamer durch den kniehohen Schnee.

Seit sie aus den Bergen heraus waren, half ihnen kein magisches Feuer mehr, denn das Schmelzwasser konnte nirgendwohin ablaufen und im Schlamm kämen sie noch schlechter vorwärts. Immerhin hatte es aufgehört zu schneien, gen Westen klarte der Himmel auf, auch wenn sich der eisige Wind nicht legte.

Als Arandor von einem Erkundungsritt zurückkehrte und berichtete, dass sie bald auf den Arro-Duado stoßen würden, besserte sich die Stimmung spürbar, das Tempo der Truppe stieg an. Als könnte allein der Anblick des Flusses für die Strapazen des langen Weges entschädigen.

Im Stillen hatte Raiwen darauf gehofft, dass durch den strengen Wintern sogar der tote Fluss, wie er von den Menschen genannt wurde, zugefroren war und sie einfach nur hinüberzulaufen brauchten. Doch als sie das Ufer erreichten, wurde er eines Besseren belehrt.

Evon schüttelte fassungslos den Kopf und knetete seine behandschuhten Hände. »Ich hatte erwartet, dass Flüsse bei so einer elendigen Kälte zu Eis werden.«

»Ihr kennt den Arro-Duado wohl nicht?« Kyriejah blickte erstaunt von ihrem Gryd-Fehluhr auf ihn herab.

»Nicht im Winter. Aber ich weiß, dass er sich aus den sauren Hochmooren des Ocka-Tang speist.«

»Deswegen gibt es hier keinen Uferbewuchs.« Kyriejah nickte. »Allerdings hat er auch Zuflüsse aus den salzhaltigen

Gipfeln des östlichen Eskringebirges. Und je mehr Salz, desto kälter muss es sein, damit so ein breiter Fluss zufriert.«

»Und jetzt? Durchschwimmen können wir ihn bei dieser Kälte nicht.«

»Das müssen wir auch nicht«, schaltete der Heermeister sich ein. »Flussabwärts, in den Ausläufern der nordischen Wälder gibt es eine Brücke.«

Raiwen konnte den Waldrand sehen, wusste aber, dass es noch recht weit bis dorthin war, während die Berge im Norden zum Greifen nahe schienen. Dort, wo sie die Stadt Nunahzhar finden würden. »Also zurück auf die Handelsstraße. Wenn man bedenkt, wohin wir eigentlich wollen, ist es fast ein Jammer, wie viele Meilen wir auf uns nehmen müssen, nur um trocken auf die andere Seite zu kommen.«

»Zumindest die Wagen mit den Verletzten«, überlegte Kyriejah und sprang von ihrer Gryd-Fehluhr-Stute ab, um näher ans Ufer zu treten. »Arandor?«

Der Heermeister trat heran, streckte die Arme vor und konzentrierte sich. Nur einen Lidschlag später hatte er Feuerkugeln auf den Handflächen, die zusehends größer wurden. Er ließ sie auf den Schnee sinken. Sofort schmolz die weiße Oberfläche, Kyriejah konnte problemlos bis ans Ufer gehen.

»Es ist zu steil. Ich dachte mir schon, dass die Gryd-Fehluhre und die Wagen die Brücke nehmen müssen.«

»Nur Tiere und Wagen? Und was ist mit dem Rest?« Evons Stimme klang ängstlicher, als Raiwen es von ihm gewohnt war. Ob sein Freund Angst vor Wasser hatte?

»Ich denke, Arandor-Gerebohr wird die Wagen mit einem Großteil des Heers begleiten. Einige wenige kommen mit mir.« Kyriejah zeigte auf den Fluss.

»Das bedeutet Ertrinken oder Erfrieren, nicht wahr?« Man konnte Evon ansehen, dass er eher desertieren würde, als eine Flussüberquerung zu probieren.

»Wenn der hohe Säuregehalt des Arro-Duado Euch erst die Haut von den Knochen ätzt, wird die Kälte nicht mehr stören«, stellte die Thronfolgerin mit ausdrucksloser Miene fest. »Wer mich begleitet, bekommt immerhin die Stadt der Bergelben zu

Gesicht. Ein kleines Gefolge von fünf oder sechs Kriegerinnen und Kriegern wird mir reichen.« Sie sah sich um. »Der Rest der Legion wird den langen Weg nehmen und am Fuß des Berges lagern, bis wir aus Nunahzhar zurückkehren.«

Der Heermeister gab Kyriejahs Worte an das Heer weiter und fragte nach Freiwilligen. Alle traten wie auf Kommando einen Schritt vor. Auch Raiwen, er wollte so schnell wie möglich in die Bergelbenstadt gelangen.

Nur Evon rührte sich nicht. »Es tut mir leid«, meinte er verlegen, während Kyriejah mit Arandor die vorderste Reihe abschritt, um Kriegerinnen und Krieger auszuwählen. »Ich kann nicht schwimmen.«

»Dann sind wir schon zwei«, sagte Raiwen.

Evons Augen weiteten sich. »Aber ... aber solltest du ihr das nicht sagen?«

Fast tat es ihm leid, wie besorgt sein Freund wirkte. Er konnte ja nicht ahnen, wie viel Macht Kyriejah besaß. Wie Raiwen es sich vorstellte, würde niemand von ihnen schwimmen oder auch nur nass werden. »Keine Angst«, beschwichtigte er, »wenn wir uns aufteilen, bin ich ihr einziger Heiler.« Er lächelte. »Sie wird sicher gut auf mich aufpassen.«

»Bist du verrückt?« Evon kam näher und senkte die Stimme. »Bei allem, was du mir erzählt hast, glaube ich kaum, dass sie auf einen Heiler angewiesen ist. Immerhin ist sie eine Scheltar.«

Stimmt, daran hatte er noch gar nicht gedacht.

»Hast du schon mal überlegt, warum sie dich trotzdem unbedingt auf ihren Heerzug mitnehmen wollte?«

Jetzt wurde Raiwen doch etwas mulmig. »Ich weiß nicht, worauf du hinaus willst«, flüsterte er.

»Wer außer dir könnte wirklich ein Heilmittel für die Fürstin und ihre Thronfolgerin finden?«

»Wahrscheinlich niemand. Wieso fragst du?«

»Es hat seinen Grund, dass ich dich die meiste Zeit im Auge behalten habe. Wenn du mich fragst, solltest du dich nicht zu sicher fühlen.«

Hinter ihnen wurde das Signal zum Abmarsch gegeben. Evon warf einen Blick zu Arandor, der neben den Fehluhren stand und ihn mit düsterer Miene zu sich winkte. »Kommt endlich, Mellenkorh-Evonurh! Ihr kümmert Euch um die Stute der Thronwächterin.«

»Immerhin«, raunte er. »Diesen Wert gesteht mir Arandor auch nach meinem Ausflug nach Clutt noch zu.« Er schaute Raiwen an und legte die Hand aufs Herz. »Die Macht der Seelen sei mit dir, mein Freund.«

»Und mir dir!« Nachdenklich sah er seinem Freund hinterher. Glaubte er wirklich, der Thronwächterin könnte am Tod ihres ersten Heilers gelegen sein?

»Zu mir, Freund Raiwen«, rief Kyriejah, die mit einigen Kriegerinnen und Kriegern an die Uferböschung getreten war, zum Fluss hinunterblickte und gebieterisch die Arme hob.

Gehorsam eilte er zu ihr, während der Boden zu vibrieren begann und Schnee von der Böschung ins dunkle Wasser rutschte.

»So ist es gut«, sagte sie mit leiser Stimme und warf ihm einen kühlen Blick zu. »Ihr geht als Erster!«

33
JAMON

Jamon hatte Stimmengewirr erwartet, als er sich mit dem Lautensack in der Hand und dem Ordensumhang über dem Arm in die Taverne duckte. Doch außer zwei greisen Zwerginnen, die dicht beim Kamin saßen und eine Suppe schlürften, war der Gastraum leer. Nur der vertraute Geruch nach Alkohol, Bratfett und süßlichem Pfeifentabak erinnerte an die Geschäftigkeit, die hier sonst herrschte.

»Magister Jamon.« Fredo rutschte schwerfällig von seinem Hocker und stützte sich auf den Tresen, in der linken Hand den obligatorischen Lappen, der inzwischen längst mit den Fingern verwachsen sein musste. Hatte er den graubärtigen Schankwirt jemals ohne das fleckige Tuch gesehen?

»Meister Fredo.« Lächelnd ging Jamon auf ihn zu.

Wie auf Kommando begann der Alte, übers glänzende Holz zu wischen, während seine wachen Augen sich auf Jamon richteten. »Ich fürchte, zu dieser Zeit lohnt sich kein Auftritt für dich.«

»Ein Besuch in deine Taverne lohnt immer, und so du etwas hören möchtedt, spiele ich auch gerne nur für dich.«

»Das wäre wahrlich eine Freude. Aber fürs Erste solltest du dich aufwärmen und stärken. Eisig ist's da draußen. Das spüre ich in jedem Knochen.«

Jamon nickte. »Ich auch.« Er verzog das Gesicht, als er sich an den Tresen setzte. Von den niedrigen Zwergenstühlen an den Tischen käme er in seinem Zustand kaum wieder hoch.

»Dafür bist du eigentlich noch zu jung, findest du nicht?«, meinte Fredo schmunzelnd.

»Nicht nach einem Kampftraining mit Prandur.«

Der Alte lachte. »Das ist was anderes. Umso wichtiger, dass du dich stärkst.« Er drehte sich zur Küchentür. »Aula? Eine Suppe für unseren Lautenspieler. Mit extra Einlage.«

»Oh, das wird mir guttun. Ich danke dir.«

»Und von mir bekommst du einen Humpen Kittla, wenn es recht ist.«

»Kannst du Gedanken lesen?« Jamon sah sich suchend um, während der Alte einen der großen Tonkrüge füllte. »Ist Kestur heute nicht da?«

»Nein.« Fredo wischte über eine tadellos saubere Stelle, auf die er dann den Humpen stellte. »Der kommt erst in einigen Tagen zurück. Zumindest hoffen wir das.« Der Schankwirt wies mit seiner Lappenhand durch die Taverne. »Es mag zwar leer aussehen, aber wenn es dunkel wird und die Bautruppen zurückkommen, ist reichlich zu tun.«

»Und ihr habt keine Aushilfe?« Jamon stellte sich den Schankraum voll hungriger Zwerge vor, zwischen denen Fredo müde und überfordert umherschlurfte, während Aula in der Küche versuchte, unzählige Essen gleichzeitig zu kochen.

»Lediglich eine Küchenhilfe, damit wir genügend Essen auf die Tische kriegen.«

»Und dann bedienst du selbst?« Jamon konnte den ungläubigen Unterton in seiner Stimme nicht verhindern.

Doch Fredo schien ihn nicht zu bemerken. »Wo denkst du hin? Selbstbedienung heißt das Gebot der Stunde.«

Wie auf ein Stichwort kam Aula aus der Küchentür und stellte einen großen Teller auf den Tresen. »Einmal Suppe mit extra Einlage!«, rief sie und wollte sich just wieder umdrehen, als sie sah, wie leer die Taverne noch war. »Bei den Feuern der Himmelsküche, ich dachte, es geht schon los. Milli ist dabei, zwei weitere Platten anzuheizen.«

»Tut mir leid.« Jamon zuckte die Achseln. »Ich bin allein.«

Aula lachte. »Mit einer Laute ist man nie allein! Hat mir mal ein seltsamer Magister gesagt, der nicht zaubern konnte.« Sie kam um den Tresen herum und begrüßte ihn. »Alles gut bei dir? Konntest du das Bücherhaus retten?«

Jamon stutzte. »Du weißt davon?«

»Dass ihr halb Crem abreißt, um die Stadt elbenfest zu machen? Na, wie denn nicht, wenn das halbe Zwergenviertel euch dabei zur Hand geht.« Aula stemmte die Hände in die Hüften. »Am Abend schleppen sie nämlich alle ihren Dreck in unseren Schankraum.«

»Ich meine von der Bibliothek.«

»Ach so, das, ja. Kestur hat es erzählt, der hat es von Prandur gehört und der wohl von dir. Jedenfalls sprach man früher schon immer davon, dass das Bücherhaus Geheimnisse birgt, die es zu schützen gilt.« Sie winkte ab. »Aber was weiß ich schon. Hast du es nun gerettet? War dir doch bestimmt wichtig, als belesener Ordensschalk.«

Jamon nickte grinsend. Aulas Temperament machte vor niemandem halt. »Der Schalk hat.« Wobei es eigentlich Belintraud Schröbler zu verdanken war. Doch mit dem Namen seiner Schriftführerin könnte Aula nichts anfangen.

Die Köchin eilte zurück hinter den Tresen und schob ihm den Teller vor die Nase. »Nun aber guten Hunger. Nicht dass meine Suppe noch kalt wird.«

»Lass es dir schmecken«, presste Fredo hervor, während er sich wieder auf den Hocker hievte. Er lehnte sich zufrieden gegen die Wand, verschränkte die Arme samt Lappen über dem Bauch und schloss die Augen.

»Na, dann mal gute Nacht!« Aula schüttelte den Kopf und verschwand in der Küche.

Für einen seligen Moment genoss Jamon die wohltuende Wärme, die die Suppe ihm verschaffte. Kelbarknollen, Peterwurz und Lauch, gewürzt mit allerlei Zutaten. Ingwer, Lorbeer und Karanda glaubte er herauszuschmecken, aber sicher war er sich nicht. Überdies war das bestimmt nur ein Bruchteil der Spezereien, mit denen Aula ihre Speisen verfeinerte.

Doch als Jamon den Teller auskratzte, holte ihn das Geräusch in die Gegenwart zurück, die Unruhe der letzten Tage nahm ihn wieder in Besitz. Hatte er an alles gedacht? Waren die Baumeister ausreichend instruiert oder sollte er sich lieber selbst von den Baufortschritten überzeugen? Er sah auf den ledernen Lautenüberzug und dachte daran, dass er früher auf die Abende in der Zänkischen Zilpe förmlich hingefiebert hatte. Jetzt verspürte er keinerlei Lust, sie auszupacken.

»Hat's dir geschmeckt, Meister der Laute?« Die knarrende Stimme des Alten riss Jamon aus seinen Gedanken.

»Was? Ja, natürlich. Wie könnte es nicht, bei der Köchin?«

»Wohl wahr.« Fredo knurrte zufrieden. »Sie hat ja auch bei einer Herdfeuer gelernt, bevor sie zu mir kam.« Er nickte Jamon mit großen Augen zu, als wäre der Name für sich genommen Erklärung genug. »Wenn du mich fragst, braucht sie nur den richtigen Mann, und ihr Name wird den der Herdfeuers ablösen.«

Zumindest war der Name Würzfein ebenso einprägsam wie der andere und passte perfekt zu Aula. Jamon nickte also pflichtschuldig, obgleich er ahnte, dass ihm für den tieferen Sinn irgendein Zwergenwissen fehlte. Besser, er wechselte das Thema. »Sag, wo ist Kestur denn genau?«

Die selige Zufriedenheit in Fredos Stimme wich einer Müdigkeit, der sich sein Gesichtsausdruck sofort anpasste. »Er bringt Mutter und Großeltern nach Eskrinor. Seine Schwester ist mit ihren Kindern auch dabei. Wenn es losgeht, ist hier kein guter Ort für Kinder und Alte.«

Das sagte einer, der selbst längst die besten Zeiten hinter sich hatte. Jamon zollte ihm im Stillen Respekt dafür, trotz des drohenden Elbenangriffs hierzubleiben. »Hast du vom Krieg im Süden gehört?«

»Die Geldermark gegen die Feuerelben? War eigentlich immer der wahrscheinlichste Krieg, wenn du mich fragst. Der Elbenfürst aus Innelles war schon in meiner Jugend aufbrausend und rachsüchtig. Nicht, dass ich ihm mal begegnet wäre, die Göttin der Schankwirte möge mich bewahren, aber man hört so einiges, wenn man die Ohren offen hält.« Ächzend rutschte Fredo von seinem hohen Hocker und wischte sich auf dem Tresen näher an Jamon heran. »Aber gerade jetzt ...« Er hielt inne und blitzte ihn aus wachen Augen an. »Gerade jetzt kommt es zu einer höchst ungünstigen Zeit.«

Jamon fand ja, dass jeder Krieg ungünstig war, egal, zu welcher Zeit und an welchem Ort, doch das behielt er für sich. »Wie meinst du das?«

»Weil wir dadurch nicht auf Hilfe durch unsere Schwestern und Brüder aus dem Ophringebirge hoffen können.«

»Hattet ihr denn um Unterstützung gebeten?« Davon hatte Prandur ihm noch gar nichts erzählt.

»Was weiß ich schon.« Fredo schleppte sich wischend weiter, bis er vor einem Fässchen stehen blieb, unter dessen Hahn er einen kleinen Tonbecher stellte. »Wachswurzelmet mit Anthemiskraut. Darf ich dir ein Becherchen ausgeben?«

Jamon schüttelte den Kopf. »Sind die Ophrindarh in den Krieg verstrickt?«

Fredo schaffte es, das winzige Trinkgefäß mit dem Leinentuch zu greifen, schnupperte daran und kippte den Met herunter. »Ahhh, das tut gut.«

Perplex verfolgte Jamon, wie der Alte den Becher mit dem Tresenlappen auswischte und zurück neben das Fässchen stellte.

»Keine Bange, ist nur mein eigenes Becherchen. Alle anderen werden ordentlich gewaschen.« Er kniff ein Auge zu und sein halbes Gesicht legte sich in Falten. »Wo waren wir?« Irgendwie schaffte er es, seitwärts am Tresen zurückzugehen und den Lappen ohne Unterlass weiter über das blanke Holz zu schieben. »Die Ophrindarh, richtig. Nun, wenn sie clever sind, halten sie sich raus. Aber wenn der Krieg bis vor ihre Tore kommt, werden sie etwas tun, da bin ich sicher. Und sie lassen ihr Reich nicht unbewacht.«

»Dann hat Prandur also nicht nur aus Eskrinor, sondern auch aus dem Ophringebirge Nachricht erhalten«, dachte Jamon laut. Kein Wunder, dass der Waffenmeister so schlecht gestimmt war. Nachdenklich fingerte Jamon einen Silling und drei Kulinge aus der Tasche, legte sie auf den Tresen und sah sie kurz darauf in Fredos Münzkasse verschwinden.

»Ein Silling hätte gereicht.« Der Alte hievte sich wieder auf seinen Hocker. »Wie auch immer«, ächzte er. »Am Ende kommt es auf das an, was der Orden tut. Denn die Mauern sind nur ein erstes Hindernis, das Crem Zeit verschafft, um das Richtige zu tun.« Er lehnte sich an die Wand. »Entschuldige mich«, bat er mit knarrender Stimme. »Muss mich ausruhen. Nachher wird es hochhergehen, und man mag es mir nicht ansehen, aber ich bin nicht mehr der Jüngste.« Er verschränkte die Arme über dem Bauch, schloss die Augen und schien direkt einzuschlafen.

Nur ein erstes Hindernis. Jamon verstand plötzlich, warum Mütter mit ihren Kindern und Greise, die noch reisen, aber nicht mehr kämpfen konnten, Crem verließen. Es war ja nicht so, dass ihm das in den letzten Tagen nicht aufgefallen wäre. Sogar einige Magister hatten die Stadt verlassen, um in ihre Heimat zurückzukehren. Doch dass die Zwerge es ebenso hielten, ernüchterte ihn.

Erst als er sich den Umhang übergeworfen hatte und nach der Laute griff, fiel Jamon wieder ein, dass Prandur nachkommen wollte und er auf ihn warten musste. Seufzend setzte er sich an den Musikertisch am Kamin und starrte ins Feuer. Die suppelöffelnden Zwerginnen waren gegangen, und weil er nichts Besseres zu tun hatte, packte er die Laute aus, stimmte die Saiten und begann zu spielen.

Er spielte leise, zupfte die ihm bekannten Zwergenweisen, ohne zu singen – jeder Ton ein melancholischer Impuls, der die warme Luft der Schänke bereicherte und seine Gedanken auf Reise schickte. Dulli und Klausi kamen ihm in den Sinn. Hoffentlich gehörten sie zu den Kindern, die zu ihren Eltern nach Tyklahr, Tonda oder sonst wo gebracht wurden. Hauptsache, in Sicherheit. Das schöne Buch in der Auslage des neuen Händlers fiel ihm ein, für das er seine Ersparnisse hingeben wollte, nur um es zu bewahren. Ob es noch da war?

Und plötzlich waren seine Gedanken bei Kelenkus, der inzwischen vielleicht zu betagt für sein Amt war und sich viel zu sehr auf einen einzigen Vertrauten verließ. Feldhenn, der zischelnde Lehrmeister, der diesen schmalen Geheimgang nutzte und seinen Herrn und Schulleiter heimlich belauschte, nicht nur, um über alles informiert zu sein, sondern vor allem, um endlich an dessen Schriften zu kommen.

Jamon hielt inne, legte die flache Hand auf die Saiten und starrte ins Feuer. Er hatte sich überlegt, mit seinem Onkel nicht mehr im Kaminzimmer zu sprechen, um Feldhenn keine weitere Gelegenheit zum Lauschen zu geben. Aber er hatte noch nicht darüber nachgedacht, worüber genau Wrigoran damals eigentlich mit Kelenkus gesprochen hatte.

Jetzt, wo er an das zurückdachte, was er gehört hatte, war ihm plötzlich klar, dass sein Onkel tatsächlich ein eigenes Buch verfasst haben musste. Ein Buch, in dem es um die Magie der Elemente ging. Was hatte er gesagt? »Die wirkliche Macht, die in ihr und ihren Verbindungen steckt, muss ich alleine hüten.« Und dann hatte er darüber gesprochen, dass er selbst den talentiertesten Maguren nur Teile seiner Erkenntnisse beibringe, weil das Wissen sonst zu mächtig sei. Dabei hieß es doch, dass Ordensmagister nicht über genügend Magie verfügten, um wirklich große Zauber zu wirken.

Was bedeutete das für den Orden? Hatten die Magister nun die Macht, mit der Kraft der Elemente zu kämpfen? Sich zu verteidigen? Oder nichts dergleichen?

Sorgsam verstaute Jamon seine Laute in der gepolsterten Lederhülle. Er musste mit Kelenkus darüber sprechen.

»Ach wie schade.«

»Hört Ihr schon auf?«

Irritiert sah er auf. Aula und eine junge Zwergin, wahrscheinlich Milli, standen in der offenen Küchentür.

»Ich habe die Lieder noch nie ohne Texte gehört«, sagte die Küchenhilfe beinahe ehrfürchtig. »Aber wenn Ihr sie spielt ...«

»... kann man die Stimmen trotzdem hören«, vollendete Aula Millis Satz. »Bei der ›Kesselballade‹ habe ich eine richtige Gänsehaut bekommen.«

»Und ich bei ›Der einsame Ritt der Gipfelstürmer‹.«

»Wenn ihr mich fragt, geht nichts über einen guten Text«, meldete sich Fredo knarrend zu Wort und rutschte vom Hocker. Seine Lappenhand glitt zur Nase, er schnaubte kräftig aus. »Aber ›Das letzte Geleit‹ ...«, er schniefte erneut ins Wischtuch, »hat mir tatsächlich auch ohne Gesang das Wasser in die Augen getrieben. Alle Achtung, Meister der Laute, alle Achtung.«

»Nun, äh ... danke.« Jamon starrte auf den Lappen, dachte an Fredos Becherchen und konnte sich nur halbherzig über den Zuspruch freuen. Er würde nicht wirklich ... Das war schon ein wenig ... Dann sah er, wie der alte Schankwirt den

Rotzlappen in seine Tasche steckte, eine Lade aufzog und ein offensichtlich frisches Leinentuch herausholte, das sofort auf dem blanken Tresen landete und mit kreisenden Bewegungen eingeweiht wurde. Erleichtert schluckte Jamon den Ekel hinunter. »Doch nicht angewachsen.«

»Was sagtest du?«

»Ach nichts. Ich muss nur los.« Jamon erhob sich vorsichtig, stellte aber fest, dass die Pause am Kamin seinem geschundenen Körper gutgetan hatte. Ein Ziehen in der Schulter, als er nach dem Umhang griff, ein leichter Schmerz in der Flanke, als er die Laute anhob, mehr nicht.

»Noch ein Lied, bitte.« Milli klatschte bettelnd in die Hände und wirkte fast kindlich dabei. »›Leben im Berg‹ würde ich auch gern mal nur mit der Laute hören.«

»Aber nicht ohne Kestur«, warf Aula ein. »Sein Klangstab passt einfach großartig dazu. Stattdessen vielleicht ...«

Die Tür flog auf, mit einem Schwall kalter Luft kam Prandur herein. »Gut, dass du noch hier bist.« Mit einem Blick auf Jamon klopfte er sich im Windfang den Schnee von den Stiefeln.

»Gut, dass du endlich kommst«, entgegnete Jamon und schritt ihm eilig entgegen. »Es ist längst Zeit für mich.«

»Ach so? Du musst noch ...«

»Ja, ich muss noch.« Er drehte sich kurz um, während er den Waffenmeister durch die Tür nach draußen schob. »Auf ein andermal und danke für euer Zuhören.« Er zog den Kopf ein, folgte seinem Freund hinaus und schloss die Tür.

»Aber sonst ist alles frisch im Schritt?« Prandur stemmte die Fäuste in die Seiten. »Ich hatte mich auf einen Humpen Met gefreut, bevor ich dich mitnehme.«

»Dafür habe ich keine ... mitnehmen? Ich ... ich muss zurück ins Torhaus.« Er bekam Fredos Worte nicht aus dem Kopf: »Die Mauern sind nur ein erstes Hindernis, das Crem Zeit verschafft, das Richtige zu tun.« Nur dass Jamon nicht wusste, was das Richtige war. Allerdings war ihm klar, dass der Orden es tun musste. Und womöglich hielt sein Onkel die Lösung in den Händen, so wie Feldhenn es zu Kelenkus gesagt hatte – und dieser Gedanke beunruhigte ihn am meisten.

»Dann trifft es sich ja gut, dass meine Überraschung für dich auf dem Weg liegt.« Prandur rieb sich die Hände und stiefelte sofort los.

»Was für eine Überraschung? Nun warte doch.« Jamon stolperte ihm nach, während er versuchte, seinen Umhang anzuziehen, ohne den Ledersack mit der Laute fallen zu lassen. Zu allem Überfluss fing es wieder an, zu schneien, doch Prandur ließ sich nicht beirren. Er marschierte auf das Tor zum Händlerviertel zu, als gäbe es keine glatten Stellen unter der dünnen Schneeschicht.

Jamon schlitterte ungelenk hinterher. »Wie schaffst du es nur, dich nicht auf den Hintern zu legen?«, fragte er seinen Zwergenfreund, als er endlich neben ihm herlief.

»Ich habe Nägel unter den Sohlen. Du etwa nicht? Dann solltest du unbedingt zu unserem Stiefelmacher in der Ledergasse gehen. Zwei Querwege hinter der ›Zilpe‹. Sag ihm einfach, du kommst von mir. Dann macht er dir einen Freundschaftspreis.«

»Notiert.« Jamon überlegte, wie er das auch noch schaffen sollte. »Was ist das denn jetzt für eine Überraschung?«

»Neugierig?« Prandur lachte seine Hyänenlachen, als sie eben durch das Tor gingen, und die Zwergenwachen fielen grundlos mit ein. »Früher konntet ihr strammstehen, wenn ich vorbeiging«, rief Prandur ihnen zu.

»Früher kannten wir dich auch noch nicht so gut«, feixte einer der beiden. Der andere lachte kurz auf. »Aber keine Sorge, wenn die Langohren erst mal da sind, spuren wir, wie du es gewohnt bist, Waffenmeister.«

»Das will ich hoffen«, gab Prandur zurück. »Sonst wird der Methahn zugedreht.«

Wenn die Langohren erst mal da sind. Jamon sah zu seinem Freund hinüber, während sie ins Händlerviertel gingen. »Was meinst du, wie viel Zeit uns noch bleibt? Wann werden die Waldelben hier sein?«

»Ich wünschte, ich wüsste das. Unsere Kundschafter mussten umkehren, weil die Kesselberge unter tiefem Schnee lagen. Sie haben nicht einmal den halben Weg bis zum Pass geschafft.«

»Das sind doch gute Neuigkeiten, oder nicht? Wenn der Gebirgspass unpassierbar ist, müssen die Waldelben den Frühsommer abwarten.« Die Aussicht, noch ausreichend Zeit zu haben, um die Instandsetzungsarbeiten in Ruhe abzuschließen, machte Jamon Hoffnung.

»Vor allem hindert das Wetter uns daran, mehr über unsere Lage zu erfahren. Und ich hasse es, blind zu sein.«

»Aber der Winter erwischt alle Völker gleichermaßen.«

»Stimmt wohl«, gab Prandur widerwillig zu und verlangsamte seine Schritte. »Doch den Langohren ist nicht zu trauen. Und von dieser Wasserhexe, die die Regentschaft an sich gerissen hat, ist nichts Gutes zu erwarten.« Er hielt an und atmete geräuschvoll aus. »Jedenfalls dürfen wir uns nicht ausruhen und müssen gewappnet sein.«

Erst jetzt sah Jamon, dass sie vor dem neuen Handelshaus K. Peggelbohn stehen geblieben waren. »Das Buch!« Er trat ans Fenster, um den kunstvollen Ledereinband zu bestaunen. Doch irgendjemand musste den meisterhaften Folianten bereits in Sicherheit gebracht haben. An seiner Stelle gab es nun einen Aufsteller mit silbernen Dolchen verschiedener Größe, darunter ein Schild mit der Aufschrift: »Schärfer als Elbenklingen«. Verkaufstüchtig war der Mann, das musste man ihm lassen.

»Willst du Wurzeln schlagen?« Prandur hatte den Türknauf in der Hand. »Drinnen gibt es auch was zu sehen.«

Natürlich gab es das, nur dass Jamon keine Lust hatte, die anderen Waren anzuschauen.

»Herr Waffenmeister.« Ein vollschlanker, gepflegter Mann mit Bart trat auf sie zu. »Ich nehme an, das ist Magister Briebens? Korthard Peggelbohn mein Name.« Der Händler streckte Jamon die Hand entgegen.

»Guten Tag.« Irritiert warf er Prandur einen Blick zu. Warum hatte er mit dem Handelsmeister über ihn gesprochen?

»Und? Ist er fertig?«

»Ihr hattet solch ein Glück, dass mein neuer Graveur früher als gewöhnlich im Haus war. Er hat sofort alles stehen und liegen lassen, um sich Eurem Auftrag anzunehmen.«

»Das will ich doch hoffen. Schließlich bezahle ich dafür.«

Jamon sah verwirrt zwischen den beiden hin und her.

»Natürlich. Wartet einen Moment, ich hole das gute Stück.«

»Das gute Stück?«, fragte Jamon, als der Händler in einen der hinteren Räume entschwand. »Willst du mir nicht endlich sagen, was du hier willst?« Von dem Buch hatte er seinem Freund nichts erzählt, und in Zusammenhang mit einem Graveur ergab der Gedanke ohnehin keinen Sinn.

»Nun wart's doch ab. So groß ist das Haus ja nicht, der wird gleich zurückkommen.«

»Bin gleich wieder bei Euch«, hörten sie den Händler von hinten rufen. »Probiert so lange gern von dem Würzwein, rechts auf dem Verkaufstisch.«

Sofort stapfte Prandur auf den dampfenden Krug zu, nahm einen Becher und goss sich ein. »Wenn ich keinen Met bekomme, probiere ich halt das Zeug hier. Wird mich sicher nicht gleich umhauen.«

»Da bin ich auch schon wieder.« Was Peggelbohn mitbrachte, ließ Jamons Kinnlade herunterfallen. »Wenn Ihr einmal schauen wollt, Herr Waffenmeister? Viel Platz war nicht, aber ich denke, mein Graveur hat das gut hinbekommen.«

»Das soll sich lieber der neue Besitzer anschauen.« Prandur pustete geräuschvoll in den Becher. »Etwas heiß, Euer Gesöff, doch es riecht recht gut.«

»Würzwein aus Myxa«, hörte Jamon den Händler antworten.

Mehr bekam er jedoch nicht mit, seine ganze Aufmerksamkeit galt nur noch dem Verkaufstisch. »Prandur, du bist verrückt!« Staunend und voller Andacht ließ er die Finger über die Runen des Kampfstabs gleiten. Was für eine wunderbare Arbeit.

»Wir haben das Holz frisch geölt und die Metallbeschläge poliert, weil es ja ein Geschenk sein sollte«, erklärte der Händler stolz. »Hier ist die Gravur.« Er deutete auf den Beschlag in der Mitte des Stabs.

Jamon schluckte, als er es las: »Dem Zwergenfreund Jaramon Briebens in Anerkennung von Prandur Klingentanz.« Er wirbelte zu seinem Freund herum. »Stell sofort den Becher ab!«, herrschte er Prandur an.

»Bitte was?« Völlig überrumpelt von Jamons Ausbruch kam der Zwerg dem Befehl nach. »Wa...warum?«

»Damit ich dich umarmen kann, mein Freund.« Lachend fiel er dem Kampfmeister um den Hals, packte ihn dann bei den Schultern und schüttelte ihn. »Was hast du dir nur dabei gedacht, so ein Erbstück weiterzugeben?«

»Uns steht ein Krieg bevor.« Prandur versuchte, die Freude ob der gelungenen Überraschung in den Griff zu bekommen. Doch das Glänzen in seinen Augen konnte er nicht verbergen. »Das erfordert, nun ja, Entbehrungen. Und überhaupt ...« Er befreite sich aus der Umklammerung. »Zwerge mögen nicht geschüttelt werden!«

Lachend wirbelte Jamon zum Verkaufstresen zurück, griff nach dem Kampfstab und wog ihn in der Hand.

»Würdet Ihr vielleicht nicht hier drinnen ...« Die Stimme des Händlers klang beunruhigt, trotzdem ließ Jamon den Stab wie ein Rad über dem Kopf drehen.

»Danke.«, sagte er immer wieder. »Danke deinem Urahnen und danke dir, alter Freund.«

»Jetzt pass aber auch gut auf deine Waffe auf«, mahnte Prandur, als sie sich draußen vor dem Handelshaus verabschiedeten.

»Auf Jonthork? Worauf du dich verlassen kannst.« Dieser Stab verdiente es, einem Namen zu tragen, fand Jamon.

Sein Freund nickte. »Es freut mich, dass du meinen Urahn ehrst. Aber wirble jetzt nicht ständig mit deiner Waffe herum. Nicht, dass du noch jemanden verletzt, der dir zufällig in die Quere kommt.«

Ertappt bremste Jamon seinen Eifer und hielt Jonthork still.

»Nutze ihn einfach als Wanderstab. Zum einen können die Eisenspitzen das gut aushalten und zum anderen fällt er dann weniger auf.«

»Jawohl, wird gemacht.« Jamon folgte seinem Vorschlag und setzte Jonthork auf das Pflaster der Gasse. »Bis bald!«, rief er Prandur hinterher, der noch einmal winkte, während er bereits er davonstiefelte, eingehüllt in Tausende tanzende Schneeflocken.

»Jaramon? Endlich habe ich Euch gefunden!«

Jamon wandte sich um und sah von der anderen Seite eine markante Gestalt auf sich zu eilen. Hochgewachsen, schlank und mit einer unverkennbaren Stimme.

34
BRYNNBETT

Die grauschleierigen Augen des Alten strahlten plötzlich eine beunruhigende Intensität aus und Brynnbett musste ihren Blick von ihnen abwenden. »Wie darf ich Eure Frage verstehen?«, sagte sie, um Zeit zu gewinnen.

»Ich denke, du hast die Frage ganz richtig verstanden.« Krellpinn räusperte sich. »Nimm es mir nicht übel, ich bin dir durchaus gewogen, bis zu einem gewissen Punkt zumindest. Aber solange ich noch auf den Beinen bin und schnaufen kann, behalte ich diesen Zugang im Auge. Und mir kommt es so vor, als wenn ihn dieser Tage viel zu viele finden wollen.«

»Wie meint Ihr das?« Brynnbett überkam ein mulmiges Gefühl. »Heißt das etwa, dass außer den Prelkenreitern noch andere danach gesucht haben?«

Krellpinn bewegte sich mühsam auf den Sockel der Franja-Statue zu und setzte sich. »Einige Kämpfer aus der Niedertorkaserne haben sich hier in den letzten Tagen herumgetrieben. Und vor einer Okta traf ich durch Zufall eine Palastwache, die Blumen gebracht hat.«

»Ein Verehrer der Gründerin?« Das glaubte Brynnbett selbst nicht, war aber sehr daran interessiert, von Krellpinn zu hören, was er dachte.

»Er bringe die Blumen im Auftrag, sagte er, wollte aber nicht damit herausrücken, für wen. Erst als ich einige Namen von hochrangigen Bewohnern des Palastes aufzählte, die ich seinerzeit noch kennenlernen durfte, gewann er Vertrauen.«

»Und für wen war er hier?« Sie hoffte, Krellpinn würde nicht den Namen nennen, den sie befürchtete. Vielleicht einen, der ihr noch unbekannt war und der weniger Einfluss hätte.

Doch den Gefallen tat er ihr nicht. »Trorwenn Hammerschneid, wenn ich es mir richtig gemerkt habe.« Krellpinn fuhr sich mit einer seiner knorrigen Hände durch den schütteren Haarkranz und kratzte sich am Kinn. »Er soll Runenmeister sein. Doch der Name sagt mir nichts.«

»Er ist Runenmeister«, bestätigte sie und senkte die Stimme. »Und befindet sich im Wettstreit mit meiner Meisterin.«

»Irmhold Kettelgurt?«

»Ihr kennt sie?«

»Sie war meine letzte Schülerin. Lange her, das alles. Aber wir haben uns vor einigen Wintern noch einmal gesehen.« Krellpinns blinde Augen suchten Brynnbett, sahen allerdings haarscharf an ihr vorbei. »Wenn du für Irmhold arbeitest, will ich dir gerne behilflich sein.«

»Den Kennluren sei Dank.« Sie sprang sofort auf. »Ich möchte hier auch auf keinen Fall länger herumsitzen.«

Krellpinn neigte verständnisvoll den Kopf, hob den Stock und stupste sie. »Du musst mir nur noch beweisen, dass du wirklich zu ihr gehörst.«

»Bitte?« Brynnbett raufte sich fassungslos die Haare. »Wie denn das? Das Einzige, was ich habe, sind der Schlüsselstein und die Pergamente in der Tasche.«

»Das wird nicht reichen. Könnte dir alles durch Zufall oder Diebstahl in die Hände gefallen sein.«

»Einen Passierschein vom Palast«, fiel es ihr ein. »Ich kann Euch meinen Passierschein zeigen.« Sie fingerte ihn aus der Seitentasche ihrer Beinkleider und hielt ihn ihm vor die Nase.

»Nun ja.« Der Alte räusperte sich erneut. »Es ist dir wahrscheinlich nicht aufgefallen, aber mein Augenlicht ist nicht mehr allzu gut.«

»Ü-ber-haupt nicht«, antwortete sie, doch Krellpinn bekam ihren Sarkasmus nicht mit.

»Eben darum sage ich es. Schriftstücke bringen mir nichts. Vielleicht erzählst du mir stattdessen etwas über Irmhold, was außer ihren Vertrauten niemand wissen kann. Das würde mich überzeugen.«

Fast hätte sie ihm gestanden, dass sie Meisterin Kettelgurt überhaupt erst einmal gesehen hatte, verkniff sich das jedoch.

»Was wollt Ihr über sie hören? Dass sie eine Leidenschaft für Runensäulen und Lichtkegel hat?«

Krellpinn gluckste fröhlich. »Das hat sie beibehalten? Wie nett.« Dann schüttelte er den Kopf. »Wahrscheinlich weiß das jeder, der einmal ihre Tür geöffnet hat.«

»Sie liebt Tee«, fiel ihr ein.

»Das geht mir ähnlich.«

»Nur dass meine Meisterin einen ganzen Schrank voller Sorten aus aller Welt hat.«

»Und was ist ihre Lieblingssorte?« Krellpinn legte beide Hände auf den Knauf seines Stocks und sah sie interessiert an.

Jetzt hatte er sie. Gilli hätte die Frage sicher sofort beantworten können. Mit dem Unterschied, dass er es gar nicht brauchte, weil er verdammt noch mal wusste, wo dieser verkackte Runenstein hingehörte. »Bei allen Sorten der Welt soll sie eine Lieblingssorte haben, die ich kenne? Wahrscheinlich hat sie überhaupt keine. Das würde zumindest ihre Sammelleidenschaft erklären. Aber vielleicht fragt Ihr Gillron. Oder besser noch Glanzbart, genau. Der kann zwar nicht sprechen, aber zumindest nicken oder mit dem Kopf schütteln.« Brynnbett kochte. »Und wenn Ihr mir nicht helfen wollt, dann ...«

»Wer sagt denn so was?«

»Wer – sagt – was?« Sie knurrte angriffslustig.

»Dass ich dir nicht helfen will?« Krellpinn lehnte sich ein wenig zurück, nahm Schwung und versuchte, aufzustehen.

Für einen Moment schloss Brynnbett die Augen und zählte langsam bis drei. *Ganz ruhig bleiben.*

»Natürlich will ich das«, stöhnte er. »Ich helfe dir sogar sehr gern.« Erneut nahm er Schwung und schaffte es, auf die Beine zu kommen. »Gib mir einfach den Stein.«

Brynnbett zog den Runenstein aus der Tasche und überreichte ihn. »Was ist es gewesen, das Euch überzeugt hat?«

»Glanzbart natürlich. Niemand im Palast weiß vom Nachtflugfuchs der Kettelgurt. Und selbst wenn der Name fallen würde, wüsste niemand, was sich dahinter verbirgt.«

Kopfschüttelnd sah sie Krellpinn zur Felswand wackeln und hoffte inbrünstig, dass seine schlechten Augen ihr nicht doch noch einen Strich durch die Rechnung machten.

»Ist die Luft rein?«, fragte er und begann, mit den krüppeligen Fingern die Wand abzutasten.

Brynnbett sah sich um, horchte auf Geräusche, nahm jede Tür und jedes Fenster ins Visier. Doch aus unerfindlichen Gründen waren sie immer noch allein. »Ja«, antwortete sie und blickte dem Alten interessiert über die Schulter.

»Das Geheimnis sind die Unebenheiten«, erklärte er. »Wer sich darauf einlässt, kann sie mit den Händen lesen. Egal, in welche Richtung du mit deinen Fingern über den Fels streichst, du kommst zwangsläufig an eine Stelle, die dir einen Hinweis gibt. Dreiecke bedeuten einen Dreischritt in Richtung der längsten Spitze, große Kreise bedeuten erste Vertiefung der entsprechenden Reihe, kleine bedeuten letzte. Die Quadrate wiederum ...«

Brynnbett versuchte gar nicht erst, es sich zu merken. Sie würde in Zukunft nur noch mit Gilli herkommen oder aber den gefährlicheren Weg wählen, durch den sie auch beim ersten Mal in sein Versteck gefunden hatte. Sie war schon einmal ungesehen an den Wachen vorbeigekommen – oder hatte sie zumindest austricksen können.

Mit einem schabenden Geräusch glitt die niedrige Tür zur Seite, Krellpinn gab ihr den Runenstein zurück. »Ich weiß zwar nicht, was es mit dem Laboratorium von diesem Gillron auf sich hat, aber sei vorsichtig. Die Stollen wurden aus gutem Grund verschlossen.«

»Das klingt gefährlich.« Brynnbett steckte den Stein ein, schulterte die Tasche mit den Pergamenten und trat durch die Öffnung. »Gilli schien unbesorgt zu sein, als wir das letzte Mal hier waren.« Sie griff nach der Laterne, die drinnen am Boden stand. »Vor was soll die Schließung uns denn schützen?«

»Aber nein. Nein, nein, nein. Die Frage ist eine ganz andere: *Was* muss vor *uns* geschützt werden?«

»Vor uns Zwergen? Wie meint ihr das?«

»Das erzähle ich dir beim Tee, wenn du mich besuchen kommst. Schwarzer Porling aus ...«

»Den Höhlen des Kegelbergs von Belldes-To«, vervollständigte Brynnbett Krellpinns Satz, ehe die geheime Tür vor ihrer Nase zuglitt. Einen kurzen Moment dachte sie darüber nach, sie wieder zu öffnen, doch sie hatte inzwischen so viel Zeit verloren, dass sie sich lieber sputen wollte.

Vorsichtig folgte sie dem Stollen in die Tiefe und hielt sich genau an Gillis Anweisungen. Jetzt, wo sie alleine unterwegs war und nicht stur hinterherlief, fielen ihr mehr Details auf. Es gab Abschnitte, die erkennbare Spuren von Prillbys aufwiesen, und dann wieder meisterhaft ebenmäßige Tunnelabschnitte, wie nur Zwerge sie anzulegen vermochten. Auch Abzweigungen entdeckte sie, die ihr beim ersten Besuch in den verbotenen Stollen nicht aufgefallen waren.

Die vielen Treppenstufen jetzt abwärts- statt aufwärtszulaufen, machte regelrecht Spaß. Zumindest bis ihr einfiel, dass sie die ganzen Stufen ja später wieder hinaufgehen musste. Brynnbett tröstete sich mit dem Gedanken, dass Gilli diesen Weg bereits unzählige Male gehumpelt war – allein, um das Laboratorium einzurichten. Und wie sie wusste, schaffte er es, auch auf dem mühsamen Rückweg viele gute Gedanken zu produzieren.

Gillron ist erstaunlich. Brynnbett stellte die Laterne ab, um die Tasche von einer Schulter auf die andere zu wechseln. *Zerbrechlich wie eine schlecht gezimmerte Holzpuppe, aber zäh wie ein dicker Lederriemen.* Für jemanden wie sie, die vollkommen ohne Einschränkungen oder Krankheiten durchs Leben lief, war es nahezu unbegreiflich, mit welcher Gelassenheit er fast jede Situation meisterte.

Brynnbett hob die Laterne wieder auf, blieb jedoch stehen und horchte. Waren das Wassertropfen? Sie hörte genauer hin. Nein, keine Tropfen, eher eine Art leises Plätschern oder Gurgeln. Vorsichtig ging sie weiter. An das Geräusch konnte sie sich nicht erinnern, aber wahrscheinlich hatte sie es damals nicht gehört, weil sie sich den ganzen Weg über mit Gilli unterhalten hatte.

Einige Zeit später wurde das Geräusch lauter. Und dann hatte sie auch wieder den eigentümlichen Geruch in der Nase. Diese Mischung aus Herbst und Frühling – Vergehen und Erblühen. Sie erinnerte sich sofort daran. Bis zum großen Drusenspalt konnte es nicht mehr weit sein.

Das Geräusch sich bewegenden Wassers war jetzt deutlicher, und als Brynnbett durch den schmalen Durchgang in die Druse trat, wusste sie, dass es von hier kam. Behutsam rieb sie an der Metallplatte auf der Unterseite der Laterne, so wie Gilli es gemacht hatte, und sofort wurde das Licht heller. Zufrieden hob sie die Lampe und sah sich um.

Hunderte von Kristallflächen warfen die Lichtstrahlen zurück, eine reflektierende Wand voll glitzernder Diamanten. *Wunderschön!* Sie sog den einzigartigen Duft ein, der heute noch viel intensiver war als beim letzten Mal. Dazu das Geräusch des Wassers, ruhige Wellen, die an einen Strand spülten – zumindest, wenn sie die Augen schloss.

Brynnbett hielt die Laterne über den Rand und blickte vorsichtig hinunter, darauf vorbereitet, nur abgrundtiefe Dunkelheit zu sehen. Doch die Druse schien heute weniger tief und weniger schwarz. Was hatte Gilli gesagt? »Seit einiger Zeit sammelt sich Wasser am Grund des Drusenspalts.« Was auch immer dazu geführt hatte, es musste etwas passiert sein, das den Prozess beschleunigte, denn diesmal konnte sie die Oberfläche der Wasseransammlung deutlich sehen. Zehn, maximal fünfzehn Fuß unter ihr wogten kleine Wellen hin und her, als würde jemand die Druse sanft schütteln.

Irritiert setzte Brynnbett ihren Weg fort. Sie musste Gillron davon erzählen. Nicht auszudenken, wenn das Wasser weiter stieg. Einige Stufen ging es am Ende des Drusenspalts hinauf, dann hatte sie den Durchgang zu Gillis Höhle erreicht. Sie stellte die Laterne ab, fand die metallene Platte, die mit der großen Bauleuchte unter der Felsendecke verbunden war, und legte die Hand darauf.

Sofort leuchteten die Kristalle im geschmiedeten Lüster auf. Brynnbett kniff die Augen zu. *Feuer, Herd und Ofen noch mal, ist das hell!* Dabei sollte sie das eigentlich gewohnt sein. Schließlich hatte sie im Gegensatz zu Gilli lange genug bei den Oberirdischen unter der Sonne gelebt. Oberirdische – wie sich das anhörte. Ein Schubladenbegriff aus der Kaserne, besonders von Prallkor. Dabei hatte sie sich vorgenommen, derartige Bezeichnungen nicht in ihren Wortschatz aufzunehmen. Seltsam, wie abwertend manche Ausdrucksgewohnheiten waren und wie schnell man das übernahm. Je weiter Dinge zurücklagen, je mehr Distanz man hatte und je weniger einen etwas persönlich betraf, umso sorgloser ging man mit Worten um. Brynnbett nahm sich vor, in Zukunft besser darauf zu achten. Sie wollte nicht werden wie Prallkor Donnerhals. Oder wie die Magister im Gasthaus ihrer Eltern. Sie wollte sich nicht anpassen, nur um dazuzugehören. Und schon gar nicht, wenn es um Ideale ging, die nicht ihre waren. Mit anderen zusammenzuarbeiten, durfte nicht bedeuten, die eigenen Werte aufgeben zu müssen.

Sie nahm die Hand von den Augen und sah sich um. Rechts vom Treppenabsatz lagen noch immer die Reste der Gerüste, die einstmals aufgebaut worden waren, um aus dieser Höhle einen herrschaftlichen Saal herzustellen.

Ein Stück vor sich sah sie Gillrons Arbeitstisch, stieg die Stufen hinab und ging darauf zu – das leise Geräusch des Wassers immer noch im Ohr. Ob es die gewaltige Druse war, die man schützen wollte, als die Bauarbeiten beendet und die Stollen geschlossen worden waren? Abgesehen von den erstaunlichen Ausmaßen, dürfte es im Eskringebirge doch unzählige davon geben. Sehr rätselhaft!

Brynnbett ging an dem Tisch vorbei, den Gilli sorgfältig mit einem Tuch abgedeckt hatte, und war versucht, darunterzuschauen, um an einigen der kleinen Flakons zu schnuppern. Doch sie erinnerte sich noch gut daran, wie zerbrechlich sie waren, und ließ es bleiben.

Was hatte Gilli gesagt, wo sie die Tasche verstecken sollte? Eine Art Loch, das man erst durch eine im Felsboden eingelassene Rune finden konnte. Zumindest, wenn sie die richtige davon umdrehen würde. Brynnbett dachte an die Runenmeisterin, der Gilli alles zu verdanken hatte, was er in Sachen Runenmagie wusste. Abgesehen natürlich von den dicken Folianten, aus denen er sich sicher das eine oder andere selbst beigebracht hatte. Fast war sie ein wenig neidisch auf die Schule, durch die er gegangen war. Es musste wunderbar sein, mit Runenmagie ganz praktische und hilfreiche Dinge zu bewirken. Ob Meisterin Kettelgurt ihr auch etwas davon beibringen würde?

Den Blick auf den Boden gerichtet, konzentrierte sich Brynnbett auf ihre Runensuche, bis sie mit dem Fuß gegen einen steinernen Sockel stieß und erstaunt den Kopf hob.

Natürlich, der Amboss und der Kronenhelm. Sie wollte schon weitergehen, als ihr die veränderte Form unter dem Tuch auffiel. Es wirkte fast, als bestünde der Helm jetzt aus zwei Teilen – die allerdings viel länger waren. Sie schaute sich um, als könnte jemand hinter ihr stehen und jeden Moment mit ihr schimpfen, wenn sie Gillis Tuch lüpfte, um nachzusehen. Aber sie war allein. Kurzentschlossen zog sie den Stoff vom Werkstück herunter und staunte.

Der aufwendig gearbeitete Kronenhelm war nicht mehr da, an seiner Stelle lagen zwei Beinschienen, von der Art ihrer Gestaltung nicht weniger meisterhaft gefertigt. Sie stellte die Tasche ab, streckte eine Hand aus und strich mit den Fingern über die Muster. Punzieren nannte man das, hatte Gilli erklärt, als er ihr in einem der Bücher von Krellpinn Steinmeißel die Abbildung eines kupfernen Tellers mit Sättigungsrunen gezeigt hatte. Sie hatte gelacht bei dem Gedanken, dass irgendjemand ihrer Mutter so ein Geschirr unterjubelte und sie immerzu halb volle Teller abräumen musste.

Belustigt zog sie ihre Hand zurück, um die Beinrüstung wieder zu verhüllen, als sie etwas entdeckte. Neugierig kniete sie sich zu den Schienen hinunter und sah genauer hin. Feinste Runen, aber ja. Und wenn sie sich nicht irrte, waren das nicht nur fromme Wünsche für den späteren Träger der Rüstung, sondern magische Formeln.

Brynnbett suchte nach der Öffnungsrune, fand sie und fuhr mit dem Finger entlang der winzigen Schriftzeichen. Sie zählte: Eins, zwei, drei, ... zehn, elf ... Die Runenformel – und sie war überzeugt, dass es eine magische Formel war – erstreckte sich über sage und schreibe achtzehn Runen bis zur abschließenden, werthaltenden Rune. Der Zauber, den Gilli hier eingearbeitet hatte, war so komplex, dass er sicher Okten darüber gegrübelt haben musste. Was für eine Leistung.

Ob sie ihn darauf ansprechen durfte? Oder würde er ihre Neugier als Vertrauensbruch betrachten? Hatte sie vielleicht etwas zu ausgiebig herumgeschnüffelt? Nein, beschloss sie, und deckte das Leinen wieder über das Werkstück. Wenn er meinte, dass sie Bescheid wissen sollte, würde er ihr die Sachen von ganz allein zeigen.

Gerade wollte Brynnbett ihre Suche nach dem Versteck für die Aufzeichnungen der Kettelgurt fortsetzen, als sie etwas hörte, das wie ein entfernter Pfiff klang. Sie blickte erschrocken auf. Das Pfeifen wiederholte sich, ihr Puls begann zu rasen. Wer war das?

Bestürzt dachte sie an die steinerne Scheibe, die den Zugang zum Hauptgang verschloss, durch den sie beim ersten Mal hierhergekommen war. Sie wusste genau, dass sie damals das mühlsteinartige Tor zugeschoben hatte. Doch sicher ließ es sich auch in die andere Richtung schieben. Was sollte sie tun? Die Tasche schnappen, das Licht löschen und weglaufen? Aber was wäre dann mit Gillis Laboratorium?

Vorsichtig, darauf bedacht, möglichst keine Geräusche zu machen, stieg sie die Stufen zu dem kurzen Tunnel hinauf. Auf Höhe der Feuerstelle, über der immer noch der Topf stand, aus dem es so widerlich gestunken hatte, blieb sie stehen. Das Feuer war natürlich aus, der Topfdeckel hielt den bestialischen Gestank zurück, der allzu neugierige Zwerge davon abhalten sollte, in dem Zugangsspalt mehr als einen giftbrodelnden Felsenspalt zu vermuten. Kurz überlegte sie, das Feuer anzuzünden, doch bis der Sud kochen und der Tunnel sich mit stinkendem Dampf füllen würde, dauerte es viel zu lange.

Entschlossen zog Brynnbett ihren Kristall aus der Tasche und ließ ihn aufleuchten. Sie horchte. Nichts. Langsam ging sie weiter, blieb immer wieder stehen und verfluchte ihren Herzschlag, der laut in ihren Ohren trommelte und das Hören erschwerte.

Endlich erreichte sie den Durchgang zum Hauptstollen und stellte erleichtert fest, dass die mühlsteingroße Steinscheibe den Zugang immer noch verschloss. Hatte sie sich die Pfiffe nur eingebildet? Sicherheitshalber untersuchte sie den Spalt zwischen Felsenscheibe und Höhlenwand. Aufmerksam führte sie den Leuchtkristall an der steinernen Kante entlang, doch es schien alles dicht zu sein. Aber woher war dann der Pfiff gekommen?

Plötzlich ein schwacher Luftzug. Bildete sie sich das ein? Sie kniete sich hin, betastete die tiefe Rinne, in der die massive Steinscheibe eingelassen war, damit man sie darin sicher hin- und herrollen konnte. Und dann sah sie es.

Ganz unten, direkt über der Rinnenkante, klaffte ein faustgroßes Loch am Rand der Scheibe. Brynnbett legte sich flach auf den Boden und löschte den Leuchtkristall. Sie musste einfach wissen, ob die Lücke bis zur anderen Seite durchging und spähte hinein. Doch selbst Zwergenaugen können nicht sehen, wenn absolute Dunkelheit herrscht.

Nein, so wurde das nichts. Entweder sie riskierte es, die Scheibe zu drehen und den Durchgang einen Spaltbreit zu öffnen, oder sie müsste hineintasten. Brynnbett dachte an die Pfiffe, die sie gehört hatte. Könnten es Tiere gewesen sein? Wäre es wirklich schlau, die Hand oder gleich den ganzen Arm in das Loch zu stecken? Ohne zu wissen, was auf der anderen Seite wartete? *Du siehst ja Gespenster. Was soll da schon sein?* Im Prinzip wusste sie, dass hinter der Scheibe nicht mehr und nicht weniger war als ein schlichter Gang, der überdies mit einem Warnschild gesperrt war. Wem also sollte eine tastende Hand auf dem Boden auffallen?

Brynnbett holte einmal tief Luft und fasste vorsichtig in den Spalt. Sie fühlte den steinigen Untergrund, den klammen Staub, der sich so gerne im Stoff der Kleidung festsetzte, und schob ihre Hand mutiger vorwärts. Ungelenk versuchte sie, die andere Seite der Steinscheibe zu ertasten. Doch das Mühlsteintor war wesentlich dicker, als sie es in Erinnerung hatte. Sie streckte den Arm gerade weiter aus, als ihr ein Luftzug ins Gesicht stob. Als würde von irgendwo ein warmer Wind in den Gang gepresst. Oder – Brynnbett schluckte – als läge jemand auf der anderen Seite, der ihr entgegenatmete.

Schweiß trat ihr auf die Stirn, ihr Puls pochte so stark in ihren Schläfen, als forderte er sofortige Flucht, als verlangte er, alle Vorsicht hintanzustellen und aufzuspringen. Weg hier, weg hier! Doch sie konnte nicht weg, war wie gelähmt, den Arm in dem steinernen Loch. Sie schaffte es nicht einmal mehr, ihre Finger zu bewegen. Wieder ein Luftzug, feuchter Staub und der widerliche Odem nach ranzigem Schimmel und Rauch. *Nein, das ist kein Atemgeruch. Das ist Brandgeruch! Alte pilzzerfressene Balken, die irgendwo in Flammen standen.* Fragte sich bloß, wo und warum?

Langsam, ganz langsam zog Brynnbett ihren Arm aus der Lücke des Steintors. *Auf der anderen Seite ist jedenfalls keiner. Niemand weiß von diesem Durchgang zu Gillis Laboratorium.*

Sie spürte, wie sich ihr Herzschlag beruhigte, und wusste gleichzeitig, dass noch immer Vorsicht geboten war. Denn eins war klar: Feuer entstand nicht von allein. Und die Pfiffe stammten aller Wahrscheinlichkeit nach auch nicht von Tieren. Sie dachte an den Totenkopf auf dem Warnschild, der die Benutzung des Stollens hatte verhindern sollen. Wenn hier trotz des Schilds Arbeiten verrichtet wurden, konnte das nur mit Genehmigung von höchster Stelle erfolgen.

Brynnbett stand auf und nahm den Leuchtkristall zur Hand. Ein kurzes Reiben an der Unterseite reichte aus, warmes Licht fiel auf den Boden vor ihr. Kaum genug, um die steinerne Rinne auszuleuchten. Trotzdem leuchtete die klaffende Lücke jetzt heller als die Umgebung. *Eigentlich zu hell.*

Dann hörte Brynnbett den Schrei.

35
RAIWEN

Raiwen warf noch einen Blick zu Arandor und Evon, die auf den Gryd-Fehluhren mit dem Heer in Richtung Wald verschwanden. Dann setzte er den Fuß auf die Böschung.

»Ihr da.« Kyriejah schaute zu den vier Kriegern, die sich freiwillig gemeldet hatten, um ihre Thronwächterin über den Fluss zu begleiten. »Helft unserem Heiler und befreit ein weiteres Stück Böschung von den Schneeresten. Aber kein Feuer einsetzen. Ich möchte schließlich nicht ausrutschen.«

»Sollte ich nicht als Erster gehen?« Raiwen stand mitten auf der Uferböschung und sah sie fragend an.

»Macht Euch nicht lächerlich. Ich wollte lediglich Euer Gesicht sehen, wenn ich Euch das glauben mache.« Ein Lächeln hätte ihr bei diesen Worten gut gestanden, doch ihre Miene blieb vollkommen ausdruckslos.

Er sparte sich eine Entgegnung und machte sich gemeinsam mit den anderen daran, den Schnee mit bloßen Händen von der Böschung zu fegen. Dunkler Boden kam zum Vorschein, eishart und ohne jeglichen Bewuchs.

»Gefrorene Erde und keine Felsen. Das macht es leichter.« Kyriejah senkte die Arme, während sich ihre Finger in stetem Rhythmus durch die Luft gruben. »Ja«, flüsterte sie, »komm nur.« Mit knarrendem, knirschendem Geräusch brach der gefrorene Boden auf, sogleich füllte klares Wasser den Erdspalt.

Die Macht einer Scheltar. Raiwen stellte sich zu den Kriegern, die ebenfalls innegehalten hatten und ihre Thronwächterin beobachteten.

»Sehr gut. Stellt Euch dichter zusammen.« Kyriejah ging links an ihnen vorbei, während der Erdspalt sich zu beiden

Seiten durch den Boden fraß und schon kurz darauf alle nahezu einschloss. Und dann, als die Scheltar sich zuvorderst aufgestellt hatte, dem Arro-Duado zugewandt und in unmittelbarer Ufernähe, hob sie die Arme.

Das Wasser aus dem Erdspalt folgte ihrem Befehl. Ringsherum begann eine durchscheinende Wand von Wasser aufzusteigen und die Gruppe zu umschließen.

Raiwen schaute an der Scheltar vorbei zum Fluss, den einzigen Weg, der noch frei war – wenn man schwimmen konnte und das giftige Nass nicht scheute. Er wartete darauf, dass irgendetwas geschah, dass die Fluten des reißenden Flusses sich teilten und den Grund freilegten. Eine Demonstration von Kyriejahs unglaublicher Macht, durch die sie sie inmitten einer wässrigen Schlucht, zwischen Mauern aus totem Wasser über den Grund des Arro-Duado auf die andere Seite führen würde.

Doch das Einzige was passierte, war die Vollendung ihres begonnen Zaubers, das klare Wasser, das sich wie ein feuchter Mantel um sie schloss. Ein geräumiger Käfig aus gleißenden Wänden, rotierenden Schlieren, die in der Sonne glänzten und funkelten. Raiwen war versucht, sie zu berühren, und hob die Hand.

»Nein!«, herrschte Kyriejah ihn an. »Haltet Abstand, wenn Euch Euer Leben lieb ist.« Ein Ruck ihrer Arme ließ den rotierenden Kessel schneller wirbeln. Pures Wasser stürmte um sie herum wie ein Orkan. Erst jetzt sah Raiwen, dass der Uferstreifen plötzlich tiefer reichte, dass der Fluss von den wirbelnden Wassermassen verdrängt wurde.

»Bleibt dicht hinter mir und zögert nicht.« Kyriejah machte kleine Schritte, tastete sich mit einem Fuß vor und suchte Halt, bevor sie den anderen nachzog.

Raiwen hatte sich geirrt, als er glaubte, sie würde weniger Kraft aufwenden, als für das Teilen eines ganzen Flusses vonnöten gewesen wäre. Denn die magische Energie, die sie aufbieten musste, um nicht nur die Wasserwand in diesem irrsinnigen Tempo rotieren zu lassen, sondern sie auch noch gegen die Wucht eines reißenden Flusses zu stemmen, musste ungeheuer sein.

Schritt für Schritt drängte Kyriejah den schützenden Kessel vorwärts, ihre Untergebenen folgten ihr auf dem Fuße. Nicht lange und die gleißende Wand um sie herum nahm den finsteren Farbton des Flusses an. Ein giftiger Strom, dem Kyriejahs Zauber wie ein Fels in der Brandung trotzen musste.

Jetzt galt es; Raiwen behielt die Thronwächterin im Auge. Wenn sie auch nur einen winzigen Moment der Schwäche zeigte, würde der immense Druck des Arro-Duado sie alle mit sich reißen. Keiner von ihnen besaß genug Magie, um der Kälte des Wassers lange standzuhalten. Sie könnten weder der Strömung entkommen noch die Säure des Flusses überstehen.

Kyriejahs Gesicht wirkte angespannt und blass, Raiwen machte sich ernsthaft Sorgen. »Thronwächterin, lasst mich Euch stärken.«

»Wagt ... es ... nicht!«, zischte sie und kämpfte sich weiter, suchte mit den Füßen festen Stand auf glitschigem Grund, der außer Schlick und Kieseln nichts zu bieten hatte.

Dann rutschte sie mit einem Fuß weg, mit ihr geriet die Wasserwand ins Wanken, verengte sich und kam bedrohlich nahe. Kyriejah schrie auf, als sie plötzlich auf die Knie sackte und dunkles Wasser über den Rand ihres schützenden Kessels schwappte. Ein Aufstöhnen hinter Raiwen, beißende Tropfen in seinem Gesicht, die sich sofort in die Haut brannten.

Doch er biss die Zähne zusammen, griff der Thronwächterin kurzerhand unter die Arme und hielt sie aufrecht. »Helft mir!«, schrie er, und zu beiden Seiten drängten sich Hände an ihm vorbei, die Kyriejah aufhalfen. »Spendet ihr Kraft«, forderte er seine Brüder auf.

»Nein!«, herrschte die Scheltar ihn an. Sie hatte es geschafft, den Zauber aufrechtzuerhalten, und sich taumelnd wieder aufgerichtet. »Nein«, wiederholte sie und ihre Krieger gehorchten.

»Doch!«, schrie Raiwen, stellte sich dicht hinter sie und packte ihre Schultern. »Es ist unser aller Leben!«, zischte er und wusste im selben Moment, dass er das schon bald bereuen könnte. Aber fürs Erste galt es zu überleben und sicherzustellen, dass Kyriejah nicht erneut strauchelte.

Ihr Körper zitterte vor Anstrengung, Schweiß lief ihr von den Schläfen und sie gab keine Widerworte mehr, so sehr musste sie sich konzentrieren. Raiwen mühte sich, trotz der dicken Winterrobe eine Verbindung zu ihr aufzubauen. Intuitiv folgte er ihren Bewegungen, hielt ihre Arme aufrecht und ließ ihnen genug Spielraum, um die Wasserwand weiter mit ihrer Kraft speisen zu können. Er wusste, dass er es schaffen konnte, dass kein Stoff auf Dauer widerstand. Vorsichtig setzte er Fuß um Fuß, den ihren nach, während er die ihm gegebene Magie pulsieren ließ. Lebenskraft, die sich endlich ihren Weg bahnte, aus seinen Fingern strömte und durch den Stoff in Kyriejahs Haut Einlass fand.

Sofort spürte er, wie die Thronwächterin durchatmete, ihr Zauber neue Kraft erlangte und ihre Schritte fester wurden. Der schützende Kessel dehnte sich erneut aus, gewann an Höhe und rotierte wieder schneller. Kyriejahs Bewegungen wurden sicherer, Raiwen wusste, dass sie es jetzt schaffen konnten. Dass der Arro-Duado, dass seine Hilfe, dass die Magie, sein Leben, das Heilmittel, sein Kampf, sein, sein ...

Von einem Moment auf den anderen fühlte er sich kraftlos und unsagbar schwach. Die Gedanken entglitten ihm, er wusste nicht mehr, was er tat, wem die Schultern vor ihm gehörten. Verzweifelt mühte er sich, auf den Beinen zu bleiben, doch die dunklen Schlieren des Wassers kamen näher, benebelten seine Sinne, lockten ihn in die Dunkelheit und betteten ihn auf seltsam schwarzen Federn, die ihn mit weicher Wärme willkommen hießen. Dann spürte er nichts mehr.

»Atharpazh gewähre die Gnade ...«
Wer spricht da?
»Kraft meiner Kraft fließe in dich ...«
Was ist das für ein sonderbares Gefühl?
»Atharpazh ...« »Gnade ...« »Kraft ...« »Kraft ...«
Kraftspendende Heilzauber. Jemand ist krank. Valehna? Geht es ihr schlechter?
Raiwen versuchte, sich zu bewegen, wollte zu ihr, doch irgendjemand hielt ihn fest. »Nein, lasst mich los. Was soll

das?« Er schlug die Augen auf und fand sich im Schnee liegend zwischen Kriegern und Anastina-Kyriejah. »Was ist passiert? Wo bin ich?«

»Auf dem Weg zurück.« Die Thronwächterin ließ von ihm ab. »Stützt ihn und gebt ihm etwas von dem Quellwasser.«

Einer der Krieger hob seinen Oberkörper an, ein anderer reichte ihm eine Flasche an die Lippen. Doch erst, als Raiwen trank und seine Lebensgeister gänzlich zurückkehrten, wurde ihm bewusst, wie schwach er war.

Eine kurze Pause, dann nahm er dem Krieger die Flasche ab und führte sie selbst zum Mund. Es brauchte einen Augenblick, doch er trank sie bis zur Neige leer. Endlich spürte er wieder das vertraute Pulsieren seiner Lebensenergie. Die Elbenbrüder halfen ihm auf und stützten ihn, während er das Gleichgewicht wiederfand.

»Es tut mir leid«, sagte er, als die Erinnerung zurückkam und ihm der Befehl der Thronwächterin bewusst wurde, über den er sich hinweggesetzt hatte.

Er suchte ihren Blick, doch sie sah mit starrer Miene an ihm vorbei in die Ferne, als kämpfte sie mit ihrem Zorn.

»Ich habe Euren Befehl missachtet«, sagte er, um endlich ihr Urteil zu hören. Was würde sie tun? Was von ihm verlangen? Hatte er ihre Gunst endgültig verspielt? Raiwen wagte nicht, daran zu denken, dass sie ihm die Möglichkeit nehmen könnte, nach Eskrinor zu gehen.

»Es war unverantwortlich!«, presste Kyriejah hervor. »Wir hätten alle sterben können.«

Raiwen senkte den Blick und starrte in den Schnee, aus dem er sich erhoben hatte. Aufgewühlt wie seine Gedanken und Gefühle. Doch er konnte nichts tun, als das Urteil abzuwarten.

»Ich sage so etwas nicht gern.« Die Stimme der Thronwächterin klang dünner als gewohnt. »Aber ich habe mich überschätzt und dabei unser Leben aufs Spiel gesetzt. Es ist Euch zu verdanken, dass wir überlebt haben.«

Erstaunt hob Raiwen den Kopf und sah ihr in die Augen.

»Irondurh-Raiwen, es war die richtige Entscheidung, mir Kraft zu spenden.« Jedes Wort schien sie Überwindung zu kosten, so kontrolliert wirkte sie, so versteinert war ihr Gesicht. »Wie auch meine Fürsorge richtig war, Eure Hilfe zu verweigern. Eine Scheltar kann so viel mehr Magie aufnehmen, als gewöhnliche Elben zu spenden vermögen.«

Raiwen versuchte, ihre Worte zu sortieren und zu verstehen, was sie ihm sagen wollte. Was wie ein Dank begonnen hatte, wandelte sich aus irgendeinem Grund zu einer Warnung, oder missverstand er das? Käme die Bestrafung doch noch?

»Die Hilfe bei einem derartig mächtigen Zauber kommt einem Freitod gleich. Er mag selbstlos wirken, ist aber dennoch nichts anderes als ein Freitod.« Sie sprach die Worte leise, doch sie klangen wie laute Schläge, denn sie wandelte seine Hilfe in etwas um, dass in der Welt der Elben als Frevel gegen die Natur galt: Selbstmord.

Aber gerade diese Schläge konnten ihn nicht treffen. Er reckte stolz das Kinn. »Wenn das eigentliche Ziel ein anderes und Hilfe zur Stelle ist, sehe ich keinen Willen zum Freitod. Ich verstehe indes, was Ihr mir sagen wollt, und bleibe Euer ergebener Diener.« Er verbeugte sich demütig. Warum nur konnte er in solchen Situationen nicht einfach den Mund halten?

»Es sei Euch gestattet. Freund Jerogien?« Sie sah sich zu einem der Elbenkrieger um. »Bitte geht voraus! Es wird Zeit, dass wir uns auf den Weg nach Nunahzhar machen. Wir wollen den Vorsprung nutzen, den uns die Flussquerung verschafft hat. Das Heer soll nicht unnötig warten, wenn es am Fuß der Elbenberge ankommt.«

Elbenberge. Raiwen verkniff sich eine weitere Bemerkung. Die Stadt Nunahzhar thronte in den Gipfeln des östlichen Eskringebirges und gehörte einstmals zum Reich der Eskrindarh. Es war einem bitter erkämpften Vertrag geschuldet, dass die Elben über diesen Bergen geduldet wurden. *Hüte dich!* Raiwen wusste, was Worte ausdrücken konnten. *Gib acht, dass du der Führerin gewogen bleibst, die über dich bestimmen kann.* Doch so sehr er versuchte, an Kyriejah zu glauben, so sehr bröckelte das Bild von ihr. Zhinlohr und Evon hatten recht mit ihren unbequemen Fragen und den Mahnungen zur Vorsicht.

Jerogien führte sie am Saum des Nordwalds entlang, zur Linken die Bäume und zur Rechten die geschwungenen Ausläufer des Eskringebirges.

Raiwen zog sein Halstuch höher, um Mund und Nase vor der Kälte zu schützen. Die Temperaturen waren eisig und er hatte sich noch nicht so weit erholt, dass er sich mit seiner Magie wärmen konnte. Wieder einmal bewunderte er Evon, der die ganze Reise klaglos mitgemacht hatte. Und überhaupt, wenn er darüber nachdachte, war es schon erstaunlich, was die kurzlebigen Menschen auszuhalten vermochten.

»Das alles war einstmals Elbenland«, sagte Kyriejah plötzlich, die direkt neben ihm ging. »Bis es dem Schöpfer gefiel, neben den Zwergen auch noch die Menschen auf die Welt loszulassen.« Sie schüttelte den Kopf und sah ihn an. »Ich weiß, wie sich das anhört, aber es ist nicht so, dass ich die Menschen dafür verurteile oder hasse.«

Raiwen schaffte es nicht, ihr in die Augen zu sehen, und lenkte seinen Blick über die winterliche Landschaft. Selbst wenn sie glaubte, was sie sagte, würde sie mit einem Krieg dennoch deren Tod billigend in Kauf nehmen.

»Es ist auch nicht so, dass wir Elben die Welt für uns allein beanspruchen sollten. Doch wenn die Menschen es tun, müssen wir dem entgegenstehen, um die Natur zu schützen.«

Einzelne Wolken zogen wie Watte über den Himmel, die Sonne zauberte ein glitzerndes Schimmern auf die schneebedeckten Bäume und Hügel. Die Schönheit der Natur war unbeschreiblich und verdiente es, geschützt zu werden, darin zumindest waren sie sich einig.

»Aber was mich wirklich besorgt, ist das Gleichgewicht der Magie. Wenn zu viel davon im oberen Kreislauf unterwegs ist, können wahrlich schlimme Kreaturen auferstehen.« Sie schaute ebenfalls über die Hügel ins Gebirge. »Dunkle Schatten, wie es sie in den Anfängen der Welt gab, als der Kreislauf der Magie noch nicht gefestigt war.«

»Habt Ihr je welche gesehen?«

»Nein. Und ich hoffe, wir können verhindern, dass sie je wieder auf Erden wandeln.«

Raiwen hatte die Thronwächterin noch nie so nachdenklich erlebt. Ihre Stimme klang sanft und besonnen, wie eine Mutter, die ihren Nachkommen eine Weisheit fürs Leben mit auf den Weg geben will. In diesem Augenblick fühlte er sich ihr seltsam nah. Sie war aufrichtig besorgt, das gab all ihren Entscheidungen und Handlungen eine Tiefe, die er wertschätzen sollte – obgleich er anderer Meinung war. Trennten ihn nicht inzwischen sogar mehr Erkenntnisse von Anastina-Kyriejah, als für seine Loyalität gut war? Könnten Momente wie dieser überhaupt ausreichen, um nicht zu hadern, wenn er Gefolgschaft zeigen müsste? Er warf der Thronwächterin einen flüchtigen Blick zu und überlegte, ob er diesen Augenblick der Offenheit trotz allem nutzen durfte, um seine Ansichten vorzubringen. Vielleicht würde sie einlenken und den Krieg verhindern.

»Was wollt Ihr mich fragen, Freund Raiwen?«

»Ich ... ich muss immerzu daran denken, was in Crem geschehen wird.«

»Darum kreisen auch meine Gedanken. Deshalb ist es mir so wichtig, mich mit Kellderon-Zhenzor abzustimmen. Keine Elbenstadt liegt näher am Geschehen des Ordens.«

Und trotzdem hatten die Bergelben keine Probleme mit den Magistern vermeldet. Sonderbar, dass die Ordensmagister ausgerechnet Elbenstädte aufsuchten, die viel weiter entfernt lagen. Nein, er sollte nicht wieder anfangen, irgendwelche Probleme an den Haaren herbeizuziehen. Wahrscheinlich war Nunahzhar einfach nur besser geschützt.

»Ihr wundert Euch auch darüber, ist es nicht so?«

Raiwen fühlte sich ertappt und wusste nicht, was er antworten sollte.

»Ihr braucht nichts sagen, Freund Raiwen. Niemand will dem Fürsten der Bergelben etwas unterstellen, ich am allerwenigsten. Doch nun versteht Ihr, warum mein Besuch vor dem Beginn der Verhandlungen mit Crem stattfinden muss.«

Raiwen schwante nichts Gutes, aber er durfte jetzt nicht seine Befürchtungen und Sorgen zum Ausdruck bringen. Es war endlich Zeit, über die Fürstin und ihre Thronfolgerin zu sprechen. »Darf ich Euch etwas ganz anderes fragen?«

»Wartet!« Sie hob den Arm und blieb stehen. »Wir sollten uns gen Norden wenden.« Sie wies mit dem Arm auf das Gebirge. »Wenn meine Augen nicht trügen, sollten vor uns die Zwillingshügel liegen.«

»Dann dürfte der Weg ab jetzt beschwerlicher werden.« Raiwen zog seinen Umhang enger.

»Wo denkt Ihr hin? Ich habe unsere Begleiter durchaus mit Bedacht ausgewählt.«

Auf ihren Befehl gingen zwei Krieger voraus, die unter den Elementen Feuer und Luft geboren waren und ihre Magie sehr präzise einsetzen konnten. Es schien fast, als hätten sie ihre ganze Kraft einzig dazu bewahrt, um ihnen den Weg zu den Zwillingshügeln freizuräumen. Was an Schnee nicht durch Luftwirbel von Jerogien aus dem Weg gefegt wurde, ging durch die Feuerbälle von Defarian in Dampf auf.

»Sie werden es nicht den ganzen Weg durchhalten, aber für den Moment verschafft es uns zügiges Vorankommen.«

Raiwen ging mit Kyriejah ein Stück hinter den Kriegern und bestaunte den wirkungsvollen Einsatz der Magie, den Schnee, der einmal in glitzernden Schleiern verwehte und dann wieder in heißem Dampf emporstieg. In manchen Vertiefungen des gefrorenen Bodens blieben Wasserlachen zurück, doch die Thronwächterin hatte ihre Begleiter gut gewählt. Jede Form der Elementemagie, die sie selbst nicht beherrschte, war vertreten. Das Feuer, die Luft, die Erde und das Holz. Steine verschoben sich, dünne Weidentriebe verflochten sich zu schmalen Brücken.

Raiwen wusste natürlich, dass nicht alle Waldelben unter dem Element Holz geboren wurden, doch dass sie so schnell gleich vier von fünf hatte finden können, grenzte an ein Wunder. Ob die Legion des ersten Heermeisters noch mehr Überraschungen bereit hielt? Es waren so viele unbekannte Gesichter darunter, die er nicht einschätzen konnte. Andererseits hatte er bislang die meiste Zeit in den Palastbäumen zugebracht. Was wusste er schon von seinen Brüdern und Schwestern im Rest Gohlannbjahrs, eines unübersichtlichen Reichs, das sich über zahllose Meilen erstreckte?

»Freund Raiwen, mir ist, als wolltet Ihr mich noch etwas fragen. War es nicht so?«

Ja. Zwar war er sich nicht sicher, wie er anfangen sollte, doch er musste die Zeit einfach nutzen, jetzt, da er ungestört mit der Thronwächterin sprechen konnte. »Ich mache mir noch immer Sorgen um unsere Fürstin und ihre Thronfolgerin«, begann er vorsichtig. »Eigentlich hätte längst ein Heilmittel gefunden werden müssen.« Er sah kurz zu ihr hinüber, richtete seinen Blick dann wieder auf den freigeräumten Pfad, dem sie folgten. Irrte er sich oder hatte ihre Haltung sich versteift?

»Und doch konntet Ihr das nicht«, entgegnete sie nüchtern. »Obgleich Ihr einer der Fürstenheiler seid. Macht Ihr Euch große Vorwürfe?«

Nein. Warum ging das Gespräch plötzlich in diese Richtung? »Nicht direkt«, wich er der Frage aus. »Mir ist nur ein Gedanke gekommen, dem ich gerne nachgehen würde.«

»Jetzt? Von hier aus? Könntet Ihr denn von hier aus etwas bewirken?« Kyriejah klang ungläubig und gleichzeitig interessiert. Für einen Moment ließ ihn ihr Tonfall zögern mit dem, was er eigentlich hatte sagen wollen. »Was habt Ihr vor?« Die Thronwächterin blieb stehen und hielt ihn auf.

»Ich möchte ...« Wieder zögerte er. Irgendwie schwang in der Stimme der Thronfolgerin mehr mit als bloßes Interesse. »Ich möchte, dass Ihr mir erlaubt, mit Fürst Kellderon zu sprechen, um ihn nach einem Heilmittel zu fragen.«

»Und Ihr meint, dass der Fürst der Bergelben weiterhelfen kann, wo Ihr bislang versagt habt?«

»Ja«, brachte er heiser hervor. Hatte er versagt? Hätte er mehr tun können? Statt der Stunden an ihrem Bett lieber in den Schriften der Bibliothek nach Lösungen suchen sollen, so wie Zhinlohr es gemacht hatte? War das der Grund, weshalb er nicht weitergekommen war?

Kyriejah ließ von ihm ab, schien sich zu entspannen und hatte plötzlich ein mitleidiges Lächeln auf den Lippen. »Es ist nicht einfach, gerade dort zu versagen, wo das Herz schlägt.«

Er sah zu ihr auf, in ihre unergründlichen Augen und senkte rasch wieder den Blick. Konnte es sein, dass sie diesen

Moment genoss? Dass sie mit seinen Gefühlen spielte, um ihn zurechtzuweisen? Hatte er wirklich versagt? Oder gab es nicht immer noch Hoffnung?

»Ich werde mit Freuden dafür Sorge tragen, dass Ihr Eure Audienz bekommt, Freund Raiwen. So kurz vor unserem Sieg über die Magister sollten wir dafür die Zeit finden.«

»Danke, Thronwächterin.« Er deutete eine Verbeugung an und wusste im selben Moment, dass er das Thema Eskrinor nicht auch noch ansprechen würde.

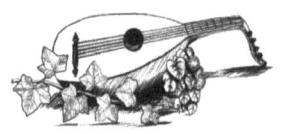

36
JAMON

»Fenkorh.« Jäh dachte Jamon an den Abend in der Gaststube von Frink Bergel zurück, als der junge Magur auf den Tod seines Vaters angestoßen hatte. »Ich, äh ... tut mir leid, dass wir uns so lange nicht gesehen haben.«

»Mir auch.« Fenkorh blieb außer Atem vor ihm stehen. »Aber ... ich habe ... habe ja mitbekommen, was alles los war.«

Jetzt wo er ihn vor sich sah, hochgewachsen und blass, der messerschmale Nasenrücken rot vor Kälte, bekam Jamon ein schlechtes Gewissen. Er hätte ihn einbinden können, wie Quendus es damals bei ihm gemacht hatte.

»Macht aber nichts. Wir werden genügend Zeit haben, miteinander zu sprechen.«

»In Ordnung«, antwortete Jamon erleichtert und alarmiert zugleich. Genügend Zeit? Wie kam er darauf?

»Ich habe endlich die Magisterprüfung abgeschlossen«, erzählte Fenkorh weiter, man konnte deutlich den Stolz in seiner Stimme hören. »Neunzehn von zwanzig in den Pflicht-fächern und die höchste Punktzahl in den Wahlfächern.«

»Gratuliere! Das ist großartig.« Das war es wirklich, wenige schafften es auch nur annähernd, mit ihren Fächern die volle Punktzahl zu erreichen. Er selbst hatte mit zwölfein-halb bestanden, nur ein Punkt über einem »Durchgefallen«. Allerdings war er vielleicht nicht das beste Beispiel.

»Jedenfalls«, Fenkorh klopfte sich theatralisch den Schnee von den Schultern, »jedenfalls hat mich jetzt auch dein Onkel als Magister anerkannt und heute sogar im kleinen Ratssaal empfangen, um mit mir über den ersten Auftrag als vollwerti-ger Magister zu sprechen.«

»Im Ratssaal?« Jamon musste sofort an Feldhenn denken, und dass der Saal auf jeden Fall die bessere Wahl war, wenn es um eine diskrete Besprechung ging. »Wart ihr allein?«

»Ja, wieso?« Fenkorh sah ihn irritiert an.

»Ach, nur so«, antwortete er und freute sich insgeheim darüber, dass der Geheimgang neben Kelenkus' Gemächern Feldhenn diesmal nicht weitergeholfen hatte.

»Nach meiner Erfahrung gibt es kein ›nur so‹. Also immer heraus mit der Sprache, bester Freund.«

»Ich fragte mich nur, wer womöglich noch an deinem Auftrag teilnehmen sollte.« Hatte Fenkorh ihn eben als besten Freund bezeichnet? Oder war das nur eine Redewendung?

»Deswegen suche ich dich. Der Auftrag ist für uns beide.«

Jamon hatte das Gefühl, die Temperaturen würden von frostig kühl zu klirrend kalt sinken, und versuchte verzweifelt, seine Mimik in den Griff zu bekommen.

»Du hast doch kein Problem damit?« Fenkorhs Stimme klang misstrauisch.

Jamon beschwichtigte ihn sofort. »Nein, nein, das nicht. Es ist nur ...« Er suchte nach einer plausiblen Erklärung und kam dann auf die Prüfung zurück. »Ich habe die Magisterprüfung gerade mal mit Ach und Krach bestanden und nicht annähernd die Fähigkeiten, die du hast.« Er sah Fenkorh aufrichtig an, dankbar, nichts als die Wahrheit gesagt zu haben.

»Nun, darum musst du dich nicht grämen.« Der Jungmagister legte ihm freundschaftlich einen Arm um die Schulter. Zum Glück schaffte Jamon es, nicht wegzuzucken. »Niemand ist mit mir vergleichbar. Deswegen hat Vater mich ja ständig so drangsaliert, die Seelen seien im gnädig. Manchmal sind es Unterschiede, die eine gemeinsame Stärke ausmachen.«

Der letzte Satz klang eindeutig nach Onkel Kelenkus. Jamon ahnte, dass er aus dieser Nummer nicht herauskam. »Und was sollen wir machen?«

»Ich habe nicht die geringste Ahnung.« Fenkorh lachte. Ein Geräusch, das sonderbarerweise klirrendem Glas ähnelte. »Dein Onkel meinte nur, dass unsere Talente sich ergänzen würden und ihm wohler wäre, wenn der Auftrag von keinem allein ausgeführt würde. Aber nun erzähl mir erst einmal, wie du zu diesem wundersamen Wanderstab gekommen bist.«

»Das Geschenk eines Freundes«, antwortete er knapp, während sie sich auf den Weg zum Ordenshaus machten.

Doch damit gab Fenkorh sich nicht zufrieden, überdies hatte er scharfe Augen. »Nach den Runen zu urteilen, ein Zwergenfreund.«

»Ja.« Musste er mehr erklären? Ging es den jungen Magister überhaupt etwas an?

»Ein wertvolles Geschenk, wenn ich das richtig einschätze, aber in Zwergendingen bin ich nicht wirklich bewandert. Im ersten Moment habe ich es für einen Kampfstab gehalten. Allerdings scheint er für eine Zwergenwaffe etwas lang.«

Jamon stapfte schweigend neben dem wissbegierigen Magister her, Jonthork als Wanderstab fest in der Hand.

»Wenn du mich fragst«, nahm Fenkorh seinen anderen Gesprächsfaden wieder auf, »hört sich der Auftrag deines Onkels nach einer Sache an, die außerhalb Crems liegt. Womöglich könnte es eine Reise werden.«

»Eine Reise?« Seit Jamon in der Ordensschule lebte, war er nie weiter als zum Grehum oder in einen der umliegenden Weiler gekommen. Selbst Tyklahr kannte er nur von Bildern und Erzählungen. »Mitten im Winter? Wie soll das gehen?«

»Spätwinter, die Eisnacht liegt schon mehr als einen halben Mond zurück«, korrigierte Fenkorh.

Jamon seufzte bei dem Gedanken, dass das Mittwinterfest aufgrund der allgemeinen Situation nicht stattgefunden hatte.

»Aber was weiß ich?«, meinte der Jungmagister und zuckte mit den Schultern. »Es war nur so eine Idee.«

»Dann hoffe ich sehr, dass deine Idee dich täuscht. Da draußen ist weit und breit nichts als Eis und Schnee. Darin lässt sich erstens schwer vorwärtskommen und zweitens schlecht überleben.«

Fenkorh sah ihn an, nickte schließlich und schwieg für den Rest des Weges. *Na toll, Jamon. Genau so macht man das.* Wenn er für den jungen Magister wirklich eine Art Quendus werden wollte – ein Mentor, der seinen Schützling auf den richtigen Weg brachte –, sollte er sich mehr Mühe geben.

Unvermittelt blieben Jamons Gedanken an Quendus hängen. Wie es ihm wohl ging, jetzt, wo im Süden Krieg herrschte? Ob die Feuerelben bis zur Stadt vordringen würden? Er mochte sich nicht vorstellen, wie viel Macht das magische Feuer der Elben hatte. Am liebsten wäre er sofort nach Gelder aufgebrochen, um Quendus zu helfen. Mit Jonthork könnte er auch ohne Magie hilfreich sein.

Und dann, als sie schon im Ratsaal saßen und auf seinen Onkel warteten, nährten diese Gedanken plötzlich eine unsinnige Idee, nämlich die, dass der Auftrag sie womöglich genau dorthin führen würde. Um die Magister der Geldermark ... zu retten? Zwei Männer allein? Was für ein Blödsinn. Quendus sollte hier sein. Er wäre für Fenkorh ein besserer Mentor. Jamon seufzte. Er selbst musste aufpassen, dass es nicht andersrum kam und der Jungmagister für ihn zum Lehrmeister wurde.

Ungeduldig ging er zum Fenster und sah hinaus. Langsam könnte sein Onkel ruhig auftauchen. So weit war der Weg nun wirklich nicht. »Vielleicht sollte ich mal schauen, wo er bleibt.« Er griff nach dem Türknauf zur Außentreppe. Doch als sich im selben Moment die Tür zur Galerie öffnete, fuhr er erstaunt herum.

»Was für ein scheußlich kalter Winter.« Kelenkus rieb sich die Hände und taperte an der Wand der Magisterdynastien vorbei zu seinem Ratsstuhl. Er schaute zu Jamon hinüber. »Die Außentreppe kann man bei diesem Wetter nicht gefahrlos nutzen. Komm nur, Neffe. Setz dich.« Kelenkus wies auf den Stuhl rechts neben sich und dann auf den linken. »Magister Fenkorh, wenn Ihr hier Platz nehmen möchtet? Wir bleiben unter uns, und es wäre mir sehr daran gelegen, dicht beieinander zu sitzen, damit wir leiser sprechen können.«

»Wie Ihr wünscht.«

Erst als sie beide Platz genommen hatten, setzte Kelenkus sich ebenfalls. Doch anstatt sofort loszureden, wie es ihm sonst eigen war, strich er eine Weile ziellos mit den Fingern über die Tischplatte und starrte auf die Holzmaserung, als suchte er dort nach den richtigen Worten. Dann endlich holte er Luft. »Nun denn.« Er verschränkte die Hände. »Wir bleiben nicht ohne Grund allein.« Seine Stimme war kaum mehr als ein Flüstern, er gab den beiden ein Zeichen, näherzurücken. »Niemand, und ich betone das nochmals: niemand darf jemals von dem erfahren, was ich euch erzähle.«

»Es ist mir eine Ehre, Euer Geheimnis zu hüten«, entgegnete Fenkorh salbungsvoll und deutete eine Verbeugung an.

»Ich werde ebenfalls schweigen«, schloss Jamon sich an. »Aber spann uns nicht länger auf die Folter.«

»Das werde ich nicht, denn ihr seid die Einzigen, denen ich diesen Auftrag anvertrauen kann. Zum einen, weil ihr ein Stück weit Außenstehende im Orden seid, aber dennoch durch eure Position oder euer Talent besonders respektiert werdet.« Kelenkus nickte bedächtig, während er ihnen nacheinander in die Augen schaute. »Und zum anderen, weil ihr beide gut auf euch acht geben könnt, wie ich inzwischen weiß.«

»Ich danke Euch für Euer Vertrauen«, sagte Fenkorh leise. »Das bedeutet mir sehr viel.«

Jamon glaubte ihm aufs Wort, hoffte aber, dass er Kelenkus nicht ständig unterbrach. Schließlich wollte er endlich wissen, worum es ging.

»Lasst mich etwas ausholen, um es zu erklären.« Jamon wollte innerlich aufächzen, doch was sein Onkel dann im Flüsterton und knappen Worten erzählte, raubte ihm schier den Atem. »Ich habe schwere Schuld auf mich geladen«, beichtete er. »Ein Vergehen zum Wohle des Ordens. Nichts anderes hat mich angetrieben, das dürft ihr mir glauben.« Er machte eine Pause und zog einen Armreif aus der Innentasche der Brokatrobe. »Und dennoch eine unverzeihliche Schuld.«

Für einen kurzen Moment glaubte Jamon, es wäre nur der Ordensreif seines Onkels – zieliertes Silber mit der Runenmagie der Zwerge. Doch dann entdeckte er kleine mit Sorgfalt eingesetzte Edelsteine, klar wie Wasser und im ersten Moment kaum zu sehen. Als Kelenkus den Reif weiter vorschob, brach sich das Licht der Kerzen in ihnen und zauberte ein vielfarbiges Schimmern hervor.

»Diamanten?«, fragte Fenkorh erstaunt, ohne den Blick vom Armreif zu wenden.

Kelenkus nickte und schob das Schmuckstück zu Jamon hinüber. »Dieser Armreif gehört jetzt dir. Trage ihn zusätzlich zu deinem eigenen Ordensreif.«

Zögernd streckte er die Finger aus, wusste er doch nicht, welcher Auftrag damit geknüpft war. Doch als sein Onkel ihn mit einem Nicken ermunterte, nahm Jamon den Diamantreif entschlossen in die Hand. Er wusste nicht, was er erwartet hatte, aber ein besonders magisches Gefühl blieb aus. Im Grunde fühlte der Reif sich nicht anders an als der, den er seit Jahren trug. Behutsam streifte er das Schmuckstück übers Handgelenk und sah Kelenkus fragend an. »Ist *er* deine Schuld?«

»Nein, der Reif ist eher der Beweis. Und überdies ein Schlüssel nach Nunahzhar.«

»Ein was?« Jamon musste sich zusammenreißen, um nicht laut zu werden. »Aber die Menschen dürfen nicht in die Elbenreiche. Das ist ein ungeschriebenes Gesetz.«

»Unfassbar«, raunte Fenkorh und stierte gebannt auf den Armreif an Jamons Hand. »Ein Türöffner zu den Bergelben.« Das Funkeln der Diamanten spiegelte sich in den hellen Augen des jungen Magisters und verlieh ihnen einen seltsam gierigen Ausdruck. »Woher bekommt man so etwas?«

»Ich bekam ihn von Fürst Kellderon persönlich«, gestand Kelenkus. »Damals, als ich mich darauf eingelassen habe, mein Wissen zu verkaufen.«

»Wie meinst du das, du hast dein Wissen verkauft?«

»Wie ich es sage.« Kelenkus griff noch einmal in seine Brokatrobe und förderte eine fleckige Pergamentrolle zutage. »Ich habe ihm alles übermittelt, was ich über die Zwerge von Eskrinor in Erfahrung bringen konnte.«

»Du hast was?« Jamon riss die Aufzeichnungen an sich, öffnete die Rolle und überflog die Notizen und Skizzen. »Aber das ... das sind ja nicht nur Informationen über das Zwergenviertel in Crem, sondern auch über die Goldene Stadt selbst.« Er rollte das Pergament weiter ab, las Hinweise zu Waffen, Kriegern und Kasernen. Fassungslos schüttelte er den Kopf und hielt entsetzt inne, als er die letzten Eintragungen sah. »Das sind Dinge, die ich dir erzählt habe. Dinge, die Prandur nur mir anvertraut hat.«

»Ich habe sie bisher nur notiert und noch nicht weitergegeben. Es ist eine Arbeit, die ich immer so gemacht habe, fast wie eine Gewohnheit, die man nicht plötzlich ablegen kann«, verteidigte sich Kelenkus.

»Eine Gewohnheit? Und dann? Was dann?«

»Abwarten, ob es wichtig werden könnte.«

»Wichtig, weil das Zwergenviertel vielleicht nicht auf die Unterstützung aus Eskrinor hoffen kann? Weil Crem auf sich allein gestellt sein könnte? Natürlich ist das wichtig. Die Waldelben bereiten einen Krieg gegen uns vor. Und du fütterst ihre Brüder und Schwestern mit Wissen, das sie gegen uns verwenden können?«

»Nicht so laut«, beschwor Kelenkus ihn. »Beruhige dich.«

»Ich soll mich beruhigen? Wenn mein eigener Onkel mich als Spion missbraucht und das Wohl Crems und Eskrinors aufs Spiel setzt?« Jamon sprang auf und warf die abgewickelte Pergamentrolle auf den Tisch. »Deshalb der Posten als Stadtdiplomat. Deshalb deine Aufgeschlossenheit gegenüber meinen vielen Besuchen im Zwergenviertel. Du hast mich benutzt. Wie soll ich mich da beruhigen?«

»Darf ich etwas fragen?« Fenkorhs Stimme klang unbedarft, als hätte er die ganze Tragweite nicht mitbekommen.

»Gern«, antwortete Kelenkus.

»Was war die Gegenleistung für Eure ... Unterstützung?«

»Unterstützung?« Jamon spie das Wort über den Tisch. »So kann man Verrat natürlich auch ...«

»Jamon!« Fenkorh schnitt ihm das Wort ab. »Lass deinen Onkel endlich erklären.«

»Bitte, bitte, nur zu!« Er zwang sich zur Ruhe und setzte sich wieder. Doch seine Gedanken rasten, er hatte das Gefühl, sein Herz würde bersten. Wütend starrte er Kelenkus an. Das konnte nicht derselbe Mann sein, der ihn aufgenommen hatte, der ihm Vertrauter und Lehrmeister gewesen war, der für ihn stets den größten Halt in der Ordenswelt dargestellt hatte. Einer Welt, in der sich alles um Magie drehte. *Aber natürlich!* Im selben Moment, als Fenkorh seine Frage wiederholte, wusste Jamon, worum es gegangen war.

»Was also war die Gegenleistung des Elbenfürsten?«

»Die Magie der Elemente«, gab Kelenkus zu.

»Dann kann ich Euch verstehen«, sagte Fenkorh.

»Das glaub ich jetzt nicht.« Jamon schlug mit der Faust auf den Tisch, um seinem Unmut Luft zu verschaffen. Es kostete ihn Mühe, leise zu sprechen. Doch so viel war ihm klar: Niemand durfte jemals davon erfahren. »Verrat bleibt Verrat, und *ich* kann es ganz und gar nicht verstehen.«

»Weil du zwar eine Prüfung zum Magister abgelegt hast, aber im Herzen keiner bist«, antwortete Fenkorh in vollkommen sachlichem Ton.

»Das ... das ist nicht wahr«, wehrte sich Jamon. Doch der Jungmagister hatte unversehens ins Schwarze getroffen und ihm mit nur einem Satz den Wind aus den Segeln genommen.

»Das muss dich nicht grämen. Wir sind alle verschieden. Deshalb solltest du versuchen, deinen Onkel zu verstehen.«

Jamon öffnete den Mund und schloss ihn wieder. Es hatte keinen Zweck, zu streiten. Schon gar nicht gegen zwei.

»Die Magie der Elemente ist es, die uns den Elben ebenbürtig machen und damit ein Ungleichgewicht in der Welt geraderücken könnte.« Der Jungmagister sprach ganz ruhig und mit wohlgesetzten Worten. Kein Urteil und keine Anklage waren herauszuhören, allein eine nüchterne Betrachtung der Dinge. Eine Betrachtung, die Jamon sprachlos machte. »Bedenke, wie viel Gutes wir mit der Magie der Elemente vollbringen könnten.«

»Mag sein.« Jamon schaffte es, ruhig zu bleiben. »Aber wie ich das sehe, birgt die Magie der Elemente außer Hoffnungen in der Hauptsache Gefahren. Oder was glaubst du, hat meinen Onkel dazu bewogen, sein neu gewonnenes Wissen für sich zu behalten? Warum finden wir so wenig davon im Lehrplan dieser Ordensschule?«

Diesmal war es Fenkorh, der keine Antwort fand und den Blick hilfesuchend auf den Schulleiter richtete.

»Du hast recht, Neffe«, schaltete sich Kelenkus wieder ein. »Doch das ist mir erst später klar geworden.«

Jamon sah seinen Onkel an und verstand plötzlich, wie schwer es ihm gefallen sein musste, ihnen alles zu offenbaren.

In diesem Moment wirkte er unglaublich müde und alt. Natürlich war sein Haarkranz schon länger schütter und der Kinnbart ergraut, aber die eingefallenen Wangen und die dunklen Augenringe waren neu. »Es ist meine Bürde, damit zu leben.« Kelenkus setzte sich aufrechter hin, als könnte er der Last, die er sich aufgeladen hatte, immer noch trotzen. »Doch was letztlich Schuld oder Verrat ist, wie du sagst«, er sah Jamon an, »könnte sich am Ende womöglich günstig für uns auswirken.«

»Das glaubst du wirklich?«

»Dein Onkel meint unseren Auftrag.« Fenkorh schien im Gegensatz zu Jamon jeden Satz zu verstehen, ohne weitere Erklärungen einzufordern. »Der Armreif ist der Schlüssel ins Reich der Bergelben und ein Beweis des Vertrauens in Kelenkus.«

Langsam verstand Jamon, worauf Fenkorh hinauswollte. »Eine Art Passierschein am Zugang zu Nunahzhar, ich weiß, was du meinst.« Und er ahnte auch, welcher Auftrag da auf ihn zurollte. »Aber ...« Er wandte sich an seinen Onkel. »Aber du willst nicht ernsthaft ...?«

»Dass ihr Kellderon aufsucht? Doch. Genau das will ich.«

»Wie stellst du dir das vor? Wir sind weder Krieger noch Kundschafter oder Diplomaten.«

Kelenkus zog ein weiteres Pergament aus der Robe, entfaltete eine Karte und wies mit dem Finger darauf. »Hier ist Crem, dort der Azhur-See und gleich daneben beginnen die Ausläufer des östlichen Eskringebirges. Etwa hier, oberhalb des Waldes zwischen den Zwillingshügeln, noch ein ganzes Stück vor dem Arro-Duado, findet ihr den Zugang zum Pass, der euch ins Gebirge hinaufführt.« Kelenkus' Stimme festigte sich. »Achtet auf Felsformationen wie Zwillings- oder Drillingsklippen. Felsen, die wie Figuren aussehen, Prelken zum Beispiel oder Drachtarh.«

Jamon konnte nicht aufhören, den Kopf zu schütteln. Glaubte sein Onkel ernsthaft, jemand würde sich auf so eine Reise einlassen? Unmittelbar vor einem Krieg?

»Ich verstehe.« Fenkorh beugte sich interessiert vor und folgte der Strecke mit dem eigenen Finger. »Die Details, von denen ihr sprecht, passten nicht auf diese Karte, aber es geht um den Naturglauben der Elben, richtig?«

Kelenkus nickte. »Ihre Ahnen haben sich stets nach Zeichen gerichtet, die natürlichen Denkmälern gleichkamen. Es wird im Schnee schwerer sein, aber wenn ihr die Augen aufhaltet, solltet ihr den Weg finden. Ich habe es stets gekonnt, als ich noch jünger war. Doch in meinem Alter kann ich körperlichen Strapazen weniger gut standhalten. Und überdies habe ich hier genug zu tun.«

»Natürlich. Und wie genau lautet unsere Botschaft?«

Jamon starrte Fenkorh fassungslos an. Ausgerechnet dieser schlaksige Magister, der stets alle Annehmlichkeiten eines reichen Elternhauses genossen hatte, haderte keinen Moment mit seiner Zustimmung zu einer Reise in eisige Wildnis.

»Ihr müsst Kellderon davon abhalten, Anastina-Kyriejah zu unterstützen. Verhindern, dass er in den Krieg eingreift.«

»Aber sicher doch.« Jamon begann, an Kelenkus' Verstand zu zweifeln. »Wir sagen dem Fürsten der Bergelben, dass er seinen eigenen Schwestern und Brüdern die Hilfe verweigern soll. Du glaubst doch nicht, dass er auf uns hört?«

»Doch, das glaube ich«, entgegnete sein Onkel mit leiser Stimme. »Denn ich bin nicht der Einzige, der einen Verrat begangen hat.«

Fenkorh nickte wissend. »Er ist einer der Elbenfürsten und überdies einer der Fünf. Der Scheltar für das Element Luft.«

»So ist es. Und das ist unser Vorteil«, stimmte Kelenkus zu.

Jamon versuchte, sich zusammenzureimen, was das bedeutete. »Er darf sein Wissen über die Elementemagie nicht teilen, mit wem er will?«

»Mit keinem Menschen. Dieser Frevel wird ihm bis ans Ende seiner Tage nicht verziehen werden, so viel ist sicher.« Kelenkus lehnte sich müde zurück.

»Und was ist die Alternative?« Jamon sah auf den Diamantreif – versucht, ihn wieder abzustreifen und Fenkorh zu überlassen, der das alles besser durchschaute.

»Es gibt keine.« Kelenkus seufzte. »Ich habe mir seit Tagen den Kopf zerbrochen. Doch wenn wir keine Hilfe aus Eskrinor erwarten dürfen, gibt es kaum noch Hoffnung.«

»Umso wichtiger, dass die Wehranlagen fertig werden«, fiel Jamon ein. »Wer soll sich darum kümmern, wenn ich nicht da bin?«

»Das wird Wrigoran tun müssen. Mit der Hilfe von Belintraud Schröbler und Artemas Brunndorf sollte er das hinbekommen. Dank dir ist alles auf einem guten Weg.«

»Und die erneuerten Mauern sind eh nicht mehr als ein erstes Hindernis.« Jamon dachte an die Worte von Fredo. *Ein erstes Hindernis, das Crem Zeit verschafft, das Richtige zu tun.* War die Reise zu den Bergelben das Richtige? Und falls ja, schafften sie es überhaupt noch, rechtzeitig dort zu sein? Wie lange würde das alles dauern? Spätestens, wenn das Wetter umschlug und der Schnee auf dem Pass zwischen den Kesseln taute, bliebe nicht mehr viel Zeit, bis das Elbenheer gen Westen zöge. Schon in zwei oder drei Monden könnten sie hier sein. Jamon und Fenkorh müssten sich sputen, um nach Crem zurückzugelangen. Vielleicht war ein Nichtangriffspakt mit den Bergelben tatsächlich das Beste, was sie noch erreichen konnten.

»In Ordnung.« Er sah Kelenkus an und versuchte, seine Vorhaltungen hinunterzuschlucken. »Doch wenn das alles vorbei ist, bist du mir eine längere Erklärung schuldig.«

»Viel mehr als das«, raunte sein Onkel. »Viel mehr als das.«

Schon am frühen Morgen des nächsten Tages waren sie aufgebrochen, begleitet von zwei kräftigen Bergponys, die ihren Proviant und andere Dinge wie Zelt, Decken und sogar einen Vorrat Brennholz trugen. Durch ihr weißes Fell waren sie gut getarnt, doch wenn es aufhörte zu schneien, könnte man ihren Spuren gut folgen. Über diesen Punkte hatte Jamon sich überhaupt keine Gedanken gemacht, zumindest nicht, bis der Wehrführer sie über das Verhalten im Freien instruiert hatte.

Kürtijan, der davon ausging, dass ihr Weg sie nach Tyklahr führte, war mit Warnungen nicht sparsam gewesen. Er hatte ihnen empfohlen, am Waldsaum zu bleiben. Da man nicht wissen konnte, ob sich in der Gegend Elbenspäher herumtrieben, bot der Schatten der Bäume zumindest etwas

Deckung, und mit Glück wurden ihre Spuren vom herabfallenden Schnee der Baumkronen verdeckt. Außerdem wäre es einfacher, das Nachtlager im Wald aufzuschlagen – wo weniger Schneemassen lagen, die Jamon und Fenkorh beiseite räumen mussten.

Von den harten Wurzeln, die sich nicht wegräumen ließen, hatte der Wehrführer ihnen allerdings nichts erzählt. Genauso wenig wie von der Tatsache, dass Bergponys zuweilen stur wie Schnecken waren, denen man das Springen beizubringen versuchte.

Jonthork war Jamon beim Wandern aufgrund des Schnees leider nicht sehr nützlich und er hatte ihn vorerst an den Sattel seines Bergponys gebunden. Auf diese Weise hatte er zumindest beide Hände frei, denn je höher die Schneewehen wurden, desto schwieriger wurde es, die Lasttiere vorwärtszubewegen. Zuweilen blieb Jamon und Fenkorh nichts anderes übrig, als mit den Schippen, die Kürtijan ihnen wohlweislich an die Sättel geschnallt hatte, Schneisen zu schaufeln, damit sie weiterkamen.

Fast sehnsüchtig hatten sie zur Handelsstraße geschaut, die keine Viertelmeile vom Wald entfernt verlief. Aber es war offensichtlich, dass sie dort schon von Weitem auszumachen wären, und so blieben sie, solange es irgendwie ging, im Schutz der Bäume. Wahrscheinlich hätte Prandur ihnen dasselbe empfohlen, doch Jamon hatte ihn vor der Abreise nicht mehr treffen können, um ihm von ihrem Vorhaben zu erzählen.

Sie hatten schon die dritte Nacht hinter sich, als die Handelsstraße einen weiten Bogen gen Süden machte und sie sich nach Norden Richtung Azhur-See wandten.

Es hatte zu schneien aufgehört, der Himmel war deutlich heller als die Tage zuvor. Leider trübte aber der eisige Wind die Freude über die klare Sicht. Jamon zog sich die Kapuze seiner pelzgefütterten Jacke tiefer ins Gesicht.

Die ungewohnt feste Kleidung wärmte um einiges besser als die Winterroben des Ordens. Wie gut, dass Kelenkus ihnen empfohlen hatte, auf Ordenskleidung zu verzichten.

Selbst Fenkorh sah in seiner langen Lederjacke unauffällig aus, wenn man vom messerschmalen Nasenrücken absah.

In den kurzen Pausen drängten sie sich zwischen ihre Bergponys, aßen und tranken im Stehen aus den Satteltaschen heraus, weil sie befürchteten, dass sie sonst Mühe hätten, wieder in Gang zu kommen. Es erstaunte Jamon ohnehin, wie zäh Fenkorh war. Dürr wie ein Stecken schaffte er es, die ganze Zeit mitzuhalten, ohne sich zu beklagen.

Als sie spät am Tag eine kleine Anhöhe erklommen, hielt Jamon an. »Sieh nur!« Doch seine Stimme blieb im Halstuch hängen, er musste es erst vom Gesicht ziehen, damit Fenkorh ihn verstand. »Ist die Aussicht nicht unglaublich?« Vor ihnen erstreckte sich das Eskringebirge, strahlend weiß unter blauem Himmel, zum Greifen nah. »Dort! Siehst du die breite Schlucht zwischen den beiden Bergketten? Da muss der Azhur-See liegen.« Bisher kannte Jamon diese Gegend nur von Karten, sie so leibhaftig vor sich zu sehen, ließ ihn die eisige Kälte für den Moment vergessen. »Und da, das müssen die Zwillingshügel sein, meinst du nicht auch? Ein Nachtlager noch, schätze ich, dann müssten wir dort sein.« Er sah sich zu seinem Begleiter um, der merkwürdig still blieb. »Hast du überhaupt gehört, was ich gesagt habe? Was ist mir dir?«

Fenkorh reagierte nicht, sondern blickte starr in die andere Richtung. Selbst, als er das Tuch vom Mund zog, bewegte er den Kopf um keinen Zoll. »Ich glaube, wir sind nicht die Einzigen, die nach Nunahzhar wollen.«

37
BRYNNBETT

»Hier lang!« Der Schrei ging Brynnbett durch Mark und Bein, so laut, überdeutlich und nah! Wer immer da herumbrüllte, stand unmittelbar hinter dem Durchgang. Sie konnte es am schwachen Lichtschein in der klaffenden Lücke erkennen. »Beeilt euch!«

Sie sollte wegrennen, die Pergamente retten und sich in Sicherheit bringen. Doch sie stand dort wie erstarrt.

Schnelle Stiefelschritte, mehr als ihr lieb waren. Und jeden Moment wären sie da. Alle! »Genau hier müsst ihr lang.« Gleich würde sich das Steintor drehen, die Lücke breiter werden, Stück für Stück, bis sie genug Raum ließe, um eine ganze Horde von Arbeitern oder gar Kriegern durchzulassen. »Wo ist der Rest der Truppe?«

Noch mehr? Mühevoll hob Brynnbett einen Fuß und setzte ihn vorsichtig einen Schritt weiter. Jeder Muskel in ihr war wie gelähmt und weigerte sich zu gehorchen.

»Löscht als Erstes das Ständerwerk, damit uns die Decke nicht über den Köpfen zusammenbricht.« Sie hörte die dumpfen Worte, die Stiefelschritte die lauter und wieder leiser wurden, und hätte am liebsten aufgelacht vor Erleichterung. Sie war nicht gemeint und nicht in Gefahr. Die Zwerge da draußen wussten nichts von dieser vergessenen Höhle.

Mit zitternden Beinen taumelte sie zurück in Gillis Laboratorium, setzte sich erschöpft auf eine der Stufen und wartete, bis ihr Herz sich beruhigte und ihr Atem wieder gleichmäßiger wurde. Sie hatte Glück gehabt. Mehr Glück als Verstand.

Dann, als ihr Blick auf einen Schattenriss im Boden fiel, lächelte sie. Offenbar wollte das Schicksal ihr nach all der

Aufregung ein wenig Trost zukommen lassen. Diesmal in Form des Runensteins, den sie nur zu drehen brauchte, um das Versteck für die Pergamente zu öffnen. »Danke«, flüsterte sie. »Danke, an wen auch immer.«

Der Weg zurück war beschwerlicher gewesen, als sie befürchtet hatte, die Anstrengungen des Vortages hatten ihr noch in den Knochen gesteckt. Und auch die Schreckmomente, Aufregungen und Ängste, die sie durchgestanden hatte, hatten an ihren Kräften gezehrt. Irgendwann, sie erinnerte sich nicht mehr, wie lange es gedauert hatte und wo sie lang gelaufen war, stand sie vor der Tür der Wunderlings und wurde von Welna hineingelassen.

»Gillron schäft, ich denke, wir sollten ihn nicht wecken.« Sie gähnte. »Macht es dir etwas aus, dich selbst um dein Essen zu kümmern? Irgendwie brauche ich Ruhe.« Sie strich sich ihr Schlafhemd glatt, grellrosa mit hellgrünen Kreisen, als wollte sie ihre Worte unterstreichen.

Brynnbett nickte verständnisvoll. »Soll ich mich um die Kinder kümmern?«

»Die sind für ein paar Tage bei ihrer Urmutter.« Welna rieb sich die Augen. »Wir sehen uns morgen.«

»Ich freue mich darauf«, entgegnete Brynnbett und ging in die Küche. Hauptsache, Gilli wäre wieder auf dem Damm, damit sie nicht allein in den Palast musste.

Am nächsten Morgen versuchte sie, sich an alles zu erinnern, was am Vortag geschehen war. Sie brannte darauf, Gilli davon zu berichten, und war froh, ihn gut gelaunt im Speiseraum vorzufinden.

»Guten Morgen«, grüßte ihr schmächtiger Freund. »Der Rest meiner Familie ist schon wieder außer Haus und lässt dich grüßen. Hast du gut geschlafen?«

»Ja«, antwortete sie. »Und du? Geht es dir besser?«

Er nickte und lud sie ein, sich zu setzen. »Darf es etwas Gneistee sein?« Gilli hob die Kanne.

»Immer gern.«

Eine Zeit lang gaben sie sich dem Frühstück hin, fast so, als wollte jeder dem anderen noch ein wenig Ruhe gönnen, bevor die Ereignisse sie wieder einholten.

Doch je länger das Schweigen dauerte, umso größer wurde Brynnbetts Drang, ihre Neuigkeiten loszuwerden. Eigentlich wartete sie nur auf ein Zeichen von Gilli. Und als er endlich den Kopf hob und sie ansah, ergriff sie sofort die Gelegenheit. »Du glaubst nicht, wen ich gesehen habe.«

»Du glaubst nicht, wen ich gesehen habe«, sagte Gillron fast gleichzeitig.

»Wie?«, fragten sie erneut wie aus einem Mund.

»Du zuerst.« Noch einmal beide.

Sie lachten, und Brynnbett ließ ihm den Vortritt. »Fang du einfach an, Gilli.«

Gillron lehnte sich genüsslich im Stuhl zurück und grinste. »Das rätst du nie: Fraron Kraushaar war hier.«

»Was?«

»Ja, so habe ich auch geguckt. Ich meine, ausgerechnet Fraron bei mir vor der Tür.« Gilli schüttelte den Kopf. »Aber er wollte gar nichts von mir, sondern fragte nach dir.«

»Nach mir? Aber wieso? Und warum überhaupt hier? Woher weiß er denn, dass ich hier wohne?«

»Nun ja. Er wusste es nicht direkt. Aber er wusste niemand anderen, der dich kennt und wissen könnte, wo man dich findet. Und da du gestern deinen ersten Tag hattest und ihn zwangsläufig auch mit mir verbracht hast, kam er auf die Idee, hier zu suchen.« Gillis Miene wurde ernster. »Meisterin Kettelgurt hat nämlich nicht aufgemacht, meinte er.«

»Dann ist sie immer noch nicht zurück.« Brynnbett seufzte. »Das tut mir leid.«

»Mir auch.«

»Und was wollte Kraushaar von mir?«

»Trorwenn Hammerschneid hat nach dir gefragt.«

Brynnbett sackte in sich zusammen. »Nach nur einem Tag. Das hat ja nicht lange gedauert.« Sie seufzte. »Hat er jedenfalls gesagt, was der Düsterling wollte?«

»Nein. Aber ich gehe davon aus, dass er unter anderem neugierig ist, wie dein erster Tag verlaufen ist. Vielleicht möchte er auch wissen, wie viel Zeit du mit Meisterin Kettelgurt verbracht hast.«

»Du meinst, es könnte ein Test sein, weil er genau weiß, dass sie verschwunden ist?«

»Weiß der Grottenschmonk, ob er es wirklich weiß. Aber irgendetwas musst du ihm wohl erzählen.«

»Hat er gesagt, wann Hammerschneid mich erwartet?«

»Heute im Laufe des Tages würde ausreichen, meinte er.«

»Immerhin nicht sofort.« Dann hatte sie ein wenig Zeit, sich etwas auszudenken. Denn für den Moment ging ihr viel zu viel anderes im Kopf herum.

»Nun erzähl du erst mal, wen du gesehen hast.« Er sah sie neugierig an.

»Die Prelkenreiter.«

»Du machst Witze.«

»Ganz und gar nicht. Und du glaubst nicht, wo.« Brynnbett verschränkte die Arme und sah ihn herausfordernd an.

Doch Gilli hatte keine Lust auf Ratespiele. »Spann mich nicht auf die Folter. Dafür bin ich zu krumm.«

»Du immer.« Sie schnippte ihm kopfschüttelnd einen Brotkrümel entgegen. »Also unverblümt und ohne Folter: Ich habe die Prelkenreiter in unmittelbarer Nähe zum verborgenen Zugang gesehen.«

»Bei der Statue von Franja Siedelkunst meinst du?« Seine Augen weiteten sich. »Das ist nicht dein Ernst.«

»O doch.«

»Bei den Meißeln der Runenschöpfer. Das kann kein Zufall sein.«

»Ist es auch nicht.« Brynnbett überlegte, wie sie ihm alles schonend beibringen sollte, was sie entdeckt hatte, blieb aber vorerst bei diesem Thema. »Sie waren dort, um nach einem geheimen Zugang zu suchen, wie sie sagten.«

»Du hast mit ihnen gesprochen?« Gillis Augen wurden immer größer.

»Bei den Küchenkräutern der Himmelshexen, natürlich nicht. Ich konnte mich ...« Sie zögerte, »mich verstecken.« Brynnbett dachte an die glückliche Fügung, die sie vor Krellpinns Tür gebracht hatte, wollte aber noch nicht über den Hochmeister sprechen. »Und von dort aus konnte ich sie belauschen.«

Gilli schüttelte fassungslos den Kopf. »Ich verstehe das nicht. Warum suchen ausgerechnet drei Prelkenreiter aus Crem, die womöglich gar nichts über Eskrinors Vergangenheit wissen, vielleicht nicht einmal Familie hier haben, den geheimen Zugang zu den verbotenen Stollen? Eigentlich kann so gut wie niemand mehr davon wissen.«

»Außer sehr alte Bewohner, die sich mit der Geschichte der Stadt auskennen.« Und schon verwarf Brynnbett den Vorsatz, nicht von ihrem Retter zu erzählen. Sie könnte es ohnehin nicht lange für sich behalten.

»Das müssten wirklich sehr, sehr alte Bewohner sein.«

»Und genau so einen habe ich getroffen.«

Gilli legte den Kopf schief, als versuchte er, herauszufinden, ob sie ihn auf den Arm nehmen wollte.

»Ich weiß, es klingt unwahrscheinlich, und sicher glaubst du mir erst, wenn ich dich zu ihm bringe, damit du ihn selbst sehen kannst.«

»Du machst es aber verdammt spannend.«

»Also schneller.« Brynnbett holte Luft. »Krellpinn Steinmeißel.«

Stille. Gillron sah sie nur mit großen Augen an. Dann bewegten sich seine geschwungenen Brauen aufwärts, der Kinnbart begann zu zittern. Und plötzlich lachte er. Nein, er prustete förmlich und wollte sich ausschütten vor Lachen. »Ich ... ich glaube ...« Er konnte sich kaum bremsen, versuchte aber, seinen Satz zu Ende zu bringen. »Ich glaube, du hast zu lange neben meinen Büchern geschlafen.« Er wischte sich Tränen aus den Augen und gluckste. »Krellpinn Steinmeißel müsste über sechshundert Jahre alt sein.« Gilli schüttelte kichernd den Kopf. »Nein, Brynnbett. Um mich aufs Glatteis zu führen, musst du dir was Glaubhafteres einfallen lassen.«

»In Ordnung. Ertappt.« Sie nahm sich vor, ihn einfach irgendwann mitzunehmen und vor vollendete Tatsachen zu stellen. Bei einer Tasse Porling-Tee würde Krellpinn ihn sicher überzeugen. »Jedenfalls gab es einen alten Mann, von dessen Flur aus ich den Prelkenreitern zugehört habe.«

Gilli grinste immer noch, nickte jetzt aber. Anscheinend konnte er mit weniger Wahrheit besser umgehen.

»Die drei sind jedenfalls nicht fündig geworden und irgendwann abgehauen.«

»Hätte mich auch sehr gewundert, wenn diese grobschlächtigen Haudraufs genug Grips gehabt hätten, um den Zugang aufzustöbern.«

Sie stimmte ihm zu. »Eigentlich ist es egal, ob sie zu schlicht oder einfach nur schlecht informiert waren. Fürs Erste haben sie die Nase jedenfalls voll.« Allerdings würde Brynnbett ihre Hand nicht dafür ins Feuer legen, dass das so bliebe, wenn sie mehr Informationen und Gold bekämen. »Aber das war erst eine von mehreren schlechten Nachrichten.« Sie verfolgte, wie die Grübchen in Gillis Gesicht schwanden, und versuchte, gleich jedem weiteren Missverständnis vorzubeugen. »Mit allem, was ich dir jetzt erzähle, ist es mir sehr ernst. Versuch also gar nicht erst, Scherze darin zu entdecken. Dafür ist es zu wichtig und zu bedrohlich.«

Als Gilli beklommen nickte, erzählte sie ihm, was sie beobachtet und erlebt hatte. Angefangen beim rasant steigenden Wasserspiegel im Drusenspalt, bis hin zu den Pfeiftönen, dem Brandgeruch und dem Schrei, der ihr Herz fast zum Stillstand gebracht hatte. »Irgendetwas geht dort unten vor«, schloss sie eindringlich. »Und ich fresse einen Grabmäuler, wenn das nichts mit dem Wassereinbruch im Spalt zu tun hat.«

Gilli nickte nachdenklich, ohne etwas zu sagen.

»Leider weiß ich überhaupt nicht, was wir tun können.« Sie sah ihren Freund fragend an, doch der starrte an ihr vorbei und schwieg. »Gilli?«

»Wie weit ist das Wasser gestiegen, sagtest du?«

»Zehn, maximal fünfzehn Fuß von der Kante entfernt.«

»Und hatte sich daran etwas geändert, als du wieder zurückgegangen bist?«

Brynnbett hatte auch auf dem Rückweg noch einmal über die Kante geschaut. »Nein. Ich erinnere mich an eine größere Kristallfläche, die oberhalb der Wasserkante lag und auch später noch frei war.«

Gilli nickte bedächtig, sah aber einigermaßen erleichtert aus. »Das ist gut. Dann werden wir da nicht so schnell schwimmen müssen. Wir behalten es in den kommenden Tagen einfach im Auge.« Er stand auf und machte sich bereit, das Haus zu verlassen.

»Meinst du, das Wasser wird weiter steigen?« Brynnbett trank ihren Tee aus und erhob sich.

»Ich kann es mir nicht vorstellen. Aber bisher wusste ich auch nicht, dass wir eine so starke Wasserader unter Eskrinor haben. Ich hoffe nur, Meisterin Kettelgurt taucht wieder auf und kann uns etwas dazu sagen.«

Brynnbett nickte, nahm sich aber sicherheitshalber schon einmal vor, niemals durch irgendeine Höhle zu schwimmen. Zu tief saß die Erinnerung, die mit der Stimme des Runenmeisters wieder an die Oberfläche gespült worden war. Schwarzes Wasser und kein Entkommen!

Auf dem Weg zum Palast fielen ihnen gleich mehrere Dinge auf. In der Allee der Dichter und Denker waren kaum Straßenhändler zu sehen, im neuen Höhenwechsler klebte eines ihrer verteilten Pergamente und auf der Thingebene hatte sich eine Vielzahl von Leuten versammelt, die offenkundig schlechter Stimmung waren.

»Das ist mehr, als ich erwartet habe«, stellte Gillron fest, ohne begeistert zu klingen. »Und schneller!« Er beschleunigte seine Schritte.

»Aber das ist doch, was wir wollten, oder nicht?«

»Schon. Aber nur, solange es nichts mit uns zu tun hat. Wir müssen unbedingt im Palast sein, ehe diese wütende Menge sich die Rampe hoch aufs Palasttor zuschiebt.«

Als die Meute plötzlich jubelte, warf Brynnbett einen Blick über die Schulter. Auf einer der Steinbänke stand ein stattlicher Zwerg, dem alle zuzuhören schienen. »Sie haben eine Art Anführer.«

»Das habe ich befürchtet.« Gilli humpelte noch schneller. »Ich wollte nur, dass die drohende Niedertor-Schließung zum Stadtgespräch wird, aber doch keine Revolution auslöst.«

»Wenn der Dorn erst mal im Fleisch steckt, braucht es auch jemanden, der ihn herausziehen kann«, zitierte Brynnbett ihren Vater. »Und das ist nicht unbedingt der, der den Dorn am meisten spürt.«

»Aber auch nicht unbedingt der, der Heilung verspricht.«

Brynnbett sah sich noch einmal um und blieb plötzlich stehen. Ein anderer Zwerg war hinzugekommen, der den Redner von der Bank zog und auf ihn einredete. Sie waren schon zu weit entfernt, um etwas zu verstehen oder Details zu erkennen. Trotzdem lächelte Brynnbett. Jetzt wusste sie endlich, dass Sem...je noch in der Stadt war.

»Nun komm bitte. Wir haben noch eine Menge zu tun«, drängelte Gillron und sie eilte ihm nach.

Im Palast angekommen, folgte sie ihm zunächst zu den Räumen der Meisterin. Sie musste einfach wissen, was mit Irmhold Kettelgurt geschehen war, ehe sie zu Trorwenn Hammerschneid ging, um seine Neugier zu befriedigen.

»Darf ich vorgehen?«, fragte sie Gilli, als er ihr die Tür öffnete. »Schließlich muss ich auch ohne dich zurechtkommen.«

»Gern.« Gilli ließ ihr den Vortritt und sie schritt genauso durch die Säulenhalle, wie sie es sich eingeprägt hatte. Erst bei der vorletzten Säule war sie unsicher, entschied sich aber trotzdem dafür, ihrem Gedächtnis zu vertrauen.

Nur einen Lidschlag später fand sie sich in einem wirbelnden Nebel aus Gesteinsstaub, dem sie nicht entkommen konnte. »Was soll das?« Sie hustete.

»Ach du Schreck!«, hörte sie Gilli rufen. »Bleib ganz ruhig, das sollte nicht allzu lange dauern.«

Brynnbett kniff die Augen zu und versuchte, ihr Gesicht zu schützen. Die Staubwolke wirbelte immer schneller um sie her, die winzigen Steinchen darin stachen wie Geschosse in ihre Haut. Der Wind nahm immer mehr zu, wurde so stark, dass er sie von den Füßen riss. Sie schrie, hustete Gesteinsstaub, verschluckte sich und presste rasch die Lippen aufeinander.

»Das ... das darf so gar nicht sein!« Gillis Stimme kam von rechts, links oder hinten. Inzwischen hatte sie die Orientierung verloren. »Da stimmt was nicht«, brüllte er.

Ihre Haut brannte, es rauschte in ihren Ohren. Der Wind presste ihr die Luft aus den Lungen, der Gesteinsstaub verstopfte ihre Nase. Die ganze Zeit hatte sie Angst davor gehabt, in schwarzem Wasser zu ertrinken, und nun drohte sie in weißem Staub zu ersticken. Fast hätte sie lachen mögen ob der Ironie.

»Halt durch!«, schrie Gilli. »Bei den Meißeln der Runenfinder. Durchhalten!«

Schwindel packte sie, als die Luft knapper wurde. Sie müsste ihren Mund öffnen – gleich. Sie müsste ihn aufmachen und an runenmagischem Staub ersticken. Irgendwo in ihrem Kopf kamen Geräusche an, dumpfe Klänge wie in dicken Stoff gehüllt. Hammerschläge, die sie nicht einordnen konnte, die nicht zu ihrem rasenden Herz passten. Und dann stürzte sie. Schlug der Länge nach hin, prallte mit dem Kopf auf den Boden und verlor das Bewusstsein.

»Brynnbett? Bei den Göttern der heilenden Kräfte, sag doch was.«

Sie kannte diese Stimme. Von irgendwoher.

»Wir brauchen dich noch. Bitte wach auf.«

Aufwachen. Ja, das wäre möglich. Aber die scheußlichen Schmerzen, die da warteten ... Sie konnte sie spüren, wie sie durch ihren Kopf schabten, als würde eine Meute Prillbys durch ihr Hirn kratzen.

»Aaaaaaaaaaaaaaaaah!«

»Bei den Kennluren. Brynnbett!«

Ein wahnsinniger Schrei, unglaubliche Schmerzen. Und dann wieder Finsternis.

»Und du meinst, das hilft?«

»Glaub mir. Für das Zeug gibt der Stammesvater ein Vermögen aus.«

»Was macht es genau?«

»Vor allem nimmt es die Schmerzen.«

Brynnbett trieb zurück in die Welt. Steuerte erneut auf die quälenden Schmerzen zu, denen sie gerade entkommen war.

»Weiter nichts?«

»Für die Heilung ist das hier. Aber das kann sie erst schlucken, wenn sie aufwacht.«

»Das könnte ich auch wach nicht runterkriegen.«

Gilli, dachte sie, als plötzlich jemand etwas in ihren Mund presste und sich eine Flüssigkeit in ihren Rachen ergoss.

»Schlucken«, sagte die andere Stimme. »Schön schlucken. Dann geht es dir bald besser.«

Sie schluckte. Schluckte aus purer Verzweiflung, denn der Schmerz kehrte in diesem Moment mit voller Macht zurück und brachte ihren Schädel fast zum Bersten.

Lasst mich in die Dunkelheit! Wie sehr wünschte sie sich in eine neue Ohnmacht.

»Glaubst du, das reicht?«

»Natürlich reicht das. Das Zeug ist zwar von Magistern aus Crem, aber das Rezept stammt aus dem Elbenreich.«

Gillron, dachte Brynnbett wieder. Mein guter Freund Gillron. Doch wer der andere war, fiel ihr nicht ein. Sie hatte die Stimme noch nie gehört.

»Eigentlich müsste sie jeden Moment die Augen aufschlagen«, meinte der Unbekannte.

Und sie versuchte es. Weil aber die Schmerzen noch immer durch ihren Schädel tobten, ließ sie es bleiben.

»Sie hat gezuckt. Ich habe es genau gesehen.«

Brynnbett stellte sich vor, wie Gilli sich vor Freude auf den Stumpf klopfte.

»Ihr Kopf muss ganz schön was abgekommen haben, wenn es so lange braucht.«

»Ich bin nur froh, dass du gleich zur Stelle warst und dir so lange Zeit genommen hast, Bander.«

Bander, dachte sie. Irgendwoher kannte sie den Namen.

»Können wir sonst noch etwas für sie tun?«

»Nur warten«, antwortete Bander.

»Dafür haben wir zwar eigentlich keine Zeit, aber ich bekomme das hin«, meinte Gilli.

Plötzlich kamen Brynnbett Bruchstücke von Erinnerungen in den Sinn. Die Zeit drängte, weil es einen Wettstreit gab. Eine Runenformel, eine neuartige Legierung ...

»Hattest du in den letzten Tagen Gelegenheit, mit dem Stammesvater über das Niedertor zu sprechen?«

»Wieso? Ach so, wegen der drohenden Schließung? Nach den Unruhen der letzten Tage habe ich das schön sein lassen. Dronnkahn Silberfaust ist alles andere als guter Stimmung. Und dann auch noch das unentschuldigte Fehlen der Runenmeisterin. Wehe dem, der ihm jetzt lästig ist!«

Das Niedertor. Der Moosgarten. Der drohende Krieg! Brynnbett schlug die Augen auf. »Was ... was ist mit Crem?«

38
RAIWEN

Sie waren in erstaunlichem Tempo vorwärtsgekommen, schon bevor es Zeit fürs erste Nachtlager war, standen sie auf einer Anhöhe der Ausläufer des Eskringebirges.

Sichtlich zufrieden gönnte Kyriejah ihnen eine Pause. »Gute Arbeit.« Sie ging zu jedem der Krieger und nahm sich Zeit, allen einzeln zu danken und persönliche Worte zu finden. *Sie ist wahrlich gut in dem, was sie tut.*

Raiwen wandte sich ab, um die letzten Sonnenstrahlen zu genießen. Der Wind war zu eisig, um ihre Wärme zu spüren, doch die dünnen Nebelschwaden am Horizont färbten sich orange und ließen ihn an die kristallenen Lichter in Gohlannbjahr denken. Jetzt würde Julina noch einmal zu Valehna gehen, sie mit den Helferinnen betten, beruhigende Worte sprechen und die Augentücher wechseln, bevor sie der Fürstin die gleiche Sorgfalt und Pflege zukommen ließe. Doch, Mijah-Glajurdah und Valehna waren bei ihr in guten Händen. Es fehlte ihnen an nichts, das wusste er. Sie hatten es weich und warm – waren nicht dieser eisigen Kälte ausgesetzt und mussten sich nicht durch hohe Schneemassen kämpfen. So wie die kleinen Pferde, die er auf einer Anhöhe in der Ferne gerade noch erkannt hatte. Sie schienen fast mit dem Schnee zu verschmelzen und wären ihm sicher entgangen, wenn ihre unscharfe Silhouette sich nicht im Gegenlicht der Sonne bewegt hätte.

Pferde, die allein durch diese unwirtliche Gegend zogen? Raiwen kniff die Augen zusammen und versuchte, mehr Details zu erkennen. Kurz glaubte er, Schatten über den Rücken der Tiere zu sehen, doch einen Lidschlag später waren sie fort. Und gleich darauf auch die Pferde. Hatte er sich geirrt?

Arandor und Evon kamen ihm in den Sinn, aber die Gryd-Fehluhre waren zum einen größer und zum anderen nicht weiß. Außerdem konnten sie noch nicht so weit gekommen sein. Nein, er musste sich getäuscht haben, die Reflexionen der Sonne auf dem Schnee hatten ihn genarrt.

»Auch Euch möchte ich an diesem Abend meinen Dank aussprechen.«

Raiwen versuchte, sich den Schreck nicht anmerken zu lassen, und drehte sich möglichst ruhig zu Kyriejah um.

»Euer selbstherrliches Eingreifen hat uns über den Fluss geholfen. Wir stehen in Eurer Schuld, Freund Raiwen.« Warum klang ein Lob aus ihrem Mund immer wie ein Tadel? Trotzdem nickte er ergeben und war froh, als die Thronwächterin sich gleich wieder von ihm abwandte. »Lasst uns ein Lager errichten und Kraft für den kommenden Tag schöpfen. Unser Weg soll uns morgen bis auf den geheimen Weg der Azhark führen.«

Für einen Moment überlegte Raiwen, ob er Kyriejah von den Pferden erzählen sollte. Doch wahrscheinlich würde der leiseste Verdacht zu einer Hetzjagd ausarten und womöglich weitere unschuldige Opfer kosten. Unweigerlich stand ihm das Gesicht des toten Magisters vor Augen, so jung und makellos auf der einen Site, so zerstört und blutüberströmt auf der anderen. Ein Mann auf der Flucht vor dem drohenden Krieg, auf dem Weg zu seinen Eltern, der ausgerechnet in die Arme der Feinde lief. Vielleicht war Arandor für dessen Tod verantwortlich, doch Anastina-Kyriejah hatte ihn gebilligt.

Raiwen dachte an Evon, der Janus' Leichnam zu seinen Eltern nach Clutt getragen hatte und dadurch bei der Thronwächterin und Arandor in Ungnade gefallen war. Nein, falls da wirklich zwei Reiter in dieser eisigen Kälte unterwegs sein sollte, wäre nicht er es, der Kyriejah auf ihre Fährte brachte.

Während sie ihr Nachtlager bereiteten, für das er gemeinsam mit Oldanur-Lennis, seinem Bruder im Element, Baldachine aus Weidenruten wachsen ließ, schaute Jamon immer wieder zum Himmel hinauf. Wann würde endlich der Mond über den Gipfeln des Eskringebirges aufgehen?

»Du wartest auf die Sterne, Freund Raiwen?«

»Auf den Mond«, gab er zu und biss sich fast auf die Lippen. Lennis war ein zugewandter Elb, aber auch ein Krieger der Thronwächterin. Und Raiwen wollte die Botschaften, die er von Julina erwartete, geheim halten.

»Ich verstehe. Dir ist ebenso die Zeit abhandengekommen wie mir, nicht wahr?«

»Es geht dir ähnlich, Freund Lennis?«

»Sagt einfach Lennis zu mir. In der Kaserne halten wir es nicht anders.«

»Dann reicht mir ebenfalls Raiwen.« Der Krieger war sympathisch, das musste er feststellen. Warum hatten sie bislang nie miteinander gesprochen?

»Raiwen, ich freue mich.« Lennis ging ein Stück weiter, wo der Boden durch Wind und Feuer bereits vom Schnee gereinigt war, kniete sich hin und legte die Hände auf die Erde. »Ich weiß nicht genau, wie weit die Zeit gerannt ist, aber ich denke, wir werden bis zum Vollmond in Nunahzhar sein. Gut, dass der Himmel endlich wieder klar ist.« Lennis konzentrierte sich wieder auf seine Magie. Nur einen Lidschlag später schoben sich kupferfarbene Weidenruten aus dem Boden, wuchsen hoch hinauf, verzweigten und verwoben sich zu einem kunstvollen Baldachin.

»Du beherrscht unser Element vortrefflich«, lobte Raiwen.

Lennis lächelte. »Es gehört zu unserer Ausbildung, unser Element zu beherrschen. Allerdings nur selten für … nun ja … für gute Dinge.«

»Dinge, die nicht mit Kampf und Krieg zu tun haben?«

Lennis zögerte, sah sich um und nickte dann. »Ich bin ein Krieger der Waldelben und stelle das nicht in Zweifel. Seit Kindertagen kam nichts anderes für mich infrage.«

Raiwen überlegte kurz, warum er das so betonte und wen er zu überzeugen suchte, hakte aber nicht weiter nach. Für ihn war einzig die Erkenntnis wichtig, dass auch hinter der Fassade eines Kriegers eine Seele lebte, die mehr vom Leben erwartete, als zu töten. Eine Seele, die Werte besaß, deren Inhalte vielleicht gar nicht weit von den seinen entfernt waren.

»Es wird nicht mehr lange dauern, bis der Mond aufgeht.« Lennis rückte ein Stück weiter, um dem Baldachin schützende Wände zu verleihen.

»Wir sehen uns«, sagte Raiwen und ging zum ersten Weidenbau zurück. *Natürlich sehen wir uns.* Er schüttelte über sich selbst den Kopf. Wenn man zu sechst unterwegs war, konnte man sich nur schwer aus den Augen verlieren.

In den vergangenen Nächten war der Himmel wolkenverhangen gewesen, doch heute war er so klar, dass die ersten Sterne leuchteten, ehe es richtig dunkel war. Während Raiwen eine weitere Wand wachsen ließ, betete er, dass Lennis' Einschätzung stimmte und sie rechtzeitig in Nunahzhar wären. Er mochte sich nicht vorstellen, dass die Bergelben Julinas Nachricht empfingen, ohne zu wissen, wem sie galt. Aus Gohlannbjahr wusste er, dass solche Briefe und Schriften unkommentiert im Palast landeten und dann irgendwo verschwanden, wo niemand außer der Fürstenfamilie Zugriff hatte.

Kurz nachdem die Lager bereitet waren und sich alle zur Ruhe begeben hatten, stieg endlich die ersehnte Scheibe des Mondes über die Berge. Raiwen atmete erleichtert auf: Es würde knapp werden, aber ein bis zwei Tage blieben ihm, um rechtzeitig nach Nunahzhar zu gelangen. Kyriejah wollte selbst so schnell wie möglich in der Bergelbenstadt sein. Sie verfolgte zwar andere Ziele, doch sie würde einiges riskieren, um sie zu erreichen. So wie er vieles wagen würde, um die Fürstin und ihre Thronfolgerin zu retten.

Valehna. Als er sich hinlegte und die Augen schloss, sah er ihr liebliches Gesicht vor sich, die nussbraunen Augen und das maronenbraune Haar. Nur ihr Lächeln fehlte in seiner Erinnerung, war verschwunden zwischen Arzneien und Tinkturen. *Ich werde es zurückholen. Für dich, dein Volk und für mich.* Mit diesem Gedanken schlief er ein.

Bei Sonnenaufgang, sie hatten nur wenig gegessen und getrunken, führte Raiwen die Weidenruten der kleinen Baldachine mit einem magischen Zauber zurück in den Boden, um der Erde die Lebenskraft zurückzugeben.

»Hilf ihm«, wies Kyriejah Lennis an und machte sich mit den anderen auf den Weg, während Raiwen sich zum nächsten Baldachin kniete und die Ruten verschwinden ließ.

Erst als er einen Blick zu Lennis warf, stellte er fest, dass sein Bruder im Element es alles andere als eilig hatte und übermäßig behutsam war.

»Endlich allein?«, fragte Raiwen. Wie weit dürfte er sich dem Krieger gegenüber öffnen?

»Ich genieße es, mit Pflanzen in Verbindung zu stehen.«

Er wusste genau, was Lennis meinte. Mit den Händen auf dem Boden ließ sich das Leben der Natur so intensiv spüren wie nirgendwo sonst. Egal, ob es trocken, feucht oder nass war. Einem Elb, der unter dem Element Holz geboren war, diesen Kontakt für längere Zeit zu nehmen, wäre die schlimmste Qual. Sie waren fertig und machten sich daran, Kyriejah und den anderen zu folgen. »Hast du deswegen den Bogen als Waffe gewählt? Damit du die Berührung mit Pflanzlichem nicht missen musst?«

»Auch«, gestand Lennis. »Aber die Angst vor dem direkten Feindkontakt war vermutlich ausschlaggebender.«

Die Antwort erstaunte Raiwen. »Du sagst das, weil ich Heiler bin und du glaubst, ich könnte den Beruf des Tötens nicht akzeptieren. Ist es nicht so?«

»Ich sage es, weil ich glaube, dass du als Heiler Persönliches für dich behalten kannst, und weil es gut ist, darüber zu sprechen.«

Raiwen öffnete den Mund und schloss ihn wieder. Gab es das? Dass jemand einem anderen gegenüber das Herz auf der Zunge trug, im Vertrauen auf Diskretion und Wertschätzung? Eine derartige Offenheit hatte er lange nicht erlebt. Wie sollte er damit umgehen? Während sie schweigend nebeneinander hergingen, ertappte er seinen Bruder im Element immer wieder dabei, wie er zu ihm hinüberschaute und Augenkontakt suchte. Und dann, als ihre Blicke sich zum dritten Mal trafen, wurde es ihm plötzlich klar. »Du ... du suchst einen Partner?«

Lennis' Wangen färbten sich mit einem Hauch Rot, zaghaft nickte er. »Und du? Bist du mit Evon ...?«

»Was? Nein!« Raiwen merkte, dass er zu laut reagiert hatte. Er wollte nicht, dass Lennis es als Ablehnung auffasste. Nicht, dass Partnerschaften zwischen Männern und Männern oder Frauen und Frauen in den Elbenreichen unwillkommen waren. Im Gegenteil: Jede Liebe wurde hoch geachtet, brachte sie doch meist nur Gutes hervor. Aber für ihn selbst war diese Art der Verbindung nie eine Frage gewesen. Auch wenn es an Angeboten nicht gemangelt hatte, insbesondere zu der Zeit, da er eigentlich Valehna zu beeindrucken gesucht hatte. »Bitte versteh mich nicht falsch«, versuchte Raiwen, es wiedergutzumachen. »Evon ist ein attraktiver Mann und hat ein gutes Herz. Trotzdem ist er einfach nur ein Freund. Ein sehr guter Freund«, ergänzte er und merkte, wie Lennis sich entspannte. »Aber ich danke dir, dass du ... so offen bist.« Tatsächlich fühlte er sich geschmeichelt. Nicht so sehr, weil der Schütze attraktiv war, das waren viele, sondern weil ihm seine sanftmütige Art gefiel.

»Danke für deine Offenheit«, entgegnete Lennis. »Es freut mich, dass zwischen euch nicht mehr als Freundschaft besteht.«

»So ist es.« Raiwen nickte und stutzte. »Aber mein Herz ist dennoch vergeben«, setzte er sicherheitshalber hinzu.

Plötzlich lächelte Lennis. »Oh, mein Fehler. Ich wollte eigentlich nur wissen, ob Evon ... ich meine, du hast ihn in den kalten Nächten gewärmt und ich ... nun, ich würde das sehr gerne übernehmen. Wenn er mich lässt.«

»Ach ...?« Raiwen war etwas verwirrt, dass sich die Worte des Schützen wie ein Korb anfühlten, obgleich er nichts von ihm wollte. Und als er darüber nachdachte, musste er plötzlich lachen. »Sag mal«, hakte er nach, als sie eine Weile nebeneinander her gegangen waren. »Meinst du denn, Evon ...?«

»Da bin ich mir ziemlich sicher.« Lennis lächelte immer noch, schaute aber ganz woanders hin und blieb dann stehen.

»Hast du etwas entdeckt?« Raiwen versuchte, seinem Blick zu folgen, der sich gen Himmel richtete.

»Einen Fallandir!«

Noch ehe Raiwen reagieren konnte, hatte Lennis einen Pfeil aus dem Köcher gezogen und angelegt.

»Nicht!« Raiwen schlug ihm auf die Schulter, als er die Sehne losließ, der Pfeil verfehlte den Vogel.

»Was soll das?« Sofort hatte Lennis den nächsten Pfeil parat.

»Es könnte ein Botenvogel sein.« Raiwen dachte an Julina, an die Fürstin und Valehna. Die Himmelsrichtung passte.

»Deswegen soll ich die Vögel doch schießen. Fallandire, Raben und Silbereulen.« Lennis sah ihn irritiert an und zögerte mit dem zweiten Schuss. »Befehl der Thronwächterin.«

»Bedenke, dass es eine Nachricht aus der Heimat sein könnte. Vom Krankenbett unserer Fürstin!«

Lennis' Brauen zogen sich zusammen, als verstünde er nicht, was das ändern sollte, dann aber weiteten sich seine Augen. »Ich nehme an, dass du nur als Heiler des Palasts eine Nachricht herbeisehnst.«

Raiwen nickte schnell, als er verstand, auf welch dünnem Eis er sich bewegte. »Ich muss einfach wissen, ob ...« Er suchte nach Worten, die Lennis helfen könnten, wenn er befragt würde. »Ob ein Heilmittel aufgebraucht wurde und ich etwas schicken soll.«

Der Blick des Schützen glitt an ihm vorbei und suchte den Kontakt nach vorn. »Zu spät«, raunte Lennis. »Unsere Thronwächterin hat den Fallandir entdeckt.« Er hob den Bogen, spannte und ließ die Sehne ein zweites Mal fahren.

Machtlos blickte Raiwen dem Pfeil nach, folgte seinem Flug, bis er kurz darauf sein Ziel fand. Wie ein Stein fiel der anmutige Vogel vom Himmel.

»Sie ist die Thronwächterin und ich bin ihr Krieger«, sagte Lennis, als wollte er sich entschuldigen.

Doch Raiwen dachte nur an Valehna und begann, sich durch die Schneemassen zu kämpfen. Vielleicht war die Nachricht für ihn, vielleicht ging es ihr schlechter, vielleicht müsste er umkehren ... Dann erst sah er ein Stück neben sich die weiße Wolke, den Schnee, der mit magischer Wucht aufstob. Kyriejah hatte Jerogien geschickt, um den Vogel zu holen. In diesem tiefen Schnee konnte Raiwen unmöglich schneller sein als ein Elb der Luft. Resigniert kehrte er zu seinem Bruder im Element zurück.

»Ich nehme an, es ist besser, wenn ich nicht weiß, warum dir wirklich so an dem Fallandir gelegen war?«, fragte Lennis.

»Ich denke, es ist besser, wenn wir zu den anderen aufschließen«, sagte Raiwen. Der Krieger verstand.

Noch auf dem Weg zu Kyriejah, über den frostharten, aber schneebefreiten Pfad, überlegte Raiwen, was er sagen konnte, was er fragen durfte. Sicher war der Thronwächterin nicht entgangen, dass er sich selbst angeschickt hatte, den Vogel zu suchen. Sein Interesse war offensichtlich gewesen, genauso wie das Zögern von Lennis. Bei den Seelen, er musste dafür sorgen, dass der Schütze nicht auch noch in Ungnade fiel.

»Irondurh-Raiwen.« Kyriejah sprach ihn schon an, bevor sie bei ihr waren. »Wenn ich es richtig beobachtet habe, wart Ihr mit meinen Anweisungen bezüglich der Botenvögel nicht einverstanden.«

»Ich ...« Er hatte keine Ahnung, was er sagen sollte, konnte nicht mal verhindern, dass sein Blick nach Jerogien suchte.

»Wenn ich es erklären dürfte, verehrte Thronwächterin?«

»Nein.« Kyriejahs Stimme schnitt wie ein Schwert durch die Luft, Lennis trat mit einer knappen Verbeugung unterwürfig zurück.

»Ich wusste nichts von Eurem Befehl, bevor Freund Lennis es mir erklärt hat.«

»Und deshalb stelltest du seine Tat infrage? Die Tat eines Kriegers meiner Gefolgschaft?« Kyriejah sprach nicht laut, doch jede Silbe war messerscharf.

»Ich bin Heiler«, versuchte er es anders. »Meine Beruf...«

»Bitte verschont mich mit Eurer Berufung. Ihr sollt Leben bewahren, nicht vernichten und so weiter, wir hatten das schon. Wenn es um Elben geht, schätze ich das durchaus.«

Raiwen sah aus den Augenwinkeln, wie Jerogien mit dem Fallandir in den Händen zurückkam und den Kopf schüttelte. Keine Nachricht.

Was sollte er, was konnte er tun, um Kyriejah gütig zu stimmen? Er durfte unmöglich einen dritten Anlauf nehmen, das würde alles, was er bisher gesagt hatte, zu einer Farce abstempeln. *Einfach ruhig bleiben. Es geht nicht um mich, sondern um die Fürstin undValehna.*

Er hob das Kinn und schaute der Thronfolgerin in die Augen – blaugrün wie ihr Element und ihre Heimat. Dann wusste er, was er sagen musste. »Gestattet mir zu erklären, denn als Thronwächterin unserer Heimat verdient Ihr die Aufrichtigkeit, die Ihr selbst uns schenkt.«

Raiwen sah, wie sich ihre Kiefermuskeln spannten. Jerogien war zurück, auch alle anderen standen in Hörweite. »Nur zu. Jeder verdient es, auszusprechen, was ihn bewegt.«

»Ich danke Euch, verehrte Thronwächterin.« Raiwen verbeugte sich. »Freund Lennis, so Ihr ihn später befragen mögt, wird bestätigen, dass ich von Eurem Befehl wie berichtet nichts wusste. Und er wird ebenfalls bestätigen, dass ich hernach die Argumente eines Heilers vorbrachte, um den Tod des Fallandirs zu verhindern. Wir alle ...«, er wagte eine leichte Geste, mit der er die Umstehenden einschloss, »wir alle sind Eure ergebenen Diener und natürlich die unserer Fürstin, der Schöpfer möge sie schützen. Und so, wie Ihr eine erlösende Nachricht aus Gohlannbjahr herbeisehnt, die womöglich von ihrer Genesung kündet, so sehne auch ich sie herbei. Ich, der ich nicht vermocht habe, unsere Fürstin und ihre Thronfolgerin zu heilen, hoffe zu jeder Zeit auf gute Nachrichten. Und ein Fallandir, der aus östlicher Richtung kommt, ist für mich zuallererst ein Hoffnungsschimmer. Nichts anderes bewegte mich, den Vogel zu retten. Denn nur die Fallandire aus der Heimat finden auch wieder dorthin zurück. Und wer wären wir, auf eine Nachricht des Palastes – wie immer sie auch lauten möge – nicht zu antworten?« Ihm war klar, dass er sie vorführte und dass er irgendwann die Rechnung dafür bekäme, deshalb ergriff er noch einmal das Wort. »Dennoch ist es mir klar, dass eine Thronwächterin und Heerführerin andere und viel umfassendere Dinge beachten muss. Und ich verstehe dank Freund Lennis, dass es Euch einzig darum geht, dem Feind keine Kenntnis über unser Vorgehen zukommen zu lassen. Denn auch der Feind könnte über Botenvögel verfügen.« Tatsächlich war ihm das eben erst klar geworden.

»Deshalb bitte ich ergebenst um Verzeihung. Ich werde die Taten eines Fürstenkriegers nicht wieder in Zweifel ziehen.« Doch noch während er sich verbeugte, musste er an seinen Freund Zhinlohr denken, dessen Mahnungen zu Kyriejah ihm immer lauter in den Ohren hallten: »Merkst du nicht, was hier passiert? Sie hat euch alle manipuliert!« Und schon ergab das Abfangen der Botenvögel einen weiteren Sinn, der sich mit einem einzigen Wort beschreiben ließ: Machterhalt.

»Ich danke Euch für Eure Offenheit, Freund Raiwen.« Ihre Stimme klang sanfter, als sie sollte. Und gerade das war es, was ihn auf der Hut sein ließ. »Natürlich vergebe ich Euch. Mehr noch, ich weiß jetzt sicher, was ich an Euch habe, und werde das in meinem Herzen tragen.« Jedes Lob eine Anklage, jedes Entgegenkommen eine Drohung.

»Thronwächterin!« Es war Lennis, der gesprochen hatte, und Raiwen fürchtete schon, er würde sich doch noch selbst in die Schusslinie bringen. Aber seine scharfen Augen hatten wieder etwas entdeckt. Er streckte den Arm, um alle darauf aufmerksam zu machen. »Geier, Thronwächterin. Über dem Pfad der Azhark kreisen Geier!«

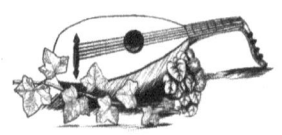

39
JAMON

»Bist du sicher, dass es Elben waren?«, fragte Jamon erneut.

Sein Begleiter nickte. Unmittelbar nachdem Fenkorh die kleine Gruppe in der Ferne hinter ihnen entdeckt hatte, hatten sie die Anhöhe so schnell wie möglich verlassen und waren weitergeeilt. Abgesehen von kurzen Pausen, in denen sie sich mit viel zu kaltem Wasser, altem Brot und zähem Trockenobst gestärkt hatten, waren sie den Rest des Tages und fast die gesamte Nacht auf den Beinen geblieben.

Jetzt, völlig erschöpft, erreichten sie die Zwillingshügel und sahen zurück, versuchten, im Gegenlicht der aufgehenden Sonne etwas Verdächtiges zu erkennen – doch da war nichts. Keine Bewegung, keine Schatten, keine Gruppe von was auch immer.

»Meinst du nicht, du könntest dich geirrt haben?« Jamon wusste nicht, warum er die Frage hinterherschob. Im Grunde glaubte er ihm, schließlich hatten sie sich Meile um Meile gemeinsam durch den Schnee gekämpft.

»Jeder kann sich zu jeder Zeit irren, heißt es. Nur dass es mir bislang äußerst selten passiert ist«, antwortete Fenkorh müde und klang deshalb vielleicht etwas weniger eingebildet als sonst. »Ich habe aufwirbelnden Schnee und feuriges Licht gesehen, während du die Schönheit der Berge bewundert hast. Und beides passte nicht zum Rest der winterlichen Landschaft. Es war wie ein unruhiger Fleck im Bild.«

»Aufwirbelnder Schnee und feuriges Licht.«

Fenkorh nickte. »Die Magie der Bergelben und der Feuer-elben.« Er schaute ihn an, als wollte er sicherstellen, dass der Neffe des Schulleiters ihm endlich zustimmte.

»Demnach waren es keine Waldelben.« Das war zumindest eine gute Nachricht.

»Vielleicht nicht, vielleicht doch.« Der Jungmagister klang wenig überzeugt. »Leider haben wir uns nicht die Zeit genommen, genauer hinzusehen, sondern sind Hals über Kopf den Hügel hinuntergerannt.« Fenkorh schüttelte unwillig den Kopf, war er es doch selbst gewesen, der den Anstoß gegeben hatte, in Deckung zu gehen. »Es schien mir, als wären sie in einer Art Spur unterwegs, die aus dem Süden kam. Womöglich aus den Wäldern. Aber das muss nichts heißen.«

»Wenn wir doch reiten könnten, um einen größeren Vorsprung zu bekommen.« Jamon öffnete die Satteltasche seines Bergponys, holte eine Feldflasche heraus und nahm ein paar kräftige Züge, während Fenkorh mit einem Becher hantierte, sich das Wasser aus seiner eigenen Flasche einschenkte und erst dann trank.

Eine Zeit lang schauten sie suchend über die hellen Hügel, bevor sie sich zum Weiterziehen rüsteten. »Wahrscheinlich haben Sie, im Gegensatz zu uns, die Nacht zum Schlafen genutzt.« Jamon prüfte, ob ihre Bergponys den Hafer aus den Futtersäcken gefressen hatten, und nahm sie ihnen ab. Er füllte zwei Eimer mit Schnee und goss etwas von dem körperwarmen Wasser darauf, um ihn zu tauen. Als die Ponys folgsam zu saufen begannen, streckte er sich und gähnte. »Irgendwann werden wir eine längere Pause brauchen.«

»Aber nicht jetzt.« Fenkorh ließ den Blick erneut über die Berge gleiten. »Wir müssen die hellen Stunden des Tages nutzen, um den Weg nach Nunahzhar zu finden.« Allein durch den Gedanken an ihr Ziel schien der Jungmagister munterer zu werden. Und als er augenscheinlich etwas entdeckte, straffte er sich und lächelte. »Ich glaube, ich weiß, wo der Zugang ist.« Er hob die Hand und deutete auf zwei Schneegebilde, unter denen sich alles Mögliche befinden konnte. »Sieht für mich nach Zwillingsklippen aus.« Er nickte überzeugt. »Der Pfad der Azhark liegt direkt vor uns.«

Jamon hatte die alte Bezeichnung für das Bergelbenvolk schon seit seiner Zeit als Magur nicht mehr gehört, ihm wurde bewusst, wie verschüttet sein erlerntes Wissen inzwischen war. Während in Fenkorhs Kopf anscheinend wohlgeordnete Bücherregale standen, die nur darauf warteten, zu jedem seiner Gedanken die richtigen Folianten zu reichen, schien Jamons Hirn eher ein Sammelsurium unsortierter und verstaubter Bücher zu sein. Manchmal kam Fenkorh ihm wie ein zweiter Kelenkus vor. Mit dem Unterschied vielleicht, dass der Jungmagister mit seiner Überzeugung kaum hinter dem Berg hielt und sein Wissen auch zur Schau stellte, wenn es niemanden interessierte.

Während Jamon Fenkorh half, die Eimer an die Sättel zu binden, mahnte er sich, nicht ungerecht zu werden. Sie waren einfach unterschiedlich, sein Begleiter hatte eben außergewöhnlich klare Ziele vor Augen, die ihn antrieben. Er konnte nichts dafür, dass Jamon bislang keine Pläne gehabt und sich nur von Aufgabe zu Aufgabe gehangelt hatte.

»Ich überlege die ganze Zeit, ob wir im Unterricht irgendwelche Mythen durchgenommen haben, die uns auf dem Pfad der Elben helfen könnten«, sagte Fenkorh, während sie sich wieder auf den Weg machten.

»Du meinst in Elbenkunde?«

»Nein, das hatte ich hier in Crem gar nicht. Ich meine in ›Geschichte und ihre Lehren‹. Magistra Annaca hat uns eine Menge Wissen vermittelt.«

»Annaca Omnini?« Jamon kannte die bucklige Lehrmeisterin, der man die unzähligen Nächte über den Folianten der Bibliothek schon von Weitem ansehen konnte. »Sie ist ... nun ... sehr belesen«, sagte er vage und dachte daran, wie schwer es ihm gefallen war, in ihrem Unterricht wach zu bleiben.

»Und sterbenslangweilig«, gab Fenkorh zu Jamons Überraschung zu.

»Ich hätte es nicht besser sagen können.« Wie gut es tat, einer Meinung zu sein.

»Nicht wahr? Dabei konnte man in den Pausen die unglaublichsten Geschichten von ihr erfahren.«

»In ... den Pausen?«

»Aber natürlich.« Fenkorh zog sich das Halstuch höher und hob die Stimme, damit Jamon ihn trotzdem verstehen konnte. »Du hast die Pausen sicher auch als vertane Zeit empfunden, nicht wahr?«

»Ach, weißt du ...«

»Aber durch die Gespräche mit den Lehrmeistern waren sie wunderbar. Und was soll man in der Zeit auch sonst machen? Immerzu essen?« Fenkorh gab ein glasklirrendes Lachen von sich, während Jamon diverse Ideen kamen, was man zwischen den Lehrstunden tun konnte.

»Jedenfalls wusste sie auch eine Menge über Elbenmythologie zu sagen. Es existieren in der Ordensbibliothek sogar noch einige Schriften aus der Zeit, da die Elben die Menschen auf der Welt willkommen hießen ...« Während sie die Zwillingshügel hinabstiegen, erzählte Fenkorh von Zeiten, in denen die Elbenvölker angeblich viel offener und zugänglicher gewesen waren.

Als sie den vermeintlichen Eingang zum Bergelbenpfad erreichten, scheuchten sie eine Schar Weißbrustgeier auf, die sich an einem Kadaver zu schaffen gemacht hatten. Kreischend stiegen die Vögel auf und begannen, ihre Kreise zu ziehen, während Jamon mit bangem Herzen zu dem blutgetränkten Platz ging, um sich die Beute der Aasfresser anzusehen. Zu seiner Erleichterung handelte es nur um ein Tier, das dem Winter zum Opfer gefallen war.

Immerhin war Fenkorhs Redeschwall gebrochen. Während sie einem Weg folgten, der im Schnee fast unterging, liefen sie schweigend nebeneinander her. Anfangs dachte Jamon, er müsste jetzt das Erzählen übernehmen, doch er kostete einfach die Ruhe aus, die nur vom Säuseln des Windes und den Geräuschen ihrer Stiefel im Schnee erfüllt war.

Fenkorh ging mit sicheren Schritten voraus, als kennte er den Weg im Schlaf, und die Bergponys ließen sich ergeben weiterführen, als hätten sie eingesehen, dass es keinen anderen Weg gab. So durfte es weitergehen.

Erst, als es merklich steiler wurde und sie einer Art lang gezogener Rinne folgten, die sich wie der Schwanz einer Schlange um den Berg wand, blieb Fenkorh plötzlich stehen und sah sich um.

»Was ist?« Jamon überlegte, ob er etwas verpasst hatte.

»Wir sind tatsächlich richtig«, stellte Fenkorh fest und lächelte. »Ich war mir die ganze Zeit nicht sicher.«

»Nicht?« Vielleicht hätte er besser aufpassen sollen, statt treuselig dem hochgewachsenen Geschichtenerzähler zu folgen.

»Nein. Aber da du nichts eingewendet hattest, schien es sinnvoll zu sein, die letzten Abzweigungen so zu nehmen.«

»Ja ... äh ... natürlich.« Jamon nahm sich vor, in Zukunft nicht vollkommen abzuschalten, wenn er aufgedrängten Legenden zuhören musste.

»Dein Onkel hat doch von Felsformationen gesprochen.« Fenkorh breitete die Arme aus und drehte sich im Kreis. »Aber ich glaube, ihm ist da etwas entgangen, das ein viel offensichtlicherer Hinweis auf den richtigen Weg ist.«

Jamon sah sich erneut um, doch von dieser Stelle aus sah er nicht einmal die halbwegs markanten Klippen oder Steinfiguren, an denen sie sich bislang orientiert hatten. Zumindest, wenn er das richtig mitbekommen hatte.

»Wir folgen einem Drachtarh«, sagte Fenkorh vergnügt. »Das ist dir bestimmt längst aufgefallen, nicht wahr?«

Wie Jamon das hasste. Schon in der Schulzeit hatte es Novizen gegeben, die ihr Wissen und ihre Erkenntnisse wie offensichtliches Allgemeinwissen zelebrierten, damit man sich auf jeden Fall dumm vorkam, wenn man etwas nicht wusste. Ihm war nichts aufgefallen, schließlich hatte Fenkorh ihn nachhaltig mit seinem Redeschwall über Mythen und Legenden betäubt. Aber das würde er vor dem jungen Magister sicher nicht zugeben. »Ein Weg, der sich wie eine Schlange durch die Felsen hinaufwindet«, sagte er vage und vermied es, Fenkorh dabei anzuschauen.

»Ich wusste, dass du es bemerkt hast«, antwortete der sofort und schaute nach vorn. »Natürlich passen die Proportionen nicht ganz, aber es ist nachvollziehbar, dass die Elben diesen Weg gewählt haben.«

Bitte keine weitere Geschichte! Jamon zog am Halfter seines Ponys. »Komm, alter Junge.«

»Die legendären Seelenwächter und Hüter des Grehums, wie man sie auch nannte, lebten schließlich hier im Eskringebirge. Und sie waren Wesen der Luft, des Elements also, das den Bergelben eigen ist.«

»Stimmt«, sagte Jamon halbherzig und freute sich, als sein Pony sich vorwärtsbewegte. »Das ergibt Sinn.«

»Wie es damals wohl gewesen sein muss, als die mächtigen Wächter der Seelen noch über diese Berge flogen?« Fenkorhs Pony musste nicht überredet werden, und so blieben sie dicht beisammen.

Eigentlich sollte er dankbar sein, dass der Jungmagister mit jeder Meile mehr Zutrauen zu ihm fasste und sich öffnete, dachte Jamon, während Fenkorh etwas über einen strahlenden Kern und weißes Feuer erzählte. Er wusste eben viel und sprach darüber. Aber inzwischen klang er eine Spur weniger selbstverliebt. Und Jamon musste nicht mehr bei jeder seiner Bemerkungen Angst haben, dass Fenkorh misstrauisch oder argwöhnisch wurde, wie bei ihren ersten Begegnungen. War es nicht genau das, was Jamon zu erreichen gehofft hatte, als er sich vorgenommen hatte, eine Art Quendus für ihn zu werden?

Er beschloss, nachsichtiger und verständnisvoller zu sein, schließlich hatte er es dem jungen Magister zu verdanken, dass sie die Elbengruppe bemerkt hatten. Und dass sie vor ihnen in Nunahzhar ankommen würden.

Wobei Jamon darüber lieber nicht nachdenken wollte. Allein bei dem Gedanken, sich in der Elbenstadt zurechtfinden und dem Fürsten gegenübertreten zu müssen, wurde ihm mulmig. In der Ordensschule hatten sie einige Worte Iljaitt gelernt, aber an viel mehr als die Begrüßungsformeln konnte er sich nicht erinnern. Hoffentlich sahen die Elben ihnen das nach. Er sah zu Fenkorh hinüber, der mit seinen Ausführungen zu Ende gekommen war und recht zufrieden mit sich und der Welt wirkte. »Fenkorh? Meinst du, der Armreif wird von allen Elben als eine Art Passierschein angesehen?«

»Eher nicht, würde ich annehmen.«

»Ich hatte befürchtet, dass du das sagst.« Jamon blickte über die Schulter auf die tiefen Spuren, die sie hinterließen und in denen man deutlich besser vorankommen würde als sie, die sie mit jedem Schritt einen halben Meter Schnee vor sich herschoben. »Was, wenn hinter uns keine Bergelben, sondern Feuerelben kommen? Du hattest doch ein feuriges Leuchten gesehen.«

»Darüber möchte ich lieber nicht nachdenken.« Fenkorhs zufriedene Miene verdüsterte sich. »Im Süden führen die Elben Krieg gegen die Menschen. Und wenn der Fürst aus Innelles ähnliche Gründe anführt, wie die Waldelben es tun, wären zwei wehrlose Magister eine gefundene Opfergabe.«

»Du meinst, sie würden uns töten?« Unwillkürlich griff Jamon nach dem Kampfstab am Sattel des Ponys. »Warum sollten sie das tun?«

»Weil die Magister des Ordens angeblich versuchen, unerlaubt in ihre Reiche einzudringen. Zumindest werfen sie uns das vor. Meine Eltern waren schon im vorletzten Frühsommer der Ansicht, dass die Elben allein aus voreiligen Rachegefühlen Magister, verschwinden lassen, die auch nur in die Nähe ihrer Elbenstädte kommen.«

Jamon ahnte, worauf Fenkorh anspielte. Doch im Gegensatz zu ihm wusste er, dass die verschwundenen Magister allesamt Magiebegabte aus der Meisterklasse seines Onkels gewesen waren. »Es wird viel gedacht und angenommen«, entgegnete er und sah sich erneut um. Ihre Spur wirkte in dem einsamen Gelände regelrecht einladend. »Irgendwie habe ich kein gutes Gefühl. Jeder, der vorbeikommt, wird sehen, dass hier zwei Männer mit Pferden entlanggekommen sind.«

»Das können wir kaum verhindern.«

»Ein Windzauber wäre jetzt hilfreich«, sagte Jamon und erntete ein Stöhnen von Fenkorh.

»Das Thema hatten wir doch schon. Mein Element ist das Wasser. Oder zumindest wäre es das, wenn ich von deinem Onkel beizeiten darin unterwiesen worden wäre.«

»Irgendwelche Zauber wirst du doch trotzdem wirken können, oder nicht?« Was Magie anbelangte, sollte ein talentierter Jungmagister wie Fenkorh mit einigem aufwarten können. Aber immer, wenn es um dieses Thema ging, war der junge Meisterschüler Gluhnbar verschlossen wie eine tiefgefrorene Haselnuss.

»Kleine Heilzauber, Schweigezauber, Öffnungszauber und Feuerfunken, das ist alles. Was glaubst du denn, warum ich von deinem Onkel unterrichtet werden wollte und so rasch in dieses frostige Abenteuer eingewilligt habe?«

»Weil Kelenkus dir vertraut und der Orden dir am Herzen liegt. Dachte ich zumindest.«

»Tut er auch. Sogar du liegst mir am Herzen, schließlich bist du mein einziger Freund. Doch wenn ich wirklich helfen will, muss ich mir auch selbst am Herzen liegen und jede Möglichkeit nutzen, voranzukommen.«

Für einen Moment blieb Jamon wieder an dem Wort Freund hängen, das Fenkorh so leicht über die Lippen ging. Irgendwie schien es dem Jungmagister wichtig zu sein. Sollte er sich nicht mehr darüber freuen? Doch dann dachte er an das, was sein Begleiter noch gesagt hatte: Jede Möglichkeit nutzen, voranzukommen. Ab wann würde Fenkorh seine eigenen Ziele höher bewerten als die der anderen? Eine Frage, die Jamon gleich zur nächsten führte: Gab es Grenzen für Freundschaft? Und könnte aus Freundschaft auch Feindschaft werden? Bei den Seelen, wenn er hier über solche Lebensfragen nachdachte, war es wirklich Zeit für eine Mütze Schlaf.

»Darf ich dich mal etwas ganz anderes fragen?«, riss Fenkorh ihn aus diesen unnützen Gedanken.

»Gern.«

»Meinst du eigentlich, das Konventmanifest findet schon statt, bevor wir zurück sind?«

»Das was?« Jamon blieb wie angefroren stehen.

»Das Konventmanifest, das einberufen wurde. Hat dein Onkel dir nicht davon erzählt?«

»Nein.« Er starrte Fenkorh fassungslos an. »Aber offensichtlich dir.« Jamon spürte einen Stich in der Brust. Kaum war der junge Gluhnbar Magister, schienen die Vorbehalte des Schulleiters in Wohlgefallen umgeschlagen zu sein. Und während Jamon sich in der Stadt abarbeitete, um Unmögliches möglich zu machen, nahm Fenkorh einen festen Platz im Leben des Kelenkus ein.

»Nicht direkt.«

»Was soll das heißen?«

»Spüre ich einen gewissen Ärger? Ich habe doch nur eine Frage gestellt.«

»Ich auch«, gab Jamon unwirsch zurück. »Nämlich, was das heißen soll: *Nicht direkt?*«

»Nun, ich habe nur den gleichen Brief bekommen wie alle anderen auch.«

»Alle anderen?« Jamon verstand nicht, wie ein Ereignis von dieser Tragweite an ihm vorbeigehen konnte. »Alle anderen außer mir«, zischte er.

»Entschuldige bitte!« Jetzt wurde auch Fenkorhs Stimme schärfer. »Ich bestimme nicht, wer im Orden Nachrichten bekommt und wer nicht. Meine Idee war es sicher nicht.«

»Aber du *bist* informiert worden.«

»Weil ich den Ordenssprengel von Myxa als Ratsmagister vertrete. Nur werde ich von meinem Stimmrecht keinen Gebrauch machen können, wenn ich nicht da bin. Und insofern müsste eigentlich ich derjenige sein, der sich ...« Fenkorh hielt inne. »Warte ... du bist eifersüchtig.«

»Ich bin nicht eifersüchtig«, verteidigte sich Jamon und versuchte gleichzeitig zu sortieren, was Kelenkus ihm damals erzählt hatte, als die Briefe aus Myxa gekommen waren. Wie konnte das in einen Zusammenhang gebracht werden?

»Korrigiere mich, wenn ich falsch liege, aber du hast dich geärgert, weil ich etwas von deinem Onkel wusste, das du nicht wusstest.«

»Kann schon sein«, gab Jamon widerwillig zu und versuchte, sich zu erinnern. Sein Onkel hatte gemeint, die ganze Familie seit egozentrisch und streitlustig, und hatte die Hoffnung ausgesprochen, dass sie blieben, wo sie waren: weit weg. Ja, genau, das waren seine Worte gewesen. »Tut mir leid, wenn ich unwirsch war«, sagte er, als er merkte, dass Fenkorh ihn immer noch anschaute. Er schien auf mehr zu warten als eine simple Phrase. »Wahrscheinlich hast du recht.«

»Natürlich habe ich recht«, entgegnete der Jungmagister, ohne mit der Wimper zu zucken.

Jamon verkniff sich ein Stöhnen, *Du machst es einem wirklich nicht leicht, dich zu mögen.* »Um deine Frage zum Konventmanifest zu beantworten: Es kommt auf den Zeitplan des Hochmagisters an; und darauf, wie lange es dauert, bis wir zum Fürsten vorgelassen werden.«

Fenkorh nickte. »Wenn uns das Schicksal hold ist, könnten wir es also noch rechtzeitig zurückschaffen.«

»Vielleicht schon«, stimmte Jamon zu. Doch mit den Erinnerungen an die Worte seines Onkels und an dessen Weigerung, Fenkorh zu unterrichten, ergaben die Puzzleteile für ihn ein anderes Bild. Kelenkus würde das Konventmanifest vorverlegen und könnte dies mit dem drohenden Krieg auch gut begründen. Und als Jamon erkannte, wie gerissen sein Onkel war, ging ihm auch auf, welches Risiko er eingegangen war, seinen einzigen Neffen, den Stadtdiplomaten und Mauerbeauftragten in dieser Zeit mit dem jungen Gluhnbar auf die Reise zu schicken. Das wiederum führte Jamon zu einer grundsätzlichen Frage: War Blut dicker als Wasser? Oder zählten verwandtschaftliche Bindungen nur, solange sie bequem und nützlich waren? Auf was konnte man sich eigentlich verlassen?

Plötzlich riss ihn das Kreischen der Geier aus seinen Gedanken. Jamon wirbelte herum. Unten im Berg stiegen die Aasvögel erneut auf und begannen zeternd, ihre Kreise zu ziehen.

Die Elben kamen!

40
BRYNNBETT

»Brynnbett. Ich bin so froh, dass du das überstanden hast.«

Für einen Moment sah sie Gilli noch etwas verschwommen, dann wurde das Bild scharf. »Was ist mit Crem? Gibt es was Neues?« Alles war wieder da: die Prüfung, die vielen Probleme, zu denen sich ständig neue gesellten, und die Nachricht über die Bedrohung für Crem – für ihre Eltern!

Gillron schaute zur Seite und Brynnbett richtete sich vorsichtig auf. Vom Schmerz in ihrem Kopf war nur noch ein leichtes Pochen geblieben. Sie sah zu Bander hinüber, der neben dem Bett auf einem Schemel hockte.

Erst jetzt wurde ihr bewusst, dass sie in Gillis Zimmer war. »Wie komme ich hierher?«

»Ehrlicherweise muss ich zugeben, dass der Runenmeister sich darum gekümmert hat.« Gilli verzog das Gesicht.

»Trorwenn Hammerschneid?«

»Leider war er der Erste, der vorbeikam, als ich auf dem Gang um Hilfe schrie.«

»Keine Sorge«, beruhigte Bander sie. »Gepflegt hat er dich nicht. Das war Gillis Mutter.«

»Und Bander hat die Arzneien besorgt«, warf Gillron ein. »Ohne ihn hättest du sicher ein paar Tage länger gebraucht.«

»Ein paar Tage?« Brynnbett schluckte. »Wie lange war ich denn ... weg?« Ihr fiel kein besserer Ausdruck ein. Und da sie sich an nichts erinnerte, was nach dem Runensturm war, passte er ganz gut.

»Drei Tage.«

»Bei den Göttern.«

»Die waren dir wohlgesonnen«, meinte Gilli. »Immerhin hat dein Schädel den Aufprall auf den Felsboden überstanden.«

»Und Crem? Gibt es was Neues?« Sie sah Bander an. »Meine Eltern leben dort.«

»Ich bin nur selten ... ich meine ... bin nur der Mundschenk unseres Stammesvaters und bekomme nicht viel mit. Nur hin und wieder kann ich etwas aufschnappen, wenn ... wenn er Tischgäste hat.«

Brynnbett nickte. »Ich kann mir denken, dass du nichts erzählen darfst. Ich mache mir nur einfach Sorgen. Sind meine Eltern in großer Gefahr?«

Bander warf Gilli einen Blick zu und sah ihr dann direkt in die Augen. »Die Nachrichten von dort sind immer schon drei oder vier Tage alt, wenn sie den Palast erreichen«, begann er. »Es sieht allerdings so aus, als ob Crem sich gut auf den möglichen Angriff vorbereitet hat. Ganz Crem«, betonte er.

»Was soll das heißen?« Sie schaute zwischen den beiden hin und her.

Gilli hob abwehrend die Hände. »Ich weiß auch nicht mehr. Aber wenn ich richtig kombiniere, haben die Magister endlich etwas für ihre Stadtmauer getan.« Er sah fragend zu Bander hinüber, der wissend nickte.

»Das Zwergenviertel war schon immer gut geschützt. Der Waffenmeister hat wohl sehr gute Arbeit geleistet, um eine umfassende Verteidigung zu gewährleisten.« Er zwinkerte ihr zu, vielleicht um ihr Mut zu machen. »Der Rest der Befestigungsanlagen war seit Jahren baufällig.«

»Weil die Magister sich in ihrer Arroganz gesonnt haben«, stellte Brynnbett trocken fest und spürte ihre Wut gegen den Orden hochkommen. Der gleiche Zorn, der sie damals in Crem so oft um den Schlaf gebracht hatte.

»Was immer der Grund dafür war«, entgegnete Bander diplomatisch. »Sie haben in den letzten Okten wohl alles versucht, um es wiedergutzumachen. Mehr weiß ich nicht.«

»Und der Angriff der Elben? Kann man ihn verhindern?«

»Die einen sagen so, die anderen so.« Bander hob den Blick. »Aber wenn du mich fragst, kann man den Spitzohren nicht trauen.«

»Gut«, sagte Brynnbett gefasst. »Dann müssen wir wohl mit dem Schlimmsten rechnen.« Sie wandte sich an Gillron. »Ich könnte jetzt einen guten Tee vertragen.«

Gilli nickte und stand auf. »Und du, Bander?«

Sein Freund schüttelte den Kopf. »Ich muss zurück in den Palast. Aber ehe ich es vergesse: Hier sind noch zwei Linderungstränke und ein paar Heilpillen.« Der Mundschenk drückte Brynnbett einige Kugeln in die Hand, die groß wie Käfer waren – und auch sehr ähnlich aussahen. »Am besten schluckst du gleich eine, und dann mit jedem weiteren Trank.«

Widerwillig nahm sie die sonderbar aussehende Arznei entgegen. »Eigentlich geht es mir schon wieder ganz gut.«

»Dann warte vier Stumpenlängen ab und du erlebst die Hölle auf Erden.« Bander wies auf ihren Kopf. »Sechs Stiche. Und mit dem Blut, das du verloren hast, hätte man zwei Humpen füllen können.«

Brynnbett tastete nach der Wunde und fühlte einen dicken Verband. »Ich hoffe, die Naht verheilt gut.«

»Spinnenspeichel«, antwortete der Mundschenk. »Der Heilschrank des Stammesvaters ist gut ausgestattet.«

»Danke, Bander.« Brynnbett nahm seine Hand. »Ich stehe in deiner Schuld.«

»Aber nein.« Er winkte ab. »Hauptsache, du kommst wieder auf die Beine.«

Drei volle Tage vergingen, ehe Mama Wunderling Brynnbett erlaubte, mit Gillron den Palast zu besuchen. Tatsächlich hätte sie den Weg auch keinen Tag früher geschafft. Der Drehschwindel, der sie anfangs beim Aufstehen geplagt hatte, war zwar verschwunden, aber ihre Beine fühlten sich noch immer wie Pudding an. Zweimal war sie im Hof der Wunderlings gestürzt, weil sie sich zu früh zu viel zugemutet hatte. Die Sorgen um ihre Eltern bedrückten sie, und die Untätigkeit hatte es nicht besser gemacht.

Als Gilli Brynnbett durch die Runenhalle der Meisterin führte, schlug ihr Herz schneller, die Schwäche ließ sie zittern. »Ich glaube, ich werde nie wieder allein hier durchgehen.«

»Ach was. Du hast alles richtig gemacht.«

»Das fühlte sich aber ganz anders an.«

»Weil die Runenmagie einen Fehler gemacht hat. Oder vielmehr der, der die magischen Runen in die vorletzte Säule geritzt hat.« Er wies auf mehrere Gesteinsbrocken, die zusammen mit einem Hammer neben der Säule lagen.

Brynnbett erinnerte sich plötzlich an die Hammerschläge, die sie gehört hatte, als sie um ihr Leben kämpfte. »Warst du das?«

»Ach ja, ich sollte das endlich mal wegräumen.« Gilli verzog das Gesicht. »Es war die einzige Möglichkeit, den tödlichen Zauber aufzuhalten. Weiß der Himmelsschmied, wer sich daran zu schaffen gemacht hat.«

»Dann war das nicht eure Runenformel, die mich durch die Luft getragen hat?« Sie erinnerte sich daran, dass Gilli bei ihrem ersten Besuch genau das erklärt hatte.

»Ja und nein, fürchte ich.« Er seufzte. »Der Weg zurück zur Tür und die nötige Wirbelkraft sind von uns.«

»Aber sie hätte mich nur zurückgetragen und sofort fallen lassen.« In Brynnbetts Kopf fügten sich Puzzleteile zusammen, die sie lieber nicht zusammenfügen wollte.

»Die werthaltende Rune wurde verändert.« Gilli sah sie unglücklich an. »Nur habe ich keine Ahnung, wer das war.«

Die Tür schlug auf. »Aber ich!«, donnerte eine rauchige Stimme durch die Halle.

Brynnbett blinzelte in die Lichtkegel.

»Meisterin?« Gillis Augen weiteten sich.

»Da ist man mal für ein paar Tage weg, und dann muss man sich von Bander Grillwell sagen lassen, dass unsere Brynnbett nur knapp dem Tod entronnen ist.« Mit stampfenden Schritten pflügte die Runenmeisterin durch die Nebelschwaden der Lichtkegel, umrundete die letzte Säule und kam auf sie zu.

»Meisterin!« Gilli lief der Kettelgurt entgegen und umschlang ihren fassartigen Körper.

Ein Lächeln huschte über ihr Gesicht, unbeholfen tätschelte sie seinen Rücken. »Nur nicht zu anhänglich werden.«, mahnte sie. »Dafür gibt es Familie, Freunde und Geliebte.«

Gilli wischte sich eine Träne von der Wange und nickte tapfer. »Eine davon hätte ich schon fast verloren.«

»Trorwenn«, knurrte Irmhold Kettelgurt.

Brynnbett spürte ihr Herz stolpern. »Könnt Ihr da sicher sein?«

»Wer kann das schon. Setz dich erst mal. Du siehst aus, als könntest du einen guten Tee vertragen.«

Zuerst wollte Brynnbett widersprechen, so sehr brachte der Name sie aus dem Gleichgewicht. Puzzlestücke. Doch sie ging zum Tisch und setzte sich.

»Wo, um der Kennluren willen, wart Ihr denn?« Gilli humpelte hinter der Runenmeisterin her, um ihr zu helfen.

»Eins nach dem anderen«, polterte sie und sah ihn streng an. »Setz dich erst mal!«

Während Brynnbett mit Gilli auf den Tee wartete und auf Erklärungen hoffte, wirbelten ihre Gedanken wild durcheinander. Die bloße Tatsache, dass sie Opfer schwarzer Magie geworden war, belastete sie beinahe noch mehr als der lebensgefährliche Zauber, dem sie ausgesetzt gewesen war. Allein die Rückkehr der Meisterin hielt Brynnbett aufrecht und ließ sie darauf hoffen, alles könnte gut werden.

Als Irmhold Kettelgurt ihnen endlich den Tee brachte und schwer in ihren breiten Stuhl sackte, warteten sie gespannt, was die Runenmeisterin zu erzählen hatte. Tatsächlich begann sie, ohne auf eine Aufforderung zu warten. »Ihr möchtet natürlich wissen, wo ich war, das kann ich gut verstehen.«

»Und warum Ihr keine Nachricht hinterlassen habt«, fügte Gilli mit leicht anklagender Stimme hinzu.

Die Runenmeisterin wies in die Runenhalle. »Ich denke, was hier geschehen ist, erklärt Letzteres. Nachdem der Düsterling bei seinem Besuch hier hereinspaziert ist, als gehörte ihm die Halle, wusste ich, dass wir kaum etwas dagegen ausrichten können. Dass er es allerdings so schnell wieder versucht, hatte ich nicht geahnt. Obgleich ich es hätte ahnen müssen.«

»Ahnen?« Brynnbett hatte nicht das Gefühl, dass man auch nur einen Satz des dunklen Runenmeisters vorahnen konnte.

»Aber natürlich. Spätestens, seit wir von einem drohenden Krieg wissen.« Die Kettelgurt schnaufte. »Der Stammesvater wird ungeduldig. Nun gut, das ist ein anderes Thema.« Sie nahm einen Schluck aus ihrem Teebecher.

»Und wo wart Ihr nun?«, hakte Gilli nach und fing sich einen strengen Blick ein.

»Gemach, gemach.« Die Runenmeisterin trank einen weiteren Schluck, setzte den Becher ab und lehnte sich zurück. »Auf dem Pfad der Giganten.«

»Ihr wart ... was?« Hustend stellte Gillron seinen Tee ab.

»Du hast schon richtig gehört.«

»Aber das war ... das war gefährlich. Es ist Winter, Euch hätte eine Lawine erwischen können.«

»Und dann?« Die Kettelgurt lachte. »Mir kann keine Lawine etwas anhaben. Fett schwimmt oben.« Sie klopfte sich auf den Leib. »Und im Schnee sowieso.«

»Darf ich fragen, um was es ging?«, fragte Brynnbett vorsichtig, um nicht aufdringlich zu sein.

»Ich habe unsere Formel überprüft und hatte den Verdacht, dass ihr irgendetwas fehlt.«

»Schnee und Eis?«, platzte es aus Gilli heraus. Sofort hielt er sich den Stumpf vor den Mund.

»Dir bekommt das Wiedersehen wohl nicht.« Die Kettelgurt verkniff sich ein Lachen. »Natürlich nicht. Ich habe mir die Runen der Brückenpfeiler angeschaut.«

»Aber ja.« Gilli schlug sich mit der flachen Hand auf die Stirn. »Darauf hätte ich auch kommen können.«

Brynnbett sah von der Kettelgurt zu Gillron und wieder zurück. »Natürlich«, sagte sie und schüttelte den Kopf. »Da hätte ich sicher auch drauf kommen können. Wenn ich Runenlehre und Zauberkunde studiert hätte.«

»Die Brücke der magischen Völker überspannt die Schlucht zwischen dem West- und dem Ostgebirge«, erklärte die Runenmeisterin.

»Sie ist eigentlich ein unmögliches Bauwerk«, redete Gilli dazwischen und erntete schon wieder einen strengen Blick seiner Meisterin.

»Die Schlucht ist zu breit, normalerweise kann kein Stein-pfeiler der Welt das Gewicht einer solchen Brücke halten.«

»Es sei denn, es gibt eine mächtige Formel der Runen-magie«, ergänzte Brynnbett. Die Kettelgurt nickte.

»Und nun?« Gilli trommelte mit den Fingern auf dem Tisch und schaute Meisterin Kettelgurt begierig an.

»Ich habe meinem Hochmeister seinerzeit bei der Formel geholfen«, schilderte die Runenmeisterin. »Konnte mich aber nicht mehr erinnern.«

»Und? Habt ihr etwas gefunden?«

»Nicht nur etwas. Ich habe die entscheidende Sequenz gefunden und in unsere Formel eingefügt.«

Gillron strahlte übers ganze Gesicht. »Dann ist die Formel jetzt fertig?«

»Der erste Schritt ist vollbracht, uns fehlt nur noch die Legierung von Kandro.«

»Ich war die Tage noch einmal bei ihm«, berichtete Gilli. »Er hat zwar länger gebraucht als gedacht, will morgen jedoch endlich fertig werden.«

»Ha!« Irmhold Kettelgurt klatschte in die Hände. »Zieh dich warm an, Trorwenn Hammerschneid.«

Brynnbett schluckte. Dieser Name war ihr Stichwort. »Würdet Ihr mir sagen, ob Ihr das eben ernst gemeint habt, als ihr seinen Namen genannt habt?«

Die Kettelgurt seufzte und ihre rauchige Stimme wurde leiser. »Wenn die werthaltende Rune gegen die ursprüng-lichen Sinneigenschaften der Formel wirkt, ist schwarze Magie im Spiel.«

»Und das bedeutet was?«, wollte Brynnbett wissen.

»Dass der Zauber bis zum Tod wirksam bleibt.«

»Bis zum Tod«, wiederholte sie leise.

Die Kettelgurt nickte. »Das muss nicht dir gegolten haben. Es hätte jeden treffen können. Einfach aus purem Zufall.«

Puzzlestücke. Brynnbett schüttelte den Kopf. »Ich glaube nicht an Zufälle. Kraushaar hat mich wahrscheinlich doch gesehen, als ich das erste Mal mit Gillron im Palast war, schließlich tauchte Trorwenn nur wenig später hier auf.

Zufall? Und an meinem ersten Tag ist es wieder Fraron Kraushaar, der mich durch das Schloss führt und mit Sicherheit registriert hat, dass ich vor Eurer Tür haltmachen wollte, obgleich ich zu Trorwenn sollte. Und Kraushaar ist es auch, der bei den Wunderlings auftaucht und erfährt, dass ich nicht da bin und Gilli krank ist. Zufall, dass die Runenhalle einen ganzen Tag ohne Aufsicht ist und Trorwenn mich kurz darauf in den Palast bestellt?« Brynnbett schüttelte den Kopf. »Er musste davon ausgehen, dass ich erst nachschaue, ob Ihr zurück seid, bevor ich zu ihm gehe.« Sie nickte verbissen. »Ich bin fast sicher, dass der Schwarzzauber mir gegolten hat.«

»Warum?« Gillron war noch nicht überzeugt. »Er hätte dich doch auch irgendwo in der Stadt beseitigen lassen können. Außerdem hätte er dich gar nicht erst in seine Dienste aufnehmen müssen.«

»Es sei denn ...«, die Runenmeisterin klang nachdenklich. »Es sei denn, er wollte mich nachdrücklich einschüchtern.«

»Aber dann hätte es doch mir gelten müssen.« Gilli schüttelte den Kopf. »Uns verbinden viel mehr Erinnerungen. Wenn Ihr mich verliert, müsst Ihr mit einem neuen Schüler ganz von vorne anfangen.«

Irmhold Kettelgurt nickte. »Aber man fürchtet einen Verlust besonders dann, wenn er noch nicht eingetreten ist.«

»Und wenn etwas passiert, das den Verlust wahrscheinlicher macht, falls man nicht einlenkt«, beendete Brynnbett den Gedanken.

»Aber dann ...« Gilli sah sie aus weiten Augen an.

»Bin ich einfach nur ein Bauernopfer!« Die Erkenntnis, dass sie als Zwergin, mit all ihren Talenten und ihrer Seele weder Geschenk noch Konkurrenz oder Gefahr darstellte, sondern lediglich als Opfer diente, weil nichts Besseres greifbar war, ernüchterte sie.

»Das alles sind Gedankenspiele.«, sagte die Runenmeisterin. »Wir wissen das nicht wirklich.«

»Trorwenn wusste es. Deshalb hat er von Anfang an zwei Begabte ausgewählt.« *Noch ein passendes Puzzleteil.* »Er hatte nie vor, euch einen Vorteil zu verschaffen oder selbst auf Unterstützung zu verzichten.«

»Das hatte ich ganz vergessen.« Gilli sah seine Meisterin an. »Wir hatten über das ungewöhnliche Rätsel nachgedacht, das er für die Prüfung gewählt hatte.«

»Und zu welchem Schluss seid ihr gekommen?« Die Kettelgurt griff nach ihrem Teebecher und stellte ihn enttäuscht wieder ab, weil er schon leer war.

»Wir glaubten, dass es ihm um Inspiration ging. Dass er mit seiner Formel nicht weiterkam und frische Gedankenmodelle brauchte, die er selbst nicht herleiten konnte«, antwortete Brynnbett. »Wobei wir noch nicht wissen, wer dieser Begabte ist«, stellte sie fest und sah Gilli nachdenklich über seinen Kinnbart streichen.

»Und auch nicht, wie wir an ihn rankommen.«

»Das lassen wir erst einmal bleiben.« Irmhold Kettelgurt wuchtete sich aus ihrem Stuhl und stampfte zu ihrem Herdofen. »Jetzt, wo wir so kurz davor sind, dem Stammesvater zu verschaffen, was sein Herz begehrt – und das auch noch zu einer Zeit, wo unser Volk es womöglich wirklich brauchen kann –, sollten wir erst mal auf uns selbst aufpassen!«

»Apropos!« Gilli schaute Brynnbett an. »Hast du deine Heilpille genommen?«

Sie stöhnte. »Muss ich wirklich?«

Gilli hielt die Flasche mit dem Linderungsmittel hoch. »Nur, wenn du davon auch noch einmal etwas möchtest.«

»Ist ja gut.« Sie wusste, dass er es gut mit ihr meinte. »Gib schon eine von diesen entsetzlichen Kugeln her.« Mit Todesverachtung nahm sie die käferartige Arznei zwischen zwei Finger und schloss die Augen.

»Stell dir einfach eine Pilzfrucht vor.«

»Oh«, raunte die Kettelgurt, »Heilkäfer.«

Brynnbett blinzelte. »Ihr kennt diese unförmigen Pillen?«

»Pillen?« Die Runenmeisterin brachte ihr ein Glas Wasser. »Aber ja, Pillen, natürlich. Sie sind äußerst wirksam, wenn es um innere Verletzungen oder große Wunden geht.«

Brynnbett zählte bis drei und steckte sich die unförmige Arznei in den Mund. Sofort breitete sich ein widerwärtiger Geschmack aus und ihr Magen verkrampfte sich.

»Trinken, schnell!«, befahl die Kettelgurt, nahm das Glas selbst zur Hand und presste es ihr an die Lippen.

»Mir ist schlecht.« Brynnbett würgte.

»Wehe, du kotzt auf meine Pergamente«, donnerte die Meisterin und kippte das Glas, bis Brynnbett Wasser übers Kinn lief. »Trinken und schlucken!«

Sie trank, stieß auf, schluckte runter, trank noch mal und schluckte wieder. »Schon besser«, keuchte sie, »danke.«

»Ich sagte ja, wir müssen aufeinander achten.«

Brynnbett nickte. »Ein Problem bleibt dennoch.«

»Nämlich?« Gilli schaute sie fragend an.

»Es ist zwar einige Tage her, aber ich sollte mich bei Hammerschneid melden. Hast du das vergessen?«

»Aber das geht doch nicht.« Gillron sah zu Irmhold Kettelgurt hinüber, die sich einen weiteren Tee eingoss. »Da können wir sie doch nicht hingehen lassen.«

»Wir müssen«, knurrte die Meisterin und stellte den Becher ab.

»Bei allem, was er getan hat?«

»Dafür fehlen uns konkrete Beweise.« Die Runenmeisterin setzte sich wieder. »Ich denke allerdings nicht, dass er ihr persönlich gefährlich werden wird. Dazu ist er zu umsichtig.«

»Ich gehe trotzdem mit.« Gillron sprang auf.

»Er wird dich sicher nicht reinlassen.« Es rührte Brynnbett, dass ihr Freund so selbstlos an ihrer Seite bleiben wollte. Der Abschied von ihm würde ihr schwerfallen. Aber ihr blieb keine andere Wahl.

»Dann werde ich vor der Tür auf dich warten, weil ... ich dich noch woanders hingeleiten muss.«

»Eine gute Idee«, befand die Runenmeisterin.

Brynnbett nickte. Warum auch nicht. Ein wenig Zeit blieb ihr, bis sie sich auf den Weg machen würde.

»Brynnbett?«

»Ja?« Sie blickte irritiert auf.

»Möchtest du uns noch etwas sagen, bevor du den kurzen Ausflug zu deinem Runenmeister machen willst?« Die Kettelgurt legte den Kopf schief und ihr wilder Mähnenhaufen kippte bedrohlich zur Seite.

»Nein. Eigentlich nicht.«

»Und uneigentlich?« Die scharfen Augen der Meisterin fixierten sie.

»Ich bin nur froh, dass die Formel und die Legierung fertig sind. Alles ist hier auf einem guten Weg.«

»Und wir kommen ganz gut ohne dich zurecht, ist es nicht das, was du gerade gedacht hast?« Irmhold Kettelgurt schenkte ihr ein seltsames Lächeln.

»Aber nein«, warf Gilli ein. »Wir brauchen sie doch.« Er blickte verständnislos zwischen den beiden hin und her.

Brynnbett begriff, dass sie nicht einfach wortlos verschwinden konnte. »Meine Eltern brauchen mich«, sagte sie nur und sah, wie Gilli blass wurde. Sie schluckte. Ihr Entschluss musste ihm spontan vorkommen. Und wenn sie ehrlich war, war er das auch. Doch die Gefühle, die sie dazu gebracht hatten, hatten sie begleitet, seit die Prelkenreiter durchs Niedertor gekommen waren. Die Bedrohung Crems, die Sorge um ihre Mutter und ihren Vater. Durch Bander war ihr klar geworden, dass sie an die Seite ihrer Eltern gehörte. »Ich hoffe, dass du mich verstehst.«

Er antwortete nicht. Möglicherweise war er enttäuscht von ihr, vielleicht fehlten ihm auch nur die richtigen Worte. Doch sein stiller Blick war für sie schlimmer als jeder Schrei. Nussbraune Augen und Tränen auf der Wange.

»Ich denke, wir verstehen dich beide«, übernahm Meisterin Kettelgurt das Wort. »Und es ist ja auch kein Abschied für immer. Oder sind deine Eltern Krieger?«

»Wie? Nein?« Brynnbett kämpfte noch mit ihren Gefühlen.

»Dann gehe ich davon aus, dass du sie einfach nur nach Eskrinor holst, um sie in Sicherheit zu bringen.«

»Genau das habe ich vor.« Sie war Irmhold Kettelgurt dankbar dafür, ihren Abschied in eine Botschaft der Hoffnung zu verwandeln.

»Na also.« Die Runenmeisterin wuchtete sich aus dem Stuhl. »Ich bringe euch zur Tür.«

Für einen bangen Moment dachte Brynnbett, Gilli würde sie nicht mehr begleiten. Doch dann stand er ungelenk auf und humpelte mit ihnen über den Teppich bis zur Runenhalle und von Säule zu Säule bis zur Tür.

»Du kommst bestimmt wieder?« Seine Stimme klang dünner als gewöhnlich.

»Natürlich.« Sie lächelte tapfer. »Ich möchte mit dir noch einen Porling-Tee trinken. Aus den Höhlen eines Kegelbergs.«

»Was sagst du da?« Irmhold Kettelgurt packte sie am Arm. »Porling-Tee vom Kegelberg?«

In diesem Moment krachte die Tür auf und Fraron Kraushaar marschierte herein, gefolgt von vier Männern der Palastwache. »Das ist die Verräterin.« Er zeigte mit bebendem Finger auf Brynnbett. »Ergreift sie und werft sie in den Kerker!«

Epilog

»Hast du zur Abwechslung einmal gute Nachrichten für mich?« Die Fürstin blickte auf, als Zhinlohr eintrat.

»Der König von Tyklahr wird nicht aktiv in den Krieg eingreifen.« Es war nicht viel, was er von seiner Reise mitgebracht hatte, aber es war ein Lichtblick.

»Nicht aktiv eingreifen«, wiederholte Fellen-Kehlanda. »Was immer uns das sagen soll.« Sie erhob sich und ging zur Karte an der Wand.

Zhinlohr folgte ihr. »Es bedeutet, dass Tyklahr bereit ist, Flüchtlinge aufzunehmen und sich zu verteidigen, so sie angegriffen werden.«

»Was der Fall sein wird, wenn sie führenden Ordensmagistern Asyl gewähren. Tyklahr ist für Crem die größte Stadt in erreichbarer Nähe.«

»Ich habe den König darauf hingewiesen. Er versicherte mir, dass er nicht gedenke, zwischen die Fronten zu treten.«

»Hat er auch etwas Konkretes gesagt?« Fellen-Kehlanda sah Zhinlohr aufmerksam an. Im Grunde aber kannte sie die Antwort, da war er sich sicher.

»Er ist der König, meine Fürstin.«

Ein leichtes Schmunzeln umspielte ihre Lippen, doch als sie sich wieder der Karte zuwandte, schwand das Lächeln. »Noch ist es ruhig im Norden.« Ihre Stimme war kaum mehr als ein Raunen. Ihr Blick glitt zur Westküste. »Wird das Königreich Akra sich einmischen?«

»Nicht, ehe der Winter sich aus dem Tal zwischen Eskringebirge und der Hochebene zurückgezogen hat. Aber dann ...«, Zhinlohr trat neben sie und tippte mit dem Finger auf die Festungsstadt Akralahr, »dann ist das Königshaus Akra immer für eine Überraschung gut. Und sie sind hoch gerüstet.«

»All diese Waffen. Haben sie aus den vergangenen Kriegen denn nichts gelernt?« Sie fuhr mit dem Finger an der Westküste entlang und tippte auf Myxa. »Zumindest dieses Land dürfte sich heraushalten. Der junge König ist kein Kriegstreiber.«

»Und doch geht von Myxa eine gewisse Gefahr aus.« Zhinlohr erinnerte sich an die Vorkommnisse, die er während seiner letzten Handelsreise erlebt hatte. »Magister Gluhnbar ist dort äußerst einflussreich und hat Verbindungen bis an den Hof, wie ich hörte.«

»Bruhnkor Gluhnbar ist tot. Aber fürwahr, wir müssen den Orden wohl überall im Auge behalten.« Die Fürstin trat einen Schritt zurück und stützte sich auf die Rückenlehne ihres Stuhls. »Wenn wir doch nur verständige Freunde in Crem oder Eskrinor hätten. Vielleicht ließe sich der drohende Krieg doch noch aufhalten.«

»Ihr habt Anastina-Kyriejah nicht erlebt«, sagte Zhinlohr und merkte, wie sehr ihm das nachhing. »Dieser unselige Tag, an dem sie das Volk der Waldelben mit nur einer Rede hinter sich brachte. Seither sind meine Hoffnungen deutlich kleiner geworden.«

»Und doch sind sie noch da, oder nicht?«

Zhinlohr nickte und sah Fellen-Kehlanda lächeln. Ganz die Mutmacherin, die er kannte.

»Weil du auf Irondurh-Raiwen hoffst?«

Er seufzte. »Freund Raiwen wird kaum etwas ausrichten können. Aber er ist die einzige Hoffnung, die wir haben.«

Fellen-Kehlanda wendete sich zu ihm. »Wo ein Licht brennt, Freund Zhinlohr, können sich auch weitere entzünden.« Sie nickte versonnen. »Manchmal braucht es nur wenige, um Unglaubliches zu vollbringen.«

Du möchtest wissen, wie es weitergeht?

Band 2 ist bereits in Arbeit:

Werden Jamon und Fenkorh tatsächlich den Fürsten der Berg-elben treffen? Wie wird er auf ihr Ansinnen reagieren?

Wird es Brynnbett gelingen, sich aus dem Kerker zu befreien und ihre Eltern zu retten? Wie können sie und ihre Freunde gegen den finsteren Runenmeister bestehen?

Wird Raiwen in Nunahzhar mehr übers Heilmittel erfahren? Und kann er verhindern, dass die Bergelben Kyriejah in ihren Kriegsplänen unterstützen?

Die spannungsgeladene Fortset-zung mit mächtigen Runen, fins-teren Orten und überraschenden Momenten erwartet euch
ab März 2021

Mehr zu den Büchern, der Vor-geschichte und aktuellen Termi-nen erfährst du auf
www.erellgorh.com

Danksagung

Nachdem die Zwerge in meinen ersten Büchern so gut bei euch ankamen, sah ich mich in meinem Plan bestätigt, ihnen den zweiten Zyklus zu widmen. Mir macht es viel Freude, die sagenumwobene Stadt Eskrinor zu erkunden, ihre Bewohner und Viertel kennenzulernen und nebenbei spannende Geheimnisse einzusammeln, die sicher noch eine Rolle spielen werden. Ich hoffe, ihr liebt diese Zwergenwelt ebenso sehr wie ich.

Wie immer habe ich mich beim Schreiben nicht im luftleeren Raum bewegt, sondern viel Kontakt mit Leserinnen und Lesern, Bloggerinnen und Bloggern, Buchhändlerinnen und Buchhändlern und natürlich auch Kolleginnen und Kollegen gehabt. Euch allen gilt mein Dank! Ohne den Austausch fiele es mir deutlich schwerer, den Traum von irgendwann einmal zwölf Romanen weiterzuverfolgen. Durch eure Rückmeldungen und Wertschätzung gehe ich guten Mutes voran.

Mein besonderer Dank gilt Frank, ohne den ich niemals mit dem Schreiben begonnen hätte. Danke auch an Sophie, die mit Frank und mir einen ganzen Tag verplottet hat und wie immer für augenöffnende Momente sorgte. Und danke an Sabrina, die mir mit ihrem hilfreichen Lektorat geholfen hat, Eskrinor aus der Taufe zu heben.

Das aber, was mich antreibt, weiterhin Geschichten aus der Welt von Erellgorh zu erzählen, sind eure Postings, eure positiven und konstruktiven Rezensionen, eure Briefe und Mails. Ich freue mich immer sehr darüber und danke euch von Herzen.

Mit magischen Grüßen, Euer Matthias

Mehr spannende Fantasy von DichtFest:
Die epische ERELLGORH-Trilogie von Matthias Teut

Drei junge Menschen, die ihre Heimat verlassen müssen und auf ihrem
Weg ins Ungewisse feststellen, dass sie über magische Fähigkeiten verfügen.

Atharu, ein junger Heiler aus Tangris, erfüllt den letzten Wunsch seiner
Urmutter und reist nach Gelder, um die Reste eines alten Schmuck-
stücks zu übergeben. Selana, eine Küchenmagd auf der Burg von Akralahr, schließt sich einem Flüchtlingstreck an, um sintflutartigen Regen-
fällen zu entgehen und ihre alte Ziehmutter wiederzufinden. Und der
Straßendieb Pitu flieht in Gelder vor seinen Verfolgern auf ein Schiff,
das mit ihm in See sticht.

Die drei kennen einander nicht, ahnen nicht, dass sie sich treffen
werden – und vor allem nicht, dass das Schicksal der Welt von ihnen
abhängt. Denn der abtrünnige Magister Fenkorh-Kreh will seine fins-
teren Pläne vollenden: die Elben vernichten und alle anderen Völker
unterjochen.

Mach dich mit den dreien auf den Weg, verfolge ihre Reise durch
Jukahbajahn bis zur Elbenstadt Erellgorh – und darüber hinaus. Denn
dort beginnt das Abenteuer erst ...

Erellgorh – Geheime Mächte   448 S., ISBN 978-3-946937-00-5, € 12,95
Erellgorh – Geheime Wege   442 S., ISBN 978-3-946397-01-2, € 12,95
Erellgorh – Geheime Pläne   590 S., ISBN 978-3-946937-02-9, € 14,95

Einzelroman
von Matthias Teut

Die Elbenstifte

494 Seiten, 03/2019

ISBN: 978-3-946937-03-6

14,95 €

Entdecke die Welt von Erellgorh vor den Kriegen

»Wo ist die Essenz der Stifte? Was hast du getan?«
Das Licht der Laternen, Reflexe im Dolch –
und niemand, der ihm helfen konnte ...

Zu einer Zeit, da das Misstrauen der Völker untereinander wächst, erhält ein Elb aus Erellgorh den Auftrag, eines der Heiligtümer seiner Bestimmung zuzuführen.
In Myxa soll Farim in die Fußstapfen seines Vaters treten, um das Handelskontor zu übernehmen. Doch viel lieber würde er Bilder malen. Der Elb Zhinlohr erkennt sein Talent und schenkt ihm Zeichenstifte, die alle Farben der Welt in sich tragen. Fortan kann Farim sich ein Leben ohne die Elbenstifte nicht mehr vorstellen und vernachlässigt die Arbeit im Kontor. Als sein Vater voller Zorn die Stifte zerbricht, flieht Farim aus Myxa.
Auf einem Elbenschiff erfährt er, was es mit den magischen Stiften wirklich auf sich hat – und setzt alles daran, neue zu erlangen. Eine abenteuerliche Reise voller tödlicher Gefahren nimmt ihren Lauf.

»Endlich zurück in dieser magischen Welt.
Wunderbar erzählt und einfach nur spannend!«
(Cathrin Harms)

Laurence Horn

Die Rückkehr des Zauberers
Der erste Rodinia-Roman

ISBN: 978-3-946937-50-0

402 Seiten, € 14,95

*»Nachlässigkeit und Leichtsinn
werden Euch den Tod bringen!«*

Tausend Jahre nach dem Krieg um Rodinia ist die Macht der vertriebenen Zauberer fast vergessen. Die siegreichen Magier errichteten Wettertürme und erschufen eine immerwährende Nebelwand, um ihre Welt vor den Widersachern zu schützen. Doch dann erscheint ein fremdes Schiff vor der Küste Rodinias …
Als der Zauberer Kyrian ins Land seiner Ahnen zurückkehrt, hat er nur eines im Sinn: Rache. Aber sein Ziel, die Welt von den Magiern zu befreien hat einen Haken: Er kämpft allein!

»Bewundernswert und unfassbar vielfältig!«
(Sarah Trimagie, Buchbloggerin)

Erhältlich im Buchhandel oder online direkt beim Verlag:
https://dichtfest.de/shop
Das E-Book gibt es auf Amazon.de

Laurence Horn

Die Flucht des Zauberers
Der zweite Rodinia-Roman

ISBN: 978-3-946937-51-7

402 Seiten, € 14,95

»Wer die Welt ändern will, muss Opfer bringen.
Doch was, wenn dieses Opfer zu hoch ist?«

Die Ereignisse überschlagen sich: Nach dem Königsturm stürzt auch der Winterturm ein, und die Trolle begehren auf. Nachdem Mira und Rahia bei einer alten Kräuterfrau Zuflucht gefunden haben, beschließt der Zauberer Kyrian, bei ihnen unterzutauchen – gegen Rahias Willen.
Unterdessen setzt Magister Bralag ein Kopfgeld auf ihn aus, das sogar Freunde zu Feinden machen könnte.
Eine Jagd auf Leben und Tod beginnt. Kann Kyrian den beiden Frauen noch vertrauen?

»Ein atemberaubendes Wiedersehen voller Spannung
und magischer Momente – oder zauberhafter?«
(Sabrina Schuh, Autorin)

Erhältlich im Buchhandel oder online direkt beim Verlag:
https://dichtfest.de/shop
Das E-Book gibt es auf Amazon.de